NIEBLA

ABEL SÁNCHEZ

TRES NOVELAS EJEMPLARES Y UN PRÓLOGO

MIGUEL DE UNAMUNO

NIEBLA

ABEL SÁNCHEZ

TRES NOVELAS EJEMPLARES Y UN PRÓLOGO

DECIMOSEGUNDA EDICIÓN

EDITORIAL PORRÚA
AV. REPÚBLICA ARGENTINA, 15
MÉXICO, 1998

Primera edicion, 1914
Primera edición en la Colección "Sepan cuantos...", 1983

Las características de esta edición son propiedad de
EDITORIAL PORRÚA, S. A. de C. V. — 2
Av. República Argentina, 15, 06020 México, D. F.

Queda hecho el depósito que marca la ley

ISBN 968-432-819-2 Rústica
ISBN 970-07-0386-X Tela

IMPRESO EN MÉXICO
PRINTED IN MEXICO

NIEBLA

PRÓLOGO

Se empeña don Miguel de Unamuno en que ponga yo un prólogo a este su libro en que relata la tan lamentable historia de mi buen amigo Augusto Pérez y su misteriosa muerte, y yo no puedo menos sino escribirlo, porque los deseos del señor Unamuno son para mí mandatos en la más genuina acepción de este vocablo. Sin haber llegado yo al extremo de escepticismo hamletiano de mi pobre amigo Pérez, que llegó hasta a dudar de su propia existencia, estoy por lo menos firmemente persuadido de que carezco de eso que los psicólogos llaman libre albedrío, aunque para mi consuelo creo también que tampoco goza don Miguel de él.

Parecerá acaso extraño a alguno de nuestros lectores que sea yo, un perfecto desconocido en la república de las letras españolas, quien prologue un libro de don Miguel, que es ya ventajosamente conocido en ella, cuando la costumbre es que sean los escritores más conocidos los que hagan en los prólogos la presentación de aquellos otros que lo sean menos. Pero es que nos hemos puesto de acuerdo don Miguel y yo para alterar esta perniciosa costumbre, invirtiendo los términos, y que sea el desconocido el que al conocido presente. Porque en rigor los libros más se compran por el cuerpo del texto que por el prólogo, y es natural, por tanto, que cuando un joven principiante, como yo, desee darse a conocer, en vez de pedir a un veterano de las letras que le escriba un prólogo de presentación debe rogarle que le permita ponérselo a una de sus obras. Y esto es a la vez resolver uno de los problemas de ese eterno pleito de los jóvenes y los viejos.

Únenme, además, no pocos lazos con don Miguel de Unamuno. Aparte de que este señor saca a relucir en este libro, su novela o *nivola* —y conste que esto de la *nivola* es invención mía—, no pocos dichos y conversaciones que con el malogrado Augusto Pérez tuve, y que narra también en ella la historia del nacimiento de mi tardío hijo Victorcito, parece que tengo algún lejano parentesco con don Miguel, ya que mi apellido es el de uno de sus antepasados, según doctísimas investigaciones genealógicas de mi amigo Antolín S. Parrigópulos, tan conocido en el mundo de la erudición.

Yo no puedo prever ni la acogida que esta *nivola* obtendrá de parte del público que lee a don Miguel, ni cómo se la tomarán a éste. Hace algún tiempo que vengo siguiendo con alguna atención la lucha que don Miguel ha entablado con la ingenuidad pública y estoy verdaderamente asombrado de lo profunda y cándida que es ésta. Con ocasión de sus artículos en el *Mundo Gráfico* y alguna otra publicación análoga, ha recibido don Miguel algunas cartas y recortes de periódicos de provincias que ponen de manifiesto los tesoros de candidez ingenua y de simplicidad palomina que todavía se conservan en nuestro pueblo. Una vez comentan aquella su frase de que el señor Cervantes (don Miguel) no carecía de algún ingenio, y parece se escandalizan de la irreverencia; otra se enternecen por esas sus melancólicas reflexiones sobre la caída de las hojas; ya se entusiasman por su grito ¡guerra a la guerra! que le arrancó el dolor de ver que los hombres se mueren aunque no los maten; ya reproducen aquel puñado do verdades no paradójicas que publicó después de haberlas recogido por todos los cafés, círculos y cotarrillos, donde andaban podridas de puro manoseadas y hediendo a ramplonería ambiente, por lo que las reconocieron como suyas los que las reprodujeron, y hasta ha habido palomilla sin hiel que se ha indignado de que este logómaco de don Miguel escriba algunas veces Kultura con K mayúscula, y después de atribuirse habilidad para inventar amenidades, reconozca ser incapaz de producir colmos y juegos de palabras, pues sabido es que para este público ingenuo, el ingenio y la amenidad se reducen a eso: a los colmos y a los juegos de palabras.

Y menos mal que ese ingenuo público no parece haberse dado cuenta de alguna otra de las diablūras de don Miguel, a quien a menudo le pasa lo de pasarse de listo, como es aquello de escribir un artículo y luego subrayar al azar unas palabras cualesquiera de él, invirtiendo las cuartillas para no poder fijarse en cuáles lo hacía. Cuando me lo contó, le pregunté por qué había hecho eso y me dijo: "¡Qué sé yo... por buen humor! ¡Por hacer una pirueta! ¡Ah, además porque me encocoran y ponen de mal humor los subrayados y las palabras en bastardilla! ¡Eso es insultar al lector, es llamarle torpe, es decirle: fíjate, hombre, fíjate, que aquí hay una intención! ¡Y por eso le recomendaba yo a un señor que escribiese sus artículos todo en bastardilla para que el público se diese cuenta de que eran intencionadísimos desde la primera palabra a la última! Eso no es más que la pantomima de los escritores; querer sustituir en ellos con el gesto lo que no se expresa con el acento y entonación. Y fíjate, amigo Víctor, en los periódicos de la extrema derecha, de eso que llamamos integrismo, y verás cómo abusan de la bastardilla, de la versalita, de las mayúsculas, de las admiraciones y de todos los recursos tipográficos. ¡Pantomima, pantomima, pantomima! Tal es la simplicidad de sus medios de expresión, o, más bien, tal es la conciencia que tienen de la ingenua simplicidad de sus lectores. Y hay que acabar con esta ingenuidad."

Otras veces le he oído sostener a don Miguel que eso que se llama por ahí humorismo, el legítimo, ni ha prendido en España apenas, ni es fácil que en ella prenda en mucho tiempo. Los que aquí se llaman humoristas, dice, son satíricos unas veces y otras irónicos, cuando no puramente festivos. Llamar humorista a Taboada, verbigracia, es abusar del término. Y no hay nada menos humorístico que la sátira áspera, pero clara y transparente, de Quevedo, en la que se ve el sermón en seguida. Como humorista no hemos tenido más que a Cervantes, y si éste levantara la cabeza, ¡cómo había de reírse —me decía don Miguel— de los que se indignaron de que yo le reconociese ingenio, y, sobre todo, cómo se reiría de los ingenuos que han tomado en serio alguna de sus más sutiles tomaduras de pelo! Porque es indudable que entraba en la burla —burla muy en serio— que de los libros de caballerías hacía el remedar el estilo de éstos, y aquello de "no bien el rubicundo Febo, etc.", que como modelo de estilo presentan algunos ingenuos cervantistas, no pasa de ser una graciosa caricatura del barroquismo literario. Y no digamos nada de aquello de tomar por un modismo lo de "la del alba sería", con que empieza un capítulo cuando el anterior acaba con la palabra *hora.*

Nuestro público, como todo público poco culto, es naturalmente receloso, lo mismo que lo es nuestro pueblo. Aquí nadie quiere que le tomen el pelo, ni hacer el primo, ni que se queden con él, y así, en cuanto alguien le habla, quiere saber desde luego a qué atenerse o si lo hace en broma o en serio. Dudo que en otro pueblo alguno moleste tanto el que se mezclen las burlas con las veras, y en cuanto a eso de que no se sepa bien si una cosa va o no en serio, ¿quién de nosotros lo soporta? Y es mucho más difícil que un receloso español de término medio se dé cuenta de que una cosa está dicha en serio y en broma a la vez, de veras y de burlas, y bajo el mismo respecto.

Don Miguel tiene la preocupación del bufo trágico, y me ha dicho más de una vez que no quisiera morirse sin haber escrito una bufonada trágica o una tragedia bufa, pero no en que lo bufo o grotesco y lo trágico estén mezclados o yuxtapuestos, sino fundidos y confundidos en uno. Y como yo le hiciese observar que eso no es sino el más desenfrenado romanticismo, me contestó: "No lo niego, pero con poner motes a las cosas no se resuelve nada. A pesar de mis más de veinte años de profesar la enseñanza de los clásicos, el clasicismo que se opone al romanticismo no me ha entrado. Dicen que lo helénico es distinguir, definir, separar; pues lo mío es indefinir, confundir."

Y el fondo de esto no es más que una concepción, o mejor aún que concepción, un sentimiento de la vida que no me atrevo a llamar pesimista porque sé que esta palabra no le gusta a don Miguel. Es su idea fija, monomaníaca, de que si su alma no es inmortal y no lo son las almas de los demás hombres y aun de todas las cosas, e inmortales en el sentido mismo en que las creían ser los ingenuos católicos de la Edad Media, entonces, si no es así, nada vale nada ni hay esfuerzo que merezca la pena. Y de aquí la doctrina del tedio de Leopardi después que pereció su engaño extremo,

ch'io eterno mi credea

de creerse eterno. Y esto explica que tres de los autores más favoritos de don Miguel sean Sénancour, Quental y Leopardi.

Pero este adusto y áspero humorismo confusionista, además de herir la recelosidad de nuestras gentes, que quieren saber desde que uno se dirige a ellas a qué atenerse, molesta a no pocos. Quieren reírse, pero es para hacer mejor la digestión y para distraer las penas, no para devolver lo que indebidamente se hubiesen tragado y que puede indigestárseles, ni mucho menos para digerir las penas. Y don Miguel se empeña en que si se ha de hacer reír a las gentes, debe ser no para que con las contracciones del diafragma ayuden a la digestión, sino para que vomiten lo que hubieran engullido, pues se ve más claro el sentido de la vida y del universo con el estómago vacío de golosinas y excesivos manjares. Y no admite eso de la ironía sin hiel ni del humorismo discreto, pues dice que donde no hay alguna hiel no hay ironía y que la discreción está reñida con el humorismo, o, como él se complace en llamarle: malhumorismo.

Todo lo cual le lleva a una tarea muy desagradable y poco agradecida, de la que dice que no es sino un mensaje de la ingenuidad pública, a ver si el ingenio colectivo de nuestro pueblo se va agilizando y sutilizando poco a poco. Porque le saca de sus casillas el que digan que nuestro pueblo, sobre todo el meridional, es ingenioso. "Pueblo que se recrea en las corridas de toros y halla variedad y amenidad en ese espectáculo sencillísimo está juzgado en cuanto a mentalidad", dice. Y agrega que no puede haber mentalidad más simple y más córnea que la de un aficionado. ¡Vaya usted con paradojas más o menos humorísticas al que acaba de entusiasmarse con una estocada de Vicente Pastor! Y abomina del género festivo de los revisteros de toros, sacerdotes del juego de vocablos y de toda la bazofia del ingenio de puchero.

Si a esto se añade los juegos de conceptos metafísicos en que se complace, se comprenderá que haya muchas gentes que se aparten con disgusto de su lectura, los unos porque tales cosas les levantan dolor de cabeza, y los otros porque, atentos a lo de que *sancta sancte tractanda sunt,* lo santo ha de tratarse santamente, estiman que esos conceptos no deben dar materia para burlas y juguetes. Mas él dice a esto que no sabe por qué han de pretender que se trate en serio ciertas cosas los hijos espirituales de quienes se burlaron de las más santas, es decir, de las más consoladoras creencias y esperanzas de sus hermanos. Si ha habido quien se ha burlado de Dios, ¿por qué no hemos de burlarnos de la Razón, de la Ciencia y hasta de la Verdad? Y si nos han arrebatado nuestra más cara y más íntima esperanza vital, ¿por qué no hemos de confundirlo todo para matar el tiempo y la eternidad y para vengarnos?

Fácil es también que salga diciendo alguno que hay en este libro pasajes escabrosos, o, si se quiere, pornográficos; pero ya don Miguel ha tenido buen cuidado de hacerme decir algo a mí al respecto en el curso de esta *nivola.* Y está dispuesto a protestar de esa imputación y a sostener que las crudezas que aquí puedan hallarse, ni llevan intención de halagar apetitos de la carne pecadora, ni tienen otro objeto que ser punto de arranque imaginativo para otras consideraciones.

Su repulsión a toda forma de pornografía es bien conocida por cuantos le conocen. Y no sólo por las corrientes razones morales, sino porque estima que la preocupación libidinosa es lo que más estraga la inteligencia. Los escritores pornográficos, o simplemente eróticos, le parecen los menos inteligentes, los más tontos, en fin. Le he oído decir que de los tres vicios de la clásica terna de ellos: las mujeres, el juego y el vino, los dos primeros estropean más la mente que el tercero. Y conste que don Miguel no bebe más que agua. "A un borracho se le puede hablar —me decía una vez— y hasta dice cosas, pero ¿quién resiste la conversación de un jugador o un mujeriego? No hay por debajo de ella sino la de un aficionado a toros, colmo y copete de la estupidez."

No me extraña a mí, por otra parte, este consorcio de lo erótico con lo metafísico, pues creo saber que nuestros pueblos empezaban siendo, como sus literaturas nos lo muestran, guerreros y religiosos, para pasar más tarde a eróticos y metafísicos. El culto a la mujer coincidió con el culto a las sutilezas conceptistas. En el albor espiritual de nuestros pueblos, en efecto, en la Edad Media, la sociedad bárbara sentía la exaltación religiosa y aun mística y la guerrera —la espada lleva cruz en el puño—; pero la mujer ocupaba muy poco y muy secundario lugar en su imaginación, y las ideas estrictamente filosóficas dormitaban, envueltas en teología, en los claustros conventuales. Lo erótico y lo metafísico se desarrollan a la par. La religión es guerrera; la metafísica es erótica y voluptuosa.

Es la religiosidad lo que hace al hombre ser belicoso o combativo, o bien es la combatividad la que le hace religioso, y por otro lado es el instinto metafísico, la curiosidad de saber lo que no nos importa, el pecado original, en fin, lo que le hace sensual al hombre, o bien es la sensualidad la que, como a Eva, le despierta el instinto metafísico, el ansia de conocer la ciencia del bien y del mal. Y luego hay la mística, una metafísica de la religión que nace de la sensualidad de la combatividad.

Bien sabía esto aquella cortesana ateniense Teodota, de que Jenofonte nos cuenta en sus *Recuerdos* la conversación que con Sócrates tuvo, y que proponía al filósofo, encantada de su modo de investigar, o más de partear la verdad, que se convirtiera en celestino de ella y le ayudase a cazar amigos. (*Synthérates,* concazador, dice el texto, según don Miguel, profesor de griego, que es a quien debo esta interesantísima y reveladora noticia.) Y en toda aquella interesantísima conversación entre Teodota, la cortesana, y Sócrates, el filósofo partero, se ve bien claro el íntimo parentesco que hay entre ambos oficios, y cómo la filosofía es en grande y buena parte lenocinio, y el lenocinio es también filosofía.

Y si todo esto no es así como digo, no se me negará al menos que es ingenioso, y basta.

No se me oculta, por otra parte, que no estará conforme con esa mi distinción entre religión y belicosidad de un lado y filosofía y erótica de otro, mi querido maestro don Fulgencio Entrambosmares del Aquilón, de quien don Miguel ha dado tan circunstanciada noticia de su novela o *nivola Amor y Pedagogía.* Presumo que el ilustre autor del *Ars magna combinatoria* establecerá: una religión guerrera y una religión erótica, una metafísica guerrera y otra erótica, un erotismo religioso y un erotismo metafísico, un belicosismo metafísico y otro religioso, y, por otra parte, una religión metafísica y una metafísica religiosa, un erotismo guerrero y un belicosismo erótico; todo esto aparte de la religión religiosa, la metafísica, el erotismo erótico y belicosismo belicoso. Lo que hace dieciséis combinaciones binarias. ¡Y no digo nada de las ternarias del género; verbigracia, de una religión metafísico-erótica o de una metafísica guerrero-religiosa! Pero yo no tengo ni el inagotable ingenio combinatorio de don Fulgencio ni menos el ímpetu confusionista e indefinicionista de don Miguel.

Mucho se me ocurre atañedero al inesperado final de este relato y la versión que en él da don Miguel de la muerte de mi desgraciado amigo Augusto, versión que estimo errónea; pero no es cosa de que me ponga yo ahora aquí a discutir en este prólogo con mi prologado. Pero debo hacer constar en descargo de mi conciencia que estoy profundamente convencido de que Augusto Pérez, cumpliendo el propósito de suicidarse, que me comunicó en la última entrevista que con él tuve, se suicidó realmente y de hecho, y no sólo idealmente y de deseo. Creo tener pruebas fehacientes en apoyo de mi opinión; tantas y tales pruebas, que deja de ser opinión para llegar a conocimiento.

Y con esto acabo.

VÍCTOR GOTI

POST-PRÓLOGO

De buena gana discutiría aquí alguna de las afirmaciones de mi prologuista, Víctor Goti, pero como estoy en el secreto de su existencia —la de Goti—, prefiero dejarle la entera responsabilidad de lo que en ese su prólogo dice. Además, como fui yo quien le rogué que lo escribiese, comprometiéndome de antemano —o sea *a priori*— a aceptarlo tal como me lo diera, no es cosa ni de que lo rechace, ni siquiera de que me ponga a corregirlo y rectificarlo ahora a trasmano —o sea *a posteriori*—. Pero otra cosa es que deje pasar ciertas apreciaciones suyas sin alguna mía.

No sé hasta qué punto sea lícito hacer uso de confidencias vertidas en el seno de la más íntima amistad y llevar al público opiniones o apreciaciones que no las destinaba a él quien las profiriera. Y Goti ha cometido en su prólogo la indiscreción de publicar juicios míos que nunca tuve la intención de que se hiciesen públicos. O, por lo menos, nunca quise que se publicaran con la crudeza con que en privado lo exponía.

Y resperto a su afirmación de que el desgraciado... Aunque, desgraciado, ¿por qué? Bien; supongamos que lo hubiese sido. Su afirmación, digo, de que el desgraciado, o lo que fuese, Augusto Pérez se suicidó y no murió como yo cuento su muerte, es decir, por mi libérrimo albedrío y decisión, es cosa que me hace sonreír. Opiniones hay, en efecto, que no merecen sino una sonrisa. Y debe andarse mi amigo y prologuista Goti con mucho tiento en discutir así mis decisiones, porque si me fastidia mucho acabaré por hacer con él lo que con su amigo Pérez hice, y es que lo dejaré morir o le mataré a guisa de médico. Los cuales ya saben mis lectores que se mueven en este dilema: o dejan morir al enfermo por miedo a matarle, o le matan por miedo de que se les muera. Y así, yo soy capaz de matar a Goti si veo que se me va a morir, o de dejarle morir si temo haber de matarle.

Y no quiero prolongar más este post-prólogo, que es lo bastante para darle la alternativa a mi amigo Víctor Goti, a quien agradezco su trabajo.

M. de U.

HISTORIA DE *NIEBLA*

La primera edición de esta mi obra —¿mía sólo?— apareció en 1914 en la Biblioteca "Renacimiento", a la que luego se la han llevado la trampa y los tramposos. Parece que hay otra segunda, en 1928, pero de ella no tengo más que noticia bibliográfica. No la he visto, sin que sea de extrañar, pues en ese tiempo se encontraba la dictadura en el poder y yo desterrado, para no acatarla, en Hendaya. En 1914, al habérseme echado —más bien desenjaulado— de mi primer rectoría de la Universidad de Salamanca, entré en una nueva vida con la erupción de la guerra de las naciones que sacudió a nuestra España, aunque ésta no beligerante. Dividiónos a los españoles en germanófilos y antigermanófilos —aliadófilos si se quiere—, más según nuestros temperamentos que según los motivos de la guerra. Fue la ocasión que nos marcó el curso de nuestra ulterior historia hasta llegar a la supuesta revolución de 1931, al suicidio de la monarquía borbónica. Es cuando me sentí envuelto en la niebla histórica de nuestra España, de nuestra Europa y hasta de nuestro universo humano.

Ahora, al ofrecérseme en 1935 coyuntura de reeditar mi *Niebla,* la he revisado, y al revisarla la he rehecho íntimamente, la he vuelto a hacer; la he revivido en mí. Que el pasado revive; revive el recuerdo y se rehace. Es una obra nueva para mí, como lo será, de seguro, para aquellos de mis lectores que la hayan leído y la vuelvan a leer de nuevo. Que me relean al releerla. Pensé un momento si hacerla de nuevo, renovarla; pero sería otra... ¿Otra? Cuando aquel mi Augusto Pérez de hace veintiún años —tenía yo entonces cincuenta— se me presentó en sueños creyendo yo haberle finado y pensando, arrepentido, resucitarle, me preguntó si creía yo posible resucitar a Don Quijote, y al contestarle que ¡imposible!: "Pues en el mismo caso estamos todos los demás entes de ficción" me arguyó, y al yo replicarle: "¿Y si te vuelvo a soñar?", él: "No se sueña dos veces el mismo sueño. Ese que usted vuelva a soñar y crea que soy yo será otro." ¿Otro? ¡Cómo me ha perseguido y me persigue este otro! Basta ver mi tragedia *El otro.* Y en cuanto a la posibilidad de resucitar a Don Quijote, creo haber resucitado al de Cervantes y creo que le resucitan todos los que le contemplan y le oyen. No los eruditos, por supuesto, ni los cervantistas. Resucitan al héroe como el Cristo de los cristianos siguiendo a Pablo de Tarso. Que así es la historia, o sea la leyenda. Ni hay otra resurrección.

¿Ente de ficción? ¿Ente de realidad? De realidad de ficción, que es ficción de realidad. Cuando una vez sorprendí a mi hijo Pepe, casi niño entonces, dibujando un muñeco y diciéndose: "¡Soy de carne, soy de carne, no pintado!", palabras que ponía en el muñeco, reviví mi niñez, me rehice y casi me espanté. Fue una aparición espiritual. Y hace poco, mi nieto Miguelín me preguntaba si el gato Félix —el de los cuentos para niños— era de carne. Quería decir vivo. Y al insinuarle yo que cuento, sueño o mentira, me replicó: "¿Pero sueño de carne?" Hay aquí toda una metafísica. O una metahistoria.

Pensé también continuar la biografía de mi Augusto Pérez, al contar su vida en el otro mundo, en la otra vida. Pero el otro mundo y la otra vida están dentro de este mundo y de esta vida. Hay la biografía y la historia universal de un personaje cualquiera, sea de los llamados históricos o de los literarios o de ficción. Ocurrióseme un momento hacerle escribir a mi Augusto una autobiografía en que me rectificara y contase cómo él se soñó a sí mismo. Y dar así a este relato dos conclusiones diferentes —acaso a dos columnas— para que el lector escogiese. Pero el lector no resiste todo, no tolera que se le saque de su sueño y se le sumerja en el sueño del sueño, en la terrible conciencia de la conciencia, que es el congojoso problema. No quiere que le arranquen la ilusión de realidad. Se cuenta de un predicador rural que describía la pasión de nuestro Señor, y al oír llorar a moco tendido a las beatas campesinas exclamó: "No lloréis así, que esto fue hace más de diecinueve siglos, y además acaso no sucedió así como os lo cuento. . ." Y en otros casos cabe decir al oyente: "acaso sucedió. . ."

He oído también contar de un arquitecto arqueólogo que pretendía derribar una basílica del siglo x, y no restaurarla, sino hacerla de nuevo como debía haber sido hecha y no como se hizo, conforme a un plano de aquella época que pretendía haber encontrado. Conforme al proyecto del arquitecto del siglo x. ¿Plano? Desconocía que las basílicas se han hecho a sí mismas saltando por encima de los planos, llevando las manos de los edificadores. También de una novela, como de una epopeya o de un drama, se hace un plano; pero luego la novela, la epopeya o el drama se imponen al que se cree su autor. O se le imponen los agonistas, sus supuestas criaturas. Así se impusieron Luzbel y Satanás, primero, y Adán y Eva, después, a Jehová. ¡Y ésta sí que es nivola, u opopeya o trigedia! Así se me impuso Augusto Pérez. Y esta trigedia la vio, cuando apareció esta mi obra, entre sus críticos, Alejandro Plana, mi buen amigo catalán. Los demás se atuvieron, por pereza mental, a mi diabólica invención de la *nivola.*

Esta ocurrencia de llamarle nivola —ocurrencia que en rigor no es mía, como lo cuento en el texto— fue otra ingenua zorrería para intrigar a los críticos. Novela y tan novela como cualquiera otra que así sea. Es decir, que así se llame, pues aquí ser es llamarse. ¿Qué es eso de que ha pasado la época de las novelas? ¿O de los poemas épicos? Mientras vivan las novelas pasadas, vivirá y revivirá la novela. La historia es resoñarla.

Antes de haberme puesto a soñar a Augusto Pérez y su *nivola,* había resonado la guerra carlista de que fui, en parte, testigo en mi niñez, y escribí mi *Paz en la guerra,* una novela histórica, o, mejor, historia anovelada, conforme a los preceptos académicos del género. A lo que se llama realismo. Lo que viví a mis diez años lo volví a vivir, lo reviví a mis treinta, al escribir esa novela. Y lo sigo reviviendo al vivir la historia actual, la que está de paso. De paso y se queda. Soñé mi *Amor y Pe-*

dagogía —apareció en 1902—, otra tragedia torturadora. A mí me torturó, por lo menos. Escribiéndola creía librarme de su tortura y trasladarse al lector. En esta *Niebla* volvió a aparecer aquel tragicómico y nebuloso nivolesco don Avito Carrascal, que le decía a Augusto que sólo se aprende a vivir viviendo. Como a soñar soñando. Siguió, en 1905, *Vida de Don Quijote y Sancho, según Miguel de Cervantes Saavedra, explicada y comentada.* Pero no así, sino resonada, revivida, rehecha. ¿Que mi Don Quijote y mi Sancho no son los de Cervantes? ¿Y qué? Los Don Quijote y Sanchos vivos en la eternidad —que está dentro del tiempo y no fuera de él; toda la eternidad en todo el tiempo y toda ella en cada momento de éste— no son exclusivamente de Cervantes ni míos, ni de ningún soñador que los sueñe, sino que cada uno les hace revivir. Y creo por mi parte que Don Quijote me ha revelado íntimos secretos suyos que no reveló a Cervantes, especialmente de su amor a Aldonza Lorenzo. En 1913, antes que mi *Niebla,* aparecieron las novelas cortas que reuní bajo el título de una de ellas: *El espejo de la muerte.* Después de *Niebla,* en 1917, mi *Abel Sánchez:* una historia de pasión, el más doloroso experimento que haya yo llevado a cabo al hundir mi bisturí en el más terrible tumor comunal de nuestra casta española. En 1921 di a luz mi novela *La tía Tula,* que últimamente ha hallado acogida y eco —gracias a las traducciones alemana, holandesa y sueca— en los círculos freudianos de la Europa central. En 1927 apareció en Buenos Aires mi novela autobiográfica *Cómo se hace una novela,* que hizo que mi buen amigo el excelente crítico Eduardo Gómez Baquero, *Andrenio,* agudo y todo como era, cayera en otro lazo como el de la nivola, y manifestase que esperaba escribiese la novela de cómo se la hace. Por fin, en 1933, se publicaron mi *San Manuel Bueno, mártir,* y *tres historias más.* Todo en la seguida del mismo sueño nebuloso.

Obras mías han conseguido verse traducidas —y sin mi instancia— a quince idiomas diferentes —que yo sepa— y son: alemán, francés, italiano, inglés, holandés, sueco, danés, ruso, polaco, checo, húngaro, rumano, yugoslavo, griego y letón; pero de todas ellas, la que más traducciones ha logrado ha sido ésta: *Niebla.* Empieza en 1921, siete años después de su nacimiento, al italiano: *Nebbia,* romanzo, traducida por Gilberto Beccari y con prefacio de Ezio Levi; en 1922, al húngaro: *Kod* (Budapest), por Garády Viktor; en 1926, al francés: *Brouillard* (Collectin de la *Revue Européenne*), por Noémi Larthe; en 1927, al alemán: *Nébel, en plantastischer Roman* (München), por Otto Buck; en 1928, al sueco: *Dimma,* por Allan Vougt, y al inglés: *Mist, a tragicomic novel* (New York), por Warner Fite, y al polaco: *Mgla* —aquí una *l* con un travesaño de sesgo— (Varsovia), por el doctor Edward Boyé; en 1929, al rumano: *Magla* (Bucarest), por L. Sebastián, y al yugoslavo: *Magla* (Zagreb), por Bodgan Radica; y por último, en 1935, al letón: *Migla* (Riga), por Konstantins Raudive. En junto diez traducciones, dos más que las que han obtenido mis *Tres novelas ejemplares y un prólogo,* de que forma parte *Nada menos que todo un hombre.* ¿Por qué esta predilección? ¿Por qué ha prendido en pueblos de otras lenguas antes que otras obras mías esta a que el traductor alemán Otto Buck llamó "novela fantástica" y el norteamericano Warner Fite "novela tragicómica"? Precisamente por la fantasía y por la tragicomedia. Yo no me equivoqué, pues desde un principio supuse —y lo dije— que ésta que bauticé de nivola habría de ser mi obra más universalizada. No mi *Sentimiento trágico de la vida* —seis traducciones—, porque exige ciertos conocimientos filosóficos y teológicos, menos corrientes de lo que se supone. Por lo que me ha sorprendido su éxito en Francia. No mi *Vida de Don Quijote y Sancho* —tres traducciones—, porque el *Quijote* de Cervantes no es tan conocido —y menos popular— fuera de España —ni aun en ésta— como aquí suponen los literatos nacionales. Y hasta me atrevo a avanzar que obras como esa mía pueden contribuir a hacerlo más y mejor conocido. No otra cualquiera. ¿Por su carácter nacional? Mi *Paz en la Guerra* ha sido traducida al alemán y al checo. Es que la fantasía y la tragicomedia de mi *Niebla* ha de ser lo que más hable y diga al hombre individual que es el universal, al hombre por encima, y por debajo a la vez, de clases, de castas, de posiciones sociales, pobre o rico, plebeyo o noble, proletario o burgués. Y esto lo saben los historiadores de la cultura, a los que se les llama cultos.

Sospecho que lo más de este prólogo —metálogo—, al que alguien le llamaría autocrítico, me lo haya sugerido, cuajando de su niebla, aquel don —merece ya el don— Antolín Sánchez Paparrigópulos, de quien se da cuenta en el capítulo XXIII, aunque yo no haya acertado en él a aplicar la rigurosa técnica del inolvidable y profundo investigador. ¡Ah, si yo acertara, siguiendo su propósito, a acometer la historia de los que habiendo pensado escribir no llegaron a hacerlo! De su casta, de su índole son nuestros mejores lectores, nuestros colaboradores y coautores —mejor, co-creadores—, los que al leer una historia —nivola si se quiere— como ésta se dicen: "¡Pero si esto lo he pensado así yo antes! ¡Si a este personaje le he conocido yo! ¡Si a mí me ha ocurrido lo mismo!" ¡Cuán otros que esos presos de apabullante ramplonería que andan preocupados de lo que llaman la verosimilitud! O de los que creen vivir despiertos, ignorando que sólo está de veras despierto el que tiene conciencia de estar soñando, como sólo está de veras cuerdo el que tiene conciencia de su locura. Y "el que no confunde se confunde", como decía Víctor Goti, mi pariente, a Augusto Pérez.

Todo este mi mundo de Pedro Antonio y Josefa Ignacia, de don Avito Carrascal y Marina, de Augusto Pérez, Eugenia Domingo y Rosarito, de Alejandro Gómez, "nada menos que todo un hombre", y Julia, de Joaquín Montenegro, Abel Sánchez y Elena, de la tía Tula, su hermana y su cuñado y sus sobrinos, de San Manuel Bueno y Ángela Carballino —una ángela—, y de don Sandalio, y de Emeterio Alfonso y Celedonio Ibáñez, y de Ricardo y Liduvina; todo este mundo, que me es más real que el de Cánovas y Sagasta, de Alfonso XIII, de Primo de Rivera, de Galdós, Pereda, Menéndez y Pelayo y todos aquellos a quienes conocí o conozco vivos, y a algunos de ellos los traté o los trato. En aquel mundo me realizaré, si es que me realizo, aún más que en este otro.

Y bajo esos dos mundos, sosteniéndolos, está otro mundo, un mundo sustancial y eterno, en que me sueño a mí mismo y a los que han sido —muchos lo son todavía— carne de mi espíritu y espíritu de mi carne, mundo de la conciencia sin espacio ni tiempo, en la que vive, como ola en el mar, la conciencia de mi cuerpo. Cuando me negué a indultar de la muerte a mi Augusto Pérez, me dijo éste: "No quiere usted dejarme ser yo, salir de la niebla, vivir, vivir, vivir, verme, oírme, tocarme, sentirme, dolerme, serme, ¿conque no lo quiere?, ¿conque he de morir ente de ficción? ¡Pues bien, señor creador don Miguel, también usted se morirá, también usted, y se volverá a la nada de que salió!... ¡Dios dejará de soñarle! ¡Se morirá usted, sí, se morirá, aunque no lo quiera; se morirá usted y se morirán todos los que lean mi historia, todos, todos, todos, sin quedar uno! ¡Entes de ficción como yo, lo mismo que yo! ¡Se morirán todos, todos, todos!" Así me dijo, y ¡cómo me susurran, a través de más de veinte años, durante ellos, en terrible silbido casi silencioso, como el bíblico de Jehová, esas palabras proféticas y apocalípticas! Porque no es sólo que he venido muriéndome, es que se han ido muriendo, se me han muerto los míos, los que me hacían y me soñaban mejor. Se me ha ido el alma de la vida gota a gota, y alguna vez a chorro. ¡Pobres mentecatos los que suponen que vivo torturado por mi propia mortalidad individual! ¡Pobre gente! No, sino por la de todos los que he soñado y sueño, por la de todos los que me sueñan y sueño. Que la inmortalidad, como el sueño, o es comunal o no es. No logro recordar a ninguno a quien haya conocido de veras —conocer de veras a alguien es quererle, y aunque se crea odiarle— y que se me haya ido sin que a solas me diga: "¿Qué eres ahora tú?, ¿qué es ahora de tu conciencia?, ¿qué soy en ella yo ahora?, ¿qué es de lo que ha sido?" Ésta es la niebla, ésta la nivola, ésta la leyenda, ésta la vida eterna... Y esto es el verbo creador, soñador.

Hay una visión radiosa de Leopardi, el trágico soñador del hastío, que es el Cántico del gallo silvestre, gallo gigantesco sacado de una paráfrasis targúmica de la Biblia, gallo que canta la revelación eterna e invita a los mortales a despertarse. Y acaba así: "Tiempo vendrá en que este universo y la naturaleza misma quedarán agotados. Y al modo que de grandísimos reinos e imperios humanos, y de sus maravillosas moviciones, que fueron famosísimos en otras edades, no queda hoy ni señal ni fama alguna, parejamente del mundo entero y de las infinitas vicisitudes y calamidades de las cosas creadas no permanecerá ni siquiera un vestigio, sino que un silencio desnudo y quietud profundísima llenarán el espacio inmenso. Así este arcano admirable y espantoso de la existencia universal, antes de ser declarado ni entendido se borrará y perderáse."

Pero no, que ha de quedar el cántico del gallo silvestre y el susurro de Jehová con él; ha de quedar el Verbo que fue el principio y será el último, el Soplo y don espiritual que recoge las nieblas y las cuaja. Augusto Pérez nos conminó a todos, a todos los que fueron y son yo, a todos los que formamos el sueño de Dios —o, mejor, el sueño de su Verbo— con que habremos de morir. Se me van muriendo en carne de espacio, pero no en carne de sueño, en carne de conciencia. Y por esto os digo, lectores de mi *Niebla,* soñadores de mi Augusto Pérez y de su mundo, que esto de la niebla, esto es la nivola, esto es la leyenda, esto es la historia, la vida eterna.

Salamanca, febrero de 1935.

I

Al aparecer Augusto a la puerta de su casa extendió el brazo derecho, con la mano palma abajo y abierta, y dirigiendo los ojos al cielo quedóse un momento parado en esta actitud estatuaria y augusta. No era que tomaba posesión del mundo exterior, sino que observaba si llovía. Y al recibir en el dorso de la mano el frescor del lento orvallo frunció el entrecejo. Y no era tampoco que le molestase la llovizna, sino el tener que abrir el paraguas. ¡Estaba tan elegante, tan esbelto, plegado y dentro de su funda! Un paraguas cerrado es tan elegante como es feo un paraguas abierto.

"Es una desgracia esto de tener que servirse uno de las cosas —pensó Augusto—; tener que usarlas. El uso estropea y hasta destruye toda belleza. La función más noble de los objetos es la de ser contemplados. ¡Qué bella es una naranja antes de comida! Esto cambiará en el cielo cuando todo nuestro oficio se reduzca, o más bien se ensanche, a contemplar a Dios y todas las cosas en Él. Aquí, en esta pobre vida, no nos cuidamos sino de servirnos de Dios; pretendemos abrirlo, como a un paraguas, para que nos proteja de toda suerte de males."

Díjose y se agachó a recogerse los pantalones. Abrió el paraguas por fin y se quedó un momento suspenso y pensando: "y ahora, ¿hacia dónde voy?, ¿tiro a la derecha o a la izquierda?" Porque Augusto no era un caminante, sino un paseante de la vida. "Esperaré a que pase un perro —se dijo— y tomaré la dirección inicial que él tome."

En esto pasó por la calle no un perro, sino una garrida moza, y tras de sus ojos se fue, como imantado y sin darse de ello cuenta, Augusto.

Y así una calle y otra y otra.

"Pero aquel chiquillo —iba diciéndose Augusto, que más bien que pensaba hablaba consigo mismo—, ¿qué hará allí, tirado de bruces en el suelo? ¡Contemplar a alguna hormiga, de seguro! ¡La hormiga, ¡bah!, uno de los animales más hipócritas! Apenas hace sino pasearse y hacernos creer que trabaja. Es como ese gandul que va ahí, a paso de carga, codeando a todos aquellos con quienes se cruza, y no me cabe duda de que no tiene nada que hacer. ¡Qué ha de tener que hacer! Es un vago, un vago como... ¡No, yo no soy un vago! Mi imaginación no descansa. Los vagos son ellos, los que dicen que trabajan y no hacen sino aturdirse y ahogar el pensamiento. Porque, vamos a ver, ese mamarracho de chocolatero que se pone ahí, detrás de esa vidriera, a darle al rollo majadero, para que le veamos, ese exhibicionista del trabajo, ¿qué es sino un vago? Y a nosotros, ¿qué nos importa que trabaje o no? ¡El trabajo! ¡El trabajo! ¡Hipocresía! Para trabajo el de ese pobre paralítico que va ahí medio arrastrándose... Pero ¿y qué sé yo? ¡Perdone, hermano! —esto se lo dijo en voz alta—. ¿Hermano? ¿Hermano en qué? ¡En parálisis! Dicen que todos somos hijos de Adán. Y éste, Joaquinito, ¿es también hijo de Adán? ¡Adiós, Joaquín! ¡Vaya, ya tenemos el inevitable automóvil, ruido y polvo! ¿Y qué se adelanta con suprimir así distancias? La manía de viajar viene de topofobia y no de filotopía; el que viaja mucho va huyendo de cada lugar que deja y no buscando cada lugar a que llega. Viajar... Viajar... Qué chisme molesto es el paraguas... Calla, ¿qué es esto?

Y se detuvo a la puerta de una casa donde había entrado la garrida moza que le llevara imantado tras de sus ojos. Y entonces se dio cuenta Augusto de que la había venido siguiendo. La portera de la casa le miraba con ojillos maliciosos, y aquella mirada le sugirió a Augusto lo que entonces debía hacer. "Esta Cerbera aguarda —se dijo— que le pregunte por el nombre y circunstancias de esta señorita a que he venido siguiendo, y, ciertamente, esto es lo que procede ahora. Otra cosa sería dejar mi seguimiento sin coronación, y eso no, las obras deben acabarse. ¡Odio lo imperfecto!" Metió la mano al bolsillo y no encontró en él sino un duro. No era cosa de ir entonces a cambiarlo; se perdería tiempo y ocasión de ello.

—Dígame, buena mujer —interpeló a la portera sin sacar el índice y el pulgar del bolsillo—, ¿podría decirme aquí, en confianza y para *inter nos*, el nombre de esta señorita que acaba de entrar?

—Eso no es ningún secreto ni nada malo, caballero.

—Por lo mismo.

—Pues se llama doña Eugenia Domingo del Arco.

—¿Domingo? Será Dominga...

—No, señor, Domingo; Domingo es su primer apellido.

—Pues cuando se trata de mujeres, ese apellido debía cambiarse en Dominga. Y si no, ¿dónde está la concordancia?

—No la conozco, señor.

—Y dígame... dígame... —sin sacar los dedos del bolsillo—, ¿cómo es que sale así sola? ¿Es soltera o casada? ¿Tiene padres?

—Es soltera y huérfana. Vive con unos tíos...

—¿Paternos o maternos?

—Sólo sé que son tíos.

—Basta y aun sobra.

—Se dedica a dar lecciones de piano.

—¿Y lo toca bien?

—Ya tanto no sé.

—Bueno, bien, basta; y tome por la molestia.

—Gracias, señor, gracias. ¿Se le ofrece algo más? ¿Puedo servirle en algo? ¿Desea le lleve algún mandado?

—Tal vez... tal vez... No por ahora... ¡Adiós!

—Disponga de mí, caballero, y cuente con una absoluta discreción.

"Pues señor —iba diciéndose Augusto al separarse de la portera—, ve aquí cómo he quedado comprometido con esta buena mujer. Porque ahora no puedo dignamente dejarlo así. Qué dirá, si no, de mí este dechado de porteras. ¿Conque... Eugenia Dominga, digo Domingo del Arco? Muy bien, voy a apuntarlo, no sea que me olvide. No hay más arte mnemotécnica que llevar un libro de memorias en el bolsillo. Ya lo decía mi inolvidable don Leoncio: ¡no metáis en la cabeza lo que os quepa en el bolsillo! A lo que habría que añadir por complemento: ¡no metáis en el bolsillo lo que os quepa en la cabeza! Y la portera, ¿cómo se llama la portera?

Volvió unos pasos atrás.

—Dígame una cosa más, buena mujer...

—Usted mande...

—Y usted, ¿cómo se llama?

—¿Yo? Margarita.

—¡Muy bien, muy bien... gracias!

—No hay de qué.

Y volvió a marcharse Augusto, encontrándose al poco rato en el paseo de la Alameda.

Había cesado la llovizna. Cerró y plegó su paraguas y lo enfundó. Acercóse a un banco, y al palparlo se encontró con que estaba húmedo. Sacó un periódico, lo colocó sobre el banco y sentóse. Luego, su cartera, y blandió su pluma estilográfica. "He aquí un chisme utilísimo —se dijo—; de otro modo tendría que apuntar con lápiz el nombre de esa señorita y podría borrarse. ¿Se borrará su imagen de mi memoria? Pero ¿cómo es? ¿Cómo es la dulce Eugenia? Sólo me acuerdo de unos ojos... Tengo la sensación del toque de unos ojos... Mientras yo divagaba líricamente, unos ojos tiraban dulcemente de mi corazón. ¡Veamos! Eugenia Domingo, sí, Domingo, del Arco. ¿Domingo? No me acostumbro a eso de que se llame Domingo... No; he de hacerle cambiar el apellido y que se llame Dominga. Pero, y nuestros hijos varones. ¿habrán de llevar por segundo apellido el de Dominga? Y como han de suprimir el mío, este impertinente Pérez, dejándolo en una P., ¿se ha de llamar nuestro primogénito Augusto P. Dominga? Pero... ¿dónde me llevas, loca fantasía?" Y apuntó en su cartera: Eugenia Domingo del Arco. Avenida de la Alameda, 58. Encima de esta apuntación había estos dos endecasílabos:

De la cuna nos viene la tristeza
Y también de la cuna la
alegría...

"Vaya —se dijo Augusto—, esta Eugenia, la profesora de piano, me ha cortado un excelente principio de poesía lírica trascendental. Me queda interrumpida. ¿Interrumpida?... Sí, el hombre no hace sino buscar en los sucesos, en las vicisitudes de la suerte, alimento para su tristeza o su alegría nativas. Un mismo caso es triste o alegre según nuestra disposición innata. ¿Y Eugenia? Tengo que escribirle, pero no desde aquí, sino desde casa. ¿Iré más bien al Casino? No, a casa, a casa. Estas cosas desde casa, desde el hogar. ¿Hogar? Mi casa no es hogar. Hogar... Hogar... ¡Cenicero más bien! ¡Ay, mi Eugenia!"

Y se volvió Augusto a su casa.

II

Al abrirle el criado la puerta...

Augusto, que era rico y solo, pues su anciana madre había muerto no hacía sino seis meses antes de estos menudos sucedidos, vivía con un criado y una cocinera, sirvientes antiguos en la casa e hijos de otros que en ella misma habían servido. El criado y la cocinera estaban casados entre sí, pero no tenían hijos.

Al abrirle el criado la puerta le preguntó Augusto si en su ausencia había llegado alguien.

—Nadie, señorito.

Eran pregunta y respuesta sacramentales, pues apenas recibía visitas en casa Augusto.

Entró en su gabinete, tomó un sobre y escribió en él: "Señorita doña Eugenia Domingo del Arco. E. P. M." Y en seguida, delante del blanco papel, apoyó la cabeza en ambas manos, los codos en el escritorio, y cerró los ojos. "Pensemos primero en ella", se dijo. Y esforzóse por atrapar en la oscuridad el resplandor de aquellos otros ojos que le arrastraran al azar.

Estuvo así un rato sugeriéndose la figura de Eugenia, y como apenas si la había visto, tuvo que figurársela. Merced a esta labor de evocación fue surgiendo a su fantasía una figura vagarosa ceñida de ensueños. Y se quedó dormido. Se quedó dormido porque había pasado mala noche, de insomnio.

—¡Señorito!

—¿Eh? —exclamó despertándose.

—Está ya servido el almuerzo.

¿Fue la voz del criado, o fue el apetito, de que aquella voz no era sino un eco, lo que le despertó? ¡Misterios psicológicos! Así pensó Augusto, que se fue al comedor diciéndose: "¡Oh, la psicología!"

Almorzó con fruición su almuerzo de todos los días: un par de huevos fritos, un bisteque con patatas y un trozo de queso Gruyère. Tomó luego su café y se tendió en la mecedora. Encendió un habano, se le llevó a la boca, y diciéndose "¡Ay, mi Eugenia!" se dispuso a pensar en ella.

"¡Mi Eugenia, sí, la mía —iba diciéndose—, esta que me estoy forjando a solas, y no la otra, no la de carne y hueso, no la que vi cruzar por la puerta de mi casa, aparición fortuita, no la de la portera! ¿Aparición fortuita? ¿Y qué aparición no lo es? ¿Cuál es la lógica de las apariciones? La de la sucesión de estas figuras que forman las nubes del humo del cigarro. ¡El azar! El azar es el íntimo ritmo del mundo, el azar es el alma de la poesía. ¡Ah, mi azarosa Eugenia! Esta mi vida mansa, rutinaria, humilde, es una oda pindárica tejida con las mil pequeñeces de lo cotidiano. ¡Lo cotidiano! ¡El pan nuestro de cada día dánosle hoy! Dame, Señor, las mil menudencias de cada día. Los hombres no sucumbimos a las grandes penas ni a las grandes alegrías, y es porque esas penas y esas alegrías vienen embozadas en una inmensa niebla de pequeños incidentes. Y la vida es esto, la niebla. La vida es una nebulosa. Ahora surge de ella Eugenia. ¿Y quién es Eugenia? ¡Ah!, caigo en la cuenta de que hace tiempo la andaba buscando. Y mientras yo la buscaba, ella me ha salido al paso. ¿No es esto acaso encontrar algo? Cuando uno descubre una aparición que buscaba, ¿no es que la aparición, compadecida de su busca, se le viene al encuentro? ¿No salió la América a buscar a Colón? ¿No ha venido Eugenia a buscarme a mí? ¡Eugenia! ¡Eugenia! ¡Eugenia!"

Y Augusto se encontró pronunciando en voz alta el nombre de Eugenia. Al oír llamar, el criado, que acertaba a pasar junto al comedor, entró diciendo:

—¿Llamaba, señorito?

—¡No; a ti, no! Pero, calla, ¿no te llamas tú Domingo?

—Sí, señorito —respondió Domingo sin extrañeza alguna por la pregunta que le hacía.

—¿Y por qué te llamas Domingo?

—Porque así me llaman.

"Bien, muy bien —se dijo Augusto—: nos llamamos como nos llaman. En los tiempos homéricos tenían las personas y las cosas dos nombres, el que le daban los hombres y el que le daban los dioses. ¿Cómo me llamará Dios? ¿Y por qué no he de llamarme yo de otro modo que como los demás me llaman? ¿Por qué no he de dar a Eugenia otro nombre distinto del que le dan los demás, del que le da Margarita, la portera? ¿Cómo la llamaré?"

—Puedes irte —le dijo al criado.

Se levantó de la mecedora, fue al gabinete, tomó la pluma y se puso a escribir:

"Señorita: Esta misma mañana, bajo la dulce llovizna del cielo, cruzó usted, aparición fortuita, por delante de la puerta de la casa donde aun vivo y ya no tengo hogar. Cuando desperté, fui a la puerta de la suya, donde ignoro si tiene usted hogar o no lo tiene. Me habían llevado allí sus ojos, sus ojos, que son refulgentes estrellas mellizas en la nebulosa de mi mundo. Perdóneme, Eugenia, y deje que le dé familiarmente este dulce nombre; perdóneme la lírica. Yo vivo en perpetua lírica infinitesimal.

"No sé qué más decirle. Sí, sí, sé. Pero es tanto, tanto lo que tengo que decirle, que estimo mejor aplazarlo para cuando nos veamos y nos hablemos. Pues es lo que ahora deseo, que nos veamos y hablemos, que nos escribamos, que nos conozcamos. Después... Después, ¡Dios y nuestros corazones dirán!

"¿Me dará usted, pues, Eugenia, dulce aparición de mi vida cotidiana, me dará usted oídos?

"Sumido en la niebla de su vida espera su respuesta.

Augusto Pérez"

Y rubricó, diciéndose: "Me gusta esta costumbre de la rúbrica por lo inútil."

Cerró la carta y volvió a echarse a la calle.

"¡Gracias a Dios —se decía camino de la avenida de la Alameda—, gracias a Dios que sé a dónde voy y que tenga a dónde ir! Esta mi Eugenia es una bendición de Dios. Ya ha dado una finalidad, un hito de término a mis vagabundeos callejeros. Ya tengo casa que rondar; ya tengo una portera confidente..."

Mientras iba así hablando consigo mismo cruzó con Eugenia sin advertir siquiera el resplandor de sus ojos. La niebla espiritual era demasiado densa. Pero Eugenia, por su parte, sí se fijó en él, diciéndose: "¿Quién será este joven? ¡No tiene mal porte y parece bien acomodado!" Y es que, sin darse cuenta de ello, adivinó a uno que por la mañana la había seguido. Las mujeres saben siempre cuándo se las mira, aun sin verlas, y cuándo se las ve, sin mirarlas.

Y siguieron los dos, Augusto y Eugenia, en direcciones contrarias, cortando con sus almas la enmarañada telaraña espiritual de la calle. Porque la calle forma un tejido en que se entrecruzan miradas de deseo, de envidia, de desdén, de compasión, de amor, de odio, viejas palabras cuyo espíritu quedó cristalizado, pensamientos, anhelos, toda una tela misteriosa que envuelve las almas de los que pasan.

Por fin se encontró Augusto una vez más ante Margarita la portera, ante la sonrisa de Margarita. Lo primero que hizo ésta al ver a aquél fue sacar la mano del bolsillo del delantal.

—Buenas tardes, Margarita.

—Buenas tardes, señorito.

—Augusto, buena mujer, Augusto.

—Don Augusto —añadió ella.

—No a todos los hombres les cae el don —observó él—. Así como de Juan a don Juan hay un abismo, así le hay de Augusto a don Augusto. ¡Pero... sea! ¿Salió la señorita Eugenia?

—Sí, hace un momento.

—¿En qué dirección?

—Por ahí.

Y por ahí se dirigió Augusto. Pero al rato volvió. Se le había olvidado la carta.

—¿Hará el favor, señora Margarita, de hacer llegar esta carta a las propias blancas manos de la señorita Eugenia?

—Con mucho gusto.

—Pero a sus propias blancas manos, ¿eh? A sus manos tan marfileñas como las teclas del piano a que acarician.

—Sí, ya, lo sé de otras veces.

—¿De otras veces? ¿Qué es eso de otras veces?

—Pero ¿es que cree el caballero que es ésta la primera carta de este género?

—¿De este género? Pero ¿usted sabe el género de mi carta?

—Desde luego. Como las otras.

—¿Como las otras? ¿Como qué otras?

—¡Pues pocos pretendientes que ha tenido la señorita!...

—¡Ah!, ¿pero ahora está vacante?

—¿Ahora? No, no, señor; tiene algo así como un novio..., aunque creo que no es sino aspirante a novio... Acaso le tenga en prueba..., puede ser que sea interino...

—¿Y cómo no me lo dijo?

—Como usted no me lo preguntó...

—Es cierto. Sin embargo, entréguele esta carta y en propias manos, ¿entiende? ¡Lucharemos! ¡Y vaya otro duro!

—Gracias, señor, gracias.

Con trabajo se separó de allí Augusto, pues la conversación nebulosa, cotidiana de Margarita la portera empezaba a agradarle. ¿No era acaso un modo de matar el tiempo?

"¡Lucharemos! —iba diciéndose

Augusto calle abajo—. ¡Sí, lucharemos! ¿Conque tiene otro novio, otro aspirante a novio?... ¡Lucharemos! *Militia est vita hominis super terram.* Ya tiene mi vida una finalidad; ya tengo una conquista que llevar a cabo. ¡Oh Eugenia, mi Eugenia, has de ser mía! ¡Por lo menos, mi Eugenia; ésta que me he forjado sobre la visión fugitiva de aquellos ojos, de aquella punta de estrellas en mi nebulosa; esta Eugenia sí que ha de ser mía; sea la otra, la de la portera, de quien fuere! ¡Lucharemos! Lucharemos y venceré. Tengo el secreto de la victoria. ¡Ah Eugenia, mi Eugenia!"

Y se encontró a la puerta del Casino, donde ya Víctor le esperaba para echar la cotidiana partida de ajedrez.

III

—Hoy te retrasaste un poco, chico —dijo Víctor a Augusto—. ¡Tú, tan puntual siempre!

—Que quieres..., quehaceres...

—¿Quehaceres, tú?

—Pero ¿es que crees que sólo tienen quehaceres los agentes de bolsa? La vida es mucho más compleja de lo que tú te figuras.

—Y yo más simple de lo que tú crees...

—Todo pudiera ser.

—¡Bien, sal!

Augusto avanzó dos casillas el peón de rey, y en vez de tararear como otras veces trozos de ópera, se quedó diciéndose: "¡Eugenia, Eugenia, Eugenia, mi Eugenia, finalidad de mi vida, dulce resplandor de estrellas mellizas en la niebla, lucharemos! Aquí sí que hay lógica, en esto del ajedrez y, sin embargo, ¡qué nebuloso, qué fortuito después de todo! ¿No será la lógica también algo fortuito, algo azaroso? Y esa aparición de mi Eugenia, ¿no será algo lógico? ¿No obedecerá a un ajedrez divino?"

Pero, hombre —le interrumpió Víctor—, ¿no quedamos en que no sirve volver atrás la jugada? ¡Pieza tocada, pieza jugada!

—En eso quedamos, sí.

—Pues si haces eso te como gratis ese alfil.

—Es verdad, es verdad; me había distraído.

—Pues no distraerse; que el que juega no asa castañas. Y ya lo sabes: pieza tocada, pieza jugada.

—¡Vamos, sí, lo irreparable!

—Así debe ser. Y en ello consiste lo educativo de este juego.

"¿Y por qué no ha de distraerse uno en el juego? —se decía Augusto—. ¿Es o no es un juego la vida? ¿Y por qué no ha de servir volver atrás las jugadas? ¡Esto es la lógica! Acaso esté ya la carta en manos de Eugenia. *Alea iacta est!* A lo hecho, pecho. ¿Y mañana? ¡Mañana es de Dios! ¿Y ayer, de quién es? ¿De quién es ayer? ¡Oh ayer, tesoro de los fuertes! ¡Santo ayer, sustancia de la niebla cotidiana!"

—¡Jaque! —volvió a interrumpirle Víctor.

—Es verdad, es verdad... Veamos... Pero ¿cómo he dejado que las cosas lleguen a este punto?

—Distrayéndote, hombre, como de costumbre. Si no fueses tan distraído serías uno de nuestros primeros jugadores.

—Pero dime, Víctor, ¿la vida es juego o distracción?

—Es que el juego no es sino distracción.

—Entonces, ¿qué más da distraerse de un modo o de otro?

—Hombre, de jugar, jugar bien

—¿Y por qué no jugar mal? ¿Y qué es jugar bien y qué jugar mal? ¿Por qué no hemos de mover estas piezas de otro modo que como las movemos?

—Esto es la tesis, Augusto amigo, según tú, filósofo conspicuo, me has enseñado.

—Bueno, pues voy a darte una gran noticia.

—¡Venga!

—Pero asómbrate, chico.

—Yo no soy de los que se asombran *a priori* o de antemano.

—Pues allá va: ¿sabes lo que me pasa?

—Que cada vez estás más distraído.

—Pues me pasa que me he enamorado.

—¡Ba! Eso ya lo sabía yo.

—¿Cómo que lo sabías?...

—Naturalmente, tú estás enamorado *ab origine*, desde que naciste; tienes un amorío innato.

—Sí, el amor nace con nosotros cuando nacemos.

—No he dicho amor, sino amorío. Y ya sabía yo, sin que tuvieras que decírmelo, que estabas enamorado, o más bien enamoriscado. Lo sabía mejor que tú mismo.

—Pero ¿de quién? Dime, ¿de quién?

—Eso no lo sabes tú más que yo.

—Pues calla, mira, acaso tengas razón...

—¿No te lo dije? Y si no, dime: ¿es rubia o morena?

—Pues, la verdad, no lo sé. Aunque me figuro que no debe ser ni lo uno ni lo otro; vamos, así, pelicastaña.

—¿Es alta o baja?

—Tampoco me acuerdo bien. Pero debe de ser una cosa regular. Pero ¡qué ojos, chico, qué ojos tiene mi Eugenia!

—¿Eugenia?

—Sí; Eugenia Domingo del Arco, avenida de la Alameda, cincuenta y ocho.

—¿La profesora de piano?

—La misma. Pero...

—Sí, la conozco. Y ahora..., ¡jaque otra vez!

—Pero...

—¡Jaque he dicho!

—Bueno...

Y Augusto cubrió el rey con un caballo. Y acabó perdiendo el juego.

Al despedirse, Víctor, poniéndose la diestra, a guisa de yugo, sobre el cerviguillo, le susurró al oído:

—Conque Eugenita la pianista, ¿eh? Bien, Augusto, bien; tú poseerás la tierra.

"¡Pero esos diminutivos —pensó Augusto—, esos terribles diminutivos!" Y salió a la calle.

IV

"¿Por qué el diminutivo es señal de cariño? —iba diciéndose Augusto camino de su casa—. ¿Es acaso que el amor achica la cosa amada? ¡Enamorado yo! ¡Yo enamorado! ¡Quién había de decirlo!... Pero ¿tendrá razón Víctor? ¿Seré un enamorado *ab initio*? Tal vez mi amor ha precedido a su objeto. Es más, es este amor el que lo ha suscitado, el que lo ha extraído de la niebla de la creación. Pero si yo adelanto aquella torre no me da el mate, no me lo da. ¿Y qué es amor? ¿Quién definió el amor? Amor definido deja de serlo... Pero, Dios mío, ¿por qué permitirá el alcalde que empleen para los rótulos de los comercios tipos de letra tan feos como ése? Aquel alfil estuvo mal jugado. ¿Y cómo me he enamorado, si en rigor no puedo decir que la conozco? ¡Bah!, el conocimiento vendrá después. El amor precede al conocimiento, y éste mata a aquél. *Nihil volitum quin praecognitum*, me enseñó el P. Zaramillo, pero yo he llegado a la conclusión contraria, y es que *nihil cognitum quin praevolitum*. Conocer es perdonar, dicen. No, perdonar es conocer. Primero el amor, el conocimiento después. Pero ¿cómo no vi que me daba mate al descubierto? Y para amar algo, ¿qué basta? ¡Vislumbrarlo! La vislumbre; he aquí la intuición amorosa, la vislumbre en la niebla. Luego viene el precisarse, la visión perfecta, el resolverse la niebla en gotas de agua o en granizo, o en nieve, o en piedra. La ciencia es una pedrea. ¡No, no, niebla, niebla! ¡Quién fuera águila para pasearse por los senos de las nubes!

Y ver al sol a través de ellas, como lumbre nebulosa también.

"¡Oh, el águila! ¡Qué cosas se dirían el águila de Patmos, la que mira al sol cara a cara y no ve en la negrura de la noche, cuando escapándose de junto a San Juan se encontró con la lechuza de Minerva, la que ve en lo oscuro de la noche, pero no puede mirar al sol, y se había escapado del Olimpo!"

Al llegar a este punto cruzó Augusto con Eugenia y no reparó en ella.

"El conocimiento viene después... —siguió diciéndose—. Pero... ¿qué ha sido eso? Juraría que han cruzado por mi órbita dos refulgentes y místicas estrellas gemelas... ¿Habrá sido ella? El corazón me dice... ¡Pero, calla, ya estoy en casa!"

Y entró.

Dirigióse a su cuarto, y al reparar en la cama, dijo: "¡Solo! ¡Dormir solo! ¡Soñar solo! Cuando se duerme en compañía, el sueño debe ser común. Misteriosos efluvios han de unir los dos cerebros. ¿O no es, acaso, que a medida que los corazones más se unen, más se separan las cabezas? Tal vez. Tal vez están en posiciones mutuamente adversas. Si dos amantes piensan lo mismo, sienten en contrario uno del otro; si comulgan en el mismo sentimiento amoroso, cada cual piensa otra cosa que el otro, tal vez lo contrario. La mujer sólo ama a su hombre mientras no piense como ella, es decir, mientras piense. Veamos a este honrado matrimonio."

Muchas noches, antes de acostarse, solía Augusto echar una partida de tute con su criado Domingo, y mientras, la mujer de éste, la cocinera, contemplaba el juego.

Empezó la partida.

—¡Veinte en copas! —cantó Domingo.

—¡Decidme! —exclamó Augusto de pronto—. ¿Y si yo me casara?

—Muy bien hecho, señorito —dijo Domingo.

—Según y conforme —se atrevió a insinuar Liduvina, su mujer.

—Pues ¿no te casaste tú? —le interpeló Augusto.

—Según y conforme, señorito.

—¿Cómo según y conforme? Habla.

—Casarse es muy fácil; pero no es tan fácil ser casado.

—Eso pertenece a la sabiduría popular, fuente de...

—Y lo que es la que haya de ser mujer del señorito... —agregó Liduvina, temiendo que Augusto le espetara todo un monólogo.

—¿Qué? La que haya de ser mi mujer, ¿qué? Vamos, ¡dílo, dílo, mujer, dílo!

—Pues que como el señorito es tan bueno...

—Anda, dílo, mujer, dílo de una vez.

—Ya recuerda lo que decía la señora...

A la piadosa mención de su madre Augusto dejó las cartas sobre la mesa, y su espíritu quedó un momento en suspenso. Muchas veces su madre, aquella dulce señora, hija del infortunio, le había dicho: "Yo no puedo vivir ya mucho, hijo mío; tu padre me está llamando. Acaso le hago a él más falta que a ti. Así que yo me vaya de este mundo y te quedes solo en él tú, cásate, cásate cuanto antes. Trae a esta casa dueña y señora. Y no es que yo no tenga confianza en nuestros antiguos y fieles servidores, no. Pero trae ama a la casa. Y que sea ama de casa, hijo mío, que sea ama. Hazla dueña de tu corazón, de tu bolsa, de tu despensa, de tu cocina y de tus resoluciones. Busca una mujer de gobierno, que sepa querer... y gobernarte."

—Mi mujer tocará el piano —dijo Augusto sacudiendo sus recuerdos y añoranzas.

—¡El piano! Y eso ¿para qué sirve? —preguntó Liduvina.

—¿Para qué sirve? Pues ahí estriba su mayor encanto, en que no sirve para maldita de Dios la cosa, lo que se llama servir. Estoy harto de servicios...

—¿De los nuestros?

—¡No; de los vuestros, no! Y además el piano sirve, sí, sirve..., sirve para llenar de armonía los hogares y que no sean ceniceros.

—¡Armonía! Y eso ¿con qué se come?

—Liduvina... Liduvina...

La cocinera bajó la cabeza ante el dulce reproche. Era la costumbre de uno y de otra.

—Sí; tocará el piano, porque es profesora de piano.

—Entonces no lo tocará —añadió con firmeza Liduvina—. Y si no, ¿para qué se casa?

—Mi Eugenia... —empezó Augusto.

—¡Ah! ¿Pero se llama Eugenia y es maestra de piano? —preguntó la cocinera.

—Sí, ¿pues?

—¿La que vive con unos tíos en la avenida de la Alameda, encima del comercio del señor Tiburcio?

—La misma. Qué, ¿la conoces?

—Sí..., de vista...

—No; algo más, Liduvina, algo más. Vamos, habla; mira que se trata del porvenir y de la dicha de tu amo...

—Es buena muchacha, sí, buena muchacha...

—Vamos, habla, Liduvina... ¡Por la memoria de mi madre!...

—**Acuérdese de sus consejos,** señorito. Pero ¿quién anda en la cocina? ¿A que es el gato?

Y levantándose la criada, se salió.

—¿Y qué, acabamos? —preguntó Domingo.

—Es verdad, Domingo, no podemos dejar así la partida. ¿A quién le toca salir?

—A usted, señorito.

—Pues allá va.

Y perdió también la partida, por distraído.

"Pues señor —se decía al retirarse a su cuarto—, todos la conocen; todos la conocen menos yo. He aquí la obra del amor. ¿Y mañana? ¿Qué haré mañana? ¡Bah! A cada día bástele su cuidado. Ahora, a la cama."

Y se acostó.

Y ya en la cama siguió diciéndose: "Pues el caso es que he estado aburriéndome sin saberlo, y dos mortales años..., desde que murió mi santa madre... Sí, sí, hay un aburrimiento inconsciente. Casi todos los hombres nos aburrimos inconscientemente. El aburrimiento es el fondo de la vida, y el aburrimiento es el que ha inventado los juegos, las distracciones, las novelas y el amor. La niebla de la vida rezuma un dulce aburrimiento, licor agridulce. Todos estos sucesos cotidianos, insignificantes; todas estas dulces conversaciones con que matamos el tiempo y alargamos la vida, ¿qué son sino dulcísimo aburrirse? ¡Oh Eugenia, mi Eugenia, flor de mi aburrimiento vital e inconsciente, asísteme en mis sueños, sueña en mí y conmigo!"

Y quedóse dormido.

V

Cruzaba las nubes, águila refulgente, con las poderosas alas perladas de rocío, fijos los ojos de presa en la niebla solar, dormido el corazón en dulce aburrimiento al amparo del pecho forjado en tempestades; en derredor, el silencio que hacen los rumores remotos de la tierra, y allá en lo alto, en la cima del cielo, dos estrellas mellizas derramando bálsamo invisible. Desgarró el silencio un chillido estridente que decía: "*¡La Correspondencia!*" Y vislumbró Augusto la luz de un nuevo día.

"¿Sueño o vivo? —se preguntó embozándose en la manta—. ¿Soy águila o soy hombre? ¿Qué dirá el papel ése? ¿Qué novedades me traerá el nuevo día consigo? ¿Se habrá tragado esta noche un terremoto o Corcubión? ¿Y por qué no a

Leipzig? ¡Oh, la asociación lírica de ideas, el desorden pindárico! El mundo es un caleidoscopio. La lógica la pone el hombre. El supremo arte es el del azar. Durmamos, pues, un rato más." Y dióse media vuelta en la cama.

¡La Correspondencia!... ¡El vinagrero! Y luego un coche, y después un automóvil, y unos chiquillos después.

"¡Imposible! —volvió a decirse Augusto—. Esto es la vida, que vuelve. Y con ella el amor... ¿Y qué es el amor? ¿No es acaso la destilación de todo esto? ¿No es el jugo del aburrimiento? Pensemos en Eugenia; la hora es propicia."

Y cerró los ojos con el propósito de pensar en Eugenia. ¿Pensar?

Pero este pensamiento se le fue diluyendo, derritiéndosele, y al poco rato no era sino una polca. Es que un piano de manubrio se había parado al pie de la ventana de su cuarto y estaba sonando. Y el alma de Augusto repercutía notas, no pensaba.

"La esencia del mundo es musical —se dijo Augusto cuando murió la última nota del organillo—. Y mi Eugenia, ¿no es musical también? Toda ley es una ley de ritmo, y el ritmo es el amor. He aquí que la divina mañana, virginidad del día, me trae un descubrimiento: el amor es el ritmo. La ciencia del ritmo son las matemáticas; la expresión sensible del amor es la música. La expresión, no su realización; entendámonos."

Le interrumpió un golpecito en la puerta.

—¡Adelante!

—¿Llamaba, señorito? —dijo Domingo.

—¡Sí..., el desayuno!

Había llamado, sin haberse dado de ello cuenta, lo menos hora y media antes que de costumbre, y una vez que hubo llamado tenía que pedir el desayuno, aunque no era hora.

"El amor aviva y anticipa el apetito —siguió diciéndose Augusto—. ¡Hay que vivir para amar! Sí, ¡y hay que amar para vivir!"

Se levantó a tomar el desayuno.

—¿Qué tal tiempo hace, Domingo?

—Como siempre, señorito.

—Vamos, sí, ni bueno ni malo.

—¡Eso!

Era la teoría del criado, quien también se las tenía.

Augusto se lavó, peinó, vistió y avió como quien tiene ya un objetivo en la vida, rebosando íntimo arregosto de vivir. Aunque melancólico.

Echóse a la calle, y muy pronto el corazón le tocó a rebato. "¡Calla —se dijo—, si yo la había visto, si yo la conocía hace mucho tiempo; sí, su imagen me es casi innata!... ¡Madre mía, ampárame!" Y al pasar junto a él, al cruzarse con él Eugenia, la saludó aun más con los ojos que con el sombrero.

Estuvo a punto de volverse para seguirla, pero venció el buen juicio y el deseo que tenía de charlar con la portera.

"Es ella, sí, es ella —siguió diciéndose—, es ella, es la misma, es la que yo buscaba hace años, aun sin saberlo; es la que me buscaba. Estábamos destinados uno a otro en armonía preestablecida; somos dos mónadas complementaria una de otra. La familia es la verdadera célula social. Y yo no soy más que una molécula. ¡Qué poética es la ciencia, Dios mío! ¡Madre, madre mía, aquí tienes a tu hijo; aconséjame desde el cielo! ¡Eugenia, mi Eugenia...!"

Miró a todas partes por si le miraban, pues se sorprendió abrazando al aire. Y se dijo: "El amor es un éxtasis; nos saca de nosotros mismos."

Le volvió a la realidad —¿a la realidad?— la sonrisa de Margarita.

—¿Y qué, no hay novedad? —le preguntó Augusto.

—Ninguna, señorito. Todavía es muy pronto.

—¿No le preguntó nada al entregársela?

—Nada.

—¿Y hoy?

—Hoy, sí. Me preguntó por sus señas de usted, y si le conocía, y quién era. Me dijo que el señorito no se había acordado de poner la dirección de su casa. Y luego me dio un encargo...

—¿Un encargo? ¿Cuál? No vacile.

—Me dijo que si volvía por acá le dijese que estaba comprometida, que tiene novio.

—¿Qué tiene novio?

—Ya se lo dije yo, señorito.

—No importa, ¡lucharemos!

—Bueno, lucharemos.

—¿Me promete usted su ayuda, Margarita?

—Claro que sí.

—¡Pues venceremos!

Y se retiró. Fuése a la Alameda a refrescar sus emociones en la visión de verdura, al oír cantar a los pájaros sus amores. Su corazón verdecía, y dentro de él cantábanle también como ruiseñores recuerdos alados de la infancia.

Era, sobre todo, el cielo de recuerdos de su madre derramando una lumbre derretida y dulce sobre todas sus demás memorias.

De su padre apenas se acordaba; era una sombra mítica que se le perdía en lo más lejano; era una nube sangrienta de ocaso. Sangrienta, porque siendo aún pequeñito lo vio bañado en sangre, de un vómito, y cadáverico. Y repercutía en su corazón, a tan larga distancia, aquel ¡hijo! de su madre, que desgarró la casa; aquel ¡hijo! que no se sabía si dirigido al padre moribundo o a él, a Augusto, empedernido de incomprensión ante el misterio de la muerte.

Poco después su madre, temblorosa de congoja, le apechugaba a su seno, y con una letanía de ¡hijo mío!, ¡hijo mío!, ¡hijo mío!, le bautizaba en lágrimas de fuego. Y él lloró también, apretándose a su madre, y sin atreverse a volver la cara ni a apartarla de la dulce oscuridad de aquel regazo palpitante, por miedo a encontrarse con los ojos devoradores del Coco.

Y así pasaron días de llanto y de negrura, hasta que las lágrimas fueron yéndose hacia dentro y la casa fue derritiendo los negrores.

Era una casa dulce y tibia. La luz entraba por entre las blancas flores bordadas de los visillos. Las butacas abrían, con intimidad de abuelos hechos niños por los años, sus brazos. Allí estaba siempre el cenicero con la ceniza del último puro que apuró su padre. Y allí, en la pared, ya, retrato de ambos, del padre y de la madre, la viuda, ya, hecho el día mismo en que se casaron. Él, que era alto, sentado, con una pierna cruzada sobre la otra, enseñando la lengüeta de la bota, y ella, que era bajita, de pie a su lado y apoyando la mano, una mano fina que no parecía hecha para agarrar, sino para posarse, como paloma, en el hombro de su marido.

Su madre iba y venía sin hacer ruido, como un pajarillo, siempre de negro, con una sonrisa, que era el pozo de las lágrimas de los primeros días de viudez, siempre en la boca y en torno de los ojos escudriñadores. "Tengo que vivir para ti, para ti sólo —le decía por las noches, antes de acostarse—, Augusto." Y éste llevaba a sus sueños nocturnos un beso húmedo aun en lágrimas.

Como un sueño dulce se les iba la vida.

Por las noches le leía su madre algo, unas veces la vida del Santo, otras una novela de Julio Verne o algún cuento candoroso y sencillo. Y algunas veces hasta se reía, con una risa silenciosa y dulce que trascendía a lágrimas lejanas.

Luego entró al Instituto, y por las noches era su madre quien le tomaba las lecciones. Y estudió para tomárselas. Estudió todos aquellos nombres raros de la historia universal, y solía decirle sonriendo: "Pero ¡cuántas barbaridades han podido hacer los hombres, Dios mío!" Estudió matemáticas, y en esto fue en lo que más sobresalió aquella dulce mujer. "Si mi madre llega a dedicarse a las matemáticas..." —se decía Augusto. Y recordaba el interés con que seguía el desarrollo de una ecuación de segundo grado. Estudió psicología, y esto era lo que más se le resistía. "Pero, ¡qué ganas de complicar las cosas!" —solía decir a esto—. Estudió física y química e historia natural. De la historia natural lo que no le gustaba era aquellos motajos raros que se les da en ella a los animales y a las plantas. La fisiología le causaba horror, y renunció a tomar sus lecciones a su hijo. Sólo con ver aquellas láminas que representaban el corazón o los pulmones al desnudo, presentábasele la sanguinosa muerte de su marido. "Todo esto es muy feo, hijo mío —le decía—; no estudies para médico. Lo mejor es no saber cómo se tienen las cosas de dentro."

Cuando Augusto se hizo bachiller le tomó en brazos, le miró al bozo, y rompiendo en lágrimas exclamó: "¡Si viviese tu padre!..." Después le hizo sentarse sobre sus rodillas, de lo que él, un chicarrón ya, se sentía avergonzado, y así le tuvo, en silencio, mirando el cenicero de su difunto.

Y luego vino su carrera, sus amistades universitarias y la melancolía de la pobre madre, al ver que su hijo ensayaba las alas. "¡Yo para ti, yo para ti! —solía decirle—, y tú, ¡quién sabe para qué otra!... Así es el mundo, hijo." El día en que se recibió de licenciado en Derecho, su madre, al llegar él a casa, le tomó y besó la mano de una manera cómicamente grave, y luego, abrazándole, díjole al oído: "¡Tu padre te bendiga, hijo mío!"

Su madre jamás se acostaba hasta que él lo hubiese hecho, y le dejaba con un beso en la cama. No pudo, pues, nunca trasnochar. Y era su madre lo primero que veía al despertarse. Y en la mesa, de lo que él no comía, tampoco ella.

Salían a menudo juntos de paseo, y así iban, en silencio, bajo el cielo, pensando ella en su difunto y él pensando en lo que primero pasaba por sus ojos. Y ella le decía siempre las mismas cosas, cosas cotidianas, muy antiguas y casi siempre nuevas. Muchas de ellas empezaban así: "cuando te cases..."

Siempre que cruzaba con ellos alguna muchacha hermosa, o siquiera linda, su madre miraba a Augusto con el rabillo del ojo.

Y vino la muerte, aquella muerte lenta, grave y dulce. Indolorosa, que entró de puntillas y sin ruido, como un ave peregrina, y se la llevó a vuelo lento, en una tarde de otoño. Murió con su mano en la mano de su hijo, con sus ojos en los ojos de él. Sintió Augusto que la mano se enfriaba, sintió que los ojos se inmovilizaban. Soltó la mano después de haber dejado en su frialdad un beso cálido y cerró los ojos. Se arrodilló junto al lecho y pasó sobre él la historia de aquellos años iguales.

Y ahora estaba aquí, en la Alameda, bajo el gorjear de los pájaros, pensando en Eugenia. Y Eugenia tenía novio. "Lo que me temo, hijo mío —solía decirle su madre—, es cuando te encuentres con la primera espina en el camino de tu vida." ¡Si estuviera aquí ella para hacer florecer en rosa a esta primera espina!

"Si viviera mi madre, encontraría solución a esto —se dijo Augusto—, que no es, después de todo, más difícil que una ecuación de segundo grado. Y no es, en el fondo, más que una ecuación de segundo grado."

Unos débiles quejidos, como de un pobre animal, interrumpieron su soliloquio. Escudriñó con los ojos y acabó por descubrir, entre la verdura de un matorral, un pobre cachorrillo de perro que parecía buscar camino en tierra. "¡Pobrecillo! —se dijo—. Lo han dejado recién nacido a que muera; les faltó valor para matarlo." Y lo recogió.

El animalito buscaba el pecho de su madre. Augusto se levantó y volvióse a casa pensando: "Cuando lo sepa Eugenia, ¡mal golpe para mi rival! ¡Qué cariño le va a tomar al pobre animalito! Y es lindo, muy lindo. ¡Pobrecito, cómo me lame la mano!..."

—Trae leche, Domingo; pero tráela pronto —le dijo al criado no bien éste le hubo abierto la puerta.

—¿Pero ahora se le ocurre comprar perro, señorito?

—No lo he comprado, Domingo; este perro no es esclavo, sino que es libre; lo he encontrado.

—Vamos, sí, es expósito.

—Todos somos expósitos, Domingo. Trae leche.

Le trajo la leche y una pequeña esponja para facilitar la succión. Luego hizo Augusto que se le trajera un biberón para el cachorrillo, para Orfeo, que así le bautizó, no se sabe ni sabía él tampoco por qué.

Y Orfeo fue en adelante el confidente de sus soliloquios, el que recibió los secretos de su amor a Eugenia.

"Mira Orfeo —le decía silenciosamente—, tenemos que luchar. ¿Qué me aconsejas que haga? Si te hubiese conocido mi madre... Pero ya verás, ya verás cuando duermas en el regazo de Eugenia, bajo su mano tibia y dulce. Y ahora, ¿qué vamos a hacer, Orfeo?"

Fue melancólico el almuerzo de aquel día, melancólico el paseo, la partida de ajedrez melancólica y melancólico el sueño de aquella noche.

VI

"Tengo que tomar alguna determinación —se decía Augusto paseándose frente a la casa número 58 de la avenida de la Alameda—; esto no puede seguir así."

En aquel momento se abrió uno de los balcones del piso segundo, en que vivía Eugenia, y apareció una señora enjuta y cana con una jaula en la mano. Iba a poner el canario al sol. Pero al ir a ponerlo falló el clavo y la jaula se vino abajo. La señora lanzó un grito de desesperación: "¡Ay, mi Pichín!" Augusto se precipitó a recoger la jaula. El pobre canario revoloteaba dentro de ella despavorido.

Subió Augusto a la casa, el canario agitándose en la jaula y el corazón en el pecho. La señora le esperaba.

—¡Oh, gracias, caballero!

—Las gracias a usted, señora.

—¡Pichín mío!, ¡mi Pichincito! ¡Vamos, cálmate! ¿Gusta usted pasar, caballero?

Y entró Augusto.

Llevóle la señora a la sala, y diciéndole: "Aguarde un poco, que voy a dejar a mi Pichín", le dejó solo.

En este momento entró en la sala un caballero anciano, el tío de Eugenia, sin duda. Llevaba anteojos ahumados y un fez en la cabeza. Acercóse a Augusto, y tomando asiento junto a él le dirigió estas palabras:

—(Aquí una frase en esperanto que quiere decir: ¿Y usted no cree conmigo que la paz universal llegará pronto merced al esperanto?)

Augusto pensó en la huida, pero el amor a Eugenia le contuvo. El otro siguió hablando, en esperanto también.

Augusto se decidió por fin.

—No le entiendo a usted una palabra, caballero.

—De seguro que le hablaba a usted en esa maldita jerga que llaman esperanto —dijo la tía, que a este punto entraba. Y añadió dirigiéndose a su marido—: Fermín, este señor es el del canario.

—Pues no te entiendo más que tú

cuando te hablo en esperanto —le contestó su marido.

—Este señor ha recogido a mi pobre Pichín, que cayó a la calle, y ha tenido la bondad de traérmelo. Y usted —añadió volviéndose a Augusto—, ¿quién es?...

—Yo soy, señora, Augusto Pérez, hijo de la difunta viuda de Pérez Rovira, a quien usted acaso conocería.

—¿De doña Soledad?

—Exacto: de doña Soledad.

—Y mucho que conocí a la buena señora. Fue una viuda y una madre ejemplar. Le felicito a usted por ello.

—Y yo me felicito de deber al feliz accidente de la caída del canario el conocimiento de ustedes.

—¡Feliz! ¿llama usted feliz a ese accidente?

—Para mí, sí.

—Gracias, caballero —dijo don Fermín, agregando—: Rigen a los hombres y a sus cosas enigmáticas leyes, que el hombre, sin embargo, puede vislumbrar. Yo, señor mío, tengo ideas particulares sobre casi todas las cosas...

—Cállate con tu estribillo, hombre —exclamó la tía—. ¿Y cómo es que pudo usted acudir tan pronto en socorro de Pichín?

—Seré franco con usted, señora; le abriré mi pecho. Es que rondaba la casa.

—¿Esta casa?

—Sí, señora. Tienen ustedes una sobrina encantadora.

—Acabáramos, caballero. Ya, ya veo el feliz accidente. Y veo que hay canarios providenciales.

—¿Quién conoce los caminos de la Providencia? —dijo don Fermín.

—Yo los conozco, hombre, yo —exclamó su señora y volviéndose a Augusto—: Tiene usted abiertas las puertas de esta casa... Pues ¡no faltaba más! Al hijo de doña Soledad... Así como así, va usted a ayudarme a quitar a esa chiquilla un caprichito que se le ha metido en la cabeza...

—¿Y la libertad? —insinuó don Fermín.

—Cállate tú, hombre, y quédate con tu anarquismo.

—¿Anarquismo? —exclamó Augusto.

Irradió de gozo el rostro de don Fermín, y añadió con la más dulce de sus voces:

—Sí, señor mío, yo soy anarquista, anarquista místico, pero en teoría, entiéndase bien, en teoría. No tema usted, amigo —y al decir esto le puso amablemente la mano sobre la rodilla—, no echo bombas. Mi anarquismo es puramente espiritual. Porque yo, amigo mío, tengo ideas propias sobre casi todas las cosas...

Y usted, ¿no es anarquista también? —preguntó Augusto a la tía, por decir algo.

—¿Yo? Eso es un disparate, eso de que no mande nadie. Si no manda nadie, ¿quién va a obedecer? ¿No comprende usted que eso es imposible?

—Hombres de poca fe, que llamáis imposible... —empezó don Fermín.

Y la tía, interrumpiéndole:

—Pues bien, mi señor don Augusto, pacto cerrado. Usted me parece un excelente sujeto, bien educado, de buena familia, con una renta más que regular... Nada, nada, desde hoy es usted mi candidato.

—Tanto honor, señora...

—Sí; hay que hacer entrar en razón a esta mozuela. Ella no es mala, sabe usted, pero caprichosa... Luego, fue criada con tanto mimo!... Cuando sobrevino aquella catástrofe de mi pobre hermano...

—¿Catástrofe? —preguntó Augusto.

—Sí, y como la cosa es pública no debo yo ocultársela a usted. El padre de Eugenia se suicidó después de una operación bursátil desgraciadísima y dejándola con una hipoteca que se lleva sus rentas todas. Y la pobre chica se ha empeñado en ir ahorrando de su trabajo hasta reunir con qué levantar la hipoteca. Figúrese usted, ¡ni aunque esté dando lecciones de piano sesenta años!

Augusto concibió al punto un propósito generoso y heroico.

—La chica no es mala —prosiguió la tía—, pero no hay modo de entenderla.

—Si aprendierais esperanto —empezó Don Fermín.

—Déjanos de lenguas universales. Conque no nos entendemos en las nuestras, y vas a traer otra...

—Pero ¿usted no cree, señora —le preguntó Augusto—, que sería bueno que no hubiese sino una sola lengua?

—¡Eso, eso! —exclamó alborozado Don Fermín.

—Sí, señor —dijo con firmeza la tía—; una sola lengua; el castellano, y a lo sumo el bable para hablar con las criadas que no son racionales.

La tía de Eugenia era asturiana y tenía una criada, asturiana también, a la que reñía en bable.

—Ahora, si es en teoría —añadió—, no me parece mal que haya una sola lengua. Porque mi marido, en teoría, es hasta enemigo del matrimonio.

—Señores —dijo Augusto levantándose—, estoy acaso molestando...

—Usted no molesta nunca, caballero —le respondió la tía—, y queda comprometido a volver por esta casa. Ya lo sabe usted, es usted mi candidato.

Al salir se le acercó un momento don Fermín y le dijo al oído: "¡No piense usted en eso!" "¿Y por qué no?" —le preguntó Augusto—. "Hay presentimientos, caballero, hay presentimientos..."

Al despedirse, las últimas palabras de la tía fueron: "Ya lo sabe, es mi candidato."

Cuando Eugenia volvió a casa, las primeras palabras de su tía al verla fueron:

—¿Sabes, Eugenia, quién ha estado aquí? Don Augusto Pérez.

—Augusto Pérez... Augusto Pérez... ¡Ah, sí! Y ¿quién le ha traído?

—Pichín, mi canario.

—Y ¿a qué ha venido?

—¡Vaya una pregunta! Tras de ti.

—¿Tras de mí y traído por el canario? Pues no lo entiendo. Valiera más que hablase en esperanto, como tío Fermín.

—Él viene tras de ti y es un mozo joven, no feo, apuesto, bien educado, fino y sobre todo rico, chica, sobre todo rico...

—Pues que se quede con su riqueza, que si yo trabajo no es para venderme.

—¿Y quién ha hablado de venderte, polvorilla?

—Bueno, bueno, tía, dejémonos de bromas.

—Tú le verás, chiquilla, tú le verás e irás cambiando de ideas.

—Lo que es eso...

—Nadie puede decir de esta agua no beberé.

—¡Son misteriosos los caminos de la Providencia! —exclamó don Fermín—. Dios...

—Pero, hombre —le arguyó su mujer—, ¿cómo se compadece eso de Dios con el anarquismo? Ya te lo he dicho mil veces. Si no debe mandar nadie, ¿qué es eso de Dios?

—Mi anarquismo, mujer, me lo has oído otras mil veces, es místico, es un anarquismo místico. Dios no manda como mandan los hombres. Dios es también anarquista. Dios no manda, sino...

—Obedece, ¿no es eso?

—Tú lo has dicho, mujer, tú lo has dicho. Dios mismo te ha iluminado. ¡Ven acá!

Cogió a su mujer, le miró en la frente, soplóle en ella, sobre unos rizos de blancos cabellos, y añadió:

—Te inspiró Él mismo. Sí. Dios obedece... obedece...

—Sí, en teoría, ¿no es eso? Y tú, Eugenita, déjate de bobadas, que se te presenta un gran partido.

—También yo soy anarquista,

tía, pero no como tío Fermín, no mística.

—¡Bueno, se verá! —terminó la tía.

VII

"¡Ay Orfeo! —decía ya en su casa Augusto, dándole la leche a aquél—. ¡Ay Orfeo! Di el gran paso, el paso decisivo: entré en su hogar, entré en el santuario. ¿Sabes lo que es dar un paso decisivo? Los vientos de la fortuna nos empujan y nuestros pasos son decisivos todos. ¿Nuestros? ¿Son nuestros esos pasos? Caminamos, Orfeo mío, por una selva enmarañada y bravía, sin senderos. El sendero nos lo hacemos con los pies según caminamos a la ventura. Hay quien cree seguir una estrella; yo creo seguir una doble estrella, melliza. Y esa estrella no es sino la proyección misma del sendero al cielo, la proyección al azar.

"¡Un paso decisivo! Y dime, Orfeo, ¿qué necesidad hay de que haya ni Dios ni mundo ni nada? ¿Por qué ha de haber algo? ¿No te parece que esa idea de la necesidad no es sino la forma suprema que el azar toma en nuestra mente?

"¿De dónde ha brotado Eugenia? ¿Es ella una creación mía o soy creación suya yo? ¿O somos los dos creaciones mutuas, ella de mí, yo de ella? ¿No es acaso todo creación de cada cosa y cada cosa creación de todo? Y ¿qué es creación?, ¿qué eres tú, Orfeo?, ¿qué soy yo?

"Muchas veces se me ha ocurrido pensar, Orfeo, que yo no soy, e iba por la calle antojándoseme que los demás no me veían. Y otras veces he fantaseado que no me veían como me veía yo, y que mientras yo creía ir formalmente, con toda compostura, estaba, sin saberlo, haciendo el payaso, y los demás riéndose y burlándose de mí. ¿No te ha ocurrido alguna vez a ti esto, Orfeo? Aunque no, porque tú eres joven todavía y no tienes experiencia de la vida. Y además eres perro.

"Pero, dime, Orfeo, ¿no se os ocurrirá alguna vez a los perros creeros hombres, así como ha habido hombres que se han creído perros?

"¡Qué vida ésta, Orfeo, qué vida, sobre todo desde que murió mi madre! Cada hora me llega empujada por las horas que le precedieron; no he conocido el porvenir. Y ahora que empiezo a vislumbrarlo me parece que se me va a convertir en pasado. Eugenia es ya casi un recuerdo para mí. Estos días que pasan... este día, este eterno día que pasa... deslizándose en niebla de aburrimiento. Hoy como ayer, mañana como hoy. Mira, Orfeo, mira la ceniza que dejó mi padre en aquel cenicero...

"Ésta es la revelación de la eternidad, Orfeo, de la terrible eternidad. Cuando el hombre se queda a solas y cierra los ojos al porvenir, al ensueño, se le revela el abismo pavoroso de la eternidad. La eternidad no es porvenir. Cuando morimos nos da la muerte media vuelta en nuestra órbita y emprendemos la marcha hacia atrás, hacia el pasado, hacia lo que fue. Y así, sin término, devanando la madeja de nuestro destino, deshaciendo todo el infinito que en una eternidad nos ha hecho, caminando a la nada, sin llegar nunca a ella, pues que ella nunca fue.

"Por debajo de esta corriente de nuestra existencia, por dentro de ella, hay otra corriente en sentido contrario: aquí vamos del ayer al mañana, allí se va del mañana al ayer. Se teje y se desteje a un tiempo. Y de vez en cuando nos llegan hálitos, vahos y hasta rumores misteriosos de ese otro mundo, de ese interior de nuestro mundo. Las entrañas de la historia son una contrahistoria, es un proceso inverso al que ella sigue. El río subterráneo va del mar a la fuente.

"Y ahora me brillan en el cielo de mi soledad los dos ojos de Eugenia. Me brillan con el resplandor de las lágrimas de mi madre. Y me hacen creer que existo, ¡dulce ilusión! *Amo, ergo sum*! Este amor, Orfeo, es como lluvia bienhechora en que se deshace y concreta la niebla de la existencia. Gracias al amor siento al alma de bulto, la toco. Empieza a dolerme en su cogollo mismo el alma, gracias al amor, Orfeo. Y el alma misma, ¿qué es sino amor, sino dolor encarnado?

"Vienen los días y van los días y el amor queda. Allá dentro, muy dentro, en las entrañas de las cosas, se rozan y friegan la corriente de este mundo con la contraria corriente del otro, y de este roce y friega viene el más triste y el más dulce de los dolores: el de vivir.

"Mira Orfeo, las lizas, mira la urdimbre, mira cómo la trama va y viene con la lanzadera, mira cómo juegan las primideras; pero, dime, ¿dónde está el enjullo a que se arrolla la tela de nuestra existencia, dónde?"

Como Orfeo no había visto nunca telar, es muy difícil que entendiera a su amo. Pero mirándole a los ojos mientras hablaba adivinaba su sentir.

VIII

Augusto temblaba y sentíase como en un potro de suplicio en su asiento; entrábanle furiosas ganas de levantarse de él, pasearse por la sala aquélla, dar manotadas en el aire, gritar, hacer locuras de circo, olvidarse de que existía. Ni doña Ermelinda, la tía de Eugenia, ni don Fermín, su marido, el anarquista teórico y místico, lograban traerle a la realidad.

—Pues sí, yo creo —decía doña Ermelinda—, don Augusto, que esto es lo mejor, que usted se espere, pues ella no puede ya tardar en venir; la llamo, ustedes se ven y se conocen y éste es el primer paso. Todas las relaciones de este género tienen que empezar por conocerse, ¿no es así?

—En efecto, señora —dijo, como quien habla desde otro mundo, Augusto—, el primer paso es verse y conocerse...

—Y yo creo que así que ella le conozco a usted, pues... ¡la cosa es clara!

—No tan clara —arguyó don Fermín—. Los caminos de la Providencia son misteriosos siempre... Y en cuanto a eso de que para casarse sea preciso o siquiera conveniente conocerse antes, discrepo... discrepo... El único conocimiento eficaz es el conocimiento *post nuptias*. Ya me has oído, esposa mía, lo que en lenguaje bíblico significa conocer. Y créemelo, no hay más conocimiento sustancial y esencial que ése, el conocimiento penetrante...

—Cállate, hombre, cállate; no desbarres.

—El conocimiento, Ermelinda...

Sonó el timbre de la puerta.

—¡Ella! —exclamó con voz misteriosa el tío.

Augusto sintió una oleada de fuego subirle del suelo hasta perderse, pasando por su cabeza, en lo alto, encima de él. Empezó el corazón a martillarle en el pecho.

Se oyó abrir la puerta, y ruido de unos pasos rápidos e iguales, rítmicos. Y Augusto, sin saber, cómo, sintió que la calma volvía a reinar en él.

—Voy a llamarla —dijo don Fermín haciendo conato de levantarse.

—¡No, de ningún modo! —exclamó doña Ermelinda, y llamó.

Y luego a la criada al presentarse:

—¡Di a la señorita Eugenia que venga!

Se siguió un silencio. Los tres, como en complicidad, callaban. Y Augusto se decía: "¿Podré resistirlo?, ¿no me pondré rojo como una amapola o blanco cual un lirio cuando sus ojos llenen el hueco de esa puerta?, ¿no estallará mi corazón?"

Oyóse un ligero rumor, como de paloma que arranca en vuelo, un ¡ah! breve y seco, y los ojos de

Eugenia, en un rostro todo frescor de vida y sobre un cuerpo que no parecía pesar sobre el suelo, dieron como una nueva y misteriosa luz espiritual a la escena. Y Augusto se sintió tranquilo, enormemente tranquilo, clavado a su asiento y como si fuese una planta nacida en él, como algo vegetal, olvidado de sí, absorto en la misteriosa luz espiritual que de aquellos ojos irradiaba. Y sólo al oír que doña Ermelinda empezaba a decir a su sobrina: "Aquí tienes a nuestro amigo don Augusto Pérez...", volvió en sí y se puso de pie procurando sonreír.

—Aquí tienes a nuestro amigo don Augusto Pérez, que desea conocerte...

—¿El del canario? —preguntó Eugenia.

—Sí, el del canario, señorita —contestó Augusto acercándose a ella y alargándole la mano. Y pensó: "¡Me va a quemar con la suya!"

Pero no fue así. Una mano blanca y fría, blanca como la nieve y como la nieve fría, tocó su mano. Y sintió Augusto que se derramaba por su ser todo como un fluido de serenidad.

Sentóse Eugenia.

—Y este caballero... —empezó la pianista.

"¡Este caballero... este caballero... —pensó Augusto rapidísimamente—, este caballero! ¡Llámarme caballero! ¡Esto es de mal agüero!

—Este caballero, hija mía, que ha hecho por una feliz casualidad...

—Sí, la del canario

—¡Son misteriosos los caminos de la Providencia! —sentenció el anarquista.

—Este caballero, digo —agregó la tía—, que por una feliz casualidad ha hecho conocimiento con nosotros y resulta ser el hijo de una señora a quien conocí algo y respeté mucho; este caballero, puesto que es amigo ya de casa, ha deseado conocerte, Eugenia.

—¡Y admirarla! —añadió Augusto.

—¿Admirarme? —exclamó Eugenia.

—¡Sí, como pianista!

—¡Ah, vamos!

—Conozco, señorita, su gran amor al arte...

—¿Al arte? ¿A cuál, al de la música?

—¡Claro está!

—¡Pues le han engañado a usted, don Augusto!

"¡Don Augusto! ¡Don Augusto! —pensó éste—. ¡Don!... ¡De qué mal agüero es este don! ¡casi tan malo como aquel caballero!" Y luego, en voz alta:

—¿Es que no le gusta la música?

—Ni pizca, se lo aseguro; "Liduvina tiene razón —pensó Augusto—; ésta, después que se case y si el marido la puede mantener, no vuelve a teclear un piano." Y luego en voz alta:

—Como es voz pública que es usted una excelente profesora....

—Procuro cumplir lo mejor posible con mi deber profesional, y ya que tengo que ganarme la vida...

—Eso de tener que ganarte la vida... —empezó a decir don Fermín.

—Bueno, basta —interrumpió la tía—; ya el señor don Augusto está informado de todo...

—¿De todo?, ¿de qué? —preguntó con aspereza y con un ligerísimo movimiento de ir a levantarse Eugenia.

—Sí, de lo de la hipoteca...

—¿Cómo? —exclamó la sobrina poniéndose en pie. —Pero ¿qué es esto, qué significa todo eso, a qué viene esta visita?

—Ya te he dicho, sobrina, que este señor deseaba conocerte... Y no te alteres así...

—Pero es que hay cosas...

—Dispense a su señora tía, señorita —suplicó también Augusto poniéndose a su vez de pie, y lo mismo hicieron los tíos—; pero no ha sido otra cosa... Y en cuanto a eso de la hipoteca y a su abnegación de usted y su amor al trabajo, yo nada he hecho para arrancar de su señora tía tan interesantes noticias; yo...

—Sí, usted se ha limitado a traer al canario unos días después de haberme dirigido una carta...

—En efecto, no lo niego.

—Pues bien, caballero, la contestación a esa carta se la daré cuando mejor me plazca y sin que nadie me cohiba a ello. Y ahora más vale que me retire.

—¡Bien, muy bien! —exclamó don Fermín—. ¡Esto es entereza y libertad! ¡Ésta es la mujer del porvenir! ¡Mujeres así hay que ganarlas a puño, amigo Pérez, a puño!

—¡Señorita!... —suplicó Augusto acercándose a ella.

—Tiene usted razón —dijo Eugenia, y le dio para despedida la mano, tan blanca y tan fría como antes y como la nieve.

Al dar la espalda para salir y desaparecer así los ojos aquellos fuentes de misteriosa luz espiritual sintió Augusto que la ola de fuego le recorría el cuerpo, el corazón le martillaba el pecho y parecía querer estallarle la cabeza.

—¿Se siente usted malo? —le preguntó Don Fermín.

—¡Qué chiquilla, Dios mío, qué chiquilla! —exclamaba doña Ermelinda.

—¡Admirable!, ¡majestuosa!, ¡heroica! ¡Una mujer!, ¡toda una mujer! —decía Augusto.

—Así creo yo —añadió el tío.

—Perdone, señor Don Augusto —repetíale la tía—, perdone; esta chiquilla es un pequeño erizo; ¡quién lo había de pensar!...

—Pero ¡si estoy encantado, señora, encantado! Si esta recia independencia de carácter, a mí, que no le tengo, es lo que más me entusiasma!; ¡si es ésta, ésta, ésta y no otra la mujer que necesito!

—Sí, señor Pérez —declaró el anarquista—; ¡ésta es la mujer del porvenir!

—¿Y yo? —arguyó doña Ermelinda.

—¡Tú, la del pasado! ¡Ésta es, digo, la mujer del porvenir! ¡Claro, no en balde me ha estado oyendo disertar un día y otro sobre la sociedad futura y la mujer del porvenir; no en balde le he inculcado las emancipadoras doctrinas del anarquismo... sin bombas!

—¡Pues yo creo —dijo de mal humor la tía— que esta chicuela es capaz hasta de tirar bombas!

—Y aunque así fuera... —insinuó Augusto.

—¡Eso no!; ¡eso no! —dijo el tío.

—Y ¿qué más da?

—¡Don Augusto! ¡Don Augusto!

—Yo creo —añadió la tía— que no por esto que acaba de pasar debe usted ceder en sus pretensiones...

—¡Claro que no! Así tiene más mérito.

—¡A la conquista, pues! Y ya sabe usted que nos tiene de su parte y que puede venir a esta casa cuantas veces guste, y quiéralo o no Eugenia.

—¡Pero, mujer, si ella no ha manifestado que le disgusten las venidas acá de don Augusto!... Hay que ganarla a puño, amigo, a puño! Ya irá usted conociéndola y verá de qué temple es. Esto es toda una mujer, don Augusto, y hay que ganarla a puño. ¿No quería usted conocerla?

—Sí, pero...

—Entendido, entendido. ¡A la lucha, pues, amigo mío!

—Cierto, cierto, y ahora ¡adiós!

Don Fermín llamó luego aparte a Augusto, para decirle:

—Se me había olvidado decirle que cuando escriba a Eugenia lo haga escribiendo su nombre con jota y no con ge, Eujenia, y del Arco con ka: Eujenia Domingo del Arko.

—Y ¿por qué?

—Porque hasta que no llegue el día feliz en que el esperanto sea la única lengua, ¡una sola para toda la humanidad!, hay que escribir el castellano con ortografía fonética. ¡Nada de oes! ¡guerra a la ce! Za, ze, zi, zo, zu con zeta, y ka, ke, ki, ko, ku con ka. ¡Y fuera las haches! ¡La hache es el absurdo, la reacción la autoridad, la Edad Media, el retroceso! ¡Guerra a la hache!

—¿De modo que es usted foneticista también?

—¿También? ¿Por qué también?

—Por lo de anarquista y esperantista...

—Todo es uno, señor, todo es uno. Anarquismo, esperantismo, espiritismo, vegetarianismo, foneticismo... ¡todo es uno! ¡Guerra a la autoridad!, ¡guerra a la división de lenguas!, ¡guerra a la hache! ¡Adiós!

Despidiéronse, y Augusto salió a la calle como aligerado de un gran peso y hasta gozoso. Nunca hubiera presupuesto lo que le pasaba por dentro del espíritu. Aquella manera de habérsele presentado Eugenia la primera vez que se vieron de quieto y de cerca y que se hablaron, lejos de dolerle, encendíale más y le animaba. El mundo le parecía más grande, el aire más puro, y más azul el cielo. Era como si respirase por primera vez. En lo más íntimo de sus oídos cantaba aquella palabra de su madre: ¡cásate! Casi todas las mujeres con que cruzaba por la calle parecíanle guapas, muchas hermosísimas y ninguna fea. Diríase que para él empezaba a estar el mundo iluminado por una nueva luz misteriosa desde dos grandes estrellas invisibles que refulgían más allá del azul del cielo, detrás de su aparente bóveda. Empezaba a conocer el mundo. Y sin saber cómo, se puso a pensar en la profunda fuente de la confusión vulgar entre el pecado de la carne y la caída de nuestros primeros padres por haber probado del fruto del árbol de la ciencia del bien y del mal.

Y meditó en la doctrina de don Fermín sobre el origen del conocimiento.

Llegó a su casa, y al salir Orfeo a recibirle lo cogió en sus brazos, le acarició y le dijo: "Hoy empezamos una nueva vida, Orfeo. ¿No sientes que el mundo es más grande, más puro el aire y más azul el cielo? ¡Ah, cuando la veas, Orfeo, cuando la conozcas!... ¡Entonces sentirás la congoja de no ser más que perro como yo siento la de no ser más que hombre. Y dime, Orfeo, ¿cómo podéis conocer si no pecáis, si vuestro conocimiento no es pecado? El conocimiento que no es pecado no es tal conocimiento, no es racional."

Al servirle la comida, su fiel Liduvina se le quedó mirando.

—¿Qué me miras? —preguntó Augusto.

—Me parece que hay mudanza.

—¿De dónde sacas eso?

—El señorito tiene otra cara

—¿Lo crees?

—Naturalmente. ¿Y qué, se arregla lo de la pianista?

—¡Liduvina! ¡Liduvina!

—Tiene usted razón, señorito; pero ¡me interesa tanto su felicidad!

—¿Quién sabe qué es eso?...

—Es verdad.

Y los dos miraron al suelo, como si el secreto de la felicidad estuviese debajo de él.

IX

Al día siguiente de esto hablaba Eugenia en el reducido cuchitril de una portería con un joven, mientras la portera había salido discretamente a tomar el fresco a la puerta de la casa.

—Es menester que esto se acabe, Mauricio —decía Eugenia—; así no podemos seguir, y menos después de lo que te digo que pasó ayer.

—Pero ¿no dices —dijo el llamado Mauricio— que ese pretendiente es un pobre panoli que vive en Babia?

—Sí, pero tiene dinero y mi tía no me va a dejar en paz. Y la verdad, no me gusta hacer feos a nadie, y tampoco quiero que me estén dando la jaqueca.

—¡Despáchale!

—¿De dónde? ¿De casa de mis tíos? ¿Y si ellos no quieren?

—No le hagas caso.

—Ni le hago ni pienso hacerle, pero se me antoja que el pobrete va a dar en la flor de venir de visita a hora que esté yo. No es cosa, como comprendes, de que me encierre en mi cuarto y me niegue a que me vea, y sin solicitarme va a dedicarse a mártir silencioso.

—Déjale que se dedique.

—No, no puedo resistir a los mendigos de ninguna clase, y menos a esos que piden limosna con los ojos. ¡Y si vieras qué miradas me echa!

—¿Te conmueve?

—Me encocora. Y, a la verdad, ¿por qué no he de decírtelo?; sí, me conmueve.

—¿Y temes?

—¡Hombre, no seas majadero! No temo nada. Para mí no hay más que tú.

—¡Ya lo sabía! —dijo lleno de convicción Mauricio, y poniendo una mano sobre la rodilla de Eugenia, la dejó allí.

—Es preciso a que te decidas, Mauricio.

Pero ¿a qué, rica mía, a qué?

¿A qué ha de ser, hombre, a qué ha de ser? ¡A que nos casemos de una vez!

—Y ¿de qué vamos a vivir?

—De mi trabajo hasta que tú lo encuentres.

—¿De tu trabajo?

—¡Sí, de la odiosa música!

—¿De tu trabajo? ¡Eso sí que no!; ¡nunca!, ¡nunca!, ¡nunca!; todo menos vivir yo de tu trabajo! Lo buscaré, seguiré buscándolo, y en tanto, esperaremos...

—Esperaremos..., esperaremos..., ¡y así se nos irán los años! —exclamó Eugenia taconeando en el suelo con el pie sobre que estaba la rodilla en que Mauricio dejó descansar su mano.

Y él, al sentir así sacudida su mano, la separó de donde la posaba, pero fue para echar el brazo sobre el cuello de ella y hacer juguetear entre sus dedos uno de los pendientes de su novia. Eugenia lo dejaba hacer.

—Mira, Eugenia, para divertirte le puede poner, si quieres, buena cara a ese panoli.

—¡Mauricio!

—¡Tienes razón; no te enfades, rica mía! —y contrayendo el brazo atrajo a su cabeza la de Eugenia, buscó con sus labios los de ella y los juntó, cerrando los ojos, en un beso húmedo, silencioso y largo.

—¡Mauricio!

Y luego le besó en los ojos.

—¡Esto no puede seguir así, Mauricio!

—¿Cómo? Pero ¿hay mejor que esto? ¿Crees que lo pasaremos nunca mejor?

—Te digo, Mauricio, que esto no puede seguir así. Tienes que buscar trabajo. Odio la música.

Sentía la pobre oscuramente, sin darse de ello clara cuenta, que la música es preparación eterna, preparación a un advenimiento que nunca llega, eterna iniciación que no acaba nunca. Estaba harta de música.

—Buscaré trabajo, Eugenia, lo buscaré.

—Siempre dices lo mismo y siempre estamos lo mismo.

—Es que crees...

—Es que sé que en el fondo no eres más que un haragán y que va a ser preciso que sea yo la que busque trabajo para ti. Claro, ¡como a los hombres os cuesta menos esperar!...

—Eso creerás tú...

—Sí, sí; sé bien lo que me digo. Y ahora, te lo repito, no quiero ver los ojos suplicantes del señorito don Augusto como los de un perro hambriento...

—¡Qué cosas se te ocurren, chiquilla!

—Y ahora —añadió levantándose

y apartándole con la mano suya—, quietecito y a tomar fresco, ¡que buena falta te hace!

—¡Eugenia! Eugenia! —le suspiró con voz seca, casi febril, al oído—. Si tú quisieras...

—El que tiene que aprender a querer eres tú, Mauricio. Conque..., ¡a ser hombre! Busca trabajo, decídete pronto; si no, trabajaré yo; pero decídete pronto. En otro caso...

—En otro caso, ¿qué?

—¡Nada! ¡Hay que acabar con esto!

Y sin dejarle replicar se salió del cuchitril de la portería. Al cruzar con la portera, le dijo:

—Ahí queda su sobrino, señora Marta, y dígale que se resuelva de una vez.

Y salió Eugenia con la cabeza alta a la calle, donde en aquel momento un organillo de manubrio encentaba una rabiosa polca. "¡Horror!, ¡horror!, ¡horror!", se dijo la muchacha, y más que se fue, huyó calle abajo.

X

Como Augusto necesitaba confidencia se dirigió al Casino, a ver a Víctor, su amigote, al día siguiente de aquella su visita a casa de Eugenia, y a la misma hora en que ésta espoleaba la pachorra amorosa de su novio en la portería.

Sentíase otro Augusto y como si aquella visita y la revelación en ella de la mujer fuerte —fluía de sus ojos fortaleza— le hubiera arado las entrañas del alma, alumbrando en ellas un manantial hasta entonces oculto. Pisaba con más fuerza, respiraba con más libertad.

"Ya tengo un objetivo, una finalidad en esta vida —se decía—, y es conquistar a esta muchacha o que ella me conquiste. Y es lo mismo. En amor lo mismo da vencer que ser vencido. Aunque ¡no..., no! Aquí ser vencido es que me deje por el otro. Por el otro, sí, porque aquí hay otro, no me cabe duda. ¿Otro? ¿Otro qué? ¿Es que acaso yo soy uno? Yo soy un pretendiente, un solicitante, pero el otro..., el otro se me antoja que no es ya ni pretendiente ni solicitante; que no pretende ni solicita porque ya ha obtenido. Claro que no más que el amor de la dulce Eugenia. ¿No más...?"

Un cuerpo de mujer radiante de frescura, de salud y de alegría, que pasó a su vera, le interrumpió el soliloquio y le arrastró tras de sí. Púsose a seguir, casi maquinalmente, al cuerpo aquél, mientras proseguía soliloquizando:

"¡Y qué hermosa es! Ésta y aquélla, una y otra. Y el otro acaso, en vez de pretender y solicitar es pretendido y solicitado; tal vez no le corresponde como ella se merece... Pero ¡qué alegría es esta chiquilla! ¿De dónde habrá sacado esos ojos? ¡Son casi como los otros, como los de Eugenia! ¡Qué dulzura debe de ser olvidarse de la vida y de la muerte entre sus brazos! ¡Dejarse brizar en ellos como en olas de carne! ¡El otro!... Pero el otro no es el novio de Eugenia, no es aquel a quien ella quiere; el otro soy yo. ¡Sí, soy yo el otro; yo soy otro!"

Al llegar a esta conclusión de que él era otro, la moza a que seguía entró en una casa. Augusto se quedó parado mirando a la casa. Y entonces se dio cuenta de que la había venido siguiendo. Recapacitó que había salido para ir al Casino y emprendió el camino de éste. Y proseguía:

"Pero ¡cuántas mujeres hermosas hay en este mundo, Dios mío! Casi todas. ¡Gracias, Señor, gracias; *gratias agimus tibo propter magnam gloriam tuam*! ¡Tu gloria es la hermosura de la mujer, Señor! Pero ¡qué cabellera, Dios mío, qué cabellera!"

Era, en efecto, una gloriosa cabellera la de aquella criada de servicio, que con su cesta al brazo cruzaba en aquel momento con él. Y se volvió tras ella. La luz parecía anidar en el oro de aquellos cabellos, y como si éstos pugnaran en soltarse de su trenzado y esparcirse al ire fresco y claro. Y bajo la cabellera un rostro todo él sonrisa.

"Soy otro, soy el otro —prosiguió Augusto mientras seguía a la de la cesta—; pero ¿es que no hay otras? ¡Sí, hay otras para el otro! Pero como la una, como ella, como la única, ¡ninguna!, ninguna! Todas éstas no son sino remedos de ella, de la una, de la única, ¡de mi dulce Eugenia! ¿Mía? Sí; yo por el pensamiento, por el deseo, la hago mía. Él, el otro, es decir el uno, podrá llegar a poseerla materialmente; pero la misteriosa luz espiritual de aquellos ojos es mía, ¡mía, mía! Y ¿no reflejan también una misteriosa luz espiritual estos cabellos de oro? ¿Hay una sola Eugenia, o son dos, una la mía y otra la de su novio? Pues si es así, si hay dos, que se quede él con la suya, y con la mía me quedaré yo. Cuando la tristeza me visite, sobre todo de noche; cuando me entren ganas de llorar sin saber por qué, ¡oh, qué dulce habrá de ser cubrir mi cara, mi boca, mis ojos, con esos cabellos de oro y respirar el aire que a través de ellos se filtre y se perfume! Pero..."

Sintióse de pronto detenido. La de la cesta se había parado a hablar con otra compañera. Vaciló un momento Augusto, y diciéndose: "¡Bah, hay tantas mujeres hermosas desde que conocí a Eugenia...", echó a andar, volviéndose camino del Casino.

"Si ella se empeña en preferir al otro, es decir, al uno, soy capaz de una resolución heroica, de algo que ha de espantar por lo magnánimo. Ante todo, quiérame o no me quiera, ¡eso de la hipoteca no puede quedar así!"

Arrancóle del soliloquio un estallido de goce que parecía brotar de la serenidad del cielo. Un par de muchachas reían junto a él, y era su risa como el gorjeo de dos pájaros en una enramada de flores. Clavó un momento sus ojos sedientos de hermosura en aquella pareja de mozas, y aparecieronsele como un solo cuerpo germinado. Iban cogidas del bracete. Y a él le entraron furiosas ganas de detenerlas, coger a cada una de un brazo e irse así, en medio de ellas, mirando el cielo, a donde el viento de la vida los llevara.

"Pero, ¡cuánta mujer hermosa hay desde que conocí a Eugenia! —se decía, siguiendo en tanto a aquella riente pareja—. ¡Esto se ha convertido en un paraíso!; ¡qué ojos!, ¡qué cabellera!, ¡qué risa! La una es rubia, y morena la otra; pero ¿cuál es la rubia? ¿Cuál la morena? ¡Se me confunden una en otra!..."

—Pero, hombre, ¿vas despierto o dormido?

—Hola, Víctor.

—Te esperaba en el Casino, pero como no venías...

—Allá iba...

—¿Allá? ¿Y en esa dirección? ¿Estás loco?

—Sí, tienes razón; pero mira, voy a decirte la verdad. Creo que te hablé de Eugenia.

—¿De la pianista? Sí.

—Pues bien; estoy locamente enamorado de ella, como un...

—Sí, como un enamorado. Sigue.

—Loco, chico, loco. Ayer la vi en su casa, con pretexto de visitar a sus tíos; la vi...

—Y te miró, ¿no es eso? ¿Y creíste en Dios?

—No, no es que me miró, es que me envolvió en su mirada; y no es que creí en Dios, sino que me creí un dios.

—Fuerte te entró, chico...

—¡Y eso que la moza estuvo brava! Pero no sé lo que desde entonces me pasa: casi todas las mujeres que veo me parecen hermosas, ¡y desde que he salido de casa, no hace aún media hora seguramente, me he enamorado ya de tres, digo, no, de cuarto; de una, primero, que era todo ojos; de otra después con una gloria de pelo, y hace poco de una pareja, una rubia y otra morena, que reían como los ángeles. Y las he seguido a las cuatro. ¿Qué es esto?

—Pues eso es, querido Augusto, que tu repuesto de amor dormía inerte en el fondo de tu alma, sin tener dónde meterse; llegó Eugenia, la pianista, te sacudió y remeció con sus ojos esa charca en que tu amor dormía: se despertó éste, brotó de ella, y como es tan grande se extiende a todas partes. Cuando uno como tú se enamora de veras de una mujer, se enamora a la vez de todas las demás.

—Pues yo creí que sería todo lo contrario... Pero, entre paréntesis, ¡mira qué morena! ¡Es la noche luminosa! ¡Bien dicen que lo negro es lo que más absorbe la luz! ¿No ves qué luz oculta se siente bajo su pelo, bajo el azabache de sus ojos? Vamos a seguirla...

—Como quieras...

—Pues, sí, yo creí que sería todo lo contrario; que cuando uno se enamora de veras es que concentra su amor, antes desparramado en todas, en una sola, y que a todas las demás han de parecérsele como si nada fuesen ni valiesen... Pero ¡mira!, ¡mira ese golpe de sol en la negrura de su pelo!

—No; verás, verás si logro explicártelo. Tú estabas enamorado, sin saberlo, por supuesto, de la mujer, del abstracto, no de ésta ni de aquélla; al ver a Eugenia, ese abstracto se concretó y la mujer se hizo una mujer y te enamoraste de ella, y ahora vas de ella, sin dejarla, a casi todas las mujeres, y te enamoras de la colectividad, del género. Has pasado, pues, de lo abstracto a lo concreto, y de lo concreto a lo genérico, de la mujer a una mujer, y de una mujer a las mujeres.

—¡Vaya una metafísica!

—Y ¿qué es el amor sino metafísica?

—¡Hombre!

—Sobre todo en ti. Porque todo tu enamoramiento no es sino cerebral, o como suele decirse, de cabeza.

—Eso lo creerás tú... —exclamó Augusto un poco picado y de mal humor, pues aquello de que su enamoramiento no era sino de cabeza le había llegado, doliéndole, al fondo del alma.

—Y si me apuras mucho te digo que tú mismo no eres sino una pura idea, un ente de ficción...

—¿Es que no me crees capaz de enamorarme de veras, como los demás?...

—De veras estás enamorado, ya lo creo, pero de cabeza sólo. Crees estar enamorado...

—Y ¿qué es estar uno enamorado sino creer que lo está?

—¡Ay, ay, ay, chico, eso es más complicado de lo que te figuras!...

—¿En qué se conoce, dime, que uno está enamorado y no solamente que cree estarlo?

—Mira, más vale que dejemos esto y hablemos de otras cosas.

Cuando luego volvió Augusto a su casa tomó en brazos a Orfeo y le dijo: "Vamos a ver, Orfeo mío, ¿en qué se diferencia estar uno enamorado de creer que lo está? ¿Es que estoy yo o no estoy enamorado de Eugenia? ¿Es que cuando la veo no me late el corazón en el pecho y se me enciende la sangre? ¿Es que no soy como los demás hombres? ¡Tengo que demostrarles, Orfeo, que soy tanto como ellos!"

Y a la hora de cenar, encarándose con Liduvina, le preguntó:

—Di, Liduvina, ¿en qué se conoce que un hombre está de veras enamorado?

—Pero, ¡qué cosas se le ocurren a usted, señorito!...

—Vamos, di, ¿en qué se conoce?

—Pues se conoce..., se conoce en que hace y dice muchas tonterías. Cuando un hombre se enamora de veras, se *chala,* vamos al decir, por una mujer, ya no es un hombre.

—Pues ¿qué es?

—Es..., es..., es... una cosa, un animalito... Una hace de él lo que quiere.

—Entonces, cuando una mujer se enamora de veras de un hombre, se *chala,* como dices, ¿hace de ella el hombre lo que quiere?

—El caso no es enteramente igual.

—¿Cómo, cómo?

—Eso es muy difícil de explicar, señorito. Pero ¿está usted de veras enamorado?

—Es lo que trato de averiguar. Pero tonterías, de las gordas, no he dicho ni hecho todavía ninguna..., me parece...

Liduvina se calló, y Augusto se dijo: "¿Estaré de veras enamorado?"

XI

Cuando llamó aquel otro día Augusto a la casa de don Fermín y doña Ermelinda, la criada le pasó a la sala diciéndole: "Ahora aviso." Quedóse un momento solo y como si estuviese en el vacío. Sentía una profunda opresión en el pecho. Ceñíale una angustiosa sensación de solemnidad. Sentóse, para levantarse al punto, y se entretuvo en mirar los cuadros que colgaban de las paredes, un retrato de Eugenia entre ellos. Entráronle ganas de echar a correr, de escaparse. De pronto, al oír unos pasos menudos, sintió un puñal atravesarle el pecho y como una bruma invadirle la cabeza. Abrióse la puerta de la sala y apareció Eugenia. El pobre se apoyó en el respaldo de una butaca. Ella, al verle lívido, palideció un momento y se quedó suspensa en medio de la sala y luego, acercándose a él, le dijo con voz seca y baja:

—¿Qué le pasa a usted, don Augusto, se pone malo?

—No, no es nada; qué sé yo...

—¿Quiere algo? ¿Necesita algo?

—Un vaso de agua.

Eugenia, como quien ve un agarradero, salió de la estancia para ir ella misma a buscar el vaso de agua, que se lo trajo al punto. El agua tembloteaba en el vaso; pero más tembló éste en manos de Augusto, vertiéndosele el agua por la barba, y sin quitar en tanto sus ojos de los de Eugenia.

—Si quiere usted —dijo ella—, mandaré que le hagan una taza de té, o de manzanilla, o de tila... ¿Qué, se ha pasado?

—No, no, no, no fue nada; gracias, Eugenia, gracias —y se enjugaba el agua de la barba.

—Bueno, pues ahora siéntese usted —y cuando estuvieron sentados, prosiguió ella—: Le esperaba cualquier día y di orden a la criada de que aunque no estuviesen mis tíos, como sucede algunas tardes, le hiciese a usted pasar y me avisara. Así como así, deseaba que hablásemos a solas.

—¡Oh, Eugenia, Eugenia!

—Bueno, las cosas más fríamente. Nunca me pude imaginar que le daría tan fuerte, porque me dio usted miedo cuando entré aquí; parecía un muerto.

—Y más muerto que vivo estaba, créamelo.

—Va a ser menester que nos expliquemos.

—¡Eugenia! —exclamó el pobre, y extendió una mano que recogió al punto.

—Todavía me parece que no está usted en disposición de que hablemos tranquilamente, como buenos amigos. ¡A ver! —y le cogió la mano para tomarle el pulso.

Y éste empezó a latir febril en el pobre Augusto; se puso rojo, ardíale la frente. Los ojos de Eugenia se le borraron de la vista y no vio ya nada sino una niebla, una niebla roja. Un momento creyó perder el sentido.

—¡Ten compasión, Eugenia, ten compasión de mí!

—¡Cálmese usted, don Augusto, cálmese!

—Don Augusto..., don Augusto..., don..., don...

—Sí, mi bueno de don Augusto, cálmese usted y hablemos tranquilamente.

—Pero, permítame... —y le cogió entre sus dos manos la diestra aquella blanca y fría como la nieve, de ahusados dedos, hechos para acariciar las teclas del piano, para arrancarles dulces arpegios.

—Como usted quiera, don Augusto.

Éste se la llevó a los labios y la cubrió de besos, que apenas entibiaron la frialdad blanca.

—Cuando usted acabe, don Augusto, empezaremos a hablar.

—Pero mira, Eugenia, ven...

—No, no, no, ¡formalidad! —y desprendiendo su mano de las de él, prosiguió—: Yo no sé qué género de esperanzas le habrán hecho concebir mis tíos, o más bien mi tía, pero el caso es que me parece que usted está engañado.

—¿Cómo engañado?

—Sí, han debido decirle que tengo novio.

—Lo sé.

—¿Se lo han dicho ellos?

—No, no me lo ha dicho nadie; pero lo sé.

—Entonces...

—Pero es, Eugenia, que yo no pretendo nada, que no busco nada, que nada pido; es, Eugenia, que yo me contento con que me deje venir de cuando en cuando a bañar mi espíritu en la mirada de esos ojos, a embriagarme en el vaho de su respiración...

—Bueno, don Augusto, ésas son cosas que se leen en los libros; dejemos eso. Yo no me opongo a que usted venga cuantas veces se le antoje, a que me vea y me revea, a que hable conmigo y hasta..., ya lo ha visto usted, hasta que me bese la mano, pero tengo un novio, del cual estoy enamorada y con el cual pienso casarme.

—Pero ¿de veras está usted enamorada de él?

—¡Vaya una pregunta!

—Y ¿en qué conoce usted que está de él enamorada?

—Pero ¿es que se ha vuelto usted loco, don Augusto?

—No, no; lo digo porque mi amigo mejor me ha dicho que hay muchos que creen estar enamorados sin estarlo.

—Lo ha dicho por usted, ¿no es eso?

—Sí, por mí lo ha dico, ¿pues?

—Porque en el caso de usted, acaso sea verdad eso...

—Pero ¿es que cree usted, es que crees, Eugenia, que no estoy de veras enamorado de ti?

—No alce usted tanto la voz, don Augusto, que puede oírle la criada...

—¡Sí, sí —continuó exaltándose—, hay quien me cree incapaz de enamorarme de veras!...

—Dispense un momento —le interrumpió Eugenia, y se salió, dejándole solo.

Volvió al poco rato y con la mayor tranquilidad le dijo:

—Y bien, don Augusto, ¿se ha calmado ya?

—¡Eugenia, Eugenia!

En este momento se oyó llamar a la puerta y Eugenia dijo:

—¡Mis tíos!

A los pocos momentos entraban éstos en la sala.

—Vino don Augusto a visitarlos, salí yo misma a abrirle, quería irse pero le dije que pasara, que no tardaríais en venir, ¡y aquí está!

—¡Vendrán tiempos —exclamó don Fermín— en que se disiparán los convencionalismos sociales todos! Estoy convencido de que las cercas y tapias de las propiedades privadas no son más que incentivos para los que llamamos ladrones, cuando los ladrones son los otros, los propietarios. No hay propiedad más segura que la que está sin cercas ni tapias, al alcance de todo el mundo. El hombre nace bueno, es naturalmente bueno; la sociedad le malea y pervierte...

—¡Cállate, hombre —exclamó doña Ermelinda—, que no me dejas oír cantar el canario! ¿No le oye usted, don Augusto? ¡Es un encanto oírle! Y cuando ésta se ponía a aprender sus lecciones de piano había que oírle a un canario que entonces tuve: se excitaba, y cuando más ésta daba a las teclas, más él a cantar y más cantar. Como que se murió de eso, reventando...

—¡Hasta los animales domésticos se contagian de nuestros vicios! —agregó el tío—. ¡Hasta a los animales que con nosotros conviven les hemos arrancado del santo estado de naturaleza! ¡Oh, humanidad, humanidad!

—Y ¿ha tenido usted que esperar mucho, don Augusto? —preguntó la tía.

—¡Oh! no, señora; nada, nada, un momento, un relámpago... Por lo menos así me pareció...

—¡Ah, vamos!

—Sí, tía, muy poco tiempo; pero lo bastante para que se haya repuesto de una ligera indisposición que trajo de la calle...

—¿Cómo?

—¡Oh!, no fue nada, señora, nada...

—Ahora yo los dejo, tengo que hacer —dijo Eugenia, y dando la mano a Augusto se fue.

—¿Y qué, cómo va eso? —le preguntó a Augusto la tía, así que Eugenia hubo salido.

—Y ¿qué es eso?

—¡La conquista naturalmente!

—¡Mal, muy mal! Me ha dicho que tiene novio y que se ha de casar con él.

—¿No te lo decía yo, Ermelinda, no te lo decía?

—Pues, ¡no, no y no!, no puede ser. Eso del novio es una locura, don Augusto, ¡una locura!

—Pero, señora, ¿y si está enamorada de él?...

—Eso digo yo —exclamó el tío—, eso digo yo. ¡La libertad, la santa libertad, la libertad de elección!

—Pues, ¡no, y no! ¿Acaso sabe esta chiquilla lo que se hace?... ¡Despreciarle a usted, don Augusto, a usted! ¡Eso no puede ser!

—Pero, señora, reflexione, fíjese..., no se puede, no se debe violentar así la voluntad de una joven como Eugenia... Se trata de su felicidad, y no debemos todos preocuparnos sino de ella y hasta sacrificarnos para que la consiga...

—¿Usted, don Augusto, usted?

—¡Yo, sí yo, señora! ¡Estoy dispuesto a sacrificarme por la felicidad de Eugenia, de su sobrina, porque mi felicidad consiste en que ella sea feliz!

—¡Bravo! —exclamó el tío—. ¡Bravo! ¡Bravo! ¡He aquí un héroe! ¡He aquí un anarquista... místico!

—¿Anarquista? —dijo Augusto.

—Anarquista, sí. Porque mi anarquismo consiste en eso, en eso precisamente, en que cada cual se sacrifique por los demás, en que uno sea feliz haciendo felices a los otros, en que...

—¡Pues bueno te pones, Fermín, cuando un día cualquiera se te sirve la sopa diez minutos después de las doce!

—Bueno, es que ya sabes, Ermelinda, que mi anarquismo es teórico... Me esfuerzo por llegar a la perfección, pero...

—¡Y la felicidad también es teórica! —exclamó Augusto, compungido y como quien habla consigo mismo, y luego—: He decidido sacrificarme a la felicidad de Eugenia y he pensado en un acto heroico.

—¿Cuál?

—¿No me dijo usted una vez, señora, que la casa que a Eugenia dejó su desgraciado padre...

—Sí, mi pobre hermano.

—... está gravada con una hipoteca que se lleva sus rentas todas?

—Sí, señor.

—Pues bien; ¡yo sé lo que he de hacer! —y se dirigió a la puerta.

—Pero don Augusto...

—Augusto se siente capaz de las más heroicas determinaciones, de los más grandes sacrificios. Y ahora se sabrá si está enamorado nada más que de cabeza o lo está también de corazón, si es que se cree estar enamorado, sin estarlo. Eugenia, señores, me ha despertado a la vida, a la verdadera vida, y, sea ella de quien fuere, yo le debo gratitud eterna. Y ahora, ¡adiós!

Y se salió solemnemente. Y no bien hubo salido gritó doña Ermelinda:

—¡Chiquilla!

XII

—Señorito —entró un día después a decir a Augusto Liduvina—, ahí está la del planchado.

—¿La del planchado? ¡Ah, sí, que pase!

Entró la muchacha llevando el cesto del planchado de Augusto. Quedaron mirándose, y ella, la pobre, sintió que se le encendía el rostro, pues nunca cosa igual le ocurrió en aquella casa en tantas veces como allí entró. Parecía antes como si el señorito ni la hubiese visto siquiera, lo que a ella, que creía conocerse, habíala tenido inquieta y hasta mohina. ¡No fijarse en ella! ¡No mirarla como la miraban otros hombres! ¡No devorarla con los ojos, o más bien lamerle con ellos los de ella y la boca y la cara toda!

—¿Qué te pasa, Rosario, porque creo que te llamas así, no?

—Sí, así me llamo.

—Y ¿qué te pasa?

—¿Por qué, señorito Augusto?

—Nunca te he visto ponerte así colorada. Y además me pareces otra.

—El que me parece que es otro es usted...

—Puede ser..., puede ser... Pero ven, acércate.

—¡Vamos, déjese de bromas y despachemos!

—¿Bromas? Pero ¿tú crees que es broma? —le dijo con voz más seria—. Acércate, así, que te vea bien.

—Pero, ¿es que no me ha visto otras veces?

—Sí, pero hasta ahora no me había dado cuenta de que fueses tan guapa como eres...

—Vamos, vamos, señorito, no se burle... —y le ardía la cara.

—Y ahora, con esos colores, totalmente al sol...

—Vamos...

—Ven acá, ven. Tú dirás que el señorito Augusto se ha vuelto loco, ¿no es así? Pues no, no es eso, ¡no! Es que lo ha estado hasta ahora, o mejor dicho, es que he estado hasta ahora tonto, tonto del todo, perdido en una niebla, ciego... No hace sino muy poco tiempo que se me han abiertos los ojos. Ya ves, tantas veces como has entrado en esta casa y te he mirado y no te había visto. Es, Rosarito, como si no hubiese vivido, lo mismo que si no hubiese vivido... Estaba tonto, tonto... Pero ¿qué te pasa, chiquilla, qué es lo que te pasa?

Rosario, que se había tenido que sentar en una silla, ocultó la cara con las manos y rompió a llorar. Augusto se levantó, cerró la puerta, volvió a la mocita, y poniéndole una mano sobre el hombro le dijo con su voz más húmeda y más caliente, muy bajo:

—Pero ¿qué te pasa, chiquilla, qué es eso?

—Que con esas cosas me hace usted llorar, don Augusto...

—¡Ángel de Dios!

—No diga usted esas cosas, don Augusto.

—¡Cómo que no las diga! Sí, he vivido ciego, tonto, como si no viviera, hasta que llegó una mujer,

¿sabes?, otra, y me abrió los ojos y he visto el mundo, y sobre todo he aprendido a veros a vosotras, a las mujeres...

—Y esa mujer... sería una mala mujer...

—¿Mala? ¿Mala dices? ¿Sabes lo que dices, Rosario, sabes lo que dices? ¿Sabes lo que es ser malo? ¿Qué es ser malo? No, no, no; esa mujer es, como tú, un ángel; pero esa mujer no me quiere... no me quiere..., no me quiere... —y al decirlo se le quebró la voz y se le empañaron en lágrimas los ojos.

—¡Pobre don Augusto!

—Sí, tú lo has dicho, Rosario, tú lo has dicho! ¡Pobre don Augusto! Vamos, di: ¡pobre Augusto!

—Pero señorito...

—Vamos, dílo: ¡pobre Augusto!

—Si usted se empeña..., ¡pobre Augusto!

Augusto se sentó.

—¡Ven acá! —le dijo.

Levantóse ella cual movida por un resorte, como una hipnótica sugestionada, con la respiración anhelante. Cogióla él, la sentó en sus rodillas, la apretó fuertemente a su pecho, y teniendo su mejilla apretada contra la mejilla de la muchacha, que echaba fuego, estalló diciendo:

—¡Ay, Rosario, Rosario; yo no sé lo que me pasa, yo no sé lo que es de mí! Esa mujer que tú dices que es mala, sin conocerla, me ha vuelto ciego al darme la vista. Yo no vivía, y ahora vivo; pero ahora que vivo es cuando siento lo que es morir. Tengo que defenderme de esa mujer, tengo que defenderme de su mirada. ¿Me ayudarás tú, Rosario, me ayudarás a que de ella me defienda?

Un ¡sí! tenuísimo, con susurro que parecía venir de otro mundo, rozó el oído de Augusto.

—Yo ya no sé lo que me pasa, Rosario, ni lo que digo, ni lo que hago, ni lo que pienso; yo ya no sé si estoy o no enamorado de esa mujer, de esa mujer a la que llamas mala...

—Es yo que, don Augusto...

—Augusto, Augusto...

—Es que yo, Augusto...

—Bueno, cállate, basta —y cerraba él los ojos—; no digas nada, déjame hablar solo, conmigo mismo. Así he vivido desde que murió mi madre, conmigo mismo, nada más que conmigo, es decir, dormido. Y no he sabido lo que es dormir juntamente, dormir dos un mismo sueño. ¡Dormir juntos! No estar juntos durmiendo cada cual su sueño, ¡no!, sino dormir juntos, ¡dormir juntos el mismo sueño! ¿Y si durmiéramos tú y yo, Rosario, el mismo sueño?

—Y esa mujer... —empezó la pobre chica, temblando entre los brazos de Augusto y con lágrimas en la voz.

—Esa mujer, Rosario, no me quiere... no me quiere..., no me quiere... Pero ella me ha enseñado que hay otras mujeres, y por ella he sabido que hay otras mujeres... y alguna podrá quererme... ¿Me querrás tú, Rosario; dime, me querrás tú? —y la apretaba como loco contra su pecho.

—Creo que sí..., que le querré...

—¡Que te querré, Rosario, que te querré!

—Que te querré...

En aquel momento se abrió la puerta, apareció Liduvina, y exclamando "¡Ah!", volvió a cerrarla. Augusto se turbó mucho más que Rosario, la cual, poniéndose rápidamente en pie, se atusó el pelo, se sacudió el cuerpo y con voz entrecortada dijo:

—Bueno, señorito, ¿hacemos la cuenta?

—Sí, tienes razón. Pero volverás, ¿eh?, volverás.

—Sí, volveré.

—¿Y me perdonas todo? ¿Me lo perdonas?

—¿Perdonarle... qué?

—Esto, esto... Ha sido una locura. ¿Me lo perdonas?

—Yo no tengo nada que perdonarle, señorito. Y lo que debe hacer es no pensar en esa mujer.

—Y tú, ¿pensarás en mí?

—Vaya, que tengo que irme.

Arreglaron la cuenta y Rosario se fue. Y apenas se había ido entró Liduvina:

—¿No me preguntaba usted el otro día, señorito, en qué se conoce si un hombre está enamorado?

—En efecto.

—Y le dije en que hace o dice tonterías. Pues bien, ahora puedo asegurarle que usted está enamorado.

—Pero ¿de quién? ¿De Rosario?

—¿De Rosario?... ¡Quia! ¡De la otra!

—Y ¿de dónde sacas eso, Liduvina?

—¡Bah! Usted ha estado diciendo y haciendo a ésta lo que no pudo decir ni hacer a la otra.

—Pero ¿tú te crees?

—No, no, si ya me supongo que no ha pasado a mayores; pero...

—¡Liduvina! ¡Liduvina!

—Como usted quiera, señorito.

El pobre fue a acostarse ardiéndole la cabeza. Y al echarse en la cama, a cuyos pies dormía Orfeo, se decía: "Ay. Orfeo, Orfeo, esto de dormir solo, solo, es la ilusión, la apariencia; el sueño de dos es ya la verdad, la realidad. ¿Qué es el mundo real sino el sueño que soñamos todos, el sueño común?"

Y cayó en el sueño.

XIII

Pocos días después de esto entró una mañana Liduvina en el cuarto de Augusto diciéndole que una señorita preguntaba por él.

—¿Una señorita?

—Sí, ella, la pianista.

—¿Eugenia?

—Eugenia, sí. Decididamente no es usted el único que se ha vuelto loco.

El pobre Augusto empezó a temblar. Y es que se sentía reo. Levantóse, lavóse de prisa, se vistió y fue dispuesto a todo.

—Ya sé, señor don Augusto —le dijo solemnemente Eugenia en cuanto le vio—, que ha comprado usted mi deuda a mi acreedor, que está en su poder la hipoteca de mi casa.

—No lo niego.

—¿Con qué derecho hizo eso?

—Con el derecho, señorita, que tiene todo ciudadano de comprar lo que bien le parezca y su poseedor quiera venderlo.

—No quiero decir eso, sino ¿para qué la ha comprado usted?

—Pues porque me dolía verla depender así de un hombre a quien acaso usted sea indiferente y que sospecho no es más que un traficante sin entrañas.

—Es decir, que usted pretende que dependa yo de usted, ya que no le soy indiferente...

—¡Oh, eso nunca, nunca, nunca! ¡Nunca, Eugenia, nunca! Yo no busco que usted dependa de mí. Me ofende usted sólo en suponerlo. Verá usted —y dejándola sola se salió agitadísimo.

Volvió al poco rato trayendo unos papeles.

—He aquí, Eugenia, los documentos que acreditan su deuda. Tómelos usted y haga de ellos lo que quiera.

—¿Cómo?

—Sí, que renuncio a todo. Para eso lo compré.

—Lo sabía, y por eso le dije que usted no pretende sino hacer que dependa de usted. Me quiere usted ligar por gratitud. ¡Quiere comprarme!

—¡Eugenia! ¡Eugenia!

—Sí, quiere usted comprarme, quiere usted comprarme; ¡quiere usted comprar... no mi amor, que ése no se compra, sino mi cuerpo!

—¡Eugenia! ¡Eugenia!

—Esto es, aunque usted no lo crea, una infamia, nada más que una infamia.

—¡Eugenia, por Dios, Eugenia!

—¡No se me acerque usted más, que no respondo de mí!

—Pues bien, sí, me acerco. ¡Pégame, Eugenia, pégame; insúltame, escúpeme, haz de mí lo que quieras!

—No merece usted nada —y Eugenia se levantó—; me voy, pero ¡cónstele que no acepto su limosna o su oferta! Trabajaré más que nunca; haré que trabaje mi novio, pronto mi marido, y viviremos. Y en cuanto a eso, quédese usted con mi casa.

—Pero ¡si yo no me opongo, Eugenia, a que usted se case con ese novio que dice!

—¿Cómo? ¿Cómo? ¿A ver?

—¡Si yo no he hecho esto para que usted ligada por gratitud, acceda a tomarme por marido!... ¡Si yo renuncio a mi propia felicidad, mejor dicho, si mi felicidad consiste en que usted sea feliz con el marido que libremente escoja!...

—¡Ah, ya caigo; usted se reserva el papel de heroica víctima, de mártir! Quédese usted con la casa, le digo. Se la regalo.

—Pero Eugenia, Eugenia...

—¡Basta!

Y sin más mirarle, aquellos dos ojos de fuego desaparecieron.

Quedóse Augusto un momento fuera de sí, sin darse cuenta de que existía, y cuando sacudió la niebla de confusión que le envolviera, tomó el sombrero y se echó a la calle a errar a la aventura. Al pasar junto a una iglesia, San Martín, entró en ella, casi sin darse cuenta de lo que hacía. No vio al entrar sino el mortecino resplandor de la lamparilla que frente al altar mayor ardía. Parecíale respirar oscuridad, olor a vejez, a tradición sahumada en incienso, a hogar de siglos, y andando casi a tientas fue a sentarse en un banco. Dejóse en él caer más que se sentó. Sentíase cansado, mortalmente cansado y como si toda aquella oscuridad, toda aquella vejez que respiraba le pesasen sobre el corazón. De un susurro que parecía venir de muy lejos, de muy lejos, emergía una tos contenida de cuando en cuando. Acordóse de su madre.

Cerró los ojos y volvió a soñar aquella casa dulce y tibia, en que la luz entraba por entre las blancas flores bordadas en los visillos. Volvió a ver a su madre, yendo y viniendo sin ruido, siempre de negro, con aquella su sonrisa que era poso de lágrimas. Y repasó su vida toda de hijo, cuando formaba parte de su madre y vivía a su amparo, y aquella muerte lenta, grave, dulce, indolorosa de la pobre señora, cuando se fue como un ave peregrina que emprende sin ruido el vuelo. Luego recordó o resoñó el encuentro de Orfeo, y al poco rato encontróse sumido en un estado de espíritu en que pasaban ante él, en cinematógrafo, las más extrañas visiones.

Junto a él un hombre susurraba rezos. El hombre se levantó para salir y él le siguió. A la salida de la iglesia el hombre aquél se mojó los dedos índice y corazón de su diestra en el aguabenditera y le ofreció agua bendita a Augusto, santiguándose luego. Encontráronse juntos en la cancela.

—¡Don Avito! —exclamó Augusto.

—¡El mismo, Augustito, el mismo!

—Pero ¿usted por aquí?

—Sí, yo por aquí; enseña mucho la vida, y más la muerte; enseñan más, mucho más que la ciencia.

—Pero ¿y el candidato a genio?

Don Avito Carrascal le contó la lamentable historia de su hijo.[1] Y concluyó diciendo:

—Ya ves, Augustito, cómo he venido a esto...

Augusto callaba mirando al suelo. Iban por la Alameda.

—Sí, Augusto, sí —prosiguió don Avito—; la vida es la única maestra de la vida; no hay pedagogía que

[1] Historia que he contado en mi novela *Amor y Pedagogía.*

valga. Sólo se aprende a vivir viviendo, y cada hombre tiene que recomenzar el aprendizaje de la vida de nuevo...

—¿Y la labor de las generaciones, don Avito, el legado de los siglos?

—No hay más que dos legados: el de las ilusiones y el de los desengaños, y ambos sólo se encuentran donde nos encontramos hace poco: en el templo. De seguro que te llevó allá o una gran ilusión o un gran desengaño.

—Las dos cosas.

—Sí, las dos cosas, sí. Porque la ilusión, la esperanza, engendra el desengaño, el recuerdo, y el desengaño, el recuerdo, engendra a su vez la ilusión, la esperanza. La ciencia es realidad, es presente, querido Augusto, y yo no puedo vivir ya de nada presente. Desde que mi pobre Apolodoro, mi víctima —y al decir esto le lloraba la voz—, murió, es decir, se mató, no hay ya presente posible, no hay ciencia ni realidad que valgan para mí; no puedo vivir sino recordándole o esperándole. Y he ido a parar a ese hogar de todas las ilusiones y todos los desengaños: ¡a la iglesia!

—¿De modo es que ahora cree usted?

—¡Qué sé yo!...

—Pero ¿no cree usted?

—No sé si creo o no creo; sé que rezo. Y no sé bien lo que rezo. Somos unos cuantos que al anochecer nos reunimos ahí a rezar el rosario. No sé quiénes son, ni ellos me conocen, pero nos sentimos solidarios, en íntima comunión unos con otros. Y ahora pienso que a la humanidad maldita falta que le hacen los genios.

—¿Y su mujer, don Avito?

—¡Ah, mi mujer! —exclamó Carrascal, y una lágrima que le había asomado a un ojo pareció irradiarle luz interna—. ¡Mi mujer! ¡La he descubierto! Hasta mi tremenda desgracia no he sabido lo que tenía en ella. Sólo he penetrado en el misterio de la vida cuando en las noches terribles que sucedieron al suicidio de mi Apolodoro reclinaba mi cabeza en el regazo de ella, de la madre, y lloraba, lloraba, lloraba. Y ella, pasándome dulcemente la mano por la cabeza, me decía: "¡Pobre hijo mío!, ¡pobre hijo mío!" Nunca, nunca ha sido más madre que ahora. Jamás creí al hacerla madre, ¿y cómo?, nada más que para que me diese la materia prima del genio..., jamás creí al hacerla madre que como tal la necesitaría para mí un día. Porque yo no conocí a mi madre, Augusto, no la conocí; yo no he tenido madre, no he sabido qué es tenerla hasta que al perder mi mujer a mi hijo y suyo se ha sentido madre mía. Tú conociste a tu madre, Augusto, a la excelente señora doña Soledad; si no, te aconsejaría que te casases.

—La conocí, don Avito, pero la perdí, y ahí, en la iglesia, estaba recordándola...

—Pues si quieres volver a tenerla, ¡cásate, Augusto, cásate!

—No, aquélla no, aquélla no la volveré a tener.

—Es verdad, pero ¡cásate!

—¿Y cómo? —añadió Augusto con una forzada sonrisa y recordando lo que había oído de una de las doctrinas de Don Avito—. ¿Cómo? ¿Deductiva o inductivamente?

—¡Déjate ahora de esas cosas; por Dios, Augusto, no me recuerdes tragedias! Pero..., en fin, si te he de seguir el humor, ¡cásate intuitivamente!

—¿Y si la mujer a quien quiero no me quiere?

—Cásate con la mujer que te quiera, aunque no la quieras tú. Es mejor casarse para que le conquisten a uno el amor que para conquistarlo. Busca una que te quiera.

Por la mente de Augusto pasó en rapidísima visión la imagen de la chica planchadora. Porque se había hecho la ilusión de que aquella pobrecita quedó enamorada de él.

Cuando al cabo Augusto se desdipió de don Avito dirigióse al Casino. Quería despejar la niebla de su cabeza y la de su corazón echando una partida de ajedrez con Víctor.

XIV

Notó Augusto que algo insólito le ocurría a su amigo Víctor; no acertaba ninguna jugada, estaba displicente y silencioso.

—Víctor, algo te pasa...

—Sí, hombre, sí, me pasa una cosa grave. Y como necesito desahogo, vamos fuera; la noche está muy hermosa; te lo contaré.

Víctor, aunque el más íntimo amigo de Augusto, le llevaba cinco o seis años de edad y hacía más de doce que estaba casado, pues contrajo matrimonio siendo muy joven, por deber de conciencia, según decían. No tenía hijos.

Cuando estuvieron en la calle, Víctor comenzó:

—Ya sabes, Augusto, que me tuve que casar muy joven...

—¿Que te tuviste que casar?

—Sí, vamos, no te hagas el de nuevas, que la murmuración llega a todos. Nos casaron nuestros padres, los míos y los de mi Elena, cuando éramos unos chiquillos. Y el matrimonio fue para nosotros un juego. Jugábamos a marido y mujer. Pero aquello fue una falsa alarma.

—¿Qué es lo que fue una falsa alarma?

—Pues aquello porque nos casaron. Pudibundeces de nuestros sendos padres. Se enteraron de un desliz nuestro, que tuvo su cachito de escándalo, y sin esperar a ver qué consecuencias tenía, o si las tenía, nos casaron.

—Hicieron bien.

—No diré yo tanto. Mas el caso fue que ni tuvo consecuencias aquel desliz ni las tuvieron los consiguientes deslices de después de casados.

—¿Deslices?

—Sí, en nuestro caso no eran sino deslices. Nos deslizábamos. Ya te he dicho que jugábamos a marido y mujer...

—¡Hombre!

—No, no seas demasiado malicioso. Éramos y aun somos jóvenes para pervertirnos. Pero en lo que menos pensábamos era en constituir un hogar. Éramos dos mozuelos que vivían juntos haciendo eso que se llama vida marital. Pero pasó el año, y al ver que no venía fruto empezamos a ponernos de morro, a mirarnos un poco de reojo, a recriminarnos mutuamente en silencio. Yo no me avenía a no ser padre. Era un hombre ya, tenía más de veintiún años, y, francamente, eso de que yo fuese menos que otros, menos que cualquier bárbaro que a los nueve meses justos de haberse casado, o antes, tiene su primer hijo..., a esto no me resignaba.

—Pero, hombre, ¿qué culpa...?

—Y, es claro, yo, aun sin decírselo, le echaba la culpa a ella y me decía: "Esta mujer es estéril y me pone en ridículo." Y ella, por su parte, no me cabía duda, me culpaba a mí, y hasta suponía, qué sé yo....

—¿Qué?

—Nada, que cuando pasa un año y otro y otro y el matrimonio no tiene hijos, la mujer da en pensar que la culpa es del marido, y que lo es porque no fue sano al matrimonio, porque llevó cualquier dolencia... El caso es que nos sentimos enemigos el uno del otro; que el demonio se nos había metido en casa. Y al fin estalló el tal demonio y llegaron las reconvenciones mutuas y aquello de "tú no sirves" y "quien no sirve eres tú", y todo lo demás.

—¿Sería por eso que hubo una temporada, a los dos o tres años de haberte casado, que anduviste tan malo, tan preocupado, neurasténico? ¿Cuando tuviste que ir solo a aquel sanatorio?

—No, no fue eso... Fue algo peor.

Hubo un silencio. Víctor miraba el suelo.

—Bueno, bueno, guárdatelo; no quiero romper tus secretos.

—¡Pues sea, te lo diré! Fue que exacerbado por aquellas querellas intestinales con mi pobre mujer, llegué a imaginarme que la cuestión dependía no de la intensidad o de lo que sea, sino del número, ¿me entiendes?

—Sí, creo entenderte...

—Y di en dedicarme a comer como un bárbaro lo que creí más sustancioso y nutritivo, y bien sazonado con todo género de especias, en especial las que pasan por más afrodisíacas, y a frecuentar lo más posible a mi mujer. Y, claro.

—Te pusiste enfermo.

—¡Natural! Y si no acudo a tiempo y entramos en razón me las lío al otro mundo. Pero curé de aquello en ambos sentidos, volví a mi mujer y nos calmamos y resignamos. Y poco a poco volvió a reinar en casa no ya la paz, sino hasta la dicha. Al principio de esta nueva vida, a los cuatro o cinco años de casados, lamentábamos alguna que otra vez nuestra soledad, pero muy pronto no sólo nos consolábamos, sino que nos habituamos. Y acabamos no sólo por echar de menos a los hijos, sino hasta por compadecer a los que los tienen. Nos habituamos uno a otro, nos hicimos el uno costumbre del otro. Tú no puedes comprender esto...

—No, no lo entiendo.

—Pues bien; yo me hice una costumbre de mi mujer y Elena se hizo una costumbre mía. Todo estaba moderadamente regularizado en nuestra casa, todo, lo mismo que las comidas. A las doce en punto, ni minuto más ni minuto menos, la sopa en la mesa, y de tal modo, que comemos todos los días casi las mismas cosas en el mismo orden y en la misma cantidad. Aborrezco el cambio y lo aborrece Elena. En mi casa se vive al reloj.

—Vamos, sí; esto me recuerda lo que dice nuestro amigo Luis del matrimonio Romera, que suele decir que son marido y mujer solterones.

—En efecto, porque no hay solterón más solterón y recalcitrante que el casado sin hijos. Una vez, para suplir la falta de hijos, que al fin y al cabo ni en mí había muerto el sentimiento de la paternidad, ni menos el de la maternidad en ella, adoptamos, o si quieres, prohijamos un perro; pero al verle un día morir a nuestra vista, porque se le atravesó un hueso en la garganta, y ver aquellos ojos húmedos que parecían suplicarnos vida, nos entró una pena y un horror tal que no quisimos más perro ni cosa viva. Y nos contentamos con unas muñecas, unas grandes peponas, que son las que has visto en casa, y que mi Elena viste y desnuda.

—Ésas no se os morirán.

—En efecto. Y todo iba muy bien y nosotros contentísimos. Ni me turban el sueño llantos de niños, ni tenía que preocuparme de si será varón o hembra y qué he de hacer de él o de ella... Y, además, he tenido siempre a mi mujer a mi disposición, cómodamente, sin estorbos de embarazos ni de lactancias; en fin, ¡un encanto de vida!

—¿Sabes que eso en poco o nada se diferencia...?

—¿De qué? ¿De un arrimo ilegal? Así lo creo. Un matrimonio sin hijos puede llegar a convertirse en una especie de concubinato legal, muy bien ordenado, muy higiénico, relativamente casto; pero, en fin, ¡lo dicho!, marido y mujer solterones, pero solterones arrimados, en efecto. Y así han transcurrido éstos más de once años, van para doce... Pero ahora... ¿sabes lo que me pasa?

—Hombre, ¿cómo lo he de saber?

—Pero ¿no sabes lo que me pasa?

—Como no sea que has dejado encinta a tu mujer...

—Eso, hombre, eso. ¡Figúrate qué desgracia!

—¿Desgracia? ¿Pues no lo deseasteis tanto?...

—Sí, al principio, los dos o tres primeros años, poco más. Pero ahora, ahora... Ha vuelto el demonio a casa, han vuelto las disensiones. Y ahora, como antaño, cada uno de nosotros culpa al otro de esto que se nos viene. Y ya empezamos a llamarle... No, no te lo digo...

—Pues no me lo digas si no quieres.

—Empezamos a llamarle ¡el intruso! Y yo he soñado que se nos moría una mañana con un hueso atravesado en la garganta.

—¡Qué barbaridad!

—Sí, tienes razón, una barbaridad. Y ¡adiós regularidad, adiós comodidad, adiós costumbres! Todavía ayer estaba Elena de vómitos; parece que es una de las molestias anejas al estado que llaman... ¡interesante! ¡Interesante! ¡Interesante! ¡Vaya un interés! ¡De vómito! ¿Has visto nada más indecoroso, nada más sucio?

—Pero ¡ella estará gozosísima al sentirse madre!

—¿Ella? ¡Como yo! Esto es una mala jugada de la Providencia, de la Naturaleza o de quien sea, una burla. Si hubiera venido... el nene o nena, lo que fuere..., si hubiera venido cuando, inocentes tórtolos, llenos más que de amor paternal, de vanidad, le esperábamos; si hubiera venido cuando creíamos que el no tener hijos era ser menos que otros; si hubiera venido entonces, ¡santo y muy bueno! Pero ¿ahora, ahora? Te digo que esto es una burla. Si no fuera por...

—¿Qué, hombre, qué?

—Te lo regalaba para que hiciese compañía a Orfeo.

—Hombre, cálmate, y no digas disparates...

—Tienes razón, disparato. Perdóname. Pero ¿te parece bien, al cabo de cerca de doce años, cuando nos iba tan ricamente, cuando estamos curados de la ridícula vanidad de los recién casados, venirnos esto? Es claro, ¡vivíamos tan seguros, tan confiados!...

—¡Hombre, hombre!

—Tienes razón, sí, tienes razón. Y lo más terrible es, ¿a que no te lo figuras?, que mi pobre Elena no puede defenderse del sentimiento del ridículo que la asalta. ¡Se siente en ridículo!

—Pues no veo...

—No, tampoco yo lo veo, pero así es; se siente en ridículo. Y hace tales cosas que temo por el... intruso... o intrusa.

—¡Hombre! —exclamó Augusto alarmado.

—¡No, no, Augusto, no, no! No hemos perdido el sentido moral, y Elena, que es, como sabes, profundamente religiosa, acata, aunque a regañadientes, los designios de la Providencia y se resigna a ser madre. Y será buena madre, no me cabe de ello duda, muy buena madre. Pero es tal el sentimiento del ridículo en ella, que para ocultar su estado, para encubrir su embarazo, le creo capaz de cosas que... En fin, no quiero pensar en ello. Por de pronto, hace ya una semana que no sale de casa; dice que le da vergüenza, que se le figura que van a quedarse todos mirándola en la calle. Y ya habla de que nos vayamos, de que si ella ha de salir a tomar el aire y el sol cuando esté ya en meses mayores, no ha de hacerlo donde haya gentes que la conozcan y que acaso vayan a felicitarla por ello.

Callaron los dos amigos un rato, y después que el breve silencio selló el relato, dijo Víctor:

—Conque ¡anda, Augusto, anda y cásate, para que acaso te suceda algo por el estilo; anda y cásate con la pianista!

—Y ¡quién sabe!... —dijo Augusto como quien habla consigo mismo—. ¡Quién sabe!... Acaso casándome volveré a tener madre...

—Madre, sí —añadió Víctor—, ¡de tus hijos! Si los tiene...

—¡Y madre mía! Acaso ahora, Víctor, empieces a tener en tu mujer una madre, una madre tuya.

—Lo que voy ahora a empezar es a perder noches...

—O a ganarlas, Víctor, o a ganarlas.

—En fin, que no sé lo que me pasa, ni lo que nos pasa. Y yo, por mí, creo que llegaría a resignarme; pero mi Elena, mi pobre Elena... ¡Pobrecita!

—¿Ves? Ya empiezas a compadecerla.

—En fin, Augusto, ¡que pienses mucho antes de casarte!

Y se separaron.

Augusto entró en su casa llena la cabeza de cuanto había oído a don Avito y a Víctor. Apenas se acordaba ya ni de Eugenia ni de la hipoteca liberada, ni de la mozuela de la planchadora.

Cuando al entrar en casa salió saltando a recibirle Orfeo, le cogió, le tentó bien el gaznate, y apretándole el seno le dijo: "Cuidado con los huesos, Orfeo, mucho cuidadito con ellos, ¿eh? No quiero que te atragantes con uno; no quiero verte morir a mis ojos suplicándome vida. Ya ves, Orfeo, don Avito, el pedagogo, se ha convertido a la religión de sus abuelos... ¡es la herencia! Y Víctor no se resigna a ser padre. Aquél no se consuela de haber perdido a su hijo, y éste no se consuela de ir a tenerlo. Y ¡qué ojos, Orfeo, qué ojos! ¡Cómo le fulguraban cuando me dijo: "¡Quiere usted comprarme!, ¡quiere usted comprar no mi amor, que ése no se compra, sino mi cuerpo! ¡Quédese con mi casa!" ¡Comprar yo su cuerpo...! ¡Si me sobra el mío, Orfeo, me sobra el mío! Lo que yo necesito es alma, alma, alma. Y un alma de fuego, como la que irradiaba de los ojos de ella, de Eugenia. ¡Su cuerpo... su cuerpo... sí, su cuerpo es magnífico, espléndido, divino; pero es que su cuerpo es alma, alma pura, todo él vida, todo él significación, todo él idea! A mí me sobra el cuerpo. Orfeo, me sobra el cuerpo porque me falta alma. O ¿no es más bien que me falta alma porque me sobra cuerpo? Yo me toco el cuerpo, Orfeo, me lo palpo, me lo veo, pero, ¿el alma?, ¿dónde está mi alma?, ¿es que la tengo? Sólo la sentí resollar un poco cuando tuve aquí abrazada, sobre mis rodillas, a Rosario, a la pobre Rosarito; cuando ella lloraba y lloraba yo. Aquellas lágrimas no podían salir de mi cuerpo; salían de mi alma. El alma es un manantial que sólo se revela en lágrimas. Hasta que se llora de veras no se sabe si se tiene o no alma. Y ahora vamos a dormir, Orfeo, si es que nos dejan."

XV

—Pero ¿qué has hecho, chiquilla? —preguntó doña Ermelinda a su sobrina.

—¿Qué he hecho? Lo que usted, si es que tiene vergüenza, habría hecho en mi caso; estoy de ello segura. ¡Querer comprarme!, ¡querer comprarme a mí!

—Mira, chiquilla, es siempre mucho mejor que quieran comprarla a una que no el que quieran venderla.

—¡Querer comprarme!, ¡querer comprarme a mí!

—Pero si no es eso, Eugenia, si no es eso. Lo ha hecho por generosidad, por heroismo...

—No quiero héroes. Es decir, los que procuran serlo. Cuando el heroísmo viene por sí, naturalmente, ¡bueno!; pero ¿por cálculo? ¡Querer comprarme!, ¡querer comprarme a mí, a mí! Le digo a usted, tía, que me la ha de pagar. Me la ha de pagar ese...

—¿Ese... qué? ¡Vamos, acaba!

—Ese... panoli desaborido. Y para mí como si no existiera. ¡Como que no existe!

—Pero qué tonterías estás diciendo...

—¿Es que cree usted, tía, que este tío...?

—¿Quién, Fermín?

—No, ése..., ese del canario, ¿tiene algo dentro?

—Tendrá por lo menos sus entrañas...

—Pero ¿usted cree que tiene entrañas? ¡Quia! ¡Si es hueco, como si lo viera, hueco!

—Pero ven acá, chiquilla, hablemos fríamente y no digas ni hagas tonterías. Olvida eso. Yo creo que debes aceptarle...

—Preo, si no le quiero, tía...

—Y tú, ¿qué sabes lo que es querer? Careces de experiencia. Tú sabrás lo que es una fusa o una corchea, pero lo que es querer...

—Me parece, tía, que está usted hablando por hablar...

—¿Qué sabes tú lo que es querer, chiquilla?

—Pero si quiero a otro...

—¿A otro? ¿A ese gandul de Mauricio, a quien se le pasea el alma por el cuerpo? ¿A eso le llamas querer?, ¿a eso le llamas otro? Augusto es tu salvaci6n y sólo Augusto. ¡Tan fino, tan rico, tan bueno...!

—Pues por eso no le quiero, porque es tan bueno como usted dice... No me gustan los hombres buenos.

—Ni a mí, hija, ni a mí, pero...

—¿Pero qué?

—Que hay que casarse con ellos. Para eso han nacido y son buenos maridos.

—Pero si no lo quiero, ¿cómo he de casarme con él?

—¿Cómo?, ¡casándote! ¿No me casé yo con tu tío...?

—Pero, tía...

—Sí, ahora creo que sí, me parece que sí; pero cuando me casé no sé si le quería. Mira, eso del amor es una cosa de libros, algo que se ha inventado no más que para hablar y escribir de ello. Tonterías de poetas. Lo positivo es el matrimonio. El código civil no habla del amor y sí del matrimonio. Todo eso del amor no es más que música...

—¿Música?

—Música, sí. Y ya sabes que la música apenas sirve sino para vivir de enseñarla, y que si no te aprovechas de una ocasión como esta que se te presenta, vas a tardar en salir de tu purgatorio...

—Y ¿qué? ¿Les pido yo a ustedes algo? ¿No me gano por mí mi vida? ¿Les soy gravosa?

—No te sulfures así, chiquilla, ni digas esas cosas, porque vamos a reñir de veras. Nadie te habla de eso. Y todo lo que te digo y aconsejo es por tu bien.

—Sí, por mi bien..., por mí bien... Por mi bien ha hecho el señor don Augusto Pérez esa hombrada, por mi bien... ¡Una hombrada, sí, una hombrada! ¡Quererme comprar...! ¡Quererme comprar a mí..., a mí! ¡Una hombrada, lo dicho, una hombrada..., una cosa de hombres! Los hombres, tía, ya lo voy viendo, son unos groseros, unos brutos; carecen de delicadeza. No saben hacer ni un favor sin ofender...

—¿Todos?

—¡Todos, sí, todos! Los que son de veras hombres, se entiende.

—¡Ah!

—Sí, porque los otros, los que no son groseros y brutos y egoístas, no son hombres.

—Pues ¿qué son?

—¡Qué sé yo..., maricas!

—¡Vaya unas teorías, chiquilla!

—En esta casa hay que contagiarse.

—Pero eso no se lo has oído nunca a tu tío.

—No, se me ha ocurrido a mí observando a los hombres. Mi tío no es un hombre... de ésos.

—Entonces es un marica. ¿eh?, un marica. ¡Vamos, habla!

—No, no, no, tampoco. Mi tío es..., vamos..., mi tío... No me acostumbro del todo a que sea algo así..., vamos..., de carne y hueso.

—Pues ¿qué, qué crees que es tu tío?

—Que no es más que..., no sé como decirlo..., que no es más que mi tío. Vamos, así como si no existiese de verdad.

—Eso te creerás tú, chiquilla. Pero yo te digo que tu tío existe, ¡vaya si existe!

—Brutos, todos brutos, brutos todos. ¿No sabe usted lo que ese bárbaro de Martín Rubio le dijo al pobre don Emeterio a los pocos días de quedarse éste viudo?

—No lo he oído, creo.

—Pues verá usted; fue cuando la epidemia aquélla, ya sabe usted. Todo el mundo estaba alarmadísimo, a mí no me dejaron ustedes salir de casa en una porción de días y hasta tomaba el agua hervida. Todos huían los unos de los otros, y si se veía a alguien de luto reciente era como si estuviese apestado. Pues bien: a los cinco o seis días de haber enviudado el pobre don Emeterio tuvo que salir de casa, de luto, por supuesto, y se encontró de manos a boca con ese bárbaro de Martín. Éste, al verle de luto, se mantuvo a cierta prudente distancia de él, como temiendo el contagio, y le dijo: "Pero, hombre, ¿qué es eso?, ¿alguna desgracia en su casa?" "Sí —le contestó el pobre don Emeterio—, acabo de perder a mi pobre mujer..." "¡Lástima! Y ¿cómo ha sido eso?" "De sobreparto" —le dijo don Emeterio. "¡Ah, menos mal!" —le contestó el bárbaro de Martín, y entonces se le acercó a darle la mano. ¡Habráse visto caballería mayor! ¡Una hombrada! Le digo a usted que son unos brutos, nada más que unos brutos.

—Y es mejor que sean unos brutos que no unos holgazanes, como, por ejemplo, ese zanguango de Mauricio, que te tiene, yo no sé por qué, sorbido el seso... Porque según mis informes, y son de buena tinta, te lo aseguro, maldito si el muy bausán está de veras enamorado de ti...

—¡Pero lo estoy yo de él y basta!

—Y ¿te parece que ése..., tu novio quiero decir..., es de veras un hombre? Si fuera un hombre, hace tiempo que habría buscado salida y trabajo.

—Pues si no es hombre, quiero hacerle yo tal. Es verdad, tiene el defecto que usted dice, tía, pero acaso es por eso por lo que le quiero. Y ahora, después de la hombrada de don Augusto..., ¡quererme comprar a mí!..., después de eso estoy decidida a jugarme el todo por el todo casándome con Mauricio.

Y ¿de qué vais a vivir, desgraciada?

—¡De lo que yo gane! Trabajaré, y más que ahora. Aceptaré lecciones que he rechazado. Así como así, he renunciado ya a esa casa, se la he regalado a don Augusto. Era un capricho, nada más que un capricho. Es la casa en que nací. Y ahora, libre ya de esa pesadilla de la casa y de su hipoteca, me pondré a trabajar con más ahínco. Y Mauricio, viéndome trabajar para los dos, no tendrá más remedio que buscar trabajo y trabajar él. Es decir, si tiene vergüenza...

—¿Y si no la tiene?

—Pues si no la tiene... ¡dependerá de mí!

—Sí, ¡el marido de la pianista!

—Y aunque así sea. Será mío, mío, y cuando más de mí dependa, más mío.

—Sí, tuyo..., pero como puede ser un perro. Y eso se llama comprar un hombre.

—¿No ha querido un hombre, con su capital, comprarme? Pues, ¿qué de extraño tiene que yo, una mujer, quiera, con mi trabajo, comprar un hombre?

—Todo esto que estás diciendo, chiquilla, se parece mucho a eso que tu tío llama feminismo.

—No sé, ni me importa saberlo. Pero le digo a usted, tía, que todavía no ha nacido el hombre que me pueda comprar a mí. ¿A mí?, ¿a mí?, ¿comprarme a mí?

En este punto de la conversación entró la criada a anunciar que don Augusto esperaba a la señora.

—¿Él? ¡Vete! Yo no quiero verle. Díle que le he dicho ya mi última palabra.

—Reflexiona un poco, chiquilla, cálmate; no lo tomes así. Tú no has sabido interpretar las intenciones de don Augusto.

Cuando Augusto se encontró ante doña Ermelinda empezó a darle sus excusas. Estaba, según decía, profundamente afectado; Eugenia no había sabido interpretar sus verdaderas intenciones. Él, por su parte, había cancelado formalmente la hipoteca de la casa y ésta aparecía legalmente libre de semejante carga y en poder de su dueña. Y si ella se obstinaba en no recibir las rentas, él por su parte, tampoco podía hacerlo; de manera que aquello se perdería sin provecho de nadie, o, mejor dicho, iría depositándose a nombre de su dueña. Además, él renunciaba a sus pretensiones de la mano de Eugenia y sólo quería que ésta fuese feliz; hasta se hallaba dispuesto a buscar una colocación a Mauricio para que no tuviese que vivir de las rentas de su mujer.

—¡Tiene usted un corazón de oro! —exclamó doña Ermelinda.

—Ahora sólo falta, señora, que convenza a su sobrina de cuáles han sido mis verdaderas intenciones, y que si lo de deshipotecar la casa fue una impertinencia, me lo perdone. Pero me parece que no es cosa de volver atrás. Si ella quiere, seré yo padrino de la boda. Y luego emprenderé un largo y lejano viaje.

Doña Ermelinda llamó a la criada, a la que dijo que llamase a Eugenia, pues don Augusto deseaba hablar con ella. "La señorita acaba de salir", contestó la criada.

XVI

—Eres imposible, Mauricio —le decía Eugenia a su novio, en el cuchitril aquel de la portería—, completamente imposible, y si sigues así, si no sacudes esa pachorra, si no haces algo para buscarte una colocación y que podamos casarnos, soy capaz de cualquier disparate.

—¿De qué disparate? Vamos, di, rica —y le acariciaba el cuello ensortijándose en uno de sus dedos un rizo de la nuca de la muchacha.

—Mira, si quieres, nos casamos así y yo seguiré trabajando... para los dos.

—Pero ¿y qué dirán de mí, mujer, si acepto semejante cosa?

—¿Y a mí qué importa lo que de te digan?

—¡Hombre, hombre, eso es grave!

—¡Sí, a mí no me importa eso; lo que yo quiero es que esto se acabe cuanto antes...

—¿Tan mal nos va?

; —Sí, nos va mal, muy mal. Y si no te decides soy capaz de...

—¿De qué, vamos?

—De aceptar el sacrificio de don Augusto.

—¿De casarte con él?

—¡No, eso nunca! De recobrar mi finca.

—¡Pues hazlo, rica, hazlo! Si esa es la solución y no otra...

—Y te atreves...

—¡Pues no he de atreverme! Ese pobre don Augusto me parece a mí que no anda bien de la cabeza, y pues ha tenido ese capricho, no creo que debemos molestarle...

—De modo que tú...

—Pues ¡claro está, rica, claro está!

—Hombre, al fin y al cabo.

—No tanto como tú quisieras, según te explicas. Pero ven acá...

—Vamos, déjame, Mauricio; ya te he dicho cien veces que no seas...

—Que no sea cariñoso...

—¡No, que no seas... bruto! Estate quieto. Y si quieres más confianza sacude esa pereza, busca de veras trabajo y lo demás ya lo sabes. Conque, a ver si tienes juicio, ¿eh? Mira que ya otra vez te di una bofetada.

—¡Y qué bien me supo! ¡Anda, rica, dame otra! Mira, aquí tienes mi cara...

—No lo digas mucho...

—¡Anda, vamos!

—No, no quiero darte ese gusto.

—¿Ni otro?

—Te he dicho que no seas bruto. Y te repito que si no te das prisa a buscar trabajo soy capaz de aceptar eso.

—Pues bien, Eugenia, ¿quieres que te hable con el corazón en la mano, la verdad, toda la verdad?

—¡Habla!

—Yo te quiero mucho, pero mucho, estoy completamente chalado por ti, pero eso del matrimonio me asusta, me da un miedo atroz. Yo nací haragán por temperamento, no te lo niego; lo que más me molesta es tener que trabajar, y preveo que si nos casamos, y como supongo que tú querrás que tengamos hijos...

—¡Pues no faltaba más!

—Voy a tener que trabajar, y de firme, porque la vida es cara. Y eso de aceptar el que seas tú la que trabaje, ¡eso nunca, nunca! Mauricio Blanco Clará no puede vivir del trabajo de una mujer. Pero hay acaso una solución que sin tener yo que trabajar, ni tú, se arregle todo...

—A ver, a ver...

—Pues... ¿me prometes, chiquilla, no incomodarte?

—¡Anda, habla!

—Por todo lo que yo sé y lo que te he oído, ese pobre don Augusto es un panoli, un pobre diablo, vamos, un...

—¡Anda, sigue!

—Pero no te incomodarás.

—¡Que sigas te he dicho!

—Es, pues, como venía diciéndote, un... predestinado. Y acaso lo mejor sea no sólo que aceptes eso de tu casa, sino que...

—Vamos, ¿qué?

—Que lo aceptes a él por marido.

—¿Eh? —y se puso ella en pie.

—Le aceptas, y como es un pobre hombre, pues... todo se arregla...

—¿Cómo se arregla todo?

—Sí, él paga, y nosotros...

—Nosotros... ¿qué?

—Pues nosotros...

—¡Basta!

Y se salió Eugenia, con los ojos hechos un incendio y diciéndose: "Pero ¡qué brutos, qué brutos!" Y al llegar a su casa se encerró en su cuarto y rompió a llorar. Y tuvo que acostarse, presa de una fiebre.

Mauricio se quedó un breve rato como suspenso; mas pronto se repuso, encendió un cigarrillo, salió a la calle y le echó un piropo a la primera moza de garbo que pasó a su lado. Y aquella noche hablaba, con un amigo, de don Juan Tenorio.

—A mí ese tío no acaba de convencerme —decía Mauricio—; eso no es más que de teatro.

—¡Y que lo digas tú, Mauricio, que pasas por un Tenorio, por un seductor!

—¿Seductor?, ¿seductor yo? ¡Qué cosas se inventan, Rogelio!

—¿Y lo de la pianista?

—¡Ba! ¿Quieres que te diga la verdad, Rogelio?

—¡Venga!

—Pues bien; de cada cien líos, más o menos honrados, y ese a que aludías es honradísimo, ¡eh!, de cada cien líos entre hombre y mujer, ¡eh! en más de noventa la seductora es ella y el seducido es él.

—Pues qué, ¿me negarás que has conquistado a la pianista, a la Eugenia?

—Sí, te lo niego; no soy quien la ha conquistado, sino ella quien me ha conquistado a mí.

—¡Seductor!

—Como quieras... Es ella, ella. No supe resistirme.

—Para el caso es igual.

—Pero me parece que eso se va a acabar y voy a encontrarme otra vez libre. Libre de ella, claro, porque no respondo de que me conquiste otra. ¡Soy tan débil! Si yo hubiera nacido mujer...

—Bueno, ¿y cómo se va a acabar?

—Porque... pues, ¡Porque he metido la pata! Quise que siguiéramos, es decir, que empezáramos las relaciones, ¿entiendes?, sin compromiso ni consecuencia... y ¡claro!, me parece que me va a dar soleta. Esa mujer quería absorberme.

—¡Y te absorberá!

—¡Quién sabe!... ¡Soy tan débil! Yo nací para que una mujer me mantenga, pero con dignidad, ¿sabes?, y si no, ¡nada!

—Y ¿a qué llamas dignidad? ¿puede saberse?

—¡Hombre, eso no se pregunta! Hay cosas que no pueden definirse.

—¡Es verdad! —contestó con profunda convicción Rogelio, añadiendo—: Y si la pianista te deja ¿qué vas a hacer?

—Pues quedar vacante. Y a ver si alguna otra me conquista. ¡He sido conquistado tantas veces...! Pero ésta, con eso de no ceder, de mantenerse siempre a honesta distancia, de ser honrada, en fin, porque como honrada lo es hasta donde la que más, con todo eso me tenía chaladito, pero del todo chaladito. Habría acabado por hacer de mí lo que hubiese querido. Y ahora, si me deja, lo sentiré, y mucho, pero me veré libre.

—¿Libre?

—Libre, sí, para otra.

—Yo creo que haréis las paces...

—¡Quién sabe!... Pero, lo dudo, porque tiene un geniecito..., y hoy la ofendí, la verdad, la ofendí.

XVIII

—¿Te acuerdas, Augusto —le decía Víctor—, de aquel don Eloíno Rodríguez de Alburquerque y Álvarez de Castro?

—¿Aquel empleado de Hacienda tan aficionado a correrla, sobre todo de lo baratito?

—El mismo. Pues bien... ¡se ha casado!

—¡Valiente carcamal se lleva la que haya cargado con él!

—Pero lo estupendo es su manera de casarse. Entérate y ve tomando notas. Ya sabrás que don Eloíno Rodríguez de Alburquerque y Álvarez de Castro, a pesar de sus apellidos, apenas si tiene sobre qué caerse muerto ni más que su sueldo en Hacienda, y que está, además, completamente averiado de salud.

—Tal vida ha llevado.

—Pues el pobre padece una afección cardíaca de la que no puede recobrarse. Sus días están contados. Acaba de salir de un achuchón gravísimo, que le ha puesto a las puertas de la muerte y le ha llevado al matrimonio, pero a otro... revienta. Es el caso que el pobre hombre andaba de casa en casa de huéspedes y de todas partes tenía que salir, porque por cuatro pesetas no pueden pedirse gollerías ni canguingos en mojo de gato, y él era muy exigente. Y no del todo limpio. Y así, rondando de casa en casa, fue a dar a la de una venerable matrona ya entrada en años, mayor que él, que, como sabes, más cerca anda de los sesenta que de los cincuenta, y viuda dos veces; la primera de un carpintero que se suicidó tirándose de un andamio a la calle, y a quien recuerda a menudo como *su* Rogelio, y la segunda, de un sargento de carabineros que le dejó al morir un capitalillo que le da una peseta al día. Y hete aquí que hallándose en casa de esta señora, viuda, da mi don Eloíno en ponerse malo, muy malo, tan malo que la cosa parecía sin remedio y que se moría. Llamaron primero a que le viera don José, y luego don Valentín. Y el hombre, ¡a morir! Y su enfermedad pedía tantos y tales cuidados, y a las veces no del todo aseados, que monopolizaban a la patrona, y los otros huéspedes empezaban ya a amenazar con marcharse. Y don Eloíno, que no podía pagar mucho más, y la doble viuda diciéndole que no podía tenerle más en su casa, pues le estaba perjudicando el negocio. "Pero ¡por Dios, señora, por caridad! —parece que le decía él—. ¿A dónde voy yo en este estado, en qué otra casa van a recibirme? Si usted me echa tendré que ir a morirme al hospital... ¡Por Dios, por caridad!; ¡para los días que he de vivir...!" Porque él estaba convencido de que se moría, y muy pronto. Pero ella, por su parte, lo que es natural, que su casa no era hospital, que vivía de su negocio y que se estaba perjudicando. Cuando en esto a uno de los compañeros de oficina de don Eloíno se le ocurre una idea salvadora, y fue que le dijo: "Usted no tiene, don Eloíno, sino un medio de que esta buena señora se avenga a tenerle en su casa mientras viva." "¿Cuál?", preguntó él. "Primero —le dijo el amigo— sepamos lo que usted cree de su enfermedad." Ah, pues yo, que he de durar poco, muy poco; acaso no lleguen a verme con vida mis hermanos." "¿Tan mal se cree usted?" "Me siento morir..." "Pues si es así, le queda un medio de conseguir que esta buena mujer no le ponga de patitas en la calle, obligándole a irse al hospital" "Y ¿cuál es?" "Casarse con ella." "¿Casarme con ella?, ¿con la patrona? ¿Quién yo? ¡Un Rodríguez de Alburquerque y Álvarez de Castro! ¡Hombre, no estoy para bromas!" Y parece que la ocurrencia le hizo un efecto tal que a poco se queda en ella.

—Y no es para menos.

—Pero el amigo, así que él se repuso de la primera sorpresa, le hizo ver que casándose con la patrona le dejaba trece duros semanales de viudedad, que de otro modo no aprovecharía nadie y se irían al Estado. Ya ves tú...

—Sí, sé de más de uno, amigo Víctor, que se ha casado nada más que para que el Estado no se ahorrase una viudedad. ¡Eso es civismo!

—Pero si don Eloíno rechazó indignado tal proposición, figúrate lo que diría la patrona. "¿Yo? ¿Casarme yo, a mis años, y por tercera vez, con ese carcamal? !Qué asco!" Pero se informó del médico, le aseguraron que no le quedaban a Eloíno sino muy pocos días de vida, y diciendo: "La verdad es que trece duros al mes me arreglan", acabó aceptándolo. Y entonces se le llamó al párroco, al bueno de don Matías, varón apostólico, como sabes, para que acabase de convencer al desahuciado. "Sí, sí, sí —dijo don Matías—; sí, ¡pobrecito!, ¡pobrecito!" Y le convenció. Llamó luego don Eloíno a Correíta y dicen que le dijo que quería reconciliarse con él —estaban reñidos— y que fuese testigo de su boda. "Pero ¿se casa usted, don Eloíno?" "Sí, Correíta, sí, ¡me caso con la patrona!, ¡con doña Sinfo!; yo, un Rodríguez de Alburquerque y Álvarez de Castro, ¡figúrate! Yo porque me cuide los pocos días de vida que me quedan..., no sé si llegarán mis hermanos a tiempo para verme vivo..., y ella por los trece duros de viudedad que le dejo." Y cuentan que cuando Correíta se fue a su casa y se lo contó todo, como es natural, a su mujer, a Emilia, ésta exclamó: "Pero ¡tú eres un majadero, Pepe! ¿Por qué no le dijiste que se casase con Encarna —Encarnación es una criada, ni joven ni guapa, que llevó Emilia como dote a su matrimonio—, que le habría cuidado por los trece duros de viudedad tan bien como esta tía?" Y es fama que la Encarna añadió: "Tiene usted razón, señorita; también yo me hubiera casado con él y le habría cuidado lo que viviese, que no será mucho, por trece duros."

—Pues todo eso, Víctor, parece inventado.

—Pues no lo es. Hay cosas que no se inventan. Y aún falta lo mejor. Y me contaba don Valentín, que es, después de don José, quien más ha estado tratando a don Eloíno, que al ir un día a verle y encontrarse con don Matías revestido creyó que era para darle la Extremaunción al enfermo, y le dicen que estaba casándose. Y al volver más tarde le acompañó hasta la puerta la recién casada patrona, ¡por tercera vez!, y con voz compungida y ansiosa le preguntaba: "Pero, diga usted, don Valentín, ¿vivirá? ¿vivirá todavía?" "No, señora, no; es cuestión de días..." "Se morirá pronto, ¿eh?" "Sí, muy pronto". "Pero ¿de veras se morirá?"

—¡Qué enormidad!

—Y no es todo. Don Valentín ordenó que no se le diese al enfermo más que leche, y de ésta poquita de cada vez, pero doña Sinfo le decía a otro huésped: "¡Quia!, ¡yo le doy todo lo que me pida! ¡A qué quitarle sus gustos si ha de vivir tan poco...!" Y luego ordenó que le diese unas ayudas, y ella decía: "¿Unas ayudas? ¡Uf, qué asco! ¿A este tío carcamal? ¡Yo no, yo no! ¡Si hubiera sido a alguno de los otros dos, a los que quería, con los que me casé por mi gusto! Pero ¿a éste?, ¿unas ayudas? ¿Yo? ¡Como no...!

—¡Todo esto es fantástico!

—No, es histórico. Y llegaron unos hermanos de don Eloíno, hermano y hermana, y él decía, abrumado por la desgracia: "¡Casarse mi hermano, mi hermano, un Rodríguez de Alburquerque y Álvarez de Castro con la patrona de la calle de Pellejeros!, ¡mi hermano, hijo de un presidente que fue de la Audiencia de Zaragoza, de Za-ra-go-za, con una... doña Sinfo!" Estaba aterrado. Y la viuda del suicida y recién casada con el desahuciado se decía: "Y ahora verá usted, como si lo viera, ¡con esto de que somos cuñados se irán sin pagarme el pupilaje, cuando yo vivo de esto!" Y parece que le pagaron el pupilaje, y se lo pagó el marido, pero se llevaron un bastón de puño de oro que él tenía.

—¿Y murió?

—Sí, bastante después. Mejoró, mejoró bastante. Y ella, la patrona, decía: "De esto tiene la culpa don Valentín, que le ha entendido la enfermedad... Mejor era el otro, don José, que no se la entendía... Si sólo le hubiese tratado él, ya estaría muerto, y no que ahora me va a fastidiar." Ella, doña Sinfo, tiene, además de los hijos del primer marido, una hija del segundo, del carabinero, y a poco de haberse casado le decía don Eloíno: "Ven, ven acá; ven, ven a que te dé un beso, que ya soy tu padre, eres hija mía..." "Hija, no —decía la madre— ¡ahijada!" "Hijastra, señora, hijastra. Ven acá... os dejo bien..." Y es fama que la madre refunfuñaba: "¡Y el sinvergüenza no lo hacía más que para sobarla...! ¡Habráse visto...!" Y luego vino, como es natural, la ruptura. "Esto fue un engaño, nada más que un engaño, don Eloíno, porque si me casé con usted fue porque me aseguraron que usted se moría y muy pronto, que si no... ¡pa chasco! Me han engañado, me han engañado". "También a mí me han engañado, señora. Y ¿qué quería usted que hubiese yo hecho? ¿Morirme para darle el gusto?" "Eso era lo convenido". "Ya me moriré, señora, ya me moriré... y antes que quisiera... ¡Un Rodríguez de Alburqueque y Álvarez de Castro!"

Y riñeron por cuestión de unos cuartos más o menos de pupilaje, y acabó ella por echarle de casa. "¡Adiós, don Eloíno, que le vaya a usted bien!" "Quede usted con Dios, doña Sinfo". Y al fin se ha muerto el tercer marido de esta señora, dejándola 2,15 pesetas diarias, y además le han dado 500 para lutos. A lo más le ha sacado un par de misas, por remordimiento y por gratitud a los trece duros de viudedad.

—Pero ¡qué cosas, Dios mío!

—Cosas que no se inventan, que no es posible inventar. Ahora estoy recogiendo más datos de esta tragicomedia, de esta farse fúnebre. Pensé primero hacer de ello un sainete; pero considerándolo mejor he decidido meterlo de cualquier manera, como Cervantes metió en su *Quijote* aquellas novelas que en él figuran, en una novela que estoy escribiendo para desquitarme de los quebraderos de cabeza que me da el embarazo de mi mujer.

—Pero ¿te has metido a escribir una novela?

—¿Y qué quieres que hiciese?

—¿Y cuál es su argumento, si se puede saber?

—Mi novela no tiene argumento, o, mejor dicho, será el que vaya saliendo. El argumento se hace él solo.

—¿Y cómo es eso?

—Pues mira, un día de éstos que no sabía bien qué hacer, pero sentía ansia de hacer algo, una comezón muy íntima, un escarabajeo de la fantasía, me dije: voy a escribir una novela, pero voy a escribirla como se vive, sin saber lo que vendrá. Me senté, cogí unas cuartillas y empecé lo primero que se me ocurrió, sin saber lo que seguiría, sin plan alguno. Mis personajes se irán haciendo según obren y hablen, sobre todo según hablen; su carácter se irá formando poco a poco. Y a las veces su carácter será el de no tenerlo.

—Sí, como el mío.

—No sé. Ello irá saliendo. Yo me dejo llevar.

—¿Y hay psicología? ¿Descripciones?

—Lo que hay es diálogo; sobre todo diálogo. La cosa es que los personajes hablen, que hablen mucho, aunque no digan nada.

—Esto te lo habrá insinuado Elena, ¿eh?

—¿Por qué?

—Porque una vez que me pidió una novela para matar el tiempo, recuerdo que me dijo que tuviese mucho diálogo y muy cortado.

—Sí, cuando en una que lee se encuentra con largas descripciones, sermones o relatos, los salta diciendo: ¡paja! ¡paja! ¡paja! Para ella sólo el diálogo no es paja. Y ya ves tú, puedes muy bien repartirse un sermón en un diálogo...

—¿Y por qué será esto?...

—Pues porque a la gente le gusta la conversación por la conversación misma, aunque no diga nada. Hay quien no resiste un discurso de media hora y se está tres horas charlando en un café. Es el encanto de la conversación, de hablar por hablar, de hablar roto e interrumpido.

—También a mí el tono de discurso me carga...

—Sí, es la complacencia del hombre en el habla, y en el habla viva... Y sobre todo que parezca que el autor no dice las cosas por sí, no nos molesta con su personalidad, con su yo satánico. Aunque, por supuesto, todo lo que digan mis personajes lo digo yo...

—Eso hasta cierto punto...

—¿Cómo hasta cierto punto?

—Sí, que empezarás creyendo que los llevas tú, de tu mano, y es fácil que acabes convenciéndote de que son ellos los que te llevan. Es muy frecuente que un autor acabe por ser juguete de sus ficciones...

—Tal vez, pero el caso es que en esta novela pienso meter todo lo que se me ocurra, sea como fuere.

—Pues acabará no siendo novela.

—No, será... será... *nivola.*

—Y ¿qué es eso, qué es *nivola*?

—Pues le he oído contar a Manuel Machado, el poeta, el hermano de Antonio, que una vez le llevó a don Eduardo Benot, para leérselo, un soneto que estaba en alejandrinos o en no sé que otra forma heterodoxa. Se lo leyó y don Eduardo le dijo: "Pero ¡eso no es soneto!..." "No, señor —le contestó Machado—, no es soneto, es *sonite*". Pues así es como mi novela no va a ser novela, sino..., ¿cómo dije?, *navilo*..., *nebulo*, no, no, *nivola, eso, ¡nivola!* Así nadie tendrá derecho a decir que deroga las leyes de su género... Invento el género, e inventar un género no es más que darle un nombre nuevo, y le doy las leyes que me place. ¡Y mucho diálogo!

—¿Y cuando un personaje se queda solo?

—Entonces... un monólogo. Y para que parezca algo así como un diálogo invento un perro a quien el personaje se dirige.

—¿Sabes, Víctor, que se me antoja que estás inventando?...

—¡Puede ser!

Al separarse uno del otro, Víctor y Augusto, iba diciéndose éste: "Y esta mi vida, ¿es novela, es nivola o qué es? Todo esto que me pasa y que les pasa a los que me rodean, ¿es realidad o es ficción? ¿No es acaso todo esto un sueño de Dios o de quien sea, que se desvanecerá en cuanto Él despierte, y por eso le rezamos y elevamos a Él cánticos e himnos, para adormecerle, para acunar su sueño? ¿No es acaso la liturgia toda de todas las religiones un modo de brezar el sueño de Dios y que no despierte y deje de soñarnos? ¡Ay, mi Eugenia! ¡mi Eugenia! Y mi Rosarito..."

—¡Hola, Orfeo!

Orfeo le había salido al encuentro, brincaba, le quería trepar piernas arriba. Cogióle, y el animalito empezó a lamerle la mano.

—Señorito —le dijo Liduvina—, ahí le aguarda Rosarito con la plancha.

—¿Y cómo no la despachaste tú?

—Qué sé yo... Le dije que el señorito no podía tardar, que si quería aguardarse...

—Pero podías haberle despachado como otras veces...

—Sí, pero... en fin, usted me entiende...

—¡Liduvina! ¡Liduvina!

—Es mejor que la despache usted mismo.

—Voy allá.

XVIII

—¡Hola, Rosarito! —exclamó Augusto apenas la vio.

—Buenas tardes, don Augusto —y la voz de la muchacha era serena y clara y no menos clara y serena su mirada.

—¿Cómo no has despachado con Liduvina como otras veces en que yo no estoy en casa cuando llegas?

—¡No sé! Me dijo que me esperase. Creí que querría usted decirme algo...

"Pero, ¿esto es ingenuidad o qué es?", pensó Augusto y se quedó un momento suspenso. Hubo un instante embarazoso, preñado de un inquieto silencio.

—Lo que quiero, Rosario, es que olvides lo del otro día, que no vuelvas a acordarte de ello, ¿entiendes?

—Bueno, como usted quiera...

—Sí, aquello fue una locura... una locura... no sabía bien lo que hacía ni lo que decía... como lo sé ahora... —e iba acercándose a la chica.

Ésta le esperaba tranquilamente y como resignada. Augusto se sentó en un sofá, la llamó: ¡ven acá!, le dijo que se sentara, como la otra vez, sobre sus rodillas, y la estuvo un buen rato mirando a los ojos. Ella resistió tranquilamente aquella mirada, pero temblaba toda ella como la hoja de un chopo.

—¿Tiemblas, chiquilla...?

—¿Yo? Yo no. Me parece que es usted...

—No tiembles, cálmate.

—No vuelva a hacerme llorar.

—Vamos, sí, que quieres que te vuelva a hacer llorar. Di, ¿tienes novio?

—Pero qué pregunta...

—Dímelo, ¿le tienes?

—¡Novio... así, novio... no!

—Pero, ¿es que no sc te ha dirigido todavía ningún mozo de tu edad?

—Ya ve usted, don Augusto...

—¿Y qué le has dicho?

—Hay cosas que no se dicen...

—Es verdad. Y vamos, di, ¿os queréis?

—Pero, ¡por Dios, don Augusto... !

—Mira, si es que vas a llorar, te dejo.

La chica apoyó la cabeza en el pecho de Augusto, ocultándola en él, y rompió a llorar procurando ahogar sus sollozos. "Esta chiquilla se me va a desmayar", pensó él mientras le acariciaba la cabellera.

—¡Cálmate! ¡Cálmate!

—¿Y aquella mujer...? —preguntó Rosarito sin levantar la cabeza y tragándose sus sollozos.

—Ah, ¿te acuerdas? Pues aquella mujer, ha acabado por rechazarme del todo. Nunca la gané, pero ahora la he perdido del todo, ¡del todo!

La chica levantó la frente y le miró cara a cara, como para ver si decía la verdad.

—Es que me quiere engañar... —susurró.

—¿Cómo que te quiero engañar? Ah, ya, ya. Conque ésas tenemos, ¿eh? Pues ¿no dices que tenías novio?

—Yo no he dicho nada...

—¡Calma! ¡Calma! —y poniéndola junto a sí en el sofá se levantó él y empezó a pasearse por la estancia.

Pero al volver la vista a ella vio que la pobre muchacha estaba demudada y temblorosa. Comprendió que se encontraba sin amparo, que así sola, frente a él, a cierta distancia, sentada en aquel sofá como un reo ante el fiscal, sentíase desfallecer.

—¡Es verdad! —exclamó—; estamos más protegidos cuanto más cerca.

Volvió a sentarse, volvió a sentarla sobre sí, la ciñó con sus brazos y la apretó a su pecho. La pobrecilla le echó un brazo sobre el hombro, como para apoyarse en él, y volvió a ocultar su cara en el seno de Augusto. Y allí, como oyese el martilleo del corazón de éste, se alarmó.

—¿Está usted malo, don Augusto?

—¿Y quién está bueno?

—¿Quiere usted que llame para que le traigan algo?

—No, no, déjalo. Yo sé cuál es mi enfermedad. Y lo que me hace falta es emprender un viaje —y después de un silencio—: ¿Me acompañarás en él?

—¡Don Augusto!

—¡Deja el don! ¿Me acompañarás?

—Como usted quiera...

Una niebla invadió la mente de Augusto; la sangre empezó a latirle en las sienes, sintió una opresión en el pecho. Y para libertarse de ello empezó a besar a Rosarito en los ojos, que los tenía que cerrar. De pronto se levantó y dijo, dejándola:

—¡Déjame! ¡Déjame! ¡Tengo miedo!

—¿Miedo de qué?

La repentina serenidad de la mozuela le asustó más aún.

—Tengo miedo, no sé de quién, de ti, de mí. ¡De lo que sea! ¡De Liduvina! Mira, vete, vete, pero volverás, ¿no es eso? ¿Volverás?

—Cuando usted quiera.

—Y me acompañarás en mi viaje, ¿no es así?

—Como usted mande...

—¡Vete, vete ahora!

—Y aquella mujer...

Avalanzóse Augusto a la chica, que se había ya puesto en pie, la cogió, la apretó contra su pecho, juntó sus labios secos a los labios de ella y así, sin besarla, se estuvo un rato apretando boca a boca mientras sacudía su cabeza. Y luego, soltándola:

—¡Anda! ¡Vete!

Rosario se salió. Y apenas se

había salido, fue Augusto y, cansado, como si acabase de correr a pie leguas por entre montañas, se echó sobre su cama, apagó la luz y se quedó monologando:

"La he estado mintiendo y he estado mintiéndome. ¡Siempre es así! Todo es fantasía y no hay más que fantasía. El hombre en cuanto habla miente, y en cuanto se habla a sí mismo, es decir, en cuanto piensa sabiendo que piensa, se miente. No hay más verdad que la vida fisiológica. La palabra, este producto social, se ha hecho para mentir. Le he oído a nuestro filósofo que la verdad es, como la palabra, un producto social, lo que creen todos, y creyéndolo se entienden. Lo que es producto social es la mentira."

Al sentir unos lametones en la mano exclamó: "¡Ah!, ¿ya estás aquí, Orfeo? Tú, como no hablas, no mientes, y hasta creo que no te equivocas, que no te mientes. Aunque, como animal doméstico que eres, algo se te habrá pegado del hombre... No hacemos más que mentir y darnos importancia. La palabra se hizo para exagerar nuestras sensaciones e impresiones todas..., acaso para creerlas. La palabra y todo género de expresión convencional, como el beso y el abrazo... No hacemos sino representar cada uno su papel. ¡Todos personas, todos caretas, todos cómicos! Nadie sufre ni goza lo que dice y expresa, y acaso cree que goza y sufre; si no, no se podría vivir. En el fondo estamos tan tranquilos. Como yo ahora aquí, representando a solas mi comedia, hecho actor y espectador a la vez. No mata más que el dolor físico. La única verdad es el hombre fisiológico, el que no habla, el que no miente..."

Oyó un golpecito a la puerta.

—¿Qué hay?

—¿Es que no va usted a cenar hoy? —preguntó Liduvina.

—Es verdad; espera, que allá voy.

"Y luego dormiré hoy, como los otros días, y dormirá ella. ¿Dormirá Rosarito? ¿No habré turbado la tranquilidad de su espíritu? Y esa naturalidad suya, ¿es inocencia o es malicia? Pero acaso no hay nada más malicioso que la inocencia, o bien, más inocente que la malicia. Sí, sí, ya me suponía yo que en el fondo no hay nada más..., ¿cómo lo diré?..., más cínico que la inocencia. Sí, esa tranquilidad con que se me entregaba, eso que hizo me entrara miedo, miedo no sé bien de qué, eso no era sino inocencia. Y lo de: "¿Y aquella mujer?", celos, ¿eh? ¿celos? Probablemente no nace el amor sino al nacer los celos; son los celos los que nos revelan el amor. Por muy enamorada que esté una mujer de un hombre, o un hombre de una mujer, no se dan cuenta de que lo están, no se dicen a sí mismo que lo están, es decir, no se enamoran de veras sino cuando él ve que ella mira a otro hombre o ella le ve a él mirar a otra mujer. Si no hubiese más que un solo hombre y una sola mujer en el mundo, sin más sociedad, sería imposible que se enamorasen uno de otro. Además de que hace siempre falta la tercera, la Celestina, y la Celestina es la sociedad. ¡El Gran Galeoto! ¡Y qué bien está eso! ¡Sí, el Gran Galeoto! Aunque sólo fuese por el lenguaje. Y por esto es todo eso del amor una mentira más. ¿Y el fisiológico? ¡Bah, ese fisiológico no es amor ni cosa que lo valga! ¡Por eso es verdad! Pero..., vamos, Orfeo, vamos a cenar. ¡Esto sí que es verdad!"

XIX

A los dos días de esto anunciáronle a Augusto que una señora deseaba verle y hablarle. Salió a recibirla y se encontró con doña Ermelinda, que al: "¿Usted por aquí?" de Augusto, contestó con un: "¡Cómo no ha querido volver a vernos...!"

—Usted comprende, señora —contestó Augusto—, que después de lo que me ha pasado en su casa las dos últimas veces que he ido, la una con Eugenia a solas y la otra cuando no quiso verme, no debía volver. Yo me atengo a lo hecho y lo dicho, pero no puedo volver por allí...

—Pues traigo una misión para usted de parte de Eugenia...

—¿De ella?

—Sí de ella. Yo no sé qué ha podido ocurrirle con el novio, pero no quiere oír hablar de él, está contra él furiosa, y el otro día, al volver a casa, se encerró en su cuarto y se negó a cenar. Tenía los ojos encendidos de haber llorado, pero con esas lágrimas que escaldan, ¿sabe usted?, las de rabia...

—¡Ah!, pero, ¿es que hay diferentes clases de lágrimas?

—Naturalmente; hay lágrimas que refrescan y desahogan, y lágrimas que encienden y sofocan más. Había llorado y no quiso cenar. Y me estuvo repitiendo su estribillo de que los hombres son ustedes unos brutos y nada más que unos brutos. Y ha estado estos días de morro, con un humor de todos los diablos. Hasta que ayer me llamó, me dijo que estaba arrepentida de cuanto le había dicho a usted, que se excedió y fue con usted injusta, que reconoce la rectitud y nobleza de las intenciones de usted y que quiere no ya que usted le perdone aquello que le dijo de que la quería comprar, sino que no cree semejante cosa. Es en esto en lo que hizo más hincapié. Dice que ante todo quiere que usted le crea que si dijo aquello fue por excitación, por despecho, pero que no lo cree...

—Y creo que no lo crea.

—Después..., después me encargó que averiguase yo de usted con diplomacia...

—Y la mejor diplomacia, señora, es no tenerla, y sobre todo conmigo...

—Después me rogó que averiguase si le molestaría a usted que ella aceptase, sin compromiso alguno, el regalo que usted le ha hecho de su propia casa...

—¿Cómo sin compromiso?

—Vamos, sí, el que acepte el regalo como tal regalo.

—Si como tal se lo doy, ¿cómo ha de aceptarlo?

—Porque dice que sí, que está dispuesta, para demostrarle su buena voluntad y lo sincero de su arrepentimiento por lo que le dijo, a aceptar su generosa donación, pero sin que esto implique...

—¡Basta, señora basta! Ahora parece que sin darse cuenta vuelven a ofenderme...

—Será sin intención...

—Hay ocasiones en que las peores ofensas son esas que se infligen sin intención, según se dice.

—Pues no lo entiendo...

—Y es, sin embargo, cosa muy clara. Una vez entré en una reunión y uno que allí había y me conocía ni me saludó siquiera. Al salir me quejé de ello a un amigo y éste me dijo: "No le extrañe a usted, no lo ha hecho a posta; es que no se ha percatado siquiera de la presencia de usted." Y le contesté: "Pues ahí está la grosería mayor; no en que no me haya saludado, sino en que no se haya dado cuenta de mi presencia." "Eso es en él involuntario; es un distraído...", me replicó. Y yo a mi vez: "Las mayores groserías son las llamadas involuntarias, y la grosería de las groserías distraerse delante de personas." Es, señora, como eso que llaman neciamente olvidos involuntarios, como si cupiese olvidarse voluntariamente de algo. El olvido involuntario suele ser una grosería.

—Y a qué viene esto...

—Esto viene, señora doña Ermelinda, a que después de haberme pedido perdón por aquella especie ofensiva de que con mi donativo buscaba comprarla forzando su agradecimiento, no sé bien a qué viene aceptarlo pero haciendo constar que sin compromiso. ¿Qué compromiso. vamos, qué compromiso?

—¡No se exalte usted así, don Augusto...!

—¡Pues no he de exaltarme, señora, pues no he de exaltarme! ¿Es que esa... muchacha se va a burlar de mí y va a querer jugar conmigo? —y al decir esto se acordaba de Rosarito.

—¡Por Dios, don Augusto, por Dios...!

—Ya tengo dicho que la hipoteca se deshizo, que la he cancelado, y que si ella no se hace cargo de su casa yo nada tengo que ver con ella. ¡Y que me lo agradezca o no, ya no me importa!

—Pero, don Augusto, ¡no se ponga así! ¡Si lo que ella quiere es hacer las paces con usted, que vuelvan a ser amigos...!

—Sí, ahora que ha roto la guerra con el otro, ¿no es eso? Antes era yo el otro; ahora soy el uno, ¿no es eso? Ahora se trata de pescarme, ¿he?

—Pero ¡si no he dicho tal cosa!

—No, pero lo adivino.

—Pues se equivoca usted de medio a medio. Porque precisamente después de haberme mi sobrina dicho todo lo que acabo de repetirle a usted, al insinuarle yo y aconsejarle que pues ha reñido con el gandul de su novio procurase ganar a usted como tal, vamos, usted me entiende...

—Sí, que me reconquistase...

—¡Eso! Pues bien, al aconsejarle esto, me dijo una y cien veces que no y que no y que no; que le estimaba y apreciaba a usted para amigo y como tal, pero que no le gustaba como marido, que no quería casarse sino con un hombre de quien estuviese enamorada...

—Y que de mí no podrá llegar a estarlo, ¿no es eso?

—No, tanto como eso no dijo...

—Vamos, sí; que esto también es diplomacia...

—¿Cómo?

—Sí, que viene usted no sólo a que yo perdone a esa... muchacha, sino a ver si accedo a pretenderla para mujer, ¿no es eso? Cosa convenida, ¿eh?, y ella se resignará...

—Le juro a usted, don Augusto, le juro por la santa memoria de mi santa madre que esté en gloria, le juro...

—El segundo, no jurar...

—Pues le juro que es usted el que ahora se olvida, involuntariamente, por supuesto, de quién soy yo, de quién es Ermelinda Ruiz y Ruiz.

—Si así fuese...

—Sí, así es, así —y pronunció estas palabras con tal acento que no dejaba lugar a duda.

—Pues entonces..., entonces..., diga a su sobrina que acepto sus explicaciones, que se las agradezco profundamente, que seguiré siendo su amigo, un amigo leal y noble, pero sólo amigo, ¿eh?, nada más que amigo, sólo amigo... Y no le diga que yo soy un piano en que se puede tocar a todo antojo, que no soy un hombre que hoy te dejo y luego te tomo, que no soy sustituto ni vicenovio, que no soy plato de segunda mesa...

—¡No se exalte usted así!

—¡No, si no me exalto! Pues bien, que sigo siendo su amigo ..

—¿E irá usted pronto a vernos?

—Eso...

—Mire que si no la pobrecilla no me va a creer, va a sentirlo...

—Es que pienso emprender un viaje largo y lejano...

—Antes, de despedida...

—Bueno, veremos...

Separáronse. Cuando doña Ermelinda llegó a casa y contó a su sobrina la conversación con Augusto, Eugenia se dijo: "Aquí hay otra, no me cabe duda; ahora sí que le reconquisto."

Augusto, por su parte, al quedarse solo púsose a pasearse por la estancia, diciéndose: "Quiere jugar conmigo, como si yo fuese un piano..., me deja, me toma, me volverá a dejar... Yo estaba de reserva... Diga lo que quiera, anda buscando que yo vuelva a solicitarla, acaso al retortero... Como si yo fuese un muñeco, un ente, un para vengarse, tal vez para dar celos al otro y volverle don nadie... ¡Y yo tengo mi carácter, vaya si le tengo, yo soy yo! Sí, ¡yo soy yo! ¡Yo soy yo! Le debo a ella, a Eugenia, ¿cómo negarlo?, el que ha despertado mi facultad amorosa; pero una vez que la despertó y suscitó no necesito ya de ella; lo que sobran son mujeres."

Al llegar a esto no pudo por menos que sonreírse, y es que se acordó de aquella frase de Víctor cuando anunciándole Gervasio, recién casado, que se iba con su mujer a pasar una temporadita en París, le dijo: "¿A París y con mujer? ¡Eso es como ir con un bacalao a Escocia!" Lo que le hizo muchísima gracia a Augusto.

Y siguió diciéndose: "Lo que sobran son mujeres. ¡Y qué encanto la inocencia maliciosa, la malicia inocente de Rosarito, esta nueva edición de la eterna Eva! ¡Qué encanto de chiquilla! Ella, Eugenia, me ha bajado del abstracto al concreto, pero ella me llevó al genérico, y hay tantas mujeres apetitosas, tantas... ¡Tantas Eugenias! ¡Tantas Rosarios! No, no, conmigo no juega nadie, y menos una mujer. ¡Yo soy yo! ¡Mi alma será pequeña, pero es mía!" Y sintiendo en esta exaltación de su yo como si éste se le fuera hinchando, hinchando y la casa le viniera estrecha, salió a la calle para darle espacio y desahogo.

Apenas pisó la calle y se encontró con el cielo sobre la cabeza y las gentes que iban y venían, cada cual a su negocio o a su gusto y que no se fijaban en él, involuntariamente por supuesto, ni le hacían caso, por no conocerle sin duda, sintió que su yo, aquel yo del "¡Yo soy yo!", se le iba achicando, achicando y se le replegaba en el cuerpo y aun dentro de éste buscaba un rinconcito en que acurrucarse y en que no se le viera. La calle era un cinematógrafo y él sentíase cinematográfico, una sombra, un fantasma. Y es que siempre un baño en muchedumbre humana, un perderse en la masa de hombres que iban y venían sin conocerle ni percatarse de él, le produjo el efecto mismo de un baño en naturaleza abierta a cielo abierto, y a la rosa de los vientos.

Sólo a solas se sentía él; sólo a solas podía decirse a sí mismo, tal vez para convencerse: "¡Yo soy yo!"; ante los demás, metido en la muchedumbre atareada o distraída, no se sentía a sí mismo.

Así llegó a aquel recatado jardincillo que había en la solitaria plaza del retirado barrio en que vivía. Era la plaza un remanso de quietud donde siempre jugaban algunos niños, pues no circulaban por allí tranvías ni apenas coches, e iban algunos ancianos a tomar el sol en las tardecitas dulces de otoño, cuando las hojas de la docena de castaños de Indias que allí vivían recluidos, después de haber temblado al cierzo, rodaban por el enlosado o cubrían los asientos de aquellos bancos de madera siempre pintada de verde, el color de la hoja fresca. Aquellos árboles domésticos, urbanos, en correcta formación, que recibían riego a horas fijas, cuando no llovía, por una reguera y que extendían sus raíces bajo el enlosado de la plaza; aquellos árboles presos que esperaban ver salir y ponerse el sol sobre los tejados de las casas; aquellos árboles enjaulados, que tal vez añoraban la remota selva, atraíanle con un misterioso tiro. En sus copas cantaban algunos pájaros urbanos también, de esos que aprenden a huir de los niños y alguna vez acercarse a los ancianos que les ofrecen unas migas de pan.

¡Cuántas veces, sentado solo y solitario en uno de los bancos verdes de aquella plazuela, vio el incendio del ocaso sobre un tejado y alguna vez destacarse sobre el oro en fuego del espléndido arrebol el contorno de un gato negro sobre la chimenea de una casa! Y en tanto, en otoño, llovían hojas amarillas, anchas hojas como de vid, a modo de manos momificadas, laminadas, sobre los jardinillos del centro con sus arriates y sus macetas de flores. Y jugaban los niños entre las hojas secas, jugaban acaso a recogerlas, sin darse cuenta del encendido ocaso.

Cuando llegó aquel día a la tranquila plaza y se sentó en el banco, no sin antes haber despejado su asiento de las hojas secas que lo cubrían —pues era otoño—, jugaban allí cerca, como ordinario, unos chiquillos. Y uno de ellos, poniéndole a otro junto al tronco de uno de los castaños de Indias, bien arrimadito a él, le decía: "Tú estabas ahí preso, te tenían unos ladrones..." "Es que yo...", empezó malhumorado el otro, y el primero replicó: "No, tú no eras tú..." Augusto no quiso oír más; levantóse y se fue a otro banco. Y se dijo: "Así jugamos también los mayores. ¡Tú no eres tú! ¡Yo no soy yo! Y esos pobres árboles, ¿son ellos? Se les cae la hoja antes, mucho antes que a sus hermanos del monte, y se quedan en esqueleto, y estos esqueletos proyectan su recortada sombra sobre los empedrados al resplandor de los reverberos de luz eléctrica. ¡Un árbol iluminado por la luz eléctrica! ¡Qué extraña, qué fantástica apariencia la de su copa en primavera cuando el arco voltaico ese le da aquella apariencia metálica! ¡Y aquí que las brisas no los mecen...! ¡Pobres árboles que no pueden gozar de una de esas negras noches del campo, de esas noches sin luna, con su manto de estrellas palpitantes! Parece que al plantar cada uno de estos árboles en este sitio les ha dicho el hombre: "¡Tú no eres tú!", y para que no lo olviden le han dado esa iluminación nocturna por luz eléctrica..., para que no se duerman... ¡Pobres árboles trasnochadores! ¡No, no, conmigo no se juega como con vosotros!"

Levantóse y empezó a recorrer calles como un sonámbulo.

XX

Emprendería el viaje, ¿sí o no? Ya lo había anunciado, primero a Rosarito, sin saber bien lo que se decía, por decir algo, o más bien como un pretexto para preguntarle si le acompañaría en él, y luego a doña Ermelinda, para probarle..., ¿qué?, ¿qué es lo que pretendió probarle con aquello de que iba a emprender un viaje? ¡Lo que fuese! Mas era el caso que había soltado por dos veces prenda, que había dicho que iba a emprender un viaje largo y lejano y él era hombre de carácter, él era él; ¿tenía que ser hombre de palabra?

Los hombres de palabra primero dicen una cosa y después la piensan, y por último la hacen, resulte bien o mal luego de pensada; los hombres de palabra no se rectifican ni se vuelven atrás de lo que una vez han dicho. Y él dijo que iba a emprender un viaje largo y lejano.

¡Un viaje largo y lejano! ¿Por qué? ¿Para qué? ¿Cómo? ¿Adónde?

Anunciáronle que una señorita deseaba verle.

—¿Una señorita?

—Sí —dijo Liduvina—; me parece que es..., ¡la pianista! ¡Eugenia! La misma.

Quedóse suspenso. Como un relámpago de mareo pasóle por la mente la idea de despacharle, de que le dijeran que no estaba en casa. "Viene a conquistarme, a jugar conmigo como un muñeco —se dijo—, a que le haga el juego, a que sustituya al otro..." Luego lo pensó mejor. "¡No, hay que mostrarse fuerte!"

—Dile que ahora voy.

Le tenía absorto la intrepidez de aquella mujer. "Hay que confesar que es toda una mujer, que es todo un carácter, ¡vaya un arrojo! ¡Vaya una resolución! ¡Vaya unos ojos! Pero ¡no, no, no, no me doblega! ¡No me conquista!"

Cuando entró Augusto en la sala, Eugenia estaba de pie. Hízole una seña de que se sentara, mas ella, antes de hacerlo, exclamó:

—¡A usted, don Augusto, le han engañado lo mismo que me han engañado a mí!

Con lo que se sintió el pobre hombre desarmado y sin saber qué decir. Sentáronse los dos, y se siguió un brevísimo silencio.

—Pues sí, lo dicho, don Augusto, a usted le han engañado respecto a mí, y a mí me han engañado respecto a usted; esto es todo.

—Pero ¡si hemos hablado uno con otro, Eugenia!

—No haga usted caso de lo que le dije. ¡Lo pasado, pasado!

—Sí, siempre es lo pasado; ni puede ser de otra manera.

—Usted me entiende. Y yo quiero que no dé a mi aceptación de su generoso donativo otro sentido que el que tiene.

—Como yo deseo, señorita, que no dé a mi donación otra significación que la que tiene.

—Así, lealtad por lealtad. Y ahora, como debemos hablar claro, he de decirle que después de todo lo pasado y de cuanto le dije, no podría yo, aunque quisiera, pretender pagarle esa generosa donación de otra manera que con mi más puro agradecimiento. Así como usted, por su parte, creo...

—En efecto, señorita, por mi parte, yo, después de lo pasado, de lo que usted me dijo en nuestra última entrevista, de lo que me contó su señora tía y de lo que adivino, no podría, aunque lo deseara, pretender cotizar mi generosidad...

—¿Estamos, pues, de acuerdo?

—De perfecto acuerdo, señorita.

—Y así, ¿podremos volver a ser amigos; buenos amigos, verdaderos amigos?

—Podremos.

Le tendió Eugenia su fina mano, blanca y fría como la nieve, de ahuesados dedos hechos a dominar teclados, y la estrechó en la suya, que en aquel momento temblaba.

—Seremos, pues, amigos, don Augusto; buenos amigos, aunque esta amistad a mí...

—¿Qué?

—Acaso ante el público...

—¿Qué? ¡Hable! ¡Hable!

—Pero, en fin, después de dolorosas experiencias recientes, he renunciado ya a ciertas cosas...

—Explíquese usted más claro, señorita. No vale decir las cosas a medias.

—Pues bien, don Augusto, las cosas claras, muy claras. ¿Cree usted que es fácil que después de lo pasado y sabiendo, como ya se sabe entre nuestros conocimientos, que usted ha deshipotecado mi patrimonio, regalándomelo así, es fácil que haya quien se dirija a mí con ciertas pretensiones?

"¡Esta mujer es diabólica!", pensó Augusto, y bajó la cabeza mirando al suelo sin saber qué contestar. Cuando, al instante, la levantó, vio que Eugenia se enjugaba una furtiva lagrima.

—¡Eugenia! —exclamó, y le temblaba la voz.

—¡Augusto! —susurró rendidamente ella.

—Pero, ¿y qué quieres que hagamos?

—Oh, no, es la fatalidad, no es más que la fatalidad; somos juguetes de ella. ¡Es una desgracia!

Augusto fue, dejando su butaca, a sentarse en el sofá, al lado de Eugenia.

—¡Mira, Eugenia, por Dios, que no juegues así conmigo! La fatalidad eres tú; aquí no hay más fatalidad que tú. Eres tú, que me traes y me llevas y me haces dar vueltas como un argandillo; eres tú, que me vuelves loco; eres tú, que me haces quebrantar mi más firmes propósitos; eres tú, que haces que yo no sea yo...

Y le echó el brazo al cuello, la atrajo a sí y la apretó contra su seno. Y ella, tranquilamente, se quitó el sombrero.

—Sí, Augusto, es la fatalidad la que nos ha traído a esto. Ni..., ni tú ni yo podemos ser infieles, desleales a nosotros mismos; ni tú puedes aparecer queriéndome comprar, como yo en un momento de ofuscación te dije, ni yo puedo aparecer haciendo de ti un sustituto, un vice, un plato de segunda mesa, como a mi tía le dijiste, y queriendo no más que premiar tu generosidad...

—Pero, ¿y qué nos importa, Eugenia mía, el aparecer de un modo o de otro? ¿A qué ojos?

—¡A los mismos maestros!

—Y qué, Eugenia mía...

Volvió a apretarla a sí y empezó a llenarle de besos la frente y los ojos. Se oía la respiración de ambos.

—¡Déjame! ¡Déjame! —dijo ella, mientras se arreglaba y componía el pelo.

—No, tú..., tú..., tú..., Eugenia..., tú...

—No, yo no, no puede ser...

—¿Es que no me quieres?

—Eso de querer... ¿Quién sabe lo que es querer? No sé..., no sé..., no estoy segura de ello...

—¿Y esto entonces?

—¡Esto es una... fatalidad del momento!, producto de arrepentimiento..., qué sé yo...; estas cosas hay que ponerlas a prueba... Y, además, ¿no habíamos quedado, Augusto, en que seríamos amigos, buenos amigos, pero nada más que amigos?

—Sí, pero... ¿Y aquello de tu sacrificio? ¿Aquello de que por haber aceptado mi dádiva, por ser amiga, nada más que amiga mía, no va ya a haber quien te pretenda?

—¡Ah, eso no importa; tengo mi resolución!

—¿Acaso después de aquella ruptura?...

—Acaso...

—¡Eugenia! ¡Eugenia!

En este momento se oyó llamar a la puerta, y Augusto, tembloroso, encendido de rostro, exclamó con voz seca:

—¿Qué hay?

—¡La Rosario, que espera! —dijo la voz de Liduvina.

Augusto cambió de color, poniéndose lívido.

—¡Ah! —exclamó Eugenia. Aquí estorbo ya. Es la... Rosario, que le espera a usted. ¿Ve usted cómo no podemos ser más que amigos, buenos amigos, muy buenos amigos?

—Pero Eugenia...

—Que espera la Rosario...

—Y si me rechazaste, Eugenia, como me rechazaste, diciéndome que te quería comprar y en rigor porque tenías otro, ¿qué iba a hacer yo luego que al verte aprendí a querer? ¿No sabes, acaso, lo que es el despecho, lo que es el cariño desnidado?

—Vaya, Augusto, venga esa mano; volveremos a vernos, pero conste que lo pasado, pasado.

—No; no lo pasado, pasado; ¡no!, ¡no!, ¡no!

—Bien, bien; que espera la Rosario...

—Por Dios, Eugenia...

—No, si nada de extraño tiene; también a mí me esperaba en un tiempo el... Mauricio. Volveremos a vernos. Y seamos serios y leales a nosotros mismos.

Púsose el sombrero, tendió su mano a Augusto, que, cogiéndosela, se la llevó a los labios y la cubrió de besos, y salió, acompañándola él hasta la puerta. La miró un rato bajar la escalera garbosa y con pie firme. Desde un descansillo de abajo alzó ella los ojos y le saludó con la mirada y con la mano. Volvióse Augusto, entró al gabinete, y al ver a Rosario allí de pie, con la cesta de la plancha, le dijo bruscamente:

—¿Qué hay?

—Me parece, don Augusto, que esa mujer le está engañando a usted...

—Y a ti, ¿qué te importa?

—Me importa todo lo de usted.

—Lo que quieres decir que te estoy engañando...

—Eso es lo que no me importa.

—¿Me vas a hacer creer que después de las esperanzas que te he hecho concebir no estás celosa?

—Si usted supiera, don Augusto, cómo me he criado y en qué familia, comprendería que, aunque soy una chiquilla estoy ya fuera de esas cosas de celos. Nosotras, las de mi posición...

—¡Cállate!

—Como usted quiera. Pero le repito que esa mujer le está a usted engañando. Si no fuera así y si usted la quiere y es ese su gusto, ¿qué más quisiera yo sino que usted se casase con ella?

—Pero ¿dices todo eso de verdad?

—De verdad.

—¿Cuántos años tienes?

—Diecinueve.

—Ven acá —y cogiéndola con sus dos manos de los sendos hombros la puso cara a cara consigo y se le quedó mirando a los ojos.

Y fue Augusto quien se demudó de color, no ella.

—La verdad es, chiquilla, que no te entiendo.

—Lo creo.

—Ya no sé que es esto, si inocencia, malicia, burla, precoz perversidad...

—Esto no es más que cariño.

—¿Cariño? ¿Y por qué?

—¿Quiere usted saber por qué? ¿No se ofenderá si se lo digo? ¿Me promete no ofenderse?

—Anda, dímelo.

—Pues bien; por... por... porque es usted un infeliz, un pobre hombre...

—¿También tú?

—Como usted quiera. Pero fíese de esta chiquilla; fíese de... la Rosario. Más leal a usted..., ¡ni Orfeo!

—¿Siempre?

—¡Siempre!

—¿Pase lo que pase?

—Sí, pase lo que pase.

—Tú, tú eres la verdadera... —y fue a cogerla.

—No, ahora, no; cuando esté uster más tranquilo. Y cuando no...

—Basta, te entiendo.

—Y se despidieron.

—Y al quedarse solo se decía Augusto: "Entre una y otra me van a volver loco de atar... Yo ya no soy yo..."

—Me parece que el señorito debía dedicarse a la política o a algo así por el estilo —le dijo Liduvina, mientras le servía la comida—; eso le distraería.

—¿Y cómo se te ha ocurrido eso, mujer de Dios?

—Porque es mejor que se distraiga uno a no que le distraigan y... ¡ya ve usted!

—Bueno, pues llama ahora a tu marido, a Domingo en cuanto acabe de comer, y dile que quiero echar con él una partida de tute... que me distraiga.

Y cuando la estaba jugando, dejó de pronto Augusto la baraja sobre la mesa y preguntó:

—Di, Domingo, cuando un hombre está enamorado de dos o más mujeres a la vez, ¿qué debe hacer?

—¡Según y conforme!

—¿Cómo según y conforme?

—¡Sí! Si tiene mucho dinero y muchas agallas, casarse con todas ellas, y si no, no casarse con ninguna.

—¡Pero, hombre, eso primero no es posible!

—¡En teniendo mucho dinero todo es posible!

—¿Y si ellas se enteran?

—Eso a ellas no les importa.

—¿Pues no ha de importarle, hombre, a una mujer el que otra le quite parte del cariño de su marido?

—Se contenta con su parte, señorito, si no se le pone tasa al dinero que gasta. Lo que le molesta a una mujer es que su hombre le ponga a ración de comer, de vestir, de todo lo demás así, de lujo; pero se le deja gastar lo que quiera... Ahora, si tiene hijos de él...

Si tiene hijos, ¿qué?

—Que los verdaderos celos vienen de ahí, señorito, de los hijos. Es una madre que no tolera otra madre o que puede serlo; es una madre, que no tolera que se les merme a sus hijos para otros hijos o para otra mujer. Pero si no tiene hijos y no le tasan el comedero y el vestidero, y la pompa, la fanfarria, ¡bah!, hasta le ahorran las molestias... Si uno tiene además de una mujer que le cueste otra que no le cueste nada, aquella que le cuesta apenas si siente celos de esa otra que no le cuesta, y si además de no costarle nada le produce encima..., si lleva a una mujer dinero que de otra saca, entonces...

—Entonces, ¿qué?

—Que todo marcha a pedir de boca. Créame usted, señorito, no hay Otelas...

—Ni Desdémonos.

—¡Puede ser!...

—Pero qué cosas dices...

—Es que antes de haberme casado con Liduvina y venir a servir a casa del señorito había servido yo en muchas casas de señorones... Me han salido los dientes en ellas...

—¿Y en vuestra clase?

—¿En nuestra clase? ¡Bah! Nosotros no nos permitimos ciertos lujos...

—¿Y a qué llamas lujos?

—A estas cosas que se ve en los teatros y se lee en las novelas...

—¡Pues, hombre, pocos crímenes de esos que llaman pasionales, por celos, se ven en vuestra clase!...

—¡Bah! Eso es porque esos... chulos van al teatro y leen novelas, que si no...

—Si no, ¿qué?

—Que a todos nos gusta, señorito, hacer papel, y nadie es el que es, sino el que le hacen los demás.

—Filósofo estás...

—Así me llamaba el último amo que tuve antes. Pero yo creo lo que le ha dicho mi Liduvina, que usted debe dedicarse a la política.

XXI

—Sí, tiene usted razón —le decía don Antonio a Augusto aquella tarde en el Casino, hablando a solas, en un rinconcito—, tiene usted razón; hay un misterio doloroso, dolorísimo, en mi vida. Usted ha adivinado algo. Pocas veces ha visitado usted mi pobre hogar..., ¿hogar?, pero habrá notado...

—Sí, algo extraño, yo no sé qué tristeza flotante que me atraía a él...

—A pesar de mis hijos, de mis pobres hijos, a usted le habrá parecido un hogar sin hijos, acaso sin esposos...

—No sé... no sé...

—Vinimos de lejos, de muy lejos, huyendo; pero hay cosas que van siempre con uno, que le rodean y envuelven como un ámbito misterioso. Mi pobre mujer...

—Sí, en el rostro de su señora se adivina toda una vida de...

—De martirio, dígalo usted. Pues bien, amigo, don Augusto, usted ha sido, no sé bien por qué, por una cierta oculta simpatía, quien mayor afecto, más compasión acaso nos ha mostrado, y yo, para figurarme una vez más que me libro de un peso, voy a confiarle mis desdichas. Esa mujer, la madre de mis hijos, no es mi mujer.

—Me lo suponía; pero si es ella la madre de sus hijos, si con usted vive como su mujer, lo es.

—No; yo tengo otra mujer... legítima, según se la llama. Estoy casado, pero no con la que usted conoce. Y ésta, la madre de mis hijos, está casada también, pero no conmigo.

—¡Ah!, un doble...

—No; un cuádruple, como va usted a verlo. Yo me casé loco, pero enteramente loco de amor, con una mujercita reservada y callandrona, que hablaba poco y parecía querer decir siempre mucho más de lo que decía, con unos ojos garzos dulces, dulces, dulces, que parecían dormidos y sólo se despertaban de tarde en tarde, pero era entonces para chispear fuego. Y ella era toda así. Su corazón, su alma toda, todo su cuerpo, que parecían de ordinario dormidos, despertaban de pronto como en sobresalto, pero era para volver a dormirse muy pronto, pasado el relámpago de vida, ¡y de qué vida!, y luego como si nada hubiese sido, como si se hubiese olvidado de todo lo que pasó. Era como si estuviésemos siempre recomenzando la vida, como si la estuviese reconquistando de continuo. Me admitió de novio como en un ataque epiléptico y creo que en otro ataque me dio el sí ante el altar. Y nunca pude conseguir que me dijese si me quería o no. Cuantas veces se lo pregunté, antes y después de casarnos, siempre me contestó: "Eso no se pregunta; es una tontería." Otras veces decía que el verbo amar ya no se usa sino en el teatro y los libros, y que si yo hubiese escrito: ¡te amo! me habría despedido al punto. Vivimos más de dos años de casados de una extraña manera, reanudando yo cada día la conquista de aquella esfinge. No tuvimos hijos. Un día faltó a casa por la noche, me puse como loco, la anduve buscando por todas partes, y al día siguiente supe por una carta seca y muy breve que se había ido lejos, muy lejos, con otro hombre...

—¿Y no sospechó usted nada antes, no lo barruntó?...

—¡Nada! Mi mujer salía sola de casa con bastante frecuencia, a casa de su madre, de unas amigas, y su misma extraña frialdad la defendía ante mí de toda sospecha. ¡Y nada adiviné nunca en aquella esfinge! El hombre con quien huyó era un hombre casado, que no sólo dejó a su mujer y a una pequeña niña para irse con la mía, sino que se llevó la fortuna toda de la suya, que era regular, después de haberla manejado a su antojo. Es decir, que no sólo abandonó a su esposa, sino que la arruinó robándole lo suyo. Y en aquella seca y breve y fría carta que recibí se hacía alusión al estado en que la pobre mujer del raptor de la mía se quedaba. ¡Raptor o raptado... no lo sé! En unos días no dormí, ni comí, ni descansé no hacía sino pasear por los más apartados barrios de mi ciudad. Y estuve a punto de dar en los vicios más bajos y más viles. Y cuando empezó a asentárseme el dolor, a convertírseme en pensamiento, me acordé de aquella otra pobre víctima, de aquella mujer que se quedaba sin amparo, robada de su cariño y de su fortuna. Creí un caso de conciencia, pues que mi mujer era la causa de su desgracia, ir a ofrecerle mi ayuda pecuaniaria, ya que Dios me dio fortuna.

—Adivino el resto, don Antonio.

—No importa. La fui a ver. Figúrese usted aquella nuestra primera entrevista. Lloramos nuestras sendas desgracias, que eran una desgracia común. Yo me decía: "Y es por mi mujer por la que ha dejado a ésta ese hombre", y sentía, ¿por qué no confesarle la verdad? una cierta íntima satisfacción, algo inexplicable como si yo hubiese sabido escoger mejor que él y él no reconociese. Y ella, su mujer, se hacía una reflexión análoga, aunque invertida, según después me ha declarado. Le ofrecí mi ayuda pecuniaria, lo que de mi fortuna necesitase, y empezó rechazándomelo. "Trabajaré para vivir y mantener a mi hija", me dijo. Pero insistí y tanto insistí que acabó aceptándomelo. Le ofrecí hacerla mi ama de llaves, que se viniese a vivir conmigo, claro que viniéndonos muy lejos de nuestra patria, y después de mucho pensarlo lo aceptó también.

—Y es claro, al irse a vivir juntos...

—No, eso tardó, tardó algo. Fue cosa de la convivencia, de un cierto sentimiento de venganza, de despecho, de qué sé yo... Me prendé no ya de ella, sino de su hija, de la desdichada hija del amante de mi mujer; la cobré un amor de padre, un violento amor de padre, como el que hoy le tengo, pues la quiero tanto, tanto, sí, cuando no más, que a mis propios hijos. La cogía en mis brazos, la apretaba a mi pecho, la envolvía en besos, y lloraba, lloraba sobre ella. Y la pobre niña me decía: "¿Por qué lloras, papá", pues le hacía que me llamase así y por tal me tuviera. Y su pobre madre al verme llorar así lloraba también, y alguna vez mezclamos nuestras lágrimas sobre la rubia cabecita de la hija del amante de mi mujer, del ladrón de mi dicha.

—Un día supe —prosiguió— que mi mujer había tenido un hijo de su amante, y aquél día todas mis entrañas se sublevaron, sufrí como nunca había sufrido y creí volverme loco y quitarme la vida. Los celos, lo más brutal de los celos, no lo sentí hasta entonces. La herida de mi alma, que parecía cicatrizada, se abrió y sangraba..., ¡sangraba fuego! Más de dos años había vivido con mi mujer, con mi propia mujer, y ¡nada!, ¡y ahora aquel ladrón...! Me imaginé que mi mujer habría despertado del todo y que vivía en pura brasa. La otra, la que vivía conmigo, conoció algo y me preguntó: "¿Qué te pasa?" Habíamos convenido tutearnos, por la niña. "¡Déjame!" le contesté. Pero acabé confesándoselo todo, y ella al oírmelo temblaba. Y creo que la contagié de mis furiosos celos...

—Y claro, después de eso...

—No, vino algo después y por otro camino. Y fue que un día, estando los dos con la niña, la tenía yo sobre mis rodillas y estaba contándole bobadas, se acercó su madre y empezó a acariciarla también. Y entonces ella, ¡pobrecilla!, me puso una de sus manitas sobre el hombro y la otra sobre el de su madre, y nos dijo: "Papaíto... mamaíta... ¿por qué no me traéis un hermanito para que juegue conmigo, como le tienen otras niñas, y no que estoy sola...?" Nos pusimos lívidos, nos miramos a los ojos con una de esas miradas que desnudan las almas, nos vimos éstas al desnudo, y luego, para no avergonzarnos, nos pusimos a besuquear a la niña, y alguno de estos besos cambió de rumbo. Aquella noche, entre lágrimas y furores de celos, engendramos al primer hermanito de la hija del ladrón de mi dicha.

—¡Extraña historia!

—Y fueron nuestros amores, si es que así quiere usted llamarlos, unos amores secos y mudos, hechos de fuego y rabia, sin ternezas de palabra. Mi mujer, la madre de mis hijos quiero decir, por que ésta y no otra es mi mujer, mi mujer es, como usted habrá visto, una mujer agraciada, tal vez hermosa, pero a mí nunca me inspiró ardor de deseos, y esto a pesar de la convivencia. Y aun después que acabamos en lo que le digo me figuré no estar en exceso enamorado de ella, hasta que pude convencerme de lo contrario. Y es que una vez, después de uno de sus partos, después del nacimiento del cuarto de nuestros hijos, se me puso tan mal, tan mal, que creí que se me moría. Perdió la más de la sangre de sus venas, se quedó como la cera de blanca, se le cerraban los párpados... Creí perderla. Me puse como loco, blanco yo también como la cera; la sangre se me helaba. Y fui a un rincón de la casa, donde nadie me viese, y me arrodillé y pedí a Dios que me matara antes que dejase morir a aquella santa mujer. Y lloré y me pellizqué y me arañé el pecho hasta sacarme sangre. Y comprendí con cuán fuerte atadura estaba mi corazón atado al corazón de la madre de mis hijos. Y cuando ésta se repuso algo y recobró el conocimiento y salió de peligro, acerqué mi boca a su oído, según ella sonreía a la vida renaciente tendida en la cama, y le dije lo que nunca le había dicho y nunca le he vuelto de la misma manera a decir. Y ella sonreía, sonreía, sonreía mirando al techo, y me enlacé con sus desnudos brazos al cuello y acabé llorando de mis ojos sobre sus ojos. Y me dijo: "Gracias, Antonio, gracias por mí, por nuestros hijos, por nuestros hijos todos..., todos..., todos..., por ella, por Rita..." Rita es nuestra hija mayor, la hija del ladrón...; no, no, nuestra hija, mi hija. La del ladrón es la otra, es la de la que se llamó mi mujer en un tiempo. ¿Lo comprende usted ahora todo?

—Sí, y mucho más, don Antonio.

—¿Mucho más?

—¡Más, sí! De modo que usted tiene dos mujeres, don Antonio.

—No, no, no tengo más que una, una sola, la madre de mis hijos. La otra no es mi mujer, no sé si lo es del padre de su hija.

—Y esa tristeza...

—La ley es siempre ley, don Augusto. Y es más triste un amor que nace y se cría sobre la tumba de otro y como una planta que se alimenta, como de mantillo, de la podredumbre de otra planta. Crímenes, sí, crímenes ajenos nos han juntado, ¿y es nuestra unión acaso un crimen? Ellos rompieron lo que no debe romperse, ¿por qué no habíamos nosotros de anudar los cabos sueltos?

—¿Y no han vuelto a saber...?

—No hemos querido volver a saber. Y luego nuestra Rita es una mujercita ya; el mejor día se nos casa... Con mi nombre, por supuesto, con mi nombre, y haga luego la ley lo que quiera. Es mi hija y no del ladrón; yo la he criado.

XXII

—Y bien, ¿qué? —le preguntaba Augusto a Víctor—, ¿cómo habéis recibido al intruso?

—¡Ah, nunca lo hubiese creído, nunca! Todavía la víspera de nacer nuestra irritación era grandísima. Y mientras estaba pugnando por venir al mundo no sabes los insultos que me lanzaba mi Elena. "¡Tú, tú, tienes la culpa, tú!" me decía. Y otras veces: "¡Quítate de delante, quítate de mi vista, tuya será la culpa". Y otras veces: "Ésta y no más, ésta y no más!" Pero nació y todo ha cambiado. Parece como si hubiésemos despertado de un sueño y como si acabáramos de casarnos. Yo me he quedado ciego, talmente ciego; ese chiquillo me ha cegado. Tan ciego estoy, que todos dicen que mi Elena ha quedado con la preñez y el parto desfiguradísima, que está hecha un esqueleto y que ha envejecido lo menos diez años, y a mi me parece más fresca, más lozana, más joven y hasta más metida en carnes que nunca.

—Eso me recuerda, Víctor, la leyenda del *fogueteiro* que tengo oída en Portugal.

—Venga.

—Tú sabes que en Portugal eso de los fuegos artificiales, de la pirotecnia, es una verdadera bella arte. El que no ha visto fuegos artificiales en Portugal no sabe todo lo que se puede hacer con eso. ¡Y qué nomenclatura, Dios mío!

—Pero venga la leyenda.

—Allá voy. Pues el caso es que

había en un pueblo portugués un pirotécnico o *fogueteiro* que tenía una mujer hermosísima, que era su consuelo, su encanto y su orgullo. Estaba locamente enamorado de ella, pero aún más era orgullo. Complacíase en dar dentera, por así decirlo, a los demás mortales, y la paseaba consigo como diciéndoles: ¿veis esta mujer?, ¿os gusta?, ¿sí, eh?, ¡pues es la mía, mía sola!, ¡y fastidiarse! No hacía sino ponderar las excelencias de la hermosura de su mujer y hasta pretendía que era la inspiradora de sus más bellas producciones pirotécnicas, la musa de sus fuegos artificiales. Y hete que una vez, preparando uno de éstos, mientras estaba, como de costumbre, su hermosa mujer a su lado para inspirarle, se le prende fuego la pólvora, hay una explosión y tienen que sacar a marido y mujer desvanecidos y con gravísimas quemaduras. A la mujer se le quemó buena parte de la cara y del busto, de tal manera que se quedó horriblemente desfigurada, pero él, el *fogueteiro*, tuvo la fortuna de quedarse ciego y no ver el desfiguramiento de su mujer. Y después de esto seguía orgulloso de la hermosura de su mujer y ponderándola a todos y caminando al lado de ella, convertida ahora en su lazarilla, con el mismo aire y talle de arrogante desafío que antes. "¿Han visto ustedes mujer más hermosa?", preguntaba, y todos, sabedores de su historia, se compadecían del pobre *fogueteiro* y le ponderaban la hermosura de su mujer.

—Y bien, ¿no seguía siendo hermosa para él?

—Acaso más que antes, como para ti tu mujer después que te ha dado el intruso.

—¡No lo llames así!

—Fue cosa tuya.

—Sí, pero no quiero oírsela a otro.

—Eso pasa mucho; el mote mismo que damos a alguien nos suena muy de otro modo cuando se lo oímos a otro.

—Sí, dicen que nadie conoce su voz...

—Ni su cara. Yo por lo menos sé decirte de mí que una de las cosas que me da más pavor es quedarme mirándome al espejo, a solas, cuando nadie me ve. Acabo por dudar de mi propia existencia e imaginarme, viéndome como otro, que soy un sueño, un ente de ficción...

—Pues no te mires así...

—No puedo remediarlo. Tengo la manía de la introspección.

—Pues acabarás como los faquires, que dicen se contemplan el propio ombligo.

—Y creo que si uno no conoce su voz ni su cara, tampoco conoce nada que sea suyo, muy suyo, como si fuera parte de él...

—Su mujer, por ejemplo.

—En efecto; se me antoja que debe de ser imposible conocer a aquella mujer con quien se convive y que acaba por formar parte nuestra. ¿No has oído aquello que decía uno de nuestros más grandes poetas, Campoamor?

—No; ¿qué es ello?

—Pues decía que cuando uno se casa, si lo hace enamorado de veras, al principio no puede tocar el cuerpo de su mujer sin emberrenchinarse y encenderse en deseo carnal, pero que pasa tiempo, se acostumbra, y llega un día en que lo mismo le es tocar con la mano al muslo desnudo de su mujer que al propio muslo suyo, pero también entonces, si tuvieran que cortarle a su mujer el muslo le dolería como si le cortasen el propio.

—Y así es, en verdad. ¡No sabes cómo sufrí en el parto!

—Ella más.

—¡Quién sabe!... Y ahora como es ya algo mío, parte de mi ser, me he dado tan poco cuenta de eso que dicen de que se ha desfigurado y afeado, como no se da uno cuenta de que se desfigura, se envejece y se afea.

—Pero, ¿crees de veras que uno

no se da cuenta de que se envejece y afea?

—No, aunque lo diga. Si la cosa es continua y lenta. Ahora, si de repente le ocurre a uno algo... Pero eso de que sienta uno envejecer, ¡quia!; lo que siente uno es que envejecen las cosas en derredor de él o que rejuvenecen. Y eso es lo único que siento ahora al tener un hijo. Porque ya sabes lo que suelen decir los padres señalando a sus hijos: "¡Éstos, éstos son los que nos hacen viejos!" Ver crecer al hijo es lo más dulce y lo más terrible, creo. No te cases, pues, Augusto, no te cases si quieres gozar de la ilusión de la juventud eterna.

—Y ¿qué voy a hacer si no me caso? ¿En qué voy a pasar el tiempo?

—Dedícate a filósofo.

—Y ¿no es acaso el matrimonio la mejor, tal vez la única escuela de filosofía?

—¡No, hombre, no! Pues ¿no has visto cuántos y cuán grandes filósofos ha habido solteros? Que ahora recuerde, aparte de los que han sido frailes, tienes a Descartes, a Pascal, a Spinoza, a Kant...

—¡No me hables de los filósofos solteros!

—Y de Sócrates, ¿no recuerdas cómo despachó de su lado a su mujer Jantipa, el día en que había de morirse, para que no le perturbase?

—No me hables tampoco de eso. No me resuelvo a creer sino que eso que nos cuenta Platón no es sino una novela...

—O una *nivola*...

—Como quieras.

Y rompiendo bruscamente la voluptuosidad de la conversación se salió.

En la calle acercósele un mendigo diciéndole: "¡Una limosna, por Dios, señorito, que tengo siete hijos!..." "¡No haberlos hecho!" —le contestó malhumorado Augusto. "Ya quisiera ya haberle visto a usted en mi caso —replicó el mendigo, añadiendo—: y ¿qué quiere usted que hagamos los pobres si no hacemos hijos... para los ricos?" "Tienes razón —replicó Augusto—, y por filósofo, ¡ahí va, toma!", y le dio una peseta, que el buen hombre se fue al punto a gastar a la taberna más próxima.

XXIII

El pobre Augusto estaba consternado. No era sólo que se encontrase, como el asno de Buridán, entre Eugenia y Rosario; era que aquello de enamorarse de casi todas las que veía, en vez de amenguársele, íbale en medro. Y llegó a descubrir cosas fatales.

—¡Vete, vete, Liduvina, por Dios! ¡Vete, déjame solo! ¡Anda, vete! —le decía una vez a la criada.

Y apenas ella se fue, apoyó los codos sobre la mesa, la cabeza entre las palmas de las manos, y se dijo: "¡Esto es terrible, verdaderamente terrible! ¡Me parece que sin darme cuenta de ello me voy enamorando... hasta de Liduvina! ¡Pobre Domingo! Sin duda. Ella, a pesar de sus cincuenta años, aún está de buen ver, y sobre todo bien metida en carnes, y cuando alguna vez sale de la cocina con los brazos remangados y tan redondos... ¡vamos, que esto es una locura! ¡Y esa doble barbilla y los pliegues que se le hacen en el cuello!... Esto es terrible, terrible..."

"Ven acá, Orfeo —prosiguió, cogiendo al perro—, ¿qué crees tú que debo yo hacer? ¿Cómo voy a defenderme de esto hasta que al fin me decida y me case? ¡Ah, ya!, ¡una idea, una idea luminosa, Orfeo! Convirtamos a la mujer, que así me persigue, en materia de estudio. ¿Qué te parece de que me dedique a la psicología femenina? Sí, sí, y haré dos monografías, pues ahora se llevan mucho las monografías: una se titulará *Eugenia*, y la otra: *Rosario*, añadiendo: estudio de mujer. ¿Qué te parece de mi idea, Orfeo?"

—Y decidió ir a consultarlo con Antolín S. —o sea Sánchez— Paparrigópulos, que por entonces se dedicaba a estudios de mujeres, aunque más en los libros que no en la vida.

Antolín S. Paparrigópulos era lo que se dice un erudito, un joven que había de dar a la patria días de gloria dilucidando sus más ignoradas glorias. Y si el nombre de S. Paparrigópulos no sonaba aún entre los de aquella juventud bulliciosa que a fuerza de ruido quería atraer sobre sí la atención pública, era porque poseía la verdadera cualidad íntima de la fuerza: la paciencia, y porque era tal su respeto al público y a sí mismo, que dilataba la hora de su presentación hasta que, suficientemente preparado, se sintiera seguro en el suelo que pisaba.

Muy lejos de buscar con cualquier novedad arlequibre la ignorancia ajena, aspiraba en cuantos trabajos literarios tenía en proyecto, a la perfección que en lo humano cabe y a no salirse, sobre todo, de los linderos de la sensatez y del buen gusto. No quería desafinar para hacerse oír, sino reforzar con su voz, debidamente disciplinada, la hermosa sinfonía genuinamente nacional y castiza.

La inteligencia de S. Paparrigópulos era clara, sobre todo, clara, de una transparencia maravillosa, sin nebulosidades ni embolismos de ninguna especie. Pensaba en castellano neto, sin asomo alguno de hórridas brumas septentrionales ni dejos de decadentismos de bulevar parisiense, en limpio castellano, y así era como pensaba sólido y hondo, porque lo hacía con el alma del pueblo que lo sustentaba y a que debía su espíritu. Las nieblas hiperbóreas le parecían bien entre los bebedores de cerveza encabezada, pero no en esta clarísima España de esplendente cielo y de sano Valdepeñas enyesado. Su filosofía era la del malogrado Becerro de Bengoa, que después de llamar tío raro a Schopenhauer aseguraba que no se le habrían ocurrido a éste las cosas que se le ocurrieron, ni habría sido pesimista, de haber bebido Valdepeñas en vez de cerveza, y que decía también que la neurastenia proviene de meterse uno en lo que no le importa y que se cura con ensalada de burro.

Convencido S. Paparrigópulos de que en última instancia todo es forma, forma más o menos interior, el universo mismo es un caleidoscopio de formas enchufadas las unas en las otras, y de que por la forma viven cuantas grandes obras salvan los siglos, trabajaba con el esmero de los maravillosos artífices del Renacimietno el lenguaje que había de revestir a sus futuros trabajos.

Había tenido la virtuosa fortaleza de resistir a todas las corrientes de sentimentalismo neorromántico y a esa moda asoladora por las cuestiones llamadas sociales. Convencido de que la cuestión social es insoluble aquí abajo, de que habrá siempre pobres y ricos y de que no puede esperarse más alivio que el que aporten la caridad de éstos y la resignación de aquéllos, apartaba su espíritu de disputas que a nada útil conducen y refugiábase en la purísima región del arte inmaculado, adonde no alcanza la broza de las pasiones y donde halla el hombre consolador refugio para las desilusiones de la vida. Abominaba, además, del estéril cosmopolitismo, que no hace sino sumir a los espíritus en ensueños de impotencia y en utopías conservadoras, y amaba a esta su idolatrada España, tan calumniada cuanto desconocida de no pocos de sus hijos; a esta España que le había de dar la materia prima de los trabajos sobre que fundaría su futura fama.

Dedicaba Paparrigópulos las poderosas energías de su espíritu a investigar la íntima vida pasada de nuestro pueblo, y era su labor tan abnegada como sólida. Aspiraba nada menos que a resucitar a los ojos de sus compatriotas nuestro pasado —es decir, el presente de sus bisabuelos—, y conocedor del engaño de cuantos lo intentaban a pura fantasía, buscaba y rebuscaba en todo género de viejas memorias para levantar sobre inconmovibles sillares el edificio de su erudita ciencia histórica. No había suceso pasado, por insignificante que pareciese, que no tuviera a sus ojos un precio inestimable.

Sabía que hay que aprender a ver al universo en una gota de agua, que con un hueso constituye el paleontólogo el animal entero y con un asa de puchero toda una vieja civilización el arqueólogo, sin desconocer tampoco que no debe mirarse a las estrellas con miscroscopio y con telescopio a un infusorio, como los humoristas acostumbran hacer para ver turbio. Mas, aunque sabía que un asa de puchero bastaba al arqueólogo genial para reconstruir un arte enterrado en los limbos de olvido, como en su modestia no se tenía por genio, prefería dos asas a una asa sola —cuantas más asas mejor— y prefería el puchero todo al asa sola.

"Todo lo que en extensión parece ganarse, piérdese en intensidad"; tal era su lema. Sabía Paparrigópulos que en un trabajo el más especificado, en la más concreta monografía puede verterse una filosofía entera, y creía, sobre todo, en las maravillas de la diferenciación del trabajo y en el enorme progreso aportado a las ciencias por la abnegada legión de los pincharranas, cazavocablos, barruntafechas y cuentagotas de toda laya.

Tentaban en especial su atención los más arduos y enrevesados problemas de nuestra historia literaria, tales como el de la patria de Prudencio, aunque últimamente, a consecuencia decíase de unas calabazas, se dedicaba al estudio de mujeres españolas de los pasados siglos.

En trabajos de índole al parecer insignificante era donde había de ver y admirar la agudeza, la sensatez, la perspicacia, la maravillosa intuición histórica y la penetración crítica de S. Paparrigópulos. Había que ver sus cualidades así, aplicadas y en concreto, sobre lo vivo, y no en abstracta y pura teoría; había que verle en la suerte. Cada disertación de aquéllas era todo un curso de lógica inductiva, un monumento tan maravilloso como la obra de Lionnet acerca de la oruga del sauce, y una muestra, sobre todo, de lo que es el austero amor a la santa Verdad. Huía de la ingeniosidad como de la peste, y creía que sólo acostumbrándonos a respetar a la divina Verdad, aun en lo más pequeño, podremos rendirle el debido culto a lo grande.

Preparaba una edición popular de los apólogos de Calila y Dimna con una introducción acerca de la influencia de la literatura índica en la Edad Media española, y ojalá hubiese llegado a publicarla, porque su lectura habría apartado, de seguro, al pueblo de la taberna y de perniciosas doctrinas de imposibles redenciones económicas. Pero las dos obras magnas que preparaba Paparrigópulos eran una historia de los escritores oscuros españoles, es decir, de aquellos que no figuran en las historias literarias corrientes o figuran en sólo en rápida mención por la supuesta insignificancia de sus obras, corrigiendo así la injusticia de los tiempos, injusticia que tanto deploraba y aun temía, y era otra su obra acerca de aquellos cuyas obras se han perdido sin que nos quede más que la mención de sus nombres y a lo sumo de los títulos de las que escribieron. Y estaba a punto de acometer la historia de aquellos otros que habiendo pensado escribir no llegaron a hacerlo.

Para el mejor logro de sus empresas, una vez nutrido del sustancioso meollo de nuestra literatura nacional, se había bañado en las extranjeras, y como esto se le hacía penoso, pues era torpe para lenguas extranjeras y su aprendizaje exige tiempo que para más altos estudios necesitaba, recurrió a un notable expediente, aprendido de su ilustre maestro. Y era que leía las principales obras de crítica e historia literaria que en el extranjero se publicaran, siempre que las hallase en francés, y una vez que había cogido la opinión media de los críticos más reputados, respecto a este o aquel autor, hojeábalo en un periquete para cumplir con su conciencia y quedar libre para rehacer juicios ajenos sin mengua de su escrupulosa integridad de crítico.

Vese, pues, que no era S. Paparrigópulos uno de esos jóvenes espíritus vagabundos y erráticos que se pasean sin rumbo fijo por los dominios del pensamiento y de la fantasía, lanzando acaso acá y allá tal cual fugitivo chispazo, ¡no! Sus tendencias eran rigurosas y sólidamente itinerarias; era de los que van a alguna parte. Si en sus estudios no habría de aparecer nada saliente, deberíase a que en ellos todo era cima, siendo a modo de mesetas trasunto fiel de las vastas y soleadas llanuras castellanas donde ondea la mies dorada y sustanciosa.

¡Así diera la Providencia a España muchos Antolines Sánchez Paparrigópulos! Con ellos, haciéndonos todos dueños de nuestro tradicional peculio, podríamos sacarle pingües rendimientos. Paparrigópulos aspiraba —y aspira, pues aún vive y sigue preparando sus trabajos— a introducir la reja de su arado crítico, aunque sólo sea un centímetro más que los oradores que le habían precedido en su campo, para que la mies crezca, merced a nuevos jugos, más lozana, y granen mejor las espigas y la harina sea más rica y comamos los españoles mejor pan espiritual y más barato.

Hemos dicho que Paparrigópulos sigue trabajando y preparando sus trabajos para darlos a la luz. Y así es. Augusto había tenido noticias de los estudios de mujeres a que se dedicaba, por comunes amigos de uno y de otro, pero no había publicado nada, ni lo ha publicado todavía.

No faltan otros eruditos que con la característica caridad de la especie, habiendo vislumbrado a Paparrigópulos y envidiosos de antemano de la fama que prevén le espera, tratan de empequeñecerle. Tal hay que dice de Paparrigópulos, que, como el zorro, borra con el jopo sus propias huellas, dando luego vueltas y más vueltas por otros derroteros para despistar al cazador y que no se sepa por dónde fue a atrapar la gallina, cuando si de algo peca es de dejar en pie los andamios, una vez acabada la torre, impidiendo así que se admire y vea bien ésta. Otro le llama desdeñosamente cocinador, como si el de cocinar no fuese arte supremo. El de más allá le acusa, ya de traducir, ya de arreglar ideas tomadas del extranjero, olvidando que al revestirlas Paparrigópulos en tan neto, castizo y transparente castellano como el suyo, las hace castellanas y por ende propias, no de otro modo que hizo el P. Isla propio el *Gil Blas* de Lesage. Alguno moteja de que su principal apoyo es su honda fe en la ignorancia ambiente, desconociendo el que así juzga que la fe es transportadora de montañas. Pero la suprema justicia de éstos y otros rencorosos juicios de gentes a quienes Paparrigópulos ningún mal ha hecho, su injusticia notoria, se verá bien clara con sólo tener en cuenta que todavía no ha dado Paparrigópulos nada a luz y que todos los que le muerden los zancajos hablan de oídas y por no callar.

No se puede, en fin, escribir de este erudito singular sino con reposada serenidad y sin efectismos *nivolescos* de ninguna clase.

En este hombre, quiero decir, en este erudito, pues, pensó Augusto, sabedor de que se dedicaba a estudios de mujeres, claro está, en los libros, que es tratándose de ellas lo menos expuesto, y de mujeres de pasados siglos, que son también mucho menos expuestos para quien la estudia que las mujeres de hoy.

A este Antolín, erudito solitario que por timidez de dirigirse a las mujeres en la vida y para vengarse de esta timidez las estudiaba en los libros, fue a quien acudió a ver Augusto para de él aconsejarse.

No bien le hubo expuesto su propósito prorumpió el erudito:

—¡Ay, pobre señor Pérez, cómo le compadezco a usted! ¿Quiere estudiar a la mujer? Tarea le mando...

—Como usted la estudia...

—Hay que sacrificarse. El estudio, y estudio oscuro, paciente, silencioso, es mi razón de ser en la vida. Pero yo, ya lo sabe usted, soy un modesto, modestísimo obrero del pensamiento, que acopio y ordeno materiales para que otros que vengan detrás de mí sepan aprovecharlos. La obra humana es colectiva; nada que no sea colectivo es ni sólido ni durable...

—¿Y las obras de los grandes genios? *La Divina Comedia,* la *Eneida,* una tragedia de Shakespeare, un cuadro de Velázquez...

—Todo eso es colectivo, mucho más colectivo de lo que se cree, *La Divina Comedia,* por ejemplo, fue preparada por toda una serie...

—Sí, ya sé eso.

—Y respecto a Velázquez..., a propósito, ¿conoce usted el libro de Justi sobre él?

Para Antolín, el principal, casi el único valor de las grandes obras maestras del ingenio humano consiste en haber provocado un libro de crítica o de comentario; los grandes artistas, poetas, pintores, músicos, historiadores, filósofos, han nacido para que un erudito haga su biografía y un crítico comente sus obras, y una frase cualquiera de un escritor directo no adquiere valor hasta que un erudito no la repite y cita la obra, la edición y la página en que la expuso. Y todo aquello de la solidaridad del trabajo colectivo no era más que envidia e impotencia. Pertenecía a la clase de esos comentadores de Homero que si Homero mismo redivivo entrase en su oficina cantando lo echarían a empellones porque les estorbaba el trabajar sobre los textos muertos de sus obras y buscar un *apax* cualquiera en ellas.

—Pero, bien, ¿que opina usted de la psicología femenina? —le preguntó Augusto.

—Una pregunta así tan vaga, tan genérica, tan en abstracto, no tiene sentido preciso para un modesto investigador como yo, amigo Pérez, para un hombre que no siendo genio, ni deseando serlo...

—¿Ni deseando?

—Sí, ni deseando. Es mal oficio. Pues bien, esa pregunta carece de sentido para mí. El contestarla exigiría...

—Sí, vamos, como aquel otro cofrade de usted que recibió un libro sobre psicología del pueblo español y siendo, al parecer, español él y viviendo entre españoles, no se le ocurrió sino decir que éste dice esto y aquél aquello otro, y hacer una bibliografía.

—¡Ah, la bibliografía! Sí, ya sé...

—No, no siga usted, amigo Paparrigópulos, y dígame lo más concretamente que sepa y pueda qué le parece la psicología femenina.

—Habría que empezar por plantear una primera cuestión, y es la de si la mujer tiene alma.

—¡Hombre!

—¡Ah, no sirve desecharla así, tan en absoluto...!

"¿La tendrá él?", pensó Augusto, y luego:

—Bueno, pues de lo que en las mujeres hace las veces de alma..., ¿qué cree usted?

—¿Me promete usted, amigo Pérez, guardarme el secreto de lo que voy a decir?... Aunque, no, no, usted no es erudito.

—¿Qué quiere usted decir con eso?

—Que usted no es uno de esos

que están a robarle a uno lo último que le hayan oído y darlo como suyo...

—Pero ¿ésas tenemos...?

—¡Ay, amigo Pérez, el erudito es por naturaleza un ladronzuelo; se lo digo a usted yo, yo, yo que lo soy. Los eruditos andamos a quitarnos unos a otros las pequeñas cositas que averiguamos y a impedir que otro se nos adelante.

—Se comprende: el que tiene almacén guarda su género con más celo que el que tiene fábrica; hay que guardar el agua del pozo, no la del manantial.

—Puede ser. Pues bien, si usted, que no es erudito, me promete guardarme el secreto hasta que yo lo revele, le diré que he encontrado en un oscuro y casi desconocido escritor holandés del siglo XVII una interesantísima teoría respecto al alma de la mujer...

—Veámosla.

—Dice este escritor, y lo dice en latín, que así como cada hombre tiene su alma, las mujeres todas no tienen sino una sola y misma alma, un alma colectiva, algo así como el entendimiento agente de Averroes, repartida entre todas ellas. Y añade que las diferencias que se observan en el modo de sentir, pensar y querer de cada mujer provienen no más que de las diferencias del cuerpo, debidas a la raza, clima, alimentación, etc., y que por eso son tan insignificantes. Las mujeres, dice ese escritor, se parecen entre sí mucho más que los hombres y es porque todas son una sola y misma mujer...

—Ve ahí por qué, amigo Paparrigópulos, así que me enamoré de una me sentí en seguida enamorado de todas las demás.

—¡Claro está! Y añade ese interesantísimo y casi desconocido ginecólogo que la mujer tiene mucha más individualidad, pero mucha menos personalidad que el hombre; cada una de ellas se siente más ella, más individual que cada hombre, pero con menos contenido.

—Sí, sí, creo entrever lo que sea.

—Y por eso, amigo Pérez, lo mismo da que estudie usted a una mujer o a varias. La cuestión es ahondar en aquella a cuyo estudio usted se dedique.

—Y ¿no sería mejor tomar dos o más para poder hacer el estudio comparativo? Porque ya sabe usted que ahora se lleva mucho esto de lo comparativo...

—En efecto, la ciencia es comparación; mas en punto a mujeres no es menester comparar. Quien conozca una, una sola bien, las conoce a todas, conoce a la Mujer. Además, ya sabe usted que todo lo que se gana en extensión se pierde en intensidad.

—En efecto, y yo deseo dedicarme al cultivo intensivo y no al extensivo de la mujer. Pero dos por lo menos... por lo menos dos...

—¡No, dos no! ¡De ninguna manera! De no contentarse con una, que yo creo es lo mejor y es bastante tarea, por lo menos tres. La dualidad no cierra.

—¿Cómo que no cierra la dualidad?

—Claro está. Con dos líneas no se cierra espacio. El más sencillo polígono es el triángulo. Por lo menos tres.

—Pero el triángulo carece de profundidad. El más sencillo poliedro es el tetraedro; de modo que por lo menos cuatro.

—Pero dos no, ¡nunca! De pasar de una, por lo menos tres. Pero ahonde usted en una.

—Tal es mi propósito.

XXIV

Cuando salió Augusto de su entrevista con Paparrigópulos íbase diciendo: "De modo que tengo que renunciar a una de las dos o buscar una tercera. Aunque para esto del estudio psicológico bien me puede servir de tercer término, de término puramente ideal de comparación, Liduvina. Tengo, pues, tres: Eugenia, que me habla a la imaginación, a la cabeza; Rosario, que me habla al corazón, y Liduvina, mi cocinera, que me habla al estómago. Y cabeza, corazón y estómago son las tres facultades del alma que otros llaman inteligencia, sentimiento y voluntad. Se piensa con la cabeza, se siente con el corazón y se quiere con el estómago. ¡Esto es evidente! Y ahora..."

"Ahora —prosiguió pensando—, ¡una idea luminosa, luminosísima! Voy a fingir que quiero pretender de nuevo a Eugenia, voy a solicitarla de nuevo, a ver si me admite de novio, de futuro marido, claro que no más que para probarla, como un experimento psicológico y seguro como estoy de que ella me rechazará..., ¡pues no faltaba más! Tiene que rechazarme. Después de lo pasado, después de lo que en nuestra última entrevista me dijo, no es posible ya que me admita. Es una mujer de palabra, creo. Mas..., ¿es que las mujeres tienen palabra?; ¿es que la mujer, la Mujer, así con letra mayúscula, la única, la que se reparte entre millones de cuerpos femeninos y más o menos hermosos —más bien más que menos—; es que la Mujer está obligada a guardar su palabra? Eso de guardar su palabra, ¿no es acaso masculino? Pero ¡no, no! Eugenia no puede admitirme; no me quiere. No me quiere y aceptó ya mi dádiva. Y si aceptó mi dádiva y la disfruta, ¿para qué va a quererme?"

"Pero... y si volviésemos atrás de lo que me dijo —pensó luego—, me dice que sí y me acepta como novio, como futuro marido? Porque hay que ponerse en todo. ¿Y si me acepta?, digo. ¡Me fastidia! ¡Me pesca con mi propio anzuelo! ¡Eso si que sería el pescador pescado! Pero ¡no, no! ¡no puede ser! ¿Y si es? ¡Ah! Entonces no queda sino resignarse. ¿Resignarse? Sí, resignarse. Hay que saber resignarse a la buena fortuna. Y acaso la resignación a la dicha es la ciencia más difícil. ¿No nos dice Píndaro que las desgracias todas de Tántalo le provinieron de no haber podido digerir su felicidad? ¡Hay que digerir la felicidad! Y si Eugenia me dice que sí, si me acepta, entonces... ¡venció la psicología! ¡Viva la psicología! Pero ¡no, no, no! No me aceptará, no puede aceptarme, aunque sólo sea por salirse con la suya. Una mujer como Eugenia no da su brazo a torcer; la Mujer, cuando se pone frente al Hombre a ver cuál es de más tesón y constancia en sus propósitos, es capaz de todo... ¡No, no me aceptará!"

—Rosarito le espera.

Con estas tres palabras, preñadas de sentimientos, interrumpió Liduvina el curso de las reflexiones de su amo.

—Di, Liduvina, ¿crees tú, que las mujeres sois fieles a lo que una vez hayáis dicho? ¿Sabéis guardar vuestra palabra?

—Según y conforme.

—Sí, el estribillo de tu marido. Pero contesta derechamente y no como acostumbráis hacer las mujeres, que rara vez contestáis a lo que se os pregunta, sino a lo que se os figuraba que se os iba a preguntar.

—Y ¿qué es lo que usted quiso preguntarme?

—Que si vosotras, las mujeres, guardáis una palabra que hubiéseis dado.

—Según la palabra.

—¿Cómo según la palabra?

—Pues claro está. Unas palabras se dan para guardarlas y otras para no guardarlas. Y a nadie se engaña, porque es valor entendido...

—Bueno, bueno, di a Rosario que entre.

Y cuando Rosario entró, preguntóle Augusto:

—Di, Rosario, ¿qué crees tú, que una mujer debe guardar la palabra que dio o que no debe guardarla?

—No recuerdo haberle dado a usted palabra alguna...

—No se trata de eso, sino de si debe o no una mujer guardar la palabra que dio...

—¡Ah, sí; lo dice usted por la otra..., por esa mujer!...

—Por lo que lo diga. ¿Qué crees tú?

—Pues yo no entiendo de esas cosas...

—¡No importa!

—Bueno, ya que usted se empeña, le diré que lo mejor es no dar palabra alguna.

—¿Y si se ha dado?

—No haberlo hecho.

"Está visto —se dijo Augusto— que a esta mozuela no la saco de ahí. Pero ya que está aquí, voy a poner en juego la psicología, a llevar a cabo un experimento."

—¡Ven acá, siéntate aquí! —y le ofreció sus rodillas.

La muchacha obedeció tranquilamente y sin inmutarse, como a cosa acordada y prevista. Augusto, en cambio, quedóse confuso y sin saber por dónde empezar su experiencia psicológica. Y como no sabía qué decir, pues... hacía. Apretaba a Rosario contra su pecho anhelante y le cubría la cara de besos, diciéndose entre tanto: "Me parece que voy a perder la sangre fría necesaria para la investigación psicológica." Hasta que de pronto se detuvo, pareció calmarse, apartó a Rosario algo de sí y le dijo de repente:

—Pero ¿no sabes que quiero a otra mujer?

Rosario se calló, mirándole fijamente y encogiéndose de hombros.

—Pero ¿no lo sabes? —repitió él.

—¿Y a mí qué me importa eso ahora?...

—¿Cómo que no te importa?

—¡Ahora, no! Ahora me quiere usted a mí, me parece.

—Y a mí también me parece, pero...

Y entonces ocurrió algo insólito, algo que no entraba en las previsiones de Augusto, en su programa de experiencias psicológicas sobre la Mujer, y es que Rosario, bruscamente, le enlazó los brazos al cuello y empezó a besarle. Apenas si el pobre hombre tuvo tiempo para pensar: "Ahora soy yo el experimentado; esta mozuela está haciendo estudios de psicología masculina." Y sin darse cuenta de lo que hacía, sorprendióse acariciando con las temblorosas manos las pantorrillas de Rosario.

Levantóse de pronto Augusto, levantó luego en vilo a Rosario y la echó sobre el sofá. Ella se dejaba hacer, con el rostro encendido. Y él, teniéndola sujeta de los brazos con sus dos manos, se le quedó mirando a los ojos.

—¡No los cierres, Rosario, no los cierres, por Dios! Ábrelos. Así, así, cada vez más. Déjame que me vea en ellos, tan chiquitito...

Y al verse a sí mismo en aquellos ojos como en un espejo vivo, sintió que la primera exaltación se le iba templando.

—Déjame que me vea en ellos como en un espejo, que me vea tan chiquitito... Sólo así llegare a conocerme..., viéndome en ojos de mujer...

Y el espejo le miraba de un modo extraño. Rosario pensaba: "Este hombre no me parece como los demás; debe estar loco."

Apartóse de pronto de ella Augusto, se miró a sí mismo, y luego se palpó exclamando al cabo:

—Y ahora, Rosarito, perdóname.

—¿Perdonarle? ¿Por qué?

Y había en la voz de la pobre Rosario más miedo que otro sentimiento alguno. Sentía deseos de huir, porque ella se decía: "Cuando uno empieza a decir o hacer incongruencias no sé adónde va a parar. Este hombre sería capaz de matarme en un arrebato de locura." Y le brotaron unas lágrimas.

—¿Lo ves? —le dijo Augusto—, ¿lo ves? Sí, perdóname, Rosario, perdóname; no sabía lo que me hacía.

Y ella pensó: "Lo que no se sabe es lo que no se hace."

—Y ahora, ¡vete, vete!

—¿Me echa usted?

—No, me defiendo. ¡No te echo, no! ¡Dios me libre! Si quieres me iré yo y te quedas aquí tú, para que veas que no te echo.

"Decididamente, no está bueno", pensó ella, y sintió lástima de él.

—Vete, vete, y no me olvides ¿eh? —le cogió de la barbilla, acariciándosela. No me olvides, no olvides al pobre Augusto.

La abrazó y le dio un largo y apretado beso en la boca. Al salir, la muchacha le dirigió una mirada llena de un misterioso miedo. Y apenas ella salió, pensó para sí Augusto: "Me desprecia, indudablemente, me desprecia; he estado, ridículo, ridículo, ridículo... Pero ¿qué sabe ella, pobrecita, de estas cosas? ¿Qué sabe ella de psicología?"

Si el pobre Augusto hubiese podido entonces leer en el espíritu de Rosario habríase desesperado más. Porque la ingenua mozuela iba pensando: "Cualquier día vuelvo a darme yo un rato así a beneficio de la otra prójima..."

Íbale volviendo la exaltación a Augusto. Sentía que el tiempo perdido no vuelve trayendo las ocasiones que se desperdiciaron. Entróle una rabia contra sí mismo. Sin saber qué hacía, y por ocupar el tiempo, llamó a Liduvina, y al verla ante sí, tan serena, tan rolliza, sonriéndole maliciosamente, fue tal y tan insólito el sentimiento que le invadió, que diciéndole: "¡Vete, vete, vete!", se salió a la calle. Es que temió un momento no poder contenerse y asaltar a Liduvina.

Al salir a la calle se calmó. La muchedumbre es como un bosque; le pone a uno en su lugar, le reencaja.

"¿Estaré bien de la cabeza? —iba pensando Augusto. ¿No será acaso que mientras que yo creo ir formalmente por la calle, como las personas normales —¿y qué es una persona normal?—, vaya haciendo gestos, contorsiones y pantomimas, y que la gente que yo creo pasa sin mirarme o que me mira indiferentemente no sea así, sino que están todos fijos en mí y riéndose o compadeciéndome?... Y esta ocurrencia ¿no es acaso locura? ¿Estaré de veras loco? Y en último caso, aunque lo esté, ¿qué? Un hombre de corazón, sensible, bueno, si no se vuelve loco es por ser un perfecto majadero. El que no está loco o es tonto o pillo. Lo que no quiere decir, claro está, que los pillos y los tontos no enloquezcan."

"Lo que he hecho con Rosarito —prosiguió pensando— ha sido ridículo, sencillamente ridículo. ¿Qué habrá pensado de mí? Y ¿qué me importa lo que de mí piense una mozuela así?... ¡Pobrecilla! Pero... ¡con qué ingenuidad se dejaba hacer! Es un ser fisiológico, perfectamente fisiológico, nada más que fisiológico, sin psicología alguna. Es inútil, pues, tomarla de conejilla de Indias o de ranita para experimentos psicológicos. A lo sumo, fisiológicos... Pero ¿es que la psicología, y sobre todo la femenina, es algo más que fisiología, o si se quiere psicología fisiológica? ¿Tiene la mujer alma? Y a mí para meterme en experimentos psicofisiológicos me falta preparación técnica. Nunca asistí a ningún laboratorio..., carezco, además, de aparatos. Y la psicofisiología exige aparatos. ¿Estaré, pues, loco?"

Después de haberse desahogado con estas meditaciones callejeras por en medio de la atareada muchedumbre indiferente en sus cuitas, sintióse ya tranquilo y se volvió a casa.

XXV

Fue Augusto a ver a Víctor, a acariciar al tardío hijo de éste, a recrearse en la contemplación de la nueva felicidad de aquel hogar, y de paso consultar con él sobre el estado de su espíritu. Y al encontrarse con su amigo a solas, le dijo:

—¿Y de aquella novela o..., ¿cómo era?..., ¡ah, sí, *nivola!*..., que estabas escribiendo? Supongo que ahora, con lo del hijo, la habrás abandonado.

—Pues supones mal. Precisamente por eso, por ser ya padre, he vuelto a ella. Y en ella desahogo el buen humor que me llena.

—¿Querrías leerme algo de ella?

Sacó Víctor las cuartillas y empezó a leer por aquí y por allá a su amigo.

—Pero hombre, ¡te han cambiado! —exclamó Augusto.

—¿Por qué?

—Porque ahí hay cosas que rayan en lo pornográfico y hasta a veces pasan de ello...

—¿Pornográfico? ¡De ninguna manera! Lo que hay aquí son crudezas, pero no pornografías. Alguna vez algún desnudo, pero nunca un desvestido... Lo que hay es realismo...

—Realismo, sí, y además...

—Cinismo, ¿no es eso?

—¡Cinismo, sí!

—Pero el cinismo no es pornografía. Estas crudezas son un modo de excitar la imaginación para conducirla a un examen más penetrante de la realidad de las cosas; estas crudezas son crudezas... pedagógicas. ¡Lo dicho, pedagógicas!

—Y algo grotescas...

—En efecto, no te lo niego. Gusto de la bufonería.

—Que es siempre en el fondo tétrica.

—Por lo mismo. No me agradan sino los chistes lúgubres, las gracias funerarias. La risa por la risa misma me da grima, y hasta miedo. La risa no es sino la preparación para la tragedia.

—Pues a mí esas bufonadas crudas me producen un detestable efecto.

—Porque eres un solitario, Augusto, un solitario, entiéndemelo bien, un solitario... Y yo las escribo para curar... No, no las escribo para nada, sino porque me divierte escribirlas, y si divierten a los que las lean me doy por pagado. Pero si a la vez logro con ellas poner camino de curación a algún solitario como tú, de doble soledad...

—¿Doble?

—Sí, soledad de cuerpo y soledad de alma.

—A propósito, Víctor...

—Sí, ya sé lo que vas a decirme. Venías a consultarme sobre tu estado, que desde algún tiempo es alarmante, verdaderamente alarmante, ¿no es eso?

—Sí, eso es.

—Lo adiviné. Pues bien, Augusto, cásate y cásate cuanto antes.

—Pero ¿con cuál?

—¡Ah!, pero ¿hay más de una?

—Y ¿cómo has adivinado también esto?

—Muy sencillo. Si hubieses preguntado: pero ¿con quién?, no habría supuesto que hay más de una ni que esa una haya; mas al preguntar: pero ¿con cual?, se entiende con cuál de las dos, o tres, o diez o ene.

—Es verdad.

—Cásate, pues, cásate, con una cualquiera de las ene de que estás enamorado, con la que tengas más a mano. Y sin pensarlo demasiado. Ya ves, yo me casé sin pensarlo; nos tuvieron que casar.

—Es que ahora me ha dado por dedicarme a las experiencias de psicología femenina.

—La única experiencia psicológica sobre la Mujer es el matrimonio. El que no se casa, jamás podrá experimentar psicológicamente el alma de la Mujer. El único laboratorio de psicología femenina o de ginepsicología es el matrimonio.

—Pero ¡eso no tiene remedio!

—Ninguna experimentación de verdad la tiene. Todo el que se mete a querer experimentar algo, pero guardando la retirada, no quemando las naves, nunca sabe nada de cierto. Jamás te fíes de otro cirujano que de aquel que se haya amputado a sí mismo algún propio miembro, ni te entregues al alienista que no esté loco. Cásate, pues, si quieres saber psicología.

—De modo que los solteros...

—La de los solteros no es psicología; no es más que metafísica, es decir, más allá de la física, más allá de lo natural.

—Y ¿que es eso?

—Poco menos que en lo que estás tú.

—¿Yo estoy en la metafísica? ¡Pero si yo, querido Víctor, no estoy más allá de lo natural, sino más acá de ello!

—Es igual.

—¿Cómo que es igual?

—Sí; más acá de lo natural es lo mismo que más allá, como más allá del espacio es lo mismo que más acá de él. ¿Ves esta línea? —y trazó una línea en un papel. Prolóngala por uno y otro extremo al infinito y los extremos se encontrarán, cerrarán en el infinito, donde se encuentra todo y todo se lía. Toda recta es curva de una circunferencia de radio infinito y en el infinito cierra. Luego lo mismo da lo de más acá de lo natural que lo de más allá. ¿No está claro?

—No; está oscurísimo, muy oscuro.

—Pues porque está tan oscuro, cásate.

—Sí, pero... ¡me asaltan tantas dudas!

—Mejor, pequeño Hamlet, mejor, ¿Dudas?, luego piensas; ¿piensas?, luego eres.

—Sí, dudar es pensar.

—Y pensar es dudar y nada más que dudar. Se cree, se sabe, se imagina sin dudar; ni la fe, ni el conocimiento, ni la imaginación suponen duda y hasta la duda las destruye, pero no se piensa sin dudar. Y es la duda lo que de la fe y del conocimiento, que son algo estático, quieto, muerto, hace pensamiento, que es dinámico, inquieto, vivo.

—¿Y la imaginación?

—Sí, ahí cabe alguna duda. Suelo dudar lo que les he de hacer decir o hacer a los personajes de mi *nivola,* y aun después de que les he hecho decir o hacer algo dudo de si estuvo bien y si es lo que en verdad les corresponde. Pero... ¡paso por todo! Sí, sí, cabe duda en el imaginar, que es un pensar ......

....

Mientras Augusto y Víctor sostenían esta conversación nivolesca, *yo, el autor de este* nivola, *que tienes, lector, en la mano, y estás leyendo, me sonreía enigmáticamente al ver que mis* nivolescos *personajes estaban abogando por mí y justificando mis procedimientos, y me decía a mí mismo: "¡Cuán lejos estarán estos infelices de pensar que no están haciendo otra cosa que tratar de justificar lo que yo estoy haciendo con ellos! Así, cuando uno busca razones para justificarse no hace en rigor otra cosa que justificar a Dios. Y soy yo el Dios de estos dos pobres diablos* nivolescos."

....

XXVI

Augusto se dirigió a casa de Eugenia dispuesto a tentar la última experiencia psicológica, la definitiva, aunque temiendo que ella le rechazase. Y encontróse con ella en la escalera, que bajaba para salir cuando él subía para entrar.

—¿Usted por aquí, don Augusto?

—Sí, yo; mas puesto que tiene usted que salir, lo dejaré para otro día; me vuelvo.

—No, está arriba mi tío.

—No es con su tío, es con usted, Eugenia, con quien tenía que hablar. Dejémoslo para otro día.

—No, no, volvamos. Las cosas en caliente.

—Es que si está su tío...

—¡Bah! ¡Es anarquista! No le llamaremos.

Y obligó a Augusto a que subiese con ella. El pobre hombre, que había ido con aires de experimentador, sentíase ahora rana.

Cuando estuvieron solos en la sala, Eugenia, sin quitarse el sombrero, con el traje de calle con que había entrado, le dijo:

—Bien, sepamos qué es lo que tenía que decirme.

—Pues..., pues... —y el pobre Augusto balbuceaba—, pues..., pues...

—Bien; pues ¿qué?

—Que no puedo descansar, Eugenia; que les he dado mil vueltas en el magín a las cosas que nos dijimos la última vez que hablamos, y que a pesar de todo no puedo resignarme, ¡no, no puedo resignarme, no lo puedo!

—¿Y a qué es a lo que no puede usted resignarse?

—Pues ¡a esto, Eugenia, a esto!

—¿Y qué es esto?

—A esto, a que no seamos más que amigos...

—¡Más que amigos!... ¿Le parece a usted poco, señor don Augusto?, ¿o es que quiere usted que seamos menos que amigos?

—No, Eugenia, no, no es eso.

—Pues ¿qué es?

—Por Dios, no me haga sufrir...

—El que se hace sufrir es usted mismo.

—¡No puedo resignarme, no!

—Pues ¿qué quiere usted?

—¡Que seamos... marido y mujer!

—¡Acabáramos!

—Para acabar hay que empezar.

—¿Y aquella palabra que me dio usted?

—No sabía lo que decía.

—Y la Rosario aquella...

—¡Oh, por Dios, Eugenia, no me recuerdes eso!, ¡no pienses en la Rosario!

Eugenia entonces se quitó el sombrero, lo dejó sobre una mesilla, volvió a sentarse y luego pausadamente y con solemnidad dijo:

—Pues bien, Augusto, ya que tú, que eres al fin y al cabo un hombre, no te crees obligado a guardar la palabra, yo, que no soy nada más que una mujer, tampoco debo guardarla. Además, quiero librarte de la Rosario y de las demás Rosarios o Petras que puedan envolverte. Lo que no hizo la gratitud por tu desprendimiento ni hizo el despecho de lo que con Mauricio me pasó —ya vez si te soy franca—, hace la compasión. ¡Sí, Augusto, me das pena, mucha pena!— y al decir esto le dio dos leves palmaditas con la diestra en una rodilla.

—¡Eugenia! —y le tendió los brazos como para cogerla.

—¡Eh, cuidadito! —exclamó ella apartándoselos y hurtándose de ellos—, ¡cuidadito!

—Pues la otra vez..., la última vez...

—¡Sí, pero entonces era diferente!

"Estoy haciendo de rana", pensó el psicólogo experimental.

—¡Sí —prosiguió Eugenia—, a un amigo, nada más que a un amigo, pueden permitírsele ciertas pequeñas libertades que no se deben otorgar al... vamos, al... novio!

—Pues no lo comprendo...

—Cuando nos hayamos casado, Augusto, te lo explicaré. Y ahora, quietecito, ¿eh?

"Esto es hecho", pensó Augusto, que se sintió ya completa y perfectamente rana.

—Y ahora —agregó Eugenia levantándose— voy a llamar a mi tío.

—¿Para qué?

—¡Toma, para darle parte!

—¡Es verdad! —exclamó Augusto, consternado.

Al momento llegó con don Fermín.

—Mire usted, tío —le dijo Eugenia—, aquí tiene usted a don Augusto Pérez, que ha venido a pedirme la mano. Y yo se la he concedido.

—¡Admirable! ¡Admirable! —exclamó don Fermín. ¡Admirable! ¡Ven acá, hija mía, ven acá que te abrace! ¡Admirable!

—¿Tanto le admira a usted que vayamos a casarnos, tío?

—No, lo que me admira, lo que me arrebata, lo que me subyuga es la manera de haber resuelto este asunto, los dos solos, sin medianeros... ¡viva la anarquía! Y es lástima, es lástima que para llevar a cabo vuestro propósito tengáis que acudir a la autoridad... Por supuesto, sin acatarla en el fuero interno de vuestra conciencia, ¿eh?, *pro formula,* nada más que *pro formula.* Porque yo sé que os consideráis ya marido y mujer. ¡Y en todo caso, yo, yo solo, en nombre de Dios anárquico, os caso! Y esto basta. ¡Admirable! ¡Admirable! Don Augusto, desde hoy esta casa es su casa.

—¿Desde hoy?

—Tiene usted razón, sí, lo fue siempre. Mi casa... ¿mía? Esta casa que habito fue siempre de usted, fue siempre de todos mis hermanos. Pero desde hoy... usted me entiende.

—Sí, le entiende a usted, tío.

En aquel momento llamaron a la puerta y Eugenia dijo:

—¡La tía!

Y al entrar ésta en la sala y ver aquello exclamó:

—Ya, ¡enterada! ¿Conque es cosa hecha? Esto ya me lo sabía yo.

Augusto pensaba: "¡Rana, rana completa! Y me han pescado entre todos."

—Se quedará usted hoy a comer con nosotros, por supuesto, para celebrarlo... —dijo doña Ermelinda.

—¡Y qué remedio! —se le escapó al pobre rana.

XXVII

Empezó entonces para Augusto una nueva vida. Casi todo el día se lo pasaba en casa de su novia y estudiando no psicología, sino estética.

¿Y Rosario? Rosario no volvió por su casa. La siguiente vez que le llevaron la ropa planchada fue otra la que se la llevó, una mujer cualquiera. Y apenas se atrevió a preguntar por qué no venía ya Rosario. ¿Para qué, si lo adivinaba? Y este desprecio, porque no era sino desprecio, bien lo conocía y, lejos de dolerle, casi le hizo gracia. Bien, bien se desquitaría él en Eugenia. Que, por supuesto, seguía con lo de: "¡Eh, cuidadito y manos quedas!" ¡Buena era ella para otra cosa!

Eugenia le tenía a ración de vista y no más que de vista, encendiéndole el apetito. Una vez le dijo él:

—¡Me entran unas ganas de hacer unos versos a tus ojos!

Y ella le contestó:

—¡Hazlos!

—Mas para ello —agregó él— sería conveniente que tocases un poco el piano. Oyéndote en él, en tu instrumento profesional, me inspiraría.

—Pero ya sabes, Augusto, que desde que, gracias a tu generosidad, he podido ir dejando mis lecciones no he vuelto a tocar el piano y que lo aborrezco. ¡Me ha costado tantas molestias!

—No importa, tócalo, Eugenia, tócalo para que yo escriba mis versos.

—¡Sea, pero por única vez!

Sentóse Eugenia a tocar el piano y mientras lo tocaba escribió Augusto esto:

Mi alma vagaba lejos de mi cuerpo
en las brumas perdidas de la idea,
perdida allá en las notas de la música
que según dicen cantan las esferas;
y yacía mi cuerpo solitario
sin alma y triste errando por la tierra.
Nacidos para arar juntos la vida
no vivían; porque él era materia
tan sólo y ella nada más que espíritu
buscando completarse, ¡dulce Eugenia!
Mas brotaron tus ojos como fuentes
de viva luz encima de mi senda
y prendieron a mi alma y la trajeron
del vago cielo a la dudosa tierra
metiéronla en mi cuerpo, y desde en-
[tonces
¡y sólo desde entonces vivo, Eugenia!
Son tus ojos cual clavos encendidos
que mi cuerpo a mi espíritu sujetan.

que hacen que sueñe en mí febril la [sangre
y que en carne convierten mis ideas.
¡Si esa luz de mi vida se apagara,
desuncidos espíritu y materia,
perderíame en brumas celestiales
y del profundo en la voraz tiniebla!

—¿Qué te parecen? —le preguntó Augusto luego que se los hubo leído.

—Como mi piano, poco o nada musicales. Y eso de "según dicen..."

—Sí, es para darle familiaridad...

—Y lo de "dulce Eugenia" me parece un ripio.

—¿Qué, ¿que eres un ripio, tú?

—¡Ahí, en esos versos, sí! Y luego todo eso me parece muy... muy...

—Vamos, sí, muy *nivolesco.*

—¿Qué es eso?

—Nada, un timo que nos traemos entre Víctor y yo.

—Pues mira. Augusto, yo no quiero timos en mi casa luego que nos casemos, ¿sabes? Ni timos ni perros. Conque ya puedes ir pensando lo que has de hacer de Orfeo...

—Pero ¡Eugenia, por Dios!, ¡si ya sabes cómo le encontré, pobrecillo!, ¡si es además mi confidente...!, ¡si es a quien dirijo mis monólogos todos...!

—Es que cuando nos casemos no ha de haber monólogos en mi casa. ¡Está de más el perro!

—Por Dios, Eugenia, siquiera hasta que tengamos un hijo...

—Si lo tenemos...

—Claro, si lo tenemos. Y si no, ¿por qué no el perro?, ¿por qué no el perro, del que se ha dicho con tanta justicia que sería el mejor amigo del hombre si tuviese dinero...?

—No, si tuviese dinero el perro no sería amigo del hombre, estoy seguro de ello. Porque no lo tiene es su amigo.

Otro día le dijo Eugenia a Augusto:

—Mira, Augusto, tengo que hablarte de una cosa grave, muy grave, y te ruego que me perdones de antemano si lo que voy a decirte...

—¡Por Dios, Eugenia, habla!

—Tú sabes aquel novio que tuve...

—Sí, Mauricio.

—Pero no sabes porqué le tuve que despachar al muy sinvergüenza...

—No quiero saberlo.

—Eso te honra. Pues bien; le tuve que despachar al haragán y sinvergüenza aquél, pero...

—¿Qué, te persigue todavía?

—¡Todavía!

—¡Ah, como yo le coja!

—No, no es eso. Me persigue, pero no con las intenciones que tú crees, sino con otras.

—¡A ver!, ¡a ver!

—No te alarmes, Augusto, no te alarmes. El pobre Mauricio no muerde, ladra.

—¡Ah, pues haz lo que dice el refrán árabe: "Si vas a detenerte con cada perro que te salga a ladrar al camino, nunca llegarás al fin de él". No sirve tirarle piedras. No le hagas caso.

—Creo que hay otro remedio mejor.

—¿Cuál?

—Llevar a prevención mendrugos de pan en el bolsillo e irlos tirando a los perros que salen a ladrarnos, porque ladran de hambre.

—¿Qué quieres decir?

—Que ahora Mauricio no pretende sino que le busques una colocación cualquiera o un modo de vivir y dice que me dejará en paz, o si no...

—Si no...

—Amenaza con perseguirme para comprometerme...

—¡Desvergonzado!, ¡bandido!

—No te exaltes. Y creo que lo mejor es quitárnosle de en medio buscándole una colocación cualquiera que le dé para vivir y que sea lo más lejos posible. Es, además, de mi parte, algo de compasión, porque el pobrecillo es como es, y...

—Acaso tengas razón. Eugenia. Y

mira, creo que podré arreglarlo todo. Mañana mismo hablaré a un amigo mío y me parece que le buscaremos un empleo.

Y, en efecto, pudo encontrarle el empleo y conseguir que le destinasen bastante lejos.

XXVIII

Torció el gesto Augusto cuando una mañana le anunció Liduvina que un joven le esperaba y se encontró luego con que era Mauricio. Estuvo por despedirle sin oírle, pero le atraía aquel hombre que fue en un tiempo novio de Eugenia, al que ésta quiso y acaso seguía queriendo en algún modo; aquel hombre que tal vez sabía de la que iba a ser mujer de él, de Augusto, intimidades que éste ignoraba; de aquel hombre que... Había algo que le unía.

—Vengo, señor —empezó sumisamente Mauricio—, a darle las gracias por el favor insigne que, merced a la mediación de Eugenia, usted se ha dignado otorgarme...

—No tiene usted que darme las gracias, señor mío, y espero que en adelante dejará usted en paz a la que va a ser mi mujer.

—Pero ¡si yo no la he molestado en lo más mínimo!

—Sé a qué atenerme.

—Desde que me despidió, e hizo bien en despedirme, porque no soy yo el que a ella corresponde, he procurado consolarme como mejor he podido de esa desgracia y respetar, por supuesto, sus determinaciones. Y si ella le ha dicho a usted otra cosa...

—Le ruego que no vuelva a mentar a la que va a ser mi mujer, y mucho menos que insinúe siquiera el que haya faltado lo más mínimo a la verdad. Consuélese como pueda y déjenos en paz.

—Es verdad. Y vuelvo a darles a ustedes dos las gracias por el favor que me han hecho proporcionándome ese empleíto. Iré a servirlo y me consolaré como pueda. Por cierto que pienso llevarme conmigo a una muchachita...

—Y ¿a mí qué me importa eso caballero?

—Es que me parece que usted debe de conocerla...

—¿Cómo? ¿Cómo? ¿Quiere usted burlarse...?

—No..., no... Es una tal Rosarito, que está en un taller de planchado y que me parece que solía llevar a usted la plancha...

Augusto palideció. "¿Sabrá éste todo?", se dijo, y esto le azoró aún más que su anterior sospecha de que aquel hombre supiese de Eugenia lo que él no sabía. Pero repúsose al pronto y exclamó:

—Y ¿a qué me viene usted con eso?

—Me parece —prosiguió Mauricio, como si no hubiese oído nada— que a los despreciados se nos debe dejar el que nos consolemos los unos a los otros.

—Pero ¿qué quiere usted decir, hombre, qué quiere usted decir? —y pensó Augusto si allí, en aquel que fue escenario de la última aventura con Rosario, estrangularía o no a aquel hombre.

—¡No se exalte así, don Augusto, no se exalte así! No quiero decir sino lo que he dicho. Ella..., la que usted no quiere que yo miente, me despreció, me despachó, y yo me he encontrado con esa pobre chicuela, a la que otro despreció y...

Augusto no pudo ya contenerse; palideció primero, se encendió después, levantóse, cogió a Mauricio por los dos brazos, lo levantó en vilo y le arrojó en el sofá sin darse clara cuenta de lo que hacía, como para estrangularlo. Y entonces, al verse Mauricio en el sofá, dijo con la mayor frialdad:

—Mírese usted ahora, don Augusto, en mis pupilas y verá que chiquitito se ve...

El pobre Augusto creyó derretirse. Por lo menos se le derritió la fuerza toda de los brazos, empezó la estancia a convertirse en niebla a sus ojos; pensó: "¿Estaré soñando?", y se encontró con que Mauricio, de pie ya y frente a él, le miraba con una socarrona sonrisa:

—¡Oh, no ha sido nada, don Augusto, no ha sido nada! Perdóneme usted, un arrebato... ni sé siquiera lo que hice..., ni me di cuenta... Y ¡gracias, gracias, otra vez gracias! ¡Gracias a usted y a... ella! ¡Adiós!

Apenas había salido Mauricio, llamó Augusto a Liduvina.

—Di, Liduvina, ¿quien ha estado aquí conmigo?

—Un joven.

—¿De qué señas?

—Pero ¿necesita usted que se lo diga?

—¿De veras ha estado aquí alguien conmigo?

—¡Señorito!

—No..., no..., ¡júrame que ha estado aquí conmigo un joven y de las señas que me digas...: alto, rubio, ¿no es eso?, de bigote, más bien grueso que flaco, de nariz aguileña... ¿Ha estado?

—Pero ¿está usted bueno, don Augusto?

—¿No ha sido un sueño...?

—Como no lo hayamos soñado los dos...

—No, no pueden soñar dos al mismo tiempo la misma cosa. Y precisamente se conoce que algo no es sueño en que no es de uno solo...

—Pues, ¡sí, estése tranquilo, sí! Estuvo ese joven que dice.

—Y ¿qué dijo al salir?

—Al salir no habló conmigo..., ni le vi...

—Y tú, ¿sabes quién es, Liduvina?

—Sí, sé quien es. El que fue novio de...

—Sí, basta. Y ahora, ¿de quién lo es?

—Eso ya sería saber demasiado.

—Como las mujeres sabéis tantas cosas que no os enseñan...

—Sí, y en cambio no logramos aprender las que quieren enseñarnos.

—Pues bueno, di la verdad, Liduvina: ¿no sabes con quién anda ahora ese... prójimo?

—No, pero me lo figuro.

—¿Por qué?

—Por lo que está usted diciendo.

—Bueno, llama ahora a Domingo.

—¿Para qué?

—Para saber si estoy también todavía soñando o no, y si tú eres de verdad Liduvina, su mujer, o si...

—¿O si Domingo está soñando también? Pero creo que hay otra cosa mejor.

—¿Cuál?

—Que venga Orfeo.

—Tienes razón; ¡ése no sueña!

Al poco rato, habiendo ya salido Liduvina, entraba el perro.

"¡Ven acá, Orfeo —le dijo su amo—, ven acá! ¡Pobrecito! ¡Qué pocos días te quedan ya de vivir conmigo! No te quiere ella en casa. Y ¿adónde voy a echarte? ¿Qué voy a hacer de ti? ¿Qué será de ti sin mí? Eres capaz de morirte, ¡lo sé! Sólo un perro es capaz de morirse al verse sin amo. Y yo he sido más que tu amo, ¡tu padre, tu dios! ¡No te quiere en casa; te echa de mi lado! ¿Es que tú, el símbolo de la fidelidad, le estorbas en casa? ¡Quién lo sabe...! Acaso un perro sorprende los más secretos pensamientos de las personas con quienes vive, y aunque se calle... ¡Y tengo que casarme, no tengo más remedio que casarme..., si no, jamás voy a salir del ensueño! Tengo que despertar."

"Pero ¿por qué me miras así, Orfeo? ¡Si parece que lloras sin lágrimas...! ¿Es que me quieres decir algo? Te veo sufrir por no tener palabra. ¡Qué pronto aseguré que tú no sueñas! ¡Tú sí que estás soñando, Orfeo! ¿Por qué somos hombres los hombres sino porque hay perros y gatos y caballos y bueyes y ovejas y animales de toda clase, sobre todo domésticos? ¿Es que a falta de animales domésticos en que descargar el peso de la animalidad de la vida habría el hombre llegado a su humanidad? ¿Es que a no haber domesticado el hombre al caballo no andaría la mitad de nuestro linaje llevando a cuestas a la otra mitad? Sí, a vosotros se os debe la civilización. Y a las mujeres. Pero ¿no es acaso la mujer otro animal doméstico? Y de no haber mujeres, ¿serían hombres los hombres? ¡Ay, Orfeo, viene de fuera quien de casa te echa!"

Y le apretó contra su seno, y el perro, que parecía, en efecto, llorar, le lamía la barba.

XXIX

Todo estaba dispuesto ya para la boda. Augusto la quería recogida y modesta, pero ella, su mujer futura, parecía preferir que se le diese más boato y resonancia.

A medida que se acercaba aquel plazo, el novio ardía por tomarse ciertas pequeñas libertades y confianzas, y ella, Eugenia, se mantenía más en reserva.

—Pero ¡si dentro de unos días vamos a ser el uno del otro, Eugenia!

—Pues por lo mismo. Es menester que empecemos ya a respetarnos.

—Respeto..., respeto...; el respeto excluye el cariño.

—Eso creerás tú... ¡Hombre al fin!

Y Augusto notaba en ella algo extraño, algo forzado. Alguna vez parecióle que trataba de esquivar sus miradas. Y se acordó de su madre, de su pobre madre, y del anhelo que sintió siempre por que su hijo se casara bien. Y ahora, próximo a casarse con Eugenia, le atormentaba más lo que Mauricio le dijera de llevarse a Rosario. Sentía celos, unos celos furiosos, y rabia por haber dejado pasar una ocasión, por el ridículo en que quedó ante la mozuela. "Ahora estarán riéndose los dos de mí —se decía—, y él doblemente, porque se me lleva a Rosario." Y alguna vez le entraron furiosas ganas de romper su compromiso y de ir a la conquista de Rosario, a arrebatársela a Mauricio.

—Y de aquella mocita, de aquella Rosario, ¿qué se ha hecho? —le preguntó Eugenia unos días antes de la boda.

—Y ¿a qué viene recordarme ahora eso?

—¡Ah, si no te gusta el recuerdo, lo dejaré!

—No..., no..., pero...

—Sí, como una vez interrumpió ella una entrevista nuestra... ¿No has vuelto a saber de ella? —y le miró con mirada de las que atraviesan.

—No, no he vuelto a saber de ella.

—¿Quién la estará conquistando o quién la habrá conquistado a estas horas...? —y apartando su mirada de Augusto la fijo en el vacío, más allá de lo que miraba.

Por la mente del novio pasaron, en tropel, extraños agüeros. "Ésta parece saber algo", se dijo, y luego en voz alta:

—¿Es que sabes algo?

—¿Yo? —contestó ella fingiendo indiferencia, y volvió a mirarle.

Entre los dos flotaba una sombra de misterio.

—Supongo que la habrás olvidado...

—Pero ¿a qué esta insistencia en hablarme de esa... chiquilla?

—¡Qué sé yo!... Porque, hablando de otra cosa, ¿qué le pasará a un hombre cuando otro le quita la mujer que pretendía y se la lleva?

A Augusto se le subió una oleada de sangre a la cabeza al oír esto. Entráronle ganas de salir, correr en busca de Rosario, ganarla y volver con ella a Eugenia para decir a ésta: "¡Aquí la tienes, es mía y no de... *tu* Mauricio!"

Faltaban tres días para el de la boda. Augusto salió de casa de su novia pensativo. Apenas pudo dormir aquella noche.

A la mañana siguiente, apenas

despertó, entró Liduvina en su cuarto.

—Aquí hay una carta para el señorito; acaban de traerla. Me parece que es de la señorita Eugenia...

—¿Carta? ¿De ella? ¿De ella carta? ¡Déjala ahí y vete!

Salió Liduvina. Augusto empezó a temblar. Un extraño desasosiego le agitaba el corazón. Se acordó de Rosario, luego de Mauricio. Pero no quiso tocar la carta. Miró con terror el sobre. Se levantó, se lavó, se vistió, pidió el desayuno, devorándolo luego. "No, no quiero leerla aquí", se dijo. Salió de su casa, fuese a la iglesia más próxima, y allí, entre unos cuantos devotos que oían misa, abrió la carta. "Aquí tendré que contenerme —se dijo—, porque yo no sé qué cosas me dice el corazón." Y decía la carta:

"Apreciable Augusto: Cuando leas estas líneas yo estaré con Mauricio camino del pueblo adonde éste va destinado gracias a tu bondad, a la que debo también poder disfrutar de mis rentas, que con el sueldo de él nos permitirá vivir juntos con algún desahogo. No te pido que me perdones, porque después de esto creo que te convencerás de que ni yo te hubiera hecho feliz ni tú mucho menos a mí. Cuando se te pase la primera impresión volveré a escribirte para explicarte por qué doy este paso ahora y de esta manera. Mauricio quería que nos hubiéramos escapado el día mismo de la boda, después de salir de la iglesia; pero su plan era muy complicado y me pareció, además, una crueldad inútil. Y como te dije en otra ocasión, creo que quedaremos amigos. Tu amiga,

Eugenia Domingo del Arco.

P. S. No viene con nosotros Rosario. Te queda ahí y puedes con ella consolarte."

Augusto se dejó caer en un banco, anonadado. Al poco rato se arrodilló y rezaba.

Al salir de la Iglesia parecíale que iba tranquilo, mas era una terrible tranquilidad de bochorno. Se dirigió a casa de Eugenia, donde encontró a los pobres tíos consternados. La sobrina les había comunicado por carta su determinación y no remaneció en toda la noche. Había tomado la pareja un tren que salió al anochecer, muy poco después de la última entrevista de Augusto con su novia.

—Y ¿qué hacemos ahora? —dijo doña Ermelinda.

—¡Qué hemos de hacer, señora —contestó Augusto—, sino aguantarnos!

—¡Esto es una indignidad —exclamó don Fermín—; estas cosas no debían quedar sin un ejemplar castigo!

—Y ¿es usted, don Fermín, usted el anarquista?...

—Y ¿qué tiene que ver? Esas cosas no se hacen así. ¡No se engaña así a un hombre!

—¡Al otro no le ha engañado! —dijo fríamente Augusto, y después de haberlo dicho se aterró de la frialdad con que lo dijera.

—Pero le engañará..., le engañará..., ¡no lo dude usted!

Augusto sintió un placer diabólico al pensar que Eugenia engañaría al cabo a Mauricio. "Pero no ya conmigo", se dijo muy bajito, de modo que apenas si se oyese a sí mismo.

—Bueno, señores, lamento lo sucedido, y más que nada por su sobrina, pero debo retirarme.

—Usted comprenderá, don Augusto, que nosotros...

—¡Claro! ¡Claro! Pero...

Aquello no podía prolongarse. Augusto, después de breves palabras más, se salió.

Iba aterrado de sí mismo y de lo que le pasaba, o mejor aún, de lo que no le pasaba. Aquella frialdad, al menos aparente, con que recibió el golpe de la burla suprema, aquella calma le hacía que hasta dudase de su propia existencia. "Si yo fuese un hombre como los demás —se decía—, con corazón; si fuese siquiera un hombre, si existiese en verdad, ¿cómo podía haber recibido esto con la relativa tranquilidad con que lo recibo?" Y empezó, sin darse de ello cuenta, a palparse, y hasta se pellizcó para ver si lo sentía.

De pronto sintió que alguien le tiraba de una pierna. Era Orfeo, que le había salido al encuentro, para consolarle. Al ver a Orfeo sintió, ¡cosa extraña!, una gran alegría; lo tomó en brazos y le dijo: "¡Alégrate, Orfeo mío, alégrate! ¡Alegrémonos los dos! ¡Ya no te echan de casa; ya no te separan de mí; ya no nos separarán al uno del otro! Viviremos juntos en la vida y en la muerte. No hay mal que por bien no venga, por grande que el mal sea y por pequeño que sea el bien, o al revés. ¡Tú, tú eres fiel, Orfeo mío, tú eres fiel. Yo ya supongo que algunas veces buscarás tu perra, pero no por eso huyes de casa, no por eso me abandonas; tú eres fiel, tú. Y mira, para que no tengas nunca que marcharte, traeré una perra a casa; sí, te la traeré. Porque ahora, ¿es que has salido a mi encuentro para consolar la pena que debía tener, o es que me encuentras al volver de una visita a tu perra? De todos modos, tú eres fiel, tú, y ya nadie te echará de mi casa, nada nos separará."

Entró en su casa, y no bien se volvió a ver en ella, solo se le desencadenó en el alma la tempestad que parecía calma. Le invadió un sentimiento en que se daban confundidos tristeza, amarga tristeza, celos, rabia, miedo. odio, amor, compasión, desprecio y, sobre todo, vergüenza, una enorme vergüenza, y la terrible conciencia del ridículo en que quedaba.

—¡Me ha matado! —le dijo a Liduvina.

—¿Quién?

—Ella.

Y se encerró en su cuarto. Y a la vez que las imágenes de Eugenia y de Mauricio, presentábase a su espíritu la de Rosario, que también se burlaba de él. Y recordaba a su madre, se echó sobre la cama, mordió la almohada, no acertaba a decirse nada concreto, se le enmudeció el monólogo, sintió como si se le acorchase el alma y rompió a llorar. Y lloró, lloró, lloró. Y en el llanto silencioso se le derretía el pensamiento.

XXX

Víctor encontró a Augusto hundido en un rincón de un sofá, mirando más abajo del suelo.

—¿Qué es eso? —le preguntó, poniéndole una mano sobre el hombro.

—Y ¿me preguntas qué es esto? ¿No sabes lo que me ha pasado?

—Sí, sé lo que te ha pasado por fuera, es decir, lo que ha hecho ella; lo que no sé es lo que te pasa por dentro, es decir, no sé por qué estás así...

—¡Parece imposible!

—Se te ha ido un amor, el de a; ¿no te queda el de b, o el de c, o el de x, o el de otra cualquiera de las n?

—No es la ocasión para bromas, creo.

—Al contrario, ésta es la ocasión de bromas.

—Es que no me duele en el amor; ¡es la burla, la burla, la burla! Se han burlado de mí, me han escarnecido, me han puesto en ridículo; han querido demostrarme..., ¿qué sé yo?..., que no existo.

—¡Qué felicidad!

—No te burles, Víctor.

—Y ¿por qué no me he de burlar? Tú, querido, experimentador, la quisiste tomar de rana, y es ella la que te ha tomado de rana a ti! ¡Chapúzate, pues, en la charca, y a croar y a vivir!

—Te ruego otra vez...

—Que no bromee, ¿eh? Pues bromearé. Para estas ocasiones se ha hecho la burla.

—Es que eso es corrosivo.

—Y hay que corroer. Y hay que confundir. Confundir sobre todo. Confundir el sueño con la vela, la ficción con la realidad, lo verdadero con lo falso; confundirlo todo en una sola niebla. La broma que no es corrosiva y confundente no sirve para nada. El niño se ríe de la tragedia; el viejo llora en la comedia. Quisiste hacerla rana, te ha hecho rana; acéptalo, pues, y sé para ti mismo rana.

—¿Qué quieres decir con eso?

—Experimenta en ti mismo.

—Sí, que me suicide.

—No digo ni que sí ni que no. Sería una solución como otra, pero no la mejor.

—Entonces, que les busque y les mate.

—Matar por matar es un desatino. A lo sumo para librarse del odio, que no hace sino corromper el alma. Porque más de un rencoroso se curó del rencor y sintió piedad, y hasta amor a su víctima, una vez que satisfizo su odio en ella. El acto malo libera del mal sentimiento. Y es porque la ley hace el pecado.

—Y ¿qué voy a hacer?

—Habrás oído que en este mundo no hay sino devorar o ser devorado...

—Sí, burlarse de otros o ser burlado.

—No; cabe otro término tercero y es devorarse uno a sí mismo, burlarse de sí mismo uno. ¡Devórate! El que devora, goza, pero no se harta de recordar el acabamiento de sus goces y se hace pesimista; el que es devorado sufre, y no se harta de esperar la liberación de sus penas y se hace pesimista. Devórate a ti mismo, y como el placer de devorarte se confundirá y neutralizará con el dolor de ser devorado, llegarás a la perfecta ecuanimidad de espíritu, a la ataraxia; no serás sino un mero espectáculo para ti mismo.

—Y ¿eres tú, tú, Víctor, tú el que me vienes con esas cosas?

—¡Sí, yo, Augusto, yo, soy yo!

—Pues en un tiempo no pensabas de esa manera tan... corrosiva.

—Es que entonces no era padre.

—Y ¿el ser padre...?

—El ser padre, al que no está loco o es un mentecato, le despierta lo más terrible que hay en el hombre: ¡el sentido de la responsabilidad! Yo entrego a mi hijo el legado perenne de la humanidad. Con meditar en el misterio de la paternidad hay para volverse loco. Y si los más de los padres no se vuelven locos es porque son tontos..., o no son padres. Regocíjate, pues, Augusto, con que eso de habérsete escapado te evitó acaso el que fueses padre. Y yo te dije que te casaras, pero no que te hicieses padre. El matrimonio es un experimento... psicológico; la paternidad lo es... patológico.

—¡Es que me ha hecho padre, Víctor!

—¿Cómo? ¿Qué te ha hecho padre?

—¡Sí, de mí mismo! Con esto creo haber nacido de veras. Y para sufrir, para morir.

—Sí, el segundo nacimiento, el verdadero, es nacer por el dolor a la conciencia de la muerte incesante, de que estamos siempre muriendo. Pero si te has hecho padre de ti mismo es que te has hecho hijo de ti mismo también.

—Parece imposible, Víctor, parece imposible que pasándome lo que me pasa, después de lo que ha hecho conmigo... ¡ella!, pueda todavía oír con calma estas sutilezas, estos juegos de concepto, estas humoradas macabras, y hasta algo peor...

—¿Qué?

—Que me distraigan. ¡Me irrito contra mí mismo!

—Es la comedia, Augusto, es la comedia que representamos ante nosotros mismos, en lo que se llama el fuero interno, en el tablado de la conciencia, haciendo a la vez de cómicos y de espectadores. Y en la escena del dolor representamos el dolor y nos parece un desentono el que de repente nos entre ganas de reír entonces. Y es cuando más ganas nos da ello. ¡Comedia, comedia el dolor!

—¿Y si la comedia del dolor le lleva a uno a suicidarse?

—¡Comedia de suicidio!

—¡Es que se muere de veras!

—¡Comedia también!

—Pues, ¿qué es lo real, lo verdadero, lo sentido?

—Y ¿quién te ha dicho que la comedia no es real y verdadera y sentida?

—¿Entonces?

—Que todo es uno y lo mismo; que hay que confundir, Augusto, hay que confundir. Y el que no confunde, se confunde.

—Y el que confunde también.

—Acaso.

—¿Entonces?

—Pues esto, charlar, sutilizar, jugar con las palabras y los vocablos... ¡Pasar el rato!

—¡Ellos sí que lo estarán pasando!

—¡Y tú también! ¿Te has encontrado nunca a tus propios ojos más interesante que ahora? ¿Cómo sabe uno que tiene un miembro si no le duele?

—Bueno, y ¿qué voy a hacer yo ahora?

—¡Hacer..., hacer..., hacer!... ¡Ba, ya te estás sintiendo personaje de drama o de novela! ¡Contentémonos con serlo de... *nivola!* ¡Hacer..., hacer..., hacer...! ¿Te parece que hacemos poco con estar así hablando? Es la manía de la acción, de la pantomima. Dicen que pasan muchas cosas en un drama cuando los actores pueden hacer muchos gestos y dar grandes pasos y fingir duelos y saltar y... ¡Pantomima! ¡Pantomima! ¡Hablan demasiado!, dicen otras veces. Como si el hablar no fuese hacer. En el principio fue la Palabra y por la Palabra se hizo todo. Si ahora, por ejemplo, algún... *nivolista* oculto ahí, tras ese armario, tomase nota taquigráfica de cuanto estamos aquí diciendo y lo reprodujese, es fácil que dijeran los lectores que no pasa nada, y, sin embargo...

—¡Oh, si pudiesen verme dentro, Víctor, te aseguro que no dirían tal cosa!

—¿Por dentro? ¿Por dentro de quién? ¿De ti? ¿De mí? Nosotros no tenemos dentro. Cuando no dirían que aquí no pasa nada es cuando pudiesen verse por dentro de sí mismos, de ellos, de los que leen. El alma de un personaje de drama, de novela o de *nivola* no tiene más interior que el de la...

—Sí, su autor.

—No, el lector.

—Pues yo te aseguro, Víctor...

—No asegures nada y devórate. Es lo seguro.

—Y me devoro, me devoro. Empecé, Víctor, como una sombra, como una ficción; durante años he vagado como un fantasma, como un muñeco de niebla, sin creer en mi propia existencia, imaginándome ser un personaje fantástico que un oculto genio inventó para solazarse o desahogarse; pero ahora, después de lo que han hecho, después de esta burla, de esta ferocidad de burla, ¡ahora, sí!, ahora me siento, ahora me palpo, ahora no dudo de mi existencia real.

—¡Comedia! ¡Comedia! ¡Comedia!

—¿Cómo?

—Sí, en la comedia entra el que se crea rey el que lo representa.

—Pero, ¿qué te propones con esto?

—Distraerte. Y además, que si, como te decía, un *nivolista* oculto que nos está oyendo toma nota de nuestras palabras para reproducirlas un día, el lector de la *nivola* llega a dudar, siquiera fuese un fugitivo momento, de su propia realidad de bulto y se crea a su vez no más que un personaje *nivolesco,* como nosotros.

—Y eso, ¿para qué?

—Para redimirle.

—Sí, ya he oído decir que lo más libertador del arte es que le hace a uno olvidar que exista. Hay quien se hunde en la lectura de novelas para distraerse de sí mismo, para olvidar sus penas...

—No, lo más liberador del arte es que le hace a uno dudar de que exista.

—Y ¿qué es existir?

—¿Ves? Ya te vas curando: ya empiezas a devorarte. Lo prueba esa pregunta. *¡Ser o no ser!...*, que dijo Hamlet, uno de los que inventaron a Shakespeare.

—Pues a mí, Víctor, eso de *ser o no ser* me ha parecido siempre una solemne vaciedad.

—Las frases, cuanto más profundas, son más vacías. No hay profundidad mayor que la de un pozo sin fondo. ¿Qué te parece lo más verdadero de todo?

—Pues... pues... lo de Descartes: "Pienso, luego soy".

—No, sino esto: A igual a A.

—Pero ¡eso no es nada!

—Y por lo mismo es lo más verdadero, porque no es nada. Pero esa otra vaciedad de Descartes, ¿la crees tan incontrovertible?

—¡Y tanto!...

—Pues bien, ¿lo dijo eso Descartes?

—¡Sí!

—Y no era verdad. Porque como Descartes no ha sido más que un ente ficticio, una invención de la historia, pues... ¡ni existió... ni pensó!

—Y ¿quién dijo eso?

—Eso no lo dijo nadie; eso se dijo ello mismo.

—Entonces, ¿el que era y pensaba era el pensamiento ése?

—¡Claro! Y, figúrate, eso equivale a decir que ser es pensar y lo que no piensa no es.

—¡Claro está!

—Pues no pienses, Augusto, no pienses. Y si te empeñas en pensar...

—¿Qué?

—¡Devórate!

—Es decir, ¿qué me suicide?...

—En eso ya no me quiero meter. ¡Adiós!

Y se salió Víctor, dejando a Augusto perdido y confundido en sus cavilaciones.

XXXI

Aquella tempestad del alma de Augusto terminó, como en terrible calma, en decisión de suicidarse. Quería acabar consigo mismo, que era la fuente de sus desdichas propias. Mas antes de llevar a cabo su propósito, como el náufrago que se agarra a una débil tabla, ocurriósele consultarlo conmigo, con el autor de este relato. Por entonces había leído Augusto un ensayo mío en que, aunque de pasada, hablaba del suicidio, y tal impresión pareció hacerle, así como otras cosas que de mí había leído, que no quiso dejar este mundo sin haberme conocido y platicado un rato conmigo. Emprendió, pues, un viaje acá, a Salamanca, donde hace más de veinte años vivo, para visitarme.

Cuando me anunciaron su visita sonreí enigmáticamente y le mandé pasar a mi despacho-librería. Entró en él como un fantasma, miró a un retrato mío al óleo que allí preside a los libros de mi librería, y a una seña mía se sentó, frente a mí.

Empezó hablándome de mis trabajos literarios y más o menos filosóficos, demostrando conocerlos bastante bien, lo que no dejó, ¡claro está!, de halagarme, y enseguida empezó a contarme su vida y sus desdichas. Le atajé diciéndole que se ahorrase aquel trabajo, pues de las vicisitudes de su vida sabía yo tanto como él, y se lo demostré citándole los más íntimos pormenores y los que él creía más secretos. Me miró con ojos de verdadero terror y como quien mira a un ser increíble; creí notar que se alteraba el color y traza del semblante y que hasta temblaba. Le tenía yo fascinado.

—¡Parece mentira! —repetía—. ¡Parece mentira! A no verlo no lo creería... No sé si estoy despierto o soñando...

—Ni despierto ni soñando —le contesté.

—No me lo explico..., no me lo explico —añadió—; mas puesto que usted parece saber sobre mí tanto como sé yo mismo, acaso adivine mi propósito...

—Sí —le dije—. Tú —y recalqué ese *tú* con un tono autoritario—, tú, abrumado por tus desgracias, has concebido la diabólica idea de suicidarte, y antes de hacerlo, movido por algo que has leído en uno de mis últimos ensayos, vienes a consultármelo.

El pobre hombre temblaba como un azogado, mirándome como un poseído miraría. Intentó levantarse, acaso para huir de mí; no podía. No disponía de sus fuerzas.

—¡No te muevas! —le ordené.

—Es que tú no puedes suicidarte, aunque lo quieras.

—¿Cómo? —exclamó al verse de tal modo negado y contradicho.

—Sí. Para que uno se pueda matar a sí mismo, ¿qué es menester? —le pregunté.

—Que tenga valor para hacerlo —me contestó.

—No —le dije—, ¡que esté vivo!

—¡Desde luego!

—¡Y tú no estás vivo!

—¿Cómo que no estoy vivo? ¿Es que he muerto? —y empezó, sin darse cuenta de lo que hacía, a palparse a sí mismo.

—¡No, hombre, no! —le repliqué—. Te dije antes que no estabas despierto ni dormido, y ahora te digo que no estás ni muerto ni vivo.

—¡Acabe usted de explicarse de una vez, por Dios! ¡Acabe de explicarse! —me suplicó consternado—. Porque son tales las cosas que estoy viendo y oyendo esta tarde, que temo volverme loco.

—Pues bien; la verdad es, querido Augusto —le dije con la más dulce de mis voces—, que no puedes matarte porque no estás vivo, y que no estás vivo, ni tampoco muerto, porque no existes...

—¿Cómo que no existo? —exclamó.

—No, no existes más que como ente de ficción; no eres, pobre Augusto, más que un producto de mi fantasía y de las de aquellos de mis lectores que lean el relato que de tus fingidas venturas y malandanzas he escrito yo; tú no eres más que un personaje de novela, o de *nivola,* o como quieras llamarle. Ya sabes, pues, tu secreto.

Al oír esto quedóse el pobre hombre mirándome un rato con una de esas miradas perforadoras que parecen atravesar la mira e ir más allá, miró luego un momento a mi retrato al óleo que preside a mis libros, le volvió el color y el aliento, fue recobrándose, se hizo dueño de sí, apoyó los codos en mi camilla, a que estaba arrimado frente a mí, y, la cara en las palmas de las manos y mirándome con una sonrisa en los ojos, me dijo lentamente:

—Mire usted bien, don Miguel..., no sea que esté usted equivocado y que ocurra precisamente todo lo contrario de lo que usted se cree y me dice.

—Y ¿qué es lo contrario? —le pregunté, alarmado de verle recobrar vida propia.

—No sea, mi querido don Miguel —añadió—, que sea usted y no yo el ente de ficción, el que no existe en realidad, ni vivo ni muerto... No sea que usted no pase de ser un pretexto para que mi historia llegue al mundo...

—¡Eso más faltaba! —exclamé algo molesto.

—No se exalte usted así, señor de Unamuno —me replicó—, tenga calma. Usted ha manifestado dudas sobre mi existencia...

—Dudas, no —le interrumpí—; certeza absoluta de que tú no existes fuera de mi producción novelesca.

—Bueno, pues no se incomode tanto si yo a mi vez dudo de la existencia de usted y no de la mía propia. Vamos a cuentas: ¿no ha sido usted el que no una, sino varias veces, ha dicho que don Quijote y Sancho son no ya tan reales, sino más reales que Cervantes?

—No puedo negarlo, pero mi sentido al decir eso era...

—Bueno, dejémonos de esos sentires y vamos a otra cosa. Cuando un hombre dormido e inerte en la cama sueña algo, ¿qué es lo que más existe, él como conciencia que sueña, o su sueño?

—¿Y si sueña que existe él mismo, el soñador? —le repliqué a mi vez.

—En ese caso, amigo don Miguel, le pregunto yo a mi vez, ¿de qué manera existe él, como soñador que sueña, o como soñado por sí mismo? Y fíjese, además, en que al admitir esta discusión conmigo me reconoce ya existencia independiente de sí.

—¡No, eso no! ¡Eso no! —le dije vivamente—. Yo necesito discutir, sin discusión no vivo y sin contradicción, y cuando no hay fuera de mí quien me discuta y contradiga, invento dentro de mí quien lo haga. Mis monólogos son diálogos.

—Y acaso los diálogos que usted forje no sean más que monólogos...

—Puede ser. Pero te digo y repito que tú no existes fuera de mí...

—Y yo vuelvo a insinuarle a usted la idea de que es usted el que no existe fuera de mí y de los demás personajes a quienes usted cree haber inventado. Seguro estoy de que serían de mi opinión don Avito Carrascal y el gran don Fulgencio...

—No mientes a ese...

—Bueno, basta, no le moteje usted. Y vamos a ver, ¿qué opina usted de mi suicidio?

—Pues opino que como tú no existes más que en mi fantasía, te lo repito, y como no debes ni puedes hacer sino lo que a mí me dé la gana, y como no me da la real gana de que te suicides, no te suicidarás. ¡Lo dicho!

—Eso de no me da la real gana, señor de Unamuno, es muy español, pero muy feo. Y además, aun suponiendo su peregrina teoría de que yo no existo de veras y usted sí, de que no soy más que un ente de ficción, producto de la fantasía novelesca o *nivolesca* de usted, aun en ese caso yo no debo estar sometido a lo que llama usted su real gana, a su capricho. Hasta los llamados entes de ficción tienen su lógica interna...

—Sí, conozco esa cantata.

—En efecto; un novelista, un dramaturgo, no pueden hacer en absoluto lo que se les antoje de un personaje que creen; un ente de ficción novelesca no puede hacer, en buena ley de arte, lo que ningún lector esperaría que hiciese...

—Un ser novelesco tal vez...

—¿Entonces?

—Pero un ser nivolesco...

—Dejemos esas bufonadas que me ofenden y me hieren en lo más vivo. Yo, sea por mí mismo, según creo, sea porque usted me lo ha dado, según supone usted, tengo mi carácter, mi modo de ser, mi lógica interior, y esta lógica me pide que me suicide...

—¡Eso te creerás tú, pero te equivocas!

—A ver, ¿por qué me equivoco? ¿En qué me equivoco? Muéstreme usted en qué está mi equivocación. Como la ciencia más difícil que hay es la de conocerse uno a sí mismo, fácil es que esté yo equivocado y que no sea el suicidio la solución más lógica de mis desventuras, pero demuéstremelo usted. Porque si es difícil, amigo don Miguel, ese conocimiento propio de sí mismo, hay otro conocimiento que me parece no menos difícil que él...

—¿Cuál es? —le pregunté.

Me miró con una enigmática y socarrona sonrisa y lentamente me dijo:

—Pues más difícil aún que el que uno se conozca a sí mismo es el que un novelista o un autor dramático conozca bien a los personajes que finge o cree fingir...

Empezaba yo a estar inquieto con estas salidas de Augusto, y a perder mi paciencia.

—E insisto —añadió— en que aun concedido que usted me haya dado el ser y un ser ficticio, no puede usted, así como así y porque sí, porque le dé la real gana, como dice, impedirme que me suicide.

—¡Bueno, basta! ¡Basta! —exclamé dando un puñetazo en la camilla—. ¡Cállate! ¡No quiero oír más impertinencias!... ¡Y de una criatura mía! Y como ya me tienes harto y además no sé ya qué hacer de ti, decido ahora mismo no ya que te suicides, sino matarte yo. ¡Vas a morir, pues, pero pronto! ¡Muy pronto!

—¿Cómo? —exclamó Augusto sobresaltado—. ¿Que me va usted a dejar morir, a hacerme morir, a matarme?

—¡Sí, voy a hacer que mueras!

—¡Ah, eso nunca! ¡Nunca! ¡Nunca! —gritó.

—¡Ah! —le dije, mirándole con lástima y rabia—. ¿Conque estabas dispuesto a matarte y no quieres que yo te mate? ¿Conque ibas a quitarte la vida y te resistes a que te la quite yo?

—Sí; no es lo mismo...

—En efecto, he oído contar casos análogos. He oído de uno que salió una noche armado de un revólver y dispuesto a quitarse la vida; salieron unos ladrones a robarle, le atacaron, se defendió, mató a uno de ellos, huyeron los demás, y al ver que había comprado su vida por la de otro renunció a su propósito.

—Se comprende —observó Augusto—; la cosa era quitar a alguien la vida, matar a un hombre, y ya que mató a otro, ¿a qué había de matarse? Los más de los suicidas son homicidas frustrados; se matan a sí mismos por falta de valor para matar a otros...

—¡Ah, ya te entiendo, Augusto, te entiendo! Tú quieres decir que si tuvieses valor para matar a Eugenia o a Mauricio, o a los dos, no pensarías en matarte a ti mismo, ¿eh?

—¡Mire usted, precisamente a esos... no!

—¿A quién, pues?

—¡A usted! —y me miró a los ojos.

—¿Cómo? —exclamé, poniéndome de pie—. ¿Cómo? Pero, ¿se te ha pasado por la imaginación matarme?, ¿tú?, ¿y a mí?

—Siéntese y tenga calma. ¿O es que cree usted, amigo don Miguel, que sería el primer caso en que un ente de ficción, como usted me llama, matara a aquel a quien creyó darle ser... ficticio?

—¡Esto ya es demasiado —decía yo, paseándome por mi despacho—, esto pasa de la raya! Esto no sucede más que...

—Más que en las *nivolas* —concluyó él con sorna.

—¡Bueno, basta! ¡Basta! ¡Basta! ¡Esto no se puede tolerar! ¡Vienes a consultarme a mí, y tú empiezas por discutirme mi propia existencia, después el derecho que tengo a hacer de ti lo que me dé la real gana, sí, así como suena, lo que me dé la real gana, lo que me salga de...!

—No sea usted tan español, don Miguel...

—¡Y eso más, mentecato! ¡Pues sí, soy español, español de nacimiento, de educación, de cuerpo, de espíritu, de lengua y hasta de profesión y oficio; español sobre todo y ante todo y el españolismo es mi religión y el cielo en que quiero creer es una España celestial y eterna, y mi Dios un Dios español, el de Nuestro Señor Don Quijote; un Dios que piensa en español y en español dijo: ¡sea la luz!, y su verbo fue verbo español...

—Bien, ¿y qué? —me interrumpió, volviéndome a la realidad.

—Y luego has insinuado la idea de matarme. ¿Matarme? ¿A mí? ¿Tú? ¡Morir yo a manos de una de mis criaturas! No tolero más. Y para castigar tu osadía y esas doctrinas disolventes, extravagantes, anárquicas, con que te me has venido, resuelvo y fallo que te mueras. En cuanto llegues a tu casa te morirás. ¡Te morirás, te lo digo, te morirás!

—Pero ¡por Dios!... —exclamó Augusto, ya suplicante, y de miedo tembloroso y pálido.

—No hay Dios que valga. ¡Te morirás!

—Es que yo quiero vivir, don Miguel, quiero vivir, quiero vivir...

—¿No pensabas matarte?

—¡Oh, si es por eso, yo le juro, señor de Unamuno, que no me mataré, que no me quitaré esta vida que Dios o usted me han dado; se lo juro... Ahora que usted quiere matarme, quiero yo vivir, vivir, vivir...

—¡Vaya una vida! —exclamé.

—Sí, la que sea. Quiero vivir, aunque vuelva a ser burlado, aunque otra Eugenia y otro Mauricio me desgarren el corazón. Quiero vivir, vivir, vivir...

—No puede ser ya... no puede ser...

—Quiero vivir, vivir, vivir..., y ser yo, yo, yo.

—Pero si tú no eres sino lo que yo quiera...

—¡Quiero ser yo, ser yo! ¡Quiero vivir! —y le lloraba la voz.

—No puede ser..., no puede ser...

—Mire usted, don Miguel, por sus hijos, por su mujer, por lo que más quiera... Mire que usted no será usted..., que se morirá...

Cayó a mis pies de hinojos, suplicante y exclamando:

—¡Don Miguel, por Dios, quiero vivir, quiero ser yo!

—¡No puede ser, pobre Augusto —le dije, cogiéndole una mano y levantándole—, no puede ser! Lo tengo ya escrito y es irrevocable; no puedes vivir más. No sé qué hacer ya de ti. Dios, cuando no sabe qué hacer de nosotros, nos mata. Y no se me olvida que pasó por tu mente la idea de matarme...

—Pero si yo, don Miguel...

—No importa; sé lo que me digo. Y me temo que, en efecto, si no te mato pronto acabes por matarme tú.

—Pero ¿no quedamos en que...?

—No puede ser, Augusto, no puede ser. Ha llegado tu hora. Está ya escrito y no puedo volverme atrás. Te morirás. Para lo que ha de valerte ya la vida...

—Pero ¡por Dios!...

—No hay pero ni Dios que valga. ¡Vete!

—¿Conque no, eh? —me dijo—. ¿Conque no? No quiere usted dejarme ser yo, salir de la niebla, vivir, vivir, vivir, verme, oírme, tocarme, dolerme, serme. ¿Conque no lo quiere? ¿Conque he de morir, ente de ficción? Pues bien, mi señor creador don Miguel, también usted se morirá, también usted, y se volverá a la nada de que salió... ¡Dios dejará de soñarle! Se morirá usted, sí, se morirá, aunque no lo quiera; se morirá usted y se morirán todos los que lean mi historia, todos, todos, sin quedar uno! ¡Entes de ficción como yo; lo mismo que yo! Se morirán todos, todos, todos. Os lo digo yo, Augusto Pérez, ente ficticio como vosotros, *nivolesco,* lo mismo que vosotros. Porque usted, mi creador, mi don Miguel, no es usted más que otro ente *nivolesco,* y entes *nivolescos* sus lectores, lo mismo que yo, que Augusto Pérez, que su víctima...

—¿Víctima? —exclamé.

—¡Víctima, sí! ¡Crearme para dejarme morir! ¡Usted también se morirá! El que crea se crea y el que se crea se muere. ¡Morirá usted, don Miguel; morirá usted y morirán todos los que me piensen! ¡A morir, pues!

Este supremo esfuerzo de pasión de vida, de ansia de inmortalidad, le dejó extenuado al pobre Augusto.

Y le empujé a la puerta, por la que salió cabizbajo. Luego se tanteó, como si dudase ya de su propia existencia. Yo me enjugué una lágrima furtiva.

XXXII

Aquella misma noche partió Augusto de esta ciudad de Salamanca adonde vino a verme. Fuése con la sentencia de muerte sobre el corazón y convencido de que no le sería ya hacedero, aunque lo intentara, suicidarse. El pobrecillo, recordando mi sentencia, procuraba alargar lo más posible su vuelta a su casa; pero una misteriosa atracción, un impulso íntimo, le arrastraba a ella. Su viaje fue lamentable. Iba en tren contando los minutos, pero contándolos al pie de la letra: uno, dos, tres, cuatro... Todas sus desventuras, todo el triste ensueño de sus amores con Eugenia y Rosario, toda la historia tragicómica de su frustrado casamiento habían borrado de su memoria o habíanse más bien fundido en una niebla. Apenas si sentía el contacto del asiento sobre que descansaba ni el peso de su propio cuerpo. "¿Será verdad que no existo realmente? —se decía—. ¿Tendrá razón este hombre al decir que no soy más que un producto de su fantasía, un puro ente de ficción?"

Tristísima... dolorosísima había sido últimamente su vida, pero le era mucho más triste, le era más doloroso pensar que todo ello no hubiese sido sino sueño, y no sueño de él, sino sueño mío. La nada le parecía más pavorosa que el dolor. ¡Soñar uno que vive..., pase; pero que le sueñe otro!...

"Y ¿por qué no he de existir yo? —se decía—. ¿Por qué? Supongamos que es verdad que ese hombre me ha fingido, me ha soñado, me ha producido en su imaginación; pero, ¿no vivo ya en las de otros, en las de aquellos que lean el relato de mi vida? Y si vivo así en las fantasías de varios, ¿no es acaso real lo que es de varios y no de uno solo? Y, ¿por qué surgiendo de las páginas del libro en que se deposite el relato de mi ficticia vida, o más bien de las mentes de aquellos que la lean —de vosotros, los que ahora la leéis—, por qué no he de existir como una alma eterna y eternamente dolorosa? ¿Por qué?

El pobre no podía descansar. Pasaban a su vista los páramos castellanos, ya los encinares, ya los pinares; contemplaba las cimas nevadas de las sierras, y viendo hacia atrás, detrás de su cabeza, envueltas en bruma las figuras de los compañeros y compañeras de su vida, sentíase arrastrado a la muerte.

Llegó a su casa, llamó, y Liduvina, que salió a abrirle, palideció al verle.

—¿Qué es eso, Liduvina, de qué te asustas?

—¡Jesús! ¡Jesús! El señorito parece más muerto que vivo... Trae cara de ser del otro mundo...

—Del otro mundo vengo, Liduvina, y al otro mundo voy. Y no estoy ni muerto ni vivo.

—Pero, ¿es que se ha vuelto loco? ¡Domingo! ¡Domingo!

—No llames a tu marido, Liduvina. Y no estoy loco, ¡no! Ni estoy, te repito, muerto, aunque me moriré muy pronto, ni tampoco vivo.

—Pero ¿qué dice usted?

—Que no existo, Liduvina, que no existo; que soy un ente de ficción, como un personaje de novela...

—¡Bah, cosas de libros! Tome algo fortificante, acuéstese, arrópese y no haga caso de esas fantasías...

—Pero ¿tú crees, Liduvina, que yo existo?

—¡Vamos, vamos, déjese de esas andrónimas, señorito; a cenar y a la cama! ¡Y mañana será otro día!

"Pienso, luego soy —se decía Augusto, añadiéndose—: Todo lo que piensa es y todo lo que es piensa. Sí, todo lo que es piensa. Soy, luego pienso."

Al pronto no sentía ganas ninguna de cenar, y no más que por hábito y por acceder a los ruegos de sus fieles sirvientes, pidió le sirviesen un par de huevos pasados por agua, y nada más, una cosa ligerita. Mas a medida que iba comiéndoselos abríasele un extraño apetito, una rabia de comer más y más. Y pidió otros dos huevos, y después un bistec.

—Así, así —le decía Liduvina—; coma usted; eso debe ser debilidad y no más. El que no come se muere.

—Y el que come también, Liduvina —observó tristemente Augusto.

—Sí, pero no de hambre.

—¿Y qué más da morirse de hambre que de otra enfermedad cualquiera?

Y luego pensó: "Pero ¡no, no! ¡Yo no puedo morirme; sólo se muere el que está vivo, el que existe, y yo, como no existo, no puedo morirme..., soy inmortal! No hay inmortalidad como la de aquello que, cual yo, no ha nacido y no existe. Un ente de ficción es una idea, y una idea es siempre inmortal..."

—¡Soy inmortal! ¡Soy inmortal! —exclamó Augusto.

—¿Qué dice usted? —acudió Liduvina.

—Que me traigas ahora..., ¡qué sé yo!..., jamón en dulce, fiambres, *foie-gras,* lo que haya... ¡Siento un apetito voraz!

—Así me gusta, verle, señorito, así. ¡Coma, coma, que el que tiene apetito es que está sano y el que está sano vive!

—Pero, Liduvina, ¡yo no vivo!

—Pero ¿qué dice?

—Claro, yo no vivo. Los inmortales no vivimos, y yo no vivo, sobrevivo; ¡yo soy idea!, ¡soy idea!

Empezó a devorar el jamón en dulce. "Pero si como —se decía—, ¿cómo es que no vivo? ¡Como, luego existo! No cabe duda alguna. *Edo, ergo sum!* ¿A qué se deberá este voraz apetito?" Y entonces recordó haber leído varias veces que los condenados a muerte en las horas que pasan en capilla se dedican a comer. "¡Es cosa —pensaba— de que nunca he podido darme cuenta!... Aquello otro que nos cuenta Renán en su *Abadesa de Jouarre* se comprende... Se comprende que una pareja de condenados a muerte, antes de morir, sientan el instinto de sobrevivirse reproduciéndose, pero ¡comer!... Aunque sí, sí, es el cuerpo que se defiende. El alma, al enterarse de que va a morir, se entristece o se exalta; pero el cuerpo, si es un cuerpo sano, entra en apetito furioso. Porque también el cuerpo se entera. Sí, es mi cuerpo, mi cuerpo el que se defiende. ¡Como vorazmente, luego voy a morir!"

—Liduvina, tráeme queso y pastas... y fruta...

—Esto ya me parece excesivo, señorito; es demasiado. ¡Le va a hacer daño!

—¿Pues no decías que el que come vive?

—Sí, pero no así, como está usted comiendo ahora... Y ya sabe mi señorito aquello de "más mató la cena, que sanó Avicena".

—A mí no puede matarme la cena.

—¿Por qué?

—Porque no vivo, no existo, ya te lo he dicho.

Liduvina fue a llamar a su marido, a quien dijo:

—Domingo, me parece que el señorito se ha vuelto loco... Dice unas cosas muy raras..., cosas de libros..., que no existe... ¡Qué sé yo!...

—¿Qué es eso, señorito? —le dijo Domingo, entrando—... ¿Qué le pasa?

—¡Ay, Domingo —contestó Augusto con voz de fantasma—, no lo puedo remediar; siento un terror loco de acostarme!...

—Pues no se acueste.

—No, no, es preciso; no puedo tenerme en pie.

—Yo creo que el señorito debe pasear la cena. Ha cenado en demasía.

Intentó ponerse en pie Augusto.

—¿Lo ves, Domingo, lo ves? No puedo tenerme en pie.

—Claro, con tanto embutir en el estómago...

—Al contrario, con lastre se tiene uno mejor en pie. Es que no existo. Mira, ahora poco, al cenar, me parecía como si todo eso me fuese cayendo desde la boca en un tonel sin fondo. El que come vive, tiene razón Liduvina, pero el que come como he comido yo esta noche, por desesperación, es que no existe. Yo no existo...

—Vaya, vaya, déjese de bobadas; tome su café y su copa, para empujar todo esto y asentarlo, y vamos a dar un paseo. Le acompañaré yo.

—No, no puedo tenerme en pie, ¿lo ves?

—Es verdad.

—Ven que me apoye en ti. Quiero que esta noche duermas en mi cuarto, en un colchón que pondremos para ti, que me veles...

—Mejor será, señorito, que yo no me acueste, sino que me quede allí, en una butaca...

—No, no; quiero que te acuestes y que te duermas; quiero sentirte dormir; oírte roncar, mejor...

—Como usted quiera.

—Y ahora mira, tráeme un pliego de papel. Voy a poner un telegrama, que enviarás a su destino así que yo me muera...

—Pero, ¡señorito!...

—¡Haz lo que te digo!

Domingo obedeció, llevóle el papel y el tintero, y Augusto escribió:

"Salamanca.

Unamuno.

Se salió con la suya. He muerto.

Augusto Pérez."

—En cuanto me muera lo envías, ¿eh?

—Como usted quiera —contestó el criado por no discutir más con el amo.

Fueron los dos al cuarto. El pobre Augusto temblaba de tal modo al ir a desnudarse que no podía ni aun cogerse las ropas para quitárselas.

—¡Desnúdame tú! —le dijo a Domingo.

—Pero ¿qué le pasa a usted, señorito? ¡Si parece que le ha visto el diablo! Está usted blanco y frío como la nieve. ¿Quiere que se llame al médico?

—No, no; es inútil.

—Le calentaremos la cama.

—¿Para qué? ¡Déjalo! Y desnúdame del todo, del todo; déjame como mi madre me parió, como nací... ¡Si es que nací!

—¡No diga usted esas cosas, señorito!

—Ahora échame, échame tú mismo a la cama, que no me puedo mover.

El pobre Domingo, aterrado a su vez, acostó a su pobre amo.

—Y ahora, Domingo, ve diciéndome al oído, despacito, el padrenuestro, el avemaría y la salve. Así..., así..., poco a poco..., poco a poco... —y después que los hubo repetido mentalmente—: Ahora, mira, cógeme la mano derecha, sácamela, me parece que no es mía, como si la hubiese perdido..., y ayúdame a que me persigne... Así..., así... Este brazo debe de estar muerto... Mira a ver si tengo pulso.. Ahora déjame, déjame a ver si duermo un poco...; pero tápame, tápame bien...

—Sí, mejor es que duerma —le dijo Domingo, mientras le subía el embozo de las mantas—; esto se le pasará durmiendo...

—Sí, durmiendo se me pasará... Pero di, ¿es que no he hecho nunca más que dormir, más que soñar? ¿Todo eso no ha sido más que una niebla?

—Bueno, bueno; déjese de esas cosas. Todo eso no son sino cosas de libros, como dice mi Liduvina.

—Cosas de libros..., cosas de libros... ¿Y qué no es cosa de libros, Domingo? ¿Es que antes de haber libros en una u otra forma, antes de haber relatos, de haber palabra, de haber pensamiento, había algo? ¿Y es que después de acabarse el pensamiento quedará algo? ¡Cosas de libros! ¿Y quién no es cosa de libros? ¿Conoces a don Miguel de Unamuno, Domingo?

—Sí, algo he leído de él en los papeles. Dicen que es un señor un poco raro que se dedica a decir verdades que no hacen al caso...

—Pero ¿le conoces?

—¿Yo? ¿Para qué?

—Pues también Unamuno es cosa de libros... Todos lo somos... ¡Y él se morirá, sí, se morirá, se morirá también, aunque no lo quiera... se morirá! Y ésa será mi venganza. ¿No quiere dejarme vivir? ¡Pues se morirá, se morirá, se morirá!

—Bueno; deje en paz a ese señor, que se muera cuando Dios lo haga, y usted ¡a dormirse!

—A dormir..., a dormir..., a soñar...

—¡Morir..., dormir..., dormir... soñar acaso!

—Pienso, luego soy; soy, luego pienso... ¡No existo, no! ¡No existo... madre mía! Eugenia... Rosario... Unamuno... —y se quedó dormido.

Al poco rato se incorporó en la cama lívido, anhelante, con los ojos todos negros y despavoridos, mirando más allá de las tinieblas, y gritando: "¡Eugenia, Eugenia!" Domingo acudió a él. Dejó caer la cabeza sobre el pecho y se quedó muerto.

Cuando llegó el médico se imaginó al pronto que aún vivía, habló de sangrarle, de ponerle sinapismos, pero pronto pudo convencerse de la triste verdad:

—Ha sido cosa del corazón.. un ataque de asistolia —dijo el médico.

—No, señor —contestó Domingo—, ha sido un asiento. Cenó horriblemente, como no acostumbra, de una manera desusada en él, como si quisiera...

—Sí, desquitarse de lo que no habría de comer en adelante, ¿no es eso? Acaso el corazón presintió su muerte.

—Pues yo —dijo Liduvina— creo que ha sido de la cabeza. Es verdad que cenó de un modo disparatado, pero como sin darse cuenta de lo que hacía y diciendo disparates...

—¿Qué disparates? —preguntó el médico.

—Que él no existía y otras cosas así...

—¿Disparates? —añadió el médico entre dientes y cual hablando consigo mismo—. ¿Quién sabe si existía o no, y menos él mismo...? Uno mismo es quien menos sabe de su existencia... No existe sino para los demás...

Y luego en voz alta agregó:

—El corazón, el estómago y la cabeza son los tres una sola y misma cosa.

—Sí, forman parte del cuerpo —dijo Domingo.

—Y el cuerpo es una sola y misma cosa.

—¡Sin duda!

—Pero más que usted lo cree...

—¿Y usted sabe, señor mío, cuánto lo creo yo?

—También es cierto, y veo que no es usted torpe.

—No me tengo por tal, señor médico, y no comprendo a esas gentes que con cualquier persona con quien tropiezan parecen estimarla tonta mientras no pruebe lo contrario.

—Bueno, pues, como iba diciendo —siguió el médico—, el estómago elabora los jugos que hacen la sangre, el corazón riega con ellos a la cabeza y al estómago para que funcione, y la cabeza rige los movimientos del estómago y del corazón. Y por tanto, este señor Augusto ha muerto de las tres cosas, de todo el cuerpo, por síntesis.

—Pues yo creo —intervino Liduvina— que a mi señorito se le había metido en la cabeza morirse y, ¡claro!, el que se empeña en morir, al fin se muere.

—¡Es claro! —dijo el médico—. Si uno no creyese morirse, ni aun hallándose en la agonía, acaso no moriría. Pero así que le entre la menor duda de que no puede menos de morir, está perdido.

—Lo de mi señorito ha sido un suicidio y nada más que un suicidio. ¡Se salió con la suya!

—Disgustos acaso...

—Y grandes, ¡muy grandes!, ¡mujeres!

—¡Ya!, ¡ya! Pero, en fin, la cosa no tiene ya otro remedio que preparar el entierro.

Domingo lloraba.

XXXIII

Cuando recibí el telegrama comunicándome la muerte del pobre Augusto, y supe luego las circunstancias todas de ella, me quedé pensando en si hice o no bien en decirle lo que le dije la tarde aquella en que vino, a visitarme y consultar conmigo su propósito de suicidarse. Y hasta me arrepentí de haberle matado. Llegué a pensar que tenía él razón y que debí haberle dejado salirse con la suya, suicidándose. Y se me ocurrió si le resucitaría.

"Sí —me dije—, voy a resucitarle y que haga luego lo que se le antoje, que se suicide si es así su capricho". Y con esta idea de resucitarle me quedé dormido.

A poco de haberme dormido se me apareció Augusto en sueños. Estaba blanco, con la blancura de una nube, y sus contornos iluminados como por un sol poniente. Me miró fijamente y me dijo:

—¡Aquí estoy otra vez!

—¿A qué vienes?

—A despedirme de usted, don Miguel, a despedirme de usted hasta la eternidad y a mandarle, así, a mandarle, no a rogarle, a mandarle que escriba usted la *nivola* de mis aventuras...

—¡Está ya escrita!

—Lo sé, todo está escrito. Y vengo a decirle que eso que usted ha pensado de resucitarme para que luego me quite yo a mí mismo mi vida es un disparate, más aún, es una imposibilidad...

—¿Imposibilidad? —le dije yo; por supuesto, todo esto en sueños.

—¡Sí, una imposibilidad! Aquella tarde en que nos vimos y hablamos en el despacho de usted, ¿recuerda?, estando usted despierto y no como ahora, dormido y soñando, le dije a usted que nosotros, los entes de ficción, según usted, tenemos nuestra lógica y que no sirve que quien nos finge pretenda hacer de nosotros lo que se le dé la gana, ¿recuerda?

—Sí que lo recuerdo.

—Y ahora de seguro que, aunque tan español, no tendrá usted real gana de nada, ¿verdad, don Miguel?

—No, no siento gana de nada.

—No, el que duerme y sueña no tiene reales ganas de nada. Y usted y sus compatriotas duermen y sueñan, y sueñan que tienen ganas, pero no las tienen de veras.

—Da gracias a que estoy durmiendo —le dije—, que si no...

—Es igual. Y respecto a eso de resucitarme he de decirle que no le es hacedero, que no lo puede aunque lo quiera o aunque sueñe que lo quiere...

—Pero, ¡hombre!

—Sí, a un ente de ficción, como a uno de carne y hueso, a lo que llame usted hombre de carne y hueso y no de ficción de carne y de ficción de hueso, puede uno engendrarlo y lo puede matar; pero una vez que lo mató no puede, ¡no!, no puede resucitarlo. Hacer un hombre mortal y carnal, de carne y hueso, que respire aire, es cosa fácil, muy fácil, demasiado fácil por desgracia..., matar a un hombre mortal y carnal, de carne y hueso, que respire aire, es cosa fácil, muy fácil, demasiado fácil por desgracia..., pero, ¿resucitarlo?, ¡resucitarlo es imposible!

—¡En efecto —le dije—, es imposible!

—Pues lo mismo —me contestó—, exactamente lo mismo sucede con eso que usted llama entes de ficción; es fácil darnos ser, acaso demasiado fácil, y es fácil, facilísimo, matarnos, acaso demasiadamente demasiado fácil, pero, ¿resucitarnos?, no hay quien haya resucitado de veras a un ente de ficción que de veras se hubiese muerto. ¿Cree usted posible resucitar a Don Quijote? —me preguntó.

—¡Imposible! —contesté.

—Pues en el mismo caso estamos todos los demás entes de ficción.

—¿Y si te vuelvo a soñar?

—No se sueña dos veces el mismo sueño. Ese que usted vuelva a soñar y crea soy yo será otro. Y ahora, ahora que está usted dormido y soñando y que reconoce usted estarlo y que yo soy un sueño y reconozco serlo, ahora vuelvo a decirle a usted lo que tanto le excitó cuando la otra vez se lo dije: mire usted, mi querido don Miguel, no vaya a ser que sea usted el ente de ficción, el que no existe en realidad, ni vivo ni muerto—; no vaya a ser que no pase usted de un pretexto para que mi historia, y otras historias como la mía corran por el mundo. Y luego, cuando usted se muera del todo, llevemos su alma nosotros. No, no, no se altere usted, que aunque dormido y soñando aún vivo. ¡Y ahora, adiós!

Y se disipó en la niebla negra.

Yo soñé luego que me moría, y en el momento mismo en que soñaba dar el último respiro me desperté con cierta opresión en el pecho.

Y aquí está la historia de Augusto Pérez.

ORACIÓN FÚNEBRE POR MODO DE EPÍLOGO

Suele ser costumbre al final de las novelas, y luego que muere o se casa el héroe o protagonista, dar noticia de la suerte que corrieron los demás personajes. No la vamos a seguir aquí ni a dar por consiguiente noticia alguna de cómo les fue a Eugenia y Mauricio, a Rosario, a Liduvina y Domingo, a don Fermín y doña Edelmira, a Víctor y su mujer y a todos los demás que en torno de Augusto se nos han presentado, ni vamos siquiera a decir lo que de la singular muerte de éste sintieron y pensaron. Sólo haremos una excepción y es en favor del que más honda y sinceramente sintió la muerte de Augusto, que fue su perro, Orfeo.

Orfeo, en efecto, encontróse huérfano. Cuando saltando en la cama olió a su amo muerto, olió la muerte de su amo, envolvió a su espíritu perruno una densa nube negra. Tenía experiencia de otras muertes, había olido y visto perros y gatos muertos, había matado algún ratón, había olido muertes de hombres, pero a su amo le creía inmortal. Porque su amo era para él como un dios. Y al sentirle ahora muerto sintió que se desmoronaban en su espíritu los fundamentos todos de su fe en la vida y en el mundo, y una inmensa desolación llenó su pecho.

Y acurrucado a los pies de su amo muerto pensó así:

"¡Pobre amo mío!, ¡pobre amo mío! ¡Se ha muerto; se ha muerto! ¡Se muere todo, todo, todo; todo se me muere. Y es peor que se muera todo a que me muero para todo yo. ¡Pobre amo mío!, ¡pobre amo mío! Esto que aquí yace, blanco, frío, con olor a próxima podredumbre, a carne de ser comida, y esto ya no es mi amo. No, no lo es. ¿Dónde se fue mi amo?, ¿dónde el que me acariciaba, el que me hablaba?

"¡Qué extraño animal es el hombre! Nunca está en lo que tiene delante. Nos acaricia sin que sepamos por qué y no cuando le acariciamos más, y cuando más a él nos rendimos nos rechaza o nos castiga. No hay modo de saber lo que quiere, si es que lo sabe él mismo. Siempre parece estar en otra cosa que en lo que está, y ni mira a lo que mira. Es como si hubiese otro mundo para él. Y es claro, si hay otro mundo, no hay éste.

"Y luego habla, o ladra, de un modo complicado. Nosotros aullábamos y por imitarle aprendimos a ladrar, y ni aun así nos entendemos con él. Sólo le entendemos de veras cuando él aúlla. Cuando el hombre aúlla o grita o amenaza le entendemos muy bien los demás animales. ¡Como que entonces no está distraído en otro mundo!... Pero ladra a su manera, habla, y eso le ha servido para inventar lo que no hay y no fijarse en lo que hay. En cuanto le ha puesto un nombre a algo, ya no ve este algo, no hace sino oír el nombre que le puso, o verle escrito. La lengua le sirve para mentir, inventar lo que no hay y confundirse. Y todo es en él pretextos para hablar con los demás o consigo mismo. Y hasta nos ha contagiado a los perros!

"Es un animal enfermo, no cabe duda. ¡Siempre está enfermo! ¡Sólo parece gozar de alguna salud cuando duerme, y no siempre, porque a las veces hasta durmiendo habla. ¡Y esto también nos ha contagiado! ¡Nos ha contagiado tantas cosas!

"¡Y luego nos insulta! Llama cinismo, esto es, perrismo o perrería, a la imprudencia o sinvergüencería, él el animal hipócrita por excelencia. El lenguaje le ha hecho hipócrita. Como que la hipocresía debería llamarse antropismo si es que a la imprudencia se le llama cinismo. ¡Y ha querido hacernos hipócritas, es decir, cómicos, farsantes, a nosotros, a los perros! A los perros, que no fuimos sometidos y domesticados por el hombre como el toro o el caballo, a la fuerza, sino que nos unimos a él libremente, en pacto sinalagmático, para explorar la caza. Nosotros le descubríamos la pieza, él la cazaba y nos daba nuestra parte. Y así, en contrato social, nació nuestro consorcio.

"Y nos la ha pagado prostituyéndonos e insultándonos! ¡Y queriendo hacernos farsantes, monos y perros sabios! ¡Perros sabios llaman a unos perros a los que les enseñan a representar farsas, para lo cual les visten y les adiestran a andar indecorosamente sobre las patas traseras, en pie! ¡Perros sabios! ¡A eso le llaman los hombres sabiduría, a representar farsas y a andar sobre dos pies!

"¡Y es claro, el perro que se pone en dos pies ya enseñando impúdica, cínicamente, sus vergüenzas, de cara! Así hizo el hombre al ponerse de pie, al convertirse en en mamífero vertical, y sintió al punto vergüenza y la necesidad moral de taparse las vergüenzas que enseñaba. Y por eso dice su Biblia, según les he oído, que el primer hombre, es decir, el primero de ellos que se puso a andar en dos pies, sintió vergüenza de presentarse desnudo ante su Dios. Y para eso inventaron el vestido, para cubrirse el sexo. Pero como empezaron vistiéndose lo mismo ellos y ellas, no se distinguían entre sí, no se conocían siempre y bien el sexo, y de aquí mil atrocidades humanas, que ellos se empeñan en llamar perrunas o cínicas. Ellos, los hombres, son quienes nos han pervertido a los perros, quienes nos han hecho perrunos, cínicos, que es nuestra hipocresía. Porque el cinismo es en el perro hipocresía, así como en el hombre la hipocresía es cinismo. Nos hemos contagiado unos a otros.

"Se vistió el hombre, primero, con el mismo traje ellos y ellas; mas como se confudían, tuvieron que inventar diferencia de trajes y llevar el sexo al vestido. Esos pantalones no son sino una consecuencia de haberse el hombre puesto en dos pies.

"¡Qué extraño animal es el hombre! ¡No está nunca en donde debe estar, que es a lo que está, y habla para mentir y se viste!

"¡Pobre amo! Dentro de poco le enterrarán en un sitio que para eso tienen destinado. ¡Los hombres guardan o almacenan sus muertos, sin dejar que perros o cuervos los devoren! Y que quede lo único que todo animal, empezando por el hombre, deja en el mundo: unos huesos. ¡Almacenan sus muertos! ¡Un animal que habla, que se viste y que almacena sus muertos! ¡Pobre hombre!

"¡Pobre amo mío!, ¡pobre amo mío! ¡Fue un hombre, sí, no fue más que un hombre, fue sólo un hombre! ¡Pobre fue mi amo! ¡Y cuánto, sin él creerlo ni pensarlo, me debía!... ¡Cuánto! ¡Cuánto le enseñé con mis silencios, con mis lametones, mientras él me hablaba, me hablaba, me hablaba! '¿Me entenderás?' —me decía. Y sí, yo le entendía, le entendía, mientras él me hablaba hablándose, y hablaba, hablaba, hablaba. Él, al hablarme así hablándose, hablaba al perro que había en él. Yo mantuve despierto su cinismo. ¡Perra vida la que ha llevado, muy perra! ¡Y grandísima perrería, o mejor, grandísima hombrada la que le han hecho esos dos! ¡Hombrada la que Mauricio le ha hecho; mujerada la que le ha hecho Eugenia! ¡Pobre amo mío!

"Y ahora aquí, frío y blanco, inmóvil, vestido, sí, pero sin habla ni por fuera ni por dentro. Ya nada tiene que decir a su Orfeo. Tampoco tiene ya nada que decirle Orfeo en su silencio.

"¡Pobre amo mío! ¿Qué será ahora de él? ¿Dónde estará aquello que en él hablaba y soñaba? Tal vez allá arriba, en el mundo puro, en la alta meseta de la tierra, en la tierra pura toda ella de colores puros, como la vio Platón, al que los hombres llaman divino; en aquella sobrehaz terrestre de que caen las piedras preciosas, donde están los hombres puros y los purificados bebiendo aire y respirando éter. Allí están también los perros puros, los de San Huberto el cazador, el de Santo Domingo de Guzmán con su antorcha en la boca, el de San Roque, de quien decía un predicador señalando a su imagen: '¡Allí le tenéis a San Roque, con su perrito y todo!' Allí, en el mundo puro platónico, en el de las ideas encarnadas, está el perro puro, el perro de veras cínico. ¡Y allí está mi amo!

"Siento que mi espíritu se purifica al contacto de esta muerte, de esta purificación de mi amo, y que aspira hacia la niebla en que él al fin se deshizo, a la niebla que brotó y a que revertió —Orfeo siente venir la niebla tenebrosa... Y va hacia su amo saltando y agitando el rabo. ¡Amo mío! ¡Amo mío! ¡Pobre hombre!"

Domingo y Liduvina recogieron luego al pobre perro muerto a los pies de su amo, depurado éste y como él envuelto en la nube tenebrosa. Y el pobre Domingo, al ver aquello, se enterneció y lloró, no se sabe bien si por la muerte de su amo o por la del perro, aunque lo más creíble es que lloró al ver aquel maravilloso ejemplo de lealtad y fidelidad. Y dijo:

—¡Y luego dirán que no matan las penas!

FIN DE
«NIEBLA»

ABEL SÁNCHEZ

UNA HISTORIA DE PASIÓN

Al morir Joaquín Monegro, encontróse entre sus papeles una especie de Memoria de la sombría pasión que le hubo devorado en vida. Entremézclanse en este relato fragmentos tomados de esa confesión —así la rotuló—, y que vienen a ser al modo de comentario que se hacía Joaquín a sí mismo de su propia dolencia. Esos fragmentos van entrecomillados. La Confesión *iba dirigida a su hija.*

PRÓLOGO A LA SEGUNDA EDICIÓN

Al corregir las pruebas de esta segunda edición de mi *Abel Sánchez:* Una historia de pasión —acaso estaría mejor Historia de una pasión— y corregirlas aquí, en el destierro fronterizo, a la vista, pero fuera, de mi dolorosa España, he sentido revivir en mí todas las congojas patrióticas de que quise librarme al escribir esta historia congojosa. Historia que no había querido volver a leer.

La primera edición de esta novela no tuvo en un principio, dentro de España, buen suceso. Perjudicóle, sin duda, una lóbrega y tétrica portada alegórica que me empeñé en dibujar y colorear yo mismo; pero perjudicóle acaso más la tétrica lobreguez del relato mismo. El público no gusta que se le llegue con el escalpelo a hediondas simas del alma humana y que se haga saltar pus.

Sin embargo, esta novela, traducida al italiano, al alemán y al holandés, obtuvo muy buen suceso en los países en que se piensa y siente en estas lenguas. Y empezó a tenerlo en los de nuestra lengua española. Sobre todo, después de que el joven crítico José A. Balseiro, en el tomo II de *El vigía,* le dedicó un agudo ensayo. De tal modo, que se ha hecho precisa esta segunda edición.

Un joven norteamericano que prepara una tesis de doctorado sobre mi obra literaria, me escribía hace poco preguntándome si saqué esta historia del *Caín* de lord Byron, y tuve que contestarle que yo no he sacado mis ficciones novelescas —o nivolescas— de libros, sino de la vida social que siento y sufro —y gozo— en torno mío, y de mi propia vida. Todos los personajes que crea un autor, si los crea con vida; todas las criaturas de un poeta, aun las más contradictorias entre sí —y contradictorias en sí mismas—, son hijas naturales y legítimas de su autor —¡feliz si autor de sus siglos!—, son partes de él.

Al final de su vida atormentada, cuando se iba a morir, decía mi pobre Joaquín Monegro: "¿Por qué nací en tierra de odios? En tierra en que el precepto parece ser: 'Odia a tu prójimo como a ti mismo'. Porque he vivido odiándome; porque aquí todos vivimos odiándonos. Pero... traed al niño." Y al volver a oírle a mi Joaquín esas palabras por segunda vez, y al cabo de los años —¡y qué años!— que separan estas dos ediciones, he sentido todo el horror de la calentura de la lepra nacional española, y me he dicho: "Pero... traed al niño." Porque aquí, en esta mi nativa tierra vasca —francesa o española, es igual—, a la que he vuelto de largo asiento después de treinta y cuatro años que salí de ella, estoy reviviendo mi niñez. No hace tres meses escribía aquí:

> Si pudiera recogerme del camino,
> y hacerme uno de entre tantos como he sido:
> si pudiera al cabo darte, Señor mío,
> el que en mí pusiste cuando yo era niño...

Pero ¡qué trágica mi experiencia de la vida española! Salvador de Madariaga, comparando ingleses, franceses y españoles, dice que, en el reparto de los vicios capitales de que todos padecemos, al inglés le tocó más hipocresía que a los otros dos, al francés más avaricia y al español más envidia. Y esta terrible envidia, *phthonos* de los griegos, pueblo democrático y más bien demagógico como el español, ha sido el fermento de la vida social española. Lo supo acaso mejor que nadie Quevedo; lo supo fray Luis de León. Acaso la soberbia de Felipe II no fue más que envidia. "La envidia nació en Cataluña", me decía una vez Cambó en la plaza Mayor de Salamanca. ¿Por qué no en España? Toda esa apestosa enemiga de los neutros, de los hombres de sus casas, contra los políticos, ¿qué es sino envidia? ¿De dónde nació la vieja Inquisición, hoy rediviva?

Y el fin la envidia que yo traté de mostrar en el alma de mi Joaquín Monegro es una envidia trágica, una envidia que se defiende, una envidia que podría llamarse angélica; pero ¿y esa otra envidia hipócrita, solapada, abyecta, que está devorando a lo más indefenso del alma de nuestro pueblo? ¿Esa envidia colectiva? ¿La envidia del auditorio que va al teatro a aplaudir las burlas a lo que es más exquisito o más profundo?

En estos años que separan las dos ediciones de esta mi historia de una pasión trágica —la más trágica acaso— he sentido enconarse la lepra nacional, y en estos cerca de cinco años que he tenido que vivir fuera de mi España he sentido cómo la vieja envidia tradicional —y tradicionalista— española, la castiza, la que agrió las gracias de Quevedo y las de Larra, ha llegado a constituir una especie de partidillo político, aunque, como todo lo vergonzante e hipócrita, desmedrado; he visto a la envidia constituir juntas defensivas, la he visto revolverse contra toda natural superioridad. Y ahora, al releer por primera vez mi *Abel Sánchez* para corregir las pruebas de esta su segunda —y espero que no última— edición, he sentido la grandeza de la pasión de mi Joaquín Monegro y cuán superior es, moralmente, a todos los Abeles. No es Caín lo malo; lo malo son los cainitas. Y los abelitas.

Mas como no quiero hurgar en viejas tristezas, en tristezas de viejo régimen —no más tristes que las del llamado nuevo—, termino este prólogo escrito en el destierro, en la parte francesa de la tierra de mi niñez, pero a la vista de mi España, diciendo con mi pobre Joaquín Monegro: "¡Pero... traed al niño!"

MIGUEL DE UNAMUNO.

En Hendaya, el 14 de julio de 1928

I

No recordaban Abel Sánchez y Joaquín Monegro desde cuándo se conocían. Eran conocidos desde antes de la niñez, desde su primera infancia, pues sus dos sendas nodrizas se juntaban y los juntaban cuando aún ellos no sabían hablar. Aprendió cada uno de ellos a conocerse conociendo al otro. Y así vivieron y se hicieron juntos amigos desde nacimiento, casi más bien hermanos de crianza.

En sus paseos, en sus juegos, en sus otras amistades comunes parecía dominar e iniciarlo todo Joaquín, el más voluntarioso; pero era Abel quien, pareciendo ceder, hacía la suya siempre. Y es que le importaba más no obedecer que mandar. Casi nunca reñían. "¡Por mí, como tú quieras!...", le decía Abel a Joaquín, y éste se exasperaba a las veces porque con aquel "¡como tú quieras!..." esquivaba las disputas.

—¡Nunca me dices que no!... —exclamaba Joaquín.

—¿Y para qué —respondía el otro?

—Bueno, éste no quiere que vayamos al Pinar —dijo una vez aquél, cuando varios compañeros se disponían a dar un paseo.

—¿Yo? ¡Pues no he de quererlo!... —exclamó Abel—. Sí, hombre, sí; como tú quieras. ¡Vamos!

—¡No; como yo quiera, no! ¡Ya te he dicho otras veces que no! ¡Como yo quiera, no! ¡Tú no quieres ir!

—Que sí, hombre...

—Pues entonces no lo quiero yo...

—Ni yo tampoco...

—Eso no vale —gritó ya Joaquín—. ¡O con él o conmigo!

Y todos se fueron con Abel, dejándole a Joaquín solo.

Al comentar éste en su *Confesión* tal suceso de la infancia, escribía: "Ya desde entonces era él simpático, no sabía por qué, y antipático yo, sin que se me alcanzara mejor la causa de ello, y me dejaban solo. Desde niño me aislaron mis amigos."

Durante los estudios del bachillerato, que siguieron juntos, Joaquín era el empollón, el que iba a la caza de los premios, el primero en las aulas, y el primero Abel fuera de ellas, en el patio del Instituto, en la calle, en el campo, en los novillos, entre los compañeros. Abel era el que hacía reír con sus gracias, y, sobre todo, obtenía triunfos de aplauso por las caricaturas que de los catedráticos hacía. "Joaquín es mucho más aplicado, pero Abel es más listo... si se pusiera a estudiar..." Y este juicio común de los compañeros, sabido por Joaquín, no hacía sino envenenarle el corazón. Llegó a sentir la tentación de descuidar el estudio y tratar de vencer al otro en el otro campo; pero diciéndose: "¡Bah!, qué saben ellos...", siguió fiel a su propio natural. Además, por más que procuraba aventajar al otro en ingenio y donosura no lo conseguía. Sus chistes no eran reídos, y pasaba por ser fundamentalmente serio. "Tú eres fúnebre —solía decirle Federico Cuadrado—; tus chistes son chistes de duelo."

Concluyeron ambos el bachillerato. Abel se dedicó a ser artista, siguiendo el estudio de la pintura, y Joaquín se matriculó en la Facultad de Medicina. Veíanse con frecuencia y hablaba cada uno al otro de los progresos que en sus respectivos estudios hacían, empeñándose Joaquín en probarle a Abel que la Medicina era también un arte, y hasta un arte bello, en que cabía inspiración poética. Otras veces, en cambio, daba en menospreciar las bellas artes, enervadoras del espíritu, exaltando la ciencia, que es la que eleva, fortifica y ensancha el espíritu con la verdad.

—Pero es que la Medicina tampoco es ciencia —le decía Abel—. No es sino un arte, una práctica derivada de ciencias.

—Es que yo no he de dedicarme al oficio de curar enfermos —replicaba Joaquín.

—Oficio muy honrado y muy útil... —añadía el otro.

—Sí, pero no para mí. Será todo lo honrado y todo lo útil que quieras, pero detesto esa honradez y esa utilidad. Para otros el hacer dinero tomando el pulso, mirando la lengua y recetando cualquier cosa. Yo aspiro a más.

—¿A más?

—Sí; yo aspiro a abrir nuevos caminos. Pienso dedicarme a la investigación científica. La gloria médica es de los que descubrieron el secreto de alguna enfermedad y no de los que aplicaron el descubrimiento con mayor o menor fortuna.

—Me gusta verte tan idealista.

—Pues qué, ¿crees que sólo vosotros, los artistas, los pintores, soñáis con la gloria?

—Hombre, nadie te ha dicho que yo sueñe con tal cosa...

—¿Que no? ¿Pues por qué, si no, te has dedicado a pintar?

—Porque si se acierta, es oficio que promete...

—¿Que promete?

—Vamos, sí, que da dinero.

—A otro perro con ese hueso, Abel... Te conozco desde que nacimos casi. A mí no me la das.

—¿Y he pretendido nunca engañarte?

—No, pero tú engañas sin pretenderlo. Con ese aire de no importarte nada, de tomar la vida en juego, de dársete un comino de todo, eres un terrible ambicioso...

—¿Ambicioso yo?

—Sí, ambicioso de gloria, de fama, de renombre... Lo fuiste siempre, de nacimiento. Sólo que solapadamente.

—Pero ven acá, Joaquín, y dime: ¿te disputé nunca tus premios? ¿No fuiste tú siempre el primero en clase? ¿El chico que promete?

—Sí, pero el gallito, el niño mimado de los compañeros, tú...

—¿Y qué iba yo a hacerle?...

—¿Me querrás hacer creer que no buscabas esa especie de popularidad?...

—Haberla buscado tú...

—¿Yo? ¿Yo? ¡Desprecio a la masa!

—Bueno, bueno; déjame de esas tonterías y cúrate de ellas. Mejor será que me hables otra vez de tu novia.

—¿Novia?

—Bueno, de esa tu primita que quieres que lo sea.

Porque Joaquín estaba queriendo forzar el corazón de su prima Helena, y había puesto en su empeño amoroso todo el ahinco de su ánimo reconcentrado y suspicaz. Y sus desahogos, los inevitables y saludables desahogos de enamorado en lucha, eran con su amigo Abel.

¡Y lo que Helena le hacía sufrir!

—Cada vez la entiendo menos —solía decirle a Abel—. Esa muchacha es para mí una esfinge...

—Ya sabes lo que decía Óscar Wilde, o quien fuese: que toda mujer es una esfinge sin secreto.

—Pues Helena parece tenerlo. Debe de querer a otro, aunque éste no lo sepa. Estoy seguro de que quiere a otro.

—¿Y por qué?

—De otro modo no me explico su actitud conmigo...

—Es decir, que porque no quiere quererte a ti..., quererte para novio, que como primo sí te querrá...

—¡No te burles!

—Bueno, pues porque no quiere quererte para novio, o, más claro, para marido, ¿tiene que estar enamorada de otro? ¡Bonita lógica!

—¡Yo me entiendo!

—Sí, y también yo te entiendo.

—¿Tú?

—¿No pretendes ser quien mejor me conoce? ¿Qué mucho, pues, que yo pretenda conocerte? Nos conocimos a un tiempo.

—Te digo que esa mujer me trae loco y me hará perder la paciencia. Está jugando conmigo. Si me hubiera dicho desde un principio que no, bien estaba, pero tenerme así, diciendo que lo verá, que lo pensará... ¡Estas cosas no se piensan..., coqueta!

—Es que te está estudiando.

—¿Estudiándome a mí? ¿Ella? ¿Qué tengo yo que estudiar? ¿Qué puede ella estudiar?

—¡Joaquín, Joaquín; te estás rebajando y la estás rebajando!... ¿O crees que no más verte y oírte y saber que la quieres y ya debía rendírsete?

—Sí, siempre he sido antipático...

—Vamos, hombre, no te pongas así...

—¡Es que esa mujer está jugando conmigo! Es que no es posible jugar así con un hombre como yo, franco, leal, abierto... ¡Pero si vieras qué hermosa está! ¡Y cuanto más fría y más desdeñosa se pone, más hermosa! ¡Hay veces que no sé si la quiero o la aborrezco más!... ¿Quieres que te presente a ella?...

—Hombre, si tú...

—Bueno, os presentaré.

—Y si ella quiere...

—¿Qué?

—Le haré un retrato.

—¡Hombre, sí!

Mas aquella noche durmió Joaquín mal rumiando lo del retrato, pensando en que Abel Sánchez, el simpático sin proponérselo, el mimado del favor ajeno, iba a retratarle a Helena.

¿Qué saldría de allí? ¿Encontraría también Helena, como sus compañeros de ellos, más simpático a Abel? Pensó negarse a la presentación, mas como ya se lo había prometido...

II

¿Qué tal te pareció mi prima? —le preguntaba Joaquín a Abel al día siguiente de habérsela presentado y propuesto a ella, a Helena, lo del retrato, que acogió alborozada de satisfacción.

—Hombre, ¿quieres la verdad?

—La verdad siempre, Abel; si nos dijéramos siempre la verdad, toda la verdad, esto sería el paraíso.

—Sí, y si se la dijera cada cual a sí mismo...

—¡Bueno, pues la verdad!

—La verdad es que tu prima y futura novia, acaso esposa, Helena, me parece una pava real...; es decir, un pavo real hembra... Ya me entiendes.

—Sí, te entiendo.

—Como no sé expresarme bien más que con el pincel...

—Y vas a pintar la pava real, o el pavo real hembra, haciendo la rueda, acaso, con su cola llena de ojos, su cabecita...

—¡Para modelo, excelente! ¡Excelente, chico! ¡Qué ojos! ¡Qué boca! Esa boca carnosa y a la vez fruncida..., esos ojos que no miran... ¡Qué cuello! ¡Y sobre todo qué color de tez! Si no te incomodas...

—¿Incomodarme yo?

—Te diré que tiene un color como de india brava, o mejor, de fiera indómita. Hay algo, en el mejor sentido, de pantera en ella. Y todo ello fríamente.

—¡Y tan fríamente!

—Nada, chico, que espero hacerte un retrato estupendo.

—¿A mí? ¿Será a ella?

—No, el retrato será para ti, aunque de ella.

—¡No, eso no; el retrato será para ella!

—Bien, para los dos. Quién sabe... Acaso con él os una.

—Vamos, sí, que de retratista pasas a...

—A lo que quieras, Joaquín, a celestino, con tal que dejes de sufrir así. Me duele verte de esa manera.

Empezaron las sesiones de pintura, reuniéndose los tres. Helena se posaba en su asiento solemne y fría, henchida de desdén, como una diosa llevada por el destino. "¿Puedo hablar?", preguntó el primer día, y Abel le contestó: "Sí, puede usted hablar y moverse; para mí es mejor que hable y se mueva, porque así vive la fisonomía... Esto no es fotografía, y además no la quiero hecha estatua..." Y ella hablaba, hablaba, pero moviéndose poco y estudiando la postura. ¿Qué hablaba? Ellos no lo sabían. Porque uno y otro no hacían sino devorarla con los ojos; la veían, no la oían hablar.

Y ella hablaba, hablaba, por creer de buena educación no estarse callada, y hablaba zahiriendo a Joaquín cuanto podía.

—¿Qué tal vas de clientela, primito? —le preguntaba.

—¿Tanto te importa eso?

—¡Pues no ha de importarme, hombre, pues no ha de importarme!... Figúrate...

—No, no me figuro.

—Interesándote tú tanto como por mí te interesas, no cumplo con menos que con interesarme yo por ti. Y, además, quién sabe...

—¿Quién sabe qué?

—Bueno, dejen eso —interrumpió Abel—; no hacen sino regañar.

—Es lo natural —decía Helena— entre parientes... Y, además, dicen que así se empieza.

—¿Se empieza qué? —preguntó Joaquín.

—Eso tú lo sabrás, primo, que tú has empezado.

—¡Lo que voy a hacer es acabar!

—Hay varios modos de acabar, primo.

—Y varios de empezar.

—Sin duda. ¿Qué, me descompongo con este floreteo, Abel?

—No, no; todo lo contrario. Este floreteo, como le llama, le da más expresión a la mirada y al gesto. Pero...

A los dos días tuteábanse ya Abel y Helena; lo había querido así Joaquín, que al tercer día faltó a una sesión.

—A ver, a ver cómo va eso —dijo Helena, levantándose para ir a ver el retrato.

—¿Qué te parece?

—Yo no entiendo, y además no soy quien mejor puede saber si se me parece o no.

—¿Qué? ¿No tienes espejo? ¿No te has mirado a él?

—Sí, pero...

—¿Pero qué?...

—Qué sé yo...

—¿No te encuentras bastante guapa en este espejo?

—No seas adulón.

—Bien, se lo preguntaremos a Joaquín.

—No me hables de él, por favor. ¡Qué pelma!

—Pues de él he de hablarte.

—Entonces me marcho...

—No, y oye. Está muy mal lo que estás haciendo con ese chico.

—¡Ah! ¿Pero ahora vienes a abogar por él? ¿Es esto del retrato un achaque?

—Mira, Helena, no está bien que estés así, jugando con tu primo. Él es algo, vamos, algo...

—¡Sí, insoportable!

—No, él es reconcentrado, altivo por dentro, terco, lleno de sí mismo, pero es bueno, honrado a carta cabal, inteligente; le espera un brillante porvenir en su carrera; te quiere con delirio...

—¿Y si a pesar de todo eso no le quiero yo?

—Pues debes entonces desengañarle.

—¡Y poco que le he desengañado! Estoy harta de decirle que me parece un buen chico, pero que por eso, porque me parece un buen chico, un excelente primo —y no quiero hacer un chiste—, por eso no le quiero para novio con lo que luego viene.

—Pues él dice...

—Si él te ha dicho otra cosa no te ha dicho la verdad, Abel. ¿Es que voy a despedirle y prohibirle que me hable siendo como es mi primo? ¡Primo! ¡Qué gracia!

—No te burles así.

—Si es que no puedo...

—Y él sospecha más, y es que se empeña en creer que, puesto que no quieres quererle a él, estás en secreto enamorada de otro...

—¿Eso te ha dicho?

—Sí, eso me ha dicho.

—Helena se mordió los labios, se ruborizó y calló un momento.

—Sí, eso me ha dicho —repitió Abel, descansando la diestra sobre el tiento que apoyaba en el lienzo y mirando fijamente a Helena, como queriendo adivinar el sentido de algún rasgo de su cara.

—Pues si se empeña...

—¿Qué?...

—Que acabará por conseguir que me enamore de algún otro...

Aquella tarde no pintó ya más Abel. Y salieron novios.

III

El éxito del retrato de Helena por Abel fue clamoroso. Siempre había alguien contemplándolo frente al escaparate en que fue expuesto. "Ya tenemos un gran pintor más", decían. Y ella, Helena, procuraba pasar junto al lugar en que su retrato se exponía para oír los comentarios, y paseábase por las calles de la ciudad como un inmortal retrato viviente, como una obra de arte haciendo la rueda. ¿No había acaso nacido para eso?

Joaquín apenas dormía.

—Está peor que nunca —le dijo a Abel—. Ahora es cuando juega conmigo. ¡Me va a matar!

—¡Naturalmente! Se siente ya belleza profesional...

—¡Sí, la has inmortalizado! ¡Otra Joconda!

—Pero tú, como médico, puedes alargarle la vida...

—O acortársela.

—No te pongas así, trágico.

—¿Y qué voy a hacer, Abel, qué voy a hacer?...

—Tener paciencia...

—Además, me ha dicho cosas de donde he sacado que le has contado lo de que la creo enamorada de otro...

—Fue por hacer tu causa...

—Por hacer mi causa... Abel, Abel, tú estás de acuerdo con ella..., vosotros me engañáis...

—¿Engañarte? ¿En qué? ¿Te ha prometido algo?

—¿Y a ti?

—¿Es tu novia, acaso?

—Callóse Abel, mudándosele la color.

—¿Lo ves? —exclamó Joaquín, balbuciente y tembloroso—. ¿Lo ves?

—¿El qué?

—¿Y lo negarás ahora? ¿Tendrás cara para negármelo?

—Pues bien, Joaquín, somos amigos de antes de conocernos, casi hermanos...

—Y al hermano, puñalada trapera, ¿no es eso?

—No te sulfures así; ten paciencia...

—¿Paciencia? ¿Y qué es mi vida sino continua paciencia, continuo padecer?... Tú el simpático, tú el festejado, tú el vencedor, tú el artista... Y yo...

Lágrimas que le reventaron en los ojos cortáronle la palabra.

—¿Y qué iba a hacer, Joaquín, qué querías que hiciese?...

—¡No haberla solicitado, pues que la quería yo!

—Pero si ha sido ella, Joaquín, si ha sido ella...

—Claro, a ti, al artista, al afortunado, al favorito de la fortuna, a ti son ellas las que te solicitan. Ya la tienes, pues...

—Me tiene ella, te digo.

—Sí, ya te tiene la pava real, la belleza profesional, la Joconda... Serás su pintor... La pintarás en todas posturas y en todas formas, a todas las luces, vestida y sin vestir...

—¡Joaquín!

—Y así la inmortalizarás. Vivirá tanto como tus cuadros vivan. Es decir, ¡vivirá, no! Porque Helena no vive; durará. Durará como el mármol, de que es. Porque es de piedra, fría y dura, fría y dura como tú. ¡Montón de carne!...

—No te sulfures, te he dicho.

—¡Pues no he de sulfurarme, hombre, pues no he de sulfurarme! ¡Esto es una infamia, una canallada!

Sintióse abatido y calló, como si le faltaran palabras para la violencia de su pasión.

—Pero ven acá, hombre —le dijo Abel, con su voz más dulce, que era la más terrible—, y reflexiona. ¿Iba yo a hacer que te quisiese si ella no quiere quererte? Para novio no le eres...

—Sí, no soy simpático a nadie; nací condenado.

—Te juro, Joaquín.

—¡No jures!

—Te juro que si en mí solo consistiese, Helena sería tu novia, y mañana tu mujer. Si pudiese cedértela...

—Me la venderías por un plato de lentejas, ¿no es eso?

—¡No, vendértela, no! Te la cedería gratis y gozaría en veros felices, pero...

—Sí, que ella no me quiere y te quiere a ti, ¿no es eso?

—¡Eso es!

—Que me rechaza a mí, que la buscaba, y te busca a ti, que la rechazabas.

—¡Eso! Aunque no lo creas; soy un seducido.

—¡Qué manera de darte postín! ¡Me das asco!

—¿Postín?

—Sí, ser así, seducido, es más que ser seductor. ¡Pobre víctima! Se pelean por ti las mujeres...

—No me saques de quicio, Joaquín...

—¿A ti? ¿Sacarte a ti de quicio? Te digo que esto es una canallada, una infamia, un crimen... ¡Hemos acabado para siempre!

Y luego, cambiando de tono, con lágrimas insondables en la voz:

—Ten compasión de mí, Abel, ten compasión. Ve que todos me miran de reojo, ve que todos son obstáculos para mí... Tú eres joven, afortunado, mimado; te sobran mujeres... Déjame a Helena; mira que no sabré dirigirme a otra... Déjame a Helena...

—Pero si ya te la dejo...

—Haz que me oiga; haz que me conozca; haz que sepa que muero por ella, que sin ella no viviré...

—No la conoces...

—¡Sí, os conozco! Pero, por Dios, júrame que no has de casarte con ella...

—¿Y quién ha hablado de casamiento?

—¿Ah, entonces es por darme celos nada más? Si ella no es más que una coqueta..., peor que una coqueta, una...

—¡Cállate! —rugió Abel.

—Y fue tal el rugido, que Joaquín se quedó callado, mirándole.

—Es imposible, Joaquín; ¡contigo no se puede! ¡Eres imposible!

Y Abel marchóse.

"Pasé una noche horrible —dejó escrito en su *Confesión* Joaquín—, volviéndome a un lado y otro de la cama, mordiendo a ratos la almohada, levantándome a beber agua del jarro del lavabo. Tuve fiebre. A ratos me amodorraba en sueños acerbos. Pensaba matarles y urdía mentalmente, como si se tratase de un drama o de una novela que iba componiendo, los detalles de mi sangrienta venganza, y tramaba diálogos con ellos. Parecíame que Helena había querido afrentarme y nada más, que había enamorado a Abel por menosprecio a mí, pero que no podía, montón de carne al espejo, querer a nadie. Y la deseaba más que nunca y con más furia que nunca. En alguna de las interminables modorras de aquella noche me soñé poseyéndola y junto el cuerpo frío e inerte de Abel. Fue una tempestad de malos deseos, de cóleras, de apetitos sucios, de rabia. Con el día y el cansancio de tanto sufrir volvióme la reflexión, comprendí que no tenía derecho alguno a Helena, pero empecé a odiar a Abel con toda mi alma y a proponerme a la vez ocultar ese odio, abonarlo, criarlo, cuidarlo en lo recóndito de las entrañas de mi alma. ¿Odio? Aún no quería darle su nombre, ni quería reconocer que nací, predestinado, con su masa y con su semilla. Aquella noche nací al infierno de mi vida."

IV

—Helena —le decía Abel—, ¡eso de Joaquín me quita el sueño!...

—¿El qué?

—Cuando le diga que vamos a casarnos no sé lo que va a ser. Y eso que parece ya tranquilo y como si se resignase a nuestras relaciones...

—¡Sí, bonito es él para resignarse!

—La verdad es que esto no estuvo del todo bien.

—¿Qué? ¿También tú? ¿Es que vamos a ser las mujeres como bestias, que se dan y prestan y alquilan y venden?

—No, pero...

—¿Pero qué?

—Que fue él quien me presentó a ti, para que te hicera el retrato, y me aproveché...

—¡Y bien aprovechado! ¿Estaba yo acaso comprometida con él? ¡Y aunque lo hubiese estado! Cada cual va a lo suyo.

—Sí, pero...

—¿Qué? ¿Te pesa? Pues por mí... Aunque si aun me dejases ahora, ahora que estoy comprometida y todos saben que eres mi novio oficial y que me vas a pedir un día de éstos, no por eso buscaría a Joaquín, ¡no! ¡Menos que nunca! Me sobrarían pretendientes, así, como los dedos de las manos —y levantaba sus dos largas manos de ahuesados dedos, aquellas manos que con tanto amor pintara Abel, y sacudía los dedos, como si revolotearan.

Abel le cogió las dos manos en las recias suyas, se las llevó a la boca y las besó alargadamente. Y luego a ella en la boca...

—¡Estate quieto, Abel!

—Tienes razón, Helena, no vamos a turbar nuestra felicidad pensando en lo que sienta y sufra por ella el pobre Joaquín...

—¿Pobre? ¡No es más que un envidioso!

—Pero hay envidias, Helena...

—¡Que se fastidie!

Y después de una pausa llena de un negro silencio:

—Por supuesto, le convidaremos a la boda...

—¡Helena!

—¿Y qué mal hay en ello? Es mi primo, tu primer amigo; a él debemos el habernos conocido. Y si no le convidas tú, le convidaré yo. ¿Que no va? ¡Mejor! ¿Que va? ¡Mejor que mejor!

V

Al anunciar Abel a Joaquín su casamiento, éste dijo:

—Así tenía que ser. Tal para cual.

—Pero bien comprendes...

—Sí, lo comprendo, no me creas un demente o un furioso; lo comprendo, está bien que seáis felices... Yo no lo podré ser ya...

—Pero, Joaquín, por Dios, por lo que más quieras...

—Basta y no hablemos más de ello. Haz feliz a Helena y que ella te haga feliz... Os he perdonado ya...

—¿De veras?

—Sí, de veras. Quiero perdonaros. Me buscaré mi vida.

—Entonces me atrevo a convidarte a la boda, en mi nombre...

—Y en el de ella, ¿eh?

—Sí, en el de ella también.

—Lo comprendo. Iré a realzar vuestra dicha. Iré.

Como regalo de boda mandó Joaquín a Abel un par de magníficas pistolas damasquinadas; como para un artista.

—Son para que te pegues un tiro cuando te canses de mí —le dijo Helena a su futuro marido.

—¡Qué cosas tienes, mujer!

—Quién sabe sus intenciones... Se pasa la vida tramándolas...

"En los días que siguieron a aquel en que me dijo que se casaban —escribió en su *Confesión* Joaquín— sentí como si el alma toda se me helase. Y el hielo me apretaba el corazón. Eran como llamas de hielo. Me costaba respirar. El odio a Helena, y, sobre todo, a Abel, porque era odio, odio frío cuyas raíces me llenaban el ánimo, se me había empedernido. No era una mala planta, era un témpano que se me había clavado en el alma; era, más bien, mi alma toda congelada en aquel odio. Y un hielo tan cristalino, que lo veía todo a su través con una claridad perfecta. Me daba acabada cuenta de que razón, lo que se llama razón, eran ellos los que la tenían; que yo no podía alegar derecho alguno sobre ella; que no se debe ni se puede forzar el afecto de una mujer; que, pues se querían, debían unirse. Pero sentía también confusamente que fui yo quien les llevó, no sólo a conocerse, sino a quererse; que fue por desprecio a mí por lo que se entendieron; que en la resolución de Helena entraba por mucho el hacerme rabiar y sufrir, el darme dentera, el rebajarme a Abel, y en la de éste el soberano egoísmo, que nunca le dejó sentir el sufrimiento ajeno. Ingenuamente, sencillamente, no se daba cuenta de que existieran otros. Los demás éramos para él, a lo sumo, modelos para sus cuadros. No sabía ni odiar; tan lleno de sí vivía.

"Fui a la boda con el alma escarchada de odio, el corazón garapiñado en hielo agrio, pero sobrecogido de un mortal terror, temiendo que, al oír el sí de ellos, el hielo se me resquebrajara y, hendido el corazón, quedase allí muerto o imbécil. Fui a ella como quien va a la muerte. Y lo que me ocurrió fue más mortal que la muerte misma; fue peor, mucho peor que morirse. Ojalá me hubiese entonces muerto allí.

"Ella estaba hermosísima. Cuando me saludó sentí que una espada de hielo, de hielo dentro del hielo de mi corazón, junto a la cual aún era tibio el mío, me lo atravesaba; era la sonrisa insolente de su compasión. «¡Gracias!» —me dijo, y entendí: «¡Pobre Joaquín!» Él, Abel, él ni sé si me vio. «Comprendo tu sacrificio» —me dijo, por no callarse—. «No, no hay tal —le repliqué—; te dije que vendría y vengo; ya ves que soy razonable; no podía faltar a mi amigo de siempre, a mi hermano.» Debió de parecerle interesante mi actitud, aunque poco pictórica. Yo era allí el convidado de piedra.

"Al acercarse el momento fatal yo contaba los segundos. «¡Dentro de poco —me decía— ha terminado para mí todo!» Creo que se me paró el corazón. Oí claros y distintos los dos *sis*, el de él y el de ella. Ella me miró al pronunciarlo. Y quedé más frío que antes, sin un sobresalto, sin una palpitación, como si nada que me tocase hubiese oído. Y ello me llenó de infernal terror a mí mismo. Me sentí peor que un monstruo, me sentí como si no existiera, como si no fuese nada más que un pedazo de hielo, y esto para siempre. Llegué a palparme la carne, a pellizcármela, a tomarme el pulso. «¿Pero estoy vivo? ¿Y soy yo?» —me dije.

"No quiero recordar todo lo que sucedió aquel día. Se despidieron de mí y fuéronse a su viaje de luna de miel. Yo me hundí en mis libros, en mi estudio, en mi clientela, que empezaba ya a tenerla. El despejo mental que me dio aquel golpe de lo ya irreparable, el descubrimiento en mí mismo de que no hay alma, moviéronme, a buscar en el estudio, no ya consuelo —consuelo, ni lo necesitaba ni lo quería—, sino apoyo para una ambición inmensa. Tenía que aplastar con la fama de mi nombre, la fama ya incipiente de Abel; mis descubrimientos científicos, obra de arte, de verdadera poesía, tenían que hacer sombra a sus cuadros. Tenía que llegar a comprender un día Helena que era yo, el médico, el antipático, quien habría de darle aureola de gloria, y no él, no el pintor. Me hundí en el estudio. ¡Hasta llegué a creer que los olvidaría! ¡Quise hacer de la ciencia un narcótico y a la vez un estimulante!"

VI

Al poco de haber vuelto los novios de su viaje de luna de miel cayó Abel enfermo de alguna gravedad, y llamaron a Joaquín a que le viese y le asistiese.

—Estoy muy intranquila, Joaquín —le dijo Helena—; anoche no ha hecho sino delirar, y en el delirio no hacía sino llamarte.

Examinó Joaquín con todo cuidado y minucia a su amigo, y luego, mirando ojos a ojos a su prima, le dijo:

—La cosa es grave, pero creo que le salvaré. Yo soy quien no tiene salvación ya.

—Sí, sálvamelo —exclamó ella—. Y ya sabes...

—¡Sí, lo sé todo! —Y se salió.

Helena se fue al lecho de su marido, le puso una mano sobre la frente, que le ardía, y se puso a temblar. "¡Joaquín, Joaquín —deliraba Abel—, perdónanos, perdóname!"

—¡Calla —le dijo casi al oído Helena—, calla!; ha venido a verte y dice que te curará, que te sanará... Dice que te calles...

—¿Que me curará?... —añadió maquinalmente el enfermo.

Joaquín llegó a su casa también febril, pero con una especie de fiebre de hielo. "¡Y si se muriera!...", pensaba. Echóse vestido sobre la cama y se puso a imaginar escenas de lo que acaecería si Abel se muriese; el luto de Helena, sus entrevistas con la viuda, el remordimiento de ésta, el descubrimiento por parte de ella de quién era él, Joaquín, y de cómo, con qué violencia necesitaba el desquite y la necesitaba a ella, y cómo caía al fin ella en sus brazos y reconocía que lo otro, la traición, no había sido sino una pesadilla, un mal sueño de coqueta; que siempre le había querido a él, a Joaquín, y no a otro. "¡Pero no se morirá!", se dijo luego. "¡No dejaré yo que se muera, no debo dejarlo, está comprometido mi honor, y luego... necesito que viva!"

Y al decir esto: "¡necesito que viva!", temblábale toda el alma, como tiembla el follaje de una encina a la sacudida del huracán.

"Fueron unos días atroces aquellos de la enfermedad de Abel —escribía en su *Confesión* el otro—, unos días de tortura increíble. Estaba en mi mano dejarle morir, aún más, hacerle morir sin que nadie lo sospechase, sin que de ello quedase rastro alguno. He conocido en mi práctica profesional casos de extrañas muertes misteriosas que he podido ver luego iluminadas al trágico fulgor de sucesos posteriores: una nueva boda de la viuda y otros así. Luché entonces como no he luchado nunca conmigo mismo, con ese hediondo dragón que me ha envenenado y entenebrecido la vida. Estaba allí comprometido mi honor de médico, mi honor de hombre, y estaba comprometida mi salud mental, mi razón. Comprendí que me agitaba bajo las garras de la locura; vi el espectro de la demencia haciendo sombra en mi corazón. Y vencí. Salvé a Abel de la muerte. Nunca he estado más feliz, más acertado. El exceso de mi infelicidad me hizo estar felicísimo de acierto."

—Ya está fuera de todo cuidado tu... marido —le dijo un día Joaquín a Helena.

—Gracias, Joaquín, gracias —y le cogió la mano, que él se la dejó entre las suyas—; no sabes cuánto te debemos...

—Ni vosotros sabéis cuánto os debo...

—Por Dios, no seas así...; ahora que tanto te debemos no volvamos a eso...

—No, si no vuelvo a nada. Os debo mucho. Esta enfermedad de Abel me ha enseñado mucho, pero mucho...

—¿Ah, le tomas como a un caso?

—¡No, Helena, no; el caso soy yo!

—Pues no te entiendo.

—Ni yo del todo. Y te digo que estos días, luchando por salvar a tu marido...

—¡Di a Abel!

—Bien, sea; luchando por salvarle he estudiado con su enfermedad la mía y vuestra felicidad y he decidido... ¡casarme!

—¿Ah, pero tienes novia?

—No, no la tengo aún, pero la buscaré. Necesito un hogar. Buscaré mujer. ¿O crees tú, Helena, que no encontraré una mujer que me quiera?

—¡Pues no la has de encontrar, hombre, pues no la has de encontrar!...

—Una mujer que me quiera, digo.

—¡Sí, te he entendido; una mujer que te quiera, sí!

—Porque como partido...

—Sí, sin duda eres un buen partido..., joven, no pobre, con una buena carrera, empezando a tener fama, bueno...

—Bueno... sí, y antipático, ¿no es eso?

—¡No, hombre, no; tú no eres antipático!

—¡Ay, Helena, Helena!, ¿dónde encontraré una mujer?...

—¿Que te quiera?

—No, sino que no me engañe, que me diga la verdad, que no se burle de mí, Helena, ¡que no se burle de mí!... Que se case conmigo por desesperación, porque yo la mantenga, pero que me lo diga...

—Bien has dicho que estás enfermo, Joaquín. ¡Cásate!

—¿Y crees, Helena, que hay alguien, hombre o mujer, que pueda quererme?

—No hay nadie que no pueda encontrar quien le quiera.

—¿Y querré yo a mi mujer? ¿Podré quererla? Dime.

—Hombre, pues no faltaba más...

—Porque mira, Helena, no es lo peor no ser querido, no poder ser querido; lo peor es no poder querer.

—Eso dice don Mateo, el párroco, del demonio, que no puede querer.

—Y el demonio anda por la tierra, Helena.

—Cállate y no me digas esas cosas.

—Es peor que me las diga a mí mismo.

—¡Pues cállate!

VII

Dedicóse Joaquín, para salvarse, requiriendo amparo a su pasión, a buscar mujer, los brazos fraternales de una esposa en que defenderse de aquel odio que sentía, un regazo en que esconder la cabeza como un niño que siente terror al coco, para no ver los ojos infernales del dragón de hielo.

¡Aquella pobre Antonia!

Antonia había nacido para madre; era todo ternura, todo compasión. Adivinó en Joaquín, con divino instinto, un enfermo, un inválido del alma, un poseso, y sin saber de qué enamoróse de su desgracia. Sentía un misterioso atractivo en las palabras frías y cortantes de aquel médico que no creía en la virtud ajena.

Antonia era la hija única de una viuda a que asistía Joaquín.

—¿Cree usted que saldrá de ésta? —le preguntaba a él.

—Lo veo difícil, muy difícil. Está la pobre muy trabajada, muy acabada; ha debido de sufrir mucho... Su corazón está muy débil...

—¡Sálvemela usted, don Joaquín; sálvemela usted, por Dios! ¡Si pudiera, daría mi vida por la suya!

—No, eso no se puede. Y, además, ¿quién sabe? La vida de usted, Antonia, ha de hacer más falta que la de ella...

—¿La mía? ¿Para qué? ¿Para quién?

—¡Quién sabe!...

Llegó la muerte de la pobre viuda.

—No ha podido ser, Antonia —dijo Joaquín—. ¡La ciencia es impotente!

—¡Sí, Dios lo ha querido!

—¿Dios?

—¡Ah! —y los ojos baños en lágrimas de Antonia clavaron su mirada en los de Joaquín, enjutos y acerados—. ¿Pero usted no cree en Dios?

—¿Yo?... ¡No lo sé!...

A la pobre huérfana, la compunción de piedad que sintió por el médico aquel le hizo olvidar por un momento la muerte de su madre.

—Y si yo no creyera en Él, ¿qué haría ahora?

—La vida todo lo puede, Antonia.

—¡Puede más la muerte! Y ahora... tan sola... sin nadie...

—Eso sí, la soledad es terrible. Pero usted tiene el recuerdo de su santa madre, el vivir para encomendarla a Dios... ¡Hay otra soledad mucho más terrible!

—¿Cuál?

—La de aquel a quien todos menosprecian, de quien todos se burlan... La del que no encuentra quién le diga la verdad...

—¿Y qué verdad quiere usted que se le diga?

—¿Me la dirá usted ahora, aquí, sobre el cuerpo aún tibio de su madre? ¿Jura usted decírmela?

—Sí, se la diré.

—Bien; yo soy un antipático, ¿no es así?

—¡No, no es así!

—La verdad, Antonia...

—¡No, no es así!

—Pues ¿qué soy?...

—¿Usted? Usted es un desgraciado, un hombre que sufre...

Derritiósele a Joaquín el hielo y asomáronsele unas lágrimas a los ojos. Y volvió a temblar hasta las raíces del alma.

Poco después Joaquín y la huérfana formalizaban sus relaciones, dispuestos a casarse luego que pasase el año de luto de ella.

"Pobre mi mujercita —escribía, años después, Joaquín en su *Confesión*—, empeñada en quererme y en curarme, en vencer la repugnancia que sin duda yo debía de inspirarle. Nunca me lo dijo, nunca me lo dio a entender. Pero ¿podía no inspirarle yo repugnancia, sobre todo cuando le descubrí la lepra de mi alma, la gangrena de mis odios? Se casó conmigo como se habría casado con un leproso, no me cabe duda de ello, por divina piedad, por espíritu de abnegación y de sacrificio cristianos, para salvar mi alma y así salvar la suya, por heroísmo de santidad. ¡Y fue una santa! ¡Pero no me curó de Helena, no me curó de Abel! Su santidad fue para mí un remordimiento más.

"Su mansedumbre me irritaba. Había veces en que, ¡Dios me perdone!, la habría querido mala, colérica, despreciativa."

VIII

En tanto, la gloria artística de Abel seguía creciendo y confirmándose. Era ya uno de los pintores de más nombradía de la nación toda, y su renombre empezaba a traspasar las fronteras. Y esa fama creciente era como una granizada desoladora en el alma de Joaquín. "Sí, es un pintor muy científico; domina la técnica; sabe mucho, mucho; es habilísimo" —decía de su amigo, con palabras que silbaban. Era un modo de fingir exaltarle, deprimiéndole.

Porque él, Joaquín, presumía ser un artista, un verdadero poeta en su profesión, un clínico genial, creador, intuitivo, y seguía soñando con dejar su clientela para dedicarse a la ciencia pura, a la patología teórica, a la investigación. ¡Pero ganaba tanto!...

"No era, sin embargo, la ganancia —dice en su *Confesión* póstuma— lo que más me impedía dedicarme a la investigación científica. Tirábame a ésta, por un lado, el deseo de adquirir fama y renombre, de hacerme una gran reputación científica y asombrar con ella la artística de Abel, de castigar así a Helena, de vengarme de ellos, de ellos y de todos los demás, y aquí encadenaba los más locos de mis ensueños; mas, por otra parte, esa misma pasión fangosa, el exceso de mi despecho y mi odio me quitaba serenidad de espíritu. No, no tenía el ánimo para el estudio, que lo requiere limpio y tranquilo. La clientela me distraía.

"La clientela me distraía, pero a veces temblaba pensando que el estado de distracción en que mi pasión me tenía preso me impidiera prestar el debido cuidado a las dolencias de mis pobres enfermos.

"Ocurrióme un caso que me sacudió las entrañas. Asistía a una pobre señora, enferma de algún riesgo, pero no caso desesperado, a la que él había hecho un retrato, un retrato magnífico, uno de sus mejores retratos, de los que han quedado como definitivos de entre los que ha pintado, y aquel retrato era lo primero que se me venía a los ojos y al odio así que entraba en la casa de la enferma. Estaba viva en el retrato, más viva que en el lecho de la carne y hueso sufrientes. Y el retrato parecía decirme: «¡Mira, él me ha dado vida para siempre! A ver si tú me alargas esta otra de aquí abajo.» Y junto a la pobre enferma, auscultándola, tomándole el pulso, no veía sino a la otra, a la retratada. Estuve torpe, torpísimo, y la pobre enferma se me murió; la dejé morir, más bien por mi torpeza, por mi criminal distracción. Sentí horror de mí mismo, de mi miseria.

"A los pocos días de muerta la señora aquella tuve que ir a su casa a ver allí otro enfermo, y entré dispuesto a no mirar el retrato. Pero era inútil, porque era él, el retrato, el que me miraba, aunque yo no le mirase, y me atraía la mirada. Al despedirme me acompañó hasta la puerta el viudo. Nos detuvimos al pie del retrato, y yo, como empujado por una fuerza irresistible y fatal, exclamé:

"—¡Magnífico retrato! ¡Es de lo mejor que ha hecho Abel!

"—Sí —me contestó el viudo—, es el mayor consuelo que me queda. Me paso largas horas contemplándola. Parece como que me habla.

"—¡Sí, sí —añadí—, este Abel es un artista estupendo!

"Y al salir me decía: ¡Yo la dejé morir y él la resucita!"

Sufría Joaquín mucho cada vez que se le moría alguno de sus enfermos, sobre todo los niños, pero la muerte de otros le tenía sin grave cuidado.

"¿Para qué querrá vivir?... —decíase de algunos—. Hasta le haría un favor dejándole morir..."

Sus facultades de observador psicólogo habíansele aguzado con su pasión de ánimo y adivinaba al punto las más ocultas lacerías morales. Percatábase en seguida, bajo el embuste de las convenciones, de qué maridos preveían sin pena, cuando no deseaban, la muerte de sus mujeres, y qué mujeres ansiaban verse libres de sus maridos, acaso para tomar otros de antemano escogidos ya. Cuando, al año de la muerte de su cliente Álvarez, la viuda se casó con Menéndez, amigo íntimo del difunto, Joaquín se dijo: "Sí que fue rara aquella muerte... Ahora me la explico... ¡La humanidad es lo más cochino que hay, y la tal señora, dama caritativa, una de las señoras de lo más honrado!..."

—Doctor —le decía una vez uno de sus enfermos—, máteme usted, por Dios; máteme usted sin decirme nada, que ya no puedo más... Déme algo que me haga dormir para siempre...

"¿Y por qué no había de hacer lo que este hombre quiere —se decía Joaquín— si no vive más que para sufrir? ¡Me da pena! ¡Cochino mundo!"

Y eran sus enfermos para él no pocas veces espejos.

Un día le llegó una pobre mujer de la vecindad, gastada por los años y los trabajos, cuyo marido, en los veinticinco años de matrimonio, se había enredado con una pobre aventurera. Iba a contarle sus cuitas la mujer desdeñada.

—¡Ay, don Joaquín! —le decía—. Usted, que dicen que sabe tanto, a ver si me da un remedio para que le cure a mi pobre marido del bebedizo que le ha dado esa pelona.

—¿Pero qué bebedizo, mujer de Dios?

—Se va a ir a vivir con ella, dejándome a mí, al cabo de veinticinco años...

—Más extraño es que la hubiese dejado de recién casados, cuando usted era joven y acaso...

—¡Ah, no señor, no! Es que le ha dado un bebedizo trastornándole el seso; porque, si no, no podría ser... No podría ser...

—Bebedizo... bebedizo... —murmuró Joaquín.

—Sí, don Joaquín; sí, un bebedizo... Y usted, que sabe tanto, déme un remedio para él.

—¡Ay, buena mujer!, ya los antiguos trabajaron en balde para encontrar un agua que los rejuveneciese...

Y cuando la pobre mujer se fue desolada, Joaquín se decía: "Pero ¿no se mirará al espejo esta desdichada? ¿No verá el estrago de los años de rudo trabajo? Estas gentes del pueblo todo lo atribuyen a bebedizos o a envidias... ¿Que no encuentran trabajo?... Envidias... ¿Que les sale algo mal? Envidias. El que todos sus fracasos los atribuye a ajenas envidias es un envidioso. ¿Y no lo seremos todos? ¿No me habrán dado un bebedizo?"

Durante unos días apenas pensó más que en el bebedizo. Y acabó diciéndose: "¡Es el pecado original!"

IX

Casóse Joaquín con Antonia buscando en ella un amparo, y la pobre adivinó desde luego su menester, el oficio que hacía en el corazón de su marido y cómo le era un escudo y un posible consuelo.

Tomaba por marido a un enfermo, acaso a un inválido incurable del alma; su misión era la de una enfermera. Y la aceptó llena de compasión, llena de amor a la desgracia de quien así unía su vida a la de ella.

Sentía Antonia que entre ella y su Joaquín había como un muro invisible, una cristalina y transparente muralla de hielo. Aquel hombre no podía ser de su mujer porque no era de sí mismo, dueño de sí, sino a la vez un enajenado y un poseído. En los más íntimos transportes de trato conyugal una invisible sombra fatídica se interponía entre ellos. Los besos de su marido parecíanle besos robados, cuando no de rabia.

Joaquín evitaba hablar de su prima Helena delante de su mujer, y ésta, que se percató de ello al punto, no hacía sino sacarla a colación a cada paso en sus conversaciones. Esto en un principio, que más adelante evitó mentarla.

Llamáronle un día a Joaquín a casa de Abel, como a médico, y se enteró de que Helena llevaba ya en sus entrañas fruto de su marido, mientras que su mujer, Antonia, no ofrecía aún muestra alguna de ello. Y al pobre le asaltó una tentación vergonzosa, de que se sentía abochornado, y era la de un diablo que le decía: "¿Ves? ¡Hasta es más hombre que tú! Él, él, que con su arte resucita e inmortaliza a los que tú dejas morir por tu torpeza, él tendrá pronto un hijo, traerá un nuevo viviente, una obra suya de carne y sangre y hueso al mundo, mientras tú... Tú acaso no seas capaz de ello... ¡Es más hombre que tú!"

Entró mustio y sombrío en el puerto de su hogar.

—Vienes de casa de Abel, ¿no? —le preguntó su mujer.

—Sí. ¿En qué lo has conocido?

—En tu cara. Esa casa es tu tormento. No debías ir allí...

—¿Y qué voy a hacer?

—¡Excusarte! Lo primero es tu salud y tu tranquilidad...

—Aprensiones tuyas...

—No, Joaquín, no quieras ocultármelo... —y no pudo continuar, porque las lágrimas le ahogaron la voz.

Sentóse la pobre Antonia. Los sollozos se le arrancaban de cuajo.

—Pero ¿qué te pasa, mujer, qué es eso?...

—Dime tú lo que a ti te pasa, Joaquín; confíamelo todo, confiésate conmigo...

—No tengo nada de qué acusarme...

—Vamos, ¿me dirás la verdad, Joaquín, la verdad?

El hombre vaciló un momento, pareciendo luchar con un enemigo invisible, con el diablo de su guarda, y con voz arrancada de una resolución súbita, desesperada, gritó casi:

—¡Sí, te diré la verdad, toda la verdad!

—Tú quieres a Helena; tú estás enamorado todavía de Helena.

—¡No, no lo estoy! ¡No lo estoy! ¡Lo estuve; pero no lo estoy ya, no!

—¿Pues entonces?...

—¿Entonces, qué?

—¿A qué esa tortura en que vives? Porque esa casa, la casa de Helena, es la fuente de tu mal humor; esa casa es la que no te deja vivir en paz; es Helena...

—¡Helena, no! ¡Es Abel!

—¿Tienes celos de Abel?

—Sí, tengo celos de Abel; le odio, le odio, le odio —y cerraba la boca y los puños al decirlo, pronunciándolo entre dientes.

—Tienes celos de Abel... Luego quieres a Helena.

—No, no quiero a Helena. Si fuese de otro, no tendría celos de ese otro. No, no quiero a Helena; la desprecio, desprecio a la pava real ésa, a la belleza profesional, a la modelo del pintor de moda, a la querida de Abel...

—¡Por Dios, Joaquín, por Dios!

—Sí, a su querida... legítima. ¿O es que crees que la bendición de un cura cambia un arrimo en matrimonio?

—Mira, Joaquín, que estamos casados como ellos...

—¡Como ellos, no, Antonia; como ellos, no! Ellos se casaron por rebajarme, por humillarme, por denigrarme; ellos se casaron para burlarse de mí; ellos se casaron contra mí.

Y el pobre hombre rompió en unos sollozos que le ahogaban el pecho, cortándole el respiro. Se creía morir.

—Antonia..., Antonia... —suspiró con un hilito de voz apagada.

—¡Pobre hijo mío! —exclamó ella abrazándole.

Y le tomó en su regazo como a un niño enfermo, acariciándole. Y le decía:

—Cálmate, mi Joaquín, cálmate... Estoy aquí, yo, tu mujer, toda tuya y sólo tuya. Y ahora que sé todo tu secreto, soy más tuya que antes y te quiero más que nunca... Olvídalos..., desprécialos... Habría sido peor que una mujer así te hubiese querido...

—Sí; pero él, Antonia, él...

—¡Olvídale!

—No puedo olvidarle... Me persigue... Su fama, su gloria me sigue a todas partes...

—Trabaja tú y tendrás fama y gloria, porque no vales menos que él. Deja la clientela, que no la necesitamos; vámonos de aquí a Renada, a la casa que fue de mis padres, y allí dedícate a lo que más te guste, a la ciencia, a hacer descubrimientos de ésos, y que se hable de ti... Yo te ayudaré en lo que pueda... Yo haré que no te distraigan..., y serás más que él...

—No puedo, Antonia, no puedo; sus éxitos me quitan el sueño y no me dejarían trabajar en paz... La visión de sus cuadros maravillosos se pondría entre mis ojos y el microscopio y no me dejaría ver lo que otros no han visto aún por él... No puedo..., no puedo...

Y bajando la voz como un niño, casi balbuciendo, como atontado por la caída en la sima de su abyección, sollozó diciendo:

—Y van a tener un hijo, Antonia...

—También nosotros le tendremos —le suspiró ella al oído, envolviéndolo en un beso—; no me lo negará la Santísima Virgen, a quien se lo pido todos los días... Y el agua bendita de Lourdes...

—¿También tú crees en bebedizos, Antonia?

—¡Creo en Dios!

—"Creo en Dios" —se repitió Joaquín al verse solo; solo con el otro—. "¿Y qué es creer en Dios? ¿Dónde está Dios? ¡Tendré que buscarle!"

X

"Cuando Abel tuvo su hijo —escribía en su *Confesión* Joaquín— sentí que el odio se me enconaba. Me había invitado a asistir a Helena al parto, pero me excusé con que yo no asistía a partos, lo que era cierto, y con que no sabría conservar toda la sangre fría, mi sangre arrecida más bien, ante mi prima si se viera en peligro. Pero mi diablo me insinuó la feroz tentación de ir a asistirla y de ahogar a hurtadillas al niño. Vencí a la asquerosa idea.

"Aquel nuevo triunfo de Abel, del hombre, no ya del artista —el niño era una hermosura, una obra maestra de salud y de vigor, «un angelito», decían—, me apretó aún más a mi Antonia, de quien esperaba el mío. Quería, necesitaba que la pobre víctima de mi ciego odio —pues la víctima era mi mujer más que yo— fuese madre de hijos míos, de carne de mi carne, de entrañas de mis entrañas torturadas por el demonio. Sería la madre de mis hijos y por ello superior a las madres de los hijos de otros. Ella, la pobre, me había preferido a mí, al antipático, al despreciado, al afrentado; ella había tomado lo que otra desechó con desdén y burla. ¡Y hasta me hablaba bien de ellos!

"El hijo de Abel, Abelín, pues le pusieron el mismo nombre de su padre y como para que continuara su linaje y la gloria de él; el hijo Abel, que habría de ser, andando el tiempo, instrumento de mi desquite, era una maravilla de niño. Y yo necesitaba tener uno así, más hermoso aún que él."

XI

—¿Y qué preparas ahora? —le preguntó a Abel Joaquín un día en que, habiendo ido a ver al niño, se encontraron en el cuarto de estudio de aquél.

—Pues ahora voy a pintar un cuadro de historia, o, mejor, del Antiguo Testamento, y me estoy documentando...

—¿Cómo? ¿Buscando modelos de aquella época?

—No; leyendo la Biblia y comentarios a ella.

—Bien digo yo que tú eres un pintor científico...

—Y tú un médico artista, ¿no es eso?

—¡Peor que un pintor científico... literato! ¡Cuida de no hacer con el pincel literatura!

—Gracias por el consejo.

—¿Y cuál va a ser el asunto de tu cuadro?

—La muerte de Abel por Caín, el primer fratricidio.

Joaquín palideció aún más, y mirando fijamente a su primer amigo le preguntó a media voz:

—¿Y cómo se te ha ocurrido eso?

—Muy sencillo —contestó Abel, sin haberse percatado del ánimo de su amigo—; es la sugestión del nombre. Como me llamo Abel... Dos estudios de desnudo...

—Sí, desnudo del cuerpo...

—Y aun del alma...

—¿Pero piensas pintar sus almas?

—¡Claro está! El alma de Caín, de la envidia, y el alma de Abel...

—¿El alma de qué?

—En eso estoy ahora. No acierto a dar con la expresión, con el alma de Abel. Porque quiero pintarle antes de morir, derribado en tierra y herido de muerte por su hermano. Aquí tengo el Génesis y el *Caín* de lord Byron. ¿Lo conoces?

—No, no conozco el *Caín* de lord Byron. ¿Y qué has sacado de la Biblia?

—Poca cosa... Verás —y tomando un libro, leyó: "y conoció Adán a su mujer Eva, la cual concibió y parió a Caín, y dijo: He adquirido varón por Jehová. Y después parió a su hermano Abel, y fue Abel pastor de ovejas, y Caín fue labrador de la tierra. Y aconteció, andando el tiempo, que Caín trajo del fruto de la tierra una ofrenda a Jehová y Abel trajo de los primogénitos de sus ovejas y de su grosura. Y miró Jehová con agrado a Abel y a su ofrenda, mas no miró propicio a Caín y a la ofrenda..."

—Y eso, ¿por qué?... —interrumpió Joaquín—. ¿Por qué miró Dios con agrado la ofrenda de Abel y con desdén la de Caín?

—No lo explica aquí...

—¿Y no te lo has preguntado tú antes de ponerte a pintar tu cuadro?

—Aún no... Acaso porque Dios veía ya en Caín el futuro matador de su hermano..., al envidioso...

—Entonces es que le había hecho envidioso, es que le había dado un bebedizo. Sigue leyendo.

—"Y ensañóse Caín en gran manera y decayó su semblante. Y entonces Jehová dijo a Caín: ¿Por qué te has ensañado? ¿Y por qué se ha demudado tu rostro? Si bien hicieres, ¿no serás ensalzado?; y si no hicieres bien, el pecado está a tu puerta. Ahí está que te desea, pero tú le dominarás..."

—Y le venció el pecado —interrumpió Joaquín— porque Dios le había dejado de su mano. ¡Sigue!

—"Y habló Caín a su hermano Abel, y aconteció que estando ellos en el campo, Caín se levantó contra su hermano Abel y le mató. Y Jehová dijo a Caín..."

—¡Basta! No leas más. No me interesa lo que Jehová dijo a Caín luego que la cosa no tenía ya remedio.

Apoyó Joaquín los codos en la mesa, la cara entre las palmas de la mano, y clavando una mirada helada y punzante en la mirada de Abel, sin saber de qué alarmado, le dijo:

—¿No has oído nunca una especie de broma que gastan con los niños que aprenden de memoria la Historia sagrada cuando les preguntan: "¿Quién mató a Caín?"

—¡No!

—Pues sí, les preguntan eso, y los niños, confundiéndose, suelen decir: "Su hermano Abel."

—No sabía eso.

—Pues ahora lo sabes. Y dime tú, que vas a pintar esa escena bíblica... ¡y tan bíblica!, ¿no se te ha ocurrido pensar que si Caín no mata a Abel habría sido éste el que habría acabado matando a su hermano?

—¿Y cómo se te puede ocurrir eso?

—Las ovejas de Abel eran adeptas a Dios, y Abel, el pastor, hallaba gracia a los ojos del Señor, pero los frutos de la tierra de Caín, del labrador, no gustaban a Dios, ni tenía para Él gracia Caín. El agraciado, el favorito de Dios era Abel...; el desgraciado, Caín.

—¿Y qué culpa tenía Abel de eso?

—¡Ah!, pero ¿tú crees que los afortunados, los agraciados, los favoritos, no tienen culpa de ello? La tienen de no ocultar, y ocultar como una vergüenza, que lo es, todo gratuito, todo privilegio no ganado por propios méritos, de no ocultar esa gracia en vez de hacer ostentación de ella. Porque no me cabe duda de que Abel restregaría a los hocicos de Caín su gracia, le azuzaría con el humo de sus ovejas sacrificadas a Dios. Los que se creen justos suelen ser unos arrogantes que van a deprimir a los otros con la ostentación de su justicia. Ya dijo quien lo dijera que no hay canalla mayor que las personas honradas...

—¿Y tú sabes —le preguntó Abel, sobrecogido por la gravedad de la conversación— que Abel se jactara de su gracia?

—No me cabe duda, ni de que no tuvo respeto a su hermano mayor, ni pidió al Señor gracia también para él. Y sé más, y es que los abelitas han inventado el infierno para los cainitas porque si no su gloria les resultaría insípida. Su goce está en ver, libres de padecimientos, padecer a los otros...

—¡Ay, Joaquín, qué malo estás!

—Sí, nadie es médico de sí mismo. Y ahora dame ese *Caín* de lord Byron, que quiero leerlo.

—¡Tómalo!

—Y dime, ¿no te inspira tu mujer algo para ese cuadro?, ¿no te da alguna idea?

—¿Mi mujer? En esta tragedia no hubo mujer.

—En toda tragedia la hay, Abel.

—Sería acaso Eva...

—Acaso... La que les dio la misma leche: el bebedizo...

XII

Leyó Joaquín el *Caín* de lord Byron. Y en su *Confesión* escribía más tarde:

"Fue terrible el efecto que la lectura de aquel libro me hizo. Sentí la necesidad de desahogarme, y tomé unas notas que aún conservo y las tengo ahora aquí presentes. Pero ¿fue sólo por desahogarme? No, fue con el propósito de aprovecharlas algún día pensando que podrían servirme de materiales para una obra genial. La vanidad nos consume. Hacemos espectáculo de nuestras más íntimas y asquerosas dolencias. Me figuro que habrá quien desee tener un tumor pestífero como no le ha tenido antes ninguno para hombrearse con él. ¿Esta misma *Confesión* no es algo más que un desahogo?

"He pensado alguna vez romperla para librarme de ella. Pero ¿me libraría? ¡No! Vale más darse un espectáculo que consumirse. Y al fin y al cabo no es más que espectáculo la vida.

"La lectura del *Caín* de lord Byron me entró hasta lo más íntimo. ¡Con qué razón culpaba Caín a sus padres de que hubieran cogido de los frutos del árbol de la ciencia en vez de coger de los del árbol de la vida! A mí, por lo menos, la ciencia no ha hecho más que exacerbarme la herida.

"¡Ojalá nunca hubiera vivido!, digo con aquel Caín. ¿Por qué me hicieron? ¿Por qué he de vivir? Y lo que no me explico es cómo Caín no se decidió por el suicidio. Habría sido el más noble comienzo de la historia humana. Pero ¿por qué no se suicidaron Adán y Eva después de la caída y antes de haber dado hijos? ¡Ah, es que entonces Jehová habría hecho otros iguales y otro Caín y otro Abel! ¿No se repetirá esta misma tragedia en otros mundos, allá por las estrellas? ¿Acaso la tragedia tiene otras representaciones, sin que baste el estreno de la tierra? Pero ¿fue estreno?

"Cuando leí cómo Luzbel le declaraba a Caín cómo era éste, Caín, inmortal, es cuando empecé con terror a pensar si yo también seré inmortal y si será inmortal en mí mi odio. «¿Tendré alma —me dije entonces—, será este mi odio alma?», y llegué a pensar que no podría ser de otro modo, que no puede ser función de un cuerpo un odio así. Lo que no había encontrado con el escalpelo en otros lo encontré en mí. Un organismo corruptible no podía odiar como yo odiaba. Luzbel aspiraba a ser Dios, y yo, desde muy niño, ¿no aspiré a anular a los demás? ¿Y cómo podía ser yo tan desgraciado si no me hizo tal el creador de la desgracia?

"Nada le costaba a Abel criar sus ovejas, como nada le costaba a él, al otro, hacer sus cuadros; pero a mí, a mí me costaba mucho diagnosticar las dolencias de mis enfermos.

"Quejábase Caín de que Adah, su propia querida Adah, su mujer y hermana, no comprendiera el espíritu que a él le abrumaba. Pero sí, sí, mi Adah, mi pobre Adah, comprendía mi espíritu. Es que era cristiana. Mas tampoco yo encontré algo que conmigo simpatizara.

"Hasta que leí y releí el *Caín* byroniano, yo, que tantos hombres había visto agonizar y morir, no pensé en la muerte, no la descubrí. Y entonces pensé si al morir me moriría con mi odio, si se moriría conmigo o si me sobreviría; pensé si el odio sobrevive a los odiadores, si es algo substancial y que se transmite; si es el alma, la esencia misma del alma. Y empecé a creer en el infierno y que la muerte es un ser, es el Demonio, es el Odio hecho persona, es el Dios del alma. Todo lo que mi ciencia no me enseñó me enseñaba el terrible poema de aquel gran odiador que fue lord Byron.

"Mi Adah también me echaba dulcemente en cara cuando yo no trabajaba, cuando no podía trabajar. Y Luzbel estaba entre mi Adah y yo. «¡No vayas con ese Espíritu!» —me gritaba mi Adah. ¡Pobre Antonia! Y me pedía también que le salvara de aquel Espíritu. Mi pobre Adah no llegó a odiarlos como los odiaba yo. ¿Pero llegué yo a querer de veras a mi Antonia? ¡Ah!, si hubiera sido capaz de quererla me habría salvado. Era para mí otro instrumento de venganza. Queríala para madre de un hijo o de una hija que me vengaran. Aunque pensé, necio de mí, que una vez padre se me curaría aquello. ¿Mas acaso no me casé sino para hacer odiosos como yo, para transmitir mi odio, para inmortalizarlo?

"Se me quedó grabada en el alma como en fuego aquella escena de Caín y Luzbel en el abismo del espacio. Vi mi ciencia a través de mi pecado y la miseria de dar vida para propagar la muerte. Y vi que aquel odio inmortal era mi alma. Ese odio pensé que debió de haber precedido a mi nacimiento y que sobreviviría a mi muerte. Y me sobrecogí de espanto al pensar en vivir siempre para aborrecer siempre. Era el Infierno. ¡Y yo que tanto me había reído de la creencia en él! ¡Era el Infierno!

"Cuando leí cómo Adah habló a Caín de su hijo, de Enoc, pensé en el hijo, o en la hija que habría de tener; pensé en ti, hija mía; mi redención y mi consuelo; pensé en que tú vendrías a salvarme un día. Y al leer lo que aquel Caín decía a su hijo dormido e inocente, que no sabía que estaba desnudo, pensé si no había sido en mí un crimen engendrarte, ¡pobre hija mía! ¿Me perdonarás haberte hecho? Y al leer lo que Adah decía a su Caín, recordé mis años de paraíso, cuando aún no iba a cazar premios, cuando no soñaba en superar a todos los demás. No, hija mía, no; no ofrecí mis estudios a Dios con corazón puro; no busqué la verdad y el saber, sino que busqué los premios y la fama y ser más que él.

"Él, Abel, amaba su arte y lo cultivaba con pureza de intención, y no trató nunca de imponérseme. No, no fue él quien me la quitó, ¡no! ¡Y yo llegué a pensar en derribar el altar de Abel, loco de mí! Y es que no había pensado más que en mí.

"El relato de la muerte de Abel, tal y como aquel terrible poeta del demonio nos lo expone, me cegó. Al leerlo sentí que se me iban las cosas y hasta creo que sufrí un mareo. Y desde aquel día, gracias al impío Byron, empecé a creer."

XIII

Le dio Antonia a Joaquín una hija. "Una hija —se dijo—. ¡Y él un hijo!" Mas pronto se repuso de esta nueva treta de su demonio. Y empezó a querer a su hija con toda la fuerza de su pasión y por ella a la madre. "Será mi vengadora", se dijo primero, sin saber de qué habría de vengarle, y luego: "Será mi purificadora."

"Empecé a escribir esto —dejó escrito en su *Confesión*— más tarde para mi hija, para que ella, después de yo muerto, pudiese conocer a su pobre padre y compadecerle y quererle. Mirándola dormir en la cuna, soñando su inocencia, pensaba que para criarla y educarla pura tenía yo que purificarme de mi pasión, limpiarme de la lepra de mi alma. Y decidí hacerle que amase a todos y sobre todo a ellos. Y allí, sobre la inocencia de su sueño, juré libertarme de mi infernal cadena. Tenía que ser yo el mayor heraldo de la gloria de Abel."

Y sucedió que habiendo Abel Sánchez acabado su cuadro lo llevó a una exposición, donde obtuvo un aplauso general y fue admirado como estupenda obra maestra, y se le dio la medalla de honor.

Joaquín iba a la sala de la exposición a contemplar el cuadro y a mirar en él, como si mirase en un espejo, al Caín de la pintura, y a espiar en los ojos de las gentes si le miraban a él después de haber mirado al otro.

"Torturábame la sospecha —escribió en su *Confesión*— de que Abel hubiese pensado en mí al pintar su Caín, de que hubiese descubierto todas las insondables negruras de la conversación que con él mantuve en su casa cuando me anunció su propósito de pintarlo y cuando me leyó los pasajes del Génesis, y yo me olvidé tanto de él y pensé tanto en mí mismo que puse al desnudo mi alma enferma. ¡Pero no! No había en el Caín de Abel el menor parecido conmigo, no pensó en mí al pintarlo, es decir, no me despreció, no lo pintó desdeñándome, ni Helena debió decirle nada de mí. Les bastaba con saborear el futuro triunfo, el que esperaban. ¡Ni siquiera pensaban en mí!

"Y esta idea de que ni siquiera pensasen en mí, de que no me odiaran, torturábame aún más que lo otro. Ser odiado por él con un odio como el que yo le tenía era algo, y podía haber sido mi salvación."

Y fue más allá, o entró más adentro de sí Joaquín, y fue que lanzó la idea de dar un banquete a Abel para celebrar su triunfo, y que él, su amigo de siempre, su amigo de antes de conocerse, le ofrecería el banquete.

Joaquín gozaba de cierta fama de orador. En la Academia de Medicina y Ciencias era el que dominaba a los demás con su palabra cortante y fría, precisa y sarcástica de ordinario. Sus discursos solían ser chorros de agua fría sobre los entusiasmos de los principiantes, acres lecciones de escepticismo pesimista. Su tesis ordinaria, que nada se sabía de cierto en Medicina, que todo eran hipótesis y un continuo tejer y destejer; que lo más seguro era la desconfianza. Por esto, al saberse que era él, Joaquín, quien ofrecería el banquete, echáronse los más a esperar alborozados un discurso de doble filo, una disección despiadada, bajo apariencias de elogio, de la pintura científica y documentada, o bien un encomio sarcástico de ella. Y un regocijo malévolo corría por los corazones de todos los que habían oído alguna vez hablar a Joaquín del arte de Abel. Apercibiéronle a éste del peligro.

—Os equivocáis... —les dijo Abel—. Conozco a Joaquín, y no le creo capaz de eso. Sé algo de lo que pasa, pero tiene un profundo sentido artístico y dirá cosas que valga la pena de oírlas. Y ahora quiero hacerle un retrato.

—¿Un retrato?

—Sí, vosotros no le conocéis como yo. Es un alma de fuego, tormentosa.

—Hombre más frío...

—Por fuera. Y en todo caso dicen que el frío quema. Es una figura que ni aposta...

Y este juicio de Abel llegó a oídos del juzgado, de Joaquín, y le sumió más en sus cavilaciones. "¿Qué pensará, en realidad, de mí? —se decía—. ¿Será cierto que me tiene así, por un alma de fuego, tormentosa? ¿Será cierto que me reconoce víctima del capricho de la suerte?"

Llegó en esto a algo de que tuvo que avergonzarse hondamente, y fue que, recibida en su casa una criada que había servido en la de Abel, la requirió de ambiguas familiaridades, mas sin comprometerse, no más que para inquirir de ella lo que en la otra casa hubiera oído decir de él.

—Pero, vamos, dime, ¿es que no les oíste nunca nada de mí?

—Nada, señorito, nada.

—¿Pero no hablaban alguna vez de mí?

—Como hablar, sí, creo que sí, pero no decían nada.

—¿Nada, nunca nada?

—Yo no les oía hablar. En la mesa, mientras yo les servía, hablaban poco y cosas de esas que se hablan en la mesa. De los cuadros de él...

—Lo comprendo. ¿Pero nada, nunca nada de mí?

—No me acuerdo.

Y al separarse de la criada sintió Joaquín entrañada aversión a sí mismo. "Me estoy idiotizando —se dijo—. ¡Qué pensará de mí esta muchacha!" Y tanto lo acongojó esto que hizo que con un pretexto cualquiera se le despachase a aquella criada. "¿Y si ahora va —se dijo luego—, y vuelve a servir a Abel y le cuenta esto?" Por lo que estuvo a punto de pedir a su mujer que volviera a llamarla. Mas no se atrevió. E iba siempre temblando de encontrarla por la calle.

XIV

Llegó el día del banquete. Joaquín no durmió la noche de la víspera.

—Voy a la batalla, Antonia —le dijo a su mujer al salir de casa.

—Que Dios te ilumine y te guíe, Joaquín.

—Quiero ver a la niña, a la pobre Joaquinita...

—Sí, ven, mírala..., está dormida...

—¡Pobrecilla! ¡No sabe lo que es el demonio!... Pero yo te juro, Antonia, que sabré arrancármelo. Me lo arrancaré, lo estrangularé y lo echaré a los pies de Abel. Le daría un beso si no fuese que temo despertarla...

—¡No, no! ¡Bésala!

Inclinóse el padre y besó a la niña dormida, que sonrió al sentirse besada en sueños.

—Ves, Joaquín, también ella te bendice.

—¡Adiós, mujer! —y le dio un beso largo, muy largo.

Ella se fue a rezar ante la imagen de la Virgen.

Corría una maliciosa epectación por debajo de las conversaciones mantenidas durante el banquete, Joaquín, sentado a la derecha de Abel, e intensamente pálido, apenas comía ni hablaba. Abel mismo empezó a temer algo.

A los postres, se oyeron siseos, empezó a cuajar el silencio, y alguien dijo: "¡Que hable!" Levantóse Joaquín. Su voz empezó temblona y sorda, pero de pronto se aclaró y vibraba con un acento nuevo. No se oía más que su voz, que llenaba el silencio. El asombro era general. Jamás se había pronunciado un elogio más férvido, más encendido, más lleno de admiración y cariño a la obra y a su autor. Sintieron muchos asomárseles las lágrimas cuando Joaquín evocó aquellos días de su común infancia con Abel, cuando ni uno ni otro soñaban lo que habrían de ser.

"Nadie le ha conocido más adentro que yo —decía—: creo conocerle mejor que me conozco a mí mismo, más puramente, porque de nosotros mismos no vemos en nuestras entrañas sino el fango de que hemos sido hechos. Es en otros donde vemos lo mejor de nosotros y lo amamos, y eso es la admiración. Él ha hecho en su arte lo que yo habría querido hacer en el mío, y por eso es uno de mis modelos; su gloria es un acicate para mi trabajo y es un consuelo de la gloria que no he podido adquirir. Él es nuestro, de todos; él es mío sobre todo, y yo, gozando de su obra, la hago tan mía como él la hizo suya creándola. Y me consuelo de verme sujeto a mi medianía..."

Su voz lloraba a las veces. El público estaba subyugado, vislumbrando oscuramente la lucha gigantesca de aquella alma con su demonio.

"Y ved la figura de Caín —decía Joaquín dejando gotear las ardientes palabras—, del trágico Caín, del labrador errante, del primero que fundó ciudades, del padre de la industria, de la envidia y de la vida civil, ¡vedla! Ved con qué cariño, con qué compasión, con qué amor al desgraciado está pintada. ¡Pobre Caín! Nuestro Abel Sánchez admira a Caín como Milton admiraba a Satán, está enamorado de su Caín como Milton lo estuvo de su Satán, porque admirar es amar y amar es compadecer. Nuestro Abel ha sentido toda la miseria, toda la desgracia inmerecida del que mató al primer Abel, del que trajo, según la leyenda bíblica, la muerte al mundo. Nuestro Abel nos hace comprender la culpa de Caín, porque hubo culpa, y compadecerle y amarle... ¡Este cuadro es un acto de amor!"

Cuando acabó Joaquín de hablar medió un silencio espeso, hasta que estalló una salva de aplausos. Levantóse entonces Abel y, pálido, convulso, tartamudeante, con lágrimas en los ojos, le dijo a su amigo:

—Joaquín, lo que acabas de decir vale más, mucho más que mi cuadro, más que todos los cuadros que he pintado, más que todos los que pintaré... Eso, eso es una obra de arte y de corazón. Yo no sabía lo que he hecho hasta que te he oído. ¡Tú y no yo has hecho mi cuadro, tú!

Y abrazáronse llorando los dos amigos de siempre entre los clamorosos aplausos y vivas de la concurrencia puesta en pie. Y al abrazarse le dijo a Joaquín su demonio: "¡Si pudieras ahora ahogarle en tus brazos!..."

—¡Estupendo! —decían—. ¡Qué orador! ¡Qué discurso! ¿Quién podía haber esperado esto? ¡Lástima que no haya traído taquígrafos!

—Esto es prodigioso... —decía uno—. No espero volver a oír cosa igual.

—A mí —añadía otro— me corrían escalofríos al oírlo.

—¡Pero mírale, mírale qué pálido está!

Y así era. Joaquín, sintiéndose, después de su victoria, vencido, sentía hundirse en una sima de tristeza. No, su demonio no estaba muerto. Aquel discurso fue un éxito como no lo había tenido, como no volvería a tenerlo, y le hizo concebir la idea de dedicarse a la oratoria para adquirir en ella gloria con que oscurecer la de su amigo en la pintura.

—¿Has visto cómo lloraba Abel? —decía uno al salir.

—Es que este discurso de Joaquín vale por todos los cuadros del otro. El discurso ha hecho el cuadro. Habrá que llamarle el cuadro del discurso. Quita el discurso, y ¿qué queda del cuadro? ¡Nada!, a pesar del primer premio.

Cuando Joaquín llegó a su casa, Antonia salió a abrirle la puerta y abrazarle.

—Ya lo sé, ya me lo han dicho. ¡Así, así! Vales más que él, mucho más que él; que sepa que si su cuadro vale será por tu discurso.

—Es verdad, Antonia, es verdad, pero...

—¿Pero qué? Todavía...

—Todavía, sí. No quiero decirte las cosas que el demonio, mi demonio, me decía mientras nos abrazábamos...

—¡No, no me las digas, cállate!

—Pues tápame la boca.

Y ella le tapó la boca con un beso largo, cálido, húmedo, mientras se le nublaban de lágrimas los ojos.

—A ver si así me sacas el demonio, Antonia; a ver si me lo sorbes.

—Sí, para quedarme con él, ¿no es eso? —y procuraba reírse, la pobre.

—Sí, sórbemelo, que a ti no puede hacerte daño, que en ti se morirá, se ahogará en tu sangre como en agua bendita...

Y cuando Abel se encontró en su casa, a solas con su Helena, ésta le dijo:

—Ya han venido a contarme lo del discurso de Joaquín. ¡Ha tenido que tragar tu triunfo..., ha tenido que tragarte!...

—No hables así, mujer, que no le has oído.

—Como si le hubiese oído.

—Le salía del corazón. Me ha conmovido. Te digo que ni yo sé lo que he pintado hasta que no le he oído a él explicárnoslo.

—No te fíes de él..., no te fíes de él...; cuando tanto te ha elogiado, por algo será...

—¿Y no puede haber dicho lo que sentía?

—Tú sabes que está muerto de envidia de ti...

—¡Cállate!

—Muerto, sí, muertecito de envidia de ti...

—¡Cállate, cállate, mujer; cállate!

—No, no son celos, porque él ya no me quiere, si es que me quiso...; es envidia..., envidia...

—¡Cállate! ¡Cállate!... —rugió Abel.

—Bueno, me callo, pero tú verás...

—Ya he visto y he oído, y me basta... ¡Cállate, digo!

XV

¡Pero no, no! Aquel acto heroico no le curó al pobre Joaquín.

"Empecé a sentir remordimiento —escribió en su *Confesión*— de haber dicho lo que dije, de no haber dejado estallar mi mala pasión para así librarme de ella, de no haber acabado con él artísticamente, denunciando los engaños y falsos efectísmos de su arte, sus imitaciones, su técnica fría y calculada, su falta de emoción; de no haber matado su gloria. Y así me habría librado de lo otro diciendo la verdad, reduciendo su prestigio a su verdadera tasa. Acaso Caín, el bíblico, el que mató al otro Abel, empezó a querer a éste luego que lo vio muerto. Y empecé a creer: de los efectos de aquel discurso provino mi conversión."

Lo que Joaquín llamaba así en su *Confesión* fue que Antonia, su mujer, que le vio no curado, que le temió acaso incurable, fue induciéndole a que buscase armas en la religión de sus padres, en la de ella, en la que había de ser de su hija, en la oración.

—Tú lo que debes hacer es ir a confesarte...

—Pero, mujer, si hace años que no voy a la iglesia...

—Por lo mismo.

—Pero si no creo en esas cosas...

—Eso creerás tú, pero a mí me ha explicado el padre cómo vosotros, los hombres de ciencia, creéis no creer, pero creéis. Yo sé que las cosas que te enseñó tu madre, las que yo enseñaré a nuestra hija...

—¡Bueno, bueno, déjame!

—No, no te dejaré. Vete a confesarte, te lo ruego.

—¿Y qué dirán los que conocen mis ideas?

—¿Ah, es eso? ¿Son respetos humanos?

Mas la cosa empezó a hacer mella en el corazón de Joaquín, y se preguntó si realmente no creía, y aun sin creer quiso probar si la Iglesia podría curarle. Y empezó a frecuentar el templo, algo demasiado a las claras, como en son de desafío a los que conocían sus ideas irreligiosas, y acabó yendo a un confesor. Y una vez en el confesonario se le desató el alma.

—Le odio, padre, le odio con toda mi alma, y a no creer como creo, a no querer creer como quiero creer, le mataría...

—Pero eso, hijo mío, eso no es odio; eso es más bien envidia.

—Todo odio es envidia, padre; todo odio es envidia.

—Pero debe cambiarlo en noble emulación, en deseo de hacer en su profesión, y sirviendo a Dios, lo mejor que pueda...

—No puedo, no puedo, no puedo trabajar. Su gloria no me deja.

—Hay que hacer un esfuerzo..., para eso el hombre es libre...

—No creo en el libre albedrío, padre. Soy médico.

—Pero...

—¿Qué hice yo para que Dios me hiciese así, rencoroso, envidioso, malo? ¿Qué mala sangre me legó mi padre?

—Hijo mío..., hijo mío...

—No, no creo en la libertad humana, y el que no cree en la libertad no es libre. ¡No, no lo soy! ¡Ser libre es creer serlo!

—Es usted malo porque desconfía de Dios.

—¿El desconfiar de Dios es maldad, padre?

—No quiero decir eso, sino que la mala pasión de usted proviene de que desconfía de Dios...

—¿El desconfiar de Dios es maldad? Vuelvo a preguntárselo.

—Sí, es maldad.

—Luego desconfío de Dios porque me hizo malo. Como a Caín le hizo malo. Dios me hizo desconfiado...

—Le hizo libre.

—Sí, libre de ser malo.

—¡Y de ser bueno!

—¿Por qué nací, padre?

—Pregunte más bien para qué nació...

XVI

Abel había pintado una Virgen con el niño en brazos, que no era sino un retrato de Helena, su mujer, con el hijo, Abelito. El cuadro tuvo éxito, fue reproducido, y ante una espléndida fotografía de él rezaba Joaquín a la Virgen Santísima, diciéndole: "¡Protégeme! ¡Sálvame!"

Pero mientras así rezaba, susurrándose en voz baja y como para oírse, quería acallar otra voz más honda, que brotándole de las entrañas le decía: "¡Así se muera! ¡Así te la deje libre!"

—¿Conque te has hecho ahora reaccionario? —le dijo un día Abel a Joaquín.

—¿Yo?

—Sí, me han dicho que te has dado a la Iglesia y que oyes misa diaria, y como nunca has creído ni en Dios ni en el diablo, y no es cosa de convertirse así, sin más ni menos, ¡pues te has hecho reaccionario!

—¿Y a ti qué?

—No, si no te pido cuentas; pero... ¿crees de veras?

—Necesito creer.

—Eso es otra cosa. ¿Pero crees?

—Ya te he dicho que necesito creer, y no me preguntes más.

—Pues a mí con el arte me basta; el arte es mi religión.

—Pues has pintado Vírgenes...

—Sí, a Helena.

—Que no lo es, precisamente.

—Para mí como si lo fuese. Es la madre de mi hijo...

—¿Nada más?

—Y toda madre es virgen en cuanto es madre.

—¡Ya estás haciendo teología!

—No sé, pero aborrezco el reaccionarismo y la gazmoñería. Todo eso me parece que no nace sino de la envidia, y me extraña en ti, que te creo muy capaz de distinguirte del vulgo de los mediocres, me extraña que te pongas ese uniforme.

—¡A ver, a ver, Abel, explícate!

—Es muy claro. Los espíritus vulgares, ramplones, no consiguen distinguirse, y como no pueden sufrir que otros se distingan les quieren imponer el uniforme del dogma, que es un traje de munición, para que no se distingan. El origen de toda ortodoxia, lo mismo en religión que en arte, es la envidia, no te quepa duda. Si a todos se nos deja vestirnos como se nos antoje, a uno se le ocurre un atavío que llame la atención y ponga de realce su natural elegancia, y si es hombre hace que las mujeres le admiren y se enamoren de él, mientras otro, naturalmente ramplón y vulgar, no logra sino ponerse en ridículo buscando vestirse a su modo, y por eso los vulgares, los ramplones, que son los envidiosos, han ideado una especie de uniforme, un modo de vestirse como muñecos, que pueda ser moda, porque la moda es otra ortodoxia. Desengáñate, Joaquín: eso que llaman ideas peligrosas, atrevidas, impías, no son sino las que no se les ocurren a los pobres de ingenio rutinario, a los que no tienen ni pizca de sentido propio ni originalidad y sí sólo sentido común y vulgaridad. Lo que más odian es la imaginación porque no la tienen.

—Y aunque así sea —exclamó Joaquín—, es que esos que llaman los vulgares, los ramplones, los mediocres, ¿no tienen derecho a defenderse?

—Otra vez defendiste en mi casa, ¿te acuerdas?, a Caín, al envidioso, y luego, en aquel inolvidable discurso que me moriré repitiéndotelo, en aquel discurso, al que debo lo más de mi reputación, nos enseñaste, me enseñaste a mí al menos, el alma de Caín. Pero Caín no era ningún vulgar, ningún ramplón, ningún mediocre...

—Pero fue el padre de los envidiosos.

—Sí, pero de otra envidia, no de la de esa gente... La envidia de Caín era algo grande; la del fanático inquisidor es lo más pequeño que hay. Y me choca verte entre ellos.

"Pero este hombre —se decía —Joaquín al separarse de Abel— ¿es que lee en mí? Aunque no parece darse cuenta de lo que me pasa. Habla y piensa como pinta, sin saber lo que dice y lo que pinta. Es un inconsciente, aunque yo me empeñe en ver en él un técnico reflexivo..."

XVII

Enteróse Joaquín de que Abel andaba enredado con una antigua modelo, y esto le corroboró en su aprensión de que no se había casado con Helena por amor. "Se casaron —decíase— por humillarme." Y luego se añadía: "Ni ella, ni Helena le quiere, ni puede quererle...; ella no quiere a nadie, es incapaz de cariño; no es más que un hermoso estuche de vanidad... Por vanidad y por desdén a mí se casó, y por vanidad o por capricho es capaz de faltar a su marido... Y hasta con el mismo a quien no quiso para marido..." Surgíale a la vez de entre pavesas una brasa que creía apagada al hielo de su odio, y era su antiguo amor a Helena. Seguía, sí, a pesar de todo, enamorado de la pava real, de la coqueta, de la modelo de su marido. Antonia le era muy superior, sin duda, pero la otra era la otra. Y luego, la venganza..., ¡es tan dulce la venganza! ¡Tan tibia para un corazón helado!

A los pocos días fue a casa de Abel, acechando la hora en que éste se hallara fuera de ella. Encontró a Helena sola con el niño, a aquella Helena a cuya imagen divinizada había en vano pedido protección y salvación.

—Ya me ha dicho Abel —le dijo su prima— que ahora te ha dado por la Iglesia. ¿Es que Antonia te ha llevado a ella, o es que vas huyendo de Antonia?

—¿Pues?

—Porque los hombres soléis haceros beatos o a rastras de la mujer o escapando de ella...

—Hay quien escapa de la mujer, y no para ir a la iglesia precisamente.

—Sí, ¿eh?

—Sí, pero tu marido, que te ha venido con el cuento ése, no sabe algo más, y es que no sólo rezo en la iglesia...

—¡Es claro! Todo hombre devoto debe hacer sus oraciones en casa.

—Y las hago. Y la principal es pedir a la Virgen que me proteja y me salve.

—Me parece muy bien.

—¿Y sabes ante qué imagen pido eso?

—Si tú no me lo dices...

—Ante la que pintó tu marido...

Helena volvió la cara de pronto, enrojecida, al niño que dormía en un rincón del gabinete. La brusca violencia del ataque la desconcertó. Mas, reponiéndose, dijo:

—Eso me parece una impiedad de tu parte y prueba, Joaquín, que tu nueva devoción no es más que una farsa y algo peor...

—Te juro, Helena...

—El segundo, no jurar su santo nombre en vano.

—Pues te juro, Helena, que mi conversión fue verdadera, es decir, que he querido creer, que he querido defenderme con la fe de una pasión que me devora...

—Sí, conozco tu pasión.

—¡No, no la conoces!

—La conozco. No puedes sufrir a Abel.

—Pero ¿por qué no puedo sufrirle?

—Eso tú lo sabrás. No has podido sufrirle nunca, ni aun antes de que me lo presentases.

—¡Falso!... ¡Falso!

—¡Verdad! ¡Verdad!

—¿Y por qué no he de poder sufrirle?

—Pues porque adquiere fama, porque tiene renombre... ¿No tienes tú clientela? ¿No ganas con ella?

—Pues mira, Helena, voy a decirte la verdad, toda la verdad. ¡No me basta con eso! Yo querría haberme hecho famoso, haber hallado algo nuevo en mi ciencia, haber unido mi nombre a algún descubrimiento científico...

—Pues ponte a ello, que talento no te falta.

—¡Ponerme a ello..., ponerme a ello!... Habríame puesto a ello, sí, Helena, si hubiese podido haber puesto esa gloria a tus pies...

—¿Y por qué no a los de Antonia?

—¡No hablemos de ella!

—¡Ah, pero has venido a esto! ¿Has espiado el que mi Abel —y recalcó el *mi*— estuviese fuera para venir a esto?

—Tu Abel..., tu Abel...; ¡valiente caso hace de ti tu Abel!

—¿Qué? ¿También relator, acusique, soplón?

—Tu Abel tiene otras modelos que tú.

—¿Y qué? —exclamó Helena, irguiéndose—. ¿Y qué, si las tiene? ¡Señal de que sabe ganarlas! ¿O es que también de eso le tienes envidia? ¿Es que no tienes más remedio que contentarte con... tu Antonia? ¡Ah!, ¿y porque él ha sabido buscarse otras vienes tú aquí hoy a buscarte otra también? ¿Y vienes así, con chismes de éstos? ¿No te da vergüenza, Joaquín? Quítate, quítate, quítate de ahí, que me da bascas sólo el verte.

—¡Por Dios, Helena, que me estás matando..., que me estás matando!

—Anda, vete, vete a la iglesia, hipócrita, envidioso; vete a que tu mujer te cure, que estás muy malo.

—¡Helena, Helena, que tú sola puedes curarme! ¡Por cuanto más quieras, Helena, mira que pierdes para siempre a un hombre!

—¡Ah!, ¿y quieres que por salvarte a ti pierda a otro, al mío?

—A ése no le pierdes; le tienes ya perdido. Nada le importa de ti. Es incapaz de quererte. Yo, yo soy el que te quiero, con toda mi alma, con un cariño como no puedes soñar.

—Helena se levantó, fue al niño, y despertándolo cogiólo en brazos, y volviendo a Joaquín le dijo: "¡Vete! Es éste, el hijo de Abel, quien te echa de su casa; ¡vete!"

XVIII

Joaquín empeoró. La ira al conocer que se había desnudado el alma ante Helena, y el despecho por la manera como ésta le rechazó, en que vio claro que le despreciaba, acabó de enconarle el ánimo. Mas se dominó buscando en su mujer y en su hija consuelo y remedio. Ensombreciósele aún más su vida de hogar, se le agrió el humor.

Tenía entonces en casa una criada muy devota, que procuraba oír misa diaria y se pasaba las horas que el servicio le dejaba libre encerrada en su cuarto haciendo sus devociones. Andaba con los ojos bajos, fijos en el suelo, y respondía a todo con la mayor mansedumbre y en voz algo gangosa. Joaquín no podía resistirla y la regañaba con cualquier pretexto. "Tiene razón el señor", solía decirle ella.

—¿Cómo que tengo razón? —exclamó una vez, ya perdida la paciencia, él, el amo—. ¡No, ahora no tengo razón!

—Bueno, señor, no se enfade, no la tendrá.

—¿Y nada más?

—No le entiendo, señor.

—¿Cómo que no me entiendes, gazmoña, hipócrita? ¿Por qué no te defiendes? ¿Por qué no me replicas? ¿Por qué no te rebelas?

—¿Rebelarme yo? Dios y la Santísima Virgen me defiendan de ello, señor.

—Pero ¿quieres más —intervino Antonia— sino que reconozca sus faltas?

—No, no las reconoce.. ¡Está llena de soberbia!

—¿De soberbia yo, señor?

—¿Lo ves? Es la hipócrita soberbia de no reconocerla. Es que está haciendo conmigo, a mi costa, ejercicios de humildad y de paciencia; es que toma mis accesos de mal humor como cilicios para ejercitarse en la virtud de la paciencia. ¡Y a mi costa, no! ¡No, no y no! ¡A mi costa, no! ¡A mí no me toma de instrumento para hacer méritos para el cielo! ¡Eso es hipocresía!

La criadita lloraba, rezando entre dientes.

—Pero y si es verdad, Joaquín —dijo Antonia—, que realmente es humilde... ¿Por qué va a rebelarse? Si se hubiese rebelado te habrías irritado aún más.

—¡No! Es una canallada tomar las flaquezas del prójimo como medio para ejercitarnos en la virtud. Que me replique, que se insolente, que sea persona... y no criada...

—Entonces, Joaquín, te irritarías más.

—No, lo que más me irrita son esas pretensiones a mayor perfección.

—Se equivoca usted, señor —dijo la criada sin levantar los ojos del suelo—; yo no me creo mejor que nadie.

—No, ¿eh? ¡Pues yo sí! Y el que no se crea mejor que otro es un mentecano. Tú te creerás la más pecadora de las mujeres, ¿es eso? ¡Anda, responde!

—Esas cosas no se preguntan, señor.

—Anda, responde que también San Luis Gonzaga dicen que se creía el más pecador de los hombres; responde: ¿te crees, sí o no, la más pecadora de las mujeres?

—Los pecados de las otras no van a mi cuenta, señor.

—Idiota, más que idiota. ¡Vete de aquí!

—Dios le perdone como yo le perdono, señor.

—¿De qué? Ven y dímelo, ¿de qué? ¿De qué me tiene que perdonar Dios? Anda, dilo.

—Bueno, señora, lo siento por usted, pero me voy de esta casa.

—Por ahí debiste empezar —concluyó Joaquín.

Y luego, a solas con su mujer, le decía:

—¿Y no irá diciendo esta gatita muerta que estoy loco? ¿No lo estoy, acaso, Antonia? Dime: ¿estoy loco, sí o no?

—Por Dios, Joaquín, no te pongas así...

—Sí, sí, creo estar loco... Enciérrame. Esto va a acabar conmigo.

—Acaba tú con ello.

XIX

Concentró entonces todo su ahinco en su hija, en criarla y educarla, en mantenerla libre de las inmundicias morales del mundo.

—Mira —solía decirle a su mujer—, es una suerte que sea sola, que no hayamos tenido más.

—¿No te habría gustado un hijo?

—No, no; es mejor hija, es más fácil aislarla del mundo indecente. Además, si hubiésemos tenido dos habrían nacido envidias entre ellos.

—¡Oh, no!

—¡Oh, sí! No se puede repartir el cariño igualmente entre varios: lo que se le da al uno se le quita al otro. Cada uno pide todo para él y sólo para él. No, no; no quisiera verme en el caso de Dios...

—¿Y cuál es ese caso?

—El de tener tantos hijos. ¿No dicen que somos todos hijos de Dios?

—No digas esas cosas, Joaquín...

—Unos están sanos para que otros estén enfermos... ¡Hay que ver el reparto de las enfermedades!

No quería que su hija tratase con nadie. Le llevó una maestra particular a casa, y él mismo, en ratos de ocio, le enseñaba algo.

La pobre Joaquina adivinó en su padre a un paciente mientras recibía de él una concepción tétrica del mundo y de la vida.

—Te digo —le decía Joaquín a su mujer— que sola, que no tengamos que repartir el cariño...

—Dicen que cuanto más se reparte crece más...

—No creas así. ¿Te acuerdas de aquel pobre Ramírez, el procurador? Su padre tenía dos hijos y dos hijas y pocos recursos. En su casa no se comía sino sota, caballo y rey, cocido, pero no principio; sólo el padre, Ramírez padre, tomaba principio, del cual daba alguna vez a uno de los hijos y a una de las hijas, pero nunca a los otros. Cuando repicaban gordo, en días señalados, había dos principios para todos y otro además para él, el amo de la casa, que en algo había de distinguirse. Hay que conservar la jerarquía. Y a la noche, al recogerse a dormir, Ramírez padre daba siempre un beso a uno de sus hijos y a una de las hijas, pero no a los otros dos.

—¡Qué horror! ¿Y por qué?

—Qué sé yo... Le parecerían más guapos los preferidos...

—Es como lo de Carvajal, que no puede ver a su hija menor.

—Es que le ha llegado la última, seis años después de la anterior y cuando andaba mal de recursos. Es una nueva carga, e inesperada. Por eso le llaman la intrusa.

—¡Qué horrores, Dios mío!

—Así es la vida, Antonia, un semillero de horrores. Y bendigamos a Dios el no tener que repartir nuestro cariño.

—¡Cállate!

—¡Cállome!

Y le hizo callar.

XX

El hijo de Abel estudiaba Medicina, y su padre solía dar a Joaquín noticias de la marcha de sus estudios. Habló Joaquín algunas veces con el muchacho mismo y le cobró algún afecto; tan insignificante le pareció.

—¿Y cómo le dedicas a médico y no a pintor? —le preguntó a su amigo.

—No le dedico yo, se dedica él. No siente vocación alguna por el arte...

—Claro, y para estudiar Medicina no hace falta vocación...

—No he dicho eso. Tú siempre tan mal pensado. Y no sólo no siente vocación por la pintura, pero ni curiosidad. Apenas si se detiene a ver lo que pinto.

—Es mejor así acaso...

—¿Por qué?

—Porque si se hubiera dedicado a la pintura, o lo hacía mejor que tú o peor. Si peor, eso de ser Abel Sánchez, hijo, al que llamarían Abel Sánchez el Malo o Sánchez el Malo o Abel el Malo, no está bien ni él lo sufriría...

—¿Y si fuera mejor que yo?

—Entonces serías tú quien no lo sufriría.

—Piensa el ladrón que todos son de su condición.

—Sí, venme ahora a mí, a mí, con esas pamemas. Un artista no soporta la gloria de otro, y menos si es su propio hijo o su hermano. Antes la de un extraño. Eso de que uno de su sangre le supere..., ¡eso no! ¿Cómo explicarlo? Haces bien en dedicarle a la Medicina.

—Además, así ganará más.

—Pero ¿quieres hacerme creer que no ganas mucho con la pintura?

—¡Bah!, algo.

—Y, además, gloria.

—¿Gloria? Para lo que dura...

—Menos dura el dinero.

—Pero es más sólido.

—No seas farsante, Abel, no finjas despreciar la gloria.

—Te aseguro que lo que hoy me preocupa es dejar una fortuna a mi hijo.

—Le dejarás un nombre.

—Los nombres no se cotizan.

—¡El tuyo sí!

—¡Mi firma, pero es... Sánchez! ¡Y menos mal si no le da por firmar Abel S. Puig! Que le hagan marqués de Casa Sánchez. Y luego el Abel quita la malicia al Sánchez. Abel Sánchez suena bien.

XXI

Huyendo de sí mismo, y para ahogar con la constante presencia del otro, de Abel, en su espíritu la triste conciencia enferma que se le presentaba, empezó a frecuentar una peña del Casino. Aquella conversación ligera le serviría como narcótico, o más bien se embriagaría con ella. ¿No hay quien se entrega a la bebida para ahogar en ella un amor frustrado? Pues él se entregaría a la conversación casinera, a oírla más que a tomar parte muy activa en ella, para ahogar también su pasión. Sólo que el remedio fue peor que la enfermedad.

Iba siempre decidido a contenerse, a reír y bromear, a murmurar como por juego, a presentarse a modo de desinteresado expectador de la vida, bondadoso como un escéptico de profesión, atento a lo de que comprender es perdonar, y sin dejar traslucir el cáncer que le devoraba la voluntad. Pero el mal le salía por la boca, en las palabras, cuando menos lo esperaba, y percibían todos en ellas el hedor del mal. Y volvía a casa irritado contra sí mismo, reprochándose su cobardía y el poco dominio sobre sí y decidido a no volver más a la peña del Casino. "¡No —se decía—, no vuelvo, no debo volver; esto me empeora; me agrava; aquel ámbito es deletéreo; no se respira allí más que malas pasiones retenidas; no, no vuelvo; lo que yo necesito es soledad, soledad! ¡Santa soledad!"

Y volvía.

Volvía por no poder sufrir la soledad. Pues en la soledad jamás lograba estar solo, sino que siempre allí el otro. ¡El otro! Llegó a sorprenderse en diálogo con él, tramando lo que el otro le decía. Y el otro, en estos diálogos solitarios, en estos monólogos dialogados, le decía cosas indiferentes o gratas, no le mostraba ningún rencor. "¡Por qué no me odia, Dios mío! —llegó a decirse—. ¿Por qué no me odia?"

Y se sorprendió un día a sí mismo a punto de pedir a Dios, en infame oración diabólica, que infiltrase en el alma de Abel odio a él, a Joaquín. Y otra vez: "¡Ah, si me envidiase... si me envidiase!..." Y a esta idea, que como fulgor lívido cruzó por las tinieblas de su espíritu de amargura, sintió un gozo como de derretimiento, un gozo que le hizo temblar hasta los tuétanos del alma, escalofriados. ¡Ser envidiado!... ¡Ser envidiado!...

"Mas ¿no es esto —se dijo luego— que me odio, que me envidio a mí mismo?..." Fuése a la puerta, la cerró con llave, miró a todos lados, y al verse sólo arrodillóse murmurando con lágrimas de las que escaldan en la voz: "Señor, Señor. Tú me dijiste: ama a tu prójimo, no puedo amarle, porque no me amo, no sé amarme, no puedo amarme a mí mismo. ¿Qué has hecho de mí, Señor?"

Fue luego a coger la Biblia y la abrió por donde dice: "Y Jehová dijo a Caín: ¿dónde está Abel tu hermano?" Cerró lentamente el libro, murmurando: "¿Y dónde estoy yo?" Oyó entonces ruido fuera y se apresuró a abrir la puerta. "¡Papá, papaíto!", exclamó su hija al entrar. Aquella voz fresca pareció volverle a la luz. Besó a la muchacha, y rozándole el oído con la boca le dijo abajo, muy bajito, para que no le oyera nadie: "¡Reza por tu padre, hija mía!"

—¡Padre! ¡Padre! —gimió la muchacha, echándole los brazos al cuello.

Ocultó la cabeza en el hombro de la hija y rompió a llorar.

—¿Qué te pasa, papá, estás enfermo?

—Sí, estoy enfermo. Pero no quieras saber más.

XXII

Y volvió al Casino. Era inútil resistirlo. Cada día se inventaba a sí mismo un pretexto para ir allá. Y el molino de la peña seguía moliendo.

Allí estaba Federico Cuadrado, implacable, que en cuanto oía que uno elogiaba a otro preguntaba: "¿Contra quién va ese elogio?"

—Porque a mí —decía con su vocecita fría y cortante— no me la dan con queso; cuando se elogia mucho a uno se tiene presente a otro al que se trata de rebajar con ese elogio, a un rival del elogiado. Eso cuando no se elogia con mala intención, por ensañarse en él... Nadie elogia con buena intención.

—Hombre —le replicaba León Gómez, que se gozaba en dar cuerda al cínico Cuadrado—, ahí tienes a don Leovigildo, al cual nadie le ha oído todavía hablar de otro...

—Bueno —intercalaba un diputado provincial—, es que don Leovigildo es un político y los políticos deben estar a bien con todo el mundo. ¿Qué dices, Federico?

—Digo que don Leovigildo se morirá sin haber hablado mal ni pensado bien de nadie... Él no dará, acaso, ni el más ligero empujoncito para que otro caiga, ni aunque no se lo vean, porque no sólo teme al código penal, sino también al infierno; pero si el otro se cae y se rompe la crisma se alegrará hasta los tuétanos. Y para gozarse en la rotura de la crisma del otro será el primero que irá a condolerse de su desgracia y darle el pésame.

—Yo no sé cómo se puede vivir sintiendo así —dijo Joaquín.

—¿Sintiendo cómo? —le arguyó al punto Federico—. ¿Cómo siente don Leovigildo, cómo siento yo y cómo sientes tú?

—¡De mí nadie ha hablado! —y esto lo dijo con acre displicencia.

—Pero hablo yo, hijo mío, porque aquí todos nos conocemos...

Joaquín se sintió palidecer. Le llegaba como un puñal de hielo hasta las entrañas de la voluntad aquel *¡hijo mío!* que prodigaba Federico, su demonio de la guarda, cuando echaba la garra sobre alguien.

—No sé por qué le tienes esa tirria a don Leovigildo —añadió Joaquín, arrepintiéndose de haberlo dicho apenas lo dijera, pues sintió que estaba atizando la mala lumbre.

—¿Tirria? ¿Tirria yo? ¿Y a don Leovigildo?

—Sí, no sé qué mal te ha hecho...

—En primer lugar, hijo mío, no hace falta que le hayan hecho a uno mal alguno para tenerle tirria. Cuando se le tiene a uno tirria, es fácil inventar ese mal, es decir, figurarse uno que se lo han hecho... Y yo no le tengo a don Leovigildo más tirria que a otro cualquiera. Es un hombre y basta. ¡Y un hombre honrado!

—Como tú eres un misántropo profesional... —empezó el diputado provincial.

—El hombre es el bicho más podrido y más indecente, ya os lo he dicho cien veces. Y el hombre honrado es el peor de los hombres.

—¡Anda, anda! ¿Qué dices a eso tú, que hablabas el otro día del político honrado refiriéndote a don Leovigildo? —le dijo León Gómez al diputado.

—¡Político honrado! —saltó Federico—. ¡Eso sí que no!

—¿Y por qué? —preguntaron tres a coro.

—¿Que por qué? Porque lo ha dicho él mismo. Porque tuvo en un discurso la avilantez de llamarse a sí mismo honrado. No es honrado declararse tal. Dice el Evangelio que Cristo Nuestro Señor...

—¡No mientes a Cristo, te lo suplico! —le interrumpió Joaquín.

—¿Qué, te duele también Cristo, hijo mío?

Hubo un breve silencio, oscuro y frío.

—Dijo Cristo Nuestro Señor —recalcó Federico— que no le llamaran bueno, que bueno era sólo Dios. Y hay cochinos cristianos que se atreven a llamarse a sí mismos honrados.

—Es que honrado no es precisamente bueno —intercaló don Vicente, el magistrado.

—Ahora lo ha dicho usted, don Vicente. ¡Y gracias a Dios que le oigo a un magistrado alguna sentencia razonable y justa!

—De modo —dijo Joaquín— que uno no debe confesarse honrado. ¿Y pillo?

—No hace falta.

—Lo que quiere el señor Cuadrado —dijo don Vicente, el magistrado— es que los hombres se confiesen bellacos y sigan siéndolo, ¿no es eso?

—¡Bravo! —exclamó el diputado provincial.

—Le diré a usted, hijo mío —contestó Federico pensando la respuesta—. Usted debe saber cuál es la excelencia del sacramento de la confesión en nuestra sapientísima Madre Iglesia...

—Alguna otra barbaridad —interrumpió el magistrado.

—Barbaridad, no, sino muy sabia institución. La confesión sirve para pecar más tranquilamente, pues ya sabe uno que le ha de ser perdonado su pecado. ¿No es así, Joaquín?

—Hombre, si uno se arrepiente...

—Sí, hijo mío, sí; si uno se arrepiente, pero vuelve a pecar y vuelve a arrepentirse, y sabe cuando peca que se arrepentirá y sabe cuando se arrepiente que volverá a pecar, y acaba por pecar y arrepentirse a la vez, ¿no es así?

—El hombre es un misterio —dijo León Gómez.

—¡Hombre, no digas sandeces! —le replicó Federico.

—¿Sandez, por qué?

—Toda sentencia filosófica, así, todo axioma, toda proposición general y solemne enunciada aforísticamente es una sandez.

—¿Y la filosofía, entonces?

—No hay más filosofía que ésta, la que hacemos aquí...

—Sí, desollar al prójimo.

—Exacto. Nunca está mejor que desollado.

Al levantarse la tertulia, Federico se acercó a Joaquín a preguntarle si se iba a su casa, pues gustaría de acompañarle un rato, y al decirle éste que no, que iba a hacer una visita allí, al lado, aquél le dijo:

—Sí, te comprendo; eso de la visita es un achaque. Lo que tú quieres es verte solo. Lo comprendo.

—¿Y por qué lo comprendes?

—Nunca se está mejor que solo. Pero cuando te pese la soledad acude a mí. Nadie te distraerá mejor de tus penas.

—¿Y las tuyas? —le espetó Joaquín.

—¡Bah! ¡Quién piensa en eso!...

Y se separaron.

XXIII

Andaba por la ciudad un pobre hombre necesitado, aragonés, padre de cinco hijos y que se ganaba la vida como podía, de escribiente y a lo que saliera. El pobre acudía con frecuencia a conocidos y amigos, si es que un hombre así los tiene, pidiéndoles con mil pretextos que le anticiparan dos o tres duros. Y lo que era más triste, mandaba a alguno de sus hijos, y alguna vez a su mujer, a las casas de los conocidos con cartitas de petición. Joaquín le había socorrido algunas veces, sobre todo cuando le llamaba a que viese, como médico, a personas de su familia. Y hallaba un singular alivio en socorrer a aquel pobre hombre. Adivinaba en él una víctima de la maldad humana.

—Preguntóle una vez por él a Abel.

—Sí, le conozco —le dijo éste—, y hasta le tuve algún tiempo empleado. Pero es un haragán, un vago. Con el pretexto de que tiene que ahogar sus penas no deja de ir ningún día al café, aunque en su casa no se encienda la cocina. Y no le faltará su cajetilla de cigarros. Tiene que convertir sus pesares en humo.

—Eso no es decir nada, Abel. Habría que ver el caso por dentro...

—Mira, déjate de garambainas. Y por lo que no paso es por la mentira ésa de pedirme prestado y lo de "se lo devolveré en cuanto pueda..." Que pida limosna y al avío. Es más claro y más noble. La última vez me pidió tres duros adelantados y le di tres pesetas, pero diciéndole: "¡Y sin devolución!" ¡Es un haragán!

—¡Y qué culpa tiene él!...

—Vamos, sí, ya salió aquello, qué culpa tiene...

—¡Pues claro! ¿De quién son las culpas?

—Bueno, mira, dejémonos de esas cosas. Y si quieres socorrerle socórrele, que yo no me opongo. Y yo mismo estoy seguro de que si me vuelve a pedir le daré.

—Eso ya lo sabía yo, porque en el fondo tú...

—No nos metamos al fondo. Soy pintor y no pinto los fondos de las personas. Es más, estoy convencido de que todo hombre lleva fuera todo lo que tiene dentro.

—Vamos, sí, que para ti un hombre no es más que un modelo...

—¿Te parece poco? Y para ti un enfermo. Porque tú eres el que les andas mirando y auscultando a los hombres por dentro...

—Mediano oficio...

—¿Por qué?

—Porque acostumbrado uno a mirar a los demás por dentro, da en ponerse a mirarse a sí mismo, a auscultarse.

—Ve ahí una ventaja. Yo con mirarme al espejo tengo bastante...

—¿Y te has mirado de veras alguna vez?

—¡Naturalmente! ¿Pues no sabes que me he hecho un autorretrato?

—Que será una obra maestra...

—Hombre, no está del todo mal... ¿Y tú, te has registrado por dentro bien?

Al día siguiente de esta conversación Joaquín salió del Casino con Federico para preguntarle si conocía a aquel pobre hombre que andaba así pidiendo de manera vergonzante: "Y dime la verdad, eh, que estamos solos; nada de tus ferocidades."

—Pues mira, ése es un pobre diablo que debía estar en la cárcel, donde por lo menos comería mejor que come y viviría más tranquilo.

—¿Pues qué ha hecho?

—No, no ha hecho nada; debió hacer, y por eso digo que debería estar en la cárcel.

—¿Y qué es lo que debió haber hecho?

—Matar a su hermano.

—¡Ya empiezas!

—Te lo explicaré. Ese pobre hombre es, como sabes, aragonés, y allá en su tierra aún subsiste la absoluta libertad de testar. Tuvo la desgracia de nacer el primero a su padre, de ser el mayorazgo, y luego tuvo la desgracia de enamorarse de una muchacha pobre, guapa y honrada, según parecía. El padre se opuso con todas sus fuerzas a esas relaciones, amenazándole con desheredarle si llegaba a casarse con ella. Y él, ciego de amor, comprometió primero gravemente a la muchacha, pensando convencer así al padre, y acabó por casarse con ella y por salir de casa. Y siguió en el pueblo, trabajando como podía en casa de sus suegros, y esperando convencer y ablandar a su padre. Y éste, buen aragonés, tesa que tesa. Y murió desheredándole al pobre diablo y dejando su hacienda al hijo segundo; una hacienda regular. Y muertos poco después los suegros del hoy aquí sablista, acudió éste a su hermano pidiéndole amparo y trabajo, y su hermano se los negó, y por no matarle, que es lo que le pedía el coraje, se ha venido acá a vivir de limosna y del sable. Ésta es la historia; como ves, muy edificante.

—¡Y tan edificante!

—Si le hubiera matado a su hermano, a esa especie de Jacob, mal, muy mal, y no habiéndole matado, mal, muy mal también...

—Acaso peor.

—No digas eso, Federico.

—Sí, porque no sólo vive miserable y vergonzosamente, del sable, sino que vive odiando a su hermano.

—¿Y si le hubiese matado?

—Entonces se le habría curado el odio, y hoy, arrepentido de su crimen, querría su memoria. La acción libra del mal sentimiento, y es el mal sentimiento el que envenena el alma. Creémelo, Joaquín, que lo sé muy bien.

—Miróle Joaquín a la mirada fijamente y le espetó un:

—¿Y tú?

—¿Yo? No quieras saber, hijo mío, lo que no te importa. Bástete saber que todo mi cinismo es defensivo. Yo no soy hijo del que todos vosotros tenéis por mi padre; yo soy hijo adulterino y a nadie odio en este mundo más que a mi propio padre, al natural, que ha sido el verdugo del otro, del que por vileza y cobardía me dio su nombre, este indecente nombre que llevo.

—Pero padre no es el que engendra; es el que cría...

—Es que ése, es el que creéis que ha criado, no me ha criado, sino que me destetó con el veneno del odio que guarda al otro, al que me hizo, y le obligó a casarse con mi madre.

XXIV

Concluyó la carrera el hijo de Abel, Abelín, y acudió su padre a su amigo por si quería tomarle de ayudante para que a su lado practicase. Lo aceptó Joaquín.

"Le admití —escribía más tarde en su *Confesión* dedicada a su hija— por una extraña mezcla de curiosidad, de aborrecimiento a su padre, de afecto al muchacho, que me parecía entonces una medianía, y por un deseo de libertarme así de mi mala pasión, a la vez que, por más de bajo de mi alma, mi demonio me decía que con el fracaso del hijo me vengaría del encumbramiento del padre. Quería por un lado, con el cariño al hijo, redimirme del odio al padre, y por otro lado me regodeaba esperando que si Abel Sánchez triunfó en la pintura, otro Abel Sánchez de su sangre marraría en la Medicina. Nunca pude figurarme entonces cuán hondo cariño cobraría luego al hijo del que me amargaba y entenebrecía la vida del corazón."

Y así fue que Joaquín y el hijo de Abel sintiéronse atraídos el uno al otro. Era Abelín rápido de comprensión y se interesaba por las enseñanzas de Joaquín, a quien empezó llamando maestro. Éste su maestro se propuso hacer de él un buen médico y confiarle el tesoro de su experiencia clínica. "Le guiaré —se decía— a descubrir las cosas que esta maldita inquietud de mi ánimo me ha impedido descubrir a mí."

—Maestro —le preguntó un día Abelín—, ¿porqué no recoge usted todas esas observaciones dispersas, todas esas notas y apuntes que me ha enseñado y escribe un libro? Sería interesantísimo y de mucha enseñanza. Hay cosas hasta geniales, de una extraordinaria sagacidad científica.

—Pues mira, hijo (que así solía llamarle) —le respondió—, yo no puedo, no puedo... No tengo humor para ello, me faltan ganas, coraje, serenidad, no sé qué...

—Todo sería ponerse a ello...

—Sí, hijo, sí; todo sería ponerse a ello, pero cuantas veces lo he pensado no he llegado a decidirme. ¡Ponerme a escribir un libro..., y en España..., y sobre Medicina!... No vale la pena. Caería en el vacío...

—No, el de usted no, maestro, se lo respondo.

—Lo que yo debía haber hecho es lo que tú has de hacer: dejar esta insoportable clientela y dedicarte a la investigación pura, a la verdadera ciencia, a la fisiología, a la histología, a la patología, y no a los enfermos de pago. Tú que tienes alguna fortuna, pues los cuadros de tu padre han debido dártela, dedícate a eso.

—Acaso tenga usted razón, maestro; pero ello no quita para que usted deba publicar sus memorias de clínico.

—Mira, si quieres, hagamos una cosa. Yo te doy mis notas todas, te las amplío de palabra, te digo cuanto me preguntes y publicas tú el libro. ¿Te parece?

—De perlas, maestro. Yo vengo apuntando desde que le ayudo todo lo que le oigo y todo lo que a su lado aprendo.

—¡Muy bien, hijo mío, muy bien! —y le abrazó conmovido.

—Y luego se decía Joaquín: "¡Éste, éste será mi obra! Mío y no de su padre. Acabará venerándome y comprendiendo que yo valgo mucho más que su padre y que hay en mi práctica de la Medicina mucho más arte que en la pintura de su padre. Y al cabo se lo quitaré, sí, ¡se lo quitaré! Él me quitó a Helena, yo les quitaré el hijo. Que será mío, y ¿quién sabe?..., acaso concluya renegando de su padre cuando le conozca y sepa lo que me hizo."

XXV

—Pero dime —le preguntó un día Joaquín a su discípulo—, ¿cómo se te ocurrió estudiar Medicina?

—No lo sé...

—Porque lo natural es que hubieses sentido inclinación a la pintura. Los muchachos se sienten llamados a la profesión de sus padres; es el espíritu de imitación..., el ambiente...

—Nunca me ha interesado la pintura, maestro.

—Lo sé, lo sé por tu padre, hijo.

—Y la de mi padre menos.

—Hombre, hombre, ¿y cómo así?

—No la siento y no sé si la siente él...

—Eso es más grande. A ver, explícate.

—Estamos solos; nadie nos oye; usted, maestro, es como si fuera mi segundo padre..., segundo... Bueno. Además usted es el más antiguo amigo suyo, le he oído decir que de siempre, de toda la vida, de antes de tener uso de razón, que son como hermanos...

—Sí, sí, así es; Abel y yo somos como hermanos... Sigue.

—Pues bien, quiero abrirle hoy mi corazón, maestro.

—Ábremelo. Lo que me digas caerá en él como en el vacío, ¡nadie lo sabrá!

—Pues sí, dudo que mi padre sienta la pintura ni nada. Pinta como una máquina, es un don natural, ¿pero sentir?

—Siempre he creído eso.

—Pues fue usted, maestro, quien, según dicen, hizo la mayor fama de mi padre con aquel famoso discurso de que aún se habla.

—¿Y qué iba yo a decir?

—Algo así me pasa. Pero mi padre no siente ni la pintura ni nada. Es de corcho, maestro, de corcho.

—No tanto, hijo.

—Sí, de corcho. No vive más que para su gloria. Todo eso de que la desprecia es farsa, farsa. No busca más que el aplauso. Y es un egoísta, un perfecto egoísta. No quiere a nadie.

—Hombre, a nadie.

—¡A nadie, maestro, a nadie! Ni sé cómo se casó con mi madre. Dudo que fuera por amor.

Joaquín palideció.

—Sé —prosiguió el hijo— que ha tenido enredos y líos con algunas modelos; pero eso no es más que capricho y algo de jactancia. No quiere a nadie.

—Pero me parece que eres tú quien debieras...

—A mí nunca me ha hecho caso. A mí me ha mantenido, ha pagado mi educación y mis estudios, no me ha escatimado ni se escatima su dinero, pero yo apenas si existo para él. Cuando alguna vez le he preguntado algo, de historia, de arte, de técnica, de la pintura o de sus viajes o de otra cosa, me ha dicho: "Déjame, déjame en paz", y una vez llegó a decirme: "¡Apréndelo, como lo he aprendido yo!; ahí tienes los libros." ¡Qué diferencia con usted, maestro!

—Sería que no lo sabía, hijo. Porque mira, los padres quedan a las veces mal con sus hijos por no confesarse más ignorantes o más torpes que ellos.

—No era eso. Y hay algo peor.

—¿Peor? ¡A ver!

—Peor, sí. Jamás me ha reprendido, haya hecho yo lo que hiciera. No soy, no he sido nunca un calavera, un disoluto, pero todos los jóvenes tenemos nuestras caídas, nuestros tropiezos. Pues bien, jamás los ha inquirido, y si por acaso los sabía nada me ha dicho.

—Eso es respeto a tu personalidad, confianza en ti... Es acaso la manera más generosa y noble de educar a un hijo, es fiarse...

—No, no es nada de eso, maestro. Es sencillamente indiferencia.

—No, no; no exageres, no es eso... ¿Qué te iba a decir que tú no te lo dijeras? Un padre no puede ser un juez...

—Pero sí un compañero, un consejero, un amigo o un maestro como usted.

—Pero hay cosas que el pudor impide se traten entre padres e hijos.

—Es natural que usted, su mayor y más antiguo amigo, su casi hermano, lo defienda, aunque...

—¿Aunque qué?

—¿Puedo decirlo todo?

—¡Sí, dilo todo!

—Pues bien, de usted no le he oído nunca hablar sino muy bien, demasiado bien, pero...

—¿Pero qué?

—Que habla demasiado bien de usted.

—¿Qué es eso de demasiado?

—Que antes de conocerle yo a usted, maestro, le creía otro.

—Explícate.

—Para mi padre es usted una especie de personaje trágico, de ánimo torturado de hondas pasiones. "¡Si se pudiera pintar el alma de Joaquín!", suele decir. Habla de un modo como si mediase entre usted y él algún secreto...

—Aprensiones tuyas...

—No, no lo son.

—¿Y tu madre?

—Mi madre...

XXVI

—Mira, Joaquín —le dijo un día Antonia a su marido—, me parece que el mejor día nuestra hija se nos va o nos la llevan...

—¿Joaquina? ¿Y adónde?

—¡Al convento!

—¡Imposible!

—No, sino muy posible. Tú, distraído con tus cosas y ahora con ese hijo de Abel al que pareces haber prohijado... Cualquiera diría que le quieres más que a tu hija...

—Es que trato de salvarle, de redimirle de los suyos...

—No, de lo que tratas es de vengarte. ¡Qué vengativo eres! ¡Ni olvidas ni perdonas! Temo que Dios te va a castigar, va a castigarnos...

—¡Ah!, ¿y es por eso por lo que Joaquina se quiere ir al convento?

—Yo no he dicho eso.

—Pero lo digo yo y es lo mismo. ¿Se va acaso por celos de Abelín? ¿Es que teme que le llegue a querer más que a ella? Pues si es por eso...

—Por eso no.

—¿Entonces?

—¡Qué sé yo!... Dice que tiene vocación, que es adonde Dios la llama...

—Dios... Dios...; Será su confesor. ¿Quién es?

—El padre Echevarría.

—¿El que me confesaba a mí?

—¡El mismo!

—Quedóse Joaquín mustio y cabizbajo, y al día siguiente, llamando a solas a su mujer, le dijo:

—Creo haber penetrado en los motivos que empujan a Joaquina al claustro, o mejor, en los motivos porque le induce el padre Echevarría a que entre en él. Tú recuerdas cómo busqué refugio y socorro en la Iglesia contra esta maldita obsesión que me embarga el ánimo todo, contra este despecho que con los años se hace más viejo, es decir, más duro y más terco, y cómo, después de los mayores esfuerzos, no pude lograrlo. No, no me dio remedio el padre Echevarría, no pudo dármelo. Para este mal no hay más que un remedio, uno solo.

Callóse un momento como esperando una pregunta de su mujer, y como ella callara, prosiguió diciéndole:

—Para ese mal no hay más remedio que la muerte. Quién sabe... Acaso nací con él y con él moriré. Pues bien, ese padrecito que no pudo remediarme ni reducirme empuja ahora, sin duda, a mi hija, a tu hija, a nuestra hija, al convento, para que en él ruegue por mí, para que se sacrifique salvándome...

—Pero si no es sacrificio..., si dice que es su vocación...

—Mentira, Antonia; te digo que eso es mentira. Las más de las que van monjas, o van a trabajar poco, a pasar una vida pobre, pero descansada, a sestear místicamente, o van huyendo de casa, y nuestra hija huye de casa, huye de nosotros.

—Será de ti...

—¡Sí, huye de mí! ¡Me ha adivinado!

—Y ahora que le has cobrado ese apego a ése...

—¿Quieres decirme que huye de él?

—No, sino de tu nuevo capricho...

—¿Capricho?, ¿capricho?, ¿capricho dices? Yo seré todo menos caprichoso, Antonia. Yo tomo todo en serio, todo, ¿lo entiendes?

—Sí, demasiado en serio —agregó la mujer llorando.

—Vamos, no llores así, Antonia, mi santa, mi ángel bueno, y perdóname si he dicho algo...

—No es peor lo que dices, sino lo que callas.

—Pero por Dios, Antonia, por Dios, haz que nuestra hija no nos deje; que si se va al convento me mata sí, me mata, porque me mata. Que se quede, que yo haré lo que ella quiera...; que si quiere que le despache a Abelín le despacharé...

—Me acuerdo cuando decías que te alegrabas de que no tuviéramos más que una hija, porque así no teníamos que repartir el cariño...

—¡Pero si no lo reparto!

—Algo peor entonces...

—Sí, Antonia, esa hija quiere sacrificarse por mí, y no sabe que si se va al convento me deja desesperado. ¡Su convento es esta casa!

XXVII

Dos días después encerrábase en el gabinete Joaquín con su mujer y su hija.

—¡Papá, Dios lo quiere! —exclamó resueltamente y mirándole cara a cara su hija Joaquina.

—¡Pues no! No es Dios quien lo quiere, sino el padrecito ése —replicó él—. ¿Qué sabes tú, mocosuela, lo que quiere Dios? ¿Cuándo te has comunicado con Él?

—Comulgo cada semana, papá.

—Y se te antojan revelaciones de Dios los desvanecimientos que te suben del estómago en ayunas.

—Peores son los del corazón en ayunas.

—¡No, no, eso no puede ser; eso no lo quiere Dios, no puede quererlo, te digo que no lo puede querer!

—Yo no sé lo que Dios quiere, y tú, padre, sabes lo que no puede querer, ¿eh? De cosas del cuerpo sabrás mucho, pero de cosas de Dios, del alma...

—Del alma, ¿eh? ¿Conque tú crees que no sé del alma?

—Acaso mejor te sería no saber.

—¿Me acusas?

—No; eres tú, papá, quien se acusa a sí mismo.

—¿Lo ves, Antonia, lo ves, no te lo decía?

—¿Y qué te decía, mamá?

—Nada, hija mía, nada; aprensiones, cavilaciones de tu padre...

—Pues bueno —exclamó Joaquín, como quien se decide—, tú vas al convento para salvarme, ¿no es eso?

—Acaso no andes lejos de la verdad.

—¿Y salvarme de qué?

—No lo sé bien.

—¡Lo sabré yo!... ¿De qué?, ¿de quién?

—¿De quién, padre, de quién? Pues del demonio o de ti mismo.

—¿Y tú qué sabes?

—Por Dios, Joaquín, por Dios —suplicó la madre con lágrimas en la voz, llena de miedo ante la mirada y el tono de su marido.

—Déjanos, mujer, déjanos a ella y a mí. ¡Esto no te toca!

—¿Pues no ha de tocarme? Pero si es mi hija...

—¡La mía! Déjanos; ella es una Monegro, yo soy un Monegro; déjanos. Tú no entiendes, tú no puedes entender estas cosas...

—Padre, si trata así a mi madre delante de mí, me voy. No llores, mamá.

—¿Pero tú crees, hija mía?...

—Lo que yo creo y sé es que soy tan hija suya como tuya.

—¿Tanto?

—Acaso más.

—No digáis esas cosas, por Dios —exclamó la madre llorando—, si no me voy.

—Sería lo mejor —añadió la hija—. A solas nos veríamos mejor las caras, digo, las almas, nosotros, los Monegros.

La madre besó a la hija y se salió.

—Y bueno —dijo fríamente el padre, así que se vio a solas con su hija—, ¿para salvarme de qué o de quién te vas al convento?

—Pues bien, padre, no sé de quién, no sé de qué, pero hay que salvarte. Yo no sé lo que anda por dentro de esta casa, entre tú y mi madre; no sé lo que anda dentro de ti, pero es algo malo...

—¿Eso te lo ha dicho el padrecito ése?

—No, no me lo ha dicho el padrecito; no ha tenido que decírmelo; no me lo ha dicho nadie, sino que lo he respirado desde que nací.

¡Aquí, en esta casa, se vive como en tinieblas espirituales!

—Bah, ésas son cosas que has leído en tus libros...

—Como tú has leído otras en los tuyos. ¿O es que crees que sólo los libros que hablan de lo que hay dentro del cuerpo, esos libros tuyos con esas láminas feas, son los que enseñan la verdad?

—Y bien, esas tinieblas espirituales que dices ¿qué son?

—Tú lo sabrás mejor que yo, papá; pero no me niegues que aquí pasa algo, que aquí hay como si fuese una niebla oscura, una tristeza que se mete por todas partes, que tú no estás contento nunca, que sufres, que es como si llevases a cuestas una culpa grande...

—¡Sí, el pecado original! —dijo Joaquín con sorna.

—¡Ése, ése —exclamó la hija—. ¡Ése, del que no te has sanado!

—¡Pues me bautizaron!...

—No importa.

—Y como remedio para esto vas a meterte monja. ¿No es eso? Pues lo primero era averiguar qué es ello, a qué se debe todo esto...

—Dios me libre, papá, de tal cosa. Nada de querer juzgaros.

—Pero de condenarme sí, ¿no es eso?

—¿Condenarte?

—Sí, condenarme; eso de irte así es condenarme...

—¿Y si me fuese con un marido? ¿Si te dejara por un hombre?...

—Según el hombre.

—Hubo un breve silencio.

—Pues sí, hija mía —reanudó Joaquín—, yo no estoy bien, yo sufro, sufro casi toda la vida; hay mucho de verdad en lo que has adivinado; pero con tu resolución de meterte monja me acabas de matar, exacerbas y enconas mis males. Ten compasión de tu padre, de tu pobre padre...

—Es por compasión...

—No, es por egoísmo. Tú huyes; me ves sufrir y huyes. Es el egoísmo, es el despego, es el desamor lo que te lleva al claustro. Figúrate que yo tuviese una enfermedad pegajosa y larga, una lepra; ¿me dejarías yendo al convento a rogar por Dios que me sanara? Vamos, contesta; ¿me dejarías?

—No, no te dejaría, pues soy tu única hija.

—Pues haz cuenta de que soy un leproso. Quédate a curarme. Me pondré bajo tu cuidado, haré lo que me mandes.

—Si es así...

—Levantóse el padre, y mirando a su hija a través de lágrimas, abrazóla, y teniéndola así, en sus brazos, con voz de susurro le dijo al oído:

—¿Quieres curarme, hija mía?

—Sí, papá.

—Pues cásate con Abelín.

—¿Eh? —exclamó Joaquina separándose de su padre y mirándole cara a cara.

—¿Qué? ¿Qué te sorprende?... —balbuceó el padre, sorprendido a la vez.

—¿Casarme? ¿Yo? ¿Con Abelín? ¿Con el hijo de tu enemigo?

—¿Quién te ha dicho eso?

—Tu silencio de años.

—Pues por eso, por ser el hijo del que llamas mi enemigo.

—Yo no sé lo que hay entre vosotros, no quiero saberlo, pero al verte últimamente cómo te aficionabas a su hijo me dio miedo..., temí..., no sé lo que temí. Ese tu cariño a Abelín me parecía monstruoso, algo infernal...

—¡Pues no, hija, no! Buscaba en él redención. Y créeme, si logras traerle a mi casa, si le haces mi hijo, será como si sale al fin el sol en mi alma...

—Pero ¿pretendes tú, tú, mi padre, que yo le solicite, le busque?

—No digas eso.

—¿Pues entonces?

—Y si él...

—¿Ah, pero no lo teníais ya tramado entre los dos, y sin contar conmigo?

—No, no; lo tenía pensado yo, yo, tu padre, tu pobre padre, yo...

—Me das pena, padre.

—También yo me doy pena. Y ahora todo corre de mi cuenta. ¿No pensabas sacrificarte por mí?

—Pues bien, sí, me sacrificaré por ti. ¡Dispón de mí!

Fue el padre a besarla, y ella, desasiéndosele, exclamó:

—¡No, ahora no! Cuando lo merezcas. ¿O es que quieres que también yo te haga callar con besos?

—¿Dónde has aprendido eso, hija?

—Las paredes oyen, papá.

—¡Y acusan!

XXVIII

—¡Quién fuera usted, don Joaquín! —decíale un día a éste aquel pobre desheredado aragonés, el padre de los cinco hijos, luego que le hubo sacado algún dinero.

—¡Querer ser yo! ¡No lo comprendo!

—Pues sí, lo daría todo por poder ser usted, don Joaquín.

—¿Y qué es ese todo que daría usted?

—Todo lo que puedo dar, todo lo que tengo.

—¿Y qué es ello?

—¡La vida!

—¡La vida por ser yo! —y a sí mismo se añadió Joaquín: "¡Pues yo la daría para poder ser otro!"

—Sí, la vida por ser usted.

—He aquí una cosa que no comprendo bien, amigo mío...; no comprendo que nadie se disponga a dar la vida por ser otro, ni siquiera comprendo que nadie quiera ser otro. Ser otro es dejar de ser uno, de ser el que se es.

—Sin duda.

—Y eso es dejar de existir.

—Sin duda.

—Pero no para ser otro...

—Sin duda. Quiero decir, don Joaquín, que de buena gana dejaría de ser, o dicho más claro, me pegaría un tiro o me echaría al río si supiera que los míos, los que me atan a esta vida perra, los que no me dejan suicidarme, habrían de encontrar un padre en usted. ¿No comprende usted ahora?

—Sí que lo comprendo. De modo que...

—Que maldito el apego que tengo a la vida, y que de buena gana me separaría de mí mismo y mataría para siempre mis recuerdos si no fuese por los míos. Aunque también me retiene otra cosa.

—¿Qué?

—El temor de que mis recuerdos, de que mi historia, me acompañen más allá de la muerte. ¡Quién fuera usted, don Joaquín!

—¿Y si a mí me retuvieran en la vida, amigo mío, motivos como los de usted?

—¡Ba!, usted es rico.

—Rico..., rico...

—Y un rico nunca tiene motivos de queja. A usted no le falta nada. Mujer, hija, una buena clientela, reputación..., ¿qué más quiere usted? A usted no le desheredó su padre; a usted no le echó de su casa su hermano a pedir... ¡A usted no le han obligado a hacerse un mendigo! ¡Quién fuera usted, don Joaquín!

Y al quedarse, luego, éste solo se decía: "¡Quién fuera yo! ¡Ese hombre me envidia, me envidia! Y yo, ¿quién quiero ser?"

XXIX

Pocos días después Abelín y Joaquina estaban en relaciones de noviazgo. Y en su *Confesión*, dedicada a su hija, escribía algo después Joaquín:

"No es posible, hija mía, que te explique cómo llevé a Abel, tu marido de hoy, a que te solicitase por novia pidiéndote relaciones. Tuve que darle a entender que tú estabas enamorada de él o que por lo menos te gustaría que de ti se enamorase, sin descubrir lo más mínimo de aquella nuestra conversación a solas luego que tu madre me hizo saber cómo querías entrar por mi causa en un convento. Veía en ello mi salvación. Sólo uniendo tu suerte a la suerte del hijo único de quien me ha envenenado la fuente de la vida, sólo mezclando así nuestras sangres esperaba poder salvarme.

"Pensaba que acaso un día tus hijos, mis nietos, los hijos de su hijo, sus nietos, al heredar nuestras sangres se encontraran con la guerra dentro, con el odio en sí mismos. Pero ¿no es acaso el odio a sí mismo, a la propia sangre, el único remedio contra el odio a los demás? La Escritura dice que en el seno de Rebeca se peleaban ya Esaú y Jacob. ¡Quién sabe si un día no concebirás tú dos mellizos, el uno con mi sangre y el otro con la suya, y se pelearán y se odiarán ya desde tu seno y antes de salir al aire y a la conciencia! Porque ésta es la tragedia humana, y todo hombre es, como Job, hijo de contradicción.

"Y he temblado al pensar que acaso os junté no para unir, sino para separar aún más vuestras sangres, para perpetuar un odio. ¡Perdóname! Deliro.

"Pero no son sólo nuestras sangres, la de él y la mía; es también la de Helena. ¡La sangre de Helena! Esto es lo que más me turba; esa sangre que le florece en las mejillas, en la frente, en los labios, que le hace marco a la mirada, esa sangre que me cegó desde su carne.

"Y queda otra, la sangre de Antonia, de la pobre Antonia, de tu santa madre. Esta sangre es agua de bautismo. Esta sangre es la redentora. Sólo la sangre de tu madre, Joaquina, pueda salvar a tus hijos, a nuestros nietos. Ésta es la sangre sin mancha que puede redimirlos.

"Y que no vea nunca ella, Antonia, esta *Confesión;* que no la vea. Que se vaya de este mundo, si me sobrevive, sin haber más que vislumbrado nuestro misterio de iniquidad."

Los novios comprendiéronse muy pronto y se cobraron cariño. En íntimas conversaciones conociéronse sendas víctimas de sus hogares, de dos ámbitos tristes, de frívola impasibilidad el uno, de la helada pasión oculta el otro. Buscaron el apoyo en Antonia, en la madre de ella. Tenían que encender un hogar, un verdadero hogar, un nido de amor sereno que vive en sí mismo, que no espía los otros amores, un castillo de soledad amorosa, y unir en él a las dos desgraciadas familias. Le harían ver a Abel, al pintor, que la vida íntima del hogar es la sustancia imperecedera de que no es sino resplandor, cuando no sombra, el arte; a Helena, que la juventud perpetua está en el alma que sabe hundirse en la corriente viva del linaje, en el alma de la familia; a Joaquín, que nuestro nombre se pierde con nuestra sangre, pero para recobrarse en los nombres y en las sangres de los que las mezclan a los nuestros; a Antonia no tenían que hacerle ver nada, porque era una mujer nacida para vivir y revivir en la dulzura de la costumbre.

Joaquín sentía renacerse. Hablaba con emoción de cariño de su antiguo amigo, de Abel, y llegó a confesar que fue una fortuna que le quitase toda esperanza respecto a Helena.

—Pues bien —le decía una vez a solas a su hija—; ahora que todo parece tomar otro cauce te lo diré. Yo quería a Helena, o por lo menos creía quererla, y la solicité sin conseguir nada de ella. Porque, eso sí, la verdad, jamás me dio la menor esperanza. Y entonces la presenté a Abel, al que será tu suegro..., tu otro padre, y al punto se entendieron. Lo que tomé yo por menosprecio, una ofensa... ¿Qué derecho tenía yo a ella?

—Es verdad eso, pero así sois los hombres.

—Tienes razón, hija mía, tienes razón. He vivido como loco, rumiando esa que estimaba una ofensa, una traición...

—¿Nada más, papá?

—¿Cómo nada más?

—¿No había nada más que eso, nada más?

—¡Que yo sepa... no!

Y al decirlo, el pobre hombre se cerraba los ojos hacia adentro y no lograba contener al corazón.

—Ahora os casaréis —continuó— y viviréis conmigo; sí, viviréis conmigo y haré de tu marido, de mi nuevo hijo, un gran médico, un artista de la Medicina, todo un artista que pueda igualar siquiera la gloria de su padre.

—Y él escribirá, papá, tu obra, pues así me lo ha dicho.

—Sí, la que yo no he podido escribir...

—Me ha dicho que en tu carrera, en la práctica de la Medicina, tienes cosas geniales y que has hecho descubrimientos...

—Aduladores...

—No, así me ha dicho. Y que como no se te conoce, y al no conocerte no se te estima en todo lo que vales, que quiere escribir ese libro para darte a conocer.

—A buena hora...

—Nunca es tarde si la dicha es buena.

—¡Ay, hija mía, si en vez de haberme somormujado en esto de la clientela, en esta maldita práctica de la profesión, que ni deja respirar libre ni aprender...; si en vez de eso me hubiese dedicado a la ciencia pura, a la investigación!... Eso que ha descubierto el doctor Álvarez y García, y por lo que tanto le bombean, lo habría descubierto antes yo, yo, tu padre, y lo habría descubierto porque estuve a punto de ello. Pero esto de ponerse a trabajar para ganarse la vida...

—Sin embargo, no necesitábamos de ello.

—Sí, pero... Y, además, ¡qué sé yo!... Mas todo eso ha pasado y ahora comienza vida nueva. Ahora voy a dejar la clientela.

—¿De veras?

—Sí, voy a dejársela al que va a ser tu marido, bajo mi alta inspección, por supuesto. ¡Lo guiaré, y yo a mis cosas! Y viviremos todos juntos, y será otra vida..., otra vida... Empezaré a vivir; seré otro..., otro..., otro...

—¡Ay, papá, qué gusto! ¡Cómo me alegra oírte hablar así! ¡Al cabo!

—¿Que te alegre oírme decir que seré otro?

—La hija le miró a los ojos al oír el tono de lo que había debajo de su voz.

—¿Te alegra oírme decir que seré otro? —volvió a preguntar el padre.

—¡Sí, papá, me alegra!

—¿Es decir, que el otro, que el otro, el que soy, te parece mal?

—¿Y a ti, papá? —le preguntó a su vez, resueltamente, la hija.

—Tápame la boca —gimió él.

Y se la tapó con un beso.

XXX

—Ya te figurarás a lo que vengo —le dijo Abel a Joaquín apenas se encontraron a solas en el despacho de éste.

—Sí, lo sé. Tu hijo me ha anunciado tu visita.

—Mi hijo y pronto tuyo, de los dos. ¡Y no sabes bien cuánto me alegro! Es como debía acabar nuestra amistad. Y mi hijo es ya casi tuyo; te quiere ya como a padre, no sólo como a maestro. Estoy por decir que te quiere más que a mí...

—Hombre..., no..., no..., no digas así.

—¿Y qué? ¿Crees que tengo celos? No, no soy celoso. Y mira, Joaquín, si entre nosotros había algo...

—No sigas por ahí, Abel; te lo ruego, no sigas...

—Es preciso. Ahora que van a unirse nuestras sangres, ahora que mi hijo va a serlo tuyo y mía tu hija, tenemos que hablar de esa vieja cuenta, tenemos que ser absolutamente sinceros.

—¡No, no, de ningún modo, y si hablas de ella me voy!

—¡Bien, sea! Pero no creas que olvido, no lo olvidaré nunca, tu discurso aquel cuando lo del cuadro.

—Tampoco quiero que hables de eso.

—¿Pues de qué?

—¡Nada de lo pasado, nada! Hablemos sólo del porvenir...

—Bueno, si tú y yo, a nuestra edad, no hablamos del pasado, ¿de qué vamos a hablar? ¡Si nosotros no tenemos ya más que pasado!

—¡No digas eso! —casi gritó Joaquín.

—¡Nosotros ya no podemos vivir más que de recuerdos!

—¡Cállate, Abel, cállate!

—Y si te he de decir la verdad, vale más vivir de recuerdos que de esperanzas. Al fin, ellos fueron, y de éstas no se sabe si serán.

—¡No, no; recuerdos, no!

—En todo caso, hablemos de nuestros hijos, que son nuestras esperanzas.

—¡Eso sí! De ellos y no de nosotros; de ellos, de nuestros hijos...

—Él tendrá en ti un maestro y un padre...

—Sí, pienso dejarle mi clientela, es decir, la que quiera tomarlo, que ya la he preparado para eso. Le ayudaré en los casos graves.

—Gracias, gracias.

—Eso, además de la dote que doy a Joaquina. Pero vivirán conmigo.

—Eso me había dicho mi hijo. Yo, sin embargo, creo que deben poner casa; el casado, casa quiere.

—No, no puedo separarme de mi hija.

—Y nosotros de nuestro hijo sí, ¿eh?

—Más separados que estáis de él... Un hombre apenas vive en casa; una mujer apenas sale de ella. Necesito a mi hija.

—Sea. Ya ves si estoy complaciente.

—Y más que esta casa será la vuestra, la tuya, la de Helena...

—Gracias por la hospitalidad. Eso se entiende.

Después de una larga entrevista, en que convinieron todo lo atañedero al establecimiento de sus hijos, al ir a separarse, Abel, mirándole a Joaquín a los ojos con mirada franca, le tendió la mano, y sacando la voz de las entrañas de su común infancia, le dijo: "¡Joaquín!" Asomáronsele a éste las lágrimas a los ojos al coger aquella mano.

—No te había visto llorar desde que fuimos niños, Joaquín.

—No volveremos a serlo, Abel.

—Sí, y es lo peor.

Se separaron.

XXXI

Con el casamiento de su hija pareció entrar el sol, un sol de otoño, en el hogar antes frío de Joaquín, y éste empezar a vivir de veras. Fue dejándole al yerno su clientela, aunque acudiendo, como en consulta, a los casos graves y repitiendo que era bajo su dirección como aquél ejercía.

Abelín, con las notas de su suegro, a quien llamaba su padre, tuteándole ya, y con sus ampliaciones y explicaciones verbales, iba componiendo la obra en que se recogía la ciencia médica del doctor Joaquín Monegro, y con un acento de veneración admirativa que el mismo Joaquín no habría podido darle. "Era mejor, sí —pensaba éste—, era mucho mejor que escribiese otro aquella obra, como fue Platón quien expuso la doctrina socrática." No era él mismo quien podía, con toda libertad de ánimo y sin que ello pareciese, no ya presuntuoso, mas un esfuerzo para violentar el aplauso de la posteridad, que se estimaba no conseguible; no era él quien podía exaltar su saber y su pericia.

Reservaba su actividad literaria para otros empeños.

Fue entonces, en efecto, cuando empezó a escribir su *Confesión,* que así la llamaba, dedicada a su hija y para que ésta la abriese luego que él hubiera muerto, y que era el relato de su lucha íntima con la pasión que fue su vida, con aquel demonio con quien peleó casi desde el albor de su mente, dueña de sí hasta entonces, hasta cuando lo escribía. Esta confesión se decía dirigida a su hija, pero tan penetrado estaba él del profundo valor trágico de su vida de pasión y de la pasión de su vida, que acariciaba la esperanza de que un día su hija o sus nietos la dieran al mundo, para que éste se sobrecogiera de admiración y de espanto ante aquel héroe de la angustia tenebrosa, que pasó sin que le conocieran en todo su fondo los que con él convivieron. Porque Joaquín se creía un espíritu de excepción, y como tal torturado y más capaz de dolor que los otros, un alma señalada al nacer por Dios con la señal de los grandes predestinados.

—"Mi vida, hija mía —escribía en la *Confesión*—, ha sido un arder continuo, pero no la habría cambiado por la de otro. He odiado como nadie, como ningún otro ha sabido odiar, pero es que he sentido más que los otros la suprema injusticia de los cariños del mundo y de los favores de la fortuna. No, no, aquello que hicieron conmigo los padres de tu marido no fue humano ni noble; fue infame; pero fue peor, mucho peor, lo que me hicieron todos, todos los que encontré desde que, niño aún y lleno de confianza, busqué el apoyo y el amor de mis semejantes. ¿Por qué me rechazaban? ¿Por qué me acogían fríamente y como obligados a ello? ¿Por qué preferían al ligero, al inconstante, al egoísta? Todos, todos me amargaron la vida. Y comprendí que el mundo es naturalmente injusto y que yo no había nacido entre los míos. Ésta fue mi desgracia, no haber nacido entre los míos. La baja mezquindad, la vil ramplonería de los que me rodeaban me perdió."

Y a la vez que escribía esta *Confesión* preparaba, por si ésta marrase, otra obra que sería la puerta de entrada de su nombre en el panteón de los ingenios inmortales de su pueblo y casta. Titularíase *Memorias de un médico viejo,* y sería la mies del saber del mundo, mies de pasiones, de vida, de tristeza y alegrías, hasta de crímenes ocultos, que había cosechado de la práctica de su profesión de médico. Un espejo de la vida, pero de las entrañas, y de las más negras, de ésta; una bajada a las simas de la vileza humana; un libro de alta literatura y de filosofía acibarada a la vez. Allí pondría toda su alma sin hablar de sí mismo; allí, para desnudar las almas de los otros, desnudaría la suya; allí se vengaría del mundo vil en que había tenido que vivir. Y las gentes, al verse así, al desnudo, admirarían primero y quedarían agradecidas después al que las desnudó. Y allí, cambiando los nombres a guisa de ficción, haría el retrato que para siempre habría de quedar de Abel y de Helena. Y su retrato valdría por todos los que Abel pintara. Y se regodeaba a solas pensando que si él acertaba aquel retrato literario de Abel Sánchez le habría de inmortalizar a éste, más que todos sus propios cuadros, cuando los comentaristas y eruditos del porvenir llegasen a descubrir bajo el débil velo de la ficción al personaje histórico. "Sí, Abel, sí —se decía Joaquín a sí mismo—; la mayor coyuntura que tienes de lograr eso por lo que tanto has luchado, por lo único que te preocupa, por lo que me despreciaste siempre o, aun peor, no hiciste caso de mí; la mayor coyuntura que tienes de perpetuarte en la memoria de los venideros no son tus cuadros, ¡no!, sino es que yo acierte a pintarte con mi pluma tal y como eres. Y acertaré, acertaré porque te conozco, porque te he sufrido, porque has pesado toda mi vida sobre mí. Te pondré para siempre en el rollo, y no serás Abel Sánchez, no, sino el nombre que yo te dé. Y cuando se hable de ti como pintor de tus cuadros dirán las gentes: «¡Ah, sí, el de Joaquín Monegro!» Porque serás de este modo mío, mío, y vivirás lo que mi obra viva, y tu nombre irá por los suelos, por el fango, a rastras del mío, como van arrastrados por el Dante los que colocó en el Infierno. Y serás la cifra del envidioso."

¡Del envidioso! Pues Joaquín dio en creer que toda la pasión que bajo su aparente impasibilidad de egoísta animaba a Abel era la envidia, la envidia de él a Joaquín, que por envidia le arrebatara de mozo el afecto de sus compañeros, que por envidia le quitó a Helena. ¿Y cómo, entonces, se dejó quitar el hijo? "¡Ah —se decía Joaquín—, es que él no se cuida de su hijo, sino de su nombre, de su fama; no cree que vivirá en las vidas de sus descendientes de carne, sino en las de los que admiren sus cuadros, y me deja su hijo para mejor quedarse con su gloria! ¡Pero yo le desnudaré!"

Inquietábale la edad a que emprendía la composición de esas *Memorias,* entrado ya en los cincuenta y cinco años, ¿pero no había acaso empezado Cervantes su *Quijote* a los cincuenta y siete de su edad? Y se dio a averiguar qué obras maestras escribieron sus autores después de haber pasado la edad suya. Y a la par se sentía fuerte, dueño de su mente toda, rico de experiencia, maduro de juicio y con su pasión, fermentada en tantos años, contenida pero bullente.

Ahora, para cumplir su obra, se contendría. ¡Pobre Abel! ¡La que le esperaba!... Y empezó a sentir desprecio y compasión hacia él. Mirábale como a un modelo y como a una víctima, y le observaba y le estudiaba. No mucho, pues Abel iba poco, muy poco, a casa de su hijo.

—Debe de andar muy ocupado tu padre —decía Joaquín a su yerno—; apenas aparece por aquí. ¿Tendrá alguna queja? ¿Le habremos ofendido, yo, Antonia o mi hija en algo? Lo sentiría...

—No, no, papá —así le llamaba ya Abelín—; no es nada de eso. En casa tampoco paraba. ¿No te dije que no le importa nada más que sus cosas? Y sus cosas son las de su arte y qué sé yo...

—No, hijo, no; exageras..., algo más habrá...

—No, no hay más.

Y Joaquín insistía para oír la misma versión.

—¿Y Abel, cómo no viene?... —le preguntaba a Helena.

—¡Bah, él es así con todos!... —respondía ésta.

Ella, Helena, sí solía ir a casa de su nuera.

XXXII

—Pero dime —le decía un día Joaquín a su yerno—, ¿cómo no se le ocurrió a tu padre nunca inclinarte a la pintura?

—No me ha gustado nunca.

—No importa; parecía lo natural que él quisiera iniciarte en su arte...

—Pues no, sino que antes más bien le molestaba que yo me interesase en él. Jamás me animó a que cuando niño hiciera lo que es natural en niños, figuras y dibujos.

—Es raro..., es raro... —murmuraba Joaquín—. Pero...

Abel sentía desasosiego al ver la expresión del rostro de su suegro, el lívido fulgor de sus ojos. Sentíase que algo le escarabajeaba dentro, algo doloroso y que deseaba echar fuera; algún veneno, sin duda. Siguióse a esas últimas palabras un silencio cargado de acre amargura. Y lo rompió Joaquín diciendo:

—No me explico que no quisiese dedicarte a pintor...

—No, no quería que fuese lo que él...

Siguió otro silencio, que volvió a romper, como con pesar, Joaquín, exclamando como quien se decide a una confesión:

—¡Pues sí, lo comprendo!

Abel tembló, sin saber a punto cierto por qué, al oír el tono y timbre con que su suegro pronunció esas palabras.

—¿Pues?... —interrogó el yerno.

—No..., nada... —y el otro pareció recogerse en sí.

—¡Dímelo! —suplicó el yerno, que por ruego de Joaquín ya le tuteaba como a padre amigo —¡amigo y cómplice!—, aunque temblaba de oír lo que pedía se le dijese.

—No, no; no quiero que digas luego...

—Pues eso es peor, padre, que decírmelo, sea lo que fuere. Además, que creo adivinarlo...

—¿Qué? —preguntó el suegro, atravesándole los ojos con la mirada.

—Que acaso temiese que yo con el tiempo eclipsara su gloria...

—Sí —añadió con reconcentrada voz Joaquín—. ¡Sí, eso!... ¡Abel Sánchez hijo, o Abel Sánchez el Joven! Y que luego se le recordase a él como tu padre y no a ti como a su hijo. Es tragedia que se ha visto más de una vez dentro de las familias... Eso de que un hijo haga sombra a su padre...

—Pero eso es... —dijo el yerno, por decir algo.

—Eso es envidia, hijo, nada más que envidia.

—¡Envidia de un hijo!... ¡Y un padre!

—Sí, y la más natural. La envidia no puede ser entre personas que no se conocen apenas. No se envidia al de otras tierras ni al de otros tiempos. No se envidia al forastero, sino los del mismo pueblo entre sí; no al de más edad, al de otra generación, sino al contemporáneo, al camarada. Y la mayor envidia entre hermanos. Por algo es la leyenda de Caín y Abel... Los celos más terribles, tenlo por seguro, han de ser los de uno que cree que su hermano pone ojos en su mujer, en la cuñada... Y entre padres e hijos...

—Pero ¿y la diferencia de edad en este caso?

—¡No importa! Eso de que nos llegue a oscurecer aquel a quien hicimos...

—¿Y del maestro al discípulo? —preguntó Abel.

Joaquín se calló, clavó un momento su vista en el suelo, bajo el que adivinaba la tierra, y luego añadió, como hablando con ella, con la tierra:

—Decididamente, la envidia es una forma de parentesco.

Y luego:

—Pero hablemos de otra cosa, y todo esto, hijo, como si no lo hubiese dicho. ¿Lo has oído?

—¡No!

—¿Cómo que no?...

—Que no he oído lo que antes dijiste.

—¡Ojalá no lo hubiese oído yo tampoco! —y la voz le lloraba.

XXXIII

Solía ir Helena a casa de su nuera, de sus hijos, para introducir un poco de gusto más fino, de mayor elegancia, en aquel hogar de burgueses sin distinción, para corregir —así lo creía ella— los defectos de la educación de la pobre Joaquina, criada por aquel padre lleno de una soberbia sin fundamento y por aquella pobre madre que había tenido que cargar con el hombre que otra desdeñó. Y cada día dictaba alguna lección de buen tono y de escogidas maneras.

—¡Bien, como quieras! —solía decir Antonia.

Y Joaquina, aunque recomiéndose, resignábase. Pero dispuesta a rebelarse un día. Y si no lo hizo fue por los ruegos de su marido.

—Como usted quiera, señora —le dijo una vez, y recalcando el *usted,* que no habían logrado lo dejase al hablarle—; yo no entiendo de esas cosas ni me importa. En todo eso se hará su gusto...

—Pero si no es mi gusto, hija, si es...

—¡Lo mismo da! Yo me he criado en la casa de un médico, que es ésta, y cuando se trate de higiene, de salubridad, y luego que nos llegue el hijo de criarle, sé lo que he de hacer; pero ahora, en estas cosas que llama usted de gusto, de distinción, me someto a quien se ha formado en casa de un artista.

—Pero no te pongas así, chicuela...

—No, si no me pongo. Es que siempre nos está usted echando en cara que si esto no se hace así, que si se hace asá. Después de todo, no vamos a dar saraos ni tés danzantes.

—No sé de dónde te ha venido, hija, ese fingido desprecio; fingido, sí, fingido, lo repito, fingido...

—Pero si yo no he dicho nada, señora...

—Ese fingido desprecio a las buenas formas, a las conveniencias sociales. ¡Aviados estaríamos sin ellas!... ¡No se podría vivir!

Como a Joaquina le habían recomendado su padre y su marido que se pasease, que airease y solease la sangre que iba dando al hijo que vendría, y como ellos no podían siempre acompañarla, y Antonia no gustaba de salir de casa, escoltábala Helena, su suegra. Y se complacía en ello, en llevarla al lado como a una hermana menor, pues por tal la tomaban los que no las conocían, en hacerle sombra con su espléndida hermosura casi intacta por los años. A su lado su nuera se borraba a los ojos precipitados de los transeúntes. El encanto de Joaquina era para paladeado lentamente por los ojos, mientras que Helena se ataviaba para barrer las miradas de los distraídos: "¡Me quedo con la madre", oyó que una vez decía un mocetón, a modo de chicoleo, cuando al pasar ella le oyó que llamaba *hija* a Joaquina, y respiró más fuerte, humedeciéndose con la punta de la lengua los labios.

—Mira, hija —solía decirle a Joaquina—, haz lo más por disimular tu estado; es muy feo eso de que se conozca que una muchacha está encinta..., es así como una petulancia...

—Lo que yo hago, madre, es andar cómoda y no cuidarme de lo que crean o no crean... Aunque estoy en lo que los cursos llaman estado interesante, no me hago la tal como otras se habrán hecho y se hacen. No me preocupo de esas cosas.

—Pues hay que preocuparse; se vive en el mundo.

—¿Y qué más da que lo conozcan?... ¿O es que no le gusta a usted, madre, que sepan que va para abuela? —añadió con sorna.

Helena se escocía al oír la palabra odiosa: abuela, pero se contuvo.

—Pues mira, lo que es por edad... —dijo picada.

—Sí, por edad podía usted ser madre de nuevo —repuso la nuera, hiriéndola en lo vivo.

—Claro, claro —dijo Helena, sofocada y sorprendida, inerme por el brusco ataque—. Pero eso de que se te queden mirando...

—No, esté tranquila, pues a usted es más bien a la que miran. Se acuerdan de aquel magnífico retrato, de aquella obra de arte...

—Pues yo en tu caso... —empezó la suegra.

—Usted en mi caso, madre, y si pudiese acompañarme en mi estado mismo, ¿entonces?

—Mira, niña, si sigues así nos volvemos en seguida y no vuelvo a salir contigo ni a pisar tu casa... es decir, la de tu padre.

—¡La mía, señora, la mía, y la de mi marido y la de usted!...

—¿Pero de dónde has sacado ese geniecillo, niña?

—¿Geniecillo? ¡Ah, sí, el genio es de otros!

—Miren, miren la mosquita muerta..., la que se iba a ir monja antes de que su padre le pescase a mi hijo...

—Le he dicho a usted ya, señora, que no vuelva a mentarme eso. Yo sé lo que me hice.

—Y mi hijo también.

—Sí, sabe también lo que se hizo, y no hablemos más de ello.

XXXIV

Y vino al mundo el hijo de Abel y de Joaquina, en quien se mezclaron las sangres de Abel Sánchez y de Joaquín Monegro.

La primer batalla fue la del nombre que había de ponérsele; su madre quería que Joaquín; Helena, que Abel, y Abel su hijo, Abelín y Antonia remitieron la decisión a Joaquín, que sería quien le diese nombre. Y fue un combate en el alma de Monegro. Un acto tan sencillo como es dar nombre a un hombre nuevo tomaba para él tamaño de algo agorero, de un sortilegio fatídico. Era como si se decidiera el porvenir del nuevo espíritu.

"Joaquín —se decía éste—, Joaquín, sí, como yo, y luego será Joaquín S. Monegro y hasta borrará la ese, la ese a que se te reducirá ese odioso Sánchez, y desaparecerá su nombre, el de su hijo, y su linaje quedará anegado en el mío... Pero ¿no es mejor que sea Abel Monegro, Abel S. Monegro, y se redima así el Abel? Abel es su abuelo, pero Abel es también su padre, mi yerno, mi hijo, que ya es mío, un Abel mío, que he hecho yo. ¿Y qué más da que se llame Abel si él, el otro, su otro abuelo, no será Abel ni nadie le conocerá por tal, sino será como yo le llame en las *Memorias*, con el nombre con que yo le marque en la frente con fuego? Pero no..."

Y, mientras así dudaba, fue Abel Sánchez, el pintor, quien decidió la cuestión:

—Que se llame Joaquín. Abel el abuelo, Abel el padre, Abel el hijo, tres Abeles..., ¡son muchos! Además, no me gusta, es nombre de víctima...

—Pues bien dejaste ponérselo a tu hijo —objetó Helena.

—Sí, fue un empeño tuyo, y por no oponerme... Pero figúrate que en vez de haberse dedicado a médico se dedica a pintor, pues... Abel Sánchez el Viejo y Abel Sánchez el Joven...

—Y Abel Sánchez no puede ser más que uno... —añadió Joaquín sotorriéndose.

—Por mí que haya ciento —replicó aquél—. Yo siempre he de ser yo.

—¿Y quién lo duda? —dijo su amigo.

—¡Nada, nada, que se llame Joaquín, decidido!

—Y que no se dedique a la pintura, ¿eh?

—Ni a la medicina —concluyó Abel, fingiendo seguir la fingida broma.

Y Joaquín se llamó el niño.

XXXV

Tomaba al niño su abuela Antonia, que era quien le cuidaba, y apechugándolc como para ampararlo y cual si presintiese alguna desgracia, le decía: "Duerme, hijo mío, duerme, que cuanto más duermas mejor. Así crecerás sano y fuerte. Y luego también, mejor dormido que despierto, sobre todo en esta casa. ¿Qué va a ser de ti? ¡Dios quiera que no riñan en ti dos sangres!" Y dormido el niño, ella, teniéndole en brazos, rezaba y rezaba.

Y el niño crecía a la par que la *Confesión* y las *Memorias* de su abuelo de madre y que la fama de pintor de su abuelo de padre. Pues nunca fue más grande la reputación de Abel que en este tiempo. El cual, por su parte, parecía preocuparse muy poco de toda otra cosa que no fuese su reputación.

Una vez se fijó más intensamente en el nietecillo, y fue que al verle una mañana dormido exclamó: "¡Qué precioso apunte!" Y tomando un álbum se puso a hacer un bosquejo a lápiz del niño dormido.

—¡Qué lástima —exclamó— no tener aquí mi paleta y mis colores! Ese juego de la luz en la mejilla, que parece como de melocotón, es encantador. ¡Y el color del pelo! ¡Si parecen rayos de sol los rizos!

—Y luego —le dijo Joaquín—, ¿cómo llamarías al cuadro? ¿Inocencia?

—Eso de poner títulos a los cuadros se queda para los literatos, como para los médicos el poner nombres a las enfermedades, aunque no se curen.

—¿Y quién te ha dicho, Abel, que sea lo propio de la medicina curar las enfermedades?

—Entonces, ¿qué es?

—Conocerlas. El fin de la ciencia es conocer.

—Yo creí que conocer para curar. ¿De qué nos serviría haber probado del fruto de la ciencia del bien y del mal si no era para librarnos de éste?

—Y el fin del arte ¿cuál es? ¿Cuál es el fin de ese dibujo de nuestro nieto que acabas de hacer?

—Eso tiene su fin en sí. Es una cosa bonita y basta.

—¿Qué es lo bonito? ¿Tu dibujo o nuestro nieto?

—¡Los dos!

—¿Acaso crees que tu dibujo es más hermoso que Joaquinito?

—¡Ya estás en las tuyas! ¡Joaquín! ¡Joaquín!

—Y vino Antonia, la abuela, y cogió al niño de la cuna y se lo llevó como para defenderle de uno y de otro abuelo. Y le decía: "¡Ay, hijo, hijito, hijo mío, corderito de Dios, sol de la casa, angelito sin culpa, que no te retraten, que no te curen! ¡No seas modelo de pintor, no seas enfermo de médico!... ¡Déjales, déjales con su arte y con su ciencia y vente con tu abuelita, tú, vida mía, vida, vidita, vidita mía! Tú eres mi vida; tú eres nuestra vida; tú eres el sol de esta casa. Yo te enseñaré a rezar por tus abuelos y Dios te oirá. ¡Vente conmigo, vidita, vida, corderito sin mancha, corderito de Dios!" Y no quiso Antonia ver el apunte de Abel.

XXXVI

Joaquín seguía con su enfermiza ansiedad el crecimiento en cuerpo y en espíritu de su nieto Joaquinito. ¿A quién salía? ¿A quién se parecía? ¿De qué sangre era? Sobre todo cuando empezó a balbucir.

Desasosegábale al abuelo que el otro abuelo, Abel, desde que tuvo el nieto, frecuentaba la casa de su hijo y hacía que le llevasen a la suya el pequeñuelo. Aquel grandísimo egoísta —por tal le tenían su hijo y su consuegro— parecía ablandarse de corazón y aun aniñarse ante el niño. Solía ir a hacerle dibujos, lo que encantaba a la criatura. "*¡Abuelito,* santos!", le pedía. Y Abel no se cansaba de dibujarle perros, gatos, caballos, toros, figuras humanas. Ya le pedía un jinete, ya dos chicos haciendo cachetina... ya un niño corriendo de un perro que le sigue, y que las escenas se repitiesen.

—En mi vida he trabajado con más gusto —decía Abel—; ¡esto, esto es arte puro y lo demás... chanfaina!

—Puedes hacer un álbum de dibujos para los niños —le dijo Joaquín.

—¡No, así no tiene gracia; para los niños... no! Eso no sería arte, sino...

—Pedagogía —dijo Joaquín.

—Eso sí, sea lo que fuere, pero arte, no. Esto es arte, esto; estos dibujos que dentro de media hora romperá nuestro nieto.

—¿Y si yo los guardase? —preguntó Joaquín.

—¿Guardarlos? ¿Para qué?

—Para tu gloria. He oído de no sé qué pintor de fama que se han publicado los dibujos que les hacía, para divertirlos, a sus hijos, y que son lo mejor de él.

—Yo no los hago para que los publiquen luego, ¿entiendes? Y en cuanto a eso de la gloria, que es una de tus reticencias, Joaquín, sábete que no se me da un comino de ella.

—¡Hipócrita! Si es lo único que de veras te preocupa...

—¿Lo único? Parece mentira que me lo digas ahora. Hoy lo que me preocupa es este niño. ¡Y será un gran artista!

—Que herede tu genio, ¿no?

—¡Y el tuyo!

El niño miraba sin comprender el duelo entre sus dos abuelos, pero adivinando algo en sus actitudes.

—¿Qué le pasa a mi padre... —preguntaba a Joaquín su yerno—, que está chocho con el nieto, él que apenas nunca me hizo caso? Ni recuerdo que siendo yo niño me hiciese esos dibujos...

—Es que vamos para viejos, hijo —le respondió Joaquín—, y la vejez enseña mucho.

—Y hasta el otro día, a no sé qué pregunta del niño, le vi llorar. Es decir, le salieron las lágrimas. Las primeras que le he visto.

—¡Bah! ¡Eso es cardíaco!

—¿Cómo?

—Que tu padre está ya gastado por los años y el trabajo y por el esfuerzo de la inspiración artística y por las emociones, que tiene muy mermadas las reservas del corazón y que el mejor día...

—¿Qué?

—Os da, es decir, nos da un susto. Y me alegro que haya llegado la ocasión de decírtelo, aunque ya pensaba en ello. Adviérteselo a Helena, tu madre.

—Sí, él se queja de fatiga, de disnea. ¿Será...?

—Eso es. Me ha hecho que le reconozca sin saberlo tú, y le he reconocido. Necesita cuidado.

Y así era que en cuanto se encrudecía el tiempo Abel se quedaba en casa y hacía que le llevasen a ella el nieto, lo que amargaba para todo el día al otro abuelo. "Me lo está mimando —decía Joaquín—; quiere arrebatarme su cariño; quiere ser el primero; quiere vengarse de lo de su hijo. Sí, sí, es por venganza, nada más que por venganza. Quiere quitarme este último consuelo. Vuelve a ser él, él, él, que me quitaba los amigos cuando éramos mozos."

Y en tanto Abel le repetía al nietecito que quisiera mucho al abuelito Joaquín.

—Te quiero más a ti —le dijo una vez el nieto.

—¡Pues no! No debes quererme a mí más; hay que querer a todos igual. Primero a papá y a mamá y luego a los abuelos y a todos lo mismo. El abuelito Joaquín es muy bueno, te quiere mucho, te compra juguetes...

—También tú me los compras...

—Te cuenta cuentos...

—Me gustan más los dibujos que tú me haces... ¡Anda, píntame un toro y un picador a caballo!

XXXVII

—Mira, Abel —le dijo solemnemente Joaquín así que se encontraron solos—; vengo a hablarte de una cosa grave, muy grave, de una cuestión de vida o muerte.

—¿De mi enfermedad?

—No; pero, si quieres, de la mía.

—¿De la tuya?

—De la mía, ¡sí! Vengo a hablarte de nuestro nieto. Y para no andar con rodeos es menester que te vayas, que te alejes, que nos pierdas de vista; te lo ruego, te lo suplico...

—¿Yo? ¿Pero estás loco, Joaquín? ¿Y por qué?

—El niño te quiere a ti más que a mí. Esto es claro. Yo no sé lo que haces con él..., no quiero saberlo...

—Lo aojaré o le daré algún bebedizo, sin duda...

—No lo sé. Le haces esos dibujos, esos malditos dibujos, le entretienes con las artes perversas de tu maldito arte...

—Ah, ¿pero eso también es malo? Tú no estás bueno, Joaquín.

—Puede ser que no esté bueno, pero eso no importa ya. No estoy en edad de curarme. Y si estoy malo debes respetarme. Mira, Abel, que me amargaste la juventud, que me has perseguido la vida toda...

—¿Yo?

—Sí, tú, tú.

—Pues lo ignoraba.

—No finjas. Me has despreciado siempre.

—Mira, si sigues así me voy, porque me pones malo de verdad. Ya sabes mejor que nadie que no estoy para oír locuras de ese jaez. Vete a un manicomio a que te curen o te cuiden, y déjanos en paz.

—Mira, Abel, que me quitaste, por humillarme, por rebajarme, a Helena...

—¿Y no has tenido a Antonia?

—¡No, no es por ella, no! Fue el desprecio, la afrenta, la burla.

—Tú no estás bueno; te lo repito, Joaquín, no estás bueno...

—Peor estás tú.

—De salud del cuerpo, desde luego. Sé que no estoy para vivir mucho.

—Demasiado...

—¿Ah, pero me deseas la muerte?

—No, Abel, no; no digo eso —y tomó Joaquín tono de quejumbrosa súplica, diciéndole—: Vete, vete de aquí, vete a vivir a otra parte, déjame con él..., no me lo quites... por lo que te queda...

—Pues por lo que me queda, déjame con él

—No, que me le envenenas con tus mañas, que le desapegas de mí, que le enseñas a despreciarme...

—¡Mentira, mentira y mentira! Jamás me ha oído ni me oirá nada en desprestigio tuyo.

—Sí, pero basta con lo que le engatusas.

—¿Y crees tú que por irme yo, por quitarme yo de en medio habría de quererte? Si a ti, Joaquín, aunque uno se proponga no puede quererte... Si rechazas a la gente.

—Lo ves, lo ves...

—Y si el niño no te quiere como tú quieres ser querido, con exclusión de los demás o más que a ellos, es que presiente el peligro, es que teme...

—¿Y qué teme? —preguntó Joaquín, palideciendo.

—El contagio de tu mala sangre.

Levantóse entonces Joaquín, lívido, se fue a Abel y le puso las dos manos, como dos garras, en el cuello, diciendo:

—¡Bandido!

Mas al punto las soltó. Abel dio un grito, llevándose las manos al pecho, suspiró un "¡Me muero!" y dio el último respiro. Joaquín se dijo: "¡El ataque de angina; ya no hay remedio; se acabó!"

En aquel momento oyó la voz del nieto que llamaba: "¡Abuelito! ¡Abuelito!" Joaquín se volvió:

—¿A quién llamas? ¿A qué abuelo llamas? ¿A mí? —y como el niño callara, lleno de estupor ante el misterio que veía—: Vamos, di, ¿a qué abuelo? ¿A mí?

—No, al abuelito Abel.

—¿A Abel? Ahí lo tienes..., muerto. ¿Sabes lo que es eso?... Muerto.

Después de haber sostenido en la butaca en que murió el cuerpo de Abel, se volvió Joaquín al nieto y con voz de otro mundo le dijo:

—¡Muerto, sí! Y le he matado yo, yo; ha matado a Abel Caín, tu abuelo Caín. Mátame ahora si quieres. Me quería robarte; quería quitarme tu cariño. Y me lo ha quitado. Pero él tuvo la culpa, él.

Y rompiendo a llorar, añadió:

—¡Me quería robarte a ti, a ti, al único consuelo que le quedaba al pobre Caín! ¿No le dejarán a Caín nada? Ven acá, abrázame.

El niño huyó sin comprender nada de aquello, como se huye de un loco. Huyó llamando a Helena:

—¡Abuela, abuela!

—Le he matado, sí... —continuó Joaquín solo—; pero él me estaba matando; hace más de cuarenta años que me estaba matando. Me envenenó los caminos de la vida con su alegría y con sus triunfos. Quería robarme el nieto...

Al oír pasos precipitados, volviendo Joaquín en sí, volvióse. Era Helena, que entraba.

—¿Qué pasa..., qué sucede..., qué dice el niño?...

—Que la enfermedad de tu marido ha tenido un fatal desenlace —dijo Joaquín heladamente.

—¿Y tú?

—Yo no he podido hacer nada. En esto se llega siempre tarde.

Helena le miró fijamente y le dijo:

—¡Tú..., tú has sido!

Luego se fue, pálida y convulsa, pero sin perder su compostura, al cuerpo de su marido.

XXXVIII

Pasó un año en que Joaquín cayó en una honda melancolía. Abandonó sus *Memorias*, evitaba ver a todo el mundo, incluso a sus hijos. La muerte de Abel había parecido el natural desenlace de su dolencia, conocida por su hija, pero un espeso bochorno misterioso pesaba sobre la casa. Helena encontró que el traje de luto la favorecía mucho y empezó a vender los cuadros que de su marido le quedaban. Parecía tener cierta aversión al nieto, al cual le había nacido ya una hermanita.

Postróle, al fin, a Joaquín una oscura enfermedad en el lecho. Y sintiéndose morir, llamó un día a sus hijos, a su mujer, a Helena.

—Os dijo la verdad el niño... —empezó diciendo—; yo le maté.

—No digas esas cosas, padre —suplicó Abel, su yerno.

—No es hora de interrupciones ni de embustes. Yo le maté. O como si yo le hubiera matado, pues murió en mis manos...

—Eso es otra cosa.

—Se me murió teniéndole yo en mis manos, cogido del cuello. Aquello fue como un sueño. Toda mi vida ha sido un sueño. Por eso ha sido como una de esas pesadillas dolorosas que nos caen encima poco antes de despertar, al alba, entre el sueño y la vela. No he vivido ni dormido..., ¡ojalá!, ni despierto. No me acuerdo ya de mis padres, no quiero acordarme de ellos y confío en que ya, muertos, me hayan olvidado. ¿Me olvidará también Dios? Sería lo mejor, acaso, el eterno olvido. ¡Olvidadme, hijos míos!

—¡Nunca! —exclamó Abel, yendo a besarle la mano.

—¡Déjala! Estuvo en el cuello de tu padre al morir éste. ¡Déjala! Pero no me dejéis. Rogad por mí.

—¡Padre, padre! —suplicó la hija.

—¿Por qué he sido tan envidioso, tan malo? ¿Qué hice para ser así? ¿Qué leche mamé? ¿Era un bebedizo de odio? ¿Ha sido un bebedizo de sangre? ¿Por qué nací en tierra de odios? En tierra en que el precepto parece ser: "Odia a tu prójimo como a ti mismo." Porque he vivido odiándome; porque aquí todos vivimos odiándonos. Pero... traed al niño.

—¡Padre!

—¡Traed al niño!

Y cuando el niño llegó le hizo acercarse.

—¿Me perdonas? —le preguntó

—No hay de qué —dijo Abel.

—Di que sí, arrímate al abuelo —le dijo su madre.

—¡Sí! —susurró el niño.

—Di claro, hijo mío, di si me perdonas.

—Sí.

—Así, sólo de ti, sólo de ti, que no tienes todavía uso de razón, de ti, que eres inocente, necesito perdón. Y no olvides a tu abuelo Abel, al que te hacía los dibujos. ¿Le olvidarás?

—¡No!

—¡No, no le olvides, hijo mío, no le olvides! Y tú, Helena...

Helena, la vista en el suelo, callaba.

—Y tú, Helena...

—Yo, Joaquín, te tengo hace tiempo perdonado.

—No te pedía eso. Sólo quiero verte junto a Antonia. Antonia...

La pobre mujer, henchidos de lágrimas los ojos, se echó sobre la cabeza de su marido, y como queriendo protegerla.

—Tú has sido aquí la víctima. No pudiste curarme, no pudiste hacerme bueno...

—Pero si lo has sido, Joaquín... ¡Has sufrido tanto!...

—Sí, la tisis del alma. Y no pudiste hacerme bueno porque no te he querido.

—¡No digas eso!

—Sí lo digo, lo tengo que decir, y lo digo aquí, delante de todos. No te he querido. Si te hubiera querido me habría curado. No te he querido. Y ahora me duele no haberte querido. Si pudiéramos volver a empezar...

—¡Joaquín! ¡Joaquín! —clamaba desde el destrozado corazón la pobre mujer—. No digas esas cosas. Ten piedad de mí, ten piedad de tus hijos, de tu nieto que te oye; aunque parece no entenderte, acaso mañana...

—Por eso lo digo, por piedad. No, no te he querido; no he querido quererte. ¡Si volviésemos a empezar! Ahora, ahora es cuando...

No le dejó acabar su mujer, tapándole la moribunda boca con su boca y como si quisiera recoger en el propio su último aliento.

—Esto te salva, Joaquín.

—¿Salvarme? ¿Y a qué llamas salvarse?

—Aún puedes vivir unos años, si lo quieres.

—¿Para qué? ¿Para llegar a viejo? ¿A la verdadera vejez? ¡No, la vejez no! La vejez egoísta no es más que una infancia en que hay conciencia de la muerte. El viejo es un niño que sabe que ha de morir. No, no quiero llegar a viejo. Reñiría con los nietos por celos, les odiaría... ¡No, no..., basta de odio! Pude quererte, debí quererte, que habría sido mi salvación, y no te quise.

Calló. No quiso o no pudo proseguir. Besó a los suyos. Horas después rendía su último cansado suspiro.

¡QUEDA ESCRITO!

FIN DE
«ABEL SÁNCHEZ»

TRES NOVELAS EJEMPLARES
Y UN PRÓLOGO

PRÓLOGO

I

¡Tres novelas ejemplares y un prólogo! Lo mismo pude haber puesto en la portada de este libro *Cuatro novelas ejemplares.* ¿Cuatro? ¿Por qué? Porque este prólogo es también una novela. Una novela, entendámonos, y no una *nivola;* una novela.

Eso de *nivola,* como bauticé a mi novela —¡y tan novela!— *Niebla,* y en ella misma lo explico, fue una salida que encontré para mis... —¿críticos? Bueno; pase— críticos. Y lo han sabido aprovechar porque ello favorecía su pereza mental. La pereza mental, el no saber juzgar sino conforme a precedentes, es lo más propio de los que se consagran a críticos.

Hemos de volver aquí en este prólogo —novela o nivola— más de una vez sobre la nivolería. Y digo hemos de volver así en episcopal primera persona del plural, porque hemos de ser tú, lector, y yo, es decir, nosotros, los que volvamos sobre ellos. Ahora, pues, a lo de *ejemplares.*

¿Ejemplares? ¿Por qué?

Miguel de Cervantes llamó ejemplares a las novelas que publicó después de su *Quijote* porque, según en el prólogo a ellas nos dice, «no hay ninguna de quien no se pueda sacar algún ejemplo provechoso». Y luego añade: «Mi intento ha sido poner en la gloria de nuestra república una mesa de trucos, donde cada uno pueda llegar a entretenerse sin daño de barras, digo, sin daño del alma ni del cuerpo, porque los ejercicios honestos y agradables antes aprovechan que dañan.» Y en seguida: «Sí; que no siempre se está en los templos, no siempre se ocupan los oratorios, no siempre se asiste a los negocios por calificados que sean; horas hay de recreación donde el afligido espíritu descanse; para este efecto se plantan las alamedas, se buscan las fuentes, se allanan las cuestiones y se cultivan con curiosidad los jardines.» Y agrega: «Una cosa me atreveré a decirte: que si por algún modo alcanzara que la lección de estas novelas pudiera inducir a quien las leyere a algún mal deseo o pensamiento, antes me cortara la mano con que las escribí que sacarlas en público; mi edad no está ya para burlarse con la otra vida, que al cincuenta y cinco de los años gano por nueve más y por la mano.»

De lo que se colige: primero, que Cervantes más buscó la ejemplaridad que hoy llamaríamos estética que no la moral en sus novelas, buscando dar con ellas horas de recreación donde el afligido espíritu descanse, y segundo, que lo de llamarlas ejemplares fue ocurrencia posterior a haberlas escrito. Lo que es mi caso.

Este prólogo es posterior a las novelas a que precede y prologa como una gramática es posterior a la lengua que trata de regular y una doctrina moral posterior a los actos de virtud o de vicio que con ella tratan de explicarse. Y este prólogo es, en cierto modo, otra novela; la novela de mis novelas. Y a la vez la explicación de mi novelería. O si se quiere, *nivolería.*

Y llamo ejemplares a estas novelas porque las doy como ejemplo —así, como suena—, ejemplo de vida y de realidad.

¡De realidad! ¡De realidad, sí!

Sus agonistas, es decir, luchadores —o si queréis los llamaremos personajes—, son reales, realísimos, y con la realidad más íntima, con la que se dan ellos mismos, en puro querer ser o en puro querer no ser, y con la que le den los lectores.

II

No hay más ambiguo que eso que se llama realismo en el arte literario. Porque, ¿qué realidad es la de ese realismo?

Verdad es que el llamado realismo, cosa puramente externa, aparencial, cortical y anecdótica, se refiere al arte literario y no al poético o creativo. En un poema —y las mejores novelas son poemas—, en una creación, la realidad no es la del que llaman los críticos realismo. En una creación, la realidad es una realidad íntima, creativa y de voluntad. Un poeta no saca sus criaturas —criaturas vivas— por los modos del llamado realismo. Las figuras de los realistas suelen ser maniquíes vestidos, que se mueven por cuerda y que llevan en el pecho un fonógrafo que repite las frases que su Maese Pedro recogió por calles y plazuelas y cafés y apuntó en su cartera.

¿Cuál es la realidad íntima, la realidad real, la realidad eterna, la realidad poética o creativa de un hombre? Sea hombre de carne y hueso o sea de los que llamamos ficción, que es igual. Porque Don Quijote es tan real como Cervantes; Hamlet o Macbeth tanto como Shakespeare, y mi Augusto Pérez tenía acaso sus razones al decirme, como me dijo —véase mi novela (¡y tan novela!) *Niebla*—, que tal vez no fuese yo sino un pretexto para que su historia y las de otros, incluso la mía misma, lleguen al mundo.

¿Qué es lo más íntimo, lo más creativo, lo más real de un hombre?

Aquí tengo que referirme, una vez más, a aquella ingeniosísima teoría de Oliver Wendell Holmes —en su *The autocrat of the brea fast table, III*— sobre los tres Juanes y los tres Tomases. Y es que nos dice que cuando conversan dos, Juan y Tomás, hay seis en conversación, que son:

Tres Juanes.......	1. El Juan real; conocido sólo para su Hacedor. 2. El Juan ideal de Juan; nunca el real, y a menudo muy desemejante de él. 3. El Juan ideal de Tomás; nunca el Juan real ni el Juan de Juan, sino a menudo muy desemejante de ambos.
Tres Tomases.....	1. El Tomás real. 2. El Tomás ideal de Tomás. 3. El Tomás ideal de Juan.

Es decir, el que uno es, el que se cree ser y el que le cree otro. Y Oliver Wendell Holmes pasa a disertar sobre el valor de cada uno de ellos.

Pero yo tengo que tomarlo por otro camino que el intelectualista yanqui Wendell Holmes. Y digo que, además del que uno es para Dios —si para Dios es uno alguien— y del que es para los otros y del que se cree ser, es en él, en su seno, el creador, y es el real de verdad. Y por el que hayamos querido ser, no por el que hayamos sido, nos salvaremos o perderemos. Dios le premiará o castigará a uno a que sea por toda la eternidad lo que quiso ser.

Ahora que hay quien quiere ser y quien quiere no ser, y lo mismo en hombres reales encarnados en carne y hueso que en hombres reales encarnados en ficción novelesca o nivolesca. Hay héroes del querer no ser, de la *noluntad*.

Mas antes de pasar más adelante cúmpleme explicar que no es lo mismo querer no ser que no querer ser.

Hay, en efecto, cuatro posiciones, que son dos positivas: *a)* querer ser; *b)* querer no ser; y dos negativas: *c)* no querer ser; *d)* no querer no ser. Como se puede: creer que hay Dios, creer que no hay Dios, no creer que hay Dios, y no creer que no hay Dios. Y ni creer que no hay Dios es lo mismo que no creer que hay Dios, ni querer no ser es no querer ser. De uno que no quiere ser difícilmente se saca una criatura poética, de novela; pero de uno que quiere no ser, sí. Y el que quiere no ser, no es, ¡claro!, un suicida.

El que quiere no ser lo quiere siendo.

—¿Qué? ¿Os parece un lío? Pues si esto os parece un lío y no sois capaces, no ya sólo de comprenderlo, más de sentirlo y de sentirlo apasionada y trágicamente, no llegaréis nunca a crear criaturas reales y, por tanto, no llegaréis a gozar de ninguna novela ni de la de vuestra vida. Porque sabido es que el que goza de una obra de arte es porque la crea en sí, la re-crea y se recrea con ella. Y por eso Cervantes en el prólogo a sus *Novelas ejemplares* habla de «horas de recreación» Y yo me he recreado con su Licenciado Vidriera, recreándolo en mí al re-crearme. Y el Licenciado Vidriera era yo mismo.

III

Quedamos, pues —digo, me parece que hemos quedado en ello...—, en que el hombre más real, *realis,* mas *res,* más cosa, es decir, más causa —sólo existe lo que obra—, es el que quiere ser o el que quiere no ser, el creador. Sólo que este hombre que podríamos llamar, al modo kantiano, numénico, este hombre volitivo e ideal —de idea-voluntad o fuerza— tiene que vivir en un mundo fenoménico, aparencial, racional, en el mundo de los llamados realistas. Y tiene que soñar la vida que es sueño. Y de aquí, del choque de esos hombres reales, unos con otros, surgen la tragedia y la comedia y la novela y la nivola. Pero la realidad es la íntima. La realidad no la constituyen las bambalinas, ni las decoraciones, ni el traje, ni el paisaje, ni el mobiliario, ni las acotaciones, ni...

Comparad a Segismundo con Don Quijote, dos soñadores de la vida. La realilad en la vida de Don Quijote no fueron los molinos de viento, sino los gigantes. Los molinos eran fenoménicos, aparenciales; los gigantes eran numénicos, sustanciales. El sueño es el que es vida, realidad, creación. La fe misma no es, según San Pablo, sino la sustancia de las cosas que se esperan, y lo que se espera es sueño. Y la fe es la fuente de la realidad, porque es la vida. Creer es crear.

¿O es que la Odisea, esa epopeya que es una novela, y una novela real, muy real, no es menos real cuando nos cuenta prodigios de ensueño que un realista excluiría de su arte?

IV

Sí, ya sé la canción de los críticos que se han agarrado a lo de la *nivola;* novelas de tesis, filosóficas, símbolos, conceptos personificados, ensayos en forma dialogada... y lo demás.

Pues bien; un hombre, y un hombre real, que quiere ser o que quiera no ser, es un símbolo, y un símbolo puede hacerse hombre. Y hasta un concepto. Un concepto puede llegar a hacerse persona. Yo creo que la rama de una hipérbola quiere —¡así, quiere!— llegar a tocar a su asíntota y no lo logra, y que el geómetra que sintiera ese querer desesperado de la unión de la hipérbola con su asíntota nos crearía a esa hipérbola como a una persona, y persona trágica. Y creo que la elipse quiere tener dos focos. Y creo en la tragedia o en la novela del binomio de Newton. Lo que no sé es si Newton la sintió.

¡A cualquier cosa llaman puros conceptos o entes de ficción los críticos!

Te aseguro, lector, que si Gustavo Flaubert sintió, como dicen, señales de envenenamiento cuando estaba escribiendo, es decir, creando, el de Ema Bovary, en aquella novela que pasa por ejemplar de novelas, y de novelas realistas, cuando mi Augusto Pérez gemía delante de mí —dentro de mí más bien—: «Es que yo quiero vivir, don Miguel, quiero vivir, quiero vivir...» —*Niebla*—, sentía yo morirme.

«¡Es que Augusto Pérez eres tú mismo!...» —se me dirá—. ¡Pero no! Una cosa es que todos mis personajes novelescos, que todos los agonistas que he creado los haya sacado de mi alma, de mi realidad íntima —que es todo un pueblo—, y otra cosa es que sean yo mismo. Porque, ¿quién soy yo mismo? ¿Quién es el que se firma Miguel de Unamuno? Pues... uno de mis personajes, una de mis criaturas, uno de mis agonistas. Y ese yo último e íntimo y supremo, ese yo trascendente —o inmanente—, ¿quién es? Dios lo sabe... Acaso Dios mismo...

Y ahora os digo que esos personajes crepusculares —no de mediodía ni de medianoche— que ni quieren ser ni quieren no ser, sino que se dejan llevar y traer, que todos esos personajes de que están llenas nuestras novelas contemporáneas españolas no son, con todos los pelos y señales que les distinguen, con sus muletillas y sus tics y sus gestos, no son en su mayoría personas, y que no tienen realidad íntima... No hay un momento en que se vacíen, en que desnuden su alma.

A un hombre de verdad se le descubre, se le crea, en un momento, en una frase, en un grito. Tal en Shakespeare. Y luego que le hayáis así descubierto, creado, lo conocéis mejor que él se conoce a sí mismo acaso.

Si quieres crear, lector, por el arte, personas, agonistas-trágicos, cómicos o novelescos, no acumules detalles, no te dediques a observar exterioridades de los que contigo conviven, sino trátalos, excítalos si puedes, quiérelos sobre todo y espera a que un día —acaso nunca— saquen a luz y desnuda el alma de su alma, el que quieren ser, en un grito, en un acto, en una frase, y entonces toma ese momento, mételo en ti y deja que como un germen se te desarrolle en el personaje de verdad, en el que es de veras real. Acaso tú llegues a saber mejor que tu amigo Juan o que tu amigo Tomás o quién es el que cada uno de ellos quiere no ser.

Balzac no era un hombre que hacía vida de mundo ni se pasaba el tiempo tomando notas de lo que veía en los demás o de lo que les oía. Llevaba el mundo dentro de sí.

V

Y es que todo hombre humano lleva dentro de sí las siete virtudes y sus siete opuestos vicios capitales: es orgulloso y humilde, glotón y sobrio, rijoso y casto, envidioso y caritativo, avaro y liberal, perezoso y diligente, iracundo y sufrido. Y saca de sí mismo lo mismo al tirano que al esclavo, al criminal que al santo, a Caín que a Abel.

No digo que Don Quijote y Sancho brotaron de la misma fuente porque no se oponen entre sí, y Don Quijote era Sancho pancesco y Sancho Panza era quijotesco, como creo haber probado en mi *Vida de Don Quijote y Sancho.* Aunque no falte acaso quien me salte diciendo que el Don Quijote y el Sancho de esa mi obra no son los de Cervantes. Lo cual es muy cierto. Porque ni Don Quijote ni Sancho son de Cervantes ni míos, sino que son de todos los que los crean y re-crean. O mejor, son de sí mismos, y nosotros cuando los contemplamos y creamos, somos de ellos.

Y yo no sé si mi Don Quijote es otro que el de Cervantes o si, siendo el mismo, he descubierto en su alma honduras que el primero que nos le descubrió, que fue Cervantes, no las descubrió. Porque estoy seguro, entre otras cosas, de que Cervantes no apreció todo lo que en el sueño de la vida del Caballero significó aquel amor vergonzoso y callado que sintió por Aldonza Lorenzo. Ni Cervantes caló todo el quijotismo de Sancho Panza.

Resumiendo: todo hombre humano lleva dentro de sí las siete virtudes capitales y sus siete vicios opuestos, y con ellos es capaz de crear agonistas de todas clases.

Los pobres sujetos que temen la tragedia, esas sombras de hombres que leen para no enterarse o para matar el tiempo —tendrán que matar la eternidad—, al encontrarse en una tragedia, o en una comedia, o en una novela, o en una nivola si queréis, con un hombre, con nada menos que una mujer, se preguntan: «¿Pero de dónde habrá sacado este autor esto?» A lo que no cabe si no una respuesta, y es: «¡de ti, no!» Y como no la ha sacado uno de él, del hombre cotidiano y crepuscular, es inútil presentárselo, porque no lo reconoce por hombre. Y es capaz de llamarle símbolo o alegoría.

Y ese sujeto cotidiano y aparencial, ese que huye de la tragedia, no es ni sueño de una sombra, que es como Píndaro llamó al hombre. A lo sumo será sombra de un sueño, que dijo el Tasso. Porque el que siendo sueño de una sombra y teniendo la conciencia de serlo sufra con ello y quiera serlo o quiera no serlo, será un personaje trágico y capaz de crear y de re-crear en sí mismo personajes trágicos —o cómicos—, capaz de ser novelista; esto es: poeta y capaz de gustar de una novela, es decir, de un poema.

VI

¿Está claro?

La lucha, por dar claridad a nuestras creaciones, es otra tragedia.

Y este prólogo es otra novela. Es la novela de mis novelas, desde *Paz en la Guerra* y *Amor y Pedagogía* y mis cuentos —que novelas son— y *Niebla* y *Abel Sánchez* —ésta acaso la más trágica de todas—, hasta las *Tres novelas ejemplares* que vas a leer, lector. Si este prólogo no te ha quitado la gana de leerlas.

¿Ves, lector, por qué las llamo ejemplares a estas novelas? ¡Y ojalá sirvan de ejemplo!

Sé que en España, hoy, el consumo de novelas lo hacen principalmente mujeres. ¡Es decir, mujeres, no!, sino señoras y señoritas. Y sé que estas señoras y señoritas se aficionan principalmente a leer aquellas novelas que les dan sus confesores o aquellas otras que se las prohíben; o sensiblerías que destilan mangla o pornografías que chorrean pus. Y no es que huyan de lo que les haga pensar; huyen de lo que les haga conmoverse. Con conmoción que no sea la que acaba en... ¡Bueno, más vale callarlo!

Esas señoras y señoritas se extasían, o ante un traje montado sobre un maniquí, si el traje es de moda, o ante el desvestido o semi-desnudo; pero el desnudo franco y noble les repugna. Sobre todo el desnudo del alma.

¡Y así anda nuestra literatura novelesca!

Literatura... sí, literatura. Y nada más que literatura. Lo cual es un género de subsistencia, sujeta a la ley de la oferta y la demanda, y a exportación e importación, y a registro de aduana y a tasa.

Allá van, en fin, lectores y lectoras, señores, señoras y señoritas, estas tres novelas ejemplares, que aunque sus agonistas tengan que vivir aislados y desconocidos, yo sé que vivirán. Tan seguro estoy de esto como de que viviré yo.

¿Cómo? ¿Cuándo? ¿Dónde? Dios sólo lo sabe...

DOS MADRES

I

¡Cómo le pesaba Raquel al pobre don Juan! La viuda aquella, con la tormenta de no tener hijos en el corazón del alma, se le había agarrado y le retenía en la vida que queda, no en lo que pasa. Y en don Juan había muerto, con el deseo, la voluntad. Los ojos y las manos de Raquel apaciguaban y adormecían todos sus apetitos, aquel hogar solitario, constituido fuera de la ley, era como en un monasterio la celda de una pareja enamorada.

¿Enamorada?... ¿Estaba él, don Juan, enamorado de Raquel? No, sino absorto por ella, sumergido en ella, perdido en la mujer y en su viudez. Porque Raquel era, pensaba don Juan, ante todo y sobre todo, la viuda y la viuda sin hijos; Raquel parecía haber nacido viuda. Su amor era un amor furioso, con sabor a muerte, que buscaba dentro de su hombre, tan dentro de él que de él se salía, algo de más allá de la vida. Y don Juan se sentía arrastrado por ella a más dentro de la tierra. «¡Esta mujer me matará!» —solía decirse—, y al decírselo pensaba en lo dulce que sería el descanso inacabable, arropado en tierra, después de haber sido muerto por una viuda como aquella.

Hacía tiempo que Raquel venía empujando a su don Juan al matrimonio, a que se casase; pero no con ella, como habría querido hacerlo el pobre hombre.

RAQUEL.—¿Casarte conmigo?... ¡Pero eso, mi gatito, no tiene sentido!... ¿Para qué? ¿A qué conduce que nos casemos según la Iglesia y el Derecho Civil? El matrimonio se instituyó, según nos enseñaron en el Catecismo, para casar, dar gracias a los casados y que críen hijos para el cielo. ¿Casarnos? ¡Bien casados estamos! ¿Darnos gracias? ¡Ay, michino! —y al decirlo le pasaba por sobre la nariz los cinco finísimos y ahuesados dedos de su diestra—, ni a ti ni a mí nos dan ya gracia con bendiciones. ¡Criar hijos para el cielo..., criar hijos para el cielo!

Al decir esto se le quebraba la voz y temblaban en sus pestañas líquidas perlas en que se reflejaba la negrura insondable de las niñas de sus ojos.

DON JUAN.—Pero ya te he dicho, Quelina, que nos queda un recurso, y es casarnos como Dios y los hombres mandan...

RAQUEL.—¿Tú invocando a Dios, michino?

DON JUAN.—Casarnos así, según la ley, y adoptar un hijo...

RAQUEL.—¡Adoptar un hijo...! ¡Adoptar un hijo...! Sólo te faltaba decir que del Hospicio.

DON JUAN.—¡Oh, no! Aquel sobrinillo tuyo, por ejemplo...

RAQUEL.—Ya te he dicho, Juan, que no hables de eso..., que no vuelvas a hablar de eso... Mi hermana, visto que tenemos fortuna...

DON JUAN.—Dices bien, tenemos...

RAQUEL.—¡Claro que digo bien! ¿O es que crees que yo no sé que tu fortuna, como tú todo, no es sino mía, enteramente mía?

DON JUAN.—¡Enteramente tuyos, Quelina!

RAQUEL.—Mi hermana nos entregaría cualquiera de sus hijos, lo sé, nos lo entregaría de grado. Y como nada me costaría obtenerlo, nunca podría tenerlo por propio. ¡Oh, no poder parir! ¡No poder parir! ¡Y morirse en el parto!

DON JUAN.—Pero no te pongas así, querida.

—RAQUEL.—Eres tú, Juan, eres tú el que no debes seguir así... Un hijo adoptado, adoptivo, es siempre un hospiciano. Hazte padre, Juan, hazte padre, ya que no has podido hacerme madre. Si me hubieras hecho madre, nos habríamos casado, entonces sí... ¿Por qué bajas así la cabeza? ¿De qué te avergüenzas?

DON JUAN.—Me vas a hacer llorar, Raquel y yo...

RAQUEL.—Sí, ya sé que tú no tienes la culpa, como no la tuvo mi marido, aquel...

DON JUAN.—Ahora eso...

RAQUEL.—¡Bien! Pero tú puedes darme un hijo. ¿Cómo? Engendrándolo en otra mujer, hijo tuyo, y entregándomelo luego. ¡Y quiéralo ella o no lo quiera, que lo quiero yo y basta!

DON JUAN.—Pero cómo quieres que yo quiera a otra mujer...

RAQUEL.—¿Quererla? ¿Qué es eso de quererla? ¿Quién te ha hablado de querer a otra mujer? Harto sé que hoy ya tú no puedes, aunque quieras, querer a otra mujer. ¡Ni yo lo consentiría! ¡Pero no se trata de quererla; se trata de empreñarla! ¿Lo quieres más claro? Se trata de hacerla madre. Hazla madre y luego dame el hijo, quiéralo ella o no.

DON JUAN.—La que se prestara a eso sería una...

RAQUEL.—¿Con nuestra fortuna?

DON JUAN.—¿Y a qué mujer le propongo eso?

RAQUEL.—¿Proponerle qué?

DON JUAN.—Eso...

RAQUEL.—Lo que has de proponerle es el matrimonio...

DON JUAN.—¡Raquel!

RAQUEL.—¡Sí, Juan, sí; el matrimonio! Tienes que casarte y yo te buscaré la mujer; una mujer que ofrezca probabilidades de éxito... Y que sea bien parecida, ¿eh?

Al decir esto se reía con una risa que sonaba a llanto.

RAQUEL.—Será tu mujer, y de tu mujer. ¡Claro está!, no podré tener celos...

DON JUAN.—Pero ella los tendrá de ti...

RAQUEL.—¡Natural! Y ello ayudará a nuestra obra. Os casaréis, os darán gracia, mucha gracia, muchísima gracia, y criaréis por lo menos un hijo... para mí. Y yo le llevaré al cielo.

DON JUAN.—No blasfemes...

RAQUEL.—¿Sabes tú lo que es el cielo? ¿Sabes lo que es el infierno? ¿Sabes dónde está el infierno?

—DON JUAN.—En el centro de la tierra, dicen.

RAQUEL.—O en el centro de un vientre estéril acaso...

DON JUAN.—¡Raquel...! ¡Raquel...!

RAQUEL.—Y ven, ven acá...

Le hizo sentarse sobre las firmes piernas de ella, se lo apechugó como a un niño y, acercándole al oído los labios resecos, le dijo como en un susurro:

RAQUEL.—Te tengo ya buscada mujer... Tengo ya buscada la que ha de ser madre de nuestro hijo... Nadie buscó con más cuidado una nodriza que yo esa madre...

DON JUAN.—¿Y quién es...?

RAQUEL.—La señorita Berta Lapeira... Pero, ¿por qué tiemblas? ¡Si hasta creía que te gustaría!... ¿Qué? ¿No te gusta? ¿Por qué palideces? ¿Por qué lloras así? Anda, llora, llora, hijo mío... ¡Pobre don Juan!

DON JUAN.—Pero Berta...

RAQUEL.—¡Berta, encantada! Y no por *nuestra* fortuna, no! ¡Berta está enamorada de ti, perdidamente enamorada de ti...! Y Berta, que tiene un heroico corazón de virgen enamorada, aceptará el papel de redimirte, de redimirte de mí, que soy, según ella, tu condenación y tu infierno. ¡Lo sé! ¡Lo sé! Sé cuánto te compadece Berta... Sé el horror que le inspiro... Sé lo que dice de mí...

DON JUAN.—Pero y sus padres...

RAQUEL.—¡Oh! Sus padres, sus cristianísimos padres, son unos padres muy razonables... Y conocen la importancia de *tu* fortuna.

DON JUAN.—Nuestra fortuna...

RAQUEL.—Ellos, como todos los demás, creen que es tuya... ¿Y no es acaso legalmente tuya?

DON JUAN.—Sí; pero...

RAQUEL.—Sí, hasta eso lo tenemos que arreglar bien. Ellos no saben cómo tú eres mío, michino, y cómo es mío, mío sólo, todo lo tuyo. Y no saben cómo será mío el hijo que tengas de su hija... Porque lo tendrás, ¿eh, michino? ¿Lo tendrás?

Y aquí las palabras le cosquilleaban en el fondo del oído, al pobre don Juan, produciéndole casi vértigo.

RAQUEL.—¿Lo tendrás, Juan, lo tendrás?

DON JUAN.—Me vas a matar, Raquel...

RAQUEL.—Quién sabe... Pero antes dame el hijo... ¿Lo oyes? Ahí está la angelical Berta Lapeira. ¡Angelical! Ja... ja... ja...

DON JUAN.—¡Y tú, demoniaca! —gritó el hombre poniéndose en pie y costándole tenerse así.

RAQUEL.—El demonio también es un ángel, michino...

DON JUAN.—Pero un ángel caído...

RAQUEL.—Haz, pues, caer a Berta; ¡hazla caer...!

DON JUAN.—Me matas, Quelina, me matas...

RAQUEL.—¿Y no estoy yo peor que muerta...?

Terminado esto, Raquel tuvo que acostarse. Y cuando más tarde, al ir don Juan a hacerlo junto a ella, a juntar sus labios con los de su dueña y señora, los encontró secos y ardientes como arena de desierto.

RAQUEL.—Ahora sueña con Berta y no conmigo. ¡O no, no! ¡Sueña con nuestro hijo!

El pobre don Juan no pudo soñar.

II

¿Cómo se le había ocurrido a Raquel proponerle para esposa legítima a Berta Lapeira? ¿Cómo había descubierto, no que Berta estuviese enamorada de él, de don Juan, sino que él, en sueños, estando dormido, cuando perdía aquella voluntad que no era suya, sino de Raquel, soñaba en que la angelical criatura viniese en su ayuda a redimirle? Y si en esto había un germen de amor futuro, ¿buscaba Raquel extinguirlo haciéndole que se casase con ella para hacer madre a la viuda estéril?

Don Juan conocía a Berta desde la infancia. Eran relaciones de familia. Los padres de don Juan, huérfano y solo desde muy joven, habían sido grandes amigos de don Pedro Lapeira y de su señora. Éstos se habían siempre interesado por aquél y habíanse dolido como nadie de sus devaneos y de sus enredos con aventureras de ocasión. De tal modo, que cuando el pobre náufrago de los amores —que no del amor— recaló en el puerto de la viuda estéril, alegráronse como de una ventura del hijo de sus amigos, sin sospechar que aquel puerto era un puerto de tormentas.

Porque, contra lo que creía don Juan, el sesudo matrimonio Lapeira estimaba que aquella relación era ya a modo de un matrimonio; que don Juan necesitaba de una voluntad que supliera a la que le faltaba, y que si llegaban a tener hijos, el de sus amigos estaba salvado. Y de esto hablaban con frecuencia en sus comentarios domésticos, en la mesa, a la tragicomedia de la ciudad, sin recatarse delante de su hija, de la angelical Berta, que de tal modo fue interesándose por don Juan.

Pero Berta, cuando oía a sus padres lamentarse de que Raquel no fuese hecha madre por don Juan y que luego se anudase para siempre y ante toda ley divina y humana —o mejor teocrática y democrática— aquel enlace de aventura, sentía dentro de sí el deseo de que no fuera eso, y soñaba luego, a solas, con poder llegar a ser el ángel redentor de aquel náufrago de los amores y el que le sacase del puerto de las tormentas.

¿Cómo es que don Juan y Berta habían tenido el mismo sueño? Alguna vez, al encontrarse sus miradas, al darse las manos, en las no raras visitas que don Juan hacía a casa de los señores Lapeira, había nacido aquel sueño. Y hasta había sucedido tal vez, no hacía mucho, que fue Berta quien recibió al compañero de juegos de su infancia y que los padres tardaron en llegar.

Don Juan previó el peligro, y dominado por la voluntad de Raquel, que era la suya, fue espaciando cada vez más sus visitas a aquella casa. Cuyos dueños adivinaron la causa de aquella abstención. «¡Como le tiene dominado! ¡Le aísla de todo el mundo!» —se dijeron los padres. Y a la hija, a la angelical Berta, un angelito caído le susurró en el silencio de la noche y del sueño, al oído del corazón: «Te teme...»

Y ahora era Raquel, Raquel misma, la que le empujaba al regazo de Berta. ¿Al regazo?

El pobre don Juan echaba de menos el piélago encrespado de sus pasados amores de paso, presintiendo que Raquel le llevaba a la muerte. ¡Pero si él no tenía ningún apetito de paternidad...! ¿Para qué iba a dejar en el mundo otro como él?

¡Mas, qué iba a hacer...!

Y volvió, empujado y guiado por Raquel, a frecuentar la casa Lapeira. Con lo que se les ensanchó el alma a la hija y a sus padres. Y más cuando adivinaron sus intenciones. Empezando a compadecerse como nunca de la fascinación bajo que vivía. Y lo comentaban don Pedro y doña Marta.

DON PEDRO.—¡Pobre chico! Cómo se ve que sufre...

DOÑA MARTA.—Y no es para menos, Pedro, no es para menos...

DON PEDRO.—Nuestra Tomasa... ¿te recuerdas?, hablaría de un bebedizo...

DOÑA MARTA.—Sí, tenía gracia lo del bebedizo... Si la pobre se hubiese mirado a un espejo...

DON PEDRO.—Y si hubiese visto cómo le habían dejado sus nueve partos y el tener que trabajar tan duro... Y si hubiese sido capaz de ver bien a la otra...

DOÑA MARTA.—Así sois los hombres... Unos puercos todos...

DON PEDRO.—¿Todos?

DOÑA MARTA.—Perdona, Pedro. ¡Tú... no! Tú...

DON PEDRO.—Pero, después de todo se comprende el bebedizo de la viudita esa...

DOÑA MARTA.—¡Ah, picarón!, con que...

DON PEDRO.—Tengo ojos en la cara, Marta, y los ojos siempre son jóvenes...

DOÑA MARTA.—Más que nosotros...

DON PEDRO.—¿Y qué será de este chico ahora?

DOÑA MARTA.—Dejémosle venir, Pedro... Porque yo le veo venir...

DON PEDRO.—¡Y yo! ¿Y ella?

DOÑA MARTA.—A ella ya iré preparándola yo por si acaso...

DON PEDRO.—Y esa relación...

DOÑA MARTA.—¿Pero no ves, hombre de Dios, que lo que busca es romperla? ¿No lo conoces?

DON PEDRO.—Sin duda. Pero esa ruptura tendrá que costarle algún sacrificio...

DOÑA MARTA.—Y aunque así sea... Tiene mucho, mucho, y aunque sacrifique algo...

DON PEDRO.—Es verdad...

DOÑA MARTA.—Tenemos que redimirle, Pedro; nos lo piden sus padres...

DON PEDRO.—Y hay que hacer que nos lo pida también nuestra hija.

La cual estaba, por su parte, ansiando la redención de don Juan. ¿La de don Juan, o la suya propia? Y se decía: «Arrancarle ese hombre y ver cómo es el hombre de ella, el hombre que ha hecho ella, el que se le ha rendido en cuerpo y alma... ¡Lo que le habrá enseñado...! ¡Lo que sabrá mi pobre Juan...! Y él me hará como ella...

De quien estaba Berta perdidamente enamorada era de Raquel, Raquel era su ídolo.

III

El pobre Juan, ya sin don, temblaba entre las dos mujeres, entre su ángel y su demonio redentores. Detrás de sí tenía a Raquel, y delante, a Berta, y ambas le empujaban. ¿Hacia dónde? Él presentía que hacia su perdición. Habíase de perder en ellas. Entre una y otra le estaban desgarrando. Sentíase como aquel niño que ante Salomón se disputaban las dos madres, sólo que no sabía cuál de ellas, si Raquel o Berta, le quería entero para la otra y cuál quería partirlo a muerte. Los ojos azules y claros de Berta, la doncella, como un mar sin fondo y sin orillas, le llamaban al abismo, y detrás de él, o mejor en torno de él, envolviéndole, los ojos negros y tenebrosos de Raquel, la viuda, como una noche sin fondo y sin estrellas, empujábanle al mismo abismo.

BERTA.—¿Pero qué te pasa, Juan? Desahógate de una vez conmigo. ¿No soy tu amiga de la niñez, casi tu hermana...?

DON JUAN.—Hermana... Hermana...

BERTA.—¿Qué? No te gusta eso de hermana...

DON JUAN.—No la tuve; apenas sí conocí a mi madre... No puedo decir que he conocido mujer...

BERTA.—Que no, ¿eh? Vamos...

DON JUAN.—¡Mujeres... sí!... ¡Pero mujer, lo que se dice mujer, no!

—BERTA.—¿Y la viuda esa, Raquel?

Berta se sorprendió de que le hubiese salido esto sin violencia alguna, sin que le tambaleara la voz, y de que Juan se lo oyera con absoluta tranquilidad.

DON JUAN.—Esa mujer, Berta, me ha salvado; me ha salvado de las mujeres.

BERTA.—Te creo. Pero ahora...

DON JUAN.—Ahora sí, ahora necesito salvarme de ella.

Y al decir esto sintió Juan que la mirada de los tenebrosos ojos viudos le empujaban con más violencia.

BERTA.—¿Y puedo yo servirte de algo en eso...?

DON JUAN.—¡Oh, Berta, Berta...!

BERTA.—Vamos, sí; tú, por lo visto, quieres que sea yo quien me declare...

DON JUAN.—Pero Berta...

BERTA.—¿Cuándo te vas a sentir hombre, Juan? ¿Cuándo has de tener voluntad propia?

DON JUAN.—Pues bien, sí, ¿quieres salvarme?

BERTA.—¿Cómo?

DON JUAN.—¡Casándote conmigo!

BERTA.—¡Acabáramos! ¿Quieres, pues, casarte conmigo?

DON JUAN.—¡Claro!

BERTA.—¿Claro? ¡Oscuro! ¿Quieres casarte conmigo?

DON JUAN.—¡Sí!

BERTA.—¿De propia voluntad?

Juan tembló al percatar tinieblas en el fondo de los ojos azules y claros de la doncella. «¿Habrá adivinado la verdad?», se dijo, y estuvo por arredrarse, pero los ojos negros de la viuda le empujaron diciéndole: «Digas lo que dijeres, tú no puedes mentir.»

DON JUAN.—¡De propia voluntad!

BERTA.—¿Pero la tienes, Juan?

DON JUAN.—Es para tenerla para lo que quiero hacerte mi mujer...

BERTA.—Y entonces...

DON JUAN.—Entonces, ¿qué?

BERTA.—¿Vas a dejar antes a esa otra?

DON JUAN.—Berta... Berta...

BERTA.—Bien, no hablemos más de ello, si quieres. Porque todo esto quiere decir que, sintiéndote impotente para desprenderte de esa mujer, quieres que sea yo quien te desprenda de ella. ¿No es así?

DON JUAN.—Sí, así es —y bajó la cabeza.

BERTA.—Y que te dé una voluntad de que careces...

DON JUAN.—Así es...

BERTA.—Y que luche con la voluntad de ella...

DON JUAN.—Así es...

BERTA.—¡Pues así será!

DON JUAN.—¡Oh, Berta... Berta...!

BERTA.—Estate quieto. Mírame y no me toques. Pueden de un momento a otro aparecer mis padres.

DON JUAN.—¿Y ellos, Berta?

BERTA.—¿Pero eres tan simple, Juan, como para no ver que esto lo teníamos previsto y tratado de ello...?

DON JUAN.—Entonces...

BERTA.—Que acudiremos todos a salvarte.

IV

El arreglo de la boda con Berta emponzoñó los cimientos todos del alma del pobre Juan. Los padres de Berta, los señores Lapeira, ponían un gran empeño en dejar bien asegurado y a cubierto de toda contingencia el porvenir económico de su hija, y acaso pensaba en el suyo propio. No era, como algunos creían, hija única, sino que tenían un hijo que de muy joven se había ido a América y del que no se volvió a hablar, y menos en su casa. Los señores Lapeira pretendían que Juan dotase a Berta antes de tomarla por mujer, y resistíanse, por su parte, a darle a su futuro yerno cuenta del estado de su fortuna. Y Juan se resistía, a su vez, a ese dotamiento, alegando que luego de casado haría un testamento en que dejase heredera universal de sus bienes a su mujer, después de haber entregado un pequeño caudal —y en esto sus futuros suegros estaban de acuerdo— a Raquel.

No era Raquel un obstáculo ni para los señores Lapeira ni para su hija. Aveníanse a vivir en buenas relaciones con ella, como con una amiga inteligente y que había sido en cierto modo una salvadora de Juan, seguros padres e hija de que ésta sabría ganar con suavidad y maña el corazón de su marido por entero, y que al cabo Raquel misma contribuiría a la felicidad del nuevo matrimonio. ¡Con tal que se le asegurase la vida y la consideración de las gentes decentes y de bien! No era, después de todo, ni una aventurera vulgar ni una que se hubiese nunca vendido al mejor postor. Su enredo con Juan fue obra de pura pasión, de compasión acaso —pensaban y querían pensar los señores Lapeira.

Pero lo grave del conflicto, lo que ni los padres de la angelical Berta ni nadie en la ciudad —¡y eso que se pretendía conocer a la viuda!— podía presumir era que Raquel había hecho firmar a Juan una escritura por la cual los bienes inmuebles todos de éste aparecían comprados por aquélla, y todos los otros valores que poseía estaban a nombre de ella. El pobre Juan no aparecía ya sino como su administrador y apoderado. Y esto supo la astuta mujer mantenerlo secreto. Y a la vez conocía mejor que nadie el estado de la fortuna de los señores Lapeira.

RAQUEL.—Mira, Juan, dentro de poco, tal vez antes de que os caséis, y en todo caso poco después de vuestra boda, la pequeña fortuna de los padres de Berta, la de tu futura esposa... esposa, ¿eh?, no mujer, ¡esposa...!, la de tu futura esposa, será mía..., es decir nuestra...

DON JUAN.—¿Nuestra?

RAQUEL.—Sí, será para el hijo que tengamos, si es que tu esposa nos lo da... Y si no...

DON JUAN.—Me estás matando, Quelina...

RAQUEL.—Cállate, michino. Ya le tengo echada la garra a esa fortuna. Voy a comprar créditos e hipotecas... ¡Oh, sí; después de todo, esa Raquel es una buena persona, toda una señora, y ha salvado al que ha de ser el marido de nuestra hija y el salvador de nuestra situación y el amparo de nuestra vejez! ¡Y lo será, vaya si lo será! ¿Por qué no?

DON JUAN.—¡Raquel! ¡Raquel!

RAQUEL.—No gimas así, Juan, que pareces un cordero al que están degollando...

DON JUAN.—Y así es...

RAQUEL.—¡No, no es así! ¡Yo voy a hacerte hombre; yo voy a hacerte padre!

DON JUAN.—¿Tú?

RAQUEL.—¡Sí, yo, Juan; yo, Raquel!

Juan se sintió como en agonía.

DON JUAN.—Pero dime, Quelina, dime —y al decirlo le lloraba la voz—, ¿por qué te enamoraste de mí? ¿Por qué me arrebataste? ¿Por qué me has sorbido el tuétano de la voluntad? ¿Por qué me has dejado como un pelele? ¿Por qué no me dejaste en la vida que llevaba..?

RAQUEL.—¡A estas horas estarías, después de arruinado, muerto de miseria y de podredumbre!

DON JUAN.—¡Mejor, Raquel, mejor! Muerto, sí; muerto de miseria y de podredumbre. ¿No es esto miseria? ¿No es podredumbre? ¿Es que soy mío? ¿Es que soy yo?... ¿Por qué me has robado el cuerpo y el alma?

El pobre don Juan se ahogaba en sollozos.

Volvió a cogerle Raquel como otras veces maternalmente, le sentó sobre sus piernas, le abrazó, le apechugó a su seno estéril, contra sus pechos, henchidos de roja sangre que no logró hacer blanca leche, y hundiendo su cabeza sobre la cabeza del hombre, cubriéndole los oídos con su desgreñada cabellera suelta, lloró, entre hipos, sobre él. Y le decía:

—RAQUEL.—¡Hijo mío, hijo mío, hijo mío...! No te robé yo; me robaste tú el alma, tú, tú. Y me robaste el cuerpo... ¡Hijo mío..., hijo mío..., hijo mío...! Te vi perdido, perdido, perdido... Te vi buscando lo que no se encuentra... Y yo buscaba un hijo... Y creí encontrarlo en ti. Y creía que me darías el hijo por el que me muero... Y ahora quiero que me lo des...

DON JUAN.—Pero, Quelina, no será tuyo...

RAQUEL.—Sí... será mío, mío, mío... Como lo eres tú... ¿No soy tu mujer?

DON JUAN.—Sí, tú eres mi mujer...

RAQUEL.—Y ella será tu esposa. ¡Esposa!, así dicen los zapateros: «¡Mi esposa!» Y yo seré tu madre y la madre de vuestro hijo..., de mi hijo...

DON JUAN.—¿Y si no le tenemos?

RAQUEL.—¡Calla, Juan, calla! ¿Si no le tenéis? ¿Si no nos lo da...? Soy capaz de...

DON JUAN.—¡Calla, Raquel, que la ronquera de tu voz me da miedo!

RAQUEL.—¡Sí, y de casarte luego con otra!

DON JUAN.—¿Y si consiste en mí...?

Raquel le echó de sí con gesto brusco, se puso en pie como herida, miró a Juan con una mirada de taladro; pero al punto, pasado el sablazo de hielo de su pecho, abrió los brazos a su hombre gritándole:

RAQUEL.—¡No, ven; ven, Juan, ven! ¡Hijo mío! ¡Hijo mío! ¿Para qué quiero más hijo que tú? ¿No eres mi hijo?

Y tuvo que acostarle, calenturiento y desvanecido.

V

No, Raquel no consintió en asistir a la boda, como Berta y sus padres habían querido, ni tuvo que fingir enfermedad para ello, pues de veras estaba enferma.

RAQUEL.—No creí, Juan, que llegaras a tanto. Conocía su fatuidad y su presunción, la de la niña y la de sus papás; pero no los creía capaces de disponerse a afrontar así las conveniencias sociales. Cierto es que nuestras relaciones no han sido nunca escandalosas, que no nos hemos presentado en público haciendo alarde de ellas; pero son algo bien conocido de la ciudad toda. Y al empeñarse en que me convidaras a la boda no pretendían sino hacer más patente el triunfo de su hija. ¡Imbéciles! ¿Y ella? ¿Tu esposa?

DON JUAN.—Por Dios, Raquel, mira que...

RAQUEL.—¿Qué? ¿Qué tal? ¿Qué tal sus abrazos? ¿Le has enseñado algo de lo que aprendiste de aquellas mujeres? ¡Porque de lo que yo te he enseñado no puedes enseñarle nada! ¿Qué tal *tu* esposa? Tú... tú no eres de ella...

DON JUAN.—No, ni soy mío...

RAQUEL.—Tú eres mío, mío, mío, michino, mío... Y ahora ya sabes vuestra obligación. A tener juicio, pues. Y ven lo menos que puedas por esta nuestra casa.

DON JUAN.—Pero, Raquel...

RAQUEL.—No hay Raquel que valga. Ahora te debes a tu esposa. ¡Atiéndela!

DON JUAN.—Pero si es ella la que me aconseja que venga de vez en cuando a verte...

RAQUEL.—Lo sabía. ¡Mentecata! Y hasta se pone a imitarme, ¿no es eso?

DON JUAN.—Sí, te imita en cuanto puede; en el vestir, en el peinado, en los ademanes, en el aire...

RAQUEL.—Sí; cuando vinisteis a verme la primera vez, en aquella visita de ceremonia casi, observé que me estudiaba...

DON JUAN.—Y dice que debemos intimar más, ya que vivimos tan cerca, tan cerquita, casi al lado...

RAQUEL.—Es su táctica para sustituirme. Quiere que nos veas a menudo juntas, que compares...

DON JUAN.—Yo creo otra cosa...

—RAQUEL.—¿Qué?

DON JUAN.—Que está prendada de ti, que la subyugas...

Raquel dobló al suelo la cara, que se le puso de repente intensamente pálida, y se llevó las manos al pecho, atravesado por una estocada de ahogo. Y dijo:

RAQUEL.—Lo que hace falta es que todo ello fructifique...

Como Juan se le acercara en busca del beso de despedida —beso húmedo y largo y de toda la boca otras veces—, la viuda le rechazó, diciéndole:

RAQUEL.—No, ¡ahora, ya no! Ni quiero que se lo lleves a ella ni quiero quitárselo.

DON JUAN.—¿Celos?

RAQUEL.—¿Celos? ¡Mentecato!... ¿Pero crees, michino, que puedo sentir celos de tu esposa...? ¿De tu esposa? Y yo, ¿tu mujer...? ¡Para casar y dar gracias a los casados y que críen hijos para el cielo! ¡Para el cielo y para mí!

DON JUAN.—Que eres mi cielo.

RAQUEL.—Otras veces dices que tu infierno...

DON JUAN.—Es verdad.

RAQUEL.—Pero ven, ven acá, hijo mío, toma...

Le cogió la cabeza entre las manos, le dio un beso seco y ardiente sobre la frente y le dijo en despedida:

RAQUEL.—Ahora vete y cumple

bien con ella. Y cumplid bien los dos conmigo. Si no, ya lo sabes, soy capaz...

VI

Y era verdad que Berta estudiaba en Raquel la manera de ganarse a su marido, y a la vez la manera de ganarse a sí misma, de ser ella, de ser mujer. Y así se dejaba absorber por la dueña de Juan y se iba descubriendo a sí misma al través de la otra. Al fin, un día no pudo resistir, y en ocasión en que las dos, Raquel y Berta, le habían mandado a su Juan a una partida de caza con los amigos, fue la esposa a ver a la viuda.

BERTA.—Le chocará verme por aquí, así, sola...

RAQUEL.—No, no me choca... Y hasta esperaba su visita...

BERTA.—¿Esperarla?

RAQUEL.—La esperaba, sí. Después de todo, algo me parece haber hecho por su esposo, por nuestro buen Juan, y acaso el matrimonio...

BERTA.—Sí, yo sé que si usted, con su amistad, no le hubiese salvado de las mujeres...

RAQUEL.—¡Bah! De las mujeres...

BERTA.—Y he sabido apreciar también su generosidad...

RAQUEL.—¿Generosidad?... ¿Por qué? ¡Ah, sí, ya caigo! ¡Pues no, no! ¿Cómo iba a ligarle a mi suerte? Porque, en efecto, él quiso casarse conmigo...

BERTA.—Lo suponía...

RAQUEL.—Pero como estábamos a prueba y la bendición del párroco, aunque nos hubiese casado y dado la gracia de casados, no habría hecho que criásemos hijos para el cielo... ¿Por qué se ruboriza así, Berta? ¿No ha venido a que hablemos con el corazón desnudo en la mano...?

BERTA.—¡Sí, sí, Raquel, sí; háblame así!

RAQUEL.—No podía sacrificarle así a mi egoísmo. ¡Lo que yo no he logrado, que lo logre él!

BERTA.—¡Oh, gracias, gracias!

RAQUEL.—¿Gracias?... ¡Gracias, no! ¡Lo he hecho por él!

BERTA.—Pues por haberlo hecho por él... ¡gracias!

RAQUEL.—¡Ah!

BERTA.—¿Le choca?

RAQUEL.—No, no me choca; pero ya irá usted aprendiendo...

BERTA.—¿A qué? ¿A fingir?

RAQUEL.—¡No; a ser sincera!

BERTA.—¿Cree que no lo soy?

RAQUEL.—Hay fingimientos muy sinceros. Y el matrimonio es una escuela de ellos.

BERTA.—¿Y cómo...?

RAQUEL.—¡Fui casada!

BERTA.—¡Ah, sí; es cierto que es usted viuda!

RAQUEL.—Viuda... Viuda. Siempre lo fui. Creo que nací viuda... Mi verdadero marido se me murió antes de yo nacer... ¡Pero dejémonos de locuras y desvaríos! ¿Y cómo lleva a Juan?

BERTA.—Los hombres...

RAQUEL.—¡No, el hombre... el hombre! Cuando me dijo que yo le había salvado a nuestro Juan de las mujeres me encogí de hombros. Y ahora le digo, Berta, que tiene que atender al hombre, a su hombre. Y buscar al hombre en él...

BERTA.—De eso trato; pero...

RAQUEL.—¿Pero qué?

BERTA.—Que no le encuentro la voluntad...

RAQUEL.—¿Y viene usted a buscarla aquí acaso?

BERTA.—¡Oh, no, no! Pero...

RAQUEL.—Con esos peros no irá usted a ninguna parte...

BERTA.—¿Y adónde he de ir?

RAQUEL.—¿Adónde? ¿Quiere usted que le diga adónde?

Berta, intensamente pálida, vaciló, mientras los ojos de Raquel, acerados, hendían el silencio. Y al cabo:

BERTA.—Sí. ¿Adónde?

RAQUEL.—¡A ser madre! Ésa es su obligación. ¡Ya que yo no he podido serlo, séalo usted!

Hubo otro silencio opresor, que rompió Berta exclamando:

BERTA.—¡Y lo seré!

RAQUEL.—¡Gracias a Dios! ¿No le pregunté si venía acá a buscar la voluntad de Juan? ¡Pues la voluntad de Juan, de nuestro hombre, es ésa, es hacerse padre!

BERTA.—¿La suya?

RAQUEL.—Sí, la suya. ¡La suya, porque es la mía!

BERTA.—Ahora más que nunca admiro su generosidad.

RAQUEL.—¿Generosidad?... No, no... Y cuenten siempre con mi firme amistad, que aun puede serles útil...

BERTA.—No lo dudo...

Y al despedirla, acompañándola hasta la puerta, le dijo:

RAQUEL.—¡Ah! Diga usted a sus padres que tengo que ir a verlos...

BERTA.—¿A mis padres?

RAQUEL.—Sí, cuestión de negocios... Para consolarme de mi viudez me dedico a negocios, a empresas financieras...

Y después de cerrar la puerta, murmuró: «¡Pobre esposa!»

VII

Cuando, por fin, una mañana de otoño, le anunció Berta a su marido que iba a hacerle padre, sintió éste sobre la carne de su alma torturada el doloroso roce de las dos cadenas que le tenían preso. Y empezó a sentir la pesadumbre de su voluntad muerta. Llegaba el gran combate. ¿Iba a ser suyo, de verdad, aquel hijo? ¿Iba a ser él padre? ¿Qué es ser padre?

Berta, por su parte, sentíase como transportada. ¡Había vencido a Raquel! Pero a la vez sentía que tal victoria era un vencimiento. Recordaba palabras de la viuda y su mirada de esfinge al pronunciarlas.

Cuando Juan llevó la buena nueva a Raquel palideció ésta intensísimamente, le faltó el respiro, encendiósele luego el rostro, se le oyó anhelar, le brotaron gotas de sudor, tuvo que sentarse y, al cabo, con voz de ensueño, murmuró:

RAQUEL.—¡Al fin te tengo, Juan!

Y le cogió y le apretó a su cuerpo, palpitante, frenéticamente, y le besó en los ojos y en la boca, y le apartaba de sí para tenerle a corto trecho, con las palmas de las manos en las mejillas de él, mirándole a los ojos, mirándose en las niñas de ellos, pequeñita, y luego volvía a besarle. Miraba con ahinco su propio retrato, minúsculo, en los ojos de él, y luego, como loca, murmurando con voz ronca: «¡Déjame que me bese!», le cubría los ojos de besos. Y Juan creía enloquecer.

RAQUEL.—Y ahora, ahora ya puedes venir más que antes... Ahora ya no la necesitas tanto...

DON JUAN.—Pues, sin embargo, es ahora cuando más me quiere junto así...

RAQUEL.—Es posible... Sí, sí, ahora se está haciendo... Es verdad... Tienes que envolver en cariño al pobrecito... Pero pronto se cansará ella de ti..., le estorbarás...

Y así fue. En los primeros meses, Berta le quería junto a sí y sentirse mimada. Pasábase las horas muertas con su mano sobre la mano de su Juan, mirándole a los ojos. Y sin querer, le hablaba de Raquel.

BERTA.—¿Qué dice de esto?

DON JUAN.—Tuvo un gran alegrón al saberlo...

BERTA.—¿Lo crees?

DON JUAN.—¡Pues no he de creerlo...!

BERTA.—¡Yo no! Esa mujer es un demonio... un demonio que te tiene fascinado.

DON JUAN.—¿Y a ti no?

BERTA.—¿Qué bebedizo te ha dado, Juan?

DON JUAN.—Ya salió aquello...

BERTA.—Pero ahora serás mío, sólo mío...

«¡Mío!, ¡mío! —pensó Juan—. ¡Así dicen las dos!»

BERTA.—¡Tenemos que ir a verla!

DON JUAN.—¿Ahora?

BERTA.—Ahora, sí, ahora. ¿Por qué no?

DON JUAN.—¿A verla o a que te vea?

BERTA.—¡A verla que me vea! ¡A ver cómo me ve!

Y Berta hacía que Juan la pasease, e íbase colgada de su brazo, buscando las miradas de las gentes. Pero meses después, cuando le costaba ya moverse con soltura, ocurrió lo que Raquel había anticipado, y fue que ya su marido le estomagaba y que buscaba la soledad. Entró en el periodo de mareos, bascas y vómitos, y alguna vez le decía a su Juan: «¿Qué haces, hombre; qué haces ahí? Anda, vete a tomar el fresco y déjame en paz... ¡Qué lástima que no paséis estas cosas vosotros los hombres...! Quítate de ahí, hombre; quítate de ahí, que me mareas... ¿No te estarás quieto? ¿No dejarás en paz esa silla...? ¡Y no, no, no me sobes! ¡Vete, vete y tarda en volver, que voy a acostarme! Anda, vete, vete a verla y comentad mi pasión... Ya sé, ya sé que quisiste casarte con ella, y sé que no te quiso por marido...»

DON JUAN.—Qué cosas estás diciendo, Berta...

BERTA.—Pero si me lo ha dicho ella, ella misma, que al fin es una mujer, una mujer como yo...

DON JUAN.—¡Como tú..., no!

BERTA.—¡No, como yo, no! Ella no ha pasado por lo que estoy pasando... Y los hombres sois todos unos cochinos... Anda, vete, vete a verla... Vete a ver a tu viuda...

Y cuando Juan iba de su casa a casa de Raquel y le contaba todo lo que la esposa le había dicho, la viuda casi enloquecía de placer. Y repetíase lo de los besos en los ojos. Y le retenía consigo. Alguna vez le retuvo toda la noche, y al amanecer, abriéndole la puerta para que se deslizase afuera, le decía tras del último beso: «Ahora que no te espera, vete, vete y consuélala con buenas palabras... Y dile que no la olvido y que espero...»

VIII

Juan se paseaba por la habitación como enajenado. Sentía pesar el vacío sobre su cabeza y su corazón. Los gemidos y quejumbres de Berta le llegaban como de otro mundo. No veía al señor Lapeira, a su suegro, sentado en un rincón oscuro a la espera del nieto. Y como el pobre Juan creía soñar, no se sorprendió al ver que la puerta se habría y entraba por ella... ¡Raquel!

—¿Usted? —exclamó don Pedro, poniéndose en pie.

RAQUEL.—¡Yo, sí, yo! Vengo por si puedo servir de algo...

DON PEDRO.—¿Usted, servir usted? ¿Y en este trance?

RAQUEL.—Sí, para ir a buscar algo o a alguien... Qué sé yo... No olvide, don Pedro, que soy viuda...

DON PEDRO.—Viuda, sí; pero...

RAQUEL.—¡No hay pero! ¡Y aquí estoy!

DON PEDRO.—Bueno; voy a decírselo a mi mujer...

Y luego se oyó la conversación de Raquel y doña Marta.

DOÑA MARTA.—Pero, por Dios, señora...

RAQUEL.—¿Qué, no soy una buena amiga de la casa?

DOÑA MARTA.—Sí, sí; pero que no lo sepa..., que no le oiga...

RAQUEL.—Y si me oye, ¿qué?

DOÑA MARTA.—Por Dios, señora, más bajo..., que no le oiga..., más bajo...

En aquel momento se oyó un grito desgarrador. Doña Marta corrió al lado de su hija y Raquel se quedó escuchando al silencio que siguió al grito. Luego se sentó. Y al sentir, al poco, que pasaba Juan a su lado, le detuvo cogiéndole de un brazo y le interrogó con un «¿qué?» de ansia.

DON JUAN.—Una niña...

RAQUEL.—¡Se llamará Raquel!

Y desapareció la viuda.

IX

En la entrevista que Juan tuvo con sus suegros, los abuelos de la nueva mujercita que llegaba al mundo, le sorprendió el que al insinuar él, lleno de temores y con los ojos de la viuda taladrándole desde la espalda el corazón, que se le llamara Raquel a su hija, los señores Lapeira no opusieron objeción alguna. Parecían abrumados. ¿Qué había pasado allí?

DOÑA MARTA.—Sí, sí, le debemos tanto a esa señora, tanto..., y después de todo, para ti ha sido como una madre...

DON JUAN.—Sí, es verdad...

DOÑA MARTA.—Y aun creo más, y es que debe pedírsele que sea madrina de la niña.

DON PEDRO.—Tanto más cuanto que eso saldrá al paso a odiosas habladurías de las gentes...

DON JUAN.—No dirán más, bien.

DON PEDRO.—No; hay que afrontar la murmuración pública. Y más cuando va extraviada. ¿O es que en esto no puedes presentarte en la calle con la cabeza alta?

DON JUAN.—¡Sin duda!

DON PEDRO.—Bástele, pues, a cada cual su conciencia.

Y miró don Pedro a su mujer como quien ha dicho una cosa profunda que le realza a los ojos de la que mejor le debe conocer.

Y más grande fue la sorpresa —que se le elevó a terror del pobre Juan— cuando oyó que, al proponerle todo aquello, lo del nombre y lo del madrinazgo, a la madre de la niña, a Berta, ésta contestó tristemente: «¡Sea como queráis» Verdad es que la pobre, a consecuencia de grandes pérdidas de sangre, estaba como transportada a un mundo de ensueño, con incesante zumbido de cabeza y viéndolo todo como envuelto en niebla.

Al poco, Raquel, la madrina, se instalaba casi en la casa y empezaba a disponerlo todo. La vio la nueva madre acercársele y la vio como a un fantasma del otro mundo. Brillándole los ojos a la viuda con un nuevo fulgor. Se arrimó a la recién parida y le dio un beso, que, aunque casi silencioso, llenó con su rumor toda la estancia. Berta sentía agonizar en sueños un sueño de agonía. Y oyó la voz de la viuda, firme y segura, como de ama, que decía:

RAQUEL.—Y ahora, Berta, hay que buscar nodriza. Porque no me parece que en el estado en que se queda sea prudente querer criar a la niña. Correrían peligro las dos vidas...

Los ojos de Berta se llenaron de lágrimas.

RAQUEL.—Sí, lo comprendo, es muy natural. Sé lo que es una madre; pero la prudencia ante todo... Hay que guardarse para otras ocasiones...

BERTA.—Pero, Raquel... aunque muriese...

RAQUEL.—¿Quién? ¿La niña?... ¿Mi Quelina? No, no...

Y fue y tomó a la criatura y empezó a fajarla, y luego la besaba con un frenesí tal que la pobre nueva madre sentía derretírsele el corazón en el pecho. Y no pudiendo resistir la pesadilla, gimió:

BERTA.—Basta, basta, Raquel... basta. No vaya a molestarle. Lo que la pobrecita necesita es sueño..., dormir...

Y entonces Raquel se puso a mecer y a abrazar a la criatura, cantándole extrañas canciones en una lengua desconocida de Berta y de los suyos, así como de Juan. ¿Qué le cantaba? Y se hizo un silencio espeso en torno de aquellas canciones de cuna que parecían venir de un mundo lejano, muy lejano, perdido en la bruma de los ensueños. Y Juan, oyéndolas, sentía sueño, pero sueño de morir, y un terror loco le llenaba el corazón vacío. ¿Qué era todo aquello? ¿Qué significaba todo aquello? ¿Qué significaba su vida?

X

Más adelante, cuando Berta fue reponiéndose y empezó a despertarse del doloroso sueño del parto y se vio separada de su hijita, de su Quelina, por Raquel y por su nodriza, que Raquel buscó y que la obedecía en todo, apercibióse a la lucha. Al fin vio claro en la sima en que cayera; al fin vio a quién y a qué había sido sacrificada. Es decir, no vio todo, no podía ver todo. Había en la viuda abismos a que ella, Berta, no lograba llegar. Ni lo intentaba, pues sólo el asomarse a ellos le daba vértigos. Y luego aquellas canciones de cuna en lengua extraña.

BERTA.—¿Pero qué es eso que le canta?

RAQUEL.—¡Oh, recuerdos de mi infancia...!

BERTA.—¿Cómo?

RAQUEL.—No quiera saber más, Berta. ¿Para qué?

¡No; ella, Berta, no podía querer saber más! ¡Sabía ya demasiado! ¡Ojalá no supiera tanto! ¡Ojalá no se hubiera dejado tentar de la serpiente a probar de la fruta del árbol de la ciencia del bien y del mal! Y sus padres, sus buenos padres, parecían como huidos de la casa. Había que llevarles la nietecita a que la vieran. ¡Y era la nodriza quien se la llevaba...!

Lo que sintió entonces Berta fue encendérsele en el pecho una devoradora compasión de su hombre, de su pobre Juan. Tomábale en sus brazos flacos como para ampararle de algún enemigo oculto, de algún terrible peligro, y apoyando su cabeza sudorosa y desgreñada sobre el hombro de su marido, lloraba, lloraba, lloraba, mientras su pecho agitado por convulsos sollozos, latía sobre el pecho acongojado del pobre Juan. Y como una de estas veces la esposa madre gimiese «¡Hijo mío! ¡Hijo mío!... ¡Hijo mío!...», quedóse luego como muerta de terror al ver la congoja de muerte que crispó, enjalbegándola, la cara de su Juan.

BERTA.—¿Qué te pasa, hijo mío? ¿Qué tienes?

DON JUAN.—Calla, Quelina, calla, que me estás matando...

BERTA.—Pero si estás conmigo, Juan, conmigo, con tu Berta...

DON JUAN.—No sé dónde estoy...

BERTA.—¿Pero qué tienes, hijo?

DON JUAN.—No digas eso..., no digas eso..., no digas eso...

Berta adivinó todo el tormento de su hombre. Y se propuso irlo ganando, ahijándolo, rescatándoselo. Aunque para ello hubiese que abandonar y que entregar a la hija. Quería su hombre. ¡Su hombre!

Y él, el hombre, Juan, iba sintiéndose por su parte hombre, hombre más que padre. Sentía que para Raquel no fue más que un instrumento, un medio. ¿Un medio de qué? ¿De satisfacer un furioso hambre de maternidad? ¿O no más bien una extraña venganza, una venganza de otros mundos? Aquellas extrañas canciones de cuna que en lengua desconocida cantaba Raquel a Quelina, no a su ahijada, sino a su hija —su hija, sí, la de la viuda—, ¿hablaban de una dulce venganza, de una venganza suave y adormecedora como un veneno que hace dormirse? ¡Y cómo le miraba ahora Raquel a él, a su Juan Y le buscaba menos que antes.

Pero cuando le buscaba y le encontraba eran los antiguos encuentros, sólo que más sombríos y más frenéticos.

RAQUEL.—Y ahora —le dijo una vez— dedícate más a tu Berta, a tu esposa, entrégate más a ella. Es menester que le des un hijo, que ella lo merece, porque ésta, mi Quelina, ésta es mía, mía, mía. Y tú lo sabes. Ésta se debe a mí, me la debo a mí misma. Poco me faltó para hacerle a tu Berta, a nuestra Berta, parir sobre mis rodillas, como nos contaban en la Historia Sagrada. ¡Entrégate ahora a ella, hijo mío!

DON JUAN.—Que me matas, Raquel.

RAQUEL.—Mira, Juan, son ya muchas las veces que me vas saliendo con esa cantinela, y estoy segura de que se la habrás colocado también a ella, a tu esposa, alguna vez. Si quieres, pues, matarte, mátate, mátate; pero no nos vengas a culparnos de ello. Pero yo creo que debes vivir, porque le haces todavía mucha falta a tu Berta en el mundo.

Y como Juan forcejease entonces por desprenderse de los brazos recios de Raquel, ésta le dijo abrazándole:

RAQUEL.—Sí, ya lo he visto...; ¡que nos vea!

Entró Berta.

RAQUEL.—*Te* he visto, Berta —y recalcó el *te*—; *te* he visto que venías.

Y poniendo su mano, como un yugo, sobre el cuello de Juan, de quien se apartó un poco entonces, prosiguió:

RAQUEL.—Pero te equivocas. Estaba ganándote a tu marido, ganándolo para ti. Estaba diciéndole que se te entregue y que se te entregue sin reservas. Te lo cedo. Pues que a mí me ha hecho ya madre, que te haga madre a ti. Y que puedas llamarle a boca llena ¡hijo! Si es que con esto de llamarle hijo no le estamos matando, como él dice. Ya sabrás la historia de las dos madres que se presentaron a Salomón reclamando un mismo niño. Aquí está el niño, el... ¡don Juan de antaño! No quiero que lo partamos en dos, que sería matarle como él dice. Tómalo todo entero.

BERTA.—Es decir, que tú...

RAQUEL.—¡Yo soy aquí la madre de verdad, yo!

Entonces Berta, fuera de sí, cogió a su marido, que se dejaba hacer, del brazo, arrancándole de bajo el yugo de Raquel, se lo presentó a ésta y le gritó:

BERTA.—¡Pues bien, no! La madre soy yo, yo, yo... Y le quiero entero, le quiero más entero que tú. Tómalo y acaba de matarlo. ¡Pero dame a mi hija, devuélveme a mi hija!

RAQUEL.—¿Qué hija?

BERTA.—A... a... a...

Le quemaba los labios el nombre.

RAQUEL.—¿A mi Quelina? ¡Que es yo misma, yo...! ¿Que me entregue yo? ¿Que te entregue mi Quelina, mi Raquel, para que hagas de ella otra como tú, otra Berta Lapeira, otra como vosotras las honradas esposas? ¡Ah!, también yo fui esposa; sí, esposa; también yo sé...

BERTA.—¿Y qué culpa tengo yo de que ni tu marido ni luego Juan pudiesen contigo lo que éste conmigo ha podido, lo que he podido yo con él?

RAQUEL.—¿Y tú, Juan, tú, *hi-jo mí-o,* te vas a repartir? ¿O estás para tu esposa entero?

Juan huyó de las dos.

XI

Juan huyó de las dos, y algo más. ¿Cómo fue ello? Sólo se supo que, habiendo salido en excursión hacia la sierra, en automóvil, lo volvieron a su casa moribundo y se murió en ella sin recobrar el conocimiento. Ni el *chauffeur,* ni el amigo que le acompañaba supieron explicar bien lo ocurrido. Al bordear un barranco le vieron desaparecer del carruaje —no sabían decir si porque cayó o porque se tirara—, le vieron rodar por el precipicio, y cuando luego le recogieron estaba destrozado. Tenía partida la cabeza y el cuerpo todo magullado.

¡Qué mirada la que Raquel y Berta se cruzaron sobre el cuerpo blanco y quieto de su Juan!

BERTA.—Ahora lo de la niña, lo de mi hija, está claro...

RAQUEL.—Claro. ¿Y de qué va a vivir? ¿Quién la va a mantener? ¿Quién la va a educar? ¿Y cómo? Y tú, ¿de qué vas a vivir? ¿Y de qué van a vivir tus padres?

BERTA.—¿Y la fortuna de Juan?

RAQUEL.—¡Juan no deja fortuna alguna...! ¡Todo lo que hay aquí es mío! ¡Y si no lo sabías, ya lo sabes!

BERTA.—¡Ladrona! ¡Ladrona!... ¡Ladrona!

RAQUEL.—Esas son palabras, y no sabes quién le ha robado a quién. Acaso la ladrona eres tú...; las ladronas sois vosotras, las de tu condición. Y no quiero que hagáis de mi Quelina, de mi hija, una ladrona como vosotras... Y ahora piénsalo bien con tus padres. Piensa si os conviene vivir como mendigos o en paz con la ladrona.

BERTA.—¿En paz?

RAQUEL.—¡A los ojos del mundo en paz!

Berta tuvo largas conversaciones con sus padres, los señores Lapeira, y los tres, con un abogado de mucha nota y reputación, informáronse del testamento de don Juan, en que aparecía no tener nada propio; del estado de su fortuna, toda ella en poder de Raquel, y al cabo aceptaron el compromiso. Los sostendría Raquel, a la que había, a cambio, que ceder la niña

El único consuelo era que Berta volvería a ser madre y que Raquel consignaría un capitalito a nombre del hijo o hija póstuma del pobre don Juan. Pero ¿cómo se criaría esta desdichada criatura?

RAQUEL.—Si te vuelves a casar —le dijo Raquel a Berta— te dotaré. Piénsalo. No se está bien de viuda.

FIN DE

«DOS MADRES»

EL MARQUÉS DE LUMBRÍA

La casona solariega de los marqueses de Lumbría, el palacio, que es como se le llamaba en la adusta ciudad de Lorenza, parecía un arca de silenciosos recuerdos del misterio. A pesar de hallarse habitada, casi siempre permanecía con las ventanas y los balcones que daban al mundo cerrados. Su fachada, en la que se destacaba el gran escudo de armas del linaje de Lumbría, daba al Mediodía, a la gran plaza de la Catedral, y frente a la ponderosa y barroca fábrica de ésta; pero como el sol la bañaba casi todo el día, y en Lorenza apenas hay días nublados, todos sus huecos permanecían cerrados. Y ello porque el excelentísimo señor marqués de Lumbría, don Rodrigo Suárez de Tejada, tenía horror a la luz del sol y al aire libre. «El polvo de la calle y la luz del sol —solía decir— no hacen más que deslustrar los muebles y echar a perder las habitaciones, y luego, las moscas...» El marqués tenía verdadero horror a las moscas, que podían venir de un andrajoso mendigo, acaso de un tiñoso. El marqués temblaba ante posibles contagios de enfermedades plebeyas. Eran tan sucios los de Lorenza y su comarca...

Por la trasera daba la casona al enorme tajo escarpado que dominaba al río. Una manta de yedra cubría por aquella parte grandes lienzos del palacio. Y aunque la yedra era abrigo de ratones y otras alimañas, el marqués la respetaba. Era una tradición de familia. Y en un balcón puesto allí, a la umbría, libre del sol y de sus moscas, solía el marqués ponerse a leer mientras le arrullaba el rumor del río, que gruñía en el congosto de su cause, forcejeando con espumarajos por abrirse paso entre las rocas del tajo.

El excelentísimo señor marqués de Lumbría vivía con dos hijas, Carolina, la mayor, y Luisa, y con su segunda mujer, doña Vicenta, señora de brumoso seso, que cuando no estaba durmiendo estaba quejándose de todo, y en especial del ruido. Porque así como el marqués temía al sol, la marquesa temía al ruido, y mientras aquél se iba en las tardes de estío a leer en el balcón en sombra, entre yedra, al son del canto secular del río, la señora se quedaba en el salón delantero a echar la siesta sobre una vieja butaca de raso, a la que no había tocado el sol, y al arrullo del silencio de la plaza de la Catedral.

El marqués de Lumbría no tenía hijos varones, y ésta era la espina dolorosísima de su vida. Como que para tenerlos se había casado, a poco de enviudar con su mujer, con doña Vicenta, su señora, y la señora le había resultado estéril.

La vida del marqués transcurría tan monótona y cotidiana, tan consuetudinaria y ritual, como el gruñir del río en lo hondo del tajo o como los oficios litúrgicos del cabildo de la Catedral. Administraba sus fincas y dehesas, a las que iba en visita, siempre corta, de vez en cuando, y por la noche tenía su partida de tresillo con el penitenciario, consejero íntimo de la familia, un beneficiado y el registrador de la Propiedad. Llegaban a la misma hora, cruzaban la gran puerta, sobre la que se ostentaba la placa del Sagrado Corazón de Jesús con su «Reinaré en España y con más veneración que en otras partes», sentábanse en derredor de la mesita —en invierno una camilla—, dispuesta ya, y al dar las diez, como por máquina de reloj, se iban alejando, aunque hubiera puestas, para el siguiente día. Entretanto, la marquesa dormitaba y las hijas del marqués hacían labores, leían libros de edificación —acaso otros obtenidos a hurtadillas— o reñían una con otra.

Porque como para matar el tedio que se corría desde el salón cerrado al sol y a las moscas, hasta los muros vestidos de yedra, Carolina y Luisa tenían que reñir. La mayor, Carolina, odiaba al sol, como su padre, y se mantenía rígida y observante de las tradiciones de la casa; mientras Luisa gustaba de cantar, de asomarse a las ventanas y los balcones y hasta de criar en éstos flores de tiesto, costumbre plebeya, según el marqués. «¿No tienes el jardín?», le decía éste a su hija, refiriéndose a un jardincillo anexo al palacio, pero al que rara vez bajaban sus habitantes. Pero ella, Luisa, quería tener tiestos en el balcón de su dormitorio, que daba a una calleja de la plaza de la Catedral, y regarlos, y con este pretexto asomarse a ver quién pasaba. «Qué mal gusto de atisbar lo que no nos importa...», decía el padre; y la hermana mayor, Carolina, añadía: «¡No, sino de andar a caza!» Y ya la tenían armada.

Y los asomos al balcón del dormitorio y el riego de las flores de tiestos dieron su fruto. Tristán Ibáñez del Gamonal, de una familia linajuda también y de las más tradicionales de la ciudad de Lorenza, se fijó en la hija segunda del marqués de Lumbría, a la que vio sonreír, con ojos como de violeta y boca como de geranio, por entre las flores del balcón de su dormitorio. Y ello fue que, al pasar un día Tristán por la calleja, se le vino encima el agua del riego, que rebosaba de los tiestos, y al exclamar Luisa: «¡Oh, perdone, Tristán!», éste sintió como si la voz doliente de una princesa presa en un castillo encantado le llamara a su socorro.

—Esas cosas, hija —le dijo su padre—, se hacen en forma y seriamente. ¡Chiquilladas, no!

—Pero ¿a qué viene eso, padre? —exclamó Luisa.

—Carolina te lo dirá.

Luisa se quedó mirando a su hermana mayor, y ésta dijo:

—No me parece, hermana, que nosotras, las hijas de los marqueses de Lumbría, hemos de andar haciendo las osas en cortejos y pelando la pava desde el balcón como las artesanas. ¿Para eso eran las flores?

—Que pida entrada ese joven —sentenció el padre—, y pues que, por mi parte, nada tengo que oponerle, todo se arreglará. ¿Y tú, Carolina?

—Yo —dijo ésta— tampoco me opongo.

Y se le hizo a Tristán entrar en la casa como pretendiente formal a la mano de Luisa. La señora tardó en enterarse de ello.

Y mientras transcurría la sesión de tresillo, la señora dormitaba en un rincón de la sala, y, junto a ella, Carolina y Luisa, haciendo labores de punto o de bolillos, cuchicheaban con Tristán, al cual procuraban no dejarle nunca solo con Luisa, sino siempre con las dos hermanas. En esto era vigilantísimo el padre. No le importaba, en cambio, que alguna vez recibiera a solas Carolina al que había de ser su cuñado, pues así le instruiría mejor en las tradiciones y costumbres de la casa.

Los contertulios tresillistas, la servidumbre de la casa y hasta los del pueblo, a quienes intrigaba el misterio de la casona, notaron que a poco de la admisión en ésta de Tristán como novio de la segundona del marqués, el ámbito espiritual de la hierática familia pareció espesarse y ensombrecerse. La taciturnidad del marqués se hizo mayor, la señora se quejaba más que nunca del ruido, y el ruido era menor que nunca. Porque las riñas y querellas entre las dos hermanas eran mayores y más enconadas que antes, pero más silenciosas. Cuando, al cruzarse en un pasillo, la una insultaba a la otra, o acaso la pellizcaba, hacíanlo como en susurro y ahogaban las quejas. Sólo una vez oyó Mariana, la vieja doncella, que Luisa gritaba: «Pues lo sabrá toda la ciudad, ¡sí, lo sabrá la ciudad toda! ¡Saldré al balcón de la plaza de la Catedral a gritárselo a todo el mundo!» «¡Calla!», gimió la voz del marqués, y luego una expresión tal, tan inaudita allí, que Mariana huyó despavorida de junto a la puerta donde escuchaba.

A los pocos días de esto, el marqués se fue de Lorenza, llevándose consigo a su hija mayor, Carolina. Y en los días que permaneció ausente, Tristán no pareció por la casa. Cuando regresó el marqués, solo, una noche se creyó obligado a dar alguna explicación a la tertulia del tresillo. «La pobre no está bien de salud —dijo mirando fijamente al penitenciario—; ello la lleva, ¡cosa de nervios!, a constantes disensiones, sin importancia, por supuesto, con su hermana, a quien, por lo demás, adora, y la he llevado a que se reponga.» Nadie le contestó nada.

Pocos días después, en familia, muy en familia, se celebraba el matrimonio entre Tristán Ibáñez del Gamonal y la hija segunda del excelentísimo señor marqués de Lumbría. De fuera no asistieron más que la madre del novio y los tresillistas.

Tristán fue a vivir con su suegro, y el ámbito de la casona se espesó y entenebreció más aún. Las flores del balcón del dormitorio de la recién casada se ajaron por falta de cuidado; la señora se dormía más que antes, y el señor vagaba como un espectro, taciturno y cabizbajo, por el salón cerrado a la luz del sol de la calle. Sentía que se le iba la vida, y se agarraba a ella. Renunció al tresillo, lo que pareció su despedida del mundo, si es que en el mundo vivió. «No tengo ya la cabeza para el juego —le dijo a su confidente el penitenciario—; me distraigo a cada momento y el tresillo no me distrae ya; sólo me queda prepararme a bien morir.»

Un día, amaneció con un ataque de perlesía. Apenas si recordaba nada. Mas en cuanto fue recobrándose, parecía agarrarse con más desesperado tesón a la vida. «No, no puedo morir hasta ver cómo queda la cosa.» Y a su hija, que le llevaba la comida a la cama, le preguntaba ansioso: «¿Cómo va eso? ¿Tardará?» «Ya no mucho, padre.» «Pues no me voy, no debo irme, hasta recibir al nuevo marqués; porque tiene que ser varón, ¡un varón!; hace aquí falta un hombre, y si no es un Suárez de Tejada, será un Rodrigo y un marqués de Lumbría» «Eso no depende de mí, padre...» «Pues eso más faltaba, hija —y le temblaba la voz al decirlo—, que después de habérsenos metido en casa ese... botarate, no nos diera un marqués... Era capaz de...» La pobre Luisa lloraba. Y Tristán parecía un reo y a la vez un sirviente.

La excitación del pobre señor llegó al colmo cuando supo que su hija estaba para librar. Temblaba todo él con fiebre de expectativa. «Necesitaba más cuidado que la parturienta», dijo el médico.

—Cuando dé a luz Luisa —le dijo el marqués a su yerno—, si es hijo, si es marqués, tráemelo en seguida, que lo vea, para que pueda morir tranquilo; tráemelo tú mismo.

Al oír el marqués áquel grito, incorporóse en la cama y quedó mirando hacia la puerta del cuarto, acechando. Poco después entraba Tristán, compungido, trayendo bien arropado al niño. «¡Marqués!», gritó el anciano. «¡Sí!» Echó un poco el cuerpo hacia adelante a examinar al recién nacido, le dio un beso balbuciente y tembloroso, un beso de muerte, y sin mirar siquiera a su yerno se dejó caer pesadamente sobre la almohada y sin sentido. Y sin haberlo recobrado murióse dos días después.

Vistieron de luto, con un lienzo negro, el escudo de la fachada de la casona, y el negro del lienzo empezó desde luego a ajarse con el sol, que le daba de lleno durante casi todo el día. Y un aire de luto pareció caer sobre la casa toda, a la que no llevó alegría ninguna el niño.

La pobre Luisa, la madre, salió extenuada del parto. Empeñóse en un principio en criar a la criatura, pero tuvo que desistir de ello. «Pecho mercenario..., pecho mercenario...» Suspiraba. «¡Ahora, Tristán, a criar al marqués!», le repetía a su marido.

Tristán había caído en una tristeza indefinible y se sentía envejecer. «Soy como una dependencia de la casa, casi un mueble», se decía. Y desde la calleja solía contemplar el balcón del que fue dormitorio de Luisa, balcón ya sin tiestos de flores.

—Si volviésemos a poner flores en tu balcón, Luisa... —se atrevió a decirle una vez a su mujer.

—Aquí no hay más flor que el marqués —le contestó ella.

El pobre sufría con que a su hijo no se le llamase sino el marqués. Y huyendo de casa, dio en refugiarse en la Catedral. Otras veces salía, yéndose no se sabía adónde. Y lo que más le irritaba era que su mujer ni intentaba averiguarlo.

Luisa sentíase morir, que se le derretía gota a gota la vida. «Se me va la vida como un hilito de agua —decía—; siento que se me adelgaza la sangre; me zumba la cabeza, y si aún vivo, es porque me voy muriendo muy despacio... Y si lo siento, es por él, por mi marquesito, sólo por él... ¡Qué triste vida la de esta casa sin sol!... Yo creí que tú, Tristán, me hubieses traído sol, y libertad, y alegría; pero no, tú no me has traído más que al marquesito... ¡Tráemelo!» Y le cubría de besos lentos, temblorosos y febriles. Y a pesar de que se hablaran, entre marido y mujer se interponía una cortina de helado silencio. Nada decían de lo que más les atormentaba las mentes y los pechos.

Cuando Luisa sintió que el hilito de su vida iba a romperse, poniendo su mano fría sobre la frente del niño, de Rodriguín, le dijo al padre: «Cuida del marqués. ¡Sacrifícate al marqués! ¡Ah, y a ella dile que la perdono!» «¿Y a mí?», gimió Tristán. «¿A ti? ¡Tú no necesitas ser perdonado!» Palabras que cayeron como una terrible sentencia sobre el pobre hombre. Y poco después de oírlas se quedó viudo.

Viudo, joven, dueño de una considerable fortuna, la de su hijo el marqués, y preso en aquel lúgubre caserón cerrado al sol, con recuerdos que siendo de muy pocos años le parecían ya viejísimos. Pasábase las horas muertas en un balcón de la trasera de la casona, entre la yedra, oyendo el zumbido del río. Poco después reanudaba las sesiones del tresillo. Y se pasaban largos ratos encerrado con el penitenciario, revisando, se decía, los papeles del difunto marqués y arreglando su testamentaría.

Pero lo que dio un día que hablar en toda la ciudad de Lorenza fue que, después de una ausencia de unos días, volvió Tristán a la casona con Carolina, su cuñada, y ahora su nueva mujer. ¿Pues no se decía que había entrado monja? ¿Dónde, y cómo vivió durante aquellos cuatro años?

Carolina volvió arrogante y con un aire de insólito desafío en la mirada. Lo primero que hizo al volver fue mandar quitar el lienzo de luto que cubría el escudo de la casa. «Que le dé el sol —exclamó—, que le dé el sol, y soy capaz de mandar embadurnarlo de miel para que se llene de moscas.» Luego mandó quitar la yedra. «Pero Carolina —suplicaba Tristán—, déjate de antiguallas!»

El niño, el marquesito, sintió, desde luego, en su nueva madre al enemigo. No se avino a llamarla mamá, y, a pesar de los ruegos de su padre, la llamó siempre tía. «¿Pero quién le ha dicho que soy su tía? —preguntó ella—. ¿Acaso Mariana?» «No lo sé, mujer, no lo sé —contestaba Tristán—; pero aquí, sin saber cómo, todo se sabe.» «¿Todo?» «Sí, todo; esta casa parece que lo dice todo...» «Pues callemos nosotros.»

La vida pareció adquirir dentro de la casona una recogida intensidad acerba. El matrimonio salía muy poco de su cuarto, en el que retenía Carolina a Tristán. Y en tanto, el marquesito quedaba a merced de los criados y de un preceptor que iba a diario a enseñarle las primeras letras, y del penitenciario, que se cuidaba de educarle en religión.

Reanudóse la partida de tresillo; pero durante ella, Carolina, sentada junto a su marido, seguía las jugadas de éste y le guiaba en ellas. Y todos notaban que no hacía sino buscar ocasión de ponerle la mano sobre la mano, y que de continuo estaba apoyándose en su brazo.

Y al ir a dar las diez, le decía: «¡Tristán, ya es hora!» Y de casa no salía él sino con ella, que se le dejaba casi colgar del brazo y que iba barriendo la calle con una mirada de desafío.

El embarazo de Carolina fue penosísimo. Y parecía no desear al que iba a venir. Cuando hubo nacido, ni quiso verlo. Y al decirle que era una niña, que nació desmedrada y enteca, se limitó a contestar secamente: «¡Sí, nuestro castigo!» Y cuando poco después la pobre criatura empezó a morir, dijo la madre: «Para la vida que hubiese llevado...»

—Tú estás así muy solo —le dijo años después un día Carolina a su sobrino, el marquesito—; necesitas compañía y quien te estimule a estudiar, y así, tu padre y yo hemos decidido traer a casa a un sobrino, a uno que se ha quedado solo...

El niño, que ya a la sazón tenía diez años, y que era de una precocidad enfermiza y triste, quedóse pensativo.

Cuando vino el otro, el intruso, el huérfano, el marquesito se puso en guardia, y la ciudad toda de Lorenza no hizo sino comentar el extraordinario suceso. Todos creyeron que como Carolina no había logrado tener hijos suyos, propios, traía el adoptivo, el intruso, para molestar y oprimir al otro, al de su hermana.

Los dos niños se miraron, desde luego, como enemigos, porque si imperioso era el uno, no lo era menos el otro. «Pues tú qué te crees —le decía Pedrito a Rodriguín, ¿que porque eres marqués vas a mandarme...? Y si me fastidias mucho, me voy y te dejo solo.» «Déjame solo, que es como quiero estar, y tú vuélvete adonde los tuyos.» Pero llegaba Carolina, y con un «¡niños!» los hacía mirarse en silencio.

—Tío —(que así le llamaba), fue diciéndole una vez Pedrito a Tristán—, yo me voy, yo me quiero ir, yo quiero volverme con mis tías; no le puedo resistir a Rodriguín; siempre me está echando en cara que yo estoy aquí para servirle y como de limosna.

—Ten paciencia, Pedrín, ten paciencia; ¿no la tengo yo? —y cogiéndole al niño la cabecita se la apretó a la boca y lloró sobre ella, lloró copiosa, lenta y silenciosamente.

Aquellas lágrimas las sentía el niño como un riego de piedad. Y sintió una profunda pena por el pobre hombre, por el pobre padre del marquesito.

La que no lloraba era Carolina.

Y sucedió que un día, estando marido y mujer muy arrimados en un sofá, cogidos de las manos y mirando al vacío penumbroso de la estancia, sintieron ruido de pendencia, y al punto entraron los niños, sudorosos y agitados. «¡Yo me voy! ¡Yo me voy!», gritaba Pedrito... «¡Vete, vete y no vuelvas a mi casa!», le contestaba Rodriguín. Pero cuando Carolina vio sangre en las narices de Pedrito, saltó como una leona hacia él, gritando: «¡Hijo mío! ¡Hijo mío!» Y luego, volviéndose al marquesito, le escupió esta palabra: «¡Caín!»

—¿Caín? ¿Es acaso mi hermano? —preguntó abriendo cuanto pudo los ojos el marquesito.

Carolina vaciló un momento. Y luego, como apuñándose el corazón, dijo con voz ronca: «¡Pero es mi hijo!»

—¡Carolina! —gimió su marido.

—Sí —prosiguió el marquesito—, ya presumía yo que era su hijo, y por ahí lo dicen... Pero lo que no sabemos es quién sea su padre, ni si lo tiene.

Carolina se irguió de pronto. Sus ojos centelleaban y le temblaban los labios. Cogió a Pedrillo, a su hijo, lo apretó entre sus rodillas y, mirando duramente a su marido, exclamó:

—¿Su padre? Dile tú, el padre del marquesito, dile tú al hijo de Luisa, de mi hermana, dile tú al nieto de don Rodrigo Suárez de Tejada, marqués de Lumbría, dile quién es su padre. ¡Díselo! ¡Díselo!, que si no, se lo diré yo. ¡Díselo!

—¡Carolina! —suplicó llorando Tristán.

—¡Díselo! ¡Dile quién es el verdadero marqués de Lumbría!

—No hace falta que me lo diga —dijo el niño.

—Pues bien, sí: el marqués es éste, éste y no tú; éste, que nació antes que tú, y de mí, que era la mayorazga, y de tu padre, sí, de tu padre. Y el mío, por eso del escudo... Pero yo haré quitar el escudo, y abriré todos los balcones al sol, y haré que se le reconozca a mi hijo como quien es: como el marqués.

Luego, empezó a dar voces llamando a la servidumbre, y a la señora, que dormitaba, ya casi en la imbecilidad de la segunda infancia. Y cuando tuvo a todos delante, mandó abrir los balcones de par en par, y a grandes voces se puso a decir con calma:

—Éste, éste es el marqués, éste es el verdadero marqués de Lumbría; éste es el mayorazgo. Éste es el que yo tuve de Tristán, de este mismo Tristán que ahora se esconde y llora, cuando él acababa de casarse con mi hermana, al mes de haberse ellos casado. Mi padre, el excelentísimo señor marqués de Lumbría, me sacrificó a sus principios, y acaso también mi hermana estaba comprometida como yo...

—¡Carolina! —gimió el marido.

—Cállate, hombre, que hoy hay que revelarlo todo. Tu hijo, vuestro hijo, ha arrancado sangre, ¡sangre azul! no, sino roja, y muy roja, de nuestro hijo, de mi hijo, del marqués...

—¡Qué ruido, por Dios! —se quejó la señora, acurrucándose en una butaca de un rincón.

—Y ahora —prosiguió Carolina dirigiéndose a los criados—, id y propalad el caso por toda la ciudad; decid en las plazuelas y en los patios y en las fuentes lo que me habéis oído; que lo sepan todos, que conozcan todos la mancha del escudo.

—Pero si toda la ciudad lo sabía ya... —susurró Mariana.

—¿Cómo? —gritó Carolina.

—Sí, señorita, sí; lo decían todos...

—Y para guardar un secreto que lo era a voces, para ocultar un enigma que no lo era para nadie, para cubrir unas apariencias falsas, ¿hemos vivido así, Tristán? ¡Miseria y nada más! Abrid esos balcones, que entre la luz, toda la luz y el polvo de la calle y las moscas, y mañana mismo se quitará el escudo. Y se pondrán tiestos de flores en todos los balcones, y se dará una fiesta invitando al pueblo de la ciudad, al verdadero pueblo. Pero no; la fiesta se dará el día en que éste, mi hijo, vuestro hijo, el que el penitenciario llama hijo del pecado, cuando el verdadero pecado es el que hizo hijo al otro, el día en que éste sea reconocido como quien es y marqués de Lumbría.

Al pobre Rodriguín tuvieron que recogerle de un rincón de la sala. Estaba pálido y febril. Y negóse luego a ver ni a su padre ni a su hermano.

—Le meteremos en un colegio —sentenció Carolina.

En toda la ciudad de Lorenza no se hablaba luego sino de la entereza varonil con que Carolina llevaba adelante sus planes. Salía a diario, llevando del brazo y como a un prisionero a su marido, y de la mano al hijo de su mocedad. Mantenía abiertos de par en par los balcones todos de la casona, y el sol ajaba el raso de los sillones y hasta daba en los retratos de los antepasados. Recibía todas las noches a los tertulianos del tresillo, que no se atrevieron a negarse a sus invitaciones, y era ella misma la que, teniendo al lado a su Tristán, jugaba con las cartas de éste. Y le acariciaba delante de los tertulianos, y dándole golpecitos en la mejilla, le decía: «¡Pero qué pobre hombre eres, Tristán!» Y luego a los otros: «¡Mi padre marido no sabe jugar solo!» Y cuando se habían ellos ido, le decía a él: «¡La lástima es, Tristán, que no tengamos más hijos... después de aquella pobre niña... aquélla sí que era hija del pecado, aquélla y no nuestro Pedrín...; pero ahora, a criar a éste, al marqués!»

Hizo que su marido lo reconociera como suyo, engendrado antes de él, su padre, haberse casado, y empezó a gestionar para su hijo, para su Pedrín, la sucesión del título. El otro, en tanto, Rodriguín, se consumía de rabia y de tristeza en un colegio.

—Lo mejor sería —decía Carolina— que le entre la vocación religiosa; ¿no la has sentido tú nunca, Tristán? Porque me parece que más naciste tú para fraile que para otra cosa...

—Y que lo digas tú, Carolina... —se atrevió a insinuar suplicante su marido.

—¡Sí, yo; lo digo yo, Tristán! Y no quieras envanecerte de lo que pasó, y que el penitenciario llama nuestro pecado, y mi padre, el marqués, la mancha de nuestro escudo. ¿Nuestro pecado? ¡El tuyo, no, Tristán; el tuyo, no! ¡Fui yo quien te seduje, yo! Ella, la de los geranios, la que te regó el sombrero, el sombrero, y no la cabeza, con el agua de sus tiestos, ella te trajo acá, a la casona; pero quien te ganó fui yo. ¡Recuérdalo! Yo quise ser la madre del marqués. Sólo que no contaba con el otro. Y el otro era fuerte, más fuerte que yo. Quise que te rebelaras, y tú no supiste, no pudiste rebelarte...

—Pero Carolina...

—Sí, sí, sé bien todo lo que hubo; lo sé. Tu carne ha sido siempre muy flaca. Y tu pecado fue el dejarte casar con ella; ése fue tu pecado. ¡Y lo que me hicisteis sufrir! Pero yo sabía que mi hermana, que Luisa, no podría resistir a su traición y a tu ignominia. Y esperé. Esperé pacientemente y criando a mi hijo. Y ¡lo que es criarlo cuando media entre los dos un terrible secreto! ¡Le he criado para la venganza! Y a ti, a su padre...

—Sí, que me despreciará...

—¡No, despreciarte, no! ¿Te desprecio yo acaso?

—¿Pues qué otra cosa?

—¡Te compadezco! Tú despertaste mi carne y con mi orgullo de mayorazga. Como nadie se podría dirigir a mí sino en forma y por medio de mi padre..., como yo no iba a asomarme como mi hermana al balcón, a sonreír a la calle..., como aquí no entraban más hombres que patanes de campo o esos del tresillo, patanes también de coro... Y cuando entraste aquí te hice sentir que la mujer era yo, yo, y no mi hermana... ¿Quieres que te recuerde la caída?

—¡No, por Dios, Carolina, no!

—Sí, mejor es que no te la recuerde. Y eres el hombre caído. ¿Ves cómo te decía que naciste para fraile? Pero no, no, tú naciste para que yo fuese la madre del marqués de Lumbría, de don Pedro Ibáñez del Gamonal y Suárez de Tejada. De quien haré un hombre. Y le mandaré labrar un escudo nuevo, de bronce, y no de piedra. Porque he hecho quitar el de piedra para poner en su lugar otro de bronce. Y en él una mancha roja, de rojo de sangre, de sangre roja, de sangre roja como la que su hermano, su medio hermano, tu otro hijo, el hijo de la traición y del pecado le arrancó de la cara, roja como mi sangre, como la sangre que también me hiciste sangrar tú... No te aflijas —y al decir esto le puso la mano sobre la cabeza—, no te acongojes. Tristán, mi hombre... Y mira ahí, mira el retrato de mi padre, y dime tú, que le viste morir, qué diría si viese a su otro nieto, al marqués... ¡Con que te hizo que le llevaras a tu hijo, al hijo de Luisa! Pondré en el escudo de bronce un rubí, y el rubí chispeará al sol. ¿Pues qué creíais, que no había sangre, sangre roja, roja y no azul, en esta casa? Y ahora, Tristán, en cuanto dejemos dormido a nuestro hijo, el marqués de sangre roja, vamos a acostarnos.

Tristán inclinó la cabeza bajo un peso de siglos.

FIN DE

«EL MARQUÉS DE LUMBRÍA»

NADA MENOS QUE TODO UN HOMBRE

La fama de la hermosura de Julia estaba esparcida por toda la comarca que ceñía a la vieja ciudad de Renada; era Julia algo así como su belleza oficial, o como un monumento más, pero viviente y fresco, entre los tesoros arquitectónicos de la capital. «Voy a Renada —decían algunos— a ver la Catedral y a ver a Julia Yáñez.» Había en los ojos de la hermosa como un agüero de tragedia, Su porte inquietaba a cuantos la miraban. Los viejos se entristecían al verla pasar, arrastrando tras sí las miradas de todos, y los mozos se dormían aquella noche más tarde. Y ella, consciente de su poder, sentía sobre sí la pesadumbre de un porvenir fatal. Una voz muy recóndita, escapada de lo más profundo de su conciencia, parecía decirle: «¡Tu hermosura te perderá!» Y se distraía para no oírla.

El padre de la hermosura regional, don Victorino Yáñez, sujeto de muy brumosos antecedentes morales, tenía puestas en la hija todas sus últimas y definitivas esperanzas de redención económicas. Era agente de negocios, y éstos le iban de mal en peor. Su último y supremo negocio, la última carta que le quedaba por jugar, era la hija. Tenía también un hijo; pero era cosa perdida, y hacía tiempo que ignoraba su paradero.

—Ya no nos queda más que Julia —solía decirle a su mujer—; todo depende de cómo se nos case o de cómo la casemos. Si hace una tontería, y me temo que la haga, estamos perdidos.

—¿Y a qué le llamas hacer una tontería?

—Ya saliste tú con otra. Cuando digo que apenas si tienes sentido común, Anacleta...

—¡Y qué le voy a hacer, Victorino! Ilústrame tú, que eres aquí el único de algún talento...

—Pues lo que aquí hace falta, ya te lo he dicho cien veces, es que vigiles a Julia y le impidas que ande con esos noviazgos estúpidos, en que pierden el tiempo, las proporciones y hasta la salud las renatenses todas. No quiero nada de reja, nada de pelar la pava; nada de novios estudiantillos.

—¿Y qué le voy a hacer?

—¿Qué le vas a hacer? Hacerla comprender que el porvenir y el bienestar de todos nosotros, de ti y mío, y la honra, acaso, ¿lo entiendes...?

—Sí, lo entiendo.

—¡No, no lo entiendes! La honra, ¿lo oyes?, la honra de la familia depende de su casamiento. Es menester que se haga valer.

—¡Pobrecilla!

—¿Pobrecilla? Lo que hace falta es que no empiece a echarse novios absurdos, y que no lea esas novelas disparatadas que lee y que no hacen sino levantarle los cascos y llenarle la cabeza de humo.

—¡Pero y qué quieres que haga!

—Pensar con juicio, y darse cuenta de lo que tiene con su hermosura, y saber aprovecharla.

—Pues yo, a su edad...

—¡Vamos, Anacleta, no digas más necedades!... No abres la boca más que para decir majaderías. Tú, a su edad... Tú, a su edad... Mira que te conocí entonces...

—Sí, por desgracia...

Y separábanse los padres de la hermosura para recomenzar al siguiente día una conversación parecida.

Y la pobre Julia sufría, comprendiendo toda la hórrida hondura de los cálculos de su padre. «Me quiere vender —se decía—, para salvar sus negocios comprometidos; para salvarse acaso del presidio.» Y así era.

Y por instinto de rebelión, aceptó Julia al primer novio.

—Mira, por Dios, hija mía —le dijo su madre—, que ya sé lo que hay, y le he visto rondando la casa y hacerte señas, y sé que recibiste una carta suya, y que le contestaste...

—¿Y qué voy a hacer, mamá? ¿Vivir como una esclava, prisionera, hasta que venga el sultán a quien papá me venda?

—No digas esas cosas, hija mía...

—¿No he de poder tener un novio, como le tienen las demás?

—Sí, pero un novio formal.

—¿Y cómo se va a saber si es formal o no? Lo primero es empezar. Para llegar a quererse, hay que tratarse antes.

—Quererse..., quererse...

—Vamos, sí, que debo esperar al comprador.

—Ni contigo ni con tu padre se puede. Así sois los Yáñez. ¡Ay, el día que me casé!

—Es lo que yo no quiero tener que decir un día.

Y la madre, entonces, la dejaba. Y ella, Julia, se atrevió, afrontando todo, a bajar a hablar con el primer novio a una ventana del piso bajo, en una especie de lonja. «Si mi padre nos sorprende así —pensaba—, es capaz de cualquier barbaridad conmigo. Pero, mejor, así se sabrá que soy una víctima, que quiere especular con mi hermosura.» Bajó a la ventana, y en aquella primera entrevista le contó a Enrique, un incipiente tenorio renatense, todas las lóbregas miserias morales de su hogar. Venía a salvarla, a redimirla. Y Enrique sintió, a pesar de su embobecimiento por la hermosa, que le abatían los bríos. «A esta mocita —se dijo él— le da por lo trágico; lee novelas sentimentales.» Y una vez que logró que se supiera en todo Renada cómo la consagrada hermosura regional le había admitido a su ventana, buscó el medio de desentenderse del compromiso. Bien pronto lo encontró. Porque una mañana bajó Julia descompuesta, con los espléndidos ojos enrojecidos, y le dijo:

—¡Ay, Enrique!; esto no se puede ya tolerar; esto no es casa ni familia: esto es un infierno. Mi padre se ha enterado de nuestras relaciones, y está furioso. ¡Figúrate que anoche, porque me defendí, llegó a pegarme!

—¡Qué bárbaro!

—No lo sabes bien. Y dijo que te ibas a ver con él...

—¡A ver, que vengan! Pues no faltaba más.

Mas por lo bajo se dijo: «Hay que acabar con esto, porque ese ogro es capaz de cualquier atrocidad si ve que le van a quitar su tesoro; y como yo no puedo sacarle de trampas...»

—Di, Enrique, ¿tú me quieres?

—¡Vaya una pregunta ahora...!

—Contesta, ¿me quieres?

—¡Con toda el alma y con todo el cuerpo, nena!

—¿Pero de veras?

—¡Y tan de veras!

—¿Estás dispuesto a todo por mí?

—¡A todo, sí!

—Pues bien, róbame, llévame. Tenemos que escaparnos; pero muy lejos, muy lejos, adonde no pueda llegar mi padre.

—¡Repórtate, chiquilla!

—¡No, no, róbame; si me quieres, róbame! ¡Róbale a mi padre su tesoro, y que no pueda venderlo! ¡No quiero ser vendida: quiero ser robada! ¡Róbame!

Y se pusieron a concertar la huída.

Pero al siguiente día, el fijado para la fuga, y cuando Julia tenía preparado su hatito de ropa, y hasta avisado secretamente el coche, Enrique no compareció. «¡Cobarde, más que cobarde! ¡Vil, más que vil! —se decía la pobre Julia, echada sobre la cama y mordiendo de rabia la almohada—. ¡Y decía quererme! No, no me quería a mí; quería mi hermosura. ¡Y ni esto! Lo que quería es jactarse ante toda Renada de que yo, Julia Yáñez, ¡nada menos que yo!, le había aceptado por novio. Y ahora irá diciendo como le propuse la fuga. ¡Vil, vil, vil! ¡Vil como mi padre; vil como hombre!» Y cayó en mayor desesperación.

—Ya veo, hija mía —le dijo su madre—, que eso ha acabado, y doy gracias a Dios por ello. Pero mira, tiene razón tu padre: si sigues así, no harás más que desacreditarte.

—¿Si sigo cómo?

—Así, admitiendo al primero que te solicite. Adquirirás fama de coqueta y...

—Y mejor, madre, mejor. Así acudirán más. Sobre todo, mientras no pierda lo que Dios me ha dado.

—¡Ay, ay! De la casta de tu padre, hija.

Y, en efecto, poco después admitía a otro pretendiente a novio. Al cual le hizo las mismas confidencias, y le alarmó lo mismo que a Enrique. Sólo que Pedro era de más recio corazón. Y por los mismos pasos contados llegó a proponerle lo de la fuga.

—Mira, Julia —le dijo Pedro—, yo no me opongo a que nos fuguemos; es más, estoy encantado con ello, ¡figúrate tú! Pero y después que nos hayamos fugado, ¿adónde vamos, qué hacemos?

—¡Eso se verá!

—¡No, eso se verá, no! Hay que verlo ahora. Yo, hoy por hoy, y durante algún tiempo, no tengo de qué mantenerte; en mi casa sé que no nos admitirían; ¡y en cuanto a tu padre...! De modo que, dime, ¿qué hacemos después de la fuga?

—¿No vas a acobardarte?

—¿Qué hacemos, di?

—Pues... ¡suicidarnos!

—¡Tú estás loca, Julia!

—Loca, sí; loca de desesperación, loca de asco, loca de horror a este padre que me quiere vender... Y si tú estuvieses loco, loco de amor por mí, te suicidarías conmigo.

—Pero advierte, Julia, que tú quieres que esté loco de amor por ti para suicidarme contigo, y no dices que te suicidarás conmigo por estar loca de amor por mí, sino loca de asco a tu padre y a tu casa. ¡No es lo mismo!

—¡Ah! ¡Qué bien discurres! ¡El amor no discurre!

Y rompieron también sus relaciones. Y Julia se decía: «Tampoco éste me quería a mí, tampoco éste. Se enamoran de mi hermosura, no de mí. ¡Yo doy cartel!» Y lloraba amargamente.

—¿Ves, hija mía —le dijo su madre—: no lo decía? ¡Ya va otro!

—E irán cien, mamá; ciento, sí, hasta que encuentre el mío, el que me liberte de vosotros. ¡Querer venderme!

—Eso díselo a tu padre.

Y se fue doña Anacleta a llorar a su cuarto, a solas.

—Mira, hija mía —le dijo, al fin, a Julia su padre—, he dejado pasar eso de tus dos novios, y no he tomado las medidas que debiera; pero te advierto que no voy a tolerar más tonterías de esas. Conque ya lo sabes.

—¡Pues hay más! —exclamó la hija con amarga sorna y mirando a los ojos de su padre en son de desafío.

—¿Y qué hay? —preguntó éste, amenazador.

—Hay... ¡que me ha salido otro novio!

—¿Otro? ¿Quién?

—¿Quién? ¿A que no aciertas quién?

—Vamos, no te burles, y acaba, que me estás haciendo perder la paciencia.

—Pues nada menos que don Alberto Menéndez de Cabuérniga.

—¡Qué barbaridad! —exclamó la

madre. Don Victorino palideció, sin decir nada. Don Alberto Menéndez de Cabuérniga era un riquísimo hacendado, disoluto, caprichoso en punto a mujeres, de quien se decía que no reparaba en gastos para conseguirlas; casado, y separado de su mujer. Había casado ya a dos, dotándolas espléndidamente.

—¿Y qué dices a eso, padre? ¿Te callas?

—¡Que estás loca!

—No, no estoy loca ni veo visiones. Pasea la calle, ronda la casa. ¿Le digo que se entienda contigo?

—Me voy, porque si no, esto acaba mal.

Y levantándose, el padre se fue de casa.

—¡Pero, hija mía, hija mía!

—Te digo madre, que esto ya no le parece mal; te digo que era capaz de venderme a don Alberto.

La voluntad de la pobre muchacha se iba quebrantando. Comprendía que hasta una venta sería una redención. Lo esencial era salir de casa, huir de su padre, fuese como fuese.

Por entonces compró una dehesa en las cercanías de Renada —una de las más ricas y espaciosas dehesas— un indiano, Alejandro Gómez. Nadie sabía bien de su origen, nadie de sus antecedentes, nadie le oyó hablar nunca ni de sus padres, ni de sus parientes, ni de su pueblo, ni de su niñez. Sabíase sólo que, siendo muy niño, había sido llevado por sus padres a Cuba, primero, y a México, después, y que allí ignorábase cómo había fraguado una enorme fortuna, una fortuna fabulosa —hablábase de varios millones de duros—, antes de cumplir los treinta y cuatro años, en que volvió a España, resuelto a afincarse en ella. Decíase que era viudo y sin hijos, que corrían respecto a él las más fantásticas leyendas. Los que le trataban teníanle por hombre ambicioso y de vastos proyectos, muy voluntarioso, y muy tozudo, y muy reconcentrado. Alardeaba de plebeyo.

—Con dinero se va a todas partes —solía decir.

—No siempre, ni todos —le replicaban.

—¡Todos, no; pero los que han sabido hacerlo, sí! Un señoritingo de esos que lo han heredado, un condesito o duquesito de alfeñique, no, no va a ninguna parte, por muchos millones que tenga; ¿pero yo? ¿Yo? ¿Yo, que he sabido hacerlo por mí mismo, a puño? ¿Yo?

¡Y había que oír cómo pronunciaba «yo»! En esta afirmación personal se ponía el hombre todo.

—Nada que de veras me haya propuesto he dejado de conseguir. ¡Y si quiero, llegaré a ministro! Lo que hay es que yo no lo quiero.

A Alejandro le hablaron de Julia, la hermosura monumental de Renada. «¡Hay que ver eso!» —se dijo—. Y luego que la vio: «¡Hay que conseguirla!»

—¿Sabes, padre —le dijo un día al suyo Julia—, que ese fabuloso Alejandro, ya sabes, no se habla más que de él hace algún tiempo... el que ha comprado Carbajedo...?

—¡Sí, sí, sé quién es! ¿Y qué?

—¿Sabes que también ése me ronda?

—¿Es que quieres burlarte de mí, Julia?

—No, no me burlo, va en serio; me ronda.

—¡Te digo que no te burles...!

—¡Ahí tienes su carta!

—Y sacó del seno una, que echó a la cara de su padre.

—¿Y qué piensas hacer? —le dijo éste.

—¡Pues qué he de hacer...! ¡Decirle que se vea contigo y que convengáis el precio!

Don Victorino atravesó con una mirada a su hija y se salió sin decirle palabra. Y hubo unos días de lóbrego silencioso y de calladas cóleras en la casa. Julia había escrito a su nuevo pretendiente una carta contestación henchida de sarcasmos y de desdenes, y poco después recibía otra con estas palabras, trazadas por mano ruda y en letras grandes, angulosas y claras: «Usted acabará siendo mía. Alejandro Gómez sabe conseguir todo lo que se propone.» Y al leerlo, se dijo Julia: «¡Éste es un hombre! ¿Será mi redentor? ¿Seré yo su redentora?» A los pocos días de esta segunda carta llamó don Victorino a su hija, se encerró con ella y casi de rodillas y con lágrimas en los ojos le dijo:

—Mira, hija mía, todo depende ahora de tu resolución: nuestro porvenir y mi honra. Si no aceptas a Alejandro, dentro de poco no podré ya encubrir mi ruina y mis trampas, y hasta mis. .

—No lo digas.

—No, no podré encubrirlo. Se acaban los plazos. Y me echarán a presidio. Hasta hoy he logrado parar el golpe... ¡por ti! ¡Invocando tu nombre! Tu hermosura ha sido mi escudo. «Pobre chica», se decían.

—¿Y si le acepto?

—Pues bien; voy a decirte la verdad toda. Ha sabido mi situación, se ha enterado de todo, y ahora estoy ya libre y respiro, gracias a él. Ha pagado todas mis trampas; ha liberado mis...

—Sí, lo sé, no lo digas. ¿Y ahora?

—Que dependo de él, que dependemos de él, que vivo a sus expensas, que vives tú misma a sus expensas.

—Es decir, ¿que me has vendido ya?

—No, nos ha comprado.

—¿De modo que, quieras que no, soy ya suya?

—¡No, no exige eso; no pide nada, no exige nada!

—¡Qué generoso!

—¡Julia!

—Sí, sí, lo he comprendido todo. Dile que, por mí, puede venir cuando quiera.

Y tembló después de decirlo. ¿Quién había dicho esto? ¿Era ella? No; era más bien otra que llevaba dentro y la tiranizaba.

—¡Gracias, hija mía, gracias!

El padre se levantó para ir a besar a su hija; pero ésta, rechazándole, exclamó:

—¡No, no me manches!

—Pero hija.

—¡Vete a besar tus papeles! O mejor, las cenizas de aquellos que te hubiesen echado a presidio.

¿No le dije yo a usted, Julia, que Alejandro Gómez sabe conseguir todo lo que se propone? ¿Venirme con aquellas cosas a mí? ¿A mí?

Tales fueron las primeras palabras con que el joven indiano potentado se presentó a la hija de don Victorino, en la casa de ésta. Y la muchacha tembló ante aquellas palabras, sintiéndose, por primera vez en su vida, ante un hombre. Y el hombre se le ofreció más rendido y menos grosero que ella esperaba.

A la tercera visita, los padres los dejaron solos, Julia temblaba, Alejandro callaba. Temblor y silencio se prolongaron un rato.

—Parece que está usted mala, Julia —dijo él.

—¡No, no; estoy bien!

—Entonces, ¿por qué tiembla así?

—Algo de frío acaso...

—No, sino miedo.

—¿Miedo? ¿Miedo de qué?

—¡Miedo... a mí!

—¿Y por qué he de tenerle miedo?

—¡Sí, me tiene miedo!

Y el miedo reventó deshaciéndose en llanto. Julia lloraba desde lo más hondo de las entrañas, lloraba con el corazón. Los sollozos le agarrotaban, faltábale el respiro.

—¿Es que soy algún ogro? —susurró Alejandro.

—¡Me han vendido! ¡Me han vendido! ¡Han traficado con mi hermosura! ¡Me han vendido!

—¿Y quién dice eso?

—¡Yo, lo digo yo! ¡Pero no, no seré de usted... sino muerta!

—Serás mía, Julia, serás mía... ¡Y me querrás! ¿Vas a no quererme a mí? ¿A mí? ¡Pues no faltaba más!

Y hubo en aquel *a mí* un acento tal, que se le cortó a Julia la fuente de las lágrimas, y cómo que se le paró el corazón. Miró entonces a aquel hombre, mientras una voz le decía: «¡Éste es un hombre!»

—¡Puede usted hacer de mí lo que quiera!

—¿Qué quieres decir con eso? —preguntó él, insistiendo en seguir tuteándola.

—No sé... No sé lo que me digo...

—¿Qué es eso de que puedo hacer de ti lo que quiera?

—Sí, que puede...

—Pero es que lo que yo —y este *yo* resonaba triunfador y pleno— quiero es hacerte mi mujer.

A Julia se le escapó un grito, y con los grandes ojos hermosísimos irradiando asombro, se quedó mirando al hombre, que sonreía y se decía: «Voy a tener la mujer más hermosa de España.»

—¿Pues qué creías...?

—Yo creí... yo creí...

Y volvió a romper el pecho en lágrimas ahogantes. Sintió luego unos labios sobre sus labios y una voz que le decía:

—Sí, mi mujer, la mía, mía, mía... ¡Mi mujer legítima, claro está! ¡La ley sancionará mi voluntad! ¡O mi voluntad la ley!

—¡Sí... tuya!

Estaba rendida. Y se concertó la boda.

—¿Qué tenía aquel hombre rudo y hermético que, a la vez que le daba miedo, se le imponía? Y, lo que era más terrible, le imponía una especie de extraño amor. Porque ella, Julia, no quería querer a aquel aventurero, que se había propuesto tener por mujer a una de las más hermosas y hacer que luciera sus millones; pero, sin querer quererle, sentíase rendida a una sumisión que era una forma de enamoramiento. Era algo así como el amor que debe encenderse en el pecho de una cautiva para con un arrogante conquistador. ¡No la había comprado, no! Habíala conquistado.

«Pero él —se decía Julia—, ¿me quiere de veras? ¿Me quiere a mí? ¿A mí?, como suele decir él. ¡Y cómo lo dice! ¡Cómo pronuncia *yo!* ¿Me quiere a mí, o es que no busca sino lucir mi hermosura? ¿Seré para él algo más que un mueble costosísimo y rarísimo? ¿Estará de veras enamorado de mí? ¿No se saciará pronto de mi encanto? De todos modos, va a ser mi marido, y voy a verme libre de este maldito hogar, libre de mi padre. ¡Porque no vivirá con nosotros, no! Le pasaremos una pensión, y que siga insultando a mi pobre madre, y que se enrede. ¡Y seré rica, muy rica, inmensamente rica!»

Mas esto no la satisfacía del todo. Sabíase envidiada por las renatenses, y que hablaban de su suerte loca, y de que su hermosura le había producido cuanto podía producirla. Pero, ¿la quería aquel hombre? ¿La quería de veras? «Yo he de conquistar su amor —decíase—. Necesito que me quiera de veras; no puedo ser su mujer sin que me quiera, pues eso sería la peor forma de venderse. ¿Pero es que yo le quiero?» Y ante él sentíase sobrecogida, mientras una voz misteriosa, brotada de lo más hondo de sus entrañas le decía: «¡Éste es un hombre!» Cada vez que Alejandro decía *yo*, ella temblaba. Y temblaba de amor, aunque creyese otra cosa o lo ignorase.

Se casaron y fuéronse a vivir a la corte. Las relaciones y amistades de Alejandro eran merced a su fortuna, muchas, pero algo extrañas. Los más de los que frecuentaban su casa, aristócratas de blasón no pocos, antojábasele a Julia que debían ser deudores de su marido, que daba dinero a préstamos con sólidas hipotecas. Pero nada sabía de los negocios de él ni éste le hablaba nunca de ellos. A ella no le faltaba nada; podía satisfacer hasta sus menores caprichos; pero le faltaba lo que más podía faltarle. No ya el amor de aquel hombre a quien se sentía subyugada y como por él hechizada, sino la certidumbre de aquel amor. «¿Me quiere, o no me quiere? —se preguntaba—. Me colma de atenciones, me trata con el mayor respeto, aunque algo como a una criatura voluntariosa; hasta me mima; ¿pero me quiere?» Y era inútil querer hablar de amor, de cariño, con aquel hombre.

—Solamente los tontos hablan esas cosas —solía decir Alejandro—. «Encanto..., rica..., hermosa..., querida...» ¿Yo? ¿Yo esas cosas? ¿Con esas a mí? ¿A mí? Ésas son cosas de novelas. Y ya sé que a ti te gustaba leerlas.

—Y me gusta todavía.

—Pues lee cuantas quieras. Mira, si te empeñas, hago construir en ese solar que hay ahí al lado un gran pabellón para biblioteca y te la lleno de todas las novelas que se han escrito desde Adán acá.

—¡Qué cosas dices...!

Vestía Alejandro de la manera más humilde y más borrosa posible. No era tan sólo que buscase pasar, por el traje, inadvertido: era que afectaba cierta ordinariez plebeya. Le costaba cambiar de vestidos, encariñándose con los que llevaba. Diríase que el día mismo en que estrenaba un traje se frotaba con él en las paredes para que pareciese viejo. En cambio, insistía en que ella, su mujer, se vistiese con la mayor elegancia posible y del modo que más hiciese resaltar su natural hermosura. No era nada tacaño en pagar; pero lo que mejor y más a gusto pagaba, eran las cuentas de modistos y modistas, eran los trapos para su Julia.

Complacíase en llevarla a su lado y que resaltara la diferencia de vestido y porte entre uno y otra. Recreábase en que las gentes se quedasen mirando a su mujer, y si ella, a su vez, coqueteando, provocaba esas miradas, o no le advertía él, o más bien fingía no advertirlo. Parecía ir diciendo a aquellos que la miraban con codicia de la carne: «¿Os gusta, eh? Pues me alegro; pero es mía, y solo mía; conque... ¡rabiad!» Y ella, adivinando este sentimiento, se decía: «¿Pero me quiere o no me quiere este hombre?» Porque siempre pensaba en él como en *este hombre* como en su *hombre*. O mejor, el hombre de quien era ella, el amo. Y poco a poco se le iba formando alma de esclava de harén, de esclava favorita, de única esclava; pero de esclava al fin.

Intimidad entre ellos, ninguna. No se percataba de qué era lo que pudiese interesar a su señor marido. Alguna vez se atrevió ella a preguntarle por su familia.

—¿Familia? —dijo Alejandro—. Yo no tengo hoy más familia que tú, ni me importa. Mi familia soy yo, yo y tú, que eres mía.

—¿Pero y tus padres?

—Haz cuenta de que no los he tenido. Mi familia empieza en mí. Yo me he hecho solo.

—Otra cosa querría preguntarte, Alejandro, pero no me atrevo...

—¿Que no te atreves? ¿Es que te voy a comer? ¿Es que me he ofendido nunca de nada de lo que hayas dicho?

—No, nunca, no tengo queja...

—¡Pues no faltaba más!

—No, no tengo queja; pero...

—Bueno pregunta y acabemos.

—No, no te lo pregunto.

—¡Pregúntamelo!

Y de tal modo lo dijo, con tan redondo egoísmo, que ella, temblando de aquel modo, que era, a la vez que miedo, amor, amor rendido de esclava favorita, le dijo:

—Pues bueno, dime: ¿tú eres viudo...?

Pasó como una sombra un leve fruncimiento de entrecejo por la frente de Alejandro, que respondió:

—Sí, soy viudo.

—¿Y tu primera mujer?

—A ti te han contado algo...

—No; pero...

—A ti te han contado algo, di.

—Pues sí, he oído algo...

—¿Y lo has creído?

—No..., no lo he creído.

—Claro, no podrías, no debías creerlo.

—No, no lo he creído.

—Es natural. Quien me quiere como me quieres tú, quien es tan mía como tú lo eres, no puede creer esas patrañas.

—Claro que te quiero... —y al decirlo esperaba a provocar una confesión recíproca de cariño.

—Bueno, ya te he dicho que no me gustan frases de novelas sentimentales. Cuanto menos se diga que se le quiere a uno, mejor.

—Y, después de una breve pausa, continuó:

—A ti te han dicho que me casé en México, siendo yo un mozo, con una mujer inmensamente rica y mucho mayor que yo, con una vieja millonaria, y que la obligué a que me hiciese su heredero y la maté luego. ¿No te han dicho eso?

—Sí, eso me han dicho.

—¿Y lo creíste?

—No, no lo creí. No pude creer que matases a tu mujer.

—Veo que tienes aún mejor juicio que yo creía. ¿Cómo iba a matar a mi mujer, a una cosa mía?

¿Qué es lo que hizo temblar a la pobre Julia al oír esto? Ella no se dio cuenta del origen de su temblor; pero fue la palabra *cosa* aplicada por su marido a su primera mujer.

—Habría sido una absoluta necedad —prosiguió Alejandro—... ¿Para qué? ¿Para heredarla? ¡Pero si yo disfrutaba de su fortuna lo mismo que disfruto hoy de ella! ¡Matar a la propia mujer! ¡No hay razón ninguna para matar a la propia mujer!

—Ha habido maridos, sin embargo, que han matado a sus mujeres se atrevió a decir Julia.

—¿Por qué?

—Por celos, o porque les faltaron ellas...

—¡Bah, bah, bah! Los celos son cosas de estúpidos. Sólo los estúpidos pueden ser celosos, porque sólo a ellos les puede faltar su mujer. ¿Pero a mí? ¿A mí? A mí no me puede faltar mi mujer. ¡No pudo faltarme aquélla, no me puedes faltar tú!

—No digas esas cosas. Hablemos de otras.

—¿Por qué?

—Me duele oírte hablar así... ¡Como si me hubiese pasado por la imaginación, ni en sueños, faltarte...!

—Lo sé, lo sé sin que me lo digas; sé que no me faltarás nunca.

—¡Claro!

—Que no puedes faltarme. ¿A mí? ¿Mi mujer? ¡Imposible! Y en cuanto a la otra, a la primera, se murió ella sin que yo la matara.

Fue una de las veces en que Alejandro habló más a su mujer. Y ésta quedóse pensativa y temblorosa. ¿La quería, sí o no, aquel hombre?

¡Pobre Julia! Era terrible aquel su nuevo hogar; tan terrible como el de su padre. Era libre, absolutamente libre; podía hacer en él lo que se le antojase, salir y entrar, recibir a las amigas y aun amigos que prefiriera. ¿Pero la quería o no, su amo y señor? La incertidumbre del amor del hombre la tenía como presa en aquel dorado y espléndido calabozo de puerta abierta.

Un rayo de sol naciente entró en las tempestuosas tinieblas de su alma esclava cuando se supo encinta de aquel su señor marido. «Ahora sabré si me quiere o no», se dijo.

Cuando le anunció la buena nueva, exclamó aquél:

—Lo esperaba. Ya tengo un heredero y a quien hacer un hombre, otro hombre como yo. Le esperaba.

—¿Y si no hubiera venido? —preguntó ella.

—¡Imposible! Tenía que venir. ¡Tenía que tener un hijo yo, yo!

—Pues hay muchos que se casan y no lo tienen...

—Otros, sí. ¡Pero yo no! Yo tenía que tener un hijo.

—¿Y por qué?

—Porque tú no podías no habérmelo dado.

Y vino el hijo; pero el padre continuó tan hermético. Sólo se opuso a que la madre criara al niño.

—No, yo no dudo de que tengas salud y fuerzas para ello; pero las madres que crían se estropean mucho, y yo no quiero que te estropees: yo quiero que te conserves joven el mayor tiempo posible.

Y sólo cedió cuando el médico le aseguró que, lejos de estropearse, ganaría Julia con criar al hijo, adquiriendo una mayor plenitud su hemosura.

El padre rehusaba besar al hijo. «Con eso de los besuqueos no se hace más que molestarlos», decía. Alguna vez lo tomaba en brazos y se le quedaba mirando.

—¿No me preguntabas una vez por mi familia? —dijo un día Alejandro a su mujer—. Pues la tienes. Ahora tengo ya familia y quien me herede y continúe mi obra.

Julia pensó preguntar a su marido cuál era su obra; pero no se atrevió a ello. ¡Mi obra! ¿Cuál sería la obra de aquel hombre? Ya otra vez le oyó la misma expresión.

De las personas que más frecuentaban la casa eran los condes de Bordaviella, sobre todo él, el conde, que tenía negocios con Alejandro, quien le había dado a préstamo usuario cuantiosos caudales. El conde solía ir a hacerle la partida de ajedrez a Julia, aficionada a ese juego, y a desahogar en el seno de la confianza de su amiga, la mujer de su prestamista, sus infortunios domésticos. Porque el hogar condal de los Bordaviella era un pequeño infierno, aunque de pocas llamas. El conde y la condesa ni se entendían ni se querían. Cada uno de ellos campaba por su cuenta, y ella, la condesa, daba cebo a la maledicencia escandalosa. Corría siempre una adivinanza a ella atañedera: «¿Cuál es el cirineo de tanda del conde de Bordaviella?»; y el pobre conde iba a casa de la hermosa Julia a hacerle la partida de ajedrez y a consolarse de su desgracia buscando la ajena.

—¿Qué, habrá estado también hoy el conde ese? —preguntaba Alejandro a su mujer.

—El conde ese..., el conde ese...; ¿qué conde?

—¡Ese! No hay más que un conde, y un marqués, y un duque. O para mí todos son iguales y como si fuesen uno mismo.

—¡Pues sí, ha estado!

—Me alegro, si eso te divierte. Es para lo que sirve el pobre mentecato.

—Pues a mí me parece un hombre inteligente y culto, y muy bien educado y muy simpático...

—Sí, de los que leen novelas. Pero, en fin, si eso te distrae...

—Y muy desgraciado.

—¡Bah; él se tiene la culpa!

—¿Y por qué?

—Por ser tan majadero. Es natural lo que le pasa. A un mequetrefe como el conde ese es muy natural que le engañe su mujer. ¡Si eso no es un hombre! No sé cómo hubo quien se casó con semejante cosa. Por supuesto, que no se casó con él, sino con el título. ¡A mí me había de hacer una mujer lo que a ese desdichado le hace la suya...!

Julia se quedó mirando a su marido y, de pronto, sin darse apenas cuenta de lo que decía exclamó:

—¿Y si te hiciese? ¿Si te saliese tu mujer como a él le ha salido la suya?

Tonterías —y Alejandro se echó a reír—. Te empeñas en sazonar nuestra vida con sal de libros Y si es que quieres probarme dándome celos, te equivocas. ¡Yo no soy de esos! ¿A mí con esas? ¿A mí? Diviértete en embromar al majadero de Bordaviella.

«¿Pero será cierto que este hombre no siente celos? —se decía Julia—. ¿Será cierto que le tiene sin cuidado que el conde venga y me ronde y me corteje como me está rondando y cortejando? ¿Es seguridad en mi fidelidad y cariño? ¿Es seguridad en su poder sobre mí? ¿Es indiferencia? ¿Me quiere o no me quiere?» Y empezaba a exasperarse. Su amo y señor marido le estaba torturando el corazón.

La pobre mujer se obstinaba en provocar celos en su marido, como piedra de toque de su querer, mas no lo conseguía.

—¿Quieres venir conmigo a casa del conde?

—¿A qué?

—¡Al té?

—¿Al té? No me duelen las tripas. Porque en mis tiempos y entre los míos no se tomaba esa agua sucia más que cuando le dolían a uno las tripas. ¡Buen provecho te haga! Y consuélale un poco al pobre conde. Allí estará también la condesa con su último amigo, el de turno. ¡Vaya una sociedad! ¡Pero, en fin, eso viste!

En tanto, el conde proseguía el cerco de Julia. Fingía estar acongojado por sus desventuras domésticas para así excitar la compasión de su amiga, y por la compasión llevarla al amor, y al amor culpable, a la vez que procuraba darla a entender que conocía algo también de las interioridades del hogar de ella.

Sí, Julia es verdad; mi casa es un infierno, un verdadero infierno, y hace usted bien en compadecerme como me compadece. ¡Ah, si nos hubiésemos conocido antes! ¡Antes de yo haberme uncido a mi desdicha! Y usted...

—Yo a la mía, ¿no es eso?

—¡No, no; no quería decir eso..., no!

—¿Pues qué es lo que usted quería decir, conde?

—Antes de haberse usted entregado a ese otro hombre, a su marido...

—¿Y usted sabe que me habría entregado entonces a usted?

—¡Oh, sin duda, sin duda...!

—¡Qué petulantes son ustedes los hombres!

—¿Petulantes?

—Sí, petulantes. Ya se supone usted irresistible.

—¡Yo..., no!

—¿Pues quién?

—¿Me permite que se lo diga, Julia?

—¡Diga lo que quiera!

—¡Pues bien se lo diré! ¡Lo irresistible habría sido, no yo, sino mi amor! ¡Sí, mi amor!

—¿Pero es una declaración en regla, señor conde? Y no olvide que soy una mujer casada, honrada, enamorada de su marido...

—Eso...

—¿Y se permite usted dudarlo? Enamorada, sí, como me lo oye, sinceramente enamorada de mi marido.

—Pues lo que es él...

—¿Eh? ¿Qué es eso? ¿Quién le ha dicho a usted que él no me quiere?

—¡Usted misma!

—¿Yo? ¿Cuándo le he dicho yo a usted que Alejandro no me quiere? ¿Cuándo?

—Me lo ha dicho con los ojos, con el gesto, con el porte...

—¡Ahora me va a salir con que he sido yo quien le he estado provocando a que me haga el amor...! ¡Mire usted, señor conde, ésta va a ser la última vez que venga a mi casa!

—¡Por Dios, Julia!

—¡La última vez, he dicho!

—¡Por Dios, déjeme venir a verla, en silencio, a contemplarla, a enjugarme, viéndola, las lágrimas que lloro hacia dentro!...

—¡Qué bonito!

—Y lo que le dije, que tanto pareció ofenderla...

—¿Pareció? ¡Me ofendió!

—¿Es que puedo yo ofenderla?

—¡Señor conde...!

—Lo que le dije, y que tanto la ofendió, fue tan sólo que, si nos hubiésemos conocido antes de haberme yo entregado a mi mujer y usted a su marido, yo la habría querido con la misma locura que hoy la quiero... ¡Déjeme desnudarme el corazón! Yo la habría querido con la misma locura con que hoy la quiero y habría conquistado su amor con el mío. No con mi valor, no; no con mi mérito, sino sólo a fuerza de cariño. Que no soy yo, Julia, de esos hombres que creen domeñar y conquistar a la mujer por su propio mérito, por ser quienes son; no soy de esos que exigen se los quiera, sin dar, en cambio, su cariño. En mí, pobre noble venido a menos no cabe tal orgullo.

Julia absorbía lentamente y gota a gota el veneno.

—Porque hay hombres —prosiguió el conde— incapaces de querer; pero que exigen que se los quiera, y creen tener derecho al amor y a la fidelidad incondicionales de la pobre mujer que se les rinde. Hay quienes toman una mujer hermosa y famosa por su hermosura para envanecerse de ello, de llevarla al lado como podrían llevar una leona domesticada, y decir: «Mi leona; ¿veis cómo me está rendida?» ¿Y por eso querría a su leona?

—Señor conde..., señor conde, que está usted entrando en un terreno...

Entonces el de Bordaviella se le acercó aún más, y casi al oído, haciéndola sentir en la oreja, hermosísima rosada concha de carne entre zarcillos de pelo castaño refulgente, el cosquilleo de su aliento entrecortado, le susurró:

—Donde estoy entrando es en tu conciencia, Julia.

El *tu* arreboló la oreja culpable.

El pecho de Julia ondeaba como el mar al acercarse la galerna.

—Sí, Julia, estoy entrando en tu conciencia.

—¡Déjeme, por Dios, señor conde, déjeme! ¡Si entrase él ahora...!

—No, él no entrará. A él no le importa nada de ti. Él nos deja así, solos, porque no te quiere... ¡No, no te quiere! ¡No te quiere, Julia, no te quiere!

—Es que tiene absoluta confianza en mí...

—¡En ti, no! En sí mismo. ¡Tiene absoluta confianza, ciego, en sí mismo! Cree que a él, por ser él, él, Alejandro Gómez, el que ha fraguado una fortuna..., no quiero saber cómo..., cree que a él no es posible que le falte mujer alguna. A mí me desprecia, lo sé...

—Sí, le desprecia a usted...

—¡Lo sabía! Pero tanto como a mí te desprecia a ti...

—¡Por Dios, señor conde, por Dios, cállese, que me está matando!

—¡Quien te matará es él, él, tu marido, y no serás la primera!

—¡Eso es una infamia, señor conde; eso es una infamia! ¡Mi marido no mató a su mujer! ¡Y váyase, váyase; váyase y no vuelva!

—Me voy; pero... volveré. Me llamarás tú.

Y se fue, dejándola malherida en el alma. «¿Tendrá razón este hombre? —se decía—. ¿Será así? Porque él me ha revelado lo que yo no quería decirme ni a mí misma. ¿Será verdad que me desprecia?... ¿Será verdad que no me quiere?»

Empezó a ser pasto de los cotarros de maledicencia de la corte lo de las relaciones entre Julia y el conde de Bordaviella. Y Alejandro, o no se enteraba de ello, o hacía como si no se enterase. A algún amigo que empezó a hacerle veladas insinuaciones le atajó diciéndole: «Ya sé lo que me va usted a decir; pero déjelo. Esas no son más que habladurías de la gente. ¿A mí? ¿A mí con esas? ¡Hay que dejar que las mujeres románticas se hagan las interesantes!» ¿Sería un...? ¿Sería un cobarde?

Pero una vez en el Casino se permitió uno, delante de él, una broma de ambiguo sentido respecto a cuernos, cogió una botella y se la arrojó a la cabeza, descalabrándole. El escándalo fue formidable.

—¿A mí? ¿A mí con bromitas de esas? —decía con su voz y su tono más contenidos—. Como si no le entendiese... Como si no supiera las necedades que corren por ahí, entre los majaderos, a propósito de los caprichos novelescos de mi pobre mujer... Y estoy dispuesto a cortar de raíz esas hablillas...

—Pero no así, don Alejandro —se atrevió a decirle uno.

—¿Pues cómo? ¡Dígame cómo!

—¡Cortando la raíz y motivo de las tales hablillas!

—¡Ah, ya! ¿Qué prohíba la entrada del conde en mi casa?

—Sería lo mejor.

—Eso sería dar la razón a los maldicientes. Y yo no soy un tirano. Si a mi pobre mujer le divierte el conde ese, que es un perfecto y absoluto mentecato, se lo juro a usted, es un mentecato, inofensivo, que se las echa de tenorio...; si a mi pobre mujer le divierte ese fantoche, ¿voy a quitarle la diversión porque los demás mentecatos den en decir esto o lo otro? ¡Pues no faltaba más...! Pero, ¿pegármela a mí? ¿A mí? ¡Ustedes no me conocen!

—Pero, don Alejandro, las apariencias...

—¡Yo no vivo de apariencias, sino de realidades!

Al día siguiente se presentaron en casa de Alejandro dos caballeros, muy graves, a pedirle una satisfacción en nombre del ofendido.

—Díganle ustedes —les contestó— que me pase la cuenta del médico o cirujano que le asista y que la pagaré, así como los daños y perjuicios a que haya lugar.

—Pero don Alejandro...

—¿Pues qué es lo que ustedes quieren?

—¡Nosotros, no! El ofendido exige una reparación..., una satisfacción..., una explicación honrosa...

—No les entiendo a ustedes..., ¡o no quiero entenderles!

—¡Y si no, un duelo!

—¡Muy bien! Cuando quiera. Díganle que cuando quiera. Pero para eso no es menester que ustedes se molesten. No hacen falta padrinos. Díganle que en cuanto se cure de la cabeza, quiero decir, del botellazo..., que me avise, que iremos donde él quiera, nos encerraremos y la emprenderemos uno con otro a trompada y a patada limpias. No admito otras armas. Y ya verá quién es Alejandro Gómez.

—¡Pero, don Alejandro, usted se está burlando de nosotros! —exclamó uno de los padrinos.

—¡Nada de eso! Ustedes son de un mundo y yo de otro. Ustedes vienen de padres ilustres, de familias linajudas... Yo, se puede decir que no he tenido padres ni tengo otra familia que la que yo me he hecho. Yo vengo de la nada, y no quiero entender esas andróminas del Código del honor. ¡Conque ya lo saben ustedes!

Levantáronse los padrinos, y uno de ellos, poniéndose muy solemne, con cierta energía, mas no sin respeto —que al cabo se trataba de un poderoso millonario y hombre de misteriosa procedencia—, exclamó:

—Entonces, señor don Alejandro Gómez permítame que se lo diga...

—Diga usted todo lo que quiera; pero midiendo sus palabras, que ahí tengo a la mano otra botella.

—¡Entonces —y levantó más la voz—, señor don Alejandro Gómez, usted no es un caballero!

—¡Y claro que no lo soy, hombre, claro que no lo soy! ¡Caballero yo! ¿Cuándo? ¿De dónde? Yo me crié burrero y no caballero, hombre. Y ni un burro siquiera solía ir a llevar la merienda al que decían que era mi padre, sino a pie, a pie y andando. ¡Claro que no soy un caballero! ¿Caballerías? ¿Caballerías a mí? ¿A mí? Vamos..., vamos...

—Vámonos, sí —dijo un padrino al otro—, que aquí no hacemos ya nada. Usted, señor don Alejandro, sufrirá las consecuencias de ésta, su incalificable conducta.

—Entendido, y a ella me atengo. Y en cuanto a ese..., a ese caballero de lengua desenfrenada a quien descalabré la cabeza, díganle, se lo repito, que me pase la cuenta del médico, y que tenga en adelante cuenta con lo que dice. Y ustedes, si alguna vez —que todo pudiera ser— necesitaran algo de este descalificado, de este millonario salvaje, sin sentido del honor caballeresco, pueden acudir a mí, que los serviré, como he servido y sirvo a otros caballeros.

—¡Esto no se puede tolerar, vámonos! —exclamó uno de los padrinos.

Y se fueron.

Aquella noche contaba Alejandro a su mujer la escena de la entrevista con los padrinos, después de haberle contado lo del botellazo, y se regodeaba en el relato de su hazaña. Ella le oía despavorida.

—¿Caballero yo? ¿Yo caballero? —exclamaba él—. ¿Yo? ¿Alejandro Gómez? ¡Nunca! ¡Yo no soy más que un hombre, pero todo un hombre, nada menos que todo un hombre!

—¿Y yo? —dijo ella, por decir algo.

—¿Tú? ¡Toda una mujer! Y una mujer que lee novelas. ¡Y él, el condesito ese del ajedrez, un nadie, nada más que un nadie! ¿Por qué te he de privar el que te diviertas con él como te divertirías con un perro faldero?... Porque compres un perrito de esos de lana, o un gatito de Angora, o un tití, y le acaricies y hasta le besuquees, ¿voy a coger el perrito, o el michino, o el tití y voy a echarlos por el balcón a la calle? ¡Pues estaría bueno! Mayormente, que podían caerle encima a uno que pasase. Pues lo mismo es el condesito ese, otro gozquecillo, o michino, o tití. ¡Diviértete con él cuando te plazca!

—Pero, Alejandro, tienen razón en lo que te dicen... tienes que negarle la entrada a ese hombre...

—¿Hombre?

—Bueno. Tienes que negarle la entrada al conde de Bordaviella.

—¡Niégasela tú! Cuando no se la niegas es que maldito lo que ha conseguido ganar tu corazón. Porque si hubieras llegado a empezar a interesarte por él, ya le habrías despachado para defenderte del peligro.

—¿Y si estuviese interesada...?

—¡Bueno, bueno...! ¡Ya salió aquello! ¡Ya salió lo de querer darme celos! ¿A mí? ¿Pero cuándo te convencerás, mujer, de que yo no soy como los demás?

Cada vez comprendía menos Julia a su marido; pero cada vez se encontraba más subyugada a él y más ansiosa de asegurarse de si le quería o no. Alejandro, por su parte, aunque seguro de la fidelidad de su mujer, o mejor de que a él, a Alejandro —¡Nada menos que todo un hombre!—, no podía faltarle su mujer, —¡la suya!— diciéndose: «A esta pobre mujer le está trastornando la vida de la corte y la lectura de novelas», decidió llevarla al campo. Y se fueron a una de sus dehesas.

—Una temporadita de campo te vendrá muy bien —le dijo—. Eso templa los nervios. Por supuesto, si es que piensas aburrirte sin tu michino, puedes invitarle al condezuelo ese a que nos acompañe. Porque ya sabes que yo no tengo celos y estoy seguro de ti, de mi mujer.

Allí, en el campo, las cavilaciones de la pobre Julia se exacerbaron. Aburríase grandemente. Su marido no la dejaba leer.

—Te he traído para eso, para apartarte de los libros y cortar de raíz tu neurastenia, antes de que se vuelva cosa peor.

—¿Mi neurastenia?

—¡Pues claro! Todo lo tuyo no es más que eso. La culpa de todo ello la tienen los libros.

—¡Pues no volveré a leer más!

—No, yo no exijo tanto... Yo no te exijo nada. ¿Soy acaso algún tirano yo? ¿Te he exigido nunca nada?

—No. ¡Ni siquiera exiges que te quiera!

—¡Naturalmente, como que eso no se puede exigir! Y, además, como sé que me quieres y no puedes querer a otro... Después de haberme conocido y de saber, gracias a mí, lo que es un hombre, no puedes ya querer a otro, aunque te lo propusieras. Te lo aseguro yo... Pero no hablemos de cosas de libros. Ya te he dicho que no me gustan novelerías. Esas son bobadas para hablar con condesitos al tomar el té.

Vino a aumentar la congoja de la pobre Julia el que llegó a descubrir que su marido andaba en torpes enredos con una criada zafia y nada bonita. Y una noche, después de cenar, encontrándose los dos solos, la mujer dijo de pronto:

—No creas, Alejandro, que no me he percatado del lío que traes con la Simona...

—Ni yo lo he ocultado mucho. Pero eso no tiene importancia. Siempre gallina, amarga la cocina.

—¿Qué quieres decir?

—Que eres demasiado hermosa para diario.

La mujer tembló. Era la primera vez que su marido la llamaba así, a boca llena: hermosa. Pero, ¿la querría de veras?

—¡Pero con ese pingo!... —dijo Julia por decir algo.

—Por lo mismo. Hasta su mismo desaseo me hace gracia. No olvides que yo casi me crié en un estercolero, y tengo algo de lo que un amigo mío llama la voluptuosidad del pringue. Y ahora, después de este entremés rústico, apreciaré mejor tu hermosura, tu elegancia y tu pulcritud.

—No sé si me estás adulando o insultando.

—¡Bueno! ¡La neurastenia! ¡Y yo que te creía en camino de curación!...

—Por supuesto, vosotros los hombres podéis hacer lo que se os antoje, y faltarnos...

—¿Quién te ha faltado?

—¡Tú!

—¿A eso llamas faltarte? ¡Bah, bah! ¡Los libros, los libros! Ni a mí se me da un pitoche de la Simona, ni...

—¡Claro! ¡Ella es para ti como una perrita, o una gatita, o una mona!

—¡Una mona, exacto; nada más que una mona! Es a lo que más se parece. ¡Tú lo has dicho: una mona!

¿Pero he dejado por eso de ser tu marido?

—Querrás decir que no he dejado yo por eso de ser tu mujer...

—Veo, Julia, que vas tomando talento...

—¡Claro, todo se pega!

—¿Pero de mí, por supuesto, y no del michino?

—¡Claro que de ti!

—Pues bueno; no creo que este incidente rústico te ponga celosa... ¿Celos tú? ¿Tú? ¿Mi mujer? ¿Y de esa mona? Y en cuanto a ella, ¡la doto, y encantada!

—Claro, en teniendo dinero...

—Y con esa dote se casa volando, y le aporta ya al marido, con la dote, un hijo. Y si el hijo sale a su padre, que es nada menos que todo un hombre, pues el novio sale con doble ganancia.

—¡Calla, calla, calla!

La pobre Julia se echó a llorar.

—Yo creí —concluyó Alejandro— que el campo te había curado la neurastenia. ¡Cuidado con empeorar!

A los dos días de esto volvíanse a la corte.

Y Julia volvió a sus congojas, y el conde de Bordaviella a sus visitas, aunque con más cautela. Y ya fue ella, Julia, la que, exasperada, empezó a prestar oídos a las venenosas insinuaciones del amigo, pero sobre todo a hacer ostentación de la amistad ante su marido, que alguna vez se limitaba a decir: «Habrá que volver al campo y someterte a tratamiento.»

Un día en el colmo de le exasperación, asaltó Julia a su marido, diciéndole:

—¡Tú no eres un hombre, Alejandro, no, no eres un hombre!

—¿Quién, yo? ¿Y por qué?

—¡No, no eres un hombre, no lo eres!

—Explícate.

—Ya sé que no me quieres, que no te importa de mí nada; que no soy para ti ni la madre de tu hijo; que no te casaste conmigo nada más que por vanidad, por jactancia, por exhibirme, por envanecerte con mi hermosura, por...

—¡Bueno, bueno; ésas son novelerías! ¿Por qué no soy hombre?

—Ya sé que no me quieres...

—Ya te he dicho cien veces que eso de querer y no querer, y amor, y todas esas andróminas, son conversaciones de té condal o danzante.

—Ya sé que no me quieres...

—Bueno, ¿y qué más?...

—Pero eso de que consientas que el conde, el michino, como tú le llamas, entre aquí a todas horas...

—¡Quien lo consiente eres tú!

—¿Pues no he de consentirlo, si es mi amante? Ya lo has oído, mi amante. ¡El michino es mi amante!

Alejandro permanecía impasible mirando a su mujer. Y ésta, que esperaba un estallido del hombre, exaltándose aún más, gritó:

—¿Y qué? ¿No me matas ahora como a la otra?

—Ni es verdad que maté a la otra, ni es verdad que el michino sea tu amante. Estás mintiendo para provocarme. Quieres convertirme en un Otelo. Y mi casa no es teatro. Y si sigues así, va a acabar todo ello en volverte loca y en que tengamos que encerrarte.

—¿Loca? ¿Loca yo?

—¡De remate! ¡Llegarse a creer que tiene un amante! ¡Es decir, querer hacérmelo creer! ¡Como si mi mujer pudiese faltarme a mí! ¡A mí! Alejandro Gómez no es ningún michino; ¡es nada menos que todo un hombre! Y no, no conseguirás lo que buscas, no conseguirás que yo te regale los oídos con palabras de novelas y de tes danzantes o condales. Mi casa no es un teatro.

—¡Cobarde! ¡Cobarde! ¡Cobarde! —gritó ya Julia, fuera de sí—. ¡Cobarde!

—Aquí va a haber que tomar medidas —dijo el marido.

Y se fue.

A los dos días de esta escena, y después de haberla tenido encerrada a su mujer durante ellos, Alejandro la llamó a su despacho. La pobre Julia iba aterrada. En el despacho la esperaban, con su marido, el conde y otros dos señores.

—Mira, Julia —le dijo con terrible calma su marido—. Estos dos señores son médicos alienistas, que vienen, a petición mía, a informar sobre tu estado para que podamos ponerte en cura. Tú no estás bien de la cabeza, y en tus ratos lúcidos debes comprenderlo así.

—¿Y qué haces tú aquí, Juan? —preguntó Julia al conde, sin hacer caso a su marido.

—¿Lo ven ustedes? —dijo éste dirigiéndose a los médicos—. Persiste en su alucinación; se empeña en que este señor es...

—¡Sí, es mi amante! —le interrumpió ella—. Y si no que lo diga él.

El conde miraba al suelo.

—Ya ve usted, señor conde —dijo Alejandro al de Bordaviella—, cómo persiste en su locura. Porque usted no ha tenido, no ha podido tener, ningún género de esas relaciones con mi mujer...

—¡Claro que no! —exclamó el conde.

—¿Lo ven ustedes? —añadió Alejandro volviéndose a los médicos.

—Pero cómo —gritó Julia—, ¿te atreves tú, tú, Juan, tú, mi michino, a negar que he sido tuya?

El conde temblaba bajo la mirada fría de Alejandro, y dijo:

—Repórtese, señora, y vuelva en sí. Usted sabe que nada de eso es verdad. Usted sabe que si yo frecuentaba esta casa era como amigo de ella, tanto de su marido como de usted misma, señora, y que yo, un conde de Bordaviella, jamás afrentaría así a un amigo como...

—Como yo —le interrumpió Alejandro—. ¿A mí? ¿A mí? ¿A Alejandro Gómez? Ningún conde puede afrentarme, ni puede mi mujer faltarme. Ya ven ustedes, señores, que la pobre está loca...

—¿Pero también tú, Juan? ¿También tú, michino? —gritó ella—. ¡Cobarde! ¡Cobarde! ¡Cobarde! ¡Mi marido te ha amenazado, y por miedo, por miedo, cobarde, cobarde, cobarde, no te atreves a decir la verdad y te prestas a esta farsa infame para declararme loca! ¡Cobarde, cobarde, villano! Y tú también, como mi marido...

—¿Lo ven ustedes, señores? —dijo Alejandro a los médicos.

La pobre Julia sufrió un ataque, y quedó como deshecha.

—Bueno; ahora, señor mío —dijo Alejandro dirigiéndose al conde—, nosotros nos vamos, y dejemos que estos dos señores facultativos, a solas con mi pobre mujer, completen su reconocimiento.

El conde le siguió. Ya fuera de la estancia, le dijo Alejandro:

—Con que ya lo sabe usted, señor conde: o mi mujer resulta loca, o les levanto a usted y a ella las tapas de los sesos. Usted escogerá.

—Lo que tengo que hacer es pagarle lo que le debo, para no tener más cuentas con usted.

—No; lo que debe hacer es guardar la lengua. Conque quedamos en que mi mujer está loca de remate y usted es un tonto de capirote. ¡Y ojo con ésta! —y le enseñó una pistola.

Cuando, algo después, salían los médicos del despacho de Alejandro, decíanse:

—Ésta es una tremenda tragedia. ¿Y qué hacemos?

—¿Qué vamos a hacer sino declararla loca? Porque, de otro modo, ese hombre mata a ella y le mata a ese desdichado conde.

—Pero ¿y la conciencia profesional?

—La conciencia consiste aquí en evitar un crimen mayor.

—¿No sería mejor declararle loco a él, a don Alejandro?

—No, él no es loco: es otra cosa.

—Nada menos que todo un hombre, como dice él.

—¡Pobre mujer! ¡Daba pena oírle! Lo que yo me temo es que acabe por volverse de veras loca.

—Pues con declararla tal, acaso la salvemos. Por lo menos se le apartaría de esta casa.

Y, en efecto, la declararon loca. Y con esa declaración fue encerrada por su marido en un manicomio.

Toda una noche espesa, tenebrosa y fría, sin estrellas, cayó sobre el alma de la pobre Julia al verse encerrada en el manicomio. El único consuelo que le dejaban es el de que le llevaran casi a diario a su hijito para que lo viera. Tomábalo en brazos y le bañaba la carita con sus lágrimas. Y el pobrecito niño lloraba sin saber por qué.

—¡Ay, hijo mío, hijo mío! —le decía—. ¡Si pudiese sacarte toda la sangre de tu padre!... ¡Porque es tu padre!

Y a solas se decía la pobre mujer, sintiéndose al borde de la locura: «¿Pero no acabaré por volverme de veras loca en esta casa, y creer que no fue sino un sueño y alucinación lo de mi trato con ese infame conde? ¡Cobarde, sí, cobarde, villano! ¡Abandonarme así!... ¡Dejar que me encerraran aquí! ¡El michino, sí, el michino! Tiene razón mi marido. Y él, Alejandro, ¿por qué no nos mató? ¡Ah, no! ¡Ésta es más terrible venganza! ¡Matarle a ese villano michino...! No, humillarle, hacerle mentir y abandonarme. ¡Temblaba ante mi marido, sí, temblaba ante él! ¡Ah, es que mi marido es un hombre! ¿Y por qué no me mató? ¡Otelo me habría matado! Pero Alejandro no es Otelo, no es tan bruto como Otelo. Otelo era un moro impetuoso, pero poco inteligente. Y Alejandro... Alejandro tiene una poderosa inteligencia al servicio de su infernal soberbia plebeya. No, ese hombre no necesitó matar a su primera mujer; la hizo morir. Se murió ella de miedo ante él. ¿Y a mí me quiere?»

Y allí, en el manicomio, dio otra vez en trillar su corazón y su mente con el triturador dilema: «¿Me quiere, o no me quiere?» Y se decía luego: «¡Yo sí que lo quiero! ¡Y cigamente!»

Y por temor a enloquecer de veras, se fingió curada, asegurando que habían sido alucinaciones lo de su trato con el de Bordaviella. Avisáronsele al marido.

Un día llamaron a Julia adonde su marido la esperaba, en un locutorio. Entró él, y se arrojó a sus pies sollozando:

—¡Perdóname, Alejandro, perdóname!

—Levántate, mujer —y la levantó.

—¡Perdóname!

—¿Perdonarte? ¿Pero de qué? Si me habían dicho que estabas ya curada... que se te habían quitado las alucinaciones...

Julia miró a la mirada fría y penetrante de su marido con terror. Con terror y con un loco cariño. Era un amor ciego, fundido con un terror no menos ciego.

—Sí, tienes razón, Alejandro, tienes razón; he estado loca, loca de remate. Y por darte celos, nada más que por darte celos, inventé aquellas cosas. Todo fue mentira. ¿Cómo iba a faltarle yo? ¿Yo? ¿A ti? ¿A ti? ¿Me crees ahora?

—Una vez, Julia —le dijo con voz de hielo su marido—, me preguntaste si era o no verdad que yo maté a mi primera mujer, y, por contestación, te pregunté yo a mi vez que si podías creerlo. ¿Y qué me dijiste?

—¡Que no lo creía, que no podía creerlo!

—Pues ahora yo te digo que no creí nunca, que no pude creer que tú te hubieses entregado al michino ese. ¿Te basta?

Julia temblaba, sintiéndose al borde de la locura; de la locura del terror y de amor fundidos.

—Y ahora —añadió la pobre mujer abrazando a su marido y hablándole al oído—; ahora, Alejandro, dime, ¿me quieres?

Y entonces vio en Alejandro, su pobre mujer, por vez primera, algo que nunca antes en él viera; le descubrió un fondo del alma terrible y hermética que el hombre de la fortuna guardaba celosamente sellado. Fue como si un relámpago de luz tempestuosa alumbrase por un momento el lago negro, tenebroso de aquella alma, haciendo relucir su sobrehaz. Y fue que vio asomar dos lágrimas en los ojos fríos y cortantes como navajas de aquel hombre. Y estalló:

—¡Pues no he de quererte, hija mía, pues no he de quererte! ¡Con toda el alma, y con toda la sangre, y con todas las entrañas; más que a mí mismo! Al principio, cuando nos casamos, no. ¿Pero ahora?... ¡Ahora, sí! Ciegamente, locamente. Soy yo tuyo más que tú mía.

Y besándola con una furia animal, febril, encendido, como loco, balbuceaba: «¡Julia! ¡Julia! ¡Mi diosa! ¡Mi todo!»

Ella creyó volverse loca al ver desnuda el alma de su marido.

—Ahora quisiera morirme, Alejandro —le murmuró al oído, reclinando la cabeza sobre su hombro.

A estas palabras, el hombre pareció despertar y volver en sí como de un sueño; y como si se hubiese tragado con los ojos, ahora otra vez fríos y cortantes, aquellas dos lágrimas, dijo:

—Esto no ha pasado, ¿eh, Julia? Ya lo sabes; pero yo no he dicho lo que he dicho... ¡Olvídalo!

—¿Olvidarlo?

—¡Bueno, guárdatelo, y como si no lo hubieses oído!

—Lo callaré...

—¡Cállatelo a ti misma!

—Me lo callaré; pero...

—¡Basta!

—Pero, por Dios, Alejandro, déjame un momento, un momento siquiera... ¿Me quieres por mí, por mí, y aunque fuese de otro, o por ser yo cosa tuya?

—Ya te he dicho que lo debes olvidar. Y no me insistas, porque si insistes, te dejo aquí. He venido a sacarte; pero has de salir curada.

—¡Y curada estoy! —afirmó la mujer con brío.

Y Alejandro se llevó su mujer a su casa.

Pocos días después de haber vuelto Julia del manicomio, recibía el conde de Bordaviella, no una invitación, sino un mandato de Alejandro para ir a comer a su casa.

«Como ya sabrá usted, señor conde —le decía en una carta—, mi mujer ha salido del manicomio completamente curada; y como la pobre, en la época de su delirio, le ofendió a usted gravemente, aunque sin intención ofensiva, suponiéndole capaz de infamias de que es usted, un perfecto caballero, absolutamente incapaz, le ruego, por mi conducto, que venga pasado mañana, jueves, a acompañarme a comer, para darle las satisfacciones que a un caballero, como es usted, se le deben. Mi mujer se lo ruega y yo se lo ordeno. Porque si usted no viene ese día a recibir esas satisfacciones y explicaciones, sufrirá las consecuencias de ello. Y usted sabe bien de lo que es capaz

Alejandro Gómez.»

El conde de Bordaviella llegó a la cita pálido, tembloroso y desencajado. La comida transcurrió en la más lóbrega de las conversaciones. Se habló de todas las mayores frivolidades —los criados delante—, entre las bromas más espesas y feroces de Alejandro. Julia le acompañaba. Después de los postres, Alejandro, dirigiéndose al criado, le dijo: «Trae el té.»

—¿Té? —se le escapó al conde.

—Sí, señor conde —le dijo el señor de la casa—. Y no es que me duelan las tripas, no; es para estar más a tono. El té va muy bien con las satisfacciones entre caballeros.

Y volviéndose al criado: «¡Retírate!»

Quedáronse los tres solos. El conde temblaba. No se atrevía a probar el té.

—Sírveme a mí primero, Julia —dijo el marido—. Y yo lo tomaré antes para que vea usted, señor conde, que en mi casa se puede tomar todo con confianza.

—Pero si yo...

—No señor conde; aunque yo no sea un caballero, ni mucho menos, no he llegado aún a eso. Y ahora mi mujer quiere darle a usted unas explicaciones.

Alejandro miró a Julia, y ésta, lentamente, con voz fantasmática, empezó a hablar. Estaba espléndidamente hermosa. Los ojos le relucían con un brillo como de relámpago. Sus palabras fluían frías y lentas, pero se adivinaba que por debajo de ellas ardía un fuego consumidor.

—He hecho que mi marido le llame, señor conde —dijo Julia—, porque tengo que darle una satisfacción por haberle ofendido gravemente.

—¿A mí, Julia?

—¡No me llame usted Julia! Sí, a usted. Cuando me puse loca, loca de amor por mi marido, buscando a toda costa asegurarme de si me quería o no, quise tomarle a usted de instrumento para excitar sus celos, y en mi locura llegué a acusarle a usted de haberme seducido. Y esto fue un embuste, y habría sido una infamia de mi parte si yo no hubiese estado, como estaba, loca. ¿No es así, señor conde?

—Sí, así es, doña Julia...

—Señora de Gómez —corrigió Alejandro.

—Lo que le atribuí a usted, cuando le llamábamos mi marido y yo el michino—, ¡perdónenoslo usted!

—¡Por perdonado!

—Lo que le atribuí entonces fue una acción villana e infame, indigna de un caballero como usted...

—¡Muy bien —agregó Alejandro—, muy bien! Acción villana e infame, indigna de un caballero; ¡muy bien!

—Y aunque, como le repito, se me puede y debe excusar en atención a mi estado de entonces, yo quiero, sin embargo, que usted me perdone. ¿Me perdona?

—Sí, sí; le perdono a usted todo; les perdono a ustedes todo —suspiró el conde más muerto que vivo y ansioso de escapar cuanto antes de aquella casa.

—¿A ustedes? —le interrumpió Alejandro—. A mí no me tiene usted nada que perdonar.

—¡Es verdad, es verdad!

—Vamos, cálmese —continuó el marido—, que le veo a usted agitado. Tome otra taza de té. Vamos, Julia sírvele otra taza al señor conde. ¿Quiere usted tila en ella?

—No..., no...

—Pues bueno, ya que mi mujer le dijo lo que tenía que decirle, y usted le ha perdonado su locura, a mí no me queda sino rogarle que siga usted honrando nuestra casa con sus visitas. Después de lo pasado, usted comprenderá que sería de muy mal efecto que interrumpiéramos nuestras relaciones. Y ahora que mi mujer está ya gracias a mí, completamente curada, no corre usted ya peligro alguno con venir acá. Y en prueba de mi confianza en la total curación de mi mujer, ahí les dejo a ustedes dos solos, por si ella quiere decirle algo que no se atreve a decírselo delante de mí, o que yo, por delicadeza, no deba oír.

Y se salió Alejandro, dejándolos cara a cara y a cuál de los dos más sorprendidos de aquella conducta. «¡Qué hombre!», pensaba él, el conde, y Julia: «¡Éste es un hombre!»

Siguióse un abrumador silencio. Julia y el conde no se atrevían a mirarse. El de Bordaviella miraba a la puerta por donde saliera el marido.

—No —le dijo Julia—, no mire usted así; no conoce usted a mi marido, a Alejandro. No está detrás de la puerta espiando lo que digamos.

—¡Qué sé yo...! Hasta es capaz de traer testigos...

—¿Por qué dice usted eso, señor conde?

—Es que me acuerdo de cuando trajo a los dos médicos en aquella horrible escena en que me humilló cuanto más se puede y cometió la infamia de hacer que la declarasen a usted loca.

—Y así era la verdad, porque si no hubiese estado yo entonces loca, no habría dicho, como dije, que era usted mi amante...

—Pero...

—¿Pero qué, señor conde?

—¿Es que quieren ustedes declararme a mí loco o volverme tal? ¿Es que va usted a negarme, Julia...?

—¡Doña Julia o señora de Gómez!

—¿Es que va usted a negarme, señora de Gómez que, fuese por lo que fuera, acabó usted, no ya sólo aceptando mis galanteos...; no, galanteos, no; mi amor...?

—¡Señor conde...!

—¿Que acabó, no sólo aceptándolos, sino que era usted la que provocaba y que aquello iba...?

—Ya le he dicho a usted, señor conde, que estaba entonces loca, y no necesito repetírselo.

—¿Va usted a negarme que empezaba yo a ser su amante?

—Vuelvo a repetirle que estaba loca.

—No se puede estar ni un momento más en esta casa. ¡Adiós!

El conde tendió la mano a Julia, temiendo que se la rechazaría. Pero ella se la tomó y le dijo:

—Conque ya sabe usted lo que le ha dicho mi marido. Usted puede venir acá cuando quiera, y ahora que estoy yo, gracias a Dios y a Alejandro, completamente curada, curada del todo, señor conde, sería de mal efecto que usted suspendiera sus visitas.

—Pero, Julia...

—¿Qué? ¿Vuelve usted a las andadas? ¿No le he dicho que estaba entonces loca?

—A quien le van a volver ustedes loco, entre su marido y usted, es a mí...

—¿A usted? ¿Loco a usted? No me parece fácil...

—¡Claro! ¡El michino!

Julia se echó a reír. Y el conde, corrido y abochornado, salió de aquella casa decidido a no volver más a ella.

Todas estas tormentas de su espíritu quebrantaron la vida de la pobre Julia, y se puso gravemente enferma, enferma de la mente. Ahora sí que parecía de veras que iba a enloquecer. Caía con frecuencia en delirios, en los que llamaba a su marido con las más ardientes y apasionadas palabras. Y el hombre se entregaba a los transportes dolorosos de su mujer procurando calmarla. «Tuyo, tuyo, tuyo, sólo tuyo y nada más que tuyo!» le decía al oído, mientras ella, abrazada a su cuello, se lo apretaba casi a punto de ahogarlo.

La llevó a la dehesa a ver si el campo la curaba. Pero el mal la iba matando. Algo terrible le andaba por las entrañas.

Cuando el hombre de fortuna vio que la muerte le iba a arrebatar su mujer, entró en un furor frío y persistente. Llamó a los mejores médicos. «Todo era inútil», le decían.

—¡Sálvemela usted! —le decía al médico.

—¡Imposible, don Alejandro, imposible!

—¡Sálvemela usted, sea como sea! ¡Toda mi fortuna, todos mis millones por ella, por su vida!

—¡Imposible, don Alejandro, imposible!

—¡Mi vida, mi vida por la suya! ¿No sabe usted hacer eso de la transfusión de la sangre? Sáqueme toda la mía y désela a ella. Vamos, sáquemela.

—¡Imposible, don Alejandro, imposible!

—¿Cómo imposible? ¡Mi sangre, toda mi sangre por ella!

—¡Sólo Dios puede salvarla!

—¡Dios! ¿Dónde está Dios? Nunca pensé en Él.

Y luego a Julia, su mujer, pálida, pero cada vez más hermosa, hermosa con la hermosura de la inminente muerte, le decía:

—¿Dónde está Dios, Julia?

Y ella, señalándoselo con la mirada hacia arriba, poniéndosele con ello los grandes ojos casi blancos, le dijo con una hebra de voz:

—¡Ahí le tienes!

Alejandro miró al crucifijo, que estaba a la cabecera de la cama de su mujer, lo cogió y, apretándolo en el puño, le decía: «Sálvamela, sálvamela y pídeme todo, todo, todo; mi fortuna toda, mi sangre toda, yo todo... todo yo.»

Julia sonreía. Aquel furor ciego de su marido le estaba llenando de una luz dulcísima el alma. ¡Qué feliz era al cabo! ¿Y dudó nunca de que aquel hombre la quisiese?

Y la pobre mujer iba perdiendo la vida gota a gota. Estaba marmórea y fría. Y entonces el marido se acostó con ella y la abrazó fuertemente, y quería darle todo su calor, el calor que se le escapaba a la pobre. Y le quiso dar su aliento. Estaba como loco. Y ella sonreía.

—Me muero, Alejandro, me muero.

—¡No, no te mueres —le decía él—, no puedes morirte!

—¿Es que no puede morirse tu mujer?

—No; mi mujer no puede morirse. Antes me moriré yo. A ver, que venga la muerte, que venga. ¡A mí! ¡A mí la muerte! ¡Que venga!

—¡Ay, Alejandro, ahora lo doy todo por bien padecido...! ¡Y yo que dudé de que me quisieras...!

—¡Y no, no te quería, no! Eso de querer, te lo he dicho mil veces, Julia, son tonterías de libros. ¡No te quería, no! ¡Amor..., amor! Y esos miserables cobardes, que hablan de amor, dejan que se les mueran sus mujeres. No, no es querer... No te quiero...

—¿Pues qué? —preguntó Julia con la más delgada hebra de su voz, volviendo a ser presa de su vieja congoja.

—No, no te quiero... ¡Te... te... te..., no hay palabra! —estalló en secos sollozos, en sollozos que parecían un estertor, un estertor de pena y de amor salvaje.

—¡Alejandro!

Y en esa débil llamada había todo el triste júbilo del triunfo.

—¡Y no, no te morirás; no te puedes morir; no quiero que te mueras! ¡Mátame, Julia, y vive! ¡Vamos, mátame, mátame!

—Sí, me muero...

—¡Y yo contigo!

—¿Y el niño, Alejandro?

—Que se muera también. ¿Para qué le quiero sin ti?

—Por Dios, por Dios, Alejandro, que estás loco...

—Sí, yo, yo soy el loco, yo el que estuve siempre loco..., loco de ti, Julia, loco por ti... Yo, yo el loco. ¡Y mátame, llévame contigo!

—Si pudiera...

—Pero no, mátame y vive, y sé tuya...

—¿Y tú?

—¿Yo? ¡Si no puedo ser tuyo, de la muerte!

Y la apretaba más y más, queriendo retenerla.

—Bueno, y al fin, dime, ¿quién

eres, Alejandro? —le preguntó al oído Julia.

—¿Yo? ¡Nada más que tu hombre..., el que tú me has hecho!

Este nombre sonó como un susurro de ultramuerte, como desde la ribera de la vida, cuando la barca parte por el lago tenebroso.

Poco después sintió Alejandro que no tenía entre sus brazos de atleta más que un despojo. En su alma era noche cerrada y arrecida. Se levantó y quedóse mirando a la yerta y exánime hermosura. Nunca la vio tan espléndida. Parecía bañada por la luz del alba eterna de después de la última noche. Y por encima de aquel recuerdo en carne ya fría sintió pasar, como una nube de hielo, su vida toda, aquella vida que ocultó a todos hasta sí mismo. Y llegó a su niñez terrible y a cómo se estremecía bajo los despiadados golpes del que pasaba por su padre, y cómo maldecía de él, y cómo una tarde, exasperado, cerró el puño, blandiéndolo, delante de un Cristo de la iglesia de su pueblo.

Salió al fin del cuarto, cerrando tras sí la puerta. Y buscó al hijo. El pequeñito tenía poco más de tres años. Lo cogió el padre y se encerró con él. Empezó a besarlo con frenesí. Y el niño, que no estaba hecho a los besos de su padre, que nunca recibiera uno de él, y que acaso adivinó la salvaje pasión que los llenaba, se echó a llorar.

—¡Calla, hijo mío, calla! ¿Me perdonas lo que voy a hacer? ¿Me perdonas?

El niño callaba, mirando despavorido al padre, que buscaba en sus ojos, en su boca, en su pelo, los ojos, la boca, el pelo de Julia.

—¡Perdóname, hijo mío, perdóname!

Se encerró un rato a arreglar su última voluntad. Luego se encerró de nuevo con su mujer, con lo que fue su mujer.

—Mi sangre por la tuya —le dijo, como si le oyera, Alejandro—. La muerte te llevó. ¡Voy a buscarte!

Creyó un momento ver sonreír a su mujer y que movía los ojos. Empezó a besarla frenéticamente por si así la resucitaba, a llamarla, a decirle ternezas terribles al oído. Estaba fría.

Cuando más tarde tuvieron que forzar la puerta de la alcoba mortuoria, encontráronlo abrazado a su mujer y blanco del frío último, desangrado y ensangrentado.

Salamanca, abril de 1916.

FIN DE

«NADA MENOS QUE TODO UN HOMBRE»

ÍNDICE

Se terminó de imprimir esta obra
el día 6 de febrero de 1998 en los talleres de

IMPRESORES ALDINA, S. A.
Obrero Mundial, 201 – 03100 México, D. F.

COLECCION "SEPAN CUANTOS..."

Los números que aparecen a la izquierda corresponden a la numeración de la Colección

128.	**ALARCON, Pedro A. de:** *El Escándalo.* Prólogo de Juana de Ontañón.	$ 15.00
134.	**ALARCON, Pedro A. de:** *El niño de la bola. El sombrero de tres picos. El capitán veneno.* Notas preliminares de Juana de Ontañón.	18.00
225.	**ALAS "Clarín", Leopoldo:** *La Regenta.* Introducción de Jorge Ibargüengoitia.	36.00
449.	**ALAS "Clarín", Leopoldo:** *Cuentos. Pipá. Zurita. Un candidato. El rana. Adiós "Cordera". Cambio de luz. El gallo de Sócrates. El Sombrero del Cura y 35 cuentos más.* Prólogo de Guillermo de la Torre.	18.00
572.	**ALAS "Clarín", Leopoldo:** *Su único hijo. Doña Berta. Cuervo. Superchería.* Prólogo de Ramón Pérez de Ayala.	18.00
	ALCEO. Véase: **PINDARO**	
126.	**ALCOTT, Louisa M.:** *Mujercitas. Más cosas de Mujercitas.*	18.00
273.	**ALCOTT, Louisa M.:** *Hombrecitos.*	15.00
182.	**ALEMAN, Mateo:** *Guzmán de Alfarache.* Introducción de Amancio Bolaño e Isla.	22.00
609.	**ALENCAR, José Martiniano de:** *El guaraní.* Novela indigenista brasileña. .	22.00
	ALFAU DE SOLALINDE, Jesusa. Véase: **ARROYO, Anita**	
229.	**ALFONSO EL SABIO:** *Antología. Cantigas de Santa María. Cantigas profanas. Primera crónica general. General e grand storia. Espéculo. Las siete partidas. El setenario. Los libros de astronomía. El lapidario. Libros de ajedrez, dados y tablas. Una carta y dos testamentos.* Con un estudio preliminar de Margarita Peña y un vocabulario.	22.00
15.	**ALIGHIERI, Dante:** *La Divina Comedia. La vida nueva.* Introducción de Francisco Montes de Oca.	17.00
61.	**ALTAMIRANO, Ignacio M.:** *El zarco. La navidad en las montañas.* Introducción de María del Carmen Millán.	12.00
62.	**ALTAMIRANO, Ignacio M.:** *Clemencia. Cuentos de invierno. Julia. Antonia. Beatriz. Atenea.*	18.00
275.	**ALTAMIRANO, Ignacio M.:** *Paisajes y leyendas. Tradiciones y costumbres de México.* Introducción de Jacqueline Covo.	30.00
43.	**ALVAR, Manuel:** *Poesía tradicional de los judíos españoles.*	22.00
122.	**ALVAR, Manuel:** *Cantares de Gesta medievales. Cantar de Roncesvalles. Cantar de los siete infantes de Lara. Cantar del cerco de Zamora. Cantar de Rodrigo y el rey Fernando. Cantar de la campana de Huesca.*	22.00
151.	**ALVAR, Manuel:** *Antigua poesía española lírica y narrativa. Jarchas. Libro de la infancia y muerte de Jesús. Vida de Santa María Egipciaca. Disputa del alma y el cuerpo. Razón de amor con los denuestos del agua y el vino. Elena y María (disputa del clérigo y el caballero). El planto. ¡Ay Jerusalén! Historia troyana en prosa y verso.*	22.00
174.	**ALVAR, Manuel:** *El romancero viejo y tradicional.*	29.00

PRECIOS SUJETOS A VARIACION SIN PREVIO AVISO

ALVAREZ QUINTERO, Hnos. Véase: **TEATRO ESPAÑOL CONTEMPORANEO**

244. **ALVAREZ QUINTERO, Serafín y Joaquín:** *Malvaloca. Amores y amoríos. Puebla de las mujeres. Doña Clarines. El genio alegre.* Prólogo de Ofelia Garza de del Castillo. .... $ 15.00

131. **AMADIS DE GAULA.** Introducción de Arturo Souto A. 18.00

157. **AMICIS, Edmundo de:** *Corazón. Diario de un niño.* Prólogo de María Elvira Bermúdez. 14.00

505. **AMIEL, Enrique Federico:** *Fragmentos de un diario íntimo.* Prólogo de Bernard Bouvier. 22.00

ANACREONTE. Véase: **PINDARO.**

83. **ANDERSEN, Hans Christian:** *Cuentos.* Prólogo de María Edmée Alvarez. .. 18.00

ANDREYEV. Véase: **CUENTOS RUSOS**

636. **ANDREYEV, Leónidas:** *Los siete ahorcados. Saschka Yegulev.* Prólogo de Ettore Lo Gato. 27.00

428. **ANONIMO:** *Aventuras del Pícaro Till Eulenspiegel.* **WICKRAM, Jorge:** *El librito del carro.* Versión y prólogo de Marianne Oeste de Bopp. 15.00

432. **ANONIMO:** *Robin Hood.* Introducción de Arturo Souto A. 18.00

635. **ANTOLOGIA DE CUENTOS DE MISTERIO Y DE TERROR.** Selección e introducción de Ilán Stavans. 36.00

APULEYO. Véase: **LONGO**

301. **AQUINO, Tomás de:** *Tratado de la ley. Tratado de la justicia. Opúsculo sobre el gobierno de los príncipes.* Traducción y estudio introductivo por Carlos Ignacio González, S. J. 35.00

317. **AQUINO, Tomás de:** *Suma contra los gentiles.* Traducción y estudio introductivo por Carlos Ignacio González, S.J. 51.00

406. **ARCINIEGAS, Guzmán:** *Biografía del Caribe.* 27.00

76. **ARCIPRESTE DE HITA:** *Libro de buen amor.* Versión antigua, con prólogo y versión moderna de Amancio Bolaño e Isla. 20.00

ARENAL, Concepción. Véase: **FABULAS**

67. **ARISTOFANES:** *Las once comedias.* Versión directa del griego con introducción de Angel María Garibay K. 27.00

70. **ARISTOTELES:** *Etica Nicomaquea. Política.* Versión española e introducción de Antonio Gómez Robledo. 22.00

120. **ARISTOTELES:** *Metafísica.* Estudio introductivo, análisis de los libros y revisión del texto por Francisco Larroyo. 15.00

124. **ARISTOTELES:** *Tratados de lógica. (El organón).* Estudio introductivo, preámbulo a los tratados y notas al texto por Francisco Larroyo. 36.00

ARQUILOCO. Véase: **PINDARO**

82. **ARRANGOIZ, Francisco de Paula:** *México desde 1808 hasta 1867.* Prólogo de Martín Quirarte. 100.00

103. **ARREOLA, Juan José:** *Lectura en voz alta.* 20.00

638. **ARRILLAGA TORRENS, Rafael:** *Grandeza y decadencia de España en el siglo XVI.* 27.00

195. **ARROYO, Anita:** *Razón y pasión de Sor Juana.* Refutación a Pfandl. *El Barroco en la vida de Sor Juana,* por Jesusa Alfau de Solalinde. 22.00

ARTSIBASCHEV. Véase: **CUENTOS RUSOS**

431. **AUSTEN, Jane:** *Orgullo y prejuicio.* Prólogo de Sergio Pitol. 15.00

327. **AUTOS SACRAMENTALES.** (El auto sacramental antes de Calderón). **LOAS:** *Dice el sacramento. A un pueblo. Loa del auto de acusación contra el género humano.* **LOPEZ DE YANGUAS:** *Farsa sacramental de 1521. Los amores del alma con el príncipe de la luz. Farsa sacramental de la residencia del hombre. Auto de los hierros de Adán. Farsa del sacramento del entendimiento niño.* **SANCHEZ DE BADAJOZ:** *Farsa de la*

iglesia. **TIMONEDA:** *Auto de la oveja perdida. Auto de la fuente de los siete sacramentos. Farsa del sacramento llamado premática del pan. Auto de la fe.* **LOPE DE VEGA:** *La adúltera perdonada. La ciega. El pastor lobo y cabaña celestial.* **VALDIVIELSO:** *El hospital de los locos. La amistad en el peligro. El peregrino. La Serena de Plasencia.* **TIRSO DE MOLINA:** *El colmenero divino. Los hermanos parecidos.* **MIRA DE AMESCUA:** *Pedro Telonario.* Selección, introducción y notas de Ricardo Arias. .... $ 24.00

625. **BABEL, Isaac:** *Caballería roja. Cuentos de Odesa.* Prólogo de Ilán Stavans. 29.00

293. **BACON, Francisco:** *Instauratio Magna. Novum Organum. Nueva Atlántida.* Estudio introductivo y análisis de las obras por Francisco Larroyo. 29.00

649. **BAINVILLE, Jacques:** *Napoleón.* El hombre del mundo por Ralph Waldo Emerson. 44.00

200. **BALBUENA, Bernardo de:** *La grandeza mexicana y compendio apologético en alabanza de la poesía.* Prólogo de Luis Adolfo Domínguez. 15.00

53. **BALMES, Jaime L.:** *El criterio.* Estudio preliminar de Guillermo Díaz-Plaja. 12.00

241. **BALMES, Jaime L.:** *Filosofía elemental.* Estudio preliminar por Raúl Cardiel. 25.00

112. **BALZAC, Honorato de:** *Eugenia Grandet. La piel de Zapa.* Prólogo de Carmen Galindo. 15.00

314. **BALZAC, Honorato de:** *Papá Goriot.* Prólogo de Rafael Solana. 15.00

442. **BALZAC, Honorato de:** *El lirio en el valle.* Prólogo de Jaime Torres Bodet. 15.00

BAQUILIDES. Véase: **PINDARO**

580. **BAROJA, Pío:** *Desde la última vuelta del camino. (Memorias). El escritor según él y según los críticos. Familia. Infancia y juventud.* Introducción de Néstor Luján. 29.00

581. **BAROJA, Pío:** *Desde la última vuelta del camino. (Memorias). Final del siglo XIX y principios del siglo XX. Galería de tipos de la época.* 29.00

582. **BAROJA, Pío:** *Desde la última vuelta del camino. (Memorias). La intuición y el estilo. Bagatelas de otoño.* 29.00

592. **BAROJA, Pío:** *Las inquietudes de Shanti Andia.* 22.00

335. **BARREDA, Gabino:** *La educación positivista.* Selección, estudio introductivo y preámbulos por Edmundo Escobar. 25.00

334. **BATALLAS DE LA REVOLUCION Y SUS CORRIDOS.** Prólogo y preparación de Daniel Moreno. 15.00

426. **BAUDELAIRE, Carlos:** *Las flores del mal. Diarios íntimos.* Introducción de Arturo Souto Alabarce. 22.00

17. **BECQUER, Gustavo Adolfo:** *Rimas, leyendas y narraciones.* Prólogo de Juana de Ontañón. 15.00

BENAVENTE. Véase: **TEATRO ESPAÑOL CONTEMPORANEO**

35. **BERCEO, Gonzalo de:** *Milagros de Nuestra Señora. Vida de Santo Domingo de Silos. Vida de San Millán de la Cogolla. Vida de Santa Oria. Martirio de San Lorenzo.* Prólogo y versión moderna de Amancio Bolaño e Isla. 29.00

491. **BERGSON, Henry:** *Introducción a la metafísica. La Risa. Filosofía de Bergson* por Manuel García Morente. 15.00

590. **BERGSON, Henry:** *Las dos fuentes de la moral y de la religión.* Introducción de John M. Oesterreicher. 18.00

BERMUDEZ, Ma. Elvira. Véase: **VERNE, Julio**

BESTEIRO, Julián. Véase: **HESSEN, Juan**

500. **BIBLIA DE JERUSALEN.** Nueva edición totalmente revisada y aumentada. 70.00
Tela. 81.00

380. **BOCCACCIO:** *El Decamerón.* Prólogo de Francisco Montes de Oca. 30.00

487. **BOECIO, Severino:** *La consolación de la filosofía.* Prólogo de Gustave Bardy. 15.00

522. **BOISSIER, Gastón:** *Cicerón y sus Amigos. Estudio de la sociedad Romana del tiempo de César.* Prólogo de Augusto Rostagni. .... $ 18.00

495. **BOLIVAR, Simón:** *Escritos políticos. El espíritu de Bolívar* por Rufino Blanco y Fombona. 18.00

BOSCAN, Juan. Véase: **VEGA, Garcilaso de la**

278. **BOTURINI BENADUCI, Lorenzo:** *Idea de una nueva historia general de la América Septentrional.* Estudio preliminar por Miguel León-Portilla. 29.00

420. **BRONTE, Carlota:** *Jane Eyre.* Prólogo de Marga Sorensen. 20.00

119. **BRONTE, Emily:** *Cumbres Borrascosas.* Prólogo de Sergio Pitol. 15.00

584. **BRUYERE, LA:** *Los caracteres. Precedidos de los caracteres de Teofrasto.* 22.00

516. **BULWER-LYTTON.** *Los últimos días de Pompeya.* Prólogo de Santiago Galindo. 18.00

441. **BURCKHARDT, Jacob:** *La Cultura del Renacimiento en Italia.* Prólogo de Werner Kaegi. 24.00

606. **BURGOS, Fernando:** *Antología del cuento hispanoamericano.* 58.00

104. **CABALLERO, Fernan:** *La gaviota. La familia de Alvareda.* Prólogo de Salvador Reyes Nevares. 25.00

222. **CALDERON, Fernando:** *A ninguna de las tres. El torneo. Ana Bolena. Herman o la vuelta del cruzado.* Prólogo de María Edmée Alvarez. 15.00

74. **CALDERON DE LA BARCA, Madame:** *La vida en México.* Traducción y prólogo de Felipe Teixidor. 36.00

41. **CALDERON DE LA BARCA, Pedro:** *La vida es sueño. El alcalde de Zalamea.* Prólogo de Guillermo Díaz-Plaja. 18.00

331. **CALDERON DE LA BARCA, Pedro:** *Autos Sacramentales: La cena del Rey Baltasar. El gran Teatro del Mundo. La hidalga del valle. Lo que va del hombre a Dios. Los encantos de la culpa. El divino Orfeo. Sueños hay que verdad son. La vida es sueño. El día mayor de los días.* Selección, introducción y notas de Ricardo Arias. 29.00

252. **CAMOENS, Luis de:** *Los Lusiadas.* Traducción, prólogo y notas de Ildefonso Manuel Gil. 18.00

329. **CAMPOAMOR, Ramón de:** *Doloras. Poemas.* Introducción de Vicente Gaos. 50.00

435. **CANOVAS DEL CASTILLO, Antonio:** *La campana de Huesca.* Prólogo de Serafín Estébanez Calderón. 15.00

285. **CANTAR DE LOS NIBELUNGOS.** Traducción al español e introducción de Marianne Oeste de Bopp. 18.00

279. **CANTAR DE ROLDAN, EL.** Versión de Felipe Teixidor. 12.00

624. **CAPELLAN, Andrés El:** *Tratado del amor cortés.* Traducción, introducción y notas de Ricardo Arias y Arias. 29.00

640. **CARBALLO, Emmanuel:** *Protagonistas de la literatura mexicana.* José Vasconcelos. Genaro Martínez McGregor. Martín Luis Guzmán. Julio Torri. Alfonso Reyes. Artemio de Valle-Arizpe. Julio Jiménez Rueda. Octavio G. Barreda. Carlos Pellicer. José Gorostiza. Jaime Torres Bodet. Salvador Novo. Rafael F. Muñoz. Agustín Yáñez. Mauricio Magdaleno. Nellie Campobello. Ramón Rubín. Juan Rulfo. Juan José Arreola. Elena Garro. Rosario Castellanos. Carlos Fuentes. 65.00

307. **CARLYLE, Tomás:** *Los Héroes. El culto a los héroes y lo heroico de la historia.* Estudio preliminar de Raúl Cardiel Reyes. 12.00

215. **CARROLL, Lewis:** *Alicia en el país de las maravillas. Al otro lado del espejo.* Ilustrado con grabados de John Tenniel. Prólogo de Sergio Pitol. 20.00

57. **CASAS, Fr. Bartolomé de las:** *Los Indios de México y Nueva España. Antología.* Edición, prólogo, apéndices y notas de Edmundo O'Gormann. Con la colaboración de Jorge Alberto Manrique. 18.00

318. **CASIDAS DE AMOR PROFANO Y MISTICO.** Ibn Zaydum. Ibn Arabi. Estudio y traducción de Vicente Cantarino. .... $ 18.00

223. **CASONA, Alejandro:** *Flor de leyendas. La sirena varada. La dama del alba. La barca sin pescador.* Prólogo de Antonio Magaña Esquivel. 20.00

249. **CASONA, Alejandro:** *Otra vez el diablo. Nuestra Natacha. Prohibido suicidarse en primavera. Los árboles mueren de pie.* Prólogo de Antonio Magaña Esquivel. 18.00

357. **CASTELAR, Emilio:** *Discursos. Recuerdos de Italia. Ensayos.* Selección e introducción de Arturo Souto A. 15.00

372. **CASTRO, Américo:** *La realidad histórica de España.* 36.00

268. **CASTRO, Guillén de:** *Las mocedades del Cid.* Prólogo de María Edmée Alvarez. 12.00

643. **CELLINI, Benvenuto:** *Autobiografía.* Prólogo de Manuel Ramírez. Rústica. 44.00

25. **CERVANTES DE SALAZAR, Francisco:** *México en 1554 y Túmulo Imperial.* Edición, prólogo y notas de Edmundo O'Gorman. 18.00

6. **CERVANTES SAAVEDRA, Miguel de:** *El ingenioso hidalgo Don Quijote de la Mancha.* Prólogo y esquema biográfico por Américo Castro. 40.00

9. **CERVANTES SAAVEDRA, Miguel de:** *Novelas ejemplares.* Comentario de Sergio Fernández. 17.00

98. **CERVANTES SAAVEDRA, Miguel de:** *Entremeses.* Introducción de Arturo Souto A. 14.00

422. **CERVANTES SAAVEDRA, Miguel de:** *Los trabajos de Persiles y Segismunda.* Prólogo de Mauricio Serrahima. 18.00

578. **CERVANTES SAAVEDRA, Miguel de:** *Don Quijote de la Mancha.* Edición abreviada. Introducción de Arturo Uslar Pietri. 20.00

20. **CESAR, Cayo Julio:** *Comentarios de la guerra de las Galias y Guerra Civil.* Prólogo de Xavier Tavera. 18.00

320. **CETINA, Gutierre de:** *Obras.* Introducción de D. Joaquín Hazañas y la Rúa. Presentación de Margarita Peña. 44.00

230. **CICERON:** *Los oficios o los deberes. De la vejez. De la amistad.* Prólogo de Joaquín Antonio Peñalosa. 22.00

234. **CICERON:** *Tratado de la República. Tratado de las leyes Catilinarias.* 18.00

CID: Véase: **POEMA DE MIO CID**

137. **CIEN MEJORES POESIAS LIRICAS DE LA LENGUA CASTELLANA, LAS.** Selección y advertencia preliminar de Marcelino Menéndez Pelayo. 15.00

29. **CLAVIJERO, Francisco Javier:** *Historia antigua de México.* Edición y prólogo de Mariano Cuevas. 36.00

143. **CLAVIJERO, Francisco Javier:** *Historia de la Antigua o Baja California.* **PALOU, Fr. Francisco:** *Vida de Fr. Junípero Serra y Misiones de la California Septentrional.* Estudios preliminares de Miguel León-Portilla. 36.00

60. **COLOMA, P. Luis:** *Boy.* Prólogo de Joaquín Antonio Peñalosa. 12.00

91. **COLOMA, P. Luis:** *Pequeñeces. Jeromín.* Prólogo de Joaquín Antonio Peñalosa. 22.00

167. **COMENIO, Juan Amós:** *Didáctica Magna.* Prólogo de Gabriel de la Mora. 22.00

340. **COMTE, Augusto:** *La filosofía positiva.* Proemio, estudio introductivo, selección y un análisis de los textos por Francisco Larroyo. 22.00

7. **CORTES, Hernán:** *Cartas de relación.* Nota preliminar de Manuel Alcalá. Ilustraciones. Un mapa plegado. 18.00

313. **CORTINA, Martín:** *Un rosillo inmortal. (Leyendas de los llanos). Un tlacuache vagabundo. Maravillas de Altepepan (leyendas mexicanas).* Introducción de Andrés Henestrosa. 29.00

181. **COULANGES, Fustel de:** *La ciudad antigua. (Estudio sobre el culto. El derecho y las instituciones de Grecia y Roma).* Estudio preliminar de Daniel Moreno. 20.00

PRECIOS SUJETOS A VARIACION SIN PREVIO AVISO

662. **CRONIN, A. J.,** *Las llaves del reino* .... $ 60.00
100. **CRUZ, Sor Juana Inés de la:** *Obras completas.* Prólogo de Francisco Monterde. 65.00
121. **CUENTOS DE GRIMM.** Prólogo y selección de María Edmée Alvarez. 18.00
342. **CUENTOS RUSOS:** *Gógol. Turguéñev. Dostoievski. Tolstoi. Garin. Chéjov. Gorki. Andréiev. Kuprín. Artsibáshchev. Dímov. Tasin. Surguchov. Korolenko. Goncharov. Sholojov.* Introducción de Rosa Ma. Phillips. 18.00
256. **CUYAS ARMENGOL, Arturo:** *Hace falta un muchacho.* Libro de orientación en la vida para los adolescentes. Ilustrada por Juez. 15.00
382. **CHATEAUBRIAND, René:** *El genio del cristianismo.* Introducción de Arturo Sotuo A. 29.00
524. **CHATEAUBRIAND, René:** *Atala. René. El último Abencerraje. Páginas autobiográficas.* Prólogo de Armando Rangel. 12.00
623. **CHAUCER, Geoffrey:** *Cuentos de Canterbury.* Prólogo de Raymond Las Vergnas. 29.00
148. **CHAVEZ, Ezequiel A.:** *Sor Juana Inés de la Cruz.* Ensayo de psicología y de estimación del sentido de su vida para la historia de la cultura y de la formación de México. 22.00
CHEJOV, Antón: Véase: **CUENTOS RUSOS**
411. **CHEJOV, Antón:** *Cuentos escogidos.* Prólogo de Sommerset Maugham. 22.00
454. **CHEJOV, Antón:** *Teatro: La gaviota. Tío Vania. Las tres hermanas. El jardín de los cerezos.* Prólogo de Máximo Gorki. 20.00
633. **CHEJOV, Antón:** *Novelas cortas. Mi vida. La sala número seis. En el barranco. Campesinos. Un asesino. Una historia aburrida.* Prólogo de Marc Slonim. 36.00
478. **CHESTERTON, Gilbert K.:** *Ensayos.* Prólogo de Hilario Belloc. 12.00
490. **CHESTERTON, Gilbert K.:** *Ortodoxia. El hombre eterno.* Prólogo de Augusto Assia. 18.00
42. **DARIO, Rubén:** *Azul... El salmo de la pluma. Cantos de vida y esperanza. Otros poemas.* Edición de Antonio Oliver. 15.00
385. **DARWIN, Carlos:** *El origen de las especies.* Introducción de Richard W. Leakey. 36.00
377. **DAUDET, Alfonso:** *Tartarín de Tarascón. Tartarín en los Alpes. Port-Tarascón.* Prólogo de Juan Antonio Guerrero. 18.00
140. **DEFOE, Daniel:** *Aventuras de Robinson Crusoe.* Prólogo de Salvador Reyes Nevares. 15.00
154. **DELGADO, Rafael:** *La calandria.* Prólogo de Salvador Cruz. 15.00
280. **DEMOSTENES:** *Discursos.* Estudio preliminar de Francisco Montes de Oca. 22.00
177. **DESCARTES:** *Discurso del método. Meditaciones metafísicas. Reglas para la dirección del espíritu. Principios de la filosofía.* Estudio introductivo, análisis de las obras y notas al texto por Francisco Larroyo. 10.00
604. **DIAZ COVARRUBIAS, Juan:** *Gil Gómez el Insurgente o la hija del médico.* Apuntes biográficos de Antonio Carrión. *Los mártires de Tacubaya* por Juan A. Mateos e Ignacio M. Altamirano. 27.00
5. **DIAZ DEL CASTILLO, Bernal:** *Historia verdadera de la conquista de la Nueva España.* Introducción y notas de Joaquín Ramírez Cabañas. Con un mapa. 30.00
127. **DICKENS, Carlos:** *David Copperfield.* Introducción de Sergio Pitol. 40.00
310. **DICKENS, Carlos:** *Canción de Navidad. El grillo del hogar. Historia de dos ciudades.* Estudio preliminar de María Edmée Alvarez. 24.00
362. **DICKENS, Carlos:** *Oliver Twist.* Prólogo de Rafael Solana. 18.00
648. **DICKENS, Carlos:** *Almacén de antigüedades.* Prólogo de Juan Diego Mayoux. 41.00
DIMOV. Véase: **CUENTOS RUSOS**

PRECIOS SUJETOS A VARIACION SIN PREVIO AVISO

28. **DON JUAN MANUEL:** *El Conde Lucanor.* Versión antigua y moderna e introducción de Amancio Bolaño e Isla. .... $ 15.00

DOSTOIEVSKI, Fedor M.: Véase: **CUENTOS RUSOS**

84. **DOSTOIEVSKI, Fedor M.:** *El Príncipe idiota. El sepulcro de los vivos.* Notas preliminares de Rosa María Phillips. 22.00

106. **DOSTOIEVSKI, Fedor M.:** *Los hermanos Karamazov.* Prólogo de Rosa María Phillips. 30.00

108. **DOSTOIEVSKI, Fedor M.:** *Crimen y castigo.* Introducción de Rosa María Phillips. 29.00

259. **DOSTOIEVSKI, Fedor M.:** *Las noches blancas. El jugador. Un ladrón honrado.* Prólogo de Rosa María Phillips. 12.00

341. **DOYLE, Conan Arthur:** *Aventuras de Sherlock Holmes: Un crimen extraño. El intérprete griego. Triunfos de Sherlock Holmes: Los tres estudiantes. El mendigo de la cicatriz. K.K.K. La muerte del coronel. Un protector original. El novio de Miss Sutherland. Las aventuras de una ciclista. El misterio de Boscombe. Policía fina. El casado sin mujer. La diadema de Berilos. El carbuclo azul. "Silver Blaze". Un empleo extraño. El ritual de los Musgrave. El "Gloria Scott". El documento robado.* Prólogo de María Elvira Bermúdez. 18.00

343. **DOYLE, Conan Arthur:** *Aventuras de Sherlock Holmes: El perro de Baskerville. La marca de los cuatro. El pulgar del ingeniero. La banda moteada.* **Nuevos triunfos de Sherlock Holmes:** *El ingenio de Napoleón. El campeón de "Foot-Ball". El cordón de la campanilla. Los Cunningham's. Las dos manchas de sangre.* 18.00

345. **DOYLE, Conan Arthur:** *Aventuras de Sherlock Holmes: La resurrección de Sherlock Holmes: Nuevas y últimas aventuras de Sherlock Holmes. La caja de laca. El embudo de cuero, etc.* 18.00

73. **DUMAS, Alejandro:** *Los tres mosqueteros.* Prólogo de Salvador Reyes Nevares. 30.00

75. **DUMAS, Alejandro:** *Veinte años después.* 27.00

346. **DUMAS, Alejandro:** *El Conde de Monte-Cristo.* Prólogo de Mauricio González de la Garza. 36.00

364-365. **DUMAS, Alejandro:** *El Vizconde de Bragelonne.* 2 tomos. 87.00

407. **DUMAS, Alejandro:** *El paje del Duque de Saboya.* 18.00

415. **DUMAS, Alejandro:** *Los cuarenta y cinco.* 22.00

452. **DUMAS, Alejandro:** *La dama de Monsoreau.* 22.00

502. **DUMAS, Alejandro:** *La Reina Margarita.* 18.00

504. **DUMAS, Alejandro:** *La mano del muerto.* 18.00

601. **DUMAS, Alejandro:** *Mil y un fantasmas.* Traducción de Luisa Sofovich. 20.00

349. **DUMAS, Alejandro (hijo):** *La dama de las Camelias.* Introducción de Arturo Souto A. 22.00

309. **ECA DE QUEIROZ:** *El misterio de la carretera de Cintra. La ilustre casa de Ramires.* Prólogo de Monserrat Alfau. 22.00

444. **ECKERMANN:** *Conversaciones con Goethe.* Introducción de Rudolf K. Goldschmith Jentner. 29.00

596. **EMERSON, Ralph Waldo:** *Ensayos.* Prólogo de Edward Tinker. 18.00

283. **EPICTETO:** *Manual y máximas.* **MARCO AURELIO:** *Soliloquios.* Estudio preliminar de Francisco Montes de Oca. 24.00

99. **ERCILLA, Alonso de:** *La Araucana.* Prólogo de Ofelia Garza de del Castillo. 29.00

ESOPO: Véase: **FABULAS**

233. **ESPINEL, Vicente:** *Vida de Marcos Obregón.* Prólogo de Juan Pérez de Guzmán. 15.00

PRECIOS SUJETOS A VARIACION SIN PREVIO AVISO

202. **ESPRONCEDA, José de.** *Obras poéticas. El pelayo, Poesías líricas. El estudiante de Salamanca. El diablo mundo.* Prólogo de Juana de Ontañón. .... $ 15.00

11. **ESQUILO:** *Las siete tragedias.* Versión directa del griego, con una introducción de Angel María Garibay K. 11.00

24. **EURIPIDES:** *Las diecinueve tragedias.* Versión directa del griego, con una introducción de Angel María Garibay K. 26.00

602. *Evangelios Apócrifos.* Introducción de Daniel Rops. 22.00

16. **FABULAS.** *(Pensador mexicano, Rosas Moreno, La Fontaine, Samaniego Iriarte, Esopo, Fedro, etc.).* Selección y notas de María de Pina. 22.00

FEDRO. Véase: **FABULAS**

593. **FEIJOO, Benito Jerónimo:** *Obras escogidas.* Introducción de Arturo Souto Alabarce. 29.00

387. **FENELON:** *Aventuras de Telémaco.* Introducción de Jeanne Renée Becker. 18.00

503. **FERNANDEZ DE AVELLANEDA, Alonso:** *El ingenioso hidalgo Don Quijote de la Mancha. Que contiene su tercera salida y que es la quinta parte de sus aventuras.* Prólogo de Marcelino Menéndez Pelayo. 24.00

1. **FERNANDEZ DE LIZARDI, José Joaquín:** *El Periquillo sarniento.* Prólogo de J. Rea Spell. 20.00

71. **FERNANDEZ DE LIZARDI, José Joaquín:** *La Quijotita y su prima.* Introducción de María del Carmen Ruiz Castañeda. 18.00

173. **FERNANDEZ DE MORATIN, Leandro:** *El si de las niñas. La comedia nueva o el café. La derrota de los pedantes. Lección poética.* Prólogo de Manuel de Ezcurdia. 14.00

521. **FERNANDEZ DE NAVARRETE, Martín:** *Viajes de Colón.* 29.00

211. **FERRO GAY, Federico:** *Breve historia de la literatura italiana.* 36.00

512. **FEVAL, Paul:** *El jorobado o Enrique de Lagardere.* 18.00

641. **FICHTE, Johann Gottlieb:** *El destino del hombre.* Introducciones a la teoría de la ciencia. Prólogo de Federico Jodl. 29.00

FILOSTRATO. Véase: **LAERCIO, Diógenes**

352. **FLAUBERT, Gustavo:** *Madame Bovary. Costumbres de provincia.* Prólogo de José Arenas. 20.00

FRANCE, Anatole: Véase: **RABELAIS**

375. **FRANCE, Anatole:** *El crimen de un académico. La azucena roja. Tais.* Prólogo de Rafael Solana. 35.00

399. **FRANCE, Anatole:** *Los dioses tienen sed. La rebelión de los ángeles.* Prólogo de Pierre Josserand. 30.00

654. **FRANK, Ana:** *Diario.* Prólogo de Daniel Rops 18.00

391. **FRANKLIN, Benjamín:** *Autobiografía y otros escritos.* Prólogo de Arturo Uslar Pietri. 18.00

92. **FRIAS, Heriberto:** *Tomóchic.* Prólogo y notas de James W. Brown. 16.00

494. **FRIAS, Heriberto:** *Leyendas históricas mexicanas y otros relatos.* Prólogo de Antonio Saborit. 30.00

534. **FRIAS, Heriberto:** *Episodios militares mexicanos. Principales campañas, jornadas, batallas, combates y actos heroicos que ilustran la historia del ejército nacional desde la Independencia hasta el triunfo definitivo de la República.* 22.00

608. **FURMANOV, Dimitri:** *Chapáev.* Prólogo de Dionisio Rosales. 36.00

354. **GABRIEL Y GALAN, José María:** *Obras completas.* Introducción de Arturo Souto A. 27.00

311. **GALVAN, Manuel de J.:** *Enriquillo. Leyenda histórica dominicana (1503-1533).* Con un estudio de Concha Meléndez. 18.00

305. **GALLEGOS, Rómulo:** *Doña bárbara.* Prólogo de Ignacio Díaz Ruiz. 20.00

368. **GAMIO, Manuel:** *Forjando patria.* Prólogo de Justino Fernández. 22.00

PRECIOS SUJETOS A VARIACION SIN PREVIO AVISO

251. **GARCIA LORCA, Federico:** *Libro de poemas. Poema del Canto Jondo. Romancero Gitano. Poeta en Nueva York. Odas. Llanto por Sánchez Mejías. Bodas de Sangre. Yerma.* Prólogo de Salvador Novo. .... $ 22.00

255. **GARCIA LORCA, Federico:** *Mariana Pineda. La zapatera prodigiosa. Así que pasen cien años. Doña Rosita la soltera. La casa de Bernarda Alba. Primeras canciones. Canciones.* Prólogo de Salvador Novo. 20.00

164. **GARCIA MORENTE, Manuel:** *Lecciones preliminares de filosofía.* 18.00

621. **GARCIA MORENTE, Manuel:** *Estudios y ensayos.* Prólogo de Luis Aguirre Pardo. 29.00

GARCILASO DE LA VEGA. Véase: **VEGA, Garcilaso de la**

22. **GARIBAY K., Angel María:** *Panorama literario de los pueblos nahuas.* 20.00

31. **GARIBAY K., Angel María:** *Mitología griega. Dioses y héroes.* 20.00

626. **GARIBAY K., Angel María:** *Historia de la literatura Náhuatl.* Prólogo por Miguel León-Portilla. 65.00

GARIN. Véase: **CUENTOS RUSOS**

373. **GAY, José Antonio:** *Historia de Oaxaca.* Prólogo de Pedro Vázquez Colmenares. 36.00

433. **GIL Y CARRASCO, Enrique:** *El señor de Bembibre. El lago de Carucedo. Artículos de costumbres.* Prólogo de Arturo Souto A. 18.00

21. **GOETHE, J. W.:** *Fausto. Werther.* Introducción de Francisco Montes de Oca. 15.00

400. **GOETHE, J. W.:** *De mi vida. Poesía y verdad.* Prólogo de Ernst Robert Curtius. 44.00

132. **GOGOL, Nikolai V.:** *Las almas muertas. La tercera orden de San Vladimiro. (Fragmentos de comedia inconclusa).* Prólogo de Rosa María Phillips. . 18.00

457. **GOGOL, Nikolai V.:** *Taras Bulba. Relatos de Mirgorod.* Prólogo de Emilia Pardo Bazán. 18.00

627. **GOGOL, Nikolai V:** *Novelas breves petersburguesas. Diario de un loco. La nariz. El copete. El retrato. El carruaje. La perspectiva Nevski.* Prólogo de Pablo Schostakovski. 27.00

GOGOL, Nikolai V. Véase: **CUENTOS RUSOS**

461. **GOMEZ ROBLEDO, Antonio:** *El magisterio filosófico y jurídico de Alonso de la Veracruz. Con una antología de textos.* 15.00

GONCHAROV. Véase: **CUENTOS RUSOS**

262. **GONGORA:** *Poesías. Romances. Letrillas. Redondillas. Décimas. Sonetos atribuidos. Poemas. Soledades. Polifemo y Galatea. Panegírico. Poesías sueltas.* Prólogo de Anita Arroyo. 22.00

568. **GONZALEZ OBREGON, Luis:** *Las calles de México. Leyendas y sucedidos. Vida y costumbres de otros tiempos.* Prólogo de Carlos G. Peña y Luis G. Urbina. 20.00

44. **GONZALEZ PEÑA, Carlos:** *Historia de la literatura mexicana. (Desde los orígenes hasta nuestros días).* 22.00

254. **GORKI, Máximo:** *La madre. Mis confesiones.* Prólogo de Rosa María Phillips. 14.00

397. **GORKI, Maximo:** *Mi infancia. Por el mundo. Mis universidades.* Prólogo de Marc Slonim. 29.00

118. **GOYTORTUA SANTOS, Jesús:** *Pensativa.* Premio "Lanz Duret" 1944. ..... 27.00

315. **GRACIAN, Baltasar:** *El discreto. El criticón. El héroe.* Introducción de Isabel C. Tarán. 35.00

GUILLEN DE NICOLAU, Palma. Véase: **MISTRAL, Gabriela**

169. **GÜIRALDES, Ricardo:** *Don segundo sombra.* Prólogo de María Edmée A. 15.00

GUITTON, Jean. Véase: **SERTILANGES, A. D.**

19. **GUTIERREZ NAJERA, Manuel:** *Cuentos y cuaresmas del Duque Job. Cuentos frágiles. Cuentos de color de humo. Primeros cuentos. Ultimos cuentos.* Prólogo y capítulo de novelas. Edición e introducción de Francisco Monterde. 22.00

PRECIOS SUJETOS A VARIACION SIN PREVIO AVISO

438. **GUZMAN, Martín Luis:** *Memorias de Pancho Villa.* .... $ 51.00

508. **HAGGARD, Henry Rider:** *Las minas del Rey Salomón.* Introducción de Allan Quatermain. 18.00

396. **HAMSUN, Knut:** *Hambre. Pan.* Prólogo de Antonio Espina. 15.00

631. **HAWTHORNE, Nathaniel:** *La letra escarlata.* Prólogo de Ludwig Lewisohn. 27.00

484. **HEBREO, León:** *Diálogos de Amor.* Traducción de Garcilaso de la Vega, El Inca. 22.00

187. **HEGEL:** *Enciclopedia de las ciencias filosóficas.* Estudio introductivo y análisis de la obra por Francisco Larroyo. 29.00

429. **HEINE, Enrique:** *Libro de los cantares. Prosa escogida.* Prólogo de Marcelino Menéndez Pelayo. 15.00

599. **HEINE, Enrique:** *Alemania. Cuadros de viaje.* Prólogo de Maxime Alexandre. 22.00

HENRIQUEZ UREÑA, Pedro. Véase: **URBINA, Luis G.**

271. **HEREDIA, José María:** *Poesías completas.* Estudio preliminar de Raimundo Lazo. 15.00

216. **HERNANDEZ, José:** *Martín Fierro.* Estudio preliminar por Raimundo Lazo. 10.00

176. **HERODOTO:** *Los nueve libros de la historia.* Introducción de Edmundo O'Gorman. 29.00

323. **HERRERA Y REISSIG, Julio:** *Poesías.* Introducción de Ana Victoria Mondada. 15.00

206. **HESIODO:** *Teogonía. Los trabajos y los días. El escudo de Heracles. Idilios de Bión. Idilios de Mosco. Himnos órficos.* Prólogo de Manuel Villálaz. 15.00

607. **HESSE, Hermann:** *El lobo estepario. Relatos autobiográficos.* Prólogo de F. Martini. 24.00

630. **HESSE, Hermann:** *Demian. Siddhartha.* Prólogo de Ernest Robert Curtius. . 20.00

351. **HESSEN, Juan:** *Teoría del conocimiento.* **MESSER, Augusto:** *Realismo crítico.* **BESTEIRO, Julian:** *Los juicios sintéticos "A priori".* Preliminar y estudio introductivo por Francisco Larroyo. 20.00

156. **HOFFMAN, E. T. G.:** *Cuentos.* Prólogo de Rosa María Phillips. 18.00

2. **HOMERO:** *La Iliada.* Traducción de Luis Segala y Estalella. Prólogo de Alfonso Reyes. 11.00

4. **HOMERO:** *La Odisea.* Traducción de Luis Segala y Estalella. Prólogo de Manuel Alcalá. 11.00

240. **HORACIO:** *Odas y épodos. Sátiras. Epístolas. Arte poética.* Estudio preliminar de Francisco Montes de Oca. 22.00

77. **HUGO, Víctor:** *Los miserables.* Nota preliminar de Javier Peñalosa. 44.00

294. **HUGO, Víctor:** *Nuestra Señora de París.* Introducción de Arturo Souto A. .. 24.00

586. **HUGO, Víctor:** *Noventa y tres.* Prólogo de Marcel Aymé. 22.00

274. **HUGON, Eduardo:** *Las veinticuatro tesis tomistas. Incluye, además Encíclica Aeterni Patris, de León XIII. Motu Propio Doctoris Angelici, de Pío X. Motu Propio non multo post, de Benedicto XV. Encíclica Studiorum Ducem, de Pío XI.* Análisis de la obra precedida de un estudio sobre los orígenes y desenvolvimiento de la Neoescolástica, por Francisco Larroyo. 18.00

HUIZINGA, Johan. Véase: **ROTTERDAM, Erasmo de**

39. **HUMBOLDT, Alejandro de:** *Ensayo político sobre el reino de la Nueva España.* Estudio preliminar, cotejos, notas y anexos de Juan A. Ortega y Medina. 58.00

326. **HUME, David:** *Tratado de la naturaleza humana. Ensayo para introducir el método del razonamiento humano en los asuntos morales.* Estudio introductivo y análisis de la obra por Francisco Larroyo. 24.00

587. **HUXLEY, Aldous:** *Un mundo feliz. Retorno a un mundo feliz.* Prólogo de Theodor W. Adorno. 20.00

78. **IBARGÜENGOITIA, Antonio:** *Filosofía mexicana. En sus hombres y en sus textos.* .... $ 30.00

348. **IBARGÜENGOITIA CHICO, Antonio:** *Suma filosófica mexicana. (Resumen de historia de la filosofía en México).* 30.00

303. **IBSEN, Enrique:** *Peer Gynt. Casa de muñecas. Espectros. Un enemigo del pueblo. El pato silvestre. Juan Gabriel Borkman.* Versión y prólogo de Ana Victoria Mondada. 18.00

47. **IGLESIAS, José María:** *Revistas históricas sobre la intervención francesa en México.* Introducción e índice de materias de Martín Quirarte. 58.00

63. **INCLAN, Luis G.:** *Astucia. El jefe de los hermanos de la hoja o los charros contrabandistas de la rama.* Prólogo de Salvador Novo. 35.00

207. **INDIA LITERARIA, LA.** Mahabarata. Bagavad Gita. Los ved as. Leyes de Manú. Poesía. Teatro. Cuentos. Apología y leyendas. Antología, introducciones históricas, notas y un vocabulario del hinduismo por Teresa E. Rohde. 18.00

270. **INGENIEROS, José:** *El hombre mediocre.* Introducción de Raúl Carrancá y Rivas. 22.00

IRIARTE. Véase: **FABULAS**

79. **IRVING, Washington:** *Cuentos de la Alhambra.* Introducción de Ofelia Garza de del Castillo. 18.00

46. **ISAACS, Jorge:** *María.* Introducción de Daniel Moreno. 12.00

245. **JENOFONTE:** *La expedición de los diez mil. Recuerdos de Sócrates. El banquete. Apología de Sócrates.* Estudio preliminar de Francisco Montes de Oca. 18.00

66. **JIMENEZ, Juan Ramón:** *Platero y yo. Trescientos poemas (1903-1953).* ... 25.00

374. **JOSEFO, Flavio:** *La guerra de los judíos.* Prólogo de Salvador Marichalar. . 27.00

448. **JOVELLANOS, Gaspar Melchor de:** *Obras históricas. Sobre la legislación y la historia. Discursos sobre la geografía y la historia. Sobre los espectáculos y diversiones públicas. Descripción del Castillo de Bellver. Disciplina eclesiástica sobre sepulturas.* Edición y notas de Elvira Martínez. . 22.00

23. **JOYAS DE LA AMISTAD ENGARZADAS EN UNA ANTOLOGIA.** Selección y nota preliminar de Salvador Novo. 25.00

390. **JOYCE, James:** *Retrato del artista adolescente. Gente de Dublín.* Prólogo de Antonio Marichalar. 22.00

467. **KAFKA, Franz:** *La metamorfosis. El proceso.* Prólogo de Milán Kundera. ... 25.00

486. **KAFKA, Franz:** *El castillo. La condena. La gran Muralla China.* Introducción de Theodor W. Adorno. 18.00

656. **KAFKA, Franz:** *Carta al padre y otros relatos.* Prólogo de José Ma. Alfaro 25.00

203. **KANT, Manuel:** *Crítica de la razón pura.* Estudio introductivo y análisis de la obra por Francisco Larroyo. 29.00

212. **KANT, Manuel:** *Fundamentación de la metafísica de las costumbres. Crítica de la razón práctica. La paz perpetua.* Estudio introductivo y análisis de las obras por Francisco Larroyo. 18.00

246. **KANT, Manuel:** *Prolegómenos a toda metafísica del porvenir. Observaciones sobre el sentimiento de lo bello y lo sublime. Crítica del juicio.* Estudio preliminar de las obras por Francisco Larroyo. 22.00

30. **KEMPIS, Tomás de:** *Imitación de Cristo.* Introducción de Francisco Montes de Oca. 15.00

204. **KIPLING, Rudyard:** *El libro de las tierras vírgenes.* Introducción de Arturo Souto Alabarce. 24.00

545. **KOROLENKO, Vladimir G.:** *El sueño de Makar. Malas compañías. El clamor del bosque. El músico ciego y otros relatos.* Introducción por A. Jrabrovitski. 15.00

KOROLENKO: Véase: **CUENTOS RUSOS**

PRECIOS SUJETOS A VARIACION SIN PREVIO AVISO

637. **KRUIF, Paul de:** *Los cazadores de microbios.* Introducción de Irene E. Motts. .... $ 35.00
598. **KUPRIN, Alejandro:** *El desafío.* Introducción de Ettore lo Gatto. 22.00
KUPRIN: Véase: **CUENTOS RUSOS**
427. **LAERCIO, Diógenes:** *Vidas de los filósofos más ilustres.* **FILOSTRATO:** *Vidas de los sofistas.* Traducciones y prólogos de José Ortiz·Sanz y José M. Riaño. 29.00
LAERCIO, Diógenes. Véase: **LUCRECIO CARO, Tito**
LAFONTAINE. Véase: **FABULAS.**
520. **LAFRAGUA, José María y OROZCO Y BERRA, Manuel:** *La ciudad de México.* Prólogo de Ernesto de la Torre Villar. Con la colaboración de Ramiro Navarro de Anda. 36.00
155. **LAGERLOFF, Selma:** *El maravilloso viaje de Nils Holgersson.* Introducción de Palma Guillén de Nicolau. 18.00
549. **LAGERLOFF, Selma:** *El carretero de la muerte. El esclavo de su finca y otras narraciones.* Prólogo de Agustín Loera y Chávez. 22.00
272. **LAMARTINE, Alfonso de:** *Graziella. Rafael.* Estudio preliminar de Daniel Moreno. 15.00
93. **LARRA, Mariano José de. "Fígaro":** *Artículos.* Prólogo de Juana de Ontañón. 29.00
459. **LARRA, Mariano José de. "Fígaro":** *El doncel de Don Enrique. El doliente. Macías.* Prólogo de Arturo Souto A. 18.00
333. **LARROYO, Francisco:** *La filosofía Iberoamericana. Historia, formas, temas, polémica, realizaciones.* 29.00
34. **LAZARILLO DE TORMES, EL.** (Autor desconocido). *Vida del buscón Don Pablos* de **FRANCISCO DE QUEVEDO.** Estudio preliminar de ambas obras por Guillermo Díaz-Plaja. 25.00
38. **LAZO, Raimundo:** *Historia de la literatura hispanoamericana. El período colonial (1492-1780).* 40.00
65. **LAZO, Raimundo:** *Historia de la literatura hispanoamericana. El siglo XIX (1780-1914).* 18.00
179. **LAZO, Raimundo:** *La novela Andina. (Pasado y futuro. Alcides. Arguedas. César Vallejo. Ciro Alegría. Jorge Icaza. José María Arguedas. Previsible misión de Vargas Llosa y los futuros narradores).* 18.00
184. **LAZO, Raimundo:** *El romanticismo. (Lo romántico en la lírica hispanoamericana, del siglo XVI a 1970).* 29.00
226. **LAZO, Raimundo:** *Gertrudis Gómez de Avellaneda. La mujer y la poesía lírica.* 15.00
LECTURA EN VOZ ALTA. Véase: **ARREOLA, Juan José**
247. **LE SAGE:** *Gil Blas de Santillana.* Traducción y prólogo de Francisco José de Isla. Y un estudio de Sainte-Beuve. 36.00
321. **LEIBNIZ, Godofredo G.:** *Discurso de metafísica. Sistema de la naturaleza. Nuevo tratado sobre el entendimiento humano. Monadología. Principios sobre la naturaleza y la gracia.* Estudio introductivo y análisis de las obras por Francisco Larroyo. 36.00
145. **LEON, Fray Luis de:** *La perfecta casada. Cantar de los cantares. Poesías originales.* Introducción y notas de Joaquín Antonio Peñalosa. 22.00
632. **LESSING, G. E.:** *Laocoonte.* Introducción de Wilhelm Dilthey. 29.00
48. *Libro de los Salmos.* Versión directa del hebreo y comentarios de José González Brown. 29.00
304. **LIVIO, Tito:** *Historia Romana. Primera década.* Estudio preliminar de Francisco Montes de Oca. 27.00
276. **LONDON, Jack:** *El lobo de mar. El mexicano.* Introducción de Arturo Souto A. 18.00

PRECIOS SUJETOS A VARIACION SIN PREVIO AVISO

277. **LONDON, Jack:** *El llamado de la selva. Colmillo blanco.* .... $ 25.00

284. **LONGO:** *Dafnis y Cloé.* **APULEYO:** *El asno de oro.* Estudio preliminar de Francisco Montes de Oca. 18.00

12. **LOPE DE VEGA Y CARPIO, Félix:** *Fuente ovejuna. Peribáñez y el comendador de ocaña. El mejor alcalde, el Rey. El caballero de Olmedo.* Biografía y presentación de las obras por J. M. Lope Blanch. 18.00

657. **LOPE DE VEGA.** *Poesía líricas.* Prólogo de Alfonso Junes 65.00

566. **LOPEZ DE GOMARA, Francisco:** *Historia de la conquista de México.* Estudio preliminar de Juan Miralles Ostos. 29.00

LOPE DE VEGA. Véase: **AUTOS SACRAMENTALES**

LOPEZ DE YANGUAS. Véase: **AUTOS SACRAMENTALES**

298. **LOPEZ-PORTILLO Y ROJAS, José:** *Fuertes y débiles.* Prólogo de Ramiro Villaseñor y Villaseñor. 15.00

LOPEZ RUBIO. Véase: **TEATRO ESPAÑOL CONTEMPORANEO**

574. **LOPEZ SOLER, Ramón:** *Los bandos de Castilla. El caballero del cisne.* Prólogo de Ramón López Soler. 18.00

218. **LOPEZ Y FUENTES, Gregorio:** *El indio. (Novela mexicana.)* Prólogo de Antonio Magaña Esquivel. 15.00

297. **LOTI, Pierre:** *Las desencantadas.* Introducción de Rafael Solana. 15.00

LUCA DE TENA. Véase: **TEATRO ESPAÑOL CONTEMPORANEO**

485. **LUCRECIO CARO, Tito:** *De la naturaleza.* **LAERCIO, Diógenes:** *Epicuro.* Prólogo de Concetto Marchessi. 22.00

353. **LUMMIS, Carlos F.:** *Los exploradores españoles del siglo XVI.* Prólogo de Rafael Altamira. 15.00

595. **LLUL, Ramón:** *Blanquerna. El doctor iluminado* por Ramón Xirau. 22.00

639. **MACHADO DE ASSIS, Joaquín María:** *El alienista y otros cuentos.* Prólogo de Ilán Stavans. 27.00

324. **MAETERLINCK, Maurice:** *El pájaro azul.* Introducción de Teresa del Conde. 12.00

178. **MANZONI, Alejandro:** *Los novios. (Historia milanesa del siglo XVIII).* Con un estudio de Federico Baraibar. 22.00

152. **MAQUIAVELO, Nicolás:** *El príncipe.* Precedido de Nicolás Maquiavelo en su quinto centenario por Antonio Gómez Robledo. 11.00

MARCO AURELIO: Véase: **EPICTETO**

192. **MARMOL, José:** *Amalia.* Prólogo de Juan Carlos Ghiano. 29.00

652. **MARQUES DE SANTILLANA — GOMEZ MANRIQUE — JORGE MANRIQUE.** *Poesía.* Introducción de Arturo Souto A. ....

367. **MARQUEZ STERLING, Carlos:** *José Martí. Síntesis de una vida extraordinaria.* 22.00

MARQUINA. Véase: **TEATRO ESPAÑOL CONTEMPORÁNEO**

141. **MARTI, José:** *Sus mejores páginas.* Estudio, notas y selección de textos, por Raimundo Lazo. 18.00

236. **MARTI, José:** *Ismaelillo. La edad de oro. Versos sencillos.* Prólogo de Raimundo Lazo. 18.00

338. **MARTINEZ DE TOLEDO, Alfonso:** *Arcipreste de Talavera o Corbacho.* Introducción de Arturo Souto A. Con un estudio del vocabulario del Corbacho y colección de refranes y locuciones contenidos en el mismo por A. Steiger. 18.00

214. **MARTINEZ SIERRA. Gregorio:** *Tú eres la paz. Canción de cuna.* Prólogo de María Edmée Alvarez. 15.00

193. **MATEOS, Juan A.:** *El cerro de las campanas. (Memorias de un guerrillero).* Prólogo de Clementina Díaz y de Ovando. 29.00

197. **MATEOS, Juan A.:** *El sol de mayo. (Memorias de la intervención).* Nota preliminar de Clementina Díaz y de Ovando. 24.00

514. **MATEOS, Juan A.:** *Sacerdote y caudillo. (Memorias de la insurrección).* ... 29.00

573. **MATEOS, Juan A.:** *Los insurgentes.* Prólogo y epílogo de Vicente Riva Palacio. 22.00

PRECIOS SUJETOS A VARIACION SIN PREVIO AVISO

344. **MATOS MOCTEZUMA, Eduardo:** *El negrito poeta mexicano y el dominicano. ¿Realidad o fantasía?* Exordio de Antonio Pompa y Pompa. .... $ 15.00

565. **MAUGHAM W., Somerset:** *Cosmopolitas. La miscelánea de siempre.* Estudio sobre el cuento corto de W. Somerset Maugham. 18.00

410. **MAUPASSANT, Guy de:** *Bola de sebo. Mademoiselle Fifi. Las hermanas Rondoli.* 22.00

423. **MAUPASSANT, Guy de:** *La becada. Claror de luna. Miss Harriet.* Introducción de Dana Lee Thomas. 25.00

642. **MAUPASSANT, Guy de:** *Bel-Ami.* Introducción de Miguel Moure. Traducción de Luis Ruiz Contreras. 36.00

506. **MELVILLE, Herman:** *Moby Dick o la ballena blanca.* Prólogo de W. Somerset Maugham. 35.00

336. **MENENDEZ, Miguel Angel:** *Nayar.* (Novela). Ilustró Cadena M. 29.00

370. **MENENDEZ PELAYO, Marcelino:** *Historia de los heterodoxos españoles. Erasmistas y protestantes. Sectas místicas. Judaizantes y moriscos. Artes mágicas.* Prólogo de Arturo Farinelli. 65.00

389. **MENENDEZ PELAYO, Marcelino:** *Historia de los heterodoxos españoles. Regalismo y enciclopedia. Los afrancesados y las Cortes de Cádiz. Reinados de Fernando VII e Isabel II. Krausismo y Apologistas católicos.* Prólogo de Arturo Ferinelli. 44.00

405. **MENENDEZ PELAYO, Marcelino:** *Historia de los heterodoxos españoles. Epocas romana y visigoda. Priscilianismo y adopcionismo. Mozárabes. Acordobeses. Panteísmo semítico. Albigenses y valdenses. Arnaldo de Vilanova. Raimundo Lulio. Herejes en el siglo XV.* Advertencia y discurso preliminar de Marcelino Menéndez Pelayo. 44.00

475. **MENENDEZ PELAYO, Marcelino:** *Historia de las ideas estéticas en España. Las ideas estéticas entre los antiguos griegos y latinos. Desarrollo de las ideas estéticas hasta fines del siglo XVII.* 51.00

482. **MENENDEZ PELAYO, Marcelino:** *Historia de las ideas estéticas en España. Reseña histórica del desarrollo de las doctrinas estéticas durante el siglo XVIII.* 44.00

483. **MENENDEZ PELAYO, Marcelino:** *Historia de las ideas estéticas en España. Desarrollo de las doctrinas estéticas durante el siglo XIX.* 58.00

MESSER, Augusto: Véase: **HESSEN, Juan**

MIHURA: Véase: **TEATRO ESPAÑOL CONTEMPORANEO**

18. **MIL Y UN SONETOS MEXICANOS.** Selección y nota preliminar de Salvador Novo. 22.00

136. **MIL Y UNA NOCHES, LAS.** Prólogo de Teresa E. de Rhode. 30.00

194. **MILTON, John:** *El paraíso perdido.* Prólogo de Joaquín Antonio Peñalosa. . 12.00

MIRA DE AMEZCUA: Véase: **AUTOS SACRAMENTALES**

109. **MIRO, Gabriel:** *Figuras de la pasión del Señor. Nuestro Padre San Daniel.* Prólogo de Juana de Ontañón. 22.00

68. **MISTRAL, Gabriela:** *Lecturas para mujeres. Gabriela Mistral (1922-1924).* Por Palma Guillén de Nicolau. 12.00

250. **MISTRAL, Gabriela:** *Desolación. Ternura. Tala. Lagar.* Introducción de Palma Guillén de Nicolau. 30.00

144. **MOLIERE:** *Comedias. Tartufo. El burgués gentilhombre. El misántropo. El enfermo imaginario.* Prólogo de Rafael Solana. 15.00

149. **MOLIERE:** *Comedias. El avaro. Las preciosas ridículas. El médico a la fuerza. La escuela de las mujeres. Las mujeres sabias.* Prólogo de Rafael Solana. 18.00

32. **MOLINA, Tirso de:** *El vergonzoso en palacio. El condenado por desconfiado. El burlador de Sevilla. La prudencia en la mujer.* Edición de Juana de Ontañón. 15.00

PRECIOS SUJETOS A VARIACION SIN PREVIO AVISO

MOLINA, Tirso de: Véase: **AUTOS SACRAMENTALES**

600\. **MONTAIGNE:** *Ensayos completos.* Notas prologales de Emiliano M. Aguilera. Traducción del francés de Juan G. de Luaces. .... $ 65.00

208\. **MONTALVO, Juan:** *Capítulos que se le olvidaron a Cervantes.* Estudio introductivo de Gonzalo Zaldumbide. 22.00

501\. **MONTALVO, Juan:** *Siete tratados.* Prólogo de Luis Alberto Sánchez. 22.00

381\. **MONTES DE OCA, Francisco:** *Poesía hispanoamericana.* 29.00

191\. **MONTESQUIEU:** *Del espíritu de las leyes.* Estudio preliminar de Daniel Moreno. 50.00

282\. **MORO, Tomás:** *Utopía.* Prólogo de Manuel Alcalá. 18.00

129\. **MOTOLINIA, Fray Toribio:** *Historia de los indios de la Nueva España.* Estudio crítico, apéndices, notas e índice de Edmundo O'Gorman. 25.00

588\. **MUNTHE, Axel:** *La historia de San Michele.* Introducción de Arturo Uslar-Pietri. 22.00

286\. **NATORP, Pablo:** *Propedéutica filosófica. Kant y la escuela de Marburgo. Curso de pedagogía social.* Presentación introductiva. (El autor y su obra). Y preámbulos a los capítulos por Francisco Larroyo. 12.00

527\. **NAVARRO VILLOSLADA, Francisco:** *Amaya o los Vascos en el siglo VIII.* 36.00

171\. **NERVO, Amado:** *Plenitud, perlas negras. Místicas. Los jardines interiores. El estanque de los Lotos.* Prólogo de Ernesto Mejía Sánchez. 18.00

175\. **NERVO, Amado:** *La amada inmóvil. Serenidad. Elevación. La última luna.* Prólogo de Ernesto Mejía Sánchez. 18.00

443\. **NERVO, Amado:** *Poemas: Las voces. Lira heroica. El éxodo y las flores del camino. El arquero divino. Otros poemas. En voz baja. Poesías varias.* .. 22.00

NEVILLE. Véase: **TEATRO ESPAÑOL CONTEMPORANEO**

395\. **NIETZSCHE, Federico:** *Así hablaba Zaratustra.* Prólogo de E. W. F. Tomlin. 20.00

430\. **NIETZSCHE, Federico:** *Más allá del bien y del mal. Genealogía de la moral.* Prólogo de Johann Fischl. 18.00

576\. **NUÑEZ CABEZA DE VACA, Alvar:** *Naufragios y comentarios. Apuntes sobre la vida del adelantado* por Enrique Vedia. 30.00

356\. **NUÑEZ DE ARCE, Gaspar:** *Poesías completas.* Prólogo de Arturo Souto A. 18.00

45\. **O'GORMAN, Edmundo:** *Historia de las divisiones territoriales en México.* 44.00

8\. **OCHO SIGLOS DE POESIA EN LENGUA ESPAÑOLA.** Introducción y Compilación de Francisco Montes de Oca. 87.00

OLMO: Véase: **TEATRO ESPAÑOL CONTEMPORANEO**

ONTAÑON, Juana de: Véase: **SANTA TERESA DE JESUS**

462\. **ORTEGA Y GASSET, José:** *En torno a Galileo. El hombre y la gente.* Prólogo de Ramón Xirau. 36.00

488\. **ORTEGA Y GASSET, José:** *El tema de nuestro tiempo. La rebelión de las masas.* Prólogo de Fernando Salmerón. 22.00

497\. **ORTEGA Y GASSET, José:** *La deshumanización del arte e ideas sobre la novela. Velázquez. Goya.* 27.00

499\. **ORTEGA Y GASSET, José:** *¿Qué es filosofía? Unas lecciones de metafísica.* Prólogo de Antonio Rodríguez Huescar. 40.00

436\. **OSTROVSKI, Nicolai:** *Así se templó el acero.* Prefacio de Ana Karevåeva. . 18.00

316\. **OVIDIO:** *Las metamorfosis.* Estudio preliminar de Francisco Montes de Oca. 18.00

213\. **PALACIO VALDES, Armando:** *La hermana San Sulpicio.* Introducción de Joaquín Antonio Peñalosa. 18.00

125\. **PALMA, Ricardo:** *Tradiciones peruanas.* Estudio y selección por Raimundo Lazo. 18.00

PALOU, Fr. Francisco: Véase: **CLAVIJERO, Francisco Xavier**

421\. **PAPINI, Giovanni:** *Gog. El libro negro.* Prólogo de Ettore Allodoli. 22.00

PRECIOS SUJETOS A VARIACION SIN PREVIO AVISO

424. **PAPINI, Giovanni:** *Historia de Cristo.* Prólogo de Victoriano Capánaga............ $ 22.00
644. **PAPINI, Giovanni:** *Los operarios de la viña y otros ensayos.* 29.00
266. **PARDO BAZAN, Emilia:** *Los pazos de Ulloa.* Introducción de Arturo Souto A. 15.00
358. **PARDO BAZAN, Emilia:** *San Francisco de Asís. (Siglo XIII).* Prólogo de Marcelino Menéndez Pelayo. 24.00
496. **PARDO BAZAN, Emilia:** *La madre naturaleza.* Introducción de Arturo Souto A. 18.00
577. **PASCAL, Blas:** *Pensamientos y otros escritos.* Aproximaciones a Pascal de R. Guardini. F. Mauriac, J. Mesner y H. Küng. 29.00
PASO: Véase: **TEATRO ESPAÑOL CONTEMPORANEO**
3 **PAYNO, Manuel:** *Los bandidos de Río Frío.* Prólogo de Antonio Castro Leal. 40.00
80. **PAYNO, Manuel:** *El fistol del diablo. (Novela de costumbres mexicanas.)* Texto establecido y estudio preliminar de Antonio Castro Leal. 58.00
605. **PAYNO, Manuel:** *El hombre de la situación. Retratos históricos. Moctezuma II. Cuauhtémoc. La Sevillana. Alfonso de Avila. Don Martín Cortés. Fray Marcos de Mena. El Tumulto de 1624. La Familia Dongo. Allende. Mina. Guerrero. Ocampo. Comonfort.* Prólogo de Luis González Obregón. 18.00
622. **PAYNO, Manuel:** *Novelas cortas.* Apuntes biográficos por Alejandro Villaseñor y Villaseñor. 27.00
PEMAN: Véase: **TEATRO ESPAÑOL CONTEMPORÁNEO**
PENSADOR MEXICANO: Véase: **FÁBULAS**
64. **PEREDA, José María de:** *Peñas arriba. Sotileza.* Introducción de Soledad Anaya Solórzano. 18.00
165. **PEREYRA, Carlos:** *Hernán Cortés.* Prólogo de Martín Quirarte. 15.00
493. **PEREYRA, Carlos:** *Las huellas de los conquistadores.* 18.00
498. **PEREYRA, Carlos:** *La conquista de las rutas oceánicas. La obra de España en América.* Prólogo de Silvio Zavala. 22.00
188. **PEREZ ESCRICH, Enrique:** *El mártir del Gólgota.* Prólogo de Joaquín Antonio Peñalosa. 29.00
69. **PEREZ GALDOS, Benito:** *Miau. Marianela.* Prólogo de Teresa Silva Tena. 30.00
107. **PEREZ GALDOS, Benito:** *Doña perfecta. Misericordia.* 20.00
117. **PEREZ GALDOS, Benito:** *Episodios nacionales: Trafalgar. La corte de Carlos IV.* Prólogo de María Eugenia Gaona. 22.00
130. **PEREZ GALDOS, Benito:** *Episodios nacionales: 19 de marzo y el 2 de mayo. Bailén.* 15.00
158. **PEREZ GALDOS, Benito:** *Episodios nacionales: Napoleón en Chamartín. Zaragoza.* Prólogo de Teresa Silva Tena. 15.00
166. **PEREZ GALDOS, Benito:** *Episodios nacionales: Gerona. Cádiz.* Nota preliminar de Teresa Silva Tena. 15.00
185. **PEREZ GALDOS, Benito:** *Fortunata y Jacinta. (Dos historias de casadas).* Introducción de Agustín Yáñez. 51.00
289. **PEREZ GALDOS, Benito:** *Episodios nacionales: Juan Martín el Empecinado. La batalla de los Arapiles.* 15.00
378. **PEREZ GALDOS, Benito:** *La desheredada.* Prólogo de José Salavarría. 30.00
383. **PEREZ GALDOS, Benito:** *El amigo manso.* Prólogo de Joaquín Casalduero. 18.00
392. **PEREZ GALDOS, Benito:** *La fontana de oro.* Introducción de Marcelino Menéndez Pelayo. 22.00
446. **PEREZ GALDOS, Benito:** *Tristana. Nazarín.* Prólogo de Ramón Gómez de la Serna. 18.00
473. **PEREZ GALDOS, Benito:** *Angel Guerra.* Prólogo de Emilia Pardo Bazán. . 22.00
489. **PEREZ GALDOS, Benito:** *Torquemada en la hoguera. Torquemada en la cruz. Torquemada en el purgatorio. Torquemada y San Pedro.* Prólogo de Joaquín Casalduero. 27.00
231. **PEREZ LUGIN, Alejandro:** *La casa de la Troya. Estudiantina.* 12.00

PRECIOS SUJETOS A VARIACION SIN PREVIO AVISO

235. **PEREZ LUGIN, Alejandro:** *Currito de la Cruz*. .... $ 18.00

263. **PERRAULT, CUENTOS DE:** *Griselda. Piel de asno. Los deseos ridículos. La bella durmiente del bosque. Caperucita roja. Barba azul. El gato con botas. Las hadas. Cenicienta. Riquete el del copete. Pulgarcito.* Prólogo de María Edmée Alvarez. 15.00

308. **PESTALOZZI, Juan Enrique:** *Cómo Gertrudis enseña a sus hijos. Cartas sobre la educación de los niños. Libros de educación elemental.* Prólogos, estudio introductivo y preámbulos de las obras por Edmundo Escobar. 25.00

369. **PESTALOZZI, Juan Enrique:** *Canto del cisne.* Estudio preliminar de José Manuel Villalpando. 18.00

492. **PETRARCA:** *Cancionero. Triunfos.* Prólogo de Ernst Hatch Wilkins. 22.00

221. **PEZA, Juan de Dios:** *Hogar y patria. El arpa del amor.* Noticia preliminar de Porfirio Martínez Peñalosa. 18.00

224. **PEZA, Juan de Dios:** *Recuerdos y esperanzas. Flores del alma y versos festivos.* 25.00

557. **PEZA, Juan de Dios:** *Leyendas históricas tradicionales y fantásticas de las calles de la ciudad de México.* Prólogo de Isabel Quiñonez. 22.00

594. **PEZA, Juan de Dios:** *Memorias. Reliquias y retratos.* Prólogo de Isabel Quiñonez. 27.00

248. **PINDARO:** *Odas. Olímpicas. Píticas. Nemeas. Ístmicas y fragmentos de otras obras de Píndaro. Otros líricos griegos: Arquíloco. Tirteo. Alceo. Safo. Simónides de Ceos. Anacreonte. Baquílides.* Estudio preliminar de Francisco Montes de Oca. 15.00

13. **PLATON:** *Diálogos.* Estudio preliminar de Francisco Larroyo. 41.00

139. **PLATON:** *Las leyes. Epinomis. El político.* Estudio introductivo y preámbulos a los diálogos de Francisco Larroyo. 36.00

258. **PLAUTO:** *Comedias: Los mellizos. El militar fanfarrón. La olla. El gorgojo. Anfitrión. Los cautivos.* Estudio preliminar de Francisco Montes de Oca. 18.00

26. **PLUTARCO:** *Vidas paralelas.* Introducción de Francisco Montes de Oca. 33.00

564. **POBREZA Y RIQUEZA.** En obras selectas del cristianismo primitivo por Carlos Ignacio González S. J. 18.00

210. **POE, Edgar Allan:** *Narraciones extraordinarias. Aventuras de Arturo Gordon. Pym. El cuervo.* Prólogo de Ma. Elvira Bermúdez. 18.00

85. **POEMA DE MIO CID.** Versión antigua, con prólogo y versión moderna de Amancio Bolaño e Isla. Seguida del **ROMANCERO DEL CID**. 14.00

102. **POESIA MEXICANA.** Selección de Francisco Montes de Oca. 36.00

371. **POLO, Marco:** *Viajes.* Introducción de María Elvira Bermúdez. 25.00

510. **PONSON DU TERRAIL, Pierre Alexis:** *Hazañas de Rocambole.* Tomo I. . 29.00

511. **PONSON DU TERRAIL, Pierre Alexis:** *Hazañas de Rocambole.* Tomo II. 29.00

518. **PONSON DU TERRAIL, Pierre Alexis:** *La resurrección de Rocambole. Tomo I.* Continuación de "Hazañas de Rocambole". 29.00

519. **PONSON DU TERRAIL, Pierre Alexis:** *La resurrección de Rocambole. Tomo II.* Continuación de "Hazañas de Rocambole". 29.00

36. **POPOL VUH.** Antiguas historias de los indios quichés de Guatemala. Ilustradas con dibujos de los códices mayas. Advertencia, versión y vocabulario de Albertina Saravia E. 25.00

150. **PRESCOTT, William H.:** *Historia de la conquista de México.* Anotada por Don Lucas Alamán. Con notas, críticas y esclarecimientos de Don José Fernando Ramírez. Prólogo y apéndices por Juana A. Ortega y Medina. 44.00

198. **PRIETO, Guillermo:** *Musa callejera.* Prólogo de Francisco Monterde. 15.00

450. **PRIETO, Guillermo:** *Romancero nacional.* Prólogo de Ignacio M. Altamirano. 22.00

481. **PRIETO, Guillermo:** *Memorias de mis tiempos.* Prólogo de Horacio Labastida. 55.00

PRECIOS SUJETOS A VARIACION SIN PREVIO AVISO

54. **PROVERBIOS DE SALOMON Y SABIDURIA DE JESUS DE BEN SIRAK.** Versión directa de los originales por Angel María Garibay K. .... $ 18.00

QUEVEDO, Francisco de: Véase: **LAZARILLO DE TORMES**

646. **QUEVEDO, Francisco de:** *Poesía.* Introducción de Jorge Luis Borges. 29.00

332. **QUEVEDO Y VILLEGAS, Francisco de:** *Sueños. El sueño de las calaveras. El alguacil alguacilado. Las zahurdas de Plutón. Visita de los chistes. El mundo por dentro. La hora de todos y la fortuna con seso. Poesías.* Introducción de Arturo Souto A. 22.00

97. **QUIROGA, Horacio:** *Cuentos.* Selección, estudio preliminar y notas críticas e informativas por Raimundo Lazo. 30.00

347. **QUIROGA, Horacio:** *Más cuentos.* Introducción de Arturo Souto A. 20.00

360. **RABELAIS:** *Gargantúa y Pantagruel. Vida de Rabeláis* por Anatole France. Ilustraciones de Gustavo Doré. 36.00

219. **RABINAL-ACHI:** *El varón de Rabinal. Ballet-drama de los indios quichés de Guatemala.* Traducción y prólogo de Luis Cardoza y Aragón. 15.00

RANGEL, Nicolás. Véase: **URBINA, Luis G.**

366. **REED, John:** *México insurgente. Diez días que estremecieron al mundo.* Prólogo de Juan de la Cabada. 20.00

597. **RENAN, Ernesto:** *Marco Aurelio y el fin del mundo antiguo.* Precedido de la plegaria sobre la acrópolis. 27.00

101. **RIVA PALACIO, Vicente:** *Cuentos del general.* Prólogo de Clementina Díaz y de Ovando. 15.00

474. **RIVA PALACIO, Vicente:** *Las dos emparedadas. Memorias de los tiempos de la inquisición.* 18.00

476. **RIVA PALACIO, Vicente:** *Calvario y Tabor.* 18.00

507. **RIVA PALACIO, Vicente:** *La vuelta de los muertos.* 18.00

162. **RIVA, Duque de:** *Don Alvaro o la fuerza del Sino. Romances históricos.* Prólogo de Antonio Magaña Esquivel. 15.00

172. **RIVERA, José Eustasio:** *La vorágine.* Prólogo de Cristina Barros Stivalet. .. 18.00

87. **RODO, José Enrique:** *Ariel. Liberalismo y Jacobinismo. Ensayos: Rubén Darío, Bolívar, Montalvo.* Estudio preliminar, índice biográfico-cronológico y resumen bibliográfico por Raimundo Lazo. 10.00

115. **RODO, José Enrique:** *Motivos de Proteo y nuevos motivos de Proteo.* Prólogo de Raimundo Lazo. 27.00

88. **ROJAS, Fernando de:** *La Celestina.* Prólogo de Manuel de Ezcurdia. Con una cronología y dos glosarios. 11.00

650. **ROPS, Daniel:** *Jesús en su tiempo.* Jesús ante la crítica por Daniel Rops. 58.00

ROMANCERO DEL CID. Véase: **POEMA DE MIO CID**

ROSAS MORENO: Véase: **FABULAS**

328. **ROSTAND, Edmundo:** *Cyrano de Bergerac.* Prólogo, estudio y notas de Angeles Mendieta Alatorre. 12.00

440. **ROTTERDAM, Erasmo de:** *Elogio de la locura. Coloquios. Erasmo de Rotterdam,* por Johan Huizinga. 25.00

113. **ROUSSEAU, Juan Jacobo:** *El contrato social o principios de Derecho Político. Discurso sobre las ciencias y las artes. Discurso sobre el origen de la desigualdad.* Estudio preliminar de Daniel Moreno. 12.00

159. **ROUSSEAU, Juan Jacobo:** *Emilio o de la educación.* Estudio preliminar de Daniel Moreno. 18.00

470. **ROUSSEAU, Juan Jacobo:** *Confesiones.* Prólogo de Jeanne Renée Becker. 18.00

265. **RUEDA, Lope de:** *Teatro completo. Eufemia. Armelina. De los engañados. Medora. Colloquio de Camelia. Colloquio de Tymbria. Diálogo sobre la invención de las Calcas. El deleitoso. Registro de representantes. Colloquio llamado prendas de amor. Colloquio en verso. Comedia llamada discordia y questión de amor. Auto de Naval y Abigail. Auto de los desposorios de Moisén. Farsa del sordo.* Introducción de Arturo Souto A. 25.00

PRECIOS SUJETOS A VARIACION SIN PREVIO AVISO

10. **RUIZ DE ALARCON, Juan:** *Cuatro comedias. Las paredes oyen. Los pechos privilegiados. La verdad sospechosa. Ganar amigos.* Estudio, texto y comentarios de Antonio Castro Leal. .... $ 22.00

451. **RUIZ DE ALARCON, Juan:** *El examen de maridos. La prueba de las promesas. Mudarse por mejorarse. El tejedor de Segovia.* Prólogo de Alfonso Reyes. .. 18.00

RUIZ IRIARTE: Véase: **TEATRO ESPAÑOL CONTEMPORANEO**

51. *Sabiduría de Israel. Tres obras de la cultura judía.* Traducciones directas de Angel María Garibay K. 25.00

SABIDURIA DE JESUS BEN SIRAK: Véase: **PROVERBIOS DE SALOMON**

300. **SAHAGUN, Fr. Bernardino de:** *Historia general de las cosas de la Nueva España.* La dispuso para la prensa en esta nueva edición, con numeración, anotaciones y apéndices Angel María Garibay K. 72.00

299. **SAINT-EXUPERY, Antoine de:** *El principito.* Nota preliminar y traducción de María de los Angeles Porrúa. 12.00

322. **SAINT-PIERRE, Bernardino de:** *Pablo y Virginia.* Introducción de Arturo Souto A. 22.00

659. **SAINTE-BEUVE:** *Retratos literarios.* Prólogo de Gerard Bauer 35.00

456. **SALADO ALVAREZ, Victoriano:** *Episodios Nacionales: Santa Anna. La reforma. La intervención. El imperio: su alteza serenísima. Memorias de un Polizonte.* Prólogo biográfico de Ana Salado Alvarez. 18.00

460. **SALADO ALVAREZ, Victoriano:** *Episodios Nacionales: Santa Anna. La reforma. La intervención. El imperio: el golpe de Estado. Los mártires de Tacubaya.* 18.00

464. **SALADO ALVAREZ, Victoriano:** *Episodios Nacionales: Santa Anna. La reforma. La intervención. El imperio: la reforma. El plan de pacificación.* ... 18.00

466. **SALADO ALVAREZ, Victoriano:** *Episodios Nacionales: Santa Anna. La reforma. La intervención. El imperio: las ranas pidiendo rey. Puebla.* 18.00

468. **SALADO ALVAREZ, Victoriano:** *Episodios Nacionales: Santa Anna. La reforma. La intervención. El imperio: la Corte de Maximiliano. Orizaba.* 18.00

469. **SALADO ALVAREZ, Victoriano:** *Episodios Nacionales: Santa Anna. La reforma. La intervención. El imperio: Porfirio Díaz. Ramón Corona.* 18.00

471. **SALADO ALVAREZ, Victoriano:** *Episodios Nacionales: Santa Anna. La reforma. La intervención. El imperio: la emigración. Querétaro.* 18.00

477. **SALADO ALVAREZ, Victoriano:** *Memorias. Tiempo viejo. Tiempo Nuevo.* Nota preliminar de José Emilio Pacheco. Prólogo de Carlos González Peña. 24.00

220. **SALGARI, Emilio:** *Sandokan. La mujer del pirata.* Prólogo de María Elvira Bermúdez. 20.00

239. **SALGARI, Emilio:** *Los piratas de la Malasia. Los estranguladores.* Nota preliminar de María Elvira Bermúdez. 18.00

242. **SALGARI, Emilio:** *Los dos rivales. Los tigres de la Malasia.* Nota preliminar de María Elvira Bermúdez. 25.00

257. **SALGARI, Emilio:** *El rey del mar. La reconquista de Mompracem.* Nota preliminar de María Elvira Bermúdez. 15.00

264. **SALGARI, Emilio:** *El falso Bracman. La caída de un imperio.* Nota preliminar de María Elvira Bermúdez. 15.00

267. **SALGARI, Emilio:** *En los junglares de la India. El desquite de Yáñez.* Nota preliminar de María Elvira Bermúdez. 15.00

292. **SALGARI, Emilio:** *El capitán Tormenta. El León de Damasco.* Nota preliminar de María Elvira Bermúdez. 15.00

296. **SALGARI, Emilio:** *El hijo del León de Damasco. La galera del Bajá.* Nota preliminar de María Elvira Bermúdez. 15.00

302. **SALGARI, Emilio:** *El corsario negro. La venganza.* Nota preliminar de María Elvira Bermúdez. 20.00

306. **SALGARI, Emilio:** *La reina de los caribes. Honorata de Wan Guld.* 15.00

PRECIOS SUJETOS A VARIACION SIN PREVIO AVISO

312. **SALGARI, Emilio:** *Yolanda. Morgan.* .... $ 15.00
363. **SALGARI, Emilio:** *Aventuras entre los pieles rojas. El rey de la pradera.* Prólogo de María Elvira Bermúdez. 15.00
376. **SALGARI, Emilio.** *En las fronteras del Far-West. La cazadora de cabelleras.* Prólogo de María Elvira Bermúdez. 18.00
379. **SALGARI, Emilio:** *La soberana del campo de oro. El rey de los cangrejos.* Prólogo de María Elvira Bermúdez. 18.00
465. **SALGARI, Emilio:** *Las "Panteras" de Argel. El filtro de los Califas.* Prólogo de María Elvira Bermúdez. 15.00
517. **SALGARI, Emilio:** *Los náufragos del Liguria. Devastaciones de los piratas.* 15.00
533. **SALGARI, Emilio:** *Los mineros de Alaska. Los pescadores de ballenas.* 15.00
535. **SALGARI, Emilio:** *La campana de plata. Los hijos del aire.* 15.00
536. **SALGARI, Emilio:** *El desierto de fuego. Los bandidos del Sahara.* 15.00
537. **SALGARI, Emilio:** *Los barcos filibusteros.* 15.00
538. **SALGARI, Emilio:** *Los misterios de la selva. La Costa de Marfil.* 15.00
540. **SALGARI, Emilio:** *La favorita del Mahdi. El profeta del Sudán.* 15.00
542. **SALGARI, Emilio:** *El capitán de la "D'Juana". La montaña de luz.* 15.00
544. **SALGARI, Emilio:** *El hijo del corsario rojo.* 20.00
547. **SALGARI, Emilio:** *La perla roja. Los pescadores de perlas.* 15.00
553. **SALGARI, Emilio:** *El mar de las perlas. La perla del río rojo.* 15.00
554. **SALGARI, Emilio:** *Los misterios de la India.* 15.00
559. **SALGARI, Emilio.** *Los horrores de Filipinas.* 15.00
560. **SALGARI, Emilio:** *Flor de las perlas. Los cazadores de cabezas.* 15.00
561. **SALGARI, Emilio:** *Las hijas de los faraones. El sacerdote de Phtah.* 15.00
562. **SALGARI, Emilio:** *Los piratas de las Bermudas. Dos abordajes.* 18.00
563. **SALGARI, Emilio:** *Nuevas aventuras de cabeza de piedra. El castillo de Montecarlo.* 15.00
567. **SALGARI, Emilio:** *La capitana del Yucatán. La heroína de Puerto Arturo.* Nota preliminar de María Elvira Bermúdez. 20.00
579. **SALGARI, Emilio:** *Un drama en el Océano Pacífico. Los solitarios del Océano.* 18.00
583. **SALGARI, Emilio:** *Al Polo Norte a bordo del "Taimyr".* 15.00
585. **SALGARI, Emilio:** *El continente misterioso. El esclavo de Madagascar.* 18.00
288. **SALUSTIO:** *La conjuración de Catilina. La guerra de Jugurta.* Estudio preliminar de Francisco Montes de Oca. 15.00
SAMANIEGO: Véase: **FABULAS**
393. **SAMOSATA, Luciano de:** *Diálogos. Historia verdadera.* Introducción de Salvador Marichalar. 29.00
59. **SAN AGUSTIN:** *La ciudad de Dios.* Introducción de Francisco Montes de Oca. 36.00
142. **SAN AGUSTIN:** *Confesiones.* Versión, introducción y notas de Francisco Montes de Oca. 15.00
40. **SAN FRANCISCO DE ASIS.** *Florecillas.* Introducción de Francisco Montes de Oca 15.00
228. **SAN JUAN DE LA CRUZ:** *Obras completas. Subida del Monte Carmelo. Noche oscura. Cántico espiritual. Llama de amor viva. Poesías.* Prólogo de Gabriel de la Mora. 35.00
199. **SAN PEDRO, Diego de:** *Cárcel de amor. Arnalde e Lucenda. Sermón. Poesías. Desprecio de la fortuna. Seguidas de questión de amor.* Introducción de Arturo Souto A. 22.00
SANCHEZ DE BADAJOZ: Véase: **AUTOS SACRAMENTALES**
655. **SAND, George:** *Historia de mi vida.* Prólogo de Ramón Arguita 35.00
50. **SANTA TERESA DE JESUS:** *Las moradas. Libro de su vida.* Biografía de Juana de Ontañón. 22.00

PRECIOS SUJETOS A VARIACION SIN PREVIO AVISO

645. **SANTAYANA, George:** *Tres poetas filósofos. Lucrecio - Dante - Goethe. Diálogos en el Limbo.* Breve historia de mis opiniones de George Santayana. .... $ 29.00

49. **SARMIENTO, Domingo F.:** *Facundo. Civilización y Barbarie. Vida de Juan Facundo Quiroga.* Ensayo preliminar e índice cronológico por Raimundo Lazo. 18.00

SASTRE: Véase: **TEATRO ESPAÑOL CONTEMPORANEO**

138. **SCOTT, Walter:** *Ivanhoe o El Cruzado.* Introducción de Arturo Souto A. 15.00

409. **SCOTT, Walter:** *El monasterio.* Prólogo de Henry Thomas. 18.00

416. **SCOTT, Walter:** *El pirata.* Prólogo de Henry Thomas. 18.00

401. **SCHILLER, Federico:** *María Estuardo. La doncella de Orleans. Guillermo Tell.* Prólogo de Alfredo S. Barca. 20.00

434. **SCHILLER, Federico:** *Don Carlos. La conjuración de Fiesco. Intriga y amor.* Prólogo de Wilhelm Dilthey. 18.00

458. **SCHILLER, Federico:** *Wallenstein. El campamento de Wallenstein. Los Piccolomini. La muerte de Wallenstein. La novia de Mesina.* Prólogo de Wilhelm Dilthey. 18.00

419. **SCHOPENHAUER, Arturo:** *El mundo como voluntad y representación.* Introducción de E. Friedrick Sauer. 22.00

455. **SCHOPENHAUER, Arthur:** *La sabiduría de la vida. En torno a la filosofía. El amor, las mujeres, la muerte y otros temas.* Prólogo de Abraham Waismann. Traducción del alemán por Eduardo González Blanco. 22.00

603. **SCHWOB, Marcel:** *Vidas imaginarias. La cruzada de los niños.* Prólogo de José Emilio Pacheco. 22.00

281. **SENECA:** *Tratados filosóficos. Cartas.* Estudio preliminar de Francisco Montes de Oca. 18.00

653. **SERRANO MIGALLON, Fernando:** *El grito de Independencia. Historia de una pasión nacional.* Prólogo de Andrés Henestrosa 35.00

658. **SERRANO MIGALLON, Fernando:** *Toma de Posesión: el rito del Poder.* Presentación de Lorenzo Meyer 30.00

437. **SERTILANGES, A. D.:** *La vida intelectual.* **GUITTON, Jean:** *El trabajo intelectual.* 22.00

86. **SHAKESPEARE:** *Hamlet. Penas por amor perdidas. Los dos hidalgos de Verona. Sueño de una noche de verano. Romeo y Julieta.* Con notas preliminares y dos cronologías. 18.00

94. **SHAKESPEARE:** *Otelo. La fierecilla domada. Y vuestro gusto. El rey Lear.* Con notas preliminares y dos cronologías. 18.00

96. **SHAKESPEARE:** *Macbeth. El mercader de Venecia. Las alegres comadres de Windsor. Julio César. La tempestad.* Con notas preliminares y dos cronologías. 12.00

SHOLOJOV: Véase: **CUENTOS RUSOS**

160. **SIENKIEWICZ, Enrique:** *Quo vadis?* Prólogo de José Manuel Villalaz. 20.00

146. **SIERRA, Justo:** *Juárez: su vida y su tiempo.* Introducción de Agustín Yáñez. 22.00

515. **SIERRA, Justo:** *Evolución política del pueblo mexicano.* Prólogo de Alfonso Reyes. 22.00

81. **SITIO DE QUERETARO, EL:** Según sus protagonistas y testigos. Selección y notas introductorias de Daniel Moreno. 29.00

14. **SOFOCLES:** *Las siete tragedias.* Versión directa del griego con una introducción de Angel María Garibay K. 14.00

89. **SOLIS Y RIVADENEIRA, Antonio de:** *Historia de la conquista de México.* Prólogo y apéndices de Edmundo O'Gorman. Notas de José Valero. 29.00

472. **SOSA, Francisco:** *Biografías de mexicanos distinguidos. (Doscientas noventa y cuatro).* 50.00

319. **SPINOZA:** *Etica. Tratado teológico-político.* Estudio introductivo, análisis de las obras y revisión del texto por Francisco Larroyo. 45.00

651. **STAVANS, Ilán:** *Cuentistas judíos.* Sforim. Schultz. Appelfeld. Perera. Kafka. Peretz. Bratzlav. Kis. Aleichem. Goldemberg. Ash. Oz. Goloboff. Yehoshua.

Shapiro. Agnon. Amichai. Svevo. Singer. Paley. Szichman. Stavans. Babel. Gerchunoff. Bellow. Roth. Dorfman. Lubitch. Ozic. Scliar. Bleister. Roenmacher. Introducción *Memoria y literatura* por Ilán Stavans. .... $ 53.00

105. **STENDHAL:** *La cartuja de Parma*. Introducción de Francisco Montes de Oca. 15.00

359. **STENDHAL:** *Rojo y negro*. Introducción de Francisco Montes de Oca. 22.00

110. **STEVENSON, R. L.:** *La isla del tesoro. Cuentos de los mares del sur*. Prólogo de Sergio Pitol. 20.00

72. **STOWE, Harriet Beecher:** *La cabaña del tío Tom*. Introducción de Daniel Moreno. 30.00

525. **SUE, Eugenio:** *Los misterios de París*. Tomo I. 29.00

526. **SUE, Eugenio:** *Los misterios de París*. Tomo II. 29.00

628-629. **SUE, Eugenio:** *El judío errante*. 2 tomos. 144.00

355. **SUETONIO:** *Los doce Césares*. Introducción de Francisco Montes de Oca ... 20.00

SURGUCHOV. Véase: **CUENTOS RUSOS**

196. **SWIFT, Jonathan:** *Viajes de Gulliver*. Traducción, prólogo y notas de Monserrat Alfau. 18.00

291. **TACITO, Cornelio:** *Anales*. Estudio preliminar de Francisco Montes de Oca. 18.00

33. **TAGORE, Rabindranath:** *La luna nueva. El jardinero. El cartero del rey. Las piedras hambrientas y otros cuentos*. Estudio de Daniel Moreno. 30.00

647. **TAINE, Hipólito:** *Filosofía del arte*. Prólogo de Raymond Dumay. 36.00

232. **TARACENA, Alfonso:** *Francisco I. Madero*. 18.00

386. **TARACENA, Alfonso:** *José Vasconcelos*. 18.00

610. **TARACENA, Alfonso:** *La verdadera Revolución Mexicana. (1901-1911)*. Prólogo de José Vasconcelos. 51.00

611. **TARACENA, Alfonso:** *La verdadera Revolución Mexicana. (1912-1914)*. Palabras de Sergio Golwarz. 51.00

612. **TARACENA, Alfonso:** *La verdadera Revolución Mexicana. (1915-1917)*. Palabras de Jesús González Schmal. 51.00

613. **TARACENA, Alfonso:** *La verdadera Revolución Mexicana. (1918-1921)*. Palabras de Enrique Krauze. 51.00

614. **TARACENA, Alfonso:** *La verdadera Revolución Mexicana. (1922-1924)*. Palabras de Ceferino Palencia. 51.00

615. **TARACENA, Alfonso:** *La verdadera Revolución Mexicana. (1925-1927)*. Palabras de Alfonso Reyes. 51.00

616. **TARACENA, Alfonso:** *La verdadera Revolución Mexicana. (1928-1929)*. Palabras de Rafael Solana, Jr. 51.00

617. **TARACENA, Alfonso:** *La verdadera Revolución Mexicana. (1930-1931)*. Palabras de José Muñoz Cota. 51.00

618. **TARACENA, Alfonso:** *La verdadera Revolución Mexicana. (1932-1934)*. Palabras de Martín Luis Guzmán. 51.00

619. **TARACENA, Alfonso:** *La verdadera Revolución Mexicana. (1935-1936)*. Palabras de Enrique Alvarez Palacios. 51.00

620. **TARACENA, Alfonso:** *La verdadera Revolución Mexiana. (1937-1940)*. Palabras de Carlos Monsiváis. 51.00

TASIN: Véase: **CUENTOS RUSOS**

403. **TASSO, Torcuato:** *Jerusalén libertada*. Prólogo de M. Th. Laignel. 18.00

325. **TEATRO ESPAÑOL CONTEMPORANEO: BENAVENTE:** *Los intereses creados. La malquerida*. **MARQUINA.** *En Flandes se ha puesto el sol.* **HNOS. ALVAREZ QUINTERO:** *Malvaloca*. **VALLE INCLAN:** *El embrujado*. **UNAMUNO:** *Sombras de sueño*. **GARCIA LORCA:** *Bodas de sangre*. Introducción y anotaciones por Joseph W. Zdenek y Guillermo I. Castillo-Feliú. 27.00

PRECIOS SUJETOS A VARIACION SIN PREVIO AVISO

330. **TEATRO ESPAÑOL CONTEMPORANEO: LOPEZ RUBIO:** *Celos del aire.* **MIHURA:** *Tres sombreros de copa.* **LUCA DE TENA:** *Don José, Pepe y Pepito.* **SASTRE:** *La mordaza.* **CALVO SOTELO:** *La muralla.* **PEMAN:** *Los tres etcéteras de Don Simón.* **NEVILLE:** *Alta fidelidad.* **PASO:** *Cosas de papá y mamá.* **OLMO:** *La camisa.* **RUIZ IRIARTE:** *Historia de un adulterio.* Introducción y anotaciones por Joseph W. Zdenek y Guillermo I. Castillo-Feliú. .... $ 22.00

350. **TEIXIDOR, Felipe:** *Viajeros mexicanos. (Siglos XIX y XX).* 22.00

37. **TEOGONIA E HISTORIA DE LOS MEXICANOS.** *Tres opúsculos del Siglo XVI.* Edición de Angel M. Garibay K. 18.00

253. **TERENCIO:** *Comedias: La andriana. El eunuco. El atormentador de sí mismo. Los hermanos. La suegra. Formión.* Estudio preliminar de Francisco Montes de Oca. 15.00

TIMONEDA: Véase: **AUTOS SACRAMENTALES**

201. **TOLSTOI, León:** *La guerra y la paz. De "La guerra y la paz"* por Eva Alexandra Uchmany. 65.00

205. **TOLSTOI, León:** *Ana Karenina.* Prólogo de Fedro Guillén. 36.00

295. **TOLSTOI, León.** *Cuentos escogidos.* Prólogo de Fedro Guillén. 18.00

394. **TOLSTOI, León:** *Infancia-Adolescencia-Juventud. Recuerdos.* Prólogo de Salvador Marichalar. 29.00

413. **TOLSTOI, León:** *Resurrección.* Prólogo de Emilia Pardo Bazán. 29.00

463. **TOLSTOI, León:** *Los Cosacos. Sebastopol. Relatos de guerra.* Prólogo de Jaime Torres Bodet. 18.00

479. **TORRE VILLAR, Ernesto de la:** *Los Guadalupes y la independencia.* Con una selección de documentos inéditos. 15.00

550. **TRAPE, Agostino:** *San Agustín. El hombre, el pastor, el místico.* Presentación y traducción de Rafael Gallardo García O.S.A. 29.00

290. **TUCIDIDES:** *Historia de la guerra del Peloponeso.* Introducción de Edmundo O'Gorman. 29.00

453. **TURGUENEV, Iván:** *Nido de Hidalgos. Primer amor. Aguas primaverales.* Prólogo de Emilia Pardo Bazán. 18.00

TURGUENEV: Véase: **CUENTOS RUSOS**

591. **TURNER, John Kenneth:** *México bárbaro.* 20.00

209. **TWAIN, Mark:** *Las aventuras de Tom Sawyer.* Introducción de Arturo Souto Alabarce. 20.00

337. **TWAIN, Mark:** *El príncipe y el mendigo.* Introducción de Arturo Souto A. .. 18.00

UCHMANY, Eva: Véase: **TOLSTOI, León**

UNAMUNO, Miguel de. Véase: **TEATRO ESPAÑOL CONTEMPORANEO**

384. **UNAMUNO, Miguel de:** *Cómo se hace una novela. La tía Tula. San Manuel bueno, o mártir y tres historias más.* Retrato de Unamuno por J. Cassou y comentarios de Unamuno. 20.00

388. **UNAMUNO, Miguel de.** *Niebla. Abel Sánchez. Tres novelas ejemplares y un prólogo.* 25.00

402. **UNAMUNO, Miguel de:** *Del sentimiento trágico de la vida. La agonía del cristianismo.* Introducción de Ernst Robert Curtius. 15.00

408. **UNAMUNO, Miguel de:** *Por tierras de Portugal y España. Andanzas y visiones españolas.* Introducción de Ramón Gómez de la Serna. 18.00

417. **UNAMUNO, Miguel de:** *Vida de Don Quijote y Sancho. En torno al casticismo.* Introducción de Salvador de Madariaga. 45.00

523. **UNAMUNO, Miguel de:** *Antología poética.* Prólogo de Arturo Souto A. 22.00

480. **URBINA, Luis G. y otros:** *Antología del centenario.* Estudio documentado de la literatura mexicana durante el primer siglo de independencia 1800-1821. Obra compilada bajo la dirección de Don Justo Sierra. 29.00

PRECIOS SUJETOS A VARIACION SIN PREVIO AVISO

237. **USIGLI, Rodolfo:** *Corona de sombra. Corona de fuego. Corona de luz.* .... $ 27.00
52. **VALDES, Juan de:** *Diálogo de la lengua.* Prólogo de Juan M. Lope Blanch. 20.00
VALDIVIELSO: Véase: **AUTOS SACRAMENTALES**
56. **VALERA, Juan:** *Pepita Jiménez y Juanita la Larga.* Prólogo de Juana de Ontañón. 18.00
190. **VALMIKI:** *El Ramayana.* Prólogo de Teresa E. Rohde. 14.00
135. **VALLE-INCLAN, Ramón del:** *Sonata de primavera. Sonata de estío. Sonata de otoño. Sonata de invierno. (Memorias del Marqués de Bradomín).* Estudio preliminar de Allen W. Phillips. 18.00
287. **VALLE-INCLAN, Ramón del:** *Tirano Banderas.* Introducción de Arturo Souto A. 12.00
VALLE-INCLAN, Ramón del. Véase: **TEATRO ESPAÑOL CONTEMPORANEO**
55. **VARGAS MARTINEZ, Ubaldo:** *Morelos: siervo de la nación.* 22.00
95. **VARONA, Enrique José:** *Textos escogidos.* Ensayo de interpretación, acotaciones y selección de Raimundo Lazo. 22.00
425. **VEGA, Garcilaso de la** y **BOSCAN, Juan:** *Poesías completas.* Prólogo de Dámaso Alonso. 27.00
439. **VEGA, Garcilaso de la "El Inca":** *Comentarios reales.* Introducción de José de la Riva-Agüero. 27.00
217. **VELA, Arqueles:** *El modernismo. Su filosofía. Su ética. Su técnica.* 22.00
243. **VELA, Arqueles:** *Análisis de la expresión literaria.* 18.00
339. **VELEZ DE GUEVARA, Luis:** *El diablo cojuelo. Reinar después de morir.* Introducción de Arturo Souto A. 15.00
111. **VERNE, Julio:** *De la tierra a la luna. Alrededor de la luna.* Prólogo de María Elvira Bermúdez. 18.00
114. **VERNE, Julio:** *Veinte mil leguas de viaje submarino.* Nota de María Elvira Bermúdez. 25.00
116. **VERNE, Julio:** *Viaje al centro de la Tierra. El doctor Ox. Maese Zacarías. Un drama en los aires.* Nota de María Elvira Bermúdez. 18.00
123. **VERNE, Julio.** *La isla misteriosa.* Nota de María Elvira Bermúdez. 22.00
168. **VERNE, Julio:** *La vuelta al mundo en 80 días. Las tribulaciones de un chino en China.* 20.00
180. **VERNE, Julio:** *Miguel Strogoff.* Con una biografía de Julio Verne por María Elvira Bermúdez. 15.00
183. **VERNE, Julio:** *Cinco semanas en globo.* Prólogo de María Elvira Bermúdez. 12.00
186. **VERNE, Julio:** *Un capitán de quince años.* Prólogo de María Elvira Bermúdez. 18.00
189. **VERNE, Julio:** *Dos años de vacaciones.* Prólogo de María Elvira Bermúdez. 15.00
260. **VERNE, Julio:** *Los hijos del capitán Grant.* Nota preliminar de María Elvira Bermúdez. 22.00
361. **VERNE, Julio.** *El castillo de los Cárpatos. Las indias negras. Una ciudad flotante.* Nota preliminar de María Elvira Bermúdez. 18.00
404. **VERNE, Julio:** *Historia de los grandes viajes y los grandes viajeros.* 27.00
445. **VERNE, Julio:** *Héctor Servadac.* Prólogo de María Elvira Bermúdez. 22.00
509. **VERNE, Julio:** *La Jangada. Ochocientas leguas por el Río de las Amazonas.* 18.00
513. **VERNE, Julio:** *Escuela de los Robinsones.* Nota preliminar de María Elvira Bermúdez. 18.00
539. **VERNE, Julio:** *Norte contra Sur.* 15.00
541. **VERNE, Julio.** *Aventuras del capitán Hatteras. Los ingleses en el Polo Norte. El desierto de hielo.* 18.00
543. **VERNE, Julio:** *El país de las pieles.* 15.00
551. **VERNE, Julio:** *Kerabán el testarudo.* 15.00

PRECIOS SUJETOS A VARIACION SIN PREVIO AVISO

552. **VERNE, Julio:** *Matías Sandorf.* Novela laureada por la Academia Francesa. .... $ 18.00

569. **VERNE, Julio:** *El archipiélago de fuego. Clovis Dardentor. De Glasgow a Charleston. Una invernada entre los hielos.* 18.00

570. **VERNE, Julio:** *Los amotinados de la Bounty. Mistress Branican.* 15.00

571. **VERNE, Julio:** *Un drama en México. Aventuras de tres rusos y de tres ingleses en el Africa Austral. Claudio Bombarnac.* 18.00

575. **VERNE, Julio:** *César Cascabel.* 18.00

VIDA DEL BUSCON DON PABLOS: Véase: **LAZARILLO DE TORMES.**

163. **VIDA Y HECHOS DE ESTEBANILLO GONZALEZ.** Prólogo de Juana de Ontañón. 15.00

227. **VILLAVERDE, Cirilo:** *Cecilia Valdés. Novela de costumbres cubanas.* Estudio crítico de Raimundo Lazo. 24.00

147. **VIRGILIO.** *Eneida. Geórgicas. Bucólicas.* Edición revisada por Francisco Montes de Oca. 15.00

261. **VITORIA, Francisco de:** *Reelecciones. Del estado, de los indios y del derecho de la guerra.* Con una introducción de Antonio Gómez Robledo. 15.00

447. **VIVES, Juan Luis:** *Tratado de la enseñanza. Introducción a la sabiduría. Escolta del alma. Diálogos. Pedagogía pueril.* Estudio preliminar y prólogos por José Manuel Villalpando. 33.00

27. **VOCES DE ORIENTE.** *Antología de textos literarios del cercano Oriente.* Traducciones, introducciones, compilación y notas de Angel María Garibay K. 15.00

398. **VOLTAIRE:** *Cándido. Zadig. El ingenuo. Micrómegas. Memmon y otros cuentos.* Prólogo de Juan Antonio Guerrero. 18.00

634. **VON KLEIST, Heinrich.** *Michael Kohlhaas y otras narraciones. Heinrich Von Kleist* por Stefan Zewig. 27.00

170. **WALLACE, Lewis:** *Ben-Hur.* Prólogo de Joaquín Antonio Peñalosa. 25.00

WICKRAM, Jorge: Véase: **ANONIMO**

133. **WILDE, Oscar:** *El retrato de Dorian Gray. El príncipe feliz. El ruiseñor y la rosa. El crimen de Lord Arthur Saville. El fantasma de Canterville.* Traducción, prólogo y notas de Monserrat Alfau. 20.00

238. **WILDE, Oscar:** *La importancia de llamarse Ernesto. El abanico de Lady Windermere. Una mujer sin importancia. Un marido ideal. Salomé.* Traducción y prólogo de Monserrat Alfau. 22.00

161. **WISEMAN, Cardenal:** *Fabiola o la Iglesia de las Catacumbas.* Introducción de Joaquín Antonio Peñalosa. 15.00

90. **ZARCO, Francisco:** *Escritos literarios.* Selección, prólogo y notas de René Avilés. 22.00

546. **ZAVALA, Silvio:** *Recuerdo de Vasco de Quiroga.* 33.00

269. **ZEA, Leopoldo:** *Conciencia y posibilidad del mexicano. El occidente y la conciencia de México. Dos ensayos sobre México y lo mexicano.* 15.00

528. **ZEVACO, Miguel:** *Los Pardaillán. Tomo I: En las garras del monstruo. La espía de la Médicis. Horrible revelación.* 22.00

529. **ZEVACO, Miguel:** *Los Pardaillán. Tomo II: El círculo de la muerte. El cofre envenenado. La cámara del tormento.* 22.00

530. **ZEVACO, Miguel:** *Los Pardaillán. Tomo III: Sudor en sangre. La sala de las ejecuciones. La venganza de Fausta.* 22.00

531. **ZEVACO, Miguel:** *Los Pardaillán. Tomo IV: Una tragedia en la Bastilla. Vida por vida. La crucificada.* 22.00

532. **ZEVACO, Miguel:** *Los Pardaillán. Tomo V: El vengador de su madre. Juan el Bravo. La hija del Rey Hugonote.* 22.00

548. **ZEVACO, Miguel:** *Los Pardaillán. Tomo VI: El tesoro de Fausta. La prisionera. La casa misteriosa.* 22.00

PRECIOS SUJETOS A VARIACION SIN PREVIO AVISO

555. **ZEVACO, Miguel:** *Los Pardaillán. Tomo VII: El día de la justicia. El santo oficio. Ante el César.* .... $ 22.00

556. **ZEVACO, Miguel:** *Los Pardaillán. Tomo VIII: Fausta la diabólica. Pardaillán y Fausta. Tallo de lirio.* 22.00

558. **ZEVACO, Miguel:** *Los Pardillán. Tomo IX: La abandonada. La dama blanca. El fin de los Pardaillán.* 22.00

412. **ZOLA, Emilio:** *Naná.* Prólogo de Emilia Pardo Bazán. 18.00

414. **ZOLA, Emilio:** *La taberna.* Prólogo de Guy de Maupassant. 20.00

58. **ZORRILLA, José:** *Don Juan Tenorio. El puñal del Godo.* Prólogo de Salvador Novo. 18.00

153. **ZORRILLA DE SAN MARTIN, Juan:** *Tabaré.* Estudio crítico por Raimundo Lazo. 15.00

418. **ZWEIG, Stefan:** *El mundo de ayer.* 22.00

589. **ZWEIG, Stefan:** *Impaciencia del corazón.* 15.00

BIBLIOTECA JUVENIL PORRUA

LAS OBRAS MAESTRAS ADAPTADAS AL ALCANCE DE NIÑOS Y JÓVENES
CON ILUSTRACIONES EN COLOR

BIBLIOTECA JUVENIL PORRUA

1. CERVANTES SAAVEDRA, Miguel de: **Aventuras de Don Quijote.** Primera parte. Adaptadas para los niños por Pablo Vila. 2a. edición. 1994. 112 pp. Rústica .... $ 15.00
2. **—Aventuras de Don Quijote.** Segunda parte. Adaptadas para los niños por Pablo Vila. 2a. edición. 1994. 144 pp. Rústica 15.00
3. **Amadís de Gaula.** Relatada a los niños por María Luz Morales. 1a. edición. 1992. 103 pp. Rústica 15.00
4. **Historia de Guillermo Tell.** Adaptada a los niños por H. E. Marshall. 2a. edición. 1994. 82 pp. Rústica 15.00
5. MILTON, John: **El paraíso Perdido.** Adaptadas para los niños por Manuel Vallvé. 1a. edición. 1992. 77 pp. Rústica 15.00
6. **Hazañas del Cid Campeador.** Adaptación para los niños por María Luz Morales. 2a. edición. 1994. 113 pp. Rústica 15.00
7. CAMOENS, Luis de: **Los Lusiadas.** Poema épico. Adaptada para los niños por Manuel Vallvé. 1a. edición. 1992. 77 pp. Rústica 15.00
8. ALIGHIERI, Dante: **La Divina Comedia.** Adaptación a los niños por Mary MacGregor. 1a. edición. 1992. 101 pp. Rústica 15.00
9. **Aventuras del Barón de Munchhausen.** Relatadas a los niños. 1a. edición. 1992. 125 pp. Rústica 15.00
10. **La Iliada o El Sitio de Troya.** Relatada a los niños por María Luz Morales. 2a. edición. 1994. 98 pp. Rústica 15.00
11. SCOTT, Walter: **Ivanhoe.** Adaptación para los niños por Manuel Vallvé. 1a. edición. 1992. 119 pp. Rústica 15.00
12. **Cantar de Roldán, El.** Adaptación para los niños por H. E. Marshall. 1a. edición. 1992. 93 pp. Rústica 15.00
13. TASSO, Torcuato: **La Jerusalén Libertada.** Adaptada para los niños por José Baeza. 1a. edición. 1992. 105 pp. Rústica 15.00
14. **Historias de Ruiz de Alarcón.** Relatadas a los niños por María Luz Morales. 1a. edición. 1992. 105 pp. Rústica 15.00
15. RODAS, Apolonio de: **Los Argonautas.** Adaptado a los niños por Carmela Eulate. 1a. edición. 1993. 101 pp. Rústica 15.00
16. **Aventuras de Gil Blas de Santillana.** Adaptado para los niños por María Luz Morales. 1a. edición. 1992. 115 pp. Rústica. 15.00
17. CERVANTES SAAVEDRA, Miguel de: **La Gitanilla. El Amante Liberal.** Adaptado a los niños por María Luz Morales. 1a. edición. 1992. 103 pp. Rústica. 15.00
18. **Cuentos de Hoffman.** Relatados a los niños por Manuel Vallvé. 1a. edición. 1992. 101 pp. Rústica. 15.00
19. HOMERO: **La Odisea.** Relatada a los niños por María Luz Morales. 2a. edición. 1994. 109 pp. Rústica. 15.00
20. **Cuentos de Edgar Allan Poe.** Relatados a los niños por Manuel Vallvé. 2a. edición. 1994. 78 pp. Rústica. 15.00
21. ARIOSTO, Ludovico: **Orlando Furioso.** Relatado a los niños. 1a. edición. 1993. 91 pp. Rústica. 15.00
22. **Historias de Wagner.** Adaptado a los niños por C. E. Smith. 1a. edición. 1993. 105 pp. Rústica. 15.00
23. **Tristán e Isolda.** Adaptado a los niños por Manuel Vallvé. 1a. edición. 1993. 87 pp. Rústica. 15.00
24. **Historias de Moliére.** Relatadas a los niños por José Baeza. 1a. edición. 1993. 73 pp. Rústica. 15.00

25. **Historia de Lope de Vega.** Relatadas a los niños por Ma. Luz Morales. 1a. edición. 1993. 93 pp. Rústica. .... $ 15.00
26. **Mil y una Noches, Las.** Narradas a los niños por C. G. 1a. edición. 1993. 85 pp. Rústica. 15.00
27. **Historias de Tirso de Molina.** Relatadas a los niños. 1a. edición 1993. 95 pp. Rústica. 15.00
28. **Cuentos de Schmid.** Relatada a los niños por E. H. H. 1a. edición 1993. 124 pp. Rústica. 15.00
29. IRVING, Washington: **Cuentos de la Alhambra.** Relatada a los niños por Manuel Vallvé. 1a. edición. 1993. 78 pp. Rústica. 15.00
30. WAGNER, R.: **El Anillo del Nibelungo.** Relatada a la juventud por Manuel Vallvé. 1a. edición. 1993. 109 pp. Rústica. 15.00
31. **Historias de Juan Godofredo de Herder.** Adaptado a los niños por Leonardo Panizo. 1a. edición. 1993. 75 pp. Rústica. 15.00
32. **Historias de Plutarco.** Adaptado a los niños por Manuel Vallvé. 1a. edición. 1993. 93 pp. Rústica. 15.00
33. IRVING, Washington: **Más Cuentos de la Alhambra.** Adaptado a los niños por Manuel Vallvé. 1a. edición. 1993. 91 pp. Rústica. 15.00
34. **Descubrimiento del Perú.** Relatadas a los niños por Fray Celso García (Agustino). 1a. edición. 1993. 125 pp. Rústica. 15.00
35. **Más Historias de Hans Andersen.** Traducción y adaptación de Manuel Vallvé. 1a. edición. 1993. 83 pp. Rústica. 15.00
36. KINGSLEY, Charles: **Los héroes.** Relatado a los niños por Mary MacGregor. 1a. edición. 1993. 103 pp. Rústica. 15.00
37. **Leyendas de Peregrinos.** (Historia de Chaucer). Relatadas a los niños por Janet Harvey Kelma. 1a. edición. 1993. 89 pp. Rústica 15.00
38. **Historias de Goethe.** Relatado a los niños por María Luz Morales. 1a. edición. 1993. 107 pp. Rústica 15.00
39. VIRGILIO MARON, Publio: **La Eneida.** Relatada a los niños por Manuel Vallvé. 1a. edición. 1993. 81 pp. Rústica 15.00
40. **Los Caballeros de la Tabla Redonda.** Leyendas relatadas a los niños por Manuel Vallvé. 1a. edición. 1993. 95 pp. Rústica 15.00
41. **Historias de Shakespeare.** Explicadas a los niños por Jeanie Lang. 1a. edición. 1993. 127 pp. Rústica. 15.00
42. **Historias de Calderón de la Barca. El Alcalde de Zalamea. La Vida es Sueño.** Relatadas a los niños por Manuel Vallvé. 1a. edición. 1993. 87 pp. Rústica. 15.00
43. **Historias de Eurípides.** Narradas a los niños por María Luz Morales. 1a. edición. 1993. 103 pp. Rústica. 15.00
44. SWIFT, Jonathan: **Viajes de Gulliver a Liliput y Brobdingnang.** Relatados a los niños por John Lang. 1a. edición. 1993. 100 pp. Rústica. 15.00
45. **Historias de Rojas Zorrilla.** Adaptadas a la juventud por José Baeza. 1a. edición. 1994. 107 pp. Rústica. 15.00
46. **Más Historias de Shakespeare.** Relatadas a los niños por Jeanie Lang. 1a. edición. 1994. 101 pp. Rústica. 15.00
47. **Cuentos de Perrault.** Relatada a los niños por María Luz Morales. 1a. edición. 1994. 101 pp. Rústica. 15.00
48. **Historias de Lucano.** Relatadas a los niños por Francisco Esteve. 1a. edición. 1994. 100 pp. Rústica. 15.00
49. CERVANTES, Miguel de: **Entremeses.** Adaptación por José Baeza. 1a. edición. 1994. 97 pp. Rústica. 15.00
50. **La Cabaña del Tío Tom.** Relatada a los niños por H. E. Marshall. 1a. edición. 1994. 103 pp. Rústica. 15.00
51. **Ramayana de Valmiki, El.** Relatado a la juventud por Carmela Eulate. 1a. edición. 1994. 112 pp. Rústica. 15.00

PRECIOS SUJETOS A VARIACION SIN PREVIO AVISO

52. **Conde Lucanor, El.** Relatado a la juventud por Francisco Esteve. 1a. edición. 1994. 134 pp. Rústica. .... $ 15.00
53. FENELON, M. de. **Las Aventuras de Telémaco.** Adaptación por José Baeza. 1a. edición. 1994. 103 pp. Rústica. 15.00
54. CROCE, Della: **Bertoldo, Bertoldino y Cacaseno.** Adaptación por José Baeza. 1a. edición. 1994. 91 pp. Rústica. 15.00
55. **Historias de Hans Andersen.** Relatadas a los niños por Mary MacGregor. 1a. edición. 1994. 100 pp. Rústica. 15.00
56. **Historias de Esquilo.** Relatadas a la juventud por María Luz Morales. 1a. edición. 1994. 111 pp. Rústica. 15.00
57. **Más mil y una Noches.** Relatadas a la juventud por C. G. 1a. edición. 1994. 97 pp. Rústica. 15.00
58. **Fausto.** Célebre poema de Goethe. Adaptado para la juventud por Francisco Esteve. 1a. edición. 1994. Rústica. 15.00
59. **Tienda del anticuario, La.** Adaptación para la juventud por José Baeza. 1a. edición. 1994. 105 pp. Rústica. 15.00
60. **Sakuntala de Kalidasa.** Adaptación de Carmela Eulate. 1a. edición. 1994. 104 pp. Rústica. 15.00
61. **Trovas de otros Tiempos.** Leyendas españolas. Relatadas a los niños por María Luz Morales. 1a. edición. 1994. 83 pp. Rústica. 15.00
62. **Leyendas de Oriente.** Relatadas a los niños por María Luz Morales. 1a. edición. 1994. 121 pp. Rústica. 15.00
63. **Historias de Sófocles.** Adaptadas para los niños por María Luz Morales. 1a. edición. 1994. 97 pp. Rústica. 15.00
64. HURTADO DE MENDOZA, Diego. **El Lazarillo de Tormes.** Adaptación para los niños por José Escofet. 1a. edición. 1994. 93 pp. Rústica. 15.00
65. **Historias de Lord Byron.** Relatadas a la juventud por José Baeza. 1a. edición. 1994. 93 pp. Rústica. 15.00
66. **Historias de Plauto. Los Cautivos. La Aulularia. Gorgojo.** Adaptadas a la juventud por José Baeza. 1a. edición. 1994. 113 pp. Rústica. 15.00
67. **Cuentos de Grimm.** Adaptada a la juventud por María Luz Morales. 1a. edición. 1994. 107 pp. Rústica. 15.00
68. **Más Cuentos de Grimm.** Adaptada a la juventud por Manuel Vallvé. 1a. edición. 1994. 95 pp. Rústica. 15.00
69. DICKENS, Carlos: **El Canto de Navidad.** Adaptada a la juventud por Manuel Vallvé. 1a. edición. 1994. 81 pp. Rústica. 15.00
70. SCHLEMIHL, Pedro: **El hombre que vendió su sombra.** Adaptada a la juventud por Manuel Vallvé. 1a. edición. 1994. 89 pp. Rústica. 15.00
71. **Historias de Till Eulenspiegel.** Adaptada a la juventud por Manuel Vallvé. 1a. edición. 1994. 91 pp. Rústica. 15.00
72. **Beowulf.** Leyendas Heroicas. Relatado para la juventud por Manuel Vallvé. 1a. edición. 1994. 91 pp. Rústica. 15.00
73. **Fábulas de Samaniego.** Cuidadosamente elegidas y adaptadas para los niños. 1a. edición. 1994. 144 pp. Rústica. 15.00
74. HURTADO DE MENDOZA, Diego: **Los siete infantes de Lara.** Leyendas del Romancero Castellano por Manuel Vallvé. 1a. edición. 1994. 97 pp. Rústica. 15.00
75. **Fábulas de Esopo.** Relatadas a la juventud. 1a. edición. 1994. 120 pp. Rústica. 15.00
76. **Leyendas de Sigfrido, La.** Adaptada para la juventud por María Luz Morales. 1a. edición. 1994. 116 pp. Rústica. 15.00
77. DEFOE, Daniel: **Aventuras de Robinson Crusoe.** Relatadas a la juventud por Jeanie Lang. Versión española de Manuel Vallvé. 1a. edición. 1994. 92 pp. Rústica. 15.00

PRECIOS SUJETOS A VARIACION SIN PREVIO AVISO